KB265748

당진연의 Ⅱ

DangJinYeonUi Ⅱ

Commentary by Jung, Myung-ki · Kim, Joon-hyeong

이 저서는 2002년도 한국학술진흥재단의 지원에 의하여 연구되었음.
(KRF-2002-071-AM3014)

연세국학총서 34
세책 고소설 9

당진연의 Ⅱ

정명기 · 김준형 교주

어회

□ 정명기
　　연세대학교 국어국문학과(문학박사)
　　원광대학교 국어교육과 교수
　　저서『한국야담문학연구』(보고사, 1996)
　　　　『야담문학 연구의 현단계』1~3(보고사, 2001)
　　역주『청구야담』상·하(교문사, 1996) 외 다수

□ 김준형
　　고려대학교 국어국문학과(문학박사)
　　고려대학교 강사
　　저서『한국패설문학연구』(보고사, 2004)

연세국학총서 34
세책 고소설 9

당진연의 Ⅱ

초판 1쇄 발행　　2006년 1월 20일

교 주 자 | 정명기·김준형
펴 낸 이 | 송미옥
펴 낸 곳 | 이회문화사

주　　소 | 서울시 동대문구 답십리동 488-338 부영빌딩 503호
전　　화 | (02) 2244-7912~3
팩　　스 | (02) 2244-7914
전자우편 | ih7912@chollian.net
등록번호 | 제6-0532호(1992. 5. 2)

ISBN 89-8107-245-0　(세트)
　　　89-8107-364-3　94810

정가 23,000원

▌ 머리말

소설이라는 장르에 대한 규정을 어떻게 하는가에 따라 그 발생에 대해서는 여러 가지 견해가 있을 수 있다. 그러나 여기에 우리가 주석을 붙여서 현대어로 옮긴 한글 고소설은, 조선후기에 이르러 도시의 발달과 함께 이야기를 즐길 수 있는 시간과 경제적 여유를 갖게 된 사람들의 요구에 의해 생겨난 것이다. 한글로 된 이야기를 읽고 즐긴 사람들은 중국소설을 원문 그대로 읽을 수 있던 사람들과는 다른 계층의 사람들이었다. 조선 후기에 한문소설의 독자는 중국에서 들여온 소설을 직접 구입하거나 빌려서 읽었겠지만, 한글소설의 독자는 대부분 세책집을 통해서 소설을 읽었던 것으로 보인다. 특히 한 편의 작품이 수십 책에서 백 책이 넘는 한글 장편소설이나 번역소설은 대부분 세책집을 통해서 읽었을 것이다.

소설 연구에 있어서 소설이 갖고 있는 상업적인 측면은 무시할 수 없는 중요한 요소이다. 고소설도 마찬가지여서, 고소설이 하나의 상품이 되기 시작한 것이 어느 때부터인가를 잘 살펴보아야 할 것이다. 상업적 성격을 갖고 있는, 세책본 방각본, 활판본(活版本)을 서로 연관지어 연구해야할 필요성이 여기 있다. 이렇게 세책본, 방각본, 활판본 등 명백한 상업적 성격을 갖고 있는 소설에 대해서는 순문예적인 접근뿐만 아니라 이들의 상업적 성격이 무엇인가에 대한 연구가 필요하다.

조선 후기 세책을 연구하기 위한 기초 작업으로 세책본 소설을 수집

하고 이를 정리하는 작업을 지난 2년 동안 해 왔다. 한국학술진흥재단의 재정 지원으로 많은 연구자들이 안정적으로 이 일에 전념할 수 있어서 상당량의 세책본 원문의 전산입력과 현대어 역주가 이루어졌다. 될 수 있으면 이 작업의 결과를 모두 책으로 출간하고 싶지만, 여기에 따른 여러 가지 문제가 있으므로 뜻대로 될 수 있을지는 지금으로서는 알 수 없다. 그러나 될 수 있는 대로 작업이 끝난 작품의 출판을 해나갈 생각이다. 연세대학교 국학 총서로 『하진양문록』, 『월왕전·김진옥전·김홍전』, 『유충렬전·정비전』, 『현수문전·소대성전·장경전』을 출간하였고, 이제 『당진연의』의 현대역을 선보인다.

1차 전체 역주 작업은 김준형이 맡아서 했고, 이 초고를 두 사람이 각각 따로 검토한 다음 의견이 서로 다른 부분은 상의를 해서 결정했다. 오류를 최소화하겠다고 세밀하게 작업을 했으나, 잘못된 데가 있을 것이다. 독자들의 질정을 바란다.

이번에 책을 내는 데도 이회문화사의 신세를 지게 되었다. 사장님을 비롯한 이회문화사 여러분께 감사드린다.

2005년 11월
정명기

1. 주해의 대본은 동양문고에 수장된 17권 17책 『당진연의』이다.

① 세책본과 대비를 위한 『당진연의』 중국본 텍스트는 상해고적출판사(上海古籍出版社) 간(刊) 『대당진왕사화(大唐秦王詞話)』로 한다.

② 새책본과 대비를 위한 『당진연의』 국문본 텍스트는 낙선재 13책본과 6책본을 참고하였다. 단 13책은 선문대 중한번역문헌연구소에서 활자화한 『당진연의』를 참고하였다.

③ 『당진연의』와 실사의 관계를 밝히기 위해 대비한 텍스트는 『신당서(新唐書)』, 『구당서(舊唐書)』, 『자치통감(資治通鑑)』, 『중국역대인명대사전(中國歷代人名大辭典)』을 비롯한 다양한 공구서 등이다.

2. 세책본에는 인명과 지명을 포함한 오류가 많기 때문에 이해가 쉽지 않다. 이에 따라 몇 가지 원칙을 정한다.

① 주해본에서는 세책본 원문의 특성을 살리기 위해 최소한의 범위 내에서만 원문을 현대의 표기로 변환시켰다.
   예) 무슴 → 무삼, 즈시 → 자시.

② 내용 중 이해가 필요한 부분에는 한자를 병기한다.
   예) 설연(設宴), 연락(宴樂).

③ 단어가 어렵거나 의미가 불명확할 경우에는 본문에 한자를 병기

하고, 또한 각주를 달아 보충 설명하였다.

④ 고유 명사(예컨대 인명이나 지명 등)의 표기가 분명한 오류일 경
우, 본문에는 정확한 표기를 하고, 각주를 달아 세책본에 쓰인 말
을 밝힌다. 대신 본문에 한자를 병기할 때에는 [ ] 표시를 하여 구
분하였다.

  예) 세책본에 '이원'으로 되어 있는 경우
    본문 : 이연[李淵]
    각주 : 이연(李淵):세책본에는 '이원'으로 되어 있으나, 이는 '이연(李淵)'
        의 오류임.

⑤ 세책본에 쓰인 표기가 상식적인 수준에서 범한 오류(예컨대 '먹거
늘'을 '막거늘'로 표기하는 경우)나 세책본의 필사자의 무지에 의
한 오류는 특별한 설명없이 고쳐쓴다. 다만 무지에 의한 오류일
경우는 주해본에 한자를 병기한다. 한자음은 ( )가 아닌 [ ] 표시
를 한다.

  예) 세책본: '한왕', '완병지계' → 주해본: '하왕[夏王]', '잠병지계[賺兵之計]'

⑥ 세책본과 한문본의 차이가 있지만, 세책본에 쓰인 내용이 사건 전
개상에 문제가 없을 때에는 세책본을 따른다. 단 각주를 통해 한
문문과 세책본의 차이는 밝혔다.

  예) 세책본에는 '가무녈낙ᄒ여'로 되어 있는 경우
    본문 : 가무(歌舞) 열락(悅樂)하여
    각주 : 열락(悅樂):기뻐하고 즐거워 함. 세책본에는 '녈낙'으로 되어 있지
        만, 이는 '연악(宴樂)'으로 보는 것이 의미상 타당하다. 중국본에
        도 이 부분은 연악으로 되어 있으며, 낙선재본 역시 '연낙'으로
        되어 있다. 연악은 궁중 의식이나 잔치 때에 연주하던 모든 음악
        을 말한다.

⑦ 세책본에는 인명과 지명의 혼동이 심하다. 특히 동일한 쪽에서도

같은 사람이 여러 이름으로 다르게 표기되는 경우가 많다. 경우에 따라서는 내용을 이해하기 어려울 정도의 혼란을 야기하기도 한다. 때문에 내용 전달에 보다 효과적이기 위해 인명과 지명은 중국본과 사료에 근거하여 모두 정확하게 고쳤다. 또한 동일 인물이 다른 이름으로 나오는 경우, 그 이름도 모두 일관되게 고쳤다. 다만 각주를 통해 그 양상을 자세히 설명하였다.

예) 세책본에 '설연티'로 되어 있는 경우

  본문 : 설인고[薛仁杲]

  각주 : 설인고(薛仁杲):세책본에는 '설연티'로 되어 있는데, 이는 '설인고(薛仁杲)'의 오류임. 당진연의 2권에서는 '설인고'가 '설기'로 씌어져 있다. 그리고 당진연의 1권에도 '설연태'가 등장하는데, 이는 '설거(薛擧)'의 오류다. 즉 세책본 당진연의를 그대로 따라 읽으면 '설연태→(자)설서롱→(자)설개=설연태'로 뒤죽박죽이 된다. 하지만 이는 분명히 '설거→(子)설인고'다. 낙선재본에도 '설인고' 대신 '설연태'로 쓰고 있는데, 이는 '인고'를 '연태'로 잘못 읽은 데서 비롯된 것이라 하겠다. 실제 '고(杲)'와 '태(呆)'는 혼동을 일으키기 쉽다. 여기에서는 중국본에 의거하여 '설연태'는 모두 '설인고'로 바꾸어서 기술한다. 설인고에 대해서는 이 책 2권 각주 273번을 참조할 것.

⑧ 새책본에 나오는 인명은 가급적 모두 찾아서 소개했지만, 작품에서 비중이 크지 않은 인물(예컨대 한 번만 등장하는 장수)로 실재 역사서에서 확인되지 않을 경우에는 한꺼번에 뭉뚱그려 각주에서 그 양상을 설명하였다.

  예) 장개(張凱)·허범(許範)·소홍(蘇洪)·여상(呂翔)·왕세재(王世才)·유근(柳瑾)·고승(高勝)·오수방(吳守方)·주소(周劭)·범금(范金) : 모두 왕수발(王須拔)의 휘하에 있던 참모나 장수로 보이는데, 그 자세한 행적은 미상.

3. 세책본 원문은 책의 형태를 그대로 살려 원문 그대로 표기한다.
그 과정에서 몇 가지 사항을 지적해 둔다.

① 원문의 머리에 쓴 숫자는 세책본의 장수다. 예컨대 '1'은 제 1장
을 의미한다.

② 장수는 장수로만 구분하고 앞면 뒤면 구분은 하지 않았다.

③ 세책본에 분명히 잘못된 표기나 중복된 표현같은 것도 원책의 표
기를 그대로 따른다.
  예) 진왕을을부르시니, 장중의장중의잇거늘, 턱싁(天色).

④ 세책본에는 쪽수가 잘못된 경우가 있다. 이 경우도 원문 그대로의
양상을 보여주기 위해 고치지 않았다. 하지만 교주본에서는 내용
의 전개에 맞게 쪽수를 바꾸었다.
  예) 이 책 4권은 쪽수가 잘못 엮여 있다. 4장 뒷면부터 6장 뒷면까지 쪽수가
  잘못 묶인 것이다. 이 쪽수는 '4앞→5뒤→5앞→6뒤→6앞→4뒤→7앞'순으
  로 묶여야 올바르다. 그렇지만 원문의 형태를 살리기 위해 굳이 잘못된
  쪽수를 정정하지 않았다. 다만 쪽수가 혼효된 부분이 시작되는 곳과 끝
  나는 곳에 각각 꺾음쇠([ ])를 하여 다른 부분과 구분하였다.

4. 세책본에서 사용하는 부호

① □는 원문이 훼손되어 판독이 불가능한 경우이다.

② 한글 표기와 한자 표기가 다른 경우도 [ ]으로 하였다.

③ 주해본과 원문을 대조하여 읽기 편하도록 주해본 각 면의 첫 글
자 위에 점을 찍어 표시하고 각 면의 숫자를 밝혔다.

▋ 차례

당진연의 ||　　　　　　　　　　　　　　　　　　　　　　　[원문]

해제 ·· 15

당진연의 권지구 ··· 25 │ 341

당진연의 권지십 ··· 56 │ 355

당진연의 권지십일 ··· 89 │ 369

당진연의 권지십이 ·· 120 │ 384

당진연의 권지십삼 ·· 155 │ 399

당진연의 권지십사 ·· 191 │ 414

당진연의 권지십오 ·· 227 │ 429

당진연의 권지십육 ·· 266 │ 444

당진연의 권지십칠 ·· 304 │ 459

당진연의
唐秦演義

▌해제 : 새책 필사본 『당진연의』에 대해

1.

세책 필사본[1] 『당진연의(唐秦演義)』는 현재 일본 동양문고(東洋文庫)에 수장되어 있는데, 총 17책이다.[2] 1권은 35장, 2·5권은 31장, 3·4권은 32장, 6~14권은 30장, 15·16권은 29장, 17권은 28장으로 되어 있어서 평균 30장 안팎으로 분권하였음을 알 수 있다. 매장은 11행으로 되어 있으며, 매행은 평균 13자로 되어 있다. 다만 책장을 넘기는 귀 부분은 다른 행에 비해 1~3자 정도 덜 쓰고 있다. 책 제목은 한자로 '唐秦演義'를 쓰고, 그 밑에는 한자로 권차를 적어 놓았다. 내제는 한글로 '당진연의'와, 그 밑에 한글로 '권지○'이라는 방식으로 권차를 붙이고 있다. 다만 『당진연의』 마지막 권인 17권에서는 '당진연의 권지십칠 죵'이라 하여 마지막 책이라는 의미의 '죵(終)'을 써 넣고 있다.

매 권이 시작될 때에는 바로 앞 책의 마지막 부분을 일부분(2-3행) 써 놓고, 그 이야기를 이어서 내용을 전개한다. 예컨대 『당진연의』 2권 말미에는 "왕이 문왈 너는 어늬 곳 사신인다 왕원니 쥬왈 신은 동졍왕의 시러니 량미롤 빌나 왓느이다 ᄒᆞ더라 추쳥하회ᄒᆞ라"로 끝맺음을 한다.

---

1) 이하 세책본으로 약칭함.
2) 대곡삼번, 「조선 후기의 새책 재론」(『한국고소설사의 시각』, 국학자료원, 1996. 178쪽)에서는 16책만 소개하였지만, 17책도 분명히 존재한다.

『당진연의』 3권은 "초셜 위왕이 문왈 네 어니 곳 스신인다 왕원이 주왈 신은 동졍왕의 시러니 량미롤 빌나 왓느이다 ᄒ고 글월을 올니〃" 라고 하여 2권의 마지막 부분을 일부분 써 넣은 다음에 이야기를 시작하고 있음을 알 수 있다. 매 권 말미에는 "쇽〃 하문ᄒ라"(1권), "초쳥하회ᄒ라"(2·4·6·14권), "차하롤 분희ᄒ라"(8~10권), "차쳥[하]회ᄒ라"(13권), "초하롤 셕남ᄒ라"(16권)와 같은 표현이 쓰이는 경우가 많다. 또한 책 후미에는 필사기로 간기와 간소를 쓰는 경우가 많은데, 이를 통해 이 책이 필사된 시기를 확인할 수 있다.

> 셰 경슐 지월 일 향목동 즁슈 (1권) → 1910년 11월 : 향목동
> 셰지 경슐 오월 일 향슈동 즁슈 (3권) → 1910년 5월 : 향수동
> 셰 신츅 뉴월 일 향슈동 필셔 (4권) → 1901년 6월[3) : 향수동
> 셰 임자 이월 일 향목동 셔 (6·7권) → 1912년 2월 : 향목동
> 셰 임자 삼월 일 향목동 셔 (8~14권) → 1912년 3월 : 향목동
> 셰 임자 사월 일 향목동 셔 (15·16권) → 1912년 4월 : 향목동

위의 기록을 보면 『당진연의』 4책에 필사된 신축(辛丑)년이 신해(辛亥)년의 오류라고 본다면, 『당진연의』가 필사된 시기는·1910년~1912년 사이임을 알 수 있다. 또한 1권 2권에 '중수(重修)'라는 표현을 쓰고 있다는 점에서 이 책은 그 이전에 향유되던 책이 낡아서 새롭게 손질을 해서 필사했음도 알 수 있다. 이러한 점을 고려할 때 세책본『당진연의』의 대본은 그 이전에 향유되던 세책본을 폐기하고 새롭게 만든 책이었을 가능성이 매우 높다. 그런데 위의 필사기를 통해 볼 때 특이한

---

3) 세책본에는 필사시기를 분명히 '신축(辛丑)'년으로 밝히고 있다. 그렇지만 이는 혹 신해(辛亥)년, 즉 1911년의 오류일 가능성이 높다. 하지만 이 책 1·2권에 '중수(重修)'라는 표현을 쓰고 있다는 점에서 4책은 '중수'가 되기 이전인 1901년에 쓰여졌을 가능성도 전혀 배제할 수 없다.

점 두 가지가 보인다. 그 하나는 간소가 '향목동'과 '향수동'으로 달리 쓰이고 있다는 점이다. 다른 하나는 『당진연의』의 필사시기는 대체로 시간 순서에 따르고 있지만, 유독 1책과 3책의 필사시기는 달리 나타나고 있다는 점이 그것이다.

향수동과 향목동의 관계에 대해 아직까지 명확하게 밝혀진 바는 없다.[4] 다만 향수동(香樹洞)이나 향목동(香木洞) 모두 '향나뭇골'을 말하지만, 같은 곳으로는 보이지 않는다. 특히 향수동은 1899~1902년 사이에 필사된 세책본의 간소로 자주 등장하고, 향목동은 이보다 10여년이 지난 1911~1912년에 필사된 세책본에 주로 쓰이고 있다는 점에서[5] 향목동을 간소로 한 세책업소가 1910년 무렵에 향수동을 간소로 한 세책업소를 흡수·통합하여 영업을 하였기 때문에 『당진연의』처럼 향수동과 향목동을 간소로 한 세책본이 혼재할 수 있었던 것이 아닌가 한다.

또한 1책과 3책의 필사시기가 다른 것도 세책본의 특성으로 이해할 수 있지 않을까 한다. 세책본은 다른 사람에게 빌려주는 책이기 때문에 다른 책들에 비해 훼손이 빠를 수 있다. 따라서 훼손된 책은 그 때 그 때 새로 필사를 하여 완질을 만들었기 때문에 이처럼 권수와 무관하게 필사시기가 달라졌던 것으로 이해할 수 있겠다.

<h2 style="text-align:center">2.</h2>

『당진연의』는 원래 총 8권 64회의 장회체로 이루어진 『대당진왕사화(大唐秦王詞話)』를 번역한 연의소설이다. 『대당진왕사화』는 명간본(明

---

4) 이 문제에 대해서는 정명기의 「세책본소설의 간소에 대하여」(『세책 고소설 연구』, 혜안, 2003. 126-135쪽)을 참조할 것.

5) 정명기, 「세책 필사본 고소설에 대한 서설적 이해」, 『고소설연구』 12, 한국고소설학회, 2001.

刊本)과 청간본(淸刊本)이 존재한다. 명간본의 서문은 1607년, 청간본은 1783년에 쓰여졌다는 점에서 그 간행 시기를 짐작할 수 있겠다.6) 조선에서도 비교적 이른 시기에『당진연의』가 수입되어 번역되었던 것으로 보인다. 1786~1790년에 필사된『옥원재합기연』15권7) 표지 안쪽에는 『개벽연의(開闢演義)』를 비롯하여 총 25종의 소설 목록이 기록되어 있다.8) 여기에 '당젼연의'도 쓰여져 있는데, 이 작품이 곧 '당진연의'일 것으로 보인다. 이 점을 고려한다면『당진연의』는 아무리 늦어도 18세기 중·후반에는 우리나라에 유입되어 향유되었음을 알 수 있다.

현재 확인되는『당진연의』의 이본은 낙선재에 소장된 13책본과 6책본이 있으며, 경희대에 낙질로 한 책이 존재한다. 또한 '당젼연의(唐傳演義)'라는 표제로 홍택주(洪宅柱) 가(家)에 19책본이 존재했다고 하는데,9) 이 책의 행방은 현재 확인되지 않는다. 낙선재 13책본은 '당진연의(唐晉演義)'로, 6책본은 '당진연의(唐秦演義)'로 되어 있다. 이 두 책은 동일한 대본에서 나왔고 6책본은 13책본을 축약한 것으로 이해하기도 하는데,10) 실제로 대비를 하면 6책본과 13책본 간에 직접적인 상관 관계는 고려할 수 없을 듯하다. 예컨대 다음과 같은 대목에서 그 점이 잘 드러난다.

二妃起身坐下. 又飮數巡之後, 二妃又俯伏在駕前. 奏說萬歲, 臣妾要往河南, 未蒙賜准, 但妾等所許衡山香愿, 日久未酬, 時形夢寐, 恐生災禍 ,不能久侍陛下. 倘得同太

---

6) 이 점에 대해서는 박재연의 「낙선재본 당진연의 해제」(『당진연의』, 선문대 번역문헌연구소, 1997. 219-221쪽)를 참조할 것.

7)『옥원재합기연』15권이 필사된 시기는 경술(庚戌)년, 즉 1790년이다.

8) 이에 대해서는 심경호의 「온양 정씨 필사본 옥원재합기연과 낙선재본 옥원중회연」(『국문학연구와 문헌학』, 태학사, 2002. 92-113쪽)을 참조할 것.

9) 이병기, 「조선어문학 명저 해제」(『문장』19, 1940). 이에 대해서는 박재연의 앞의 글(221쪽)을 참조할 것.

10) 박재연, 「조선시대 중국 통속소설 번역본의 연구」, 외국어대 박사학위논문, 1992.

師一往, 一則仰答神靈之貺, 二則周全父女之情. 誠爲兩便, 萬乞聖慈怜淮. 奏罷, 兩淚
交流, 俯伏不起 (『大唐秦王詞話』7권)[11]

　　이비 도로 좌의 나아가더니 슐이 수슌의 이비 쏘 부복주왈 신쳡이 하남의 가려
ᄒ오더 윤허ᄒ시믈 엇지 못ᄒ오니 몽미의 홰 날가 두리오니 만일 태ᄉ로 동힝ᄒ면
냥편홀가 ᄒᄂ니 만번 브라건더 셩샹은 어엿비 너기쇼셔 언파의 유쉬 방〃ᄒ야 화
의롤 젹시니 (낙선재 6책본『당진연의』5권)

　　이비 도로 좌의 ᄂᄋᆽ다니 슐이 수슌의 다시 쥬왈 신쳡이 하남의 ᄀ랴 ᄒ더 윤
허ᄒ시믈 엇지 못ᄒ야샤오니 몽미의 홰 잇실ᄀ ᄒᄂ이다 ᄒ고 (낙선재 13책본『당
진연의』11권)

　　이비 도로 좌의 나아갓더니 슐이 슈슌의 이비 다시 부복쥬왈 신쳡이 하람의 가
려ᄒ되 눈허ᄒ시믈 엇지 못ᄒ엿사오니 몽미의 지앙이 날가 두리ᄂ니 만일 티ᄉ와
한가지로 가면 진실노 냥편홀가 ᄒ나이다 ᄒ고 (세책본『당진연의』15권)

　　위의 대목을 보면 6책본에는 중국본과 유사하게 번역이 되어 있는
반면, 13책본이나 세책본에는 6책본에 있는 내용이 빠져 있음을 알 수
있다. 이는 곧 낙선재본 13책본과 6책본은 직접적인 영향 관계를 고려
할 수 없음을 뜻한다. 또한 작은 부분들, 예컨대 단어 표기의 문제라든
가 인명·지명과 같은 고유명사의 처리 문제 등을 보면 두 본은 직접
적인 영향을 고려할 수 없을 때가 많다. 따라서 두 본 간에는 좀더 치
밀한 고찰이 따라야 하겠지만, 어느 한 본이 다른 본에 직접적인 영향
을 미치지는 않았다는 점이 분명함을 부기해 둔다.
　　세책본은 낙선재본과 전혀 다른 경로로 만들어진 본으로 보인다. 그
중 세책본『당진연의』에서는 비교적 장황하게 그려진 유문정(劉文精)이
주술을 행하는 장면이 낙선재본에는 전부 빠져 있다. 아마도 유문정의
주술 장면은 왕권에 대한 도전으로 읽힐 가능성도 있고, 또한 너무 민

---

11) 중국본은 古今小說集成 편찬위원회에서 영인한 『大唐秦王詞話』(上海古籍出版
　　社)를 대본으로 하였다.

간적인 색채로 이해했기 때문에 낙선재본에서는 이러한 부분을 의도적으로 배제했던 것으로 보인다. 하지만 세책본에는 이러한 장면이 그대로 실려 있다. 이 점은 낙선재본과 세책본의 향유의 과정이 달랐음을 방증하는 한 예라 하겠다. 물론 중국본에는 유문정의 주술 장면이 실려 있다. 또한 세책본에는 중국본이나 낙선재본에서 볼 수 없는 대목이 첨가되기도 한다. 예컨대 세책본에는 왕세충(王世充)이 이밀(李密)의 휘하에 있던 장수 단웅신(單雄信)에게 꾀를 써서 자신의 사위가 되게 하는 장면이 있는데, 세책본에는 단웅신이 공주와 더불어 첫날밤을 지내는 대목이 간단하게나마 그려지고 있다. 하지만 이러한 내용은 중국본이나 낙선재본에는 나오지 않는다. 이러한 점만으로도 세책본은 낙선재본과 다른 경로로 형성되었을 뿐만 아니라, 나름대로 일정한 변모를 겪은 자료라는 점을 확인할 수 있겠다.

『대당진왕사화』는 총 64회의 장회를 가진 장회체 소설이다. 세책본 『당진연의』에도 41회의[12] 장회를 쓰고 있다. 그렇다고 해서 중국본에 쓰인 장회의 내용이 통째로 빠진 경우는 없다. 그 내용이 축약되었을 뿐이다. 세책본 『당진연의』를 중심에 두고서 중국본과 낙선재본의 장회 양상을 비교하면 다음과 같다.

1. 당고조교전반디ᄉ왕셰충휘조살흠(1권), [2, 唐高祖郊天頒大赦 王世忠毁詔殺欽差], (13-1-1), (6-1-1).[13]

---

12) 이 중 동일한 장회를 제외하면 총 39회의 장회가 된다.

13) 맨 앞에 쓴 한글은 세책본에 쓰인 장회의 제목이다. 괄호 안의 권수는 장회가 쓰인 세책본 책 권수다. 다음에 쓰인 한문은 『대당진왕사화』에 쓰인 장회의 제목이다. 한자 앞에 있는 숫자는 『대당진왕사화』 64회의 장회 중에 2번째 임을 말한다. 다음에 있는 (13-1-1)은 낙선재 13책본의 1권에 있는 첫 번째 장회 제목임을 의미한다. 다음에 있는 (6-1-1)은 낙선재 6책본 중 1권에 있는 첫 번째 장회를 의미한다.

2. 진왕산간금농셩교군부벽노군당(1권), [4, 秦王私看金墉城 咬金斧劈老君堂], (13-1-3), (6-1-3).

3. 진왕ᄉ간금농셩교군부뎍노군왕(2권), 위와 같음

4. 비셔무량인쳔견민인공ᄉ젹인도(3권), [9, 飛鼠耗粮固天譴 美人困使亦人謀], (13-2-6), (6-1-6).

5. 한법시졍계탈냥금농왕극파쥬연(3권), [10, 桓法嗣定計奪粮 金墉王局破朱榮], (13-3-7), (6-2-7).

6. 니밀계궁투항고죄관은ᄉ관죽(4권), [12, 李密計窘投唐 高祖寬恩賜爵], (13-3-9), (6-2-8).

7. 나약ᄉ귀항셜연티형국공괴쳡쇼진왕(4권), [13, 李藥師智降薛仁杲 邢國公愧接小秦王], (13-3-10), (6-없음).

8. 뎡교계십슈니밀음반시숍오진왕(4권), [14, 定巧計十羞李密 吟反詩三件秦王], (13-4-11), (6-없음).

9. 야졔퓌니밀디퓌단밀간왕빅당ᄉ졀(5권), [16, 野猪坡李密大敗 斷密澗王伯當死節], (13-4-12), (6-2-9).

10. 위현셩쵸간공쥬환군시초범이쥐(5권), [17, 魏玄成抱竿哭主 桓軍師初犯伊州], (13-5-13), (6-2-10)

11. 쥬찬뉴증단학ᄉ공건디파쵸왕병(6권), [19, 朱燦餾蒸段學士 公謹大破楚王兵], (13-5-14), (6-2-12).

12. 쵸쥬찬궁투왕셰츙니위공계파뎡션비(6권), [20, 楚朱粲窮投王世充 李衛公計破鄭仙妃], (13-5-15), (6-2-13).

13. 인ᄎ뉵년복쳘뇨위쥬군진항슈괴(7권), [22, 因借宿力伏鐵妖 爲投軍智降水怪], (13-6-16), (6-3-14).

14. 쥬셩졍신젼쳑밍경덕탈션봉(7권), [23, 六丁神傳戰策 猛敬德奪先鋒], (13-6-17), (6-3-15).

15. □□왕통더병울지공젼팔장(8권), [25, 趙郡王統大兵　尉遲公戰八
    將], (13-6-19), (6-3-17).

16. 당고조관평샹셔무공쳔단경(8권), [26, 唐高祖觀形像　徐茂功薦秦
    瓊], (13-6-20), (6-3-18).

17. 무공유셰진슉보셰민의셕뎡교금(8권), [27, 茂功遊說秦叔寶　世民義
    釋程咬金], (13-없음), (6-3-19).

18. 부여양군사젼효도젼빅벽더장영웅(8권), [28, 赴黎陽軍師全孝道　戰
    栢壁大將逞英雄], (13-7-21), (6-3-20).

19. 진왕ᄉ슈빅벽관슉뵈야젼츄풍영(8권), [29, 秦王私窺栢壁關　叔寶夜
    戰秋風嶺], (13-7-22), (6-3-21).

20. 진왕삼교홍예관슉보더젼난영파(9권), [30, 秦王三跳虹霓澗　叔寶大
    戰洛葉坡], (13-없음), (6-3-22).

21. 납번졸금송금강상지진슉보획양(9권), [32, 納番卒宋金剛喪地　假山
    王秦叔寶獲粮], (13-8-23), (6-3-23).

22. 진병경곤기흑셩니젹문취티원부(10권), [33, 秦瓊兵困介休城　李勣
    文取太原府], (13-8-24), (6-없음).

23. 진왕삼교홍예관슉뵈더젼단엽파(10권), 위 20과 같음.

24. 뉴문졍용지살무쥬당진왕시은항경덕(10권), [34, 劉文靖用智殺武周
    唐秦王施恩降敬德], (13-8-25), (6-4-24).

25. 위졀능젼마구진왕유가원즁복경덕(11권), [37, 魏宣陵刴馬救秦王
    楡窠園衆雄服敬德], (13-없음), (6-4-27).

26. 무공졍계구경덕졔왕비도젼울지(11권), [38, 茂功定計救敬德　齊王
    比猾戰尉遲], (13-없음), (6-4-28).

27. 강군졍가슌슈쥭조션셔긔병(12권), [44, 造戰船蕭銑起兵　誆軍情賈
    順受戮], (13-9-27), (6-4-31).

28. 살츙신원길보사원구ㅅ원니셩겁법쟝(13권), [47, 殺忠臣元吉報私怨 救良將士信劫法場], (13-10-29), (6-5-33).

29. 괘금픠진왕구가쇽강몽신셜시헌즁산(13권), [48, 掛金牌秦王保家屬 感神夢薛氏獻中山], (13-10-30), (6-5-34).

30. 소졍방고아현젼소교왕원삼군진(13권), [없음], (13-10-31), (6-없음).

31. 지현혼나셩셜한파호쥐흑달복쥬(14권), [51, 再顯魂羅成雪恨 破饒 州黑闥伏誅], (13-없음), (6-5-37).

32. 식텬시현문훈ᄌ젼효도의사항당(14권), [52, 識天時賢母訓子 全孝 道義士降唐], (13-없음), (6-5-38).

33. 연졔연마곤진왕울지보가냥구쥬(14권), [53, 英齊練馬咬秦王 尉遲 保駕兩救主], (13-11-33), (6-없음).

34. 원길픠마고경덕진왕졍계구경덕(14권), [54, 元吉披麻拷敬德 秦王 定計救尉遲], (3-11-34), (6-없음).

35. 구포관돌궐챵궐(15권), [55, 寇蒲關突厥猖狂 詔皇庄敬德詐病], (13-11-35), (6-5-39).

36. ᄉ빙비연졔합모힉진왕장윤졍계(15권), [56, 事嬪妃英齊合謀 害秦 王張尹定計], (13-11-36), (6-5-40).

37. 이비구ㅅ유공신경덕무쳥황국장(15권), [57, 二妃毆死有功臣 敬德 武請皇國丈], (13-11-37), (6-5-41)

38. 비슈졍환ᄎ슈왕당진왕문악과디(15권), [59, 裵文靖換酒救王 唐秦 王明掛玉帶], (13-12-39), (6-6-43).

39. 졍교금파산문학관울지공디료로셰과ᄉ(16권), [62, 鄭咬金打散文學 館 尉遲恭大鬧稅課司], (13-없음), (6-6-45).

40. 현무문틱ᄌ교병현덕뎐진왕즉위(17권), [63, 玄武門太子交鋒 顯德 殿秦王卽位], (13-13-42), (6-6-46).

41. 티종위교닙밍약산음산쥬기(17권), [64, 太宗渭橋立盟 藥師陰山奏
   凱], (13-13-43), (6-6-47).

위의 표에서도 알 수 있듯이 세책본·낙선재 13책본·낙선재 6책
본·중국본은 긴밀히 연결되어 있으면서 한편으로는 상호 연결고리가
그리 크지 않은 듯한 면도 보인다. 이들 작품들 간의 관련 양상은 좀더
시간을 두고 따져보아야 할 문제라 하겠다.

4.

『당진연의』는 당(唐)나라 진왕(秦王), 즉 당 태종(太宗) 이세민(李世民)
이 수나라 말기에 여러 할거 군웅들을 물리치고, 이후 형제들간의 왕위
다툼을 모두 정리한 후 황제의 지위에 오른다는 내용을 담고 있는 연
의소설이다. 『신당서(新唐書)』나 『구당서(舊唐書)』, 그리고 『자치통감(資
治通鑑)』을 통해 보면 『당진연의』에 등장하는 주동적인 인물 대부분은
실존했던 인물이며, 『당진연의』에 그려진 여러 사건들도 대부분은 사
실에 근거하여 쓰여졌음을 확인할 수 있다. 어떤 부분은 할거 군웅의
부하들까지도 실제 사건에 근거하여 쓸 만큼 철저하게 사실에 근거한
다. 하지만 어떤 부분은 철저하게 허구적인 요소를 가미하기도 한다.
실존과 허구가 적절하게 섞여 있는데, 이는 연의소설이 지닌 특성이라
하겠다. 실존인물과 그의 행적에 대해서는 이 책의 각주 곳곳에 밝혀놓
았으니 참조하기 바란다.

당진연의 권지구

화설. 송금강(宋金剛)이 제장(諸將)다려 왈,

"울지공(尉遲恭)이 돌아오거든 다만 이르되, '당장(唐將)이 와 싸움을 돋우거늘 양위(兩位) 왕자(王子)가 나가 싸우다가 죽음을 입고, 금일 또 적장이 와 싸움을 돋움에 우리 육인(六人)이 왕자를 위하여 나 싸우다가 패하여 돌아오다' 하라."

모두 응낙하더라.

송금강이 왕자를 죽이고 마음에 정히 번뇌하더니, 문득 소졸이 보하되,

"울지공이 왔다!"

하거늘, 금강이 부르니 경덕이 들어와 뵌대, 금강이 경덕다려 왈,

"네 죄를 아는다?"

경덕이 대왈,

"알지 못하나이다."

금강이 이르되,

"내 너로 하여금 운량(運糧)하라 하였거늘 어찌 과한(過限)하여[1] 장령(將令)을[2] 업수이 여기나뇨? 어제 당장이 와 싸움을 돋우매 이위 왕자가 출전하였다가 망하고, 금일 또 왔거늘 중장이 나가 싸우다가 패하

---

1) 과한(過限): 기한을 지남.
2) 장령(將令): 군대를 거느리는 장수의 명령.

였으니, 네 기한에 돌아왔던들 어찌 이러하리오? 이는 다 너의 죄라.”

하고, 군사로 하여금 철삭(鐵索)을 달와3) 땅에 벌이고 경덕을 끓리라

하니, 중장(衆將)이 간왈(諫曰),

“총병관(總兵管)은 아직 죄 주기를 그치고 명일 경덕으로 하여금 출

전하여 공을 이루게 하여 만일 성공하거든 속죄(贖罪)하소서.”

금강이 이르되,

“중장의 낯을 보아 아직 사(赦)하나니 명일 공을 이뤄 속죄하게 하라.”

경덕이 사례하고 나와 심하(心下)에 생각하되, ‘내 관 밖에 둔주(屯駐)

하였다가4) 적장을 생금(生擒)하여 이 한을 씻으리라’ 하고, 휘하(麾下)

이장(二將)을 불러 이르되,

“순초(巡哨)하다가5) 세작(細作)을6) 만나거든 즉시 생금하여 오라.”

하고, 군을 주니, 이장이 청령하고 가거늘, 경덕이 삼천군을 거느려 관

외(關外)에 둔(屯)하다.

각설. 당진왕(唐秦王)이 장좌(將佐)를7) 모으고 이르되,

“내 한 번 백벽관(柏壁關)을 보고자 하되, 밝은 날 가지 못하리니 뉘

가히 좋을꼬?”

정교금(鄭咬金) 왈,

“원컨대 신이 보가(保駕)하리이다.”

숙보(叔寶) 왈,

“그대 어찌 서군사(徐軍師) 교령(敎令)을8) 듣지 아니하고 갔다가 만

---

3) 달와: 달오다. ‘달구다’의 옛말.
4) 둔주(屯駐): 군대가 임무 수행을 위하여 일정한 곳에 집단적으로 얼마 동안 머
  무르는 일.
5) 순초(巡哨): 돌아다니면서 적의 사정이나 정세를 살핌.
6) 세작(細作): 간첩.
7) 장좌(將佐): 장군과 보좌 임무를 수행하는 직책을 맡은 사람.
8) 교령(敎令): 명령.

일 그릇함이 있으면 죄를 장차 어찌하려 하나뇨?"

교금이 대왈,

"마땅히 군사를 나눠 사면에 매복하고 만일 급한 일이 있거든 사람으로 하여금 비보(飛報)하리니[9] 장군이 빨리 와 접응(接應)하라."

숙보 왈.

"이는 양책(良策)이 아니니 무공(茂公)이 돌아오기를 기다려 가심이 좋을까 하나이다."

진왕이 숙보의 말을 듣지 아니하고 마삼보(馬三寶) 등으로 전후대(前後隊)를 삼고, 정교금으로,

"보가하라!"

하고, 행할 새, 교금이 주왈,

"이 앞 추풍령(秋風嶺) 아래 세 길이 있으니 대로(大路)로 가면 길이 편하고 가깝되 필연 도적이 있을 것이요, 소로(小路)로 가면 알 이 없되 길이 멀고 험하니 가기 어려우리이다."

진왕 왈,

"가히 소로로 가리니 지명(地名)이 무엇인고?"

교금 왈,

"이 곳이 사염도[私鹽道]니이다."[10]

왕이 행(行)하여 조각령[皂角嶺]에[11] 이르니 일인일마(一人一馬)가 겨

---

9) 비보(飛報): 아주 빨리 보고함.

10) 사염도(私鹽道): 세책본에는 '면되'로 되어 있는데, 중국본에 따르면 이는 '사염도(私鹽道)'의 오류임. 사염도는 길 이름인데, 사염을 운송하던 길을 일반적으로 부르는 말이다. 사염(私鹽)은 염세(鹽稅)를 내지 않고 다른 물품으로 대신한 물건을 의미한다.

11) 조각령(皂角嶺): 세책본에는 '도강연'으로 되어 있는데, 이는 '조각령'의 오류임. 조각령은 재 이름. 조각(皂角)과 같이 생겼다고 해서 붙여진 이름인 듯함. 조각은 조협(皂莢)이라고도 하는데, 콩이나 완두와 같이 식물의 열매를 싸고 있는 껍질을 갖는 식물이다.

우 왕래하게 되어 가장 험하더라. 이 길을 지나 백벽관에 이르러 두루 보고 이르되,

"내 당초에 만일 태원[太原]을[12] 진수(鎭守)하였던들[13] 어찌 저에게 아이리오?[14] 이제 회복하려 하매 군량을 많이 허비하리니 가탄(可歎)이로다."

정교금 왈,

"전하 가히 진장군(秦將軍)으로 더불어 의논하여 태원을 먼저 취하거나 백벽을 취하거나 하소서."

하더라. 세작이 이 일을 경덕(敬德)에게 보(報)한대, 경덕이 급히 이장으로 하여금,

"소로로 좇아 추풍령 아래 나아가 왕래 행인을 통치 못하게 하라."

이장이 청령하고 바로 추풍령으로 가다. 울지공이 일지군마(一枝軍馬)를 거느려 관에 올라 소리를 높여 왈,

"너희 사사로이 무엇을 엿보나뇨?"

당영(唐營) 초마(哨馬)가[15] 진왕(秦王)께 보하니, 마삼보 왈,

"이제 적장이 알고 따라오는지라. 신이 가 대적할 것이니 전하는 정교금으로 더불어 나아오소서."

하고, 나가 싸워 수합이 못하여 경덕이 채를 들어 마삼보를 바라고 치고, 채 끝에 등을 맞아 피를 토하고 달아나거늘, 단지현(段志玄)이 맞아 십여합에 단지현이 한 창으로 경덕의 가슴을 찌르니, 경덕이 급히 피하여 승세하여 채로 지현의 등을 치니, 지현이 아픔을 견디지 못하여 달

---

12) 태원(太原): 세책본에는 '티진'으로 되어 있는데, 중국본에 따르면 이는 태원의 오류임. 태원은 전국시대 조(趙)나라의 도읍지였던 산서성(山西省)의 성도(省都).
13) 진수(鎭守): 군대를 주둔시키면서 지킴.
14) 아이리오: 아이다. 빼앗기다.
15) 초마(哨馬): 파수병.

아나거늘, 정교금이 대로하여 선화부(宣花斧)를 들고 말을 놓아 소리 질러 왈,

"적장은 닫지 말라!"

하고, 맞아 싸워 삼십여합에 불분승부(不分勝負)라.[16] 경덕이 생각하되, '내 안문관(雁門關)으로부터 백벽관에 이라히[17] 일찍 적수(敵手)를 만나지 못하였더니 제 나로 더불어 삼십여합을 싸우니 또한 호장(虎將)이로다.' 하고 즉시 죽절편(竹節鞭)을 내어 던지니 교금이 선화부를 들어 막거늘, 경덕이 채를 들어 치니 교금이 몸을 기울여 피하다가 미치지 못하여 좌녁[18] 등을 맞으니 아픔을 견디지 못하여 마상(馬上)에 엎드려 달아나거늘, 진왕이 삼장(三將)의 연패(連敗)함을 보고 급히 수목 사이로 피하니, 경덕이 생각하되, '이 일정 진왕이로다.' 하고 교금을 따르지 아니하고 바로 수목 중으로 달아들어 정히 치려 하더니, 문득 공중으로서 다섯 톱[19] 가진 금룡(金龍)이 내려와 채를 막는지라. 차시 진왕이 혼불부체(魂不附體)하여[20] 말을 채쳐 달아나거늘, 경덕이 급히 따르더라.

각설. 진숙보(秦叔寶) 영에 있더니 진왕이 위급함을 듣고 갑주(甲冑)를 정제하고 말을 놓아 바로 추풍령 아래 이르러는 경덕의 부장(副將) 양인(兩人)이 길을 막거늘, 숙보 대로하여 벽릉간(劈棱簡)을 들어 양장을 연하여 쳐죽이니 여중(餘衆)이[21] 다 허여지거늘,[22] 숙보 말을 몰아 경덕을 따르더니, 멀리 바라보니 경덕이 정히 진왕을 따르거늘, 마음에

---

16) 불분승부(不分勝負): 승부를 가지지 못함.
17) 이라히: 이르기까지.
18) 좌녁: 왼쪽. 녁은 명사나 어미 뒤에 붙어 어떤 때의 무렵을 의미함.
19) 톱: 손톱이나 발톱.
20) 혼불부체(魂不附體): 혼(魂)이 몸에 붙어 있지 않음.
21) 여중(餘衆): 남은 무리.
22) 허여지거늘: 허여지다. 흩어지다.

6 생각하되, '저는 아주(我主)를23) 따라 가까이 있고, 나는 사이 머니 어찌 구하리오?' 하고 정히 민망(憫惘)하여 하다가 한 계교를 생각하고 높이 외쳐 왈,

"적장은 나의 살을 보라!"

경덕이 그 소리를 듣고 급히 말을 도로혀 보니 살이 없거늘, 방심하여 따르더니, 숙보 또 외쳐 왈,

"적장은 내 살을 보라!"

경덕이 생각하되, '창은 피하려니와 암전(暗箭)은24) 피하기 어려우니라.' 하고 급히 장신(藏身)하여25) 보니 살이 또 오지 아니하거늘, 다시 말을 놓아 따르니 숙보 고성(高聲) 왈,

"적장은 내 살을 다시 돌아보라!"

경덕이 말을 머무르고 머리를 도로혀 보니, 일원 대장이 풍우같이 따라오거늘, 경덕이 생각하되, '내 저의 잠병지계[賺兵之計]에26) 빠지도다.' 하고 다시 응(應)치 아니하고 진왕을 따르더라.

진왕삼교홍예관 숙보대전난영파

[秦王三跳虹霓澗 叔寶大戰洛葉坡]27)

각설. 진숙보 경덕을 따라 점점 가까우니 경덕이 대로하여 추병(追

---

23) 아주(我主): 우리 임금.
24) 암전(暗箭): 숨어서 쏘는 화살.
25) 장신(藏身): 몸을 숨기고 나타내지 않음.
26) 잠병지계(賺兵之計): 군사를 속이는 계책.
27) 진왕은 홍예간(虹霓澗)에서 세 번 도약하고, 진숙보는 낙엽파(洛葉坡)에서 큰 전투를 벌이다.

兵)을 돌아보지 아니하고 진왕을 따라 홍예간[虹霓澗]에28) 이르니, 진왕이 탄왈,

"앞에는 큰 물이 가렸고, 뒤에 추병이 급하니 장차 어찌하리오? 내 이 곳에서 죽으리로다."

하고, 하늘을 우러러 빌며 채를 들어 두어 번 치니, 그 말이 크게 한 소리 지르고 소소쳐 뛰어 물을 건너거늘, 경덕이 물가에 이르니 진왕이 경덕을 가리켜 이르되,

"네 능히 이 물을 건너 어찌 나를 해하려 하는다?"

경덕이 분노하여 급히 말을 채치니 그 말이 문득 뛰어 물을 건너는지라. 정히 진왕을 따르고자 하더니, 진숙보가 물가에 이르러 외쳐 왈,

"적장은 아주를 상해오지 말라!"

경덕이 이르되,

"네 능히 이 물을 건널소냐?"

숙보 혜오되,29) '제 따르거든 내 물을 건너리라.' 하더니, 진왕이 따라오다가 숙보의 건넘을 보려 하여 말을 멈추고 섰거늘, 숙보가 외쳐 왈,

"어찌 달아나지 아니하시나뇨?"

하며, 활을 들어 멀리 가리키니 진왕이 생각하되, '숙보 나로 하여금 쏘고자30) 함이로다.' 하고 궁전(弓箭)을 잡아 정히 쏘고자 하다가 다시 생각하되, '내 만일 쏘아 맞히면 저같은 명장(名將)을 잃으리니 어찌 아깝지 않으리오? 아무려나 귀순하게 하리라.' 하고 살을 빼어 만작하여31) 쏘니 정히 경덕의 엄신갑(掩身甲)을32) 맞힌지라. 경덕이 대로하여 말을

---

28) 홍예간(虹霓澗): 미양천(美梁川)에 있던 계곡.
29) 혜오되: 혜다. 생각하다의 옛말.
30) 쏘고자: 이 부분은 의미상 울지경덕에게 활을 '쏘라고'로 보아야 할 듯하다.
31) 만작하여: 만작하다. 활시위를 힘껏 당김.

채쳐 사십 보는 가서, 숙보가 말을 채쳐 물을 건너더니 길마에[33] 가슴을 마주쳐 붉은 피 솟아나니, 숙보는 경덕이 볼까 저어[34] 연하여 삼키되 그치지 아니하는지라. 숙보가 아픔을 참고 소리 질러 왈,

"적장은 닫지 말라!"

경덕이 머리를 도로혀 보니, 숙보 벌써 물을 건너는지라. 말을 도로혀 맞아 싸워 반야(半夜)로부터 밝기에 이르러 승부를 결치 못하더니, 경덕이 죽절편을 들어 벽릉간을 막으며 싸움을 멈추거늘, 숙보 왈,

"어찌 싸움을 그치뇨?"

경덕 왈,

"이제야 내 적수를 만난지라. 가히 각각 인마를 정제(整齊)하여 피차 성명을 통하고 다시 싸워 승부를 결(決)할 뿐 아니라, 후세에 영명(英名)을[35] 전함이 대장부의 쾌사(快事)로다."

숙보 왈,

"네 말이 가장 좋다."

하고, 각각 뫼를 넘어가 의갑을 고칠 새, 숙보는 머리에 봉시(鳳翅)[36] 투구를 쓰고, 몸에 녹금전포(綠錦戰袍)에[37] 백은쇄자갑(白銀鎖子甲)을[38] 입고, 허리에 보장대[寶粧帶]를[39] 두르며, 연지혜를[40] 신고, 손에 벽릉

---

32) 엄신갑(掩身甲): 몸을 보호하는 갑옷.
33) 길마: 짐을 싣거나 수레를 끌기 위하여 소나 말 따위의 등에 얹는 안장.
34) 저어: 저어하다. 염려하거나 두려워하다.
35) 영명(英名): 뛰어난 명성.
36) 봉시(鳳翅): 봉(鳳)의 날개.
37) 녹금전포(綠錦戰袍): 장수가 입는 긴 웃옷으로, 초록색 비단으로 만들어짐.
38) 백은쇄자갑(白銀鎖子甲): 쇄자갑은 갑옷의 하나로, 사방 두 치 정도 되는 돼지 가죽으로 된 미늘을 작은 고리로 꿰어 만든 것임. 여기에는 백은쇄자갑이라 하였으니 미늘이 백은으로 되어 있음을 짐작할 수 있다.
39) 보장대(寶粧帶): 세책본에는 '봉작더'로 되어 있는데, 중국본에 따르면 이는 보장대의 오류인 듯. 보장대는 진귀한 보배로 꾸며 착용한 대(帶)를 의미한다.

간을 쥐고, 호뢰표[呼雷豹]을[41] 탔으며, 경덕은 머리에 철복두[鐵幞頭]를[42] 쓰고, 몸에 조라포[皂羅袍]에[43] 엄신갑을 껴입고, 허리에 사만대(獅蠻帶)를[44] 두르고, 손에 죽절편(竹節鞭)과 인철창(刃鐵槍)을 들었으며, 수혜(繡鞋)를 신고, 금척오초마[金脊烏龍馬]를[45] 탔더라. 이장이 결속(結束)하기를 다하매, 숙보 왈,

"네 성명이 무엇이뇨? 한 번 통함을 아끼지 말라."

경덕 왈,

"나는 정양왕(定陽王) 가하(駕下) 대신 총병관 송금강의 휘하 전부선봉(前部先鋒)이니 복성(覆姓)은[46] 울지요, 명은 공이요, 자는 경덕이로라."

숙보 왈,

"나는 서부(西府) 진왕의 휘하 대도독(大都督)이니 성은 진이요, 명은 경[瓊]이요,[47] 자는 숙보로라."

---

40) 연지혜: 세책본에는 '연지혜'로 되어 있는데, 이는 연피화(軟皮靴) 또는 연옹화(軟翁靴)의 오류인 듯. 연피화는 부드러운 가죽으로 만든 신발을 뜻하고, 연옹화는 목인 긴 신발을 의미한다.

41) 호뢰표(呼雷豹): 세책본에는 '호로표'로 되어 있으나, 이는 '호뢰표'의 오류인 듯. 호뢰표는 천둥을 부르는 듯이 사나운 표범을 의미한다. 여기에서는 다만 표범과 같이 사나운 말을 타고 등장한 것으로 보아야 할 듯하다.

42) 철복두(鐵幞頭): 세책본에는 '철박두'로 되어 있는데, 이는 철복두의 오류임. 철복두는 쇠로 만든 두건 모양의 투구. 이 책 7권에서도 울지경덕이 쓰는 투구는 철복(鐵幞)으로 되어 있다고 나온 바 있다.

43) 조라포(皂羅袍): 세책본에는 '도화포'로 되어 있으나, 이는 조라포의 오류임. 이 책 7권에서는 조라포를 '자라포'로 쓴 적도 있으나, 이 역시 조라포의 오류다. 조라포는 검은색의 두께가 얇은 사직품(絲織品)인 조라(皂羅)로 만든 도포를 말한다.

44) 사만대(獅蠻帶): 사자와 만왕(蠻王)의 형상을 장식한 무관의 요대

45) 금척오초마(金脊烏龍馬): 등 줄기에 한 줄기 금빛 줄무늬가 있는 검은 말. 여기서는 준마를 의미한다.

46) 복성(覆姓): 두 글자로 된 성.

하고, 이장이 정히 싸우고자 하더니, 문득 보니 진왕이 나오거늘, 숙보가 창으로 가리켜 멀리 가고자 하는지라. 왕이 깨닫지 못하여 '협공하라 하는가' 하여 말을 도로혀 나오더라. 이장이 서로 싸워 일천여합에 이르러는 숙보 멀리 바라보니 일지병이 오거늘, 숙보가 경덕다려 왈,

"오는 군사를 피차(彼此)에 알지 못하니 모로미 각각 병을 도로혀 왔다가 명일 다시 싸움이 어떠하뇨?"

경덕이 허락하고 각각 군을 거두어 돌아가다. 원래 그 일군은 집금오 상장군(執金吾上將軍) 정교금이러라. 싸움을 파하고 돌아가 진왕을 뵈니, 왕 왈,

"내 일찍 기병(起兵)함으로부터 이런 싸움을 보지 못하였나니 만일 장군의 구함이 아니런들 내 이 곳에서 마칠났다!"[48]

하고, 숙보로 더불어 영에 돌아와 제장다려 왈,

"오늘날 진장군의 구함이 아니런들 어찌 다시 경등을 보리오?"

하고, 친히 잔을 잡아 권할 새, 숙보 작일 토(吐)하였던 피를 경덕이 볼까 하여 연(連)하여 삼켰더니 더운 술이 들어감에 문득 목굼으로서[49] 소리 나며 피 솟아나는지라. 왕이 대경 왈,

"장군이 나를 위하여 이렇듯 병을 얻으니 어찌 감상(感傷)치 아니리오?"

하고, 후영(後營)에 가 조리(調理)하게 하다.

차시 경덕이 돌아가 송금강을 본대, 금강이 문왈,

"승부 어떠하뇨?"

경덕이 대왈,

---

47) 경(瓊): 세책본에는 '셩'으로 되어 있는데, 이는 '경(瓊)'의 오류임.
48) 마칠났다: 마칠 뻔하였다. 죽을 뻔하였다.
49) 목굼: 목구멍.

"작야(昨夜)에 당진왕이 가만히 관하(關下)에 이르러 엿보거늘, 소장이 나아가 당장(唐將) 삼인을 채로 쳐 상해오고, 진왕을 따라 홍예간에 이르니 문득 당장(唐將) 숙보로 더불어 일천여합을 싸워 승부를 결치 못하여 날이 늦기로 돌아왔나이다."

송금강이 대로 왈,

"네 안문관으로부터 여기 이라히[50] 싸움마다 그저 돌아올 적이 없거늘, 이제 일주야(一晝夜)를 싸우되 소졸(小卒)의 수급(首級)을 얻지 못하였으니 일찍 반심(叛心)이 있는지라. 어찌 간사한 말을 꾸미나뇨?"

하고, 좌우를 꾸짖어,

"잡아내려 엎지르고 큰 매로 일백을 치라!"

한대, 중장이 괴로이 간하여 면하니, 경덕이 한을 머금고 본영에 돌아오다.

각설. 서무공(徐茂功)이 집에 돌아가 상사(喪事)를 마친 후 다시 당영에 이르러 진왕께 배알하니 왕이 반겨 서로 별회(別懷)를 펴고 추풍령에서 쫓기던 일을 이르니 무공이 잠잠코 후영에 들어가 숙보의 병을 본 후 장에 나와 왈,

"전일 전하 백벽관에 가실 때에 보가하던 장수 뉘뇨?"

은개산(殷開山) 왈,

"정교금·마삼보·단지현 삼장(三將)이니이다."

무공이 삼장을 불러 왈,

"내 갈 제 분부하되, '각각 삼가 조심하라' 하였거늘 어찌 감히 영을 어룻쳐[51] 전하로 하여금 놀라시게 하뇨?"

하고, 무사를 꾸짖어,

---

50) 이라히: 이르도록.
51) 어룻쳐: 어겨.

11
12

"삼장을 내어 참하라!"

하니, 왕이 급히 말려 왈,

"이는 다 나의 허물이요, 삼장의 죄 아니니 군사는 용서하라."

무공 왈,

"이번은 전하의 권하심을 인하여 사하거니와, 차후(此後) 위령자(違令者)[52] 있으면 용서치 아니리라."

삼장이 고두복죄(叩頭伏罪)하더라.[53]

이튿날 무공이 진왕께 주왈,

"이제 숙보의 병이 하리지[54] 못하였으니 중장으로 하여금 싸우지 말게 하소서."

제장이 용약(勇躍)[55] 왈,

"우리 중장이 어찌 한 울지공을 못 이기리오?"

하고, 각각 병을 거느려 관에 나아가 진세(陣勢)를 벌이고 싸움을 돋움에, 경덕이 피갑상마(被甲上馬)하여 진에 나와 보니, 숙보 없는지라. 크게 소리 질러 왈,

"여등(汝等)은 백이라도 나의 적수 아니니 돌아가고 숙보를 나오게 하라."

중장이 대로하여 함께 말을 몰아 싸워 진시(辰時)로부터[56] 오시(午時)에[57] 이르되 승부를 결치 못하는지라. 진왕이 무공다려 왈,

"군사는 가히 군을 거두라. 만일 장수 상함이 있으면 우리 예기(銳氣)

---

52) 위령자(違令者): 명령을 어기는 자.
53) 고두복죄(叩頭伏罪): 머리를 조아리고 죄를 인정함.
54) 하리지: 하리다. 낫다.
55) 용약(勇躍): 용감하게 나섬.
56) 진시(辰時): 오전 7시부터 9시까지.
57) 오시(午時): 오전 11시부터 오후 1시까지.

최찰[摧擦]하리라."58)

무공이 즉시 유정휘[劉正輝]59)·조월호[趙月虎]를60) 불러,

"여차여차하라."

하니, 이장이 청령하고 호인(胡人)을61) 만들어 장속(裝束)을62) 갖추고 큰 징을 가지고 울지공의 진중(陣中)에 들어가 연하여 세 번 징을 울리고 달아나니, 경덕이 본영에서 징 침을 보고 창을 막으며 왈,

"내 이제 너의 성명(性命)을63) 요대(饒貸)하나니64) 숙보를 보내어 자웅(雌雄)을 결(決)하게 하라."

하고, 군을 거두어 돌아가니, 송금강이 우 문왈,

"이번은 승부 어떠하뇨?"

경덕 왈,

"소장이 당장(唐將)으로 더불어 승부를 결하더니, 징소리를 듣고 돌아오니이다."

금강이 노왈,

"내 어찌 퇴군(退軍)함이 있으리오?"

경덕 왈,

"중군이 다 아나니 장령(將令)이65) 없으면 어찌 무단히 퇴군하리잇고?"

---

58) 최찰(摧擦)하리라: 최찰하다. 좌절(挫折)하다. 꺾다. 위축되다.

59) 유정휘(劉正輝): 자세한 행적은 미상. 『당서(唐書)』나 『자치통감(自治通鑑)』에도 유정휘에 대한 기록은 보이지 않는다.

60) 조월호(趙月虎): 이 책 7권에서는 곽주(郭州)의 수장(守將)으로 있다가 울지경덕에게 죽임을 당한 인물로 나오는데, 여기서는 다시 서무공의 휘하에 있는 장수로 나오고 있다.

61) 호인(胡人): 오랑캐. 여기서는 송금강의 군사를 의미한다.

62) 장속(裝束): 옷차림.과 모양새.

63) 성명(性命): 목숨.

64) 요대(饒貸): 너그럽게 용서함.

65) 장령(將令): 군대를 거느리는 장수의 명령.

금강 왈,

"네 본래 반심을 품었으니 거짓말을 꾸며 중인의 입을 막음이라."

하고, 무사를 꾸짖어

"내어 참하라!"

한대, 중장이 고왈,

"이는 도적이 반간(反間)하는66) 계교니, 바라건대 이번 또 죄를 사하여 타일 공을 세우거든 속죄하소서."

금강 왈,

"중장의 낯을 보아 아직 사하나니 관액[關隘]을67) 지키어 세작을 통치 말라."

하니, 경덕이 사례하고 돌아가니라.

차시 진왕이 서무공으로 더불어 상의 왈,

"내 울지공을 항복 받고 다른 곳을 치고자 하나니 어찌하여야 좋으리오?"

무공 왈,

"경덕이 비록 용(勇)이 있으나 꾀 적고 성품이 강직하니 속히 항(降)치 않을지라. 신이 이제 범이 뫼를 떠나는 계교를 행하여 먼저 백벽관을 취하고 버거68) 태원을 취하여 이 두어 곳을 얻으면 기여(其餘)는 다 취키 쉬우니 이 때에 계교를 베퍼69) 항복 받으리이다."

왕 왈,

"무삼 계교로 관을 취할꼬?"

무공 왈,

---

66) 반간(反間): 이간(離間).
67) 관애(關隘): 관(關)으로 들어오는 험하고 좁은 길목.
68) 버거: 다음.
69) 베퍼: 베프다. '베풀다'의 옛말. 베풀어.

"유무주(劉武周) 본대 북선우(北單于)을 의지하여 구완을[70] 삼는지라. 이제 금백(金帛)을 갖추어 곽효각[郭孝恪]을 서번(西番)에[71] 보내어 일지병(一枝兵)을 빌어 북군(北軍)의 기호(旗號)를 가차[假借]하여[72] 거짓 북선우의 구병(救兵)이로라 하여 한 가지로 백벽관을 지켜, 거짓 북선우의 구병이로라 하여[73] 내응(內應)하면 송금강이 의심치 않으리니, 그 때에 내응외합[內應外合]하면[74] 백벽관 취함이 여반장(如反掌)이리이다."

하고, 금백을 갖추어 효각을 주니, 무공이 효각을 불러 일을 자시 가르쳐 왈,

"네 용심(用心)하여 일을 그릇지 말라."

하고, 귀에 대고 일일이 가르치니 효각이 진왕께 하직하고 서번에 이르러 온 뜻을 통한대, 이 때 번왕(番王)이 조회를 베푰다가[75] 황문(黃門)이[76] 번왕께 고하니, 왕이 불러 왈,

"무삼 일로 왔나뇨?"

효각이 청병(請兵)하는 꾀를 이른대, 번왕이 예물을 받고 설연하여 사자(使者)를 관대하고 부원수[北元帥] 완안백달[完顏伯達]을[77] 불러 정

15

---

70) 구완: 구원(救援)의 옛말.
71) 서번(西番): 서번(西蕃)이라고도 함. 중국에서 서역(西域) 일대를 지칭하는 용어로, 당나라와 송나라 때에는 티베트족을 지칭하였다.
72) 가차(假借): 임시로 빌림.
73) 거짓 북선우의 구병이로라 하여: 세책본에는 이 부분이 중복되어 나타났음.
74) 내응외합(內應外合): 적의 내부에서 아군과 교통을 하고, 외부에서는 그에 교합하여 함.
75) 베푰다가: 베풀다. 일을 차려서 벌이다.
76) 황문(黃門): 궁궐의 문으로, 이와 관련을 맺는 관직을 모두 포함한다. 또한 환관(宦官)과 내시(內侍)들도 황문으로 지칭한다.
77) 완안백달(完顏伯達): 세책본에는 '왕안빅' 또는 '왕안빅달'로 혼용해서 쓰고 있는데, 이는 모두 '완안백달(完顏伯達)'의 오류임. 완안백달은 북선우의 장수로 보이나, 그 자세한 행적은 미상.

병(精兵) 오천을 주어,

"북선우의 모양을 하고 백벽관에 가 계교를 행하라!"

하니, 완안백달이 청령하고 곽효각으로 더불어 번왕께 하직하고 나와 오천 철기(鐵騎)를 거느려 효각과 한가지로 행하여 서새관(西塞關)에[78] 이르러 효각이 번장(番將)다려 왈,

"내 먼저 돌아가 진왕께 고할 것이니 장군은 백벽관으로 가라."

하고, 귀에 대고 왈,

"여차여차하라."

완안백달 왈,

"내 다 아노라."

하고, 양인이 이별하고 길을 각각 나눠 행할 새, 완안백달이 행하여 백벽관에 이르러 먼저 경덕을 보고 선우 왕의 뜻을 이르니, 경덕이 사람으로 송금강에게 보한대, 금강이 급히 중장으로 하여금 **관**에 나가 맞아 들어와 예필(禮畢)에, 완안백달 왈,

"선우 왕의 예를 받아 왔으니 원수 당과 싸움을 듣고 불승흠선(不勝欽羨)하여[79] 특별히 나로 하여금 철기 오천을 거느려 보내어 원수를 도와 한가지로 관을 지키라 하더이다."

하니, 송금강이 대희하여 우마(牛馬)를 잡아 호군(犒軍)하고[80] 잔치를 배설하여 극진관대(極盡款待)하더라.[81]

각설. 곽효각이 당영에 이르러 중군장[中軍帳]에[82] 들어가 진왕께 뵈고 번왕의 일을 일일이 주(奏)하니, 왕이 무공다려 문왈,

---

78) 서새관(西塞關): 절강성(浙江省) 호주시(湖州市) 서남쪽에 있는 관(關).
79) 불승흠선(不勝欽羨): 우러러 공경하고 부러워함을 이기지 못함.
80) 호군(犒軍): 호궤(犒饋). 군사들에게 음식을 주어 위로함.
81) 극진관대(極盡款待): 극진하고도 정성스레 대접함.
82) 중군장(中軍帳): 원수(元帥)의 영장(營帳).

"서번병(西番兵)이 이미 백벽관에 이르렀으니 마땅히 어찌하리오?"

무공이 대왈,

"이리로서 동으로 십리만 가면 한 뫼 있으니 이름은 청계산[靑桂山][83] 초수곡[樵水峪]이니 가히 이 곳에 매복하여 울지공을 곤(困)케 하리이다."

하고, 즉시 제장을 모와 분발할 새, 장공근[張公謹]·양건방(梁建方)으로 일지병을 거느려 초수곡 정동(正東)에 매복하고, 병원직(邴原直)은 일지군을 거느려 초수곡 정남(正南)에 매복하고, 노명성[魯明星]·백현령[白顯領]는[84] 일지군을 거느려 초수곡 정서(正西)에 매복하고, 가윤보(賈閏甫)·류주신(柳周臣)은 일지군을 거느려 초수곡 정북(正北)에 매복하고, 초수곡 동남(東南)에는 은개산·유홍기(劉弘基)요, 초수곡 서남(西南)에는 마삼보·단지현이요, 초수곡 동복(東北)에는 고사렴(高士廉)·상선지(尙善志)요, 진숙보는 일지군을 거느려 청계산에 매복하여 팔로(八路) 인마를 총독하게 하고, 장손순덕(長孫順德)·안귀흥(安貴興)은 일만 철기를 거느려 왕래하여 제로(諸路) 인마를 구응(救應)하라 하고, 무공이 조발(調發)하기를 마치매 중관(衆官)을 분부하되,

"여등은 경덕이 초수곡에 들기를 기다려 저로 더불어 접전(接戰)치 말고 팔로 인마를 다만 멀리하여 울지공으로 하여금 금릉 싼 데를 벗어나지 못하게 하고, 내 영을 기다려 놓아 보내라."

하니, 중장이 청령하고 각각 병을 거느려 가거늘, 무공이 정교금을 불러 분부하되,

"네 백벽관에 가 경덕에게 싸움을 도도아[85] 거짓 패하여 달아나 경

---

83) 청계산(靑桂山): 산 이름. 계수나무[靑桂]가 많다는 데서 유래한 산 이름인 듯.

84) 백현령(白顯領): 세책본에는 '빅헌도'로 되어 있는데, 중국본에 따르면 이는 '백현령(白顯領)'의 오류임. 이 책 4권에는 '백현도(白顯道)'가 등장하는데, '백현령'이 혹 그를 지칭하는 것이 아닌가 한다. 중국본에서는 백현령과 백현도가 별도로 쓰인다. 여기에서도 중국본에 따라 표기를 각각 달리 하기로 한다.

덕을 유인하여 초수곡에 들어오게 하면 이는 너의 공로라.”

하고, 또 왕원(王源)·왕호(王浩)·왕당인(王當仁)·왕우신(王于新)·유정
회(劉政會) 등 오장(五將)을 불러 왈,

“여등은 일지병을 거느려 적송(赤松) 좌편(左便)에 매복하라”

하고, 또 배인기(裵仁基)·배행공(裵行恭)·배행검(裵行儉)·배수방(裵守
方)·배수의(裵守義) 등 오장을 불러 왈,

“여등은 일지병을 거느려 적송 우편(右便)에 매복하였다가 정교금이
경덕을 유인하여 초수곡으로 들어갈 제 반드시 적송을 지날 것이니, 너
희 양로(兩路) 인마 엄기식고[捲旗息鼓]하고[86] 요동치 말고 경덕이 지나
간 후 구응(救應)이 오거든 너희 동심(同心)하여 막잘라[87] 벗어나지 못
하게 하고 나의 영을 기다려 퇴군하라.”

중장이 청령하고 물러나니 서무공이 분발하기를 마친 후, 진왕을 모
셔 제장의 성공하기를 기다리더라.

납번졸금송금강 상지진숙보획양
[納番卒宋金剛喪地 假山王秦叔寶獲粮][88]

각설. 정교금이 필마로 백벽관에 나아가 청전(請戰)하니,[89] 경덕이 채
를 춤추어 맞아 싸워 십합이 못하여서 교금이 패주(敗走)하니, 경덕이

---

85) 도도아: ‘돋우다’의 옛말.
86) 엄기식고(捲旗息鼓): 깃발을 숨기고 북소리도 내지 않음.
87) 막잘라: 막지르다. 앞질러 가로막다.
88) 번국(番國)의 군졸을 들였다가 송금강(宋金剛)은 땅을 잃고, 거짓 산적으로 변장
    한 진숙보(秦叔寶)는 군량을 빼앗다.
89) 청전(請戰): 싸움하기를 청함.

말을 멈추고 생각하되, '일정 계교 있도다' 하고 따르지 아니하거늘, 교금이 경덕의 따르지 아니함을 보고 말을 도로혀 꾸짖어 왈,

"역적아! 네 따라와 나와 싸울소냐!"

경덕이 대로하여 소리 질러 왈,

"패장은 닫지 말라."

교금 왈,

"승패는 병가(兵家)의 상사(常事)라. 모로미 용(勇)을 자랑치 말고 나의 도채를[90] 받으라."

경덕이 채를 춤추어 맞아 싸워 십합이 못하여서 교금이 도채를 끄르고 달아나거늘, 경덕이 말을 멈추고 생각하되, '일정 계교 있도다.' 하고 따르지 아니하거늘, 교금이 경덕의 따르지 아님을 보고 말을 도로혀 경덕을 가리켜 왈,

"네 누구를 기다리냐뇨?"

하고, 선화부를 들어 경덕을 바라며 번득여 이르되,

"역적아! 네 따라와 나와 싸울소냐?"

경덕이 대로하여 소리 질러 왈,

"패장(敗將)은 닫지 말나!"[91]

하고, 급히 말을 채 쳐 따르니 교금이 경덕을 점점 혀내어[92] 초수곡에 이르러 뫼를 지나 적은 길로 닫거늘, 울지공이 급히 따르니 정교금이 문득 간 데 없거늘, 경덕이 계교에 빠진 줄 알고 말을 도로혀 골로[93] 나오더니, 홀연 산상(山上)에서 방포(放砲) 소리 나며, 사면팔방(四面八

---

90) 도채: 도끼.
91) 세책본에서 정교금과 울지경덕의 싸움 부분은 동일한 글자의 반복은 없지만, 그 전개되는 내용은 중복되고 있다.
92) 혀내어: 혀내다. 끌어내다.
93) 골: 골짜기.

方)에 당장이 각각 대병(大兵)을 거느려 나오고 도창검극(刀槍劍戟)이 삼[麻] 서 듯하여 은산[銀山]은 만첩(萬疊)이요, 철벽[鐵壁]은 천층(千層)이라.94) 경덕이 초수곡[樵水峪] 중(中)에 싸이어 바라보니 산머리에 일면(一面) 백기(白旗)를 꽂고 기 위에 '천라지망(天羅地網)'95) 네 자를 쓰고, 또 일면에 금자(金字)로96) 새긴 황기(黃旗)를 세우고, 기 위에 '대도독 진숙보'라 썼더라. 숙보가 호뢰표를 타고 벽릉간을 들고 가리켜 왈,

"경덕아! 네 감히 산에 올라와 나와 더불어 일천합을 싸울소냐?"

경덕이 생각하되, '저의 궤계(詭計)에97) 빠지도다.' 하고 사면을 돌아보니 중중첩첩(重重疊疊)한 것이 당병(唐兵)이요, 산상(山上)에 뇌목(擂木)과98) 포석(砲石)을99) 쌓고, 산곡 소로를 다 목석(木石)으로 막았는지라. 경덕이 창을 빗기고 두어 번 짓치되 능히 싼 데를 벗어나지 못하니 이 정히 이른바 웅위(雄威)한 호표(虎豹)가 함정에 떨어지고, 날랜 매가 망라(網羅)에100) 걸림같더라. 어시(於是)에 서무공이 우진달(牛進達) · 우진웅(牛進雄) 이장을 불러 왈,

"여등은 여차여차하라."

---

94) 은산은 만첩이요 철벽은 천층이라: 세책본에는 '웅산은 만첩이오 절벽은 천층이라'로 되어 있는데, 이는 '은산(銀山)은 만첩(萬疊)이요, 철벽(鐵壁)은 천층(千層)이라'의 오류임. 은산철벽(銀山鐵壁)은 『주자어록(朱子語錄)』에 보이는 말인데, 이후 십분 견고하여 도저히 막거나 무찌를 수 없는 상황을 비유적으로 이른다.

95) 천라지망(天羅地網): 하늘과 땅에 모두 그물을 드리웠다는 말로, 삼엄하게 막혀 있어서 빠져나가기가 어려움.

96) 금자(金字): 금박을 올리거나 금빛 수실로 수를 놓거나 이금(泥金)으로 써서 금빛이 나는 글자.

97) 궤계(詭計): 간사하게 남을 속이는 꾀.

98) 뇌목(擂木): 예전에 전쟁 때에 높은 곳에서 아래로 굴려 내려 인마를 압박하던 나무.

99) 포석(砲石): 예전에 전쟁에서 적에게 내쏘던 돌.

100) 망라(網羅): 그물.

이장이 계교를 듣고 영에 나아가 경덕의 군사의 복색(服色)을 하고 북인(北人)의[101] 언어를 배운 후 바로 백벽관에 이르러 소리를 높여 왈,

"나는 울지선봉(尉遲先鋒)의 부린 사람으로 급한 일이 있어 왔으니 쾌히 문을 열라!"

소졸이 저의 인마인 줄 알고 문을 열어 들이거늘, 바로 수부(帥府)에 들어가 송금강을 보고 꿇어 고왈,

"소장은 울지선봉의 부린 사람으로 급한 일이 있어 와 고하나이다."

송금강이 급문(急問) 왈,

"무삼 일이뇨?"

대왈,

"선봉이 당진왕을 따라 초수곡에 있으되, 당병이 많으니 잃음이 있을까 저어 특별히 소장(小將)을 보내어 총병(總兵)께 보(報)하나니 빨리 병을 발하여 초수곡에 보내어 접응하소서. 만일 지완(遲緩)하면 잃을까 저어하나이다."

송금강이 우 문왈,

"너의 성명이 무엇이뇨?"

대왈,

"소장등은 상승군(常勝軍)이니,[102] 성명은 사계(沙計)·화광(火光)이로소이다."

송금강이 이르되,

"중장은 다 이르되, 내 울지공을 보챈다 하더니 내 만일 이번에 경동

---

101) 북인(北人): 북방 지역의 사람을 범칭하는 말. 여기에서는 북선우를 가리킴.

102) 상승군(常勝軍): 싸울 때마다 늘 이기는 군대. 중국 청나라 말기에, 태평군을 토벌하기 위하여 조직한 용병 부대. 미국인 워드가 외인(外人)과 중국인으로 조직하였는데, 태평군의 공격으로부터 상하이(上海)를 방어하여 이 이름을 얻게 되었다. 당나라 때의 시대 배경과는 일정한 차이가 있다.

(輕動)치 않으면 제 어찌 즐겨 진왕을 잡으리오?"

하고, 즉시 사계를 불러 앞길을 인도하라 하고, 화광은 북원수[北元帥]로103) 더불어 인마를 거느려 백벽관을 떠나 초수곡으로 나아가니라.

각설. 우진웅이 가만히 완안백달에게 소식을 통하였더니 송금강의 병이 멀리 갔음을 초탐(哨探)하고,104) 완안백달이 우진웅으로 더불어 수관장(守關將)을105) 죽이고 대당(大唐) 기호(旗號)를 꽂고 일변 사람을 진왕께 보내어 보하다.

각설. 이 때 진왕이 정히 영중에서 무공으로 더불어 군정(軍情)을 의논하더니 문득 초마가 보하되,

"송금강의 인마가 다 관을 떠남에 우장군(牛將軍)이 백벽관을 앗고, 특별히 전하의 오심을 청하더이다."

무공이 주왈,

"전하는 머무르지 마르소서."

하고, 즉시 전령(傳令)하여 홍룡산(紅龍山)을 떠나 백벽관에 이르니, 우진웅이 관문(關門)을 대개(大開)하고 나와 왕을 맞아 들어갈 새, 완안백달이 계(階)에 내려 배알하거늘, 왕이 금은 채단을 많이 상사하고 번군(番軍)을 크게 호궤한 후,

"돌아가라!"

하니, 완안백달이 하직하고 병을 거느려 서번으로 돌아가다. 진왕이 무공다려 왈,

"군사 이제 백벽관을 취하였으니 가히 사람을 보내어 초수곡 인마를 물려 경덕을 달아나게 하되, 만일 암전(暗箭)을106) 놓아 경덕을 상해(傷

---

103) 북원수(北元帥): 여기서는 완안백달(完顏伯達)을 가리킴.
104) 초탐(哨探): 초탐(瞧探). 몰래 엿봄.
105) 수관장(守關將): 관을 지키는 장수.
106) 암전(暗箭): 숨어서 쏘는 화살.

害)하면 참(斬)하리라 영(令)하라."

무공이 즉시 사람을 보내어

"초수곡 병을 거두라."

하다. 송금강이 행하여 적송에 이르러는 홀연 포성이 진천(震天)하며[107] 일표군(一彪軍)이 나오니 위수대장(爲首大將)은[108] 왕원 등 오장이라. 소리를 높여 왈,

"적장은 쾌히 말에서 내려 항복하라."

송금강 왈,

"너희 진왕이 울지공에게 잡혀 초수곡에 있으니 이제 우리 인마를 거느려 접응하러 가나니 여등은 농중지조(籠中之鳥)요, 부중지어(釜中之魚)라.[109] 어찌 항복지 아니하나뇨?"

왕당인이 꾸짖어 왈,

"이는 다 우리 군사의 계교라."

하고, 칼을 춤추어 달려들어 싸워 수합이 못하여서 함성이 일어나며 일표(一彪)[110] 인마가 또 내다르니, 위수대장은 배수의 등 오장(五將)이라. 옆으로 좇아 살입(殺入)하여[111] 싸워 십여합에 이르러 유정회 창을 머무르고 궁전(弓箭)을 빼혀[112] 한 살로 왕석룡(王石龍)의 좌편 다리를 맞추니, 장심상(張尋相)이 분용(奮勇)하여[113] 왕석룡을 구하여 달아나고, 왕당인이 수중도(手中刀)를[114] 머무르고 급히 유성추[流星鎚]를[115] 빼혀

---

107) 진천(震天): 소리가 하늘을 뒤흔들 듯이 울림.
108) 위수대장(爲首大將): 가장 앞서서 나오는 장수.
109) 농중지조(籠中之鳥) 부중지어(釜中之魚): 새장 속의 새와 가마 속의 물고기란 뜻으로, 곤란에 빠져 자유롭지 못한 상황을 비유함.
110) 일표(一彪): 수량을 드러내는 단위로, 일대(一隊)를 의미함.
111) 살입(殺入): 힘차게 돌진하여 들어감.
112) 빼혀: 뽑아.
113) 분용(奮勇): 용감히 떨쳐 일어남.

단공명(單公明)의 꼭뒤를[116] 쳐 말에서 내리치고, 북군(北軍) 중장(衆將)이 세(勢) 좋지 않음을 보고 싸울 마음이 없어 급히 달아나거늘, 당장이 모두 따르지 아니하고 다만 적병을 혼살(渾殺)한 후 돌아가다.

각설. 무공의 부린 사람이 초수곡에 이르러 전령(傳令)하여,

"병을 거두라!"

하니, 팔면 인마가 일시에 물러나 백벽관으로 올 새, 길에서 적송에 매복하였던 병을 만나 한가지로 돌아오다.

차시 경덕이 곡중(谷中)에 싸여 인곤마핍(人困馬乏)하니[117] 정히 위급하더니, 홀연 사면의 당병이 물러감을 보고 연망(連忙)히 인마를 재촉하여 초수곡을 떠나 행하여 적송에 이르러 보니, 죽엄이 들에 가득하고 피 흘러 내가 되고, 패갑잔병(敗甲殘兵)에[118] 절창단전(折槍斷箭)이[119] 불가승수(不可勝數)러라.[120] 경덕이 생각하되 '가장 고이하도다.' 하고 나아가 자시[121] 보니, 다 산후(山後) 인마의 복색(服色)이거늘, 크게 놀라 이르되,

"아지 못게라! 우리 인마가 어찌 이곳에서 살패(殺敗)하였나뇨?"[122]

하여, 감상(感傷)함을 마지아니하더라. 경덕이 겨우 곡중을 떠나 나가더니, 안군장(顏君章) 등 오장을 만나 경덕다려 물은대,

"네 어디로서 오나뇨?"

---

114) 수중도(手中刀): 손에 잡고 있던 칼.
115) 유성추(流星鎚): 고대 병기(兵器)의 하나. 밧줄이나 쇠사슬에 두 개의 쇠망치를 연결하여 하나는 자신이 잡고, 다른 하나를 던져서 적을 다치게 한다.
116) 꼭뒤: 뒤통수의 한가운데.
117) 인곤마핍(人困馬乏): 사람과 말이 모두 고단함.
118) 패갑잔병(敗甲殘兵): 패잔병.
119) 절창단전(折槍斷箭): 구부러진 창과 부러진 화살.
120) 불가승수(不可乘數): 수를 셀 수 없이 많음.
121) 자시: 자세히.
122) 살패(殺敗): 패하여 죽음.

경덕이 대왈,

"내 적장의 계교에 빠져 초수곡에 싸여 여러 번 짓치면서 나오려 하되, 능히 벗어나지 못하여 거의 진상(陣上)에서 죽게 되었더니 당병이 물러가매 겨우 돌아왔노라."

범군장(范君章)이 문왈,

"네 진왕을 잡았노라 하고 사람을 부려 소식을 보하고 당병이 많으니 행여 잃을까 저어 대병(大兵)이 와 접응함을 청함에, 총관이 친히 대군을 거느려 적송에 이르러는 십원 대장을 만나 크게 싸워 단공명이 진에서 죽고, 군졸이 다 살패한지라. 네 일찍 싸운 곳을 본다?"

경덕이 이르되,

"장군등이 저의 계교에 맛치도다.123) 진왕을 어찌 그리 수이 잡으리오? 총병관이 어디 있나뇨?"

범군장이 이르되,

"병이 패할 때에 각각 흩어졌으니 어느 곳에 있는 줄 알리오?"

언미필(言未畢)에 송금강이 투구를 귀에 걸고 수풀 속으로 나오거늘, 경덕이 맞아 계교에 빠져 곤하던 일을 고하니, 금강 왈,

"바삐 백벽관에 돌아가 계교를 생각하는 이만 같지 못하다."

하고, 중장을 거느리고 관에 이르러 보니, 관상(關上)에 대당(大唐) 기치(旗幟)를 꽂았거늘, 송금강과 울지공이 보고 혜오되, '백벽관을 잃었으니 과연 저의 계교에 마치도다.' 금강이 이르되,

"북번왕(北番王)이 도로혀 당으로 더불어 내응외합(內應外合)함이라."

하고, 경덕다려 물은대,

"무삼 계교로 이 관을 앗으리오?"

경덕 왈,

---

123) 맛치도다: 맛치다. 맞추다. 맞았도다.

26 　　"다시 취하기 어려우니 또한 **당병이** 많이 초수곡에 매복하여 당진왕을 보호하니 그 수를 알지 못하고, 하물며 지혜로 방비하리니 급히 쳐앗기 어려운지라. 모로미 다시 장수를 모으고 병을 얻어야 가히 치리이다."

　　송금강 왈,

　　"아직 태원부(太原府)에 돌아가 주공(主公)께 뵈고 정벌함을 청하라."

하고, 대군을 거느려 태원부에 돌아가다.

　　각설. 진왕이 수부(帥府)에 앉았더니 중장이 나와 참현(參現)하거늘, 무공이 가로되,

　　"병(兵)은 신속(神速)함이 귀(貴)타[124] 하니 인마를 재촉하여 평도성[平桃城]으로[125] 가사이다."

하고, 우진웅·우진달로 백벽관을 지키오고 대군이 행하여 평도성에 이르러 하채(下寨)하다.

　　차시(此時) 송금강이 중장을 거느려 태원성에 이르러 하채하다. 차시 송금강이 중장을 거느려 태원성에 이르러 바로 들어가 유무주를 본대, 무주 왈,

　　"과인이 일찍 부르지 아니하였거늘 어찌 관액[關隘]을 떠나 오뇨?"

　　송금강이 주왈,

　　"울지공이 조심치 않아 백벽관을 잃으니이다."

　　왕이 경덕다려 왈,

　　"네 어찌하여 관을 잃은다?"

---

124) 병(兵)은 신속(神速)함이 귀(貴)타: 군사를 지휘함에는 귀신같이 빠름을 귀히 여긴다는 뜻으로 군사 행동은 언제나 신속하여야 함을 이름.

125) 평도성(平桃城): 세책본에는 '평요원'으로 되어 있으나, 이는 '평도성'의 오류로 보임. 이하 모두 평도성으로 고쳐 씀. 평도(平桃城)는 성(城) 이름으로, 하남성(河南省) 영택현(滎澤縣)의 동남쪽에 괵성(虢城)과 함께 있음.

경덕이 주왈,

"신이 병(兵)을 발(發)하여 당장(唐將)을 따라가다가 초수곡에 빠져 거의 죽게 되었더니, 당병이 스스로 물러나니 신이 바야흐로 돌아옴을 얻으니 백벽관 잃음은 총관의 일이요, 신의 죄 아니로소이다."

무주 우 문왈,

"양개(兩個) 왕자와 단공명이 어찌 없나뇨?"

송금강이 우 주왈,

"울지공이 양식을 재촉하러 가서 정일(定日)이 지나도록 오지 아니하고 당장은 날마다 싸움을 돋우니 이위 왕자가 분함을 이기지 못하여 당장으로 더불어 싸우다가 난군(亂軍) 중에 죽고 또 단공명은 진상에서 죽으니이다."

유왕이 이 말을 듣고 대로대분(大怒大憤) 왈,

"만일 울지공이 이럴진대, 너는 총병의 도리 무엇이뇨?"

하고, 도부수(刀斧手)를 명하여,

"송금강과 울지경덕 이인(二人)을 잡아내어 오문(午門)126) 밖에 나가 머리를 버히라."

하니, 우승상(右丞相) 양복념(楊福念)이 출반 주왈,

"성상(聖上)은 노(怒)를 그치시고 잠깐 정지하소서. 울지공이 여러 번 대공을 세웠으니 송금강은 총병인(總兵印)을 거두어 황성(皇城) 각문(各門)을 지키게 하옵고, 또 울지공은 선봉인(先鋒印)을 앗고 각주[各州]에127) 가 양식을 재촉하되, 개휴성[介休城]에128) 양식이 십만석이 있으니 이

27

28

---

126) 오문(午門): 남문. 중국본에는 조문(朝門)으로 되어 있는데, 오문으로 보든 조문으로 보든 문제될 것이 없다.

127) 각주(各州): 세책본에는 '각문'으로 되어 있는데, 중국본에 따르면 이는 '각주'의 오류임.

128) 개휴성(介休城): 세책본에는 '기흑성'으로 되어 있는데, 이는 '개휴성(介休城)'

곳 양식을 가져온 후야 반드시 출병함을 의논하리이다."
한대, 이인이 배사(拜辭)하고 물러나다. 송금강은 본부 병을 거느려 돌아와 다시 인마를 총독하여 각문을 지키고, 울지공은 말에 올라 개휴성으로 바로 가니, 관이 맞아 수부에 향안(香案)을 배설하고 유왕(劉王)의 전지(傳旨)를 맞더라.

차설. 서무공이 세작을 놓아 이 일을 알고 진왕께 고왈,

"이제 울지공을 개휴성에 보내어 양식을 수운(輸運)하여 오라 한다 하오니 신이 한 계교를 쓰리이다."

왕 왈,

"군사(軍師)의 모책(謀策)이[129] 심히 묘(妙)하리니 빨리 행하라."

무공이 정교금을 불러 가만히 두어 말을 이르고, 또 숙보를 불러 귀에 대고 이르되,

"여차여차하라."

숙보 점두(點頭)하고 정교금으로 더불어 일지병을 거느려 평도성을 지나 바로 황토산(黃土山)에[130] 이르러 매복하니라. 이적에 울지공이 양식을 재촉하여 개휴성을 떠나 행할 새, 모든 군사를 분부하되,

"요사이 날이 심히 더우니 서서히 행하다가 서늘하거든 급히 행하라."

하고, 정히 행하여 황토산 아래 이르러는 장차 이경(二更)이라.[131] 경덕이 영(令)하되,

"오늘밤이 서늘하고 달이 밝으니 완완(緩緩)히[132] 행하리라."

의 오류임. 분주(汾州) 개휴현(介休縣)에 있었다.
129) 모책(謀策): 어떤 일을 처리하거나 모면할 꾀를 세움. 또는 그 꾀.
130) 황토산(黃土山): 산 이름인 듯한데, 구체적인 지명은 확인키 어렵다. 혹 산서성(山西省) 양곡현(陽曲縣)에 있었던 황토채(黃土寨)를 말함인지?
131) 이경(二更): 밤 9시부터 11시 사이.

하여, 뫼를 반이나 넘어가더니, 문득 나팔 소리 진동하며 일개 산왕(山王)이[133] 내달아 가는 길을 막고 소리 질러 왈,

"어떤 사람이관대 나의 산을 지나나뇨? 가히 길 값을 들이라."

경덕이 생각하되, '이 곳에 어떤 사람이 있는고?' 하고 소리 질러 왈,

"쾌히 성명을 이르라!"

산왕이 이르되,

"나는 잠충(蠶蟲)도[134] 아니 치고, 밭 갈기도 아니해도 의복과 음식이 자연 생기고, 길 가는 관인(官人)과 상객(商客)이 이에 이르러는 길 값을 드리고 가나니, 내 이름은 자재대왕[自在大王]이로라."[135]

경덕이 대왈,

"나는 관방관장(官方官將)이니[136] 무삼 길 값 돈이 있으리오. 네 가장 담 크도다. 나를 범하나니 대세왕(太歲王)의[137] 머리털을 기우라."[138]

산왕 왈,

"길 값이 없거든 갑주(甲胄)를 드리라."

경덕이 우레같이 소리질러 왈,

"네 어찌 담 큰 체 하는다?"

---

132) 완완(緩緩)히: 천천히.

133) 산왕(山王): 산적.

134) 잠충(蠶蟲): 누에.

135) 자재대왕(自在大王): 원래 자재왕(自在王)은 여래불(如來佛)의 존칭인데, 여기에서는 '스스로 한가이 지내는 대왕'이라는 의미를 담고 있다.

136) 관방관장(官方官將): 관부(官府)에서 정한 규율을 지키는 장수.

137) 대세왕(太歲王): 대세는 고대 천문학에서 가짜로 만든 세성(歲星)인데, 흉악하고 포악한 인물을 비유하는 데에 씀.

138) 대세왕(太歲王)의 머리털을 기우라: 이는 '태세두상동토(太歲頭上動土)'를 해석한 것으로 보이는데, 이는 예전에 태세(太歲)가 출현한 방향에 땅을 움직이면 재앙을 초래한다는 속설로, 흉악하고 강포한 사람이 재앙을 불러올 것을 비유하는 데에 주로 쓴다.

하고, 창을 들어 산왕의 가슴을 찌르니, 산왕이 벽릉간을 들어 맞아 싸
워 수십합에 불분승부(不分勝負)라.139) 경덕이 창을 멈추고 죽절편을 들
어 치니 산왕이 또 벽릉간을 머무르고 인철창[刃鐵槍]을140) 들러 맞아
싸워 승부 없더니, 경덕이 생각하되, '산왕의 창법과 간법(干法)이141) 가
장 높으니 홍예간에서 싸우던 숙보가 저런 재조가 있더니, 뉘 산왕이
이같은 재조가 있을 줄 알리오? 이 아니 적장이 궤계(詭計)로142) 숙보가
산왕이라 가탁(假託)함인가? 월색(月色)이 몽롱(朦朧)하니143) 알기 어렵
도다.' 하고 소리를 높여 왈,

"산왕왈144) 네 아니 숙보인다?"

숙보 왈,

"너는 아니 울지경덕인다?"

경덕 왈,

"네 당조(唐朝)에 장수가 되어 산적이로라 하여 영웅의 이름을 욕되
게 하나뇨?"

숙보 왈,

"너의 유무주 경현만사(輕賢慢士)하여,145) 공신(功臣)을 폄삭[貶削]하
니146) 내 진부전하(秦府殿下)에 영지(令旨)를147) 받들어 너를 이 곳에서
기다리더니 네 이 때에 당에 귀순하면 공후(公侯)의148) 위(位)를 잃지

---

139) 불분승부(不分勝負): 승부를 내지 못함.
140) 인철창(刃鐵槍): 칼날이 달린 쇠로 만든 창.
141) 간법(干法): 방패를 쓰는 방법.
142) 궤계(詭計): 간사한 속임수의 꾀.
143) 몽롱(朦朧): 달빛이 흐릿함.
144) 산왕왈: 세책본에는 '산왕왈'로 되어 있는데, 이는 '산왕아'의 오류인 듯.
145) 경현만사(輕賢慢士): 현사(賢士)를 경만(輕慢)히 여김.
146) 폄삭(貶削): 낮추고 깎음.
147) 영지(令旨): 왕비나 왕대비 또는 왕세자나 황태자의 명령서.
148) 공후(公侯): 공작(公爵)과 후작(侯爵).

않을 것이오. 하물며 당조는 애현예사(愛賢禮士)하시고[149] 관인후덕(寬仁厚德)하시니 네 어찌 어두운 데를 버리고 밝은 데로 나아오지 아니하는다?”
하더라. 차하(此下)를 분해(分解)하라.

세(歲) 임자(壬子)[150] 삼월(三月) 일(日) 향목동(香木洞) 서(書)

---

149) 애현예사(愛賢禮士): 현사(賢士)를 예로써 사랑하며 존중함.
150) 임자(壬子): 1912년.

당진연의 권지십

화설. 진숙보(秦叔寶)가 경덕(敬德)다려 왈,

"내 진부전하(秦府殿下) 영지(令旨)를 받들어 너를 이 곳에서 기다리더니, 네 이 때에 당에 귀순하면 공후(公侯)의 위(位)를 잃지 아니리니 이른바 어두운 데를 버리고 밝은 데로 돌아옴이니라."

경덕이 항복 두 자를 듣더니 노발(怒髮)이 충관(衝冠)하여 죽절편(竹節鞭)을 들어 또 싸우더니, 홀연 산곡으로서 나팔 소리 진동하며 일표군(一彪軍)이 나오니 위수(爲首) 일원대장(一員大將)이 양거(糧車)를[1] 다 앗아가는지라.

차시 경덕이 다만 숙보로 더불어 싸움에 양미(糧米)를 미쳐 보지 못한지라. 최후에 잃은 줄 알고 싸울 마음이 없어 말을 도로혀 개휴성[介休城]으로 달아나거늘, 숙보가 정교금(程咬金)으로 더불어 양미를 호송하여 바로 평도성[平桃城]으로 돌아와 진왕(秦王)을 본대, 왕이 십분 환희(歡喜)하더라. 무공(茂功) 왈,

"진장군은 빨리 오만병을 거느려 개휴성을 싸라.[2] 나는 십팔로(十八路) 총관(總管)을 거느려 태원부(太原府)를 취하고 병을 도로혀 접응(接應)하리라."

한대, 숙보가 영을 듣고 인군(引軍)하여 개휴성으로 가고, 진왕은 태원

---

1) 양거(糧車): 군량(軍糧)을 실은 수레.
2) 싸라: 포위하라.

부로 가니라.

진병경공개흑성 이적문취태원부
[秦瓊兵困介休城 李勣文取太原府][3]

　화설. 진숙보 병을 거느려 개휴성에 나아가 군사를 분발(分發)하여[4] 성을 철통같이 싸니, 군사가 이를 알고 황망히 경덕에게 아뢴대, 경덕이 대경하여 성에 올라 보니, 과연 대군이 성을 싸거늘, 경덕이 생각하되 '나가 대적하다가는 성중 양초를 잃기 쉬우니 죄 더욱 중할지라. 급히 사람을 보내어 주공께 구완[救援]을 청하리라.' 하고 진졸(鎭卒)[5] 복흔(卜欣)을[6] 보내어 문서를 올렸더니, 차인[此人]이 순초군(巡哨軍)에게[7] 잡히어 숙보에게 뵈니, 숙보가 양건방(梁建方)을 명하여 대진으로 보내니, 차시(此時) 무공(茂功)이 제장으로 더불어 진왕(秦王)을 보호하여 유차현[楡次縣]에[8] 다다랐는지라. 군사를 안돈(安頓)하더니[9] 양건방이 왔음을 알고 부르니, 건방이 들어와 경덕의 세작(細作) 잡음을 고하니, 무공이 대희하여 왈,

----

3) 진숙보[秦瓊]는 군사로 개휴성(介休城)을 곤란케 하고, 서무공[李勣]은 문장으로 태원부(太原府)를 취하다.
4) 분발(分發): 따로따로 나누어 떠나게 함.
5) 진졸(鎭卒): 각 진영에 속한 병졸.
6) 복흔(卜欣): 울지공의 군대에 있던 병사인데, 그 자세한 행적은 미상. 『당서(唐書)』에도 그에 대한 내용은 없다.
7) 순초군(巡哨軍): 돌아다니며 적의 사정을 살피는 군사.
8) 유차현(楡次縣): 세책본에는 '양차현'으로 되어 있는데, 이는 '유차현'의 오류임. 지금의 산서성(山西省) 유차현(楡次縣). 형가(荊軻)가 개섭(蓋聶)과 검(劍)에 대해 이야기를 나누다가 무고하게 욕을 먹은 곳으로 유명하다.
9) 안돈(安頓): 안둔(安屯). 편안히 둔침.

  "이는 하늘이 유무주(劉武周)를 패하게 하심이라. 이 기회를 타 계교를 행함이 마땅하리라."

3 하고, 당검(唐儉)을 불러 귀에 대어,

  "여차여차하라!"

하니, 당검이 청령하고 인하여 세작의 옷을 입고 바로 태원부(太原府)에 이르러 유주(劉主)께 보하니, 유주 명하여

  "들어오라!"

하니, 당검이 부복 왈,

  "신은 울지선봉(尉遲先鋒)의 군사더니 당병(唐兵)이 만산편야(滿山遍野)하여10) 급히 성을 싸니, 경덕이 성지(城池)와 양초(糧草)를 잃을까 저어 빨리 구하심을 청하더이다."

  유주 대경하여 즉시 승상(丞相) 양복념(楊福念)과 위무교위(威武校尉)11) 왕군곽(王君廓)12)·후군집(侯君集)을13) 불러 왈,

  "너희 삼인(三人)이 한가지로 태원부를 진수하라."

하고, 송금강(宋金剛)으로 옛벼슬을 복직하고, 장심상(張尋相)·왕석룡(王石龍)·안군장(顔君章) 등 중장(衆將)으로,

  "호위하라!"

하고, 복흔다려14) 왈,

---

10) 만산편야(滿山遍野): 산과 들에 가득함.
11) 위무교위(威武校尉): 군대의 위세를 담당했던 벼슬 이름.
12) 왕군곽(王君廓): 당(唐) 석애인(石艾人). 어렸을 때 고아로 떠돌다가 이밀(李密)의 휘하에 지내다가 다시 당에 귀순하였다. 두건덕(竇建德)을 공격하였다. 고조가 어마(御馬)를 내려주고, 그 하사한 말을 전정(殿庭)에서 타는 영광을 입기도 했다.
13) 후군집(侯君集): ?-643. 당 빈주(豳州) 삼수인(三水人). 어릴 때부터 이세민(李世民)을 섬겨 현무문(玄武門)의 변(變) 때 군집의 책략이 많았다. 후대에 자신의 공로만을 너무 믿고 행동하다가 결국 참수를 당하였다.
14) 복흔: 여기에서는 복흔으로 변장한 당검을 말한다.

"내 친히 접응하리니, 너는 먼저 돌아가 울지공(尉遲恭)으로 더불어 성을 굳이 지키라."

하고, 다시 군마를 거느려 가니라.

당검이 태원성을 떠나 바로 유차현에 돌아와 이 일을 보(報)하니, 무공이 문왈,

"어떤 사람이 성을 지켜었나뇨?"

당검 왈,

"승상 양복념과 교위(校尉) 왕군곽[王君廓]15) · 후군집이 지키었더이다."

무공이 즉시 사람을 태원에 보내,

"유주의 병이 태원성을 떠나거든 와 보하라."

하니, 즉시 돌아와 보하되,

"유주가 이미 성을 떠났더이다."

하거늘, 무공이 진왕을 청하여 병을 이루어 태원에 나아가 둔병(屯兵)하고 무공이 한 봉 글을 닦아 살에 매어 성중(城中)에 쏘니, 군사가 살을 얻어 양복념에게 드리니, 복념이 떼어보니 왈,

'서세적(徐世勣)은 돈수(頓首)하고16) 글을 양승상(楊丞相) 각하(閣下)에게17) 올리나니 오래 존위(尊位)를18) 사모하나 병화간격(兵火間隔)함으로써19) 능히 배알(拜謁)치20) 못하니 한갓 초창(怊悵)할21) 뿐이라.

---

15) 왕군곽(王君郭): 세책본에는 '곽'으로 되어 있는데, 이는 '왕군곽(王君郭)'의 오류임.

16) 돈수(頓首): 편지의 첫머리나 끝에 경의를 표하기 위하여 쓰는 말.

17) 각하(閣下): 특정한 고급 관료에 대한 경칭.

18) 존위(尊位): 존귀하고도 높은 자리. 혹은 그 자리에 앉은 사람.

19) 병화간격(兵火間隔): 전쟁으로 벌이진 사이.

20) 배알(拜謁): 지위가 높거나 존경하는 사람을 찾아가 뵘.

내 이제 당진왕(唐秦王)을 좇아 이 곳에 이르렀으니 세즉적국간(勢則
敵國間)이로되,22) 그대로 더불어 구교(舊交)가23) 있는지라. 이러므로
삼가 진달(進達)하노라.24) 이제 진왕 전하가 수(隋)의 대보(大寶)를25)
이어 천하를 열[十]에서 육칠(六七)을 두었는지라. 군이 만일 집미(執
迷)하고26) 밝은 데로 돌아오지 아니하면 성이 파(破)하는 날 마침내
뉘우쳐도 미치지 못하리니, 원컨대 그대는 익히 살피라.'

하였더라. 양복념이 견필(見畢)에 사람을 보내어 왕군곽·후군집을 청
하여 무공의 글을 보이니, 이인이 보고 왈,

"승상의 뜻에 어찌 하고자 하시나뇨?"

양복념이 가로되,

"내 소견으로써 의논할진대, 이제 주공의 가전(駕前)에27) 다만 울지
공뿐이라. 이제 개휴성을 지키었으매 조모(朝暮)에28) 존망(存亡)을 헤아
리기 어렵고, 또 주공이 이번 감에 승패를 헤아리지 못하리니, 내 헤아
리건대 당병이 성에 임하여 급히 치면 우리 안에서 대적할 군사가 없
고, 또한 밖에 구병이 그쳤으니 어찌 능히 보전함을 얻으리오? 모로미
당에 항(降)하여 생령(生靈)의29) 괴로움을 덜고자 하노라."

이인 왈,

---

21) 초창(怊悵): 마음에 섭섭함.
22) 세즉적국간(勢則敵國間): 형세는 적국 사이지만.
23) 구교(舊交): 오래 전부터 사귀어온 교분.
24) 진달(進達): 공문서를 상급 관청에 올림.
25) 대보(大寶): 국새(國璽). 곧 임금의 자리.
26) 집미(執迷): 고집이 세고 갈팡질팡함.
27) 가전(駕前): 임금의 시위병(侍衛兵).
28) 조모(朝暮): 아침 저녁. 매우 가까운 시기.
29) 생령(生靈): 생명.

"승상의 말씀이 유리(有理)하니 아등(我等)이 마땅히 좇으리이다."

하니, 양복념이 즉시 수부(帥府)를 소쇄(掃灑)하고30) 이장으로 더불어 바로 당영에 이르러 진왕을 본대, 왕이 대회하여 즉시 거마(車馬)를 갖추어 태원부에 들어가 백성을 안무하고 창고를 봉한 후, 무공 왈,

"병귀신속(兵貴神速)이라31) 하니, 원컨대 전하는 빨리 개휴성으로 나아가사이다."

왕이 좇아 양복염·왕상해[王常偕]로32) 태원을 지키오고, 왕군곽·후군집 등 중장을 거느려 언기식고(偃旗息鼓)하고33) 협로(峽路)로34) 좇아 개휴성에 나아가니, 차시 숙보가 군을 거느려 맞거늘, 왕이 중군(中軍)에 들어가 인마를 안돈하매 무공으로 하여금 맞을 새, 유주 또한 장심상 등을 거느려 하채(下寨)하다.35)

각설. 당영 중장이 싸움을 돋우니, 북군 장심상 등이 내달아 서로 양진이 혼살(渾殺)하더니, 문득 납함소리 나며 장공근(張公謹)·굴돌통(屈突通)이 뒤에서 짓쳐오고, 장손순덕(長孫順德)·고사렴(高士廉)은 서에서 짓쳐와 조전(助戰)하니36) 고성(鼓聲)이 천지 진동하더라. 송금강이 창을 들어 유홍기(劉弘基)의 가슴을 찌르거늘, 홍기가 몸을 기울여 피하고 승세하여 한 창으로 송금강의 좌편 다리를 찔러 말에서 내리치니,

---

30) 소쇄(掃灑): 비로 먼지를 쓸고 물을 뿌린다는 뜻으로, 정결하게 청소함.

31) 병귀신속(兵貴神速): 군사를 지휘함에는 귀신같이 빠름을 귀히 여긴다는 뜻으로, 군사 행동은 언제나 신속하여야 함을 이름.

32) 왕상해(王常偕): 세책본에는 '왕상희'로 되어 있는데, 중국본에 따르면 이는 '왕상해(王常偕)'의 오류임. 이 책 4권에서는 왕상해(王常諧)라고 쓴 적도 있는데, 여기서는 중국본에 따라 표기를 달리하여 쓴다.

33) 언기식고(偃旗息鼓): 전쟁터에서 군기(軍旗)를 누이고 북을 쉰다는 뜻으로, 휴전을 의미함.

34) 협로(峽路): 산 속에 난 좁은 길.

35) 하채(下寨): 영채(營寨)을 세워 주둔함.

36) 조전(助戰): 싸움을 도움.

금강이 아픔을 참고 싼 데를 헤쳐 달아나니, 북군 장졸이 병세 불리함을 보고 일시에 달아나니, 서로 짓밟아 죽는 자 부지기수(不知其數)러라. 정교금이 승세하여 양초와 영채(營寨)에 불을 지르니, 무공이 승승(乘勝)하여37) 군을 재촉하여 주야로 따라 작서곡[雀鼠谷]에 이르니 하루 여덟 번 싸워 적병을 죽이니, 피 흘러 내가 되고 죽엄이 뫼같더라. 범군장(范君章) 등 오장은 당병(唐兵)에 싸인 바 되어 좌충우돌(左衝右突)하되, 능히 벗어나지 못하더라.

진왕삼교홍예관 숙보대전단엽파
[秦王三跳虹霓澗　叔寶大戰洛葉坡]38)

차시 범군장·장만년[張萬年]39)·왕석룡 등 오장이 당병에 싸인 바 되어 좌충우돌하되, 능히 벗어나지 못하여 다 당에 항(降)하거늘, 무공이 크게 이기고 쟁(錚) 쳐 군을 거두다. 진왕이 영에 돌아와 중장을 호상(犒賞)하더니,40) 문득 보하되,

　"천사(天使)가41) 이르렀다!"

---

37) 승승(乘勝): 싸움에 이긴 것을 타서.

38) 진왕은 홍예간(虹霓澗)에서 세 번 도약하고, 진숙보는 낙엽파(洛葉坡)에서 큰 전투를 벌이다. 이 장회 제목은 이 책 9권에서도 이미 쓴 바 있다. 물론 중국본에는 이 제목이 두 번 쓰이지 않는다. 또한 이 제목은 내용과 전혀 무관하다. 따라서 이 제목이 쓰인 것은 필사 과정에서 오류라 하겠다.

39) 장만년(張萬年): 세책본에는 '당만인'으로 되어 있는데, 이는 '장만년(張萬年)'의 오류다. 당만인(唐萬人)은 당진왕의 휘하에 있는 장수 이름이다. 참고로 중국본에는 포위된 다섯 장수가 '장심상, 장만년, 안군장, 범군장, 왕석룡'으로 되어 있다.

40) 호상(犒賞): 군사들에게 음식을 차려 먹이고 상을 주어 위로함.

41) 천사(天使): 천자(天子)의 사자(使者).

하거늘, 맞아 연고를 물은대, 사자 왈,

 "황상(皇上)이 칙지(勅旨)하시되,[42] '만일 변경을 평정하거든 울지공을 사로잡아 조정에 보내라' 하시더이다."

 왕 왈,

 "'이제 산후(山後) 도병(刀兵)을[43] 정(定)치 못하였으니, 정하는 날 첩음(捷音)을[44] 보하리이다' 하라."

 사자가 하직하고 돌아가거늘, 진왕이 무공으로 더불어 상의 왈,

 "조정이 울지공을 잡아 문죄(問罪)코자 하시니 무삼 계교로써 경덕을 항복 받으리오?"

 무공 왈,

 "전하 가히 산후 항장(降將)을 불러 '울지공을 항복 받을 자가 있으면 중작(重爵)을 봉하리라' 하소서."

 왕이 즉시 장심상을 불러 문왈,

 "이제 능히 울지공을 초항[招降]하는[45] 자가 있으면 벼슬을 중히 봉하리라."

 범군장이 출왈,

 "신이 가 경덕을 초항하리이다."

 왕 왈,

 "네 무삼 말로써 귀순케 하려 하는다?"

---

42) 칙지(勅旨): 칙명(勅命). 임금의 명령.

43) 도병(刀兵): 병기와 군사.

44) 첩음(捷音): 전쟁에 이겼다는 소식.

45) 초항(招降): 세책본에는 '초안'으로 되어 있는데, 이는 '초항(招降)'의 오류임. '초항'은 '적을 타일러 항복하게 한다'는 뜻이고, '초안(招安)'은 '못된 짓을 하는 자를 불러 설득시켜 편안하게 살도록 하게 한다'는 뜻이다. 세책본에는 '초항'과 '초안'을 구분하지 않고 모두 '초안'으로 쓰고 있는데, 여기에서는 문맥에 맞게 고쳐쓴다.

범군장 왈,

"당초에 울지공이 신의 영중에 투군(投軍)하였던지라. 신이 감언(甘言)으로 달래면 반드시 좇으리이다."

왕 왈,

"여차즉 마땅히 달래어 일찍이 돌아오라."

범군장이 즉시 하직하고 개휴성에 이르러 온 줄을 통하니, 경덕이 문을 열어 들이거늘, 범군장이 성에 들어가 예필에 경덕이 문왈,

"네 전일 당병에 싸인 바 되어 양초와 성지를 잃을까 저어 사람을 주공께 보내어 정탈(定奪)하심을[46] 청하였더니 아지 못게라, 어찌하더뇨?"

범군장 왈,

"유주 급함을 듣고 친히 대병을 거느려 장군을 구하러 오다가 적군의 계교에 빠져 중로(中路)에서 싸워 패하여 작서교에 이르러 하루에 여덟 번 싸워 또 패하여 전군(全軍)이 함몰(陷沒)하였나니라."[47]

경덕이 대경(大驚) 문왈,

"주공이 어디 계시뇨?"

범군장 왈,

"유주와 송금강이 난군 중에 다 죽었나이다."

하고, 인하여 가로되,

"장군을 속이지 않으리니 과연 우리등이 알지 못하여 당에 투항하였더니 내 이제 진왕의 영지(令旨)를 받아 장군을 초안하러 왔나니, 진왕은 관인후덕(寬仁厚德)하고 존현경사(尊賢敬士)하니 진짓 진명지군(眞命之君)이라. 장군은 가히 어두운 데를 버리고 일찍이 귀순함이 어떠하뇨?"

---

46) 정탈(定奪): 임금의 결단.
47) 함몰(陷沒): 재난을 당해 모두 멸망함.

경덕이 대로하여 죽절편을 잡아 이르되,

"내 당초에 네 휘하에 투항치 아니하였으면 가히 너를 용납치 아니할 것이로되 구의(舊誼)를[48] 생각하여 성명을 요대(饒貸)하나니[49] 빨리 돌아가라. 내 어찌 너를 좇아 불충(不忠)을 행하리오? 이미 유주 죽었거든 수급(首級)을[50] 장(葬)하게 하라."

범군장이 저의 거동(擧動)이 한풍(寒風)같음을 보고 하릴없어 즉시 당영(唐營)에 돌아와 진왕께 이 말을 자세히 고하고 유주의 수급 구하던 일을 아뢴대, 무공이 왕으로 더불어 상의 왈,

"경덕이 유주의 수급을 구하니 아지 못게라. 유무주 이제 어느 곳에 있나뇨?"

하고, 즉시 항장(降將)을 불러 유주의 거취(去就)를[51] 물은대, 안군장이 이르되,

"북선우(北單于)가 유주로 더불어 친척이니 반드시 그리 갔으리이다."

무공이 이르되,

"유무주 간 곳을 알지 못하니 이제 전망(戰亡)한[52] 사람 중에 머리 큰 것을 가리어 가져가면 제 필연 분변(分辨)치[53] 못하리라."

하고,

"사람을 보내어 얻어오라!"

하니, 얻어 왔거늘, 목함에 넣고 당검을 불러 이르되,

---

48) 구의(舊誼): 예전에 가까이 지내던 정분.
49) 요대(饒貸): 너그럽게 용서함.
50) 수급(首級): 전쟁에서 베어 얻은 적군의 머리.
51) 거취(去就): 사람이 어디로 가거나 다니거나 하는 움직임.
52) 전망(戰亡): 전사(戰死).
53) 분변(分辨): 분별(分別).

　"네 이 머리를 가지고 개휴성에 들어가 경덕을 보되, 범사(凡事)를 잘하고 그르게 말라."

　당검이 수급을 가지고 즉시 성하(城下)에 나아가 이르되,

　"바삐 수급을 받아 너의 왕을 장(葬)하라."

한대, 군사가 경덕에게 보하니, 경덕이 급히 문을 열어 들어거늘, 당검이 들어갈 새, 경덕이 당에 내려 목함을 받아 상 위에 놓고 정히 절하고자 하다가 다시 생각하되, '내 친히 진가(眞假)를 해석하리라' 하고 나아가 목함을 열고 보니 다른 사람의 머리이거늘, 경덕이 대로 왈,

　"네 어찌 나를 속이는다? 유주는 표(表)54) 있는 사람이니 뇌후(腦後)에55) 닭의 볏이 있고, 코 궁기가56) 셋이니 범인과 다르거늘 어찌 범인의 머리를 가져와 나를 속이리오?"

　당검 왈,

　"장군이 진짓 머리를 구할진대 유왕의 수급이 있으니 가져가기 어렵지 아니하거니와, 다만 장군이 당에 귀순하려 하면 가져올 것이요, 그렇지 않으면 가히 원문(轅門)에57) 달아 호령하리니 두 가지 중에 가리어 행하라."

　경덕이 양구(良久)히 생각하다가 이르되,

　"만일 진짓 머리를 가져올진대 내 진심(眞心)하여58) 항복하리라."

　당검이 허락하고 즉시 말에 올라 당영으로 돌아오니라.

---

54) 표(表): 표시. 눈에 드러나는 것.
55) 뇌후(腦後): 뒤통수.
56) 궁기: 굶. 구멍.
57) 원문(轅門): 군영(軍營)이나 영문(營門).
58) 진심(眞心)하여: 진심으로.

유문정용지살무주 당진왕시은항경덕
(劉文靖用智殺武周 唐秦王施恩降敬德)59)

차설. 당검이 돌아와 진왕을 보고 경덕의 말을 자세히 고하니, 왕이 무공으로 더불어 정히 의논하더니, 문득 보하되,

"민부상서(民部尙書)60) 유문정(劉文靖)이 왔다!"

하거늘, 왕이 명하여 부르니, 문정이 들어와 예필에 가로되,

"천자 신을 양주(羊酒)를61) 주어 보내사 군사를 호상(犒賞)케 하시더이다."

하고, 또 경덕을 수이 항복 받음을 전하거늘, 왕 왈,

"내 여러 번 초항하되 오히려 귀순치 아니하니 어찌 용이(容易)히 생금[生擒]하리오?"

하고, 범군장을 불러 문왈,

"유주 뇌후에 닭의 볏이 있고, 코 궁기가 셋이라 하니 옳으냐?"

범군장이 대왈,

"과연 옳으니이다."

왕 왈,

"유무주 이제 달아났으니 정히 안신(安身)할 곳이 있으리니 여등(汝等)이 어찌 알지 못하리오?"

대왈,

"북선우가 저의 친척이니 그 밖은 갈 곳이 없으리이다."

12

---

59) 유문정(劉文靖)이 지혜를 써서 유무주(劉武周)를 죽이고, 당 진왕(唐秦王)은 은혜를 베풀어 울지경덕(尉遲敬德)을 항복 받다.
60) 민부상서(民部尙書): 민부(民部)의 상서(尙書). 민부는 호부(戶部)라고도 하는데, 토지·호적·부세(賦稅)·재정(財政)을 주장했던 기관임.
61) 양주(羊酒): 산양(山羊)과 어주(御酒).

유문정이 이 말을 듣고 진왕께 주왈,

"유주 만일 북선우에게 갔을진대, 한 계교가 있으니 신이 유무주의 머리를 베어오리이다."

왕 왈,

"계교가 장차 어디 있나뇨?"

문정이 왕의 귀에 대고,

"여차여차하면 가히 공을 이루리이다."

왕이 대희하여 근시(近侍)를 명하여,

"흰 깁 한 폭을 가져오라."

하고, 단청수(丹靑手)를 불러 한 폭 미인도(美人圖)를 그릴 새, 그림을 마치매, 왕이 보니 주순호치(朱脣皓齒)와[62] 운환설빈(雲鬟雪鬢)이[63] 짐짓 경국지색(傾國之色)이라.[64] 왕이 그 미인도를 문정을 주고 또 주옥금백(珠玉金帛)을[65] 갖추어 주니, 문정이 하직하고 수기(數騎)를[66] 거느려 성야(星夜)로[67] 행하여 새북(塞北)에[68] 이르니, 이 때 북선우 정히 조회를 베풀더니, 문득 보하되,

13   "당국(唐國) 사자가 이르렀다!"

하거늘, 선우가 즉시 부르니, 문정이 들어와 예하매, 선우 문왈,

"그대 무삼 연고로 왔나뇨?"

문정 왈,

---

62) 주순호치(朱脣皓齒): 단순호치(丹脣皓齒). 붉은 입술과 하얀 치아라는 뜻으로 아름다운 여자를 이름.
63) 운환설빈(雲鬟雪鬢): 여자의 머리가 수려함을 형용한 말.
64) 경국지색(傾國之色): 나라를 뒤흔들만큼의 아름다운 얼굴.
65) 주옥금백(珠玉金帛): 주옥(珠玉: 구슬과 옥)과 금백(金帛: 금과 비단).
66) 수기(數騎): 몇 명의 기병(騎兵).
67) 성야(星夜): 별이 총총한 밤.
68) 새북(塞北): 북쪽 변방.

　　"우리 성천자(聖天子)가[69] 대왕의 위덕(威德)을[70] 사모하사 옥진공주(玉眞公主)로써[71] 귀국 태자와 결혼하여 길이 인친(姻親)의[72] 정을 맺고자 하사 신으로 공주를 모셔 귀국에 와 성친(成親)하려 하실 새, 금덩[73] 채거(彩車)에[74] 공주를 싣고 예물을 갖추어 행하더니 삭주지계(朔州之界)에 이르러 정양왕(定陽王) 유무주가 그 일을 알고 불측(不測)한 의사(意思)를 내어 혼야(昏夜)에[75] 공주를 겁탈한지라. 만일 다투고자한즉 공주 보전치 못할까 두려하여 이 일을 조정에 고하니, 천자 진노(震怒)하사 대군을 조발하여 문죄(問罪)하실 새, 유무주를 잡으려 하시니, 무주 저당(抵當)치[76] 못하여 패하여 달아남에, 우리 태후(太后)[77] 낭랑(娘娘)이[78] 수서(手書)를[79] 내리와 공주의 행도(行道)를[80] 온전케 하시니, 공주 무주의 간활무례(奸猾無禮)함을[81] 통한(痛恨)하사[82] 모서(母書)를[83] 좇지 아니시고 자결(自決)하시니, 천자 들으시고 공주의 난자혜질(蘭姿蕙質)과[84] 인혜총민(仁惠聰敏)한[85] 재덕(才德)으로 원사(冤死)함을[86] 애

14

---

69) 성천자(聖天子): 덕이 높은 천자.

70) 위덕(威德): 위엄과 덕망.

71) 옥진공주(玉眞公主): 당 고조(高祖)의 딸로 등장하고 있는데, 실제 당 고조에게는 총 19명의 공주가 있었지만 옥진공주는 없다.

72) 인친(姻親): 사돈.

73) 금덩: 황금으로 호화롭게 꾸민 가마.

74) 채거(彩車): 곱게 장식한 수레.

75) 혼야(昏夜): 어둡고 깊은 밤.

76) 저당(抵當): 서로 맞서서 겨룸.

77) 태후(太后): 황태후(皇太后). 황제의 생존한 모후(母后).

78) 낭랑(娘娘): 왕비나 귀족의 아내를 높여 이름.

79) 수서(手書): 손수 쓴 편지.

80) 행도(行道): 자신의 주장이나 배운 것을 실천함.

81) 간활무례(奸猾無禮): 간활하며 무례함.

82) 통한(痛恨): 몹시 원통해 함.

83) 모서(母書): 어머니의 편지.

84) 난자혜질(蘭姿蕙質): 여자의 아름다운 자태와 뛰어난 자질을 향기로운 꽃에 비

상통도(哀傷痛悼)하사87) 양국이 통화(通和)하는88) 뜻을 대왕께 전하고, 또 이 일을 믿지 않으실까 하여 신에게 이 그림을 주사 '실정(實情)을89) 사뢰라' 하시거늘, 신이 황명을 받자와 천리를 멀리 아니 여겨 왔나이다."

선우가 이 말을 십분 경아(十分驚訝)하여90) 침음양구(沈吟良久)에91) 수미곡직(首尾曲直)을92) 채 알지 못하고 창졸(倉卒)에93) 황홀하여 짐짓 공주 있는 듯하여 가로되,

"대당 전하의 성덕은 십분 감격하거니와 아지 못게라. 저 화상(畫像)은 언제 이뤘나뇨?"

문정이 주왈,

"황후낭랑(皇后娘娘)이 모녀지정(母女之情)에 결연(缺然)함을94) 이기지 못하사 천산만수(千山萬水)에95) 다시 만나지 못할까 하여 심히 슬허96) 공주의 얼굴을 그려두시고 시시(時時)로 보아 회포(懷抱)를 위로하시더니, 행여 대왕이 믿지 아니하실까 하여 가져 왔나이다."

하고 그림을 받들어 드리니, 선우가 바라보니 한 폭 그림 가운데 꽃같

유하여 이름.

85) 인혜총민(仁惠聰敏): 어질고 은혜로우면서 총명하고 민첩함.

86) 원사(冤死): 원통하게 죽음.

87) 애상통도(哀傷痛悼): 상사(喪事)를 당하여 마음이 몹시 아프도록 슬퍼함.

88) 통화(通和): 화친.

89) 실정(實情): 실제의 사정이나 정세.

90) 십분경아(十分驚訝): 매우 의아하게 여김.

91) 침음양구(沈吟良久): 매우 오랫동안 속으로 생각함.

92) 수미곡직(首尾曲直): 일의 시작과 끝이며, 사리의 옳고 그름.

93) 창졸(倉卒)에: 매우 급작스럽게.

94) 결연(缺然): 모자라서 서운하거나 불만족스러움.

95) 천산만수(千山萬水): 천 개의 산과 만 개의 내라는 뜻으로 많은 산과 여러 갈래의 많은 시내를 이름.

96) 슬허: 슬허ᄒ다. 슬퍼하다.

은 만고에 드문 절색(絶色)이라. 선우가 불승황홀(不勝恍惚)하여[97] 왈,

"이제 공주는 어디 있나뇨?"

문정 왈,

"공주 가장 총민영혜하여 어려서부터 시서(詩書)를 읽었는지라. 무주
의 욕을 감심(甘心)치[98] 못하여 자결하니이다."

선우 비탄자차(悲嘆咨嗟) 왈(曰),[99]

"태자가 복이 없어 이런 숙녀(淑女)를 잃었도다. 내 만일 이같은 자부
(子婦)를 얻어 슬하에 두었던들 무삼 한이 있으리오?"

하고, 인하여 노기 충천하여 금아태자(金牙太子)를[100] 불러 그림을 보이
고 분부 왈,

"네 호가군(扈駕軍)을[101] 거느려 흑수하(黑水下)에 가 유무주를 뵈고
대질(對質)하여 과연 옳거든 무주를 베어 이 한을 설(雪)하라."[102]

태자 청령하고 즉시 유문정으로 더불어 바로 흑수하에 이르니, 무주
는 그 연고를 모르고 미미(亹亹)히[103] 웃으며 맞거늘, 문정 왈,

"저 거동을 보라. 제 만일 알지 못하면 어찌 저렇듯 좋은 기색이 있
으리오?"

태자 대로하여 불문시비(不問是非)하고[104] 즉시 칼을 들어 무주를 베
어 그 머리를 가지고 문정으로 더불어 돌아와 이 일을 고한대, 선우 왈,

---

97) 불승황홀(不勝恍惚): 한 곳에 정신이 팔려 어리둥절함을 이기지 못함.
98) 감심(甘心): 괴로움이나 책망 따위를 기꺼이 받아들임. 또는 그런 마음.
99) 비탄자차왈(悲嘆咨嗟曰): 비탄해하고 자탄하며 말하기를.
100) 금아태자(金牙太子): 북선우의 태자로 보이나, 그 자세한 행적은 미상. 금아태
　　　자는 『자치통감(自治通鑑)』이나 『당서(唐書)』에서도 확인이 되지 않는다.
101) 호가군(扈駕軍): 임금이 탄 수레를 호위하며 뒤따르던 군대.
102) 설(雪)하라: 씻어라.
103) 미미(亹亹)히: 빙긋이.
104) 불문시비(不問是非): 옳고 그름을 따지지 아니함.

"이미 그러할진대 죽임이 마땅하다."

하고, 설연(設宴)하여 문정을 관대하더라. 문정이 하직을 고한대, 선우 왈,

"그대는 돌아가 천자께 주하고 양국이 길이 화친케 하라."

문정 왈,

"전하 이르사되, 옥진공주는 이미 죽었으니 단양공주(丹陽公主)로[105] 성친(成親)코자 하시더이다."

선우가 대열(大悅)하여 이르되,

"만일 그러할진대 다 그대의 공이니 성친하는 날 중히 갚으리라."

문정 왈,

"유무주의 수급을 가져다가 천자께 드리면 더욱 좋아하시리이다."

선우 왈,

"옳다."

하고, 무주의 수급을 목함에 넣어 주거늘, 문정이 즉시 하직하고 주야배도(晝夜倍道)하여[106] 돌아와 진왕께 배알하고 전후수말을 고한대, 왕이 대희하여 목함을 열고 무주의 수급을 보니 과연 코 궁기가 셋이오, 꼭뒤에 닭의 볏이 있거늘, 왕 왈,

"이 수급을 뉘 가져가리오?"

무공 왈,

"당검이 아니면 가(可)치 않으리이다."

왕이 즉시 당검을 불러 왈,

"이것을 가지고 경덕에게로 가 아무쪼록 초항[招降]케 하라."

당검이 청령하고 행하여 개휴성에 이르러는 온 뜻을 통한대, 경덕이

---

105) 단양공주(丹陽公主): 고조의 15번 째 공주. 하지만 단양공주는 이후에 등장하는 설만철(薛萬徹)에게 시집을 갔던 공주다.

106) 주야배도(晝夜倍道): 밤낮을 가리지 아니하고 보통 사람 갑절만큼의 길을 걸음.

듣고 즉시 성문을 열어 들이니, 당검이 들어가 경덕을 보고 예하고 목
함을 주어 왈,

"우리 진왕 전하 장군의 충의를 감동하여 장안에 가 이 수급을 가져
다가 나로 하여금 보내시니라."

한대, 경덕이 즉시 목함을 열고 보니 과연 무주의 머리이거늘, 경덕이
방성대곡(放聲大哭)하여[107] 당에 내려 사배(四拜)하기를 마치매, 문득 칼
을 빼어 자문(自刎)코자 하거늘, 당검이 붙들고 이르되,

"장군이 어찌 대의를 잊고 일시지분(一時之憤)을[108] 품어 스스로 죽
고자 하시나뇨?"

경덕 왈,

"당이 이미 우리 주인을 죽였거늘 내 차라리 죽을지언정 어찌 당에
항복하리오?"

당검 왈,

"장군이 스스로 유무주를 죽이고 어찌 당을 한(恨)하나뇨?"

경덕 왈,

"이 어인 말인고? 너희 우리 주인을 죽였거늘, 내 죽였다 하는다?"

당검 왈,

"유무주 패하여 북선우에게 갔거늘, 장군이 이르되 '주군의 수급을
주면 항(降)하려노라' 함에 우리 천자 회뢰(賄賂)를[109] 많이 써 새북(塞北)
에 가 수급을 가져왔는지라. 장군이 만일 당초에 수급을 구하지 아니하
였으면 금백을 허비하고 어찌 먼 길에 가 사오리오?"

경덕이 차언(此言)을 듣고 크게 꾸짖어 왈,

107) 방성대곡(放聲大哭): 소리를 놓아 크게 욺.
108) 일시지분(一時之憤): 한 때의 억울하고 원통한 마음.
109) 회뢰(賄賂): 뇌물.

18

"범군장 역적이 이르되 '주인이 벌써 죽었다' 하기로 내 그 수급이라도 장(葬)코자 구함이라. 일찍 선우에게 간 줄 알았던들 어찌 이 지경에 이르렀으리오?"

당검 왈,

"장군이 전일 이르되 '유주의 수급을 가져오면 당에 귀순하리라' 하였으니 대장부가 한 번 말함에 어찌 변개(變改)함이 있으리오? 장군이 이제 어찌하고자 하나뇨?"

경덕 왈,

"항여불항(降與不降)은[110] 내 주군(主君)의 복제(服制)를[111] 마친 후 결(決)하리라."

당검 왈,

"몇 날이나 한(限)하려 하나요?"

경덕 왈,

"자고로 군부(君父)의 상은 삼년이니라."

당검 왈,

"장군은 짐짓 충효지인(忠孝之人)이어니와 개휴성을 삼년을 지키려 하는다?"

경덕 왈,

"내 칠일을 한(限)할 것이니 그대는 돌아가 이 일을 고하라."

당검이 하직하고 돌아오다.

이러구러 정히 칠일이 지난지라. 경덕이 소의(素衣)를[112] 벗고 융장(戎裝)을[113] 갖추어 스스로 생각하되, '내 당에 항복하면 불충(不忠)이

---

110) 항여불항(降與不降): 항복하든가 항복하지 않는가 하는 것.
111) 복제(服制): 상례(喪禮)에서 정한 오복(五服)의 제도.
112) 소의(素衣): 소복(素服). 색과 무늬가 없는 흰옷.
113) 융장(戎裝): 싸움터로 나아갈 때의 차림.

요, 아니 가면 불신(不信)이라. 어찌하리오?' 하고 정히 주저하더니, 홀연 곤(困)하여 사몽비몽간(似夢非夢間)에 머리 위에 철복[鐵幞]을 두[114] 사람이 흔드는 듯하고, 죽절편이 울고, 칼이 또 소소치니 경덕이 놀라 깨어 이르되,

"고이하도다. 무삼 길흉인고?"

생각하다가 홀연 깨달아 왈,

"당초에 도인(道人)이 날다려 이르되 '유무주를 돕다가 채와 칼이 스스로 우는 때에 진명지주를 만나리라' 하더니 오늘 그 말이 옳음인가?" 하고, 다만 빌어 왈,

"경덕이 당에 항하리라 하거든 칼이 다시 우소서."

빌기를 마침에 칼과 채가 연(連)하여 울거늘, 경덕이 탄왈,

"이는 하늘이 나로 하여금 당에 항하라 하심이라."

하고, 유무주의 수급을 개휴성 서편에 장(葬)하고 뜻을 결(決)하여 항하려 하더라.

각설. 당진왕이 무공다려 왈,

"이제 칠일이 지났으되 경덕의 소식이 없으니 어찌함이뇨?"

무공이 주왈,

"가히 당검으로 채단(綵緞)을 가지고 초항하소서."

왕이 즉시 이인(二人)을[115] 명하여 보내니, 이장(二將)이 청령하고 개휴성에 이르러 성명을 통하니, 경덕이 맞아 예필에 당검 왈,

"이제 칠일이 지남에 우리 전하 아등(我等)을 보내어 예물을 갖추어 장군을 맞아오라 하시더이다."

---

114) 철복을 두: 세책본에는 '철박을 두'로 되어 있는데, 이는 '철복(鐵幞)을 두른'의 오류임. '철복'은 '쇠로 만든 두건'을 뜻하므로, 이 부분은 "쇠로 만든 두건을 쓴"으로 해석할 수 있다.

115) 이인(二人): 이인은 당검(唐儉)과 장공근(張公謹)이다.

한대, 경덕이 개연탄식(慨然歎息)[116] 왈,

"대장부 말을 고치지 아니려니와 다만 세 가지 일이 있으니 이를 좇아야 가히 **항**하리라."

당검·장공근 왈,

"어찌 이른 바 세 가지 일인고?"

경덕 왈,

"내 당초에 싸울 때에 당조(唐朝) 장수를 살육(殺戮)하고 제장(齊將)을[117] 채로 쳤으니 이는 임금을 위함이니 한(恨)치 말미 하나요, 백벽관(柏壁關)에서 조왕(趙王) 부자를 죽였으니 혐의치 말미 두 가지요, 진주(眞主)와 명장(名將)이 서로 만나기 어려우니 진왕 전하 친히 거가(車駕)를 굽혀 맞게 하심이 세 가지니, 이를 다 허(許)하면 내 항하리라."

당검 왈,

"우리 돌아가 왕께 주달(奏達)하리니 장군은 잠깐 기다리라."

하고 이장이 즉시 당에 돌아와 이 일을 자세히 주하니, 왕 왈,

"이 세 가지를 다 좇으리라."

하고, 군중에 전령하되,

"명일 경덕이 와 항하리니 여등은 모로미 구원(舊怨)을 품지 말라. 만일 위령자(違令者)면 군법을 행하리라."

이튿날, 제장을 거느려 친히 성에 나아가 경덕을 맞을 새, 먼저 당검으로 통한대, 차시 경덕이 당검이 전하는 말을 듣고 바삐 의갑(衣甲)을 갖추어 당영(唐營)으로 나아가더니, 당진 전대(前隊)에 진숙보가 벽릉간(劈棱簡)을 들고 외쳐 왈,

"경덕은 어디로 가는다?"

---

116) 개연탄식(慨然歎息): 억울하고 원통하여 길게 탄식을 함.
117) 제장(齊將): 제왕(齊王) 이원길(李元吉)이 거느리고 있던 장수.

경덕 왈,

"내 **당**에 항하노라."

숙보 왈,

"연즉(然則) 진왕 가전(駕前)에서 어찌 이리 무례(無禮)한다?"

경덕이 급히 말에 내려 부복(俯伏)하니,[118] 개휴성 하의 군신이 서로 만남에 정히 풍운(風雲)을 만남같더라.[119] 천추(千秋)를 부르고 고두(叩頭)하거늘, 왕이 즉시 경덕으로 우부총관(右府總管)을 하이고, 방(榜) 붙여 안민(安民)하고 잔치를 베풀어 중군을 호상할 새, 날이 늦으니 각각 본영으로 돌아가거늘, 진왕이 경덕을 불러 이르되,

"그대는 모로미 오늘밤에 나와 동침하여 오래 사모하던 회포를 펴게 하라."

경덕이 불승감격(不勝感激)하여 한가지로 진왕과 잘 새, 반야(半夜)에[120] 이르러 경덕이 문득 다리를 번드쳐[121] 진왕의 몸을 누르니, 왕이 놀라 깨어 심하(心下)에 생각하되, '경덕이 연일(連日) 용심(用心)하여 편히 자지 못하다가 이제 마음을 놓음에 그러하도다.' 하고 몸을 요동(搖動)치 아니하더니, 경덕이 깨어 보고 놀라 급히 탑하(榻下)에[122] 내려 부복 청죄(俯伏請罪)[123] 왈,

"신의 죄 만사무석(萬死無惜)이로소이다."[124]

---

118) 부복(俯伏): 고개를 숙이고 엎드림.

119) 군신이 서로 만남에 정히 풍운(風雲)을 만남같더라: 중국본에는 이 부분이 "正是介休城下君臣會 龍虎相逢風際雲"으로 되어 있다. 낙선재본에는 이러한 비유가 없다.

120) 반야(半夜): 한밤중.

121) 번드쳐: 번드치다. 뒤집다. 바꾸다.

122) 탑하(榻下): 왕의 자리 아래.

123) 부복청죄(俯伏請罪): 고개를 숙이고 땅에 엎드려서 죄를 청함.

124) 만사무석(萬死無惜): 만 번 죽어도 아까울 것이 없음.

왕 왈,

"경은 모로미 안심하라. 한광무(漢光武)는[125] 황제로되 엄자릉(嚴子陵)과[126] 동침하였나니 어찌 죄라 칭하리오?"

하더라. 이튿날 왕이 장(帳)에 오름에 무공이 주왈,

"신이 밤에 건상(乾象)을[127] 보오니 흑살성(黑殺星)이[128] 자미성(紫微星)을[129] 범(犯)함이 급하더이다."

왕 왈,

"군사(軍師)는 그릇 보도다. 어찌 그럴 리(理) 있으리오?"

무공 왈,

"신이 비록 음양(陰陽)은 알지 못하오나 자못 호발(毫髮)을[130] 분해(分解)하고, 조정에 원천강(遠天罡)·이순풍(李淳風)과 이정(李靖)이 다 아나이다."

왕이 혜오되, '이같은 조그만 일이 다 천문(天文)에 뵈니 측량키 어렵도다.' 하더라. 경덕이 왕의 곁에 있다가 무공의 말을 듣고 혜오되, '진

---

125) 한광무(漢光武): B.C.6-A.D.57. 본명은 유수(劉秀). 자는 문숙(文叔). 남양(南陽) 채양인(蔡陽人). 동한(東漢)의 황제. 왕망(王莽)의 군대를 무찔러 한나라를 다시 일으키고 낙양에 도읍하였다. 재위 기간은 25-57년.

126) 엄자릉(嚴子陵): B.C.37-A.D.43. 엄광(嚴光). 자릉(子陵)은 그의 자. 동한(東漢) 회계(會稽) 여요인(餘姚人). 어렸을 때에 한 광무제 유수(劉秀)와 함께 유학(遊學)하였다. 광무제가 황제에 즉위하자, 엄자릉은 성명을 바꿔 은둔하였다. 이후 광무제가 자릉을 경사로 불러 간의대부(諫議大夫)를 제수하였지만 자릉은 이를 거절하고 부춘산(富春山)에 은거하였다.

127) 건상(乾象): 하늘의 현상이나 일월성신이 돌아가는 이치.

128) 흑살성(黑殺星): 흑살성(黑煞星). 예전에 부르던 흉성(凶星)이나 악신(惡神)을 이름. 울지경덕이 검은 빛을 띠므로 여기에서는 흑살성에 비유한 것임.

129) 자미성(紫微星): 큰곰자리 부근에 있는 자미원의 별 이름. 북두칠성의 동북쪽에 있는 열다섯 개의 별 가운데 하나로 중국 천자(天子)의 운명과 관련된다고 한다.

130) 호발(毫髮): 가늘고 짧은 털. 곧 아주 작은 물건을 이름.

왕은 진짓 진명지군(眞命之君)이오. 이같이 고명(高明)한 사람이 많으니 어찌 패업(霸業)을131) 이루지 못하리오?' 하더라. 무공이 경덕다려 왈,

"차후 비록 은총(恩寵)을 얻으나 조심하고 방자(放恣)치 말라."

경덕이 한출첨배(汗出沾背)하여132) 부복칭사(俯伏稱謝)하더라.133) 유 문정이 왕께 주왈,

"신이 조정에 돌아가 천자께 복명(復命)코자134) 하나이다."

왕 왈,

"나와 한가지로 머물러 있다가 함께 감이 어떠하뇨?"

무공 왈,

"전하는 문정을 먼저 보내소서."

하고, 문정다려 이르되,

"내 한 말이 있으니 놀라지 말라."

문정 왈,

"군사는 은휘(隱諱)치135) 말고 가르치라."

무공 왈,

"유무주 본대 두 해를 더 살더니 그대 미인계(美人計)에 빠져 죽으니 원혼이 흩어지지 아니하였는지라. 반드시 불측지화(不測之禍)가136) 있 으리니 그대 이번 가서 침향목(沈香木)으로137) 사람을 만들어 석자[三

23

---

131) 패업(霸業): 제후의 으뜸가는 사업.
132) 한출첨배(汗出沾背): 몹시 부끄럽거나 무서워서 흐르는 땀이 등을 적심.
133) 부복칭사(俯伏稱辭): 땅에 엎드려 사죄의 말을 함.
134) 복명(復命): 명령을 받고 일을 처리한 사람이 그 결과를 보고함.
135) 은휘(隱諱): 꺼리어 감추거나 숨김.
136) 불측지화(不測之禍): 미루어 헤아릴 수 없는 재난.
137) 침향목(沈香木): 아열대 지방에서 나는 향나무 이름. 팥꽃나뭇과의 상록 교목. 높이는 20미터 정도이며, 잎은 어긋나고 긴 타원형인데 두껍고 윤이 난다. 인 도와 동남아시아에 널리 분포한다.

尺] 남짓이 하고 평천관(平天冠)에[138] 자황포[赭黃袍]를[139] 입히고 칠칠(七七) 사십구일(四十九日)을 가묘(家廟)에[140] 두고 공양[供養]하되, 매일 조신(早晨)에[141] 향로(香爐) 일곱과 일곱 그릇 밥을 벌이고 일곱 번 조배(朝拜)하고 세 번 만세(萬歲)를 불러, 칠일이 지난 후에 북방(北方) 절을 찾아 지전(紙錢)을[142] 많이 갖추어 소멸(消滅)하면 자연 무사하리라."

문정이 사왈,

"군사의 가르침을 명심하리라."

하고, 이에 하직하고 떠나 장안에 이르러 고조께 주왈,

"유무주 이미 죽고 경덕을 항복 받았나이다."

고조 대희하사 문정을 상사(賞賜)하시다.

문정이 집에 돌아와 무공의 말대로 심복(心腹)인[143] 장용(張用)으로[144] 하여금 목인(木人)을 만들고, 문정이 일일(日日) 조신(早晨)마다 향안(香案)을[145] 벌이고 조배(朝拜)하며 만세(萬歲)를 부르니, 장용이 생각하되, '주인이 무삼 연고가 있관대 이런 일을 하는고? 만일 조정이 알면 대죄(大罪)를 도망키 어렵고 스스로 고(告)코자 하나 주인이 평일 관곡(款曲)히[146] 대접하시던 것이니 반심(叛心)을 고(告)키 어렵다.' 하더라.

차설. 진왕이 개휴성을 떠나 태원부에 이르러 안민하기를 마침에 무

24

---

138) 평천관(平天冠): 임금이 쓰던, 위가 평평한 관.
139) 자황포(赭黃袍): 천자(天子)가 입던 도포. 예전에 임금이 입던 옷은 자황(赭黃), 즉 황토색으로 염색을 했다.
140) 가묘(家廟): 한 집안의 사당.
141) 조신(早晨): 이른 아침.
142) 지전(紙錢): 돈 모양으로 오린 종이. 죽은 사람이 저승 가는 길에 노자(路資)로 쓰라는 뜻으로 관 속에 넣는다.
143) 심복(心腹): 마음 놓고 부리거나 일을 맡길 수 있는 사람.
144) 장용(張用): 유문정(劉文政)의 가인(家人). 그 자세한 행적은 미상.
145) 향안(香案): 제사 때에 향로나 향합(香盒)을 올려놓는 상.
146) 관곡(款曲): 매우 정답고 친절함.

공으로 더불어 상의하되,

"천자 경덕을 한(恨)하사[147] 세 번 사람을 보내어 재촉하시니, 이제 조정에 돌아가면 결단코 사(赦)치 아닐 것이니 무삼 계교로써 저를 구할꼬?"

무공이 대왈,

"아주 어렵지 아니한지라. 신이 이제 중총관(衆總管)과 경덕으로 더불어 대대 인마를 거느려 홍룡산[紅龍山]에 가 제왕(齊王) 전하를 맞아 한 가지로 도림현(桃林縣)에[148] 머물 것이니, 전하는 두어 장수를 장안에 보내어 천자께 공로부[功勞簿]를 드린 후 도림에 모다[149] 하남(河南)으로 나려 왕세충(王世充)을 치게 하고, 조정이 만일 경덕을 묻거든 전하 여차여차 회주(回奏)하시면[150] 경덕을 가히 구하리이다."

왕 왈,

"차계(此計) 가장 묘(妙)타."

하고, 경덕을 불러 문왈,

"그대 가속(家屬)이 어디 있나뇨?"

경덕 왈,

"신이 조상부모(早喪父母)하고[151] 다른 형제 없고 다만 처자(妻子) 있어 삭주(朔州) 단양현(單陽縣) 금오촌(金吾村)에 있나이다."

왕이 전령(傳令)하여 사람으로 하여금,

"경덕의 서신(書信)을 가지고 삭주에 가 가속을 거느려 오라."

25

---

147) 한(恨)하사: 한하다. 몹시 억울하거나 원통하여 원망스럽게 생각하다.
148) 도림현(桃林縣): 지명. 지금의 하남(河南) 영보(靈寶) 서쪽, 섬서(陝西) 동관(潼關) 동쪽 지역.
149) 모다: 모여.
150) 회주(回奏): 임금에게 회답하여 아룀.
151) 조상부모(早喪父母): 일찍이 부모를 잃음.

하고 무공으로,

"중총관과 경덕을 데리고 홍룡산에 가 제왕을 맞아 도림현에 둔군(屯軍)하라."152)

하고, 양복넘으로 하여금,

"권도(權道)로153) 유주 되어 태원을 진무(鎭撫)하면154) 조정에 주문(奏聞)하여155) 실직(實職)을 주리라."

복넘이 사은하더라.

무공이 인마를 거느려 진왕께 하직하고 홍룡산으로 가니, 진왕이 장손무기(長孫無忌)·고사렴·굴돌통 등 사장(四將)을156) 데리고 경사(京師)로 돌아오다.

재설. 유문정이 침향목인을 시봉(侍奉)하여157) 장차 칠일에 이르렀더니, 이 날은 유문정의 생일이라. 향촉(香燭)158) 제전(祭奠)하기를159) 상례(常禮)같이160) 하고, 장용이 제기(祭器)를 수습하여 나오다가 짐짓 한 다리를 것쳐161) 거꾸러지니 제기 다 깨어진지라. 문정이 대로 왈,

"금일이 나의 생일이거늘 어찌 삼가지 못하뇨?"

하고, 가인으로 하여금 장용을 잡아 큰 곤장으로 이십을 쳐 내치니, 장용이 한을 품고 고장(告狀)하러162) 바로 궐하(闕下)에 나아가 등문고(登

---

152) 둔군(屯軍): 군대를 주둔시킴.
153) 권도(權道): 목적 달성을 위하여 그때그때의 형편에 따라 임기응변으로 일을 처리하는 방도.
154) 진무(鎭撫): 난리를 일으킨 백성들을 진정시키고 어루만져 달램.
155) 주문(奏聞): 주달(奏達).
156) 중국본에는 삼장(三將) 외에 '은개산(殷開山)'이 포함되어 있다.
157) 시봉(侍奉): 모시어 받듦.
158) 향촉(香燭): 제사나 불공 때에 피우는 향이나 초.
159) 제전(祭奠): 의식을 갖춘 제사와 갖추지 아니한 제사를 통틀어 이름.
160) 상례(常禮): 두루 많이 지키는 보통의 예법.
161) 것쳐: 것치다. 거치다의 옛말. 어떤 것에 막히거나 걸림.

聞鼓)를163) 치니, 금위무사[禁衛武士]가164) 잡아갈 새, 차시 고조(高祖)

조회를 받으시더니 황문관(黃門官)이165) 주(奏)하되,

"일인(一人)이 궐하에 와 원언(怨言)이 있노라 하고 등문고를 쳤나이다."

고조가 명하여,

"부르라!"

하사, 물으시되,

"무삼 일인고?"

장용이 주하되,

"신은 다른 사람이 아니라 유문정의 가인(家人)이러니, 문정이 여차여차한 거조(擧措)를166) 하여 신으로 하여금 가음알게167) 하고, 문정이 친히 행제(行祭)하고168) 만세 부르기를 칠칠 사십구일을 하려 함에 그 일이 수상한지라. 만일 이 일을 조정이 아르시면 신에게 죄 미칠지라. 이러므로 우의(愚意)를169) 진달(進達)하나이다. 폐하는 빨리 문정을 잡아 그 간상(奸狀)을170) 핵실(覈實)하소서."171)

고조 청필(聽畢)에 대경하사 급히 금위사(禁衛士)를 명하여,

---

162) 고장(告狀): 소장(訴狀). 송사를 제기하기 위해 제출하는 서류.

163) 등문고(登聞鼓): 중국에서 제왕이 신하들의 충간(忠諫)이나 원통함을 듣기 위하여 매달아 놓았던 북. 진(晉)나라에서 시작하여 당, 송, 명 때에도 두었음.

164) 금위무사(禁衛武士): 궁궐을 지키고 임금을 호위하던 군대에 소속된 군사.

165) 황문관(黃門官): 황문은 내시를 지칭하며, 황제의 좌우에서 보필하던 벼슬아치를 말함.

166) 거조(擧措): 말이나 행동 따위를 하는 태도.

167) 가음알게: 가음알다. 관장(管掌)하다. 일을 맡아서 처리하다.

168) 행제(行祭): 제사를 행함.

169) 우의(愚意): 말하는 이가 자기 의견을 낮추어 이르는 말.

170) 간상(奸狀): 간악한 짓을 하는 모양.

171) 핵실(覈實): 일의 진상을 조사함.

“문정의 전가(全家)를 싸고 수험(搜驗)하여[172] 오라!”

하시니, 차시 문정이 술이 취하여 인사를 모르더니, 뜻 아닌 금위무사가 부중(府中)을 싸고 들어와 두루 살피다가 후당(後堂)에 들아가 가묘를 살펴보니 침향목인이 자황포를 입고 향탁(香卓)[173] 위에 앉았으며 향화등촉(香火燈燭)이[174] 완연히 벌였더라. 거두어 가지고 문정을 잡아 궐하에 대후(待候)하게[175] 하고, 무사(武士) 등이 들어가 이 일을 자세히 주하니, 고조 대로하사 좌우로 하여금,

“문정을 잡아 추문(推問)하라!”[176]

하시니, 문정이 불의(不意)에 이 변을 만난지라. 혼비백산하여 아무리 할 줄 모르고 하늘을 우러러 탄식무언(歎息無言)이거늘,[177] 중관이 참연(慘然)하여[178] 이대로 회주(回奏)하니, 고조 왈,

“문정이 비록 개기창업(開基創業)한[179] 공이 있으나 이제 이렇듯한 흉적(凶蹟)을[180] 두어 불궤(不軌)를[181] 품으니 나라의 큰 역적이라. 어찌 사(赦)하리오.”

하시고, 전지(傳旨)하여,

“저자에 참(斬)하라!”

하시니, 장용을 중상(重賞)하시니, 이는 유무주를 애매히 죽인 보응(報應)인지,[182] 고조가 참(讒)을[183] 신청(信聽)하심인지[184] 알기 어렵더라.

---

172) 수험(搜驗): 검사나 검열 따위를 함.
173) 향탁(香卓): 향로를 올려놓는 탁자.
174) 향화등촉(香火燈燭): 향불과 등촉.
175) 대후(待候): 웃어른의 분부를 기다림.
176) 추문(推問): 죄상을 추궁하여 심문함.
177) 탄식무언(歎息無言): 탄식만 하며 말이 없음.
178) 참연(慘然): 슬프고 참혹함.
179) 개기창업(開基創業): 터를 닦고 나라를 처음으로 세움.
180) 흉적(凶蹟): 흉악한 자취.
181) 불궤(不軌): 반역을 꾀하는 일.

　재설. 진왕이 장안에 들어와 고조께 조현할 새, 오문(午門)에185) 이르러 도부수(刀斧手)가 유문정을 끌어오거늘, 왕이 급히 불러 이르되,

　"칼 아래 사람을 아직 머무르라."

하고, 좌우다려 연고를 물으니, 아는 자가 지난 바를 말하거늘, 진왕이 대경하여 급히 들어가 조현(朝見)하니, 고조 대희하사 위로 왈,

　"오아(吾兒)가 전장(戰場)에 나가 자주 대공을 세우니 짐이 무삼 근심이 있으리오?"

　진왕이 불감(不堪)함을 사죄하고 부복 주왈,

　"유문정을 무삼 죄로 참하라 하시니잇고?"

　고조 가라사대,

　"문정이 거가(居家)하여186) 불법지사(不法之事)를 행함에 짐(朕)이 금위사를 보내어 장물(藏物)을187) 다 앗아 왔으니 어찌 용서하리오?"

　진왕이 주왈,

　"폐하 그릇 아시도소이다. 문정이 제 집에 가묘를 침향(沉香)으로 만들어 두고 제(祭)함은 신이 익히 아는 바요, 가중(家中)에 장용이 득죄(得罪)함에 때려내어 쫓으니 장용이 악심(惡心)을 품고 지척천위지하(咫尺天威之下)에188) 무고(誣告)한189) 일이오니 문정이 어찌 원억(冤抑)치190) 않으리오? 또 무릇 가동(家僮)이 득죄하고 주인이 함해(陷害)하는191) 것

28

182) 보응(報應): 보답(報答). 인과에 따라 선악(善惡)이 되풀이 됨.
183) 참(讒): 참소(讒訴). 남을 헐뜯어서 죄가 있는 것처럼 꾸며 윗사람에게 고하여
　　바침.
184) 신청(信聽): 믿고 곧이 들음.
185) 오문(午門): 남문.
186) 거가(居家): 집에 있음.
187) 장물(藏物): 감추어두었던 물건.
188) 지척천위지하(咫尺天威之下): 임금 가까이.
189) 무고(誣告): 사실이 없는 일을 거짓 꾸미어 해당 기관에 고소하거나 고발함.
190) 원억(冤抑): 원통하고 억울함.

을 살피지 않으시면 뉘 감히 노복(奴僕)을 다스릴 수 있으리잇고? 복망 성상은 세 번 생각하사 비상지원(飛霜之怨)을192) 없게 하소서.”

고조 가라사대,

“내 일시 패노(悖奴)의193) 허무지언(虛無之言)을194) 듣고 하마하더면195) 공신(功臣)을 상할 뻔하도다.”

하시고,

“문정을 아직 분간(分揀)하고,196) 장용은 하옥(下獄)하라.”

하시고, 진왕다려 이르시되,

“문정을 그만 사코자 하노라.”

진왕이 고두사은하고 제신(諸臣)이 다 마땅함을 일컫더라. 고조 또 무르시되,

“울지공을 어찌 **처**치한다?”

진왕이 주왈,

“자고(自古)로 충신열사 다 각각 그 임금을 위하여 진충갈력(盡忠竭力)하옵나니 이러므로 울지공이 당에 득죄함이 있으나 이제 귀순하였사오니 전일 혐의를 사하고 공을 세워 죄를 사할 것이니, 이렇듯하시면 조정이 황야(皇爺)의 후덕(厚德)을 칭복(稱服)할197) 것이요, 둘째는 위엄이 행할 것이니 칼에 피를 묻히지 아니하고 천하를 정(定)하리이다.”

고조 옳히 여기고 울지공으로 하여금,

“종군(從軍)하여 반[半年] 이내에 공을 세우면 죄를 사하고 공이 없으

---

191) 함해(陷害): 남의 재해에 빠짐.
192) 비상지원(飛霜之怨): 뼈에 사무치는 원한.
193) 패노(悖奴): 패악한 종.
194) 허무지언(虛無之言): 아무 것도 없는 빈 말.
195) 하마하더면: 하마터면.
196) 분간(分揀): 죄지은 형편을 보아서 용서함.
197) 칭복(稱服): 칭찬하며 복종함.

면 전죄(前罪)를 용서치 않으리라.”

하니, 진왕이 사은하고 새북(塞北)에 돌아와 군물(軍物)을[198] 수습하고 도림현으로 나아갈 새, 오래지 아니하여 도림지계(桃林之界)에 이르니 무공이 중장을 거느리고 나와 맞아 배례함을 마친 후에 진왕이 유문정의 일을 이르니, 무공이 탄복함을 마지아니하더라. 경덕이 나와 배례(拜禮)하거늘 진왕이, ‘나아오라’ 하여 왈,

“내 조정에 들어가 황야께 네 일을 주달하니, 황야 이르시되 ‘변방에 공을 이루거든 죄를 사하리라.’ 하시더이다.”

경덕이 고두사은하고 왈,

“신이 견마(犬馬)의 힘을[199] 다하리이다.”

하더라. 이적에 안군장(顔君章)·장심상[張尋相]·장만년[張萬年]·왕석룡[王石龍] 등 사인(四人)이 서로 의논 왈,

“우리 당에 항함에 경덕은 골육같이 대접하고 우리는 초개(草芥)같이 아니, 금야(今夜)에 인마를 갖추어 북선우에게 감만 같지 못하다.”

하고, 밤이 고요한 때를 기다려 병마를 거느리고 가만히 새북으로 향하고 가고, 다만 범장군이 정교금의 휘하에 있어 성 밖에 둔하였으매 달아나지 못하니라. 익일(翌日)에 진왕이 장에 올라 중장을 모을 새, 범군장이 주왈,

“안군장 등 사장이 밤에 가만히 달아났으되, 아무 데로 간 줄을 몰라 고하나이다.”

하니, 중장이 듣고 또한 경덕을 의심하여, 굴돌통·은개산이 진왕께 주왈,

30

---

198) 군물(軍物): 군대에서 쓰는 물건을 통틀어 이름.
199) 견마(犬馬)의 힘: 견마지로(犬馬之勞). 개나 말 정도의 하찮은 힘이라는 뜻으로 윗사람에게 충성을 다하는 자신의 노력을 낮추어 이름.

"경덕의 효용(驍勇)이 절륜(絶倫)하니 그 마음을 측량키 어려운지라.
일찍이 죽여 후환(後患)을 끊으소서."
하더라. 차하(此下)를 분해(分解)하라.

세(歲) 임자(壬子)[200] 삼월(三月) 일(日) 향목동(香木洞) 서(書)

---

200) 임자(壬子): 1912년.

당진연의 권지십일

화설(話說). 굴돌통(屈突通) · 은개산(殷開山)이 진왕(秦王)께 주왈,

"경덕(敬德)이 효용(驍勇)이 절륜(絶倫)하니 그 마음을 측량키 어려운 지라. 일찍이 죽여 후환(後患)을 끊으소서."

진왕 왈,

"불연[不然]하다. 경덕이 만일 반심(叛心)이 있을진대 어찌 사장(四將) 의 뒤에 가리오? 차인(此人)의 충의(忠義)는 과인(寡人)이 친히 짐작하나 니 제공(諸公)은 의심치 말라."

모두 아무 말도 아니하고 흩어지니, 진왕이 근시(近侍)로 하여금 경 덕을 불러 '나아오라' 하여 은(銀)을 주며 왈,

"대장부의 지기(志氣) 서로 합(合)하매 작은 혐의(嫌疑)로써 개회(介懷) 치 않을지라. 내 마침 참언(讒言)을[1] 들어 충량(忠良)을 해(害)치 아니 하 나니 이 은자(銀子)로써 반전(盤纏)을[2] 삼아 서로 정(情)을 표(表)하노라."

경덕이 감읍유체(感泣流涕)[3] 왈,

"신의 사생존망(死生存亡)이 전하께 달렸거늘 어찌 다른 뜻이 있으리 잇고? 또 신이 촌공(寸功)이[4] 없사오니 어찌 사사로이 주시는 은을 받

1) 참언(讒言): 거짓으로 꾸며 남을 헐뜯는 말.
2) 반전(盤纏): 노자(路資).
3) 감읍유체(感泣流涕): 감격하여 눈물을 흘림.
4) 촌공(寸功): 작고 보잘 것 없는 공로.

1

으리잇고?”

왕이 이르되,

“타인(他人)이 알면 과인을 편벽(偏僻)되다 할 것이니, 장군[將軍]은 모로미 사양치 말고 받으라.”

경덕이 고두사은하고 은을 품에 품고 물러 나오니라.

제 삼일에 진왕이 전령(傳令)하여 병을 이루어 하남[河南]으로5) 나아갈 새 정히 행하더니, 전군(前軍)이 보하되,

“하남성이 가까웠다!”

하거늘, 왕이 전령하여 성 십리에 하채(下寨)하고 각영(各營)에 영(令)을 내리와,

“엄히 방비하라!”

하더라. 하남 세작(細作)이 왕세충(王世充)에게 보하니 세충이 문무를 모으고 퇴병(退兵)할 계교를 의논할 새, 단웅신(單雄信) 왈,

“이제 당병(唐兵)이 멀리서 와서 쉬지 못하였으니 가히 출기불의(出其不意)하여6) 겁책[劫寨]하면7) 가히 파(破)하리이다.”

세충 왈,

“경언(卿言)이 유리(有理)하니 용심(用心)하여 파하라.”

웅신이 즉시 주무[周武]8) · 애선[艾先]으로9) 좌익(左翼)을 삼고, 석찬

---

5) 하남(河南): 세책본에는 이 부분이 ‘호람’으로 되어 있는데, 이는 ‘하남(河南)’의 오류임. 이후 호람은 모두 하남으로 바꾸어 쓴다.

6) 출기불의(出其不意): 뜻하지 아니할 때에 나아감.

7) 겁채(劫寨): 적의 소굴을 위협하거나 힘으로 빼앗음.

8) 주무(周武): 세책본에는 ‘즁노’로 되어 있는데, 중국본에 따르면 이는 ‘주무(周武)’의 오류임.

9) 애선(艾先): 세책본에는 ‘아형’으로 되어 있는데, 중국본에 따르면 이는 ‘애선(艾先)’의 오류임. 이 책 3권에서는 애선의 이름을 ‘의선’, 5권에서는 ‘의석’으로, 바로 뒤에서는 ‘예경’으로 쓰는 등 착오가 심하다.

(石贊)·주영[朱榮][10]·서성[徐成]으로[11] 우익(右翼)을 삼고, 장영통[張永通][12]·연의[燕義][13]·이록[李祿]으로[14] 구응(救應)을[15] 삼아 황혼(黃昏)을 기다려 당영을 엄습(掩襲)하려 하더라.

차설. 진왕이 무공(茂功)으로 더불어 군정(軍情)을 의논하더니 문득 일진대풍(一陣大風)이 일어나며 천지 아득하거늘, 무공이 소매 안으로 한 괘를 얻고 가로되,

"금야(今夜)에 적병이 우리 영채(營寨)를 겁책[劫寨]할 것이니 저의 계교를 인(因)하여 파하리라."

하고, 제장을 분발할 새, 은개산·고사렴(高士廉)으로 일군(一軍)을 거느려 성 남녘에 매복하고, 정교금(程咬金)·왕당인(王當仁)·장손순덕(長孫順德)으로 일군을 거느려 성 북녘에 매복하고, 단지현(段志玄)·배행검(裵行儉)으로 일지군을 거느려 성 서편에 매복하고, 본영(本營)을 비우고 다만 두어 낫총수를[16] 두어,

"적장(賊將)이 들거든 방포(放砲)하여 호령(號令)을[17] 삼으라!"

---

10) 주영(朱榮): 세책본에는 '유연'으로 되어 있는데, 중국본에 따르면 이는 '주영(朱榮)'의 오류임. 주영은 왕세충의 휘하에 있던 장수이겠으나, 그 자세한 행적은 미상.

11) 서성(徐成): 세책본에는 '셔용'으로 되어 있는데, 중국본에 따르면 이는 '서성(徐成)'의 오류임.

12) 장영통(張永通): 세책본에는 '각영통'으로 되어 있는데, 중국본에 따르면 이는 '장영통(張永通)'의 오류임. 이 책 5권에서는 '장연통'으로 쓰기도 했다.

13) 연의(燕義): 세책본에는 '영이'로 되어 있는데, 중국본에 따르면 이는 '연의(燕義)'의 오류임.

14) 이록(李祿): 세책본에는 '독'으로 나와 있는데, 중국본에 따르면 이는 '이록(李祿)'의 오류임. 바로 뒤에는 이록이 '니독'으로 나오기도 한다. 이록은 왕세충의 휘하에 있던 장수이겠으나, 그 자세한 행적은 미상.

15) 구응(救應): 함께 호응하여 구원한다는 의미로, 여기에서는 그러한 군사를 말함.

16) 낫총수: 화총수(火銃手)를 말하는 듯.

17) 호령(號令): 지휘하여 명령함. 또는 그 명령.

하니, 중장이 각각 청령하고 물러가다.

이 날 초경(初更)에 단웅신이 인마를 거느려 나아올 새, 말에 방울을 떼이고 기치(旗幟)와 갑옷을 말아가지고 입에 함호(含糊)[18] 물고 가만히 당영에 이르러 일시에 납함하고 들어가니, 영이 비었고 인적이 고요하거늘, 계교에 빠진 줄 알고 급히 전령하여 퇴병하더니, 중군장으로서 문득 일성포향이 일어나며 사면 복병이 일시에 내달으니 은개산은 주무[周武]를[19] 베고, 단지현은 애선[艾先]을[20] 베고, 이록[李祿]은 살 맞아 죽고, 그 남은 이는 다 항복하고 혹 달아나거늘, 중장이 대첩(大捷)하고 돌아와 진왕께 뵈고 각각 공을 드릴 새, 왕이 대희하여 잔치를 베풀어 장졸을 호상(犒賞)하고 첩서(捷書)를 장안(長安)에 보내다.

차설. 단웅신이 대패하여 돌아가 세충을 보고 계교에 빠져 패한 연유를 고하니, 세충이 대경하여 문무를 모으고 당병 막기를 의논하더라.

익일에 당(唐) 진왕(秦王)이 중장과 의논 왈,

"무삼 계교를 쓰면 적병을 수이 파할꼬?"

무공 왈,

"경덕으로 출전하게 하소서."

왕이 허락하고 나가 대적하기를 명한대, 경덕이 피갑상마(被甲上馬)하여 삼천군을 거느려 하남성 하에 나아가 싸움을 돋우니 세충이 좌우를 돌아보아 왈,

"뉘 가히 나가 대적할꼬?"

단웅신이 한 대장을 천거하니, 세충 왈,

"이 어떤 장수뇨?"

---

18) 함호(含糊): 죽을 머금었다는 뜻으로 말을 입속에서 중얼거리며 분명하지 아니하게 함을 이름.
19) 주무: 세책본에는 '쥬문정'으로 되어 있는데, 이는 '주무(周武)'의 오류임.
20) 애선: 세책본에는 '예경'으로 되어 있는데, 이는 '애선(艾先)'의 오류임.

웅신이 대왈,

"차인의 성명은 나성(羅成)이요, 자(字)는 사신(士信)이니, 본대 금용(金墉) 명장(名將)이라. 이제 장수영[長隨營]에 있나이다."

세충이 즉시 사신(使臣)을 보내어 나성을 부르니, 차시 나사신이 집에 한가히 있더니 세충의 부름을 듣고 사자를 좇아와 조현(朝見)하니, 세충이 이르되,

"이제 당병이 아국(我國)을 침노하니, 그러므로 단부마(單駙馬)가 경을 천거하매 특별히 청하여 도적을 물리치고자 하나니 만일 공을 이루면 중작(重爵)을 봉(封)하리라."

나성이 대왈,

"신수무재(臣雖無才)나[21] 적병을 물리치리이다."

하고, 즉시 피갑상마하여 성에 나오니 경덕이 묻지 아니하고 서로 싸워 수백여합에 이르러 승부를 결치 못하는지라. 경덕이 창을 멈추고 죽절편(竹節鞭)을 들어 치니, 나성이 유성퇴[流星鎚]를 날려 강편(强鞭)을 막아 싸워 또 백여합에 승부가 없거늘, 진왕이 보다가 무공다려 왈,

"군사는 저 장수를 아는다? 비록 나이 적으나 무예 가장 정숙(精熟)하니 아깝도다."

무공 왈,

"전하 저 장수를 얻고자 하실진대 한 번 불러오게 하리이다."

진왕이 기뻐 왈,

"만일 저 장수를 오게 하면 군사(軍師)의 공이 적지 아니하리로다."

무공이 즉시 진전(陣前)에 나아가 대호(大呼) 왈,

"나사신은 어찌 수고로이 싸우는다?"

나성이 경덕과 싸우다가 경덕[茂功]의 부르는 소리를[22] 듣고 머리를

---

21) 신수무재(臣雖無才): 신이 비록 재주가 없으나.

들어 보니, 대진 상에 서무공(徐茂功)이 있거늘, 창으로 경덕을 헷지르고23) 돌아가니 진왕이 쟁(錚) 쳐 군을 거두니라. 이 날 황혼에 탐세군(探細軍)이24) 보하되,

"한 사람이 필마(匹馬)로 와 군사를 보아지라 하나이다."

하거늘, 무공이 청하여 중군에 들어와 서로 볼 새, 나성 왈,

"선생이 어이 이 곳에 있나뇨?"

무공이 당진왕의 관인후덕(寬仁厚德)을 이르고,

"몸을 그른 곳에 빠지지 말라."

권하니, 나성 왈,

"왕세충이 오래 상종(相從)치 못할 줄 아니, 아직 의지함이 또한 장구지계(長久之計)25) 아니니 선생을 좇아 놀리라."

무공이 대회하여 나성을 데리고 진왕께 조현하고 즉시 돌아가 밤 들기를 기다려 가배야운26) 행장(行裝)을 수습하여 동문(東門)에 이르러,

"문을 수이 열라!"

하니, 군사가 즉시 문을 열거늘, 가속을 먼저 내어 보내고 뒤쫓아 따라와 당영에 이르니, 무공이 맞아 장중(帳中)에 들어와 왕께 보하니, 진왕이 대회하여 숙보(叔寶)를 데리고 무공의 장에 이르러 좌정 후 나성을 자세히 보니 낯이 분(粉) 바른 듯하고, 입은 단사(丹砂)를27) 찍은 것 같고, 범의 머리요, 제비 턱이요, 곰의 등에, 이리 허리며, 잔나비 팔이라. 왕이 문왈,

---

22) 세책본에는 경덕이 나사신을 부른 것으로 되어 있지만, 이는 서무공이 나사신을 부른 것의 잘못이다.
23) 헷지르고: 헷지르다. 헛찌르다.
24) 탐세군(探細軍): 몰래 정찰(偵察)하는 군사.
25) 장구지계(長久之計): 어떤 일이 오래 계속되도록 꾀하는 계책.
26) 가배야운: 가배얍다. 가볍다.
27) 단사(丹砂): 붉은 빛이 도는 황화 물질.

“나이 몇이나 한다?”

나성이 대왈,

“십팔세로소이다.”

왕이 칭찬함을 마지않으시고, 즉시 호위장군(護衛將軍)을 봉하시고, 후영(後營)에 안돈(安頓)하다.

차설. 하남 초마(哨馬)가 나성의 반(叛)함을 보한대, 세충이 대로하여 단웅신을 불러 책왈,

“나성이 온 지 오래지 아니하여 당으로 갔으니 어찌한 일인고?”

웅신 왈,

“어찌 저의 반함을 뜻하였으리오? 다시 생각함을 용서하소서.”

세충이 조회를 파하고 성을 굳이 지키더라. 이적에 진왕이 중군장(中軍帳)에 있더니 문득 보하되,

“천사(天使) 왔다!”

하거늘, 왕이 나아가 맞을 새, 사자 왈,

“신이 성지(聖旨)를 받자와 양(羊)과 미주(美酒)를 가지고 군사를 호궤(犒饋)하러 왔나이다.”

왕이 대희 왈,

“이제 나성이 항복하고 오늘 사주(賜酒)하시니 어찌 즐겁지 않으리오?”

하고, 크게 잔치하여 장졸이 통음(痛飮)하니[28] 중장이 대취(大醉)하고 흩어지거늘, 왕이 취흥(醉興)을 이기지 못하여 음양관(陰陽官)다려[29] 물어 왈,

---

28) 통음(痛飮): 술을 많이 마심.

29) 음양관(陰陽官): 고대에 성상(星相) 점복(占卜) 상택(相宅) 상묘(相墓) 등의 방술(方術)을 맡아보던 벼슬 이름.

"어느 때나 되었나뇨?"

대왈,

"오경(五更)[30] 삼점(三點)이로소이다."

왕이 무공다려 이르되,

"내 세 번 흥사(興師)하여[31] 이에 이르렀으되, 일찍이 하남 지형(地形)을 구경치 못하였는지라. 들으니 우선 무릉도원(武陵桃源)[32] 경개가 천하에 유명타 하니 그대로 더불어 한 번 가서 구경코자 하노라."

무공이 대왈,

"중장이 다 취하였으니 보가(保駕)할 사람이 없으니 다른 날 가심이 좋을까 하나이다."

왕 왈,

"제장을 데리고 가면 군마(軍馬)를 또한 데리고 가리니, 이는 싸움하러 가는 것이니 어찌 구경하는 행색(行色)이리오?"

무공 왈,

"비록 그러하시나 어찌 천금지구(千金之軀)를[33] 가배야이 호혈(虎穴)에 가시게 하리있고? 노신(老臣)의 말을 좇으샤 성의(聖意)를 도로혀심을 바라나이다."

진왕이 호흥(好興)을 이기지 못하여 무공의 간언(諫言)을 듣지 아니하고 갑주(甲胄)를 정제하고 무공을 이끌어 가자 하거늘, 감히 어기지 못

---

30) 오경(五更): 새벽 3시에서 5시 사이.
31) 흥사(興師): 기병(起兵). 군사를 일으킴.
32) 무릉도원(武陵桃源): 신선이 살았다는 전설적인 중국의 명승지. 도연명(陶淵明, 365~427)의 <도화원기(桃花源記)>에 나오는 말로, 중국 진(晉)나라 때 호남(湖南) 무릉의 한 어부가 배를 저어 복숭아꽃이 아름답게 핀 수원지로 올라가 굴속에서 진(秦)나라의 난리를 피하여 온 사람들을 만났는데, 그들은 하도 살기 좋아 그 동안 바깥세상의 변천과 많은 세월이 지난 줄도 몰랐다고 한다.
33) 천금지구(千金之軀): 천금같이 귀중한 몸.

하여 미쳐 제장(諸將)에게도 알리지 못하고 수하(手下) 친군(親軍)과34) 호가군(扈駕軍)만35) 데리고 서무릉[魏宣武陵]에36) 이르러 두루 보니 경개 절승(絶勝)하여 사람으로 하여금 감회(感懷)케 하는지라. 왕이 호흥을 이기지 못하여 돌아올 줄 잊어버리고 유완(遊玩)하더니37) 차일 하남 세작이 이 일을 알고 세충에게 보한대, 세충이 급히 단웅신을 불러 이르되,

"이제 진왕이 단기(單騎)로 서무릉에 이르러 경치를 본다 하니 이는 하늘이 도우사 세민을 잡게 하심이니 너는 삼천 철기를 거느리고 가만히 서문(西門)으로 나아가 뒤를 끊고 앞을 막으면 반드시 잡을 것이니, 만일 진왕 곧 얻으면 천하를 정(定)함이 한 번에 있으니 때를 가히 잃지 못할지니 그릇이 없게 하라."

단웅신이 청령(聽令)하고 철기(鐵騎)를 거느려 가만히 뒤를 짓쳐 내다르니 당병(唐兵)이 불의(不意)에 당한 변(變)이라. 군신장졸(君臣將卒)이 수미(首尾)를 돌아보지 못하여 사면으로 허여져38) 목숨을 도망하거늘, 웅신이 창을 들고 말을 뛰어 진왕에게 달려들어 창을 빗겨 찌르려 하니, 문득 붉은 무지개 진왕의 몸을 두르며 반공(半空) 중으로서 다섯 톱 가진 금룡(金龍)이 달려들어 입을 벌리고 창을 물어 진왕을 보호하니, 웅신이 정신이 황홀하여 손을 놀리지 못하니, 진왕이 이 때를 당하여 혼비백산하여 말을 채쳐 닫더니,39) 문득 일원(一貝) 대장(大將)이 손에

---

34) 친군(親軍): 친병(親兵). 임금이 몸소 거느리는 군대.

35) 호가군(扈駕軍): 임금이 탄 수레를 호위하며 뒤따르던 군대.

36) 위선무릉(魏宣武陵): 세책본에는 '셔무릉'으로 되어 있는데, 중국본에 따르면 이는 '위선무릉(魏宣武陵)'의 오류임. 그렇지만 이 책에서는 모두 서무릉으로 쓰고 있는데, 내용상 크게 문제가 없기 때문에 이 부분은 고치지 않고 세책본에 표기된 내용을 그대로 따르기로 한다.

37) 유완(遊玩): 노닐며 즐김.

38) 허여져: 허여지다. 흩어지다.

대도(大刀)를 들고 나는 듯이 짓쳐오거늘, 왕이 대경실색(大驚失色)하여 생각하되, '앞에 적장(賊將)이 길을 막고 뒤에 추병(追兵)이 따르니 내 명(命)이 이 곳에서 마치리로다.' 하고 급히 활을 취하여 낭아전(狼牙箭)을[40] 달아 한 번 쏘니 따르던 장사가 시위 소리에 응(應)하여 마하(馬下)에 떨어지거늘, 진왕이 길을 앗아 달아나더니, 웅신이 따라오다가 연의[燕義]의 죽는 양을 보고 대로하여 급히 말을 채쳐 따르거늘, 왕이 정히 닫더니 전면에 좁은 길[窄路]이 있거늘 보고 생각하되, '내 이 길로 가면 제 반드시 따르지 못하리라.' 하고 말을 놓아 좁은 길로 달아나니 한 편은 고산준령(高山峻嶺)이요,[41] 또 한 편은 천만(千萬) 길이나 되는 물이라. 왕이 닫더니 뒤에 추병이 따라오거늘, 왕이 동서(東西)를 혜지[42] 아니하고 닫다가 큰 물이 앞을 가로막는지라. 이에 하늘을 우러러 두어 번 빌고 채를 들어 말을 치며 소리 질러 왈,

"이 물을 못 건너면 이 곳에서 죽으리로다!"

그 말이 문득 용(勇)을 발(發)하여 네 굽을 모으고 소리를 벽력같이 지르더니 소소라쳐 물을 뛰어 건너는지라. 단웅신이 따라오다가 진왕이 벌써 물을 건넜거늘, 생각하되, '이는 반드시 구름을 타고 건넜도다.' 하고 채를 들어 저 탄 말을 아무리 쳐도 움직이지 아니하거늘, 마지못하여 다른 길로 진왕을 따르더니, 차시 무공이 충살(衝殺)함을[43] 당하여 진왕을 잃고 급히 말을 도로혀 사면(四面)으로 진왕을 찾더라.

---

39) 닫더니: 닫다. 빨리 뛰어가다.
40) 낭아전(狼牙箭): 예전의 병기 이름. 화살촉이 마치 낭아(狼牙: 승냥이의 어금니)처럼 예리하게 생겼다는 데서 붙어진 이름.
41) 고산준령(高山峻嶺): 높은 산과 험한 고개.
42) 혜지: 혜다. 생각하다의 옛말.
43) 충살(衝殺): 들이쳐서 죽임, 또는 찔러서 죽임. 혹은 돌격의 의미를 담은 충살(沖殺)로 볼 수도 있다.

위절능전마구진왕 유가원중복경덕
[魏宣陵剗馬救秦王 楡窠園衆雄服敬德][44]

각설. 진왕이 물을 건너 달아나더니 단웅신이 다른 길로 급히 따르매, 왕이 정히 급하더니 문득 무공이 말을 달려와서 단웅신의 소매를 잡고 왈,

"형아! 전일 동문(同門)에[45] 있을 제 서로 맺어 형제되어 수족같이 사랑하던 정을 생각하여 나의 낯을 보아 아주(我主)를 따르지 말라. 만일 옛날 정의(情誼)가 범연(泛然)할진대[46] 어찌 위엄(威嚴)을 범(犯)하리오?"

웅신 왈,

"내 전일 맹세를 지키지 못할지라. 이제 각각 임군을 섬기니 어찌 전일 사정(私情)을 고념(顧念)하여[47] 국가 대사(大事)를 그릇하리오?"

말을 마치매 칼을 들어 소매를 끊고 진왕을 따라 유과원[楡窠園]에[48] 이르니, 차시 왕이 수풀 속에 몸을 감추었더니 단웅신이 따라옴을 보고 놀라 닫고자 할 차에 웅신이 따라와서 창으로 찌르니, 창이 문득 나무에 박히는지라. 웅신[雄信]이 급히 창을 빼려 할 제, 왕이 벌써 두어[49] 리(里)를 달아난지라. 다시 창을 빼어들고 진력(盡力)하여 따르더니, 무

---

44) 위선릉(魏宣陵)에서 말을 씻던 사람[尉遲敬德]이 진왕(秦王)을 구하고, 유과원(楡窠園) 모든 영웅들은 울지경덕에게 승복하다. 제목은 위선릉으로 쓰고 있지만, 원 내용에서는 서무릉으로 되어 있다.

45) 동문(同門): 같은 스승에게서 배운 사람. 중국본에는 '용문진(龍門鎭)'으로 되어 있지만, 동문(同門)으로 보아도 내용상 큰 무리가 없다. 낙선재본은 '뇽문디'로 되어 있다.

46) 범연(泛然): 차근차근한 맛이 없이 데면데면함. 또는 그 모양.

47) 고념(顧念): 남의 사정이나 일을 돌보아 줌.

48) 유과원(楡窠園): 세책본에는 '옥하원'으로 되어 있는데, 중국본에 따르면 이는 '유과원(楡窠園)'의 오류임. 이하 모두 유과원으로 고쳐 쓴다.

49) 두어: 일부 단위를 나타내는 말 앞에 쓰여 그 수량이 둘쯤임을 나타내는 말.

공이 웅신의 물리침을 당하여 다른 수가 없는지라. 급히 구병(救兵)을 부르려 하더니 낙하수(洛河水)에 이르러 물소리 나거늘, 마음에 생각하되, '어떤 사람이 이 곳에서 말을 씻기는고?' 하며 바삐 나가 보니, 이 다른 사람이 아니라. 울지공(尉遲恭)이 말을 씻기거늘, 무공이 보고 급히 불러 왈,

"장군은 급히 주공(主公)을 구하라!"

경덕이 놀라 문왈,

"주공은 어디 계시며 무삼 일이 있나뇨?"

무공 왈,

"주공이 서무릉에서 단웅신의 난을 만나 급하시니라."

경덕이 대경하여 미쳐 갑옷을 입지 못하고 말을 달려나가며 소리 질러 이르되,

"역적은 우리 주공을 상해오지 말라!"

단웅신이 돌아보니 경덕이 필마로 오거늘, 웅신이 저의 갑옷이 없음을 마음에 업수이여겨50) 낭아곤(狼牙棍)을51) 두루고 달려드니, 경덕이 맞아 싸워 삼십여합에 이르러 경덕이 정신을 가다듬어 한 소리를 크게 지르고 팔을 늘려 낭아곤을 앗아 웅신을 바라고 치니, 웅신이 몸을 기울여 피할 제 좌편 다리를 맞아 피를 흘리니, 말 길마에52) 엎드려 닫거늘, 경덕이 따르지 아니하고 낭아곤을 찾아 유원령[楡園嶺]53) 아래 박고 말을 도로혀 영(營)으로 돌아오니라.

---

50) 업수이여겨: 업신여겨.

51) 낭아곤(狼牙棍): 고대 병기의 이름. 곤봉처럼 생긴 것으로 상단에 대추 크기만 한 철정(鐵釘)을 박아 놓았는데, 그 모양이 마치 승냥이의 어금니와 같다고 해서 붙여진 이름.

52) 길마: 짐을 싣거나 수레를 끌기 위하여 소나 말 따위의 등에 얹는 안장.

53) 유원령(楡園嶺): 세책본에는 '옥화영'으로 되어 있는데, 중국본에 따르면 이는 '유원령(楡園嶺)'의 오류임.

이적에 진왕이 황망히 닫더니 문득 뒤에서 벽력같은 소리 나거늘 대
경하여 급히 보니, 이는 경덕의 소리라. 마음에 적이[54] 진정하여 보더
니 또 굴돌통이 대군을 거느려 이르러 적군을 짓치고 진왕을 영접하여
영으로 돌아오니, 중장이 뒤에 오고 제총관(諸總管)이[55] 앞에 있어 일
시에 참현(參見)하고 주왈,

"신등이 일찍 알지 못하여 전하로 하여금 곤(困)하시게 하니, 신등의
죄 만사무석(萬死無惜)이로소이다."
하더라. 차시 경덕이 돌아와 의갑을 바삐 입고 대영(大營)[56] 중에 이르
러 왕께 뵈니, 왕이 좌우를 돌아보아 왈,

"이번에 경덕이 아니런들 어찌 제장으로 더불어 다시 보리오?"
하고, 금백(金帛)을 후상(厚賞)하고, 이튿날 왕이 기공관(記功官)으로[57]
하여금,

"울지공을 제일공(第一功)에 치부(置簿)하라."[58]
하고, 못내 기리기를 마지아니하더라. 제장이 모두 '상벌이 고르지 않
다' 하여 서로 의논하여 원망하거늘, 무공이 알고 중장으로 더불어 다
투되, 모두 불복(不服)하거늘,[59] 무공이 왕께 주왈,

"경덕의 공을 중장이 믿지 아니하니 전하 친히 중총관을 데리시고
유과원에 이르러 중인으로 하여금 그 용맹과 마음을 보게 하여 원언(怨
言)이[60] 풀리게 하소서."

왕이 좇아 중장을 거느리고 유과원에 이르러 보니 과연 영 밑에 낭

---

54) 적이: 어지간히.
55) 제총관(諸總管): 모든 총관(總管).
56) 대영(隊營): 큰 군영(軍營).
57) 기공관(記功官): 공로를 기록하는 벼슬아치.
58) 치부(置簿): 문서에 기록해 둠.
59) 불복(不服): 긍정하지 아니함.
60) 원언(怨言): 원망하는 말.

아곤이 박혔거늘, 무공이 왕께 주하고,

"진숙보(秦叔寶)·울지경덕·나사신 세 장수는 말고, 그 남아[61] 장수로 하여금 저 창을 빼게 하면 제일공을 삼으리라 영(令)을 내리소서."

왕이 좇아 영을 내리니, 은개산이 말을 뛰어 내달아 왈,

"신이 그 창을 빼리이다."

하고, 나아가 두 손으로 빼려한 즉 마치 산 나무같아 조금도 움직이지 아니하거늘, 은개산이 참색(慙色)이 낯에 가득하여 물러나오거늘, 정교금이 대분(大憤)하여 말을 달려나오며 외쳐 왈,

"은개산은 적은 사람이라. 어찌 저 창을 빼리오? 나의 창 빼는 양을 보라."

하고, 말을 달려나오거늘, 왕이 문왈,

"말을 타고 감은 어찜이뇨?"[62]

교금이 주왈,

"신이 말을 달려 말굽이 땅이 붙지 아니하여서 저 창을 빼오리이다."

하고, 달려가며 두 손으로 잡아 흔드니, 쇠막대 박은 듯하여 조금도 움직이지 아니하니, 차시(此時) 교금이 두 손으로 낭아곤을 시매[63] 말이 살같이 달리니 견디지 못하여 땅에 나려지매, 진왕의 좌우 보고 대소(大笑)하더라. 왕이 경덕다려 왈,

"이미 저 창 뺄 사람이 없으니 장군이 나가 빼보라."

경덕이 청령하고 말에 올라 달려나가다가 창 꽂은 데 다다라 한 손으로 낭아곤을 잡아 빼니, 한 소리 크게 나며 수레찌만한 흙덩이 묻어나고, 그 밑이 두려빠지고[64] 맑은 시내 되어 지금까지 고적(古蹟)이[65]

---

61) 남아: 나머지.

62) 어찜이뇨: 어찌한 일이뇨. 무슨 일이뇨.

63) 시매: 내용상 일부(예컨대 '잡았으매' 따위)가 빠진 것으로 보인다. 의미상 '잡았으나'로 보아야 타당하다.

되니라. 장상장하[66] 대소장졸(大小將卒)이 칭찬 아니할 이 없고, 왕이 또한 칭찬 왈,

"참 호장(虎將)이라!"

일컫고 모든 장사를 거느려 대채(大寨)로 돌아와 잔치하여 즐기더라.

차설. 단웅신이 하남에 돌아와 세충을 보고 왈,

"신이 진왕을 따라 유과원에 이르러 거의 잡게 되었더니, 문득 한 장수 내달아 구하니 기인(其人)의 창법(槍法)이 가장 정숙하고 신으로 더불어 크게 싸워 이기지 못하고, 연의는 진왕의 살에 맞아 죽었나이다."

세충이 대로하여 단웅신의 병권(兵權)을 다 앗고, 환법사(桓法嗣)로 더불어 대소 문무를 총독케 하여 성을 굳이 지키더라.

차설. 제왕(齊王) 원길(元吉)이 비록 영중에 있으나 병권을 잡지 못함에 마음에 앙앙(怏怏)하더니,[67] 일일은 진왕다려 왈,

"소제(小弟) 조정을 떠난 지 오래매 황상(皇上)을 앙모(仰慕)하는 마음이 간절하여 돌아갈 마음이 살같사오니 왕형(王兄)에게 소제의 심회(心懷)를 고(告)하나이다."

왕 왈,

"삼제(三弟)가 가자 하거든 호송하여 가게 하리라."

제왕 왈,

"군정(軍情)이 긴급하니 호송하기를 어찌 바라리오?"

16

---

64) 두려빠지고: 두려빠지다. 한 곳을 중심으로 그 부근을 도려낸 것처럼 뭉떵 빠져나가다.

65) 고적(古蹟): 옛 문화를 보여주는 물건이 있는 터.

66) 장상장하: 장상장하(將相帳下)인 듯. 장상(將相)과 장하(帳下), 즉 장수와 재상을 비롯한 장수의 부하들을 모두 지칭함. 리듬을 맞추기 위해 단순히 장상장하(帳上帳下)로 썼을 수도 있다. 중국본에는 이 대목이 "秦王鼓掌大笑"로 되어 있고, 낙선재 6책본 · 13책본에는 "좌위 대쇼ᄒ고"로 되어 있다.

67) 앙앙(怏怏): 마음에 차지 못하여 야속해 함.

하고, 이에 하직하고 떠나 여러 날 행하여 장안에 이르러 고조께 조현
한대, 고조 반기사 문왈,

"네 어찌 일찍이 돌아온고?"

제왕이 주왈,

"신이 하남에 간 지 오래오니 용안(龍顔)을[68] 사모하여 왔나이다."

고조 물어 가라사대,

"울지경덕이 일등 공을 세웠느냐?"

제왕이 오래 앙앙지심(怏怏之心)을[69] 품은지라. '경덕이 진왕의 심복
(心腹)이 되면 진왕을 해치 못할 것이니, 이 때를 타 경덕을 모함하여
황숙(皇叔)과 황질(皇侄)의 원수를 갚으리라.' 하고 거짓 대왈,

"울지경덕이 공이 없으나 진왕이 저를 두호(斗護)하여[70] 공을 제장(諸
將)의 위에 치부(置簿)하니 제장이 다 원망하더이다."

고조 가라사대,

"진왕이 어찌 경덕을 두둔하여 짐을 속이던고?"

원길 왈,

"이는 다름이 아니오라 후일에 제 몸을 호위코자 하여 그 마음을 맺
으니 신(臣)인들 어찌 그 마음을 측량하리잇고?"

고조 대로하사 즉시 사자를 하남에 보내어,

"울지공을 함거(轞車)에[71] 넣어 보내어 무공(無功)한[72] 죄를 다스리
게 하고, 장졸이 오래 변방에 표류[漂流]하였으니 반사(班師)하라.[73]"

---

68) 용안(龍顔): 임금의 얼굴을 높여 이름.
69) 앙앙지심(怏怏之心): 매우 섭섭하거나 시뻐서 앙심을 품고 있는 마음.
70) 두호(斗護): 남을 두둔하여 보호함.
71) 함거(轞車): 예전에 죄인을 실어나르던 수레.
72) 무공(無功): 공을 세우지 못함. 공이 없음.
73) 반사(班師): 군대를 이끌고 돌아옴.

하시다.

차설. 사명(使命)이[74] 조지(朝旨)를 받자와 하남에 이르니, 진왕이 제장을 거느려 채외(寨外)에 맞아 들어와 향화(香火)를 배설하고 조지를 받은 후 잔치를 배설하여 천사를 관대하여 보내고, 제장을 모와 회군을 의논할 새, 경덕을

"나아오라!"

하고, 이르되,

"천자께서 장군이 나를 구한 공을 모르시고 장군을 함거에 넣어 반사(班師)하라 하시니 마땅히 조정에 들어가 힘써 구하리니 모로미 개회(介懷)치 말라."

경덕이 주왈,

"신이 이미 귀순하였으니 생사를 어찌 개회하리있가? 원컨대 전하는 관심(寬心)하소서."[75]

왕이 전령하여 경덕을 함거에 싣고 반사하여 장안으로 향하니라.

무공정계구경덕 제왕비도전울지

[茂功定計救敬德 齊王比稍戰尉遲][76]

각설. 진왕의 대군이 차차 행하여 장안에 들어와 왕이 당검(唐儉)을 불러 이르되,

"네 조정에 들어가 어디서 군사를 호궤(犒饋)하는 곳인고 알아오라."

18

---

74) 사명(使命): 사신이나 사절이 받은 명령.
75) 관심(寬心): 마음을 너그럽게 함.
76) 서무공(徐茂功)은 계교를 정하여 울지경덕(尉遲敬德)을 구하고, 제왕(齊王)은 창을 견주면서 울지경덕과 대결하다.

당검이 청령하고 조정에 들어가 고조께 조현하고 배무하기를[77] 마침에 주왈,

"이전하(二殿下) 회군하여 연무장[鍊武場]에 둔군(屯軍)하고 어느 곳에서 호군(犒軍)하는 줄을 몰라 품(稟)하라[78] 하시더이다."

고조 가라사대,

"인마가 호대(浩大)하니[79] 연무장에서 호궤하리라."

당검이 조명(朝命)을 듣고 연무장에 이르러 진왕께 회주(回奏)하니라. 이 날 천자께서 문무를 거느려 연무장에 이르시니 진왕이 중장을 거느리고 멀리 나와 맞을 새, 상이 장(帳)에 오르시니 왕이 들어와 조현하고 배무하기를 마침에, 고조 전지하사,

"공로부(功勞簿)를 드리라."

하시니, 왕이 두 손으로 받들어 올리거늘, 자세히 보실 새, 차례로 보시다가 문왈,

"나성은 어떤 사람인고? 또 어찌 공로부에 참예(參預)치[80] 못하였는다?"

왕이 주왈,

"나성은 본대 위장(魏將)으로, 온 지 오래지 못하여 아직 공로부에 참예치 못하니이다."

상이 나성을,

"나아오라!"

하사 보시니, 상모(相貌)가 가장 비범하거늘, 상이 **문**왈,

---

77) 배무: 미상. 조배(朝拜)를 잘못 쓴 것인 듯하다. 중국본에도 '조배(朝拜)'로 되어 있다.
78) 품(稟)하라: 웃사람에게 아뢰거나 여쭈라.
79) 호대(浩大): 넓고 큼.
80) 참예(參預): 참여.

“나이 몇이나 하뇨?”

나성이 부복 주왈,

“십팔세로소이다.”

왕이 칭찬하시고 즉시 불로장군[不老將軍]을[81] 봉하시고, 또 무르시되,

“울지공은 어디 두었난고?”

왕이 대왈,

“함거에 넣어 연무장에 대죄(待罪)하나이다.”[82]

상이 전지(傳旨)하사,

“잡아오라!”

하사, 눈을 들어보시고 왈,

“저 도적이 나의 성지(城池)를 앗고, 조왕(趙王) 부자를 죽이며, 여러 장수를 살해하였으니 가히 죽엄직하다.”

하시고, 좌우를 호령하여,

“저 도적을 내어 참(斬)하라!”

하시니, 무사(武士)가 경덕을 잡아가거늘, 반부(班部)[83] 중에 양건방(梁建方)이 한 축 그림을 가지고 고조 앞에 나아가 꿇어 고왈,

“도림현(桃林縣)에서 이적(李勣)이 이 그림을 얻어 만세(萬歲)께 드리라 하더이다.”

고조 보시니 한 사람이 성 아래서 완경(玩景)하는데,[84] 문득 한 장수

---

81) 토로장군: 세책본에는 ‘토로장군’으로 되어 있으나, 이는 불로장군(不老將軍)의 오류인 듯. 낙선재본에는 이 부분이 빠져 있지만, 중국본에는 불로장군(不老將軍)으로 되어 있다. 나성(羅成)이 나이가 어리면서도 용맹이 뛰어났기 때문에 이러한 이름을 붙여준 것으로 보인다.

82) 대죄(待罪): 죄를 기다림.

83) 반부(班部): 반열(班列). 조정의 행렬(行列).

84) 완경(玩景): 경치를 구경함.

가 군을 거느리고 급히 완경하는 사람을 따르거늘, 그 사람이 위급하여 정히 죽게 되었더니, 홀연 한 사람이 창을 들고 필마(匹馬)로 달려와서 따르던 장수를 싸워 물리치고 완경하는 사람을 구하는 형상이라. 고조 가라사대,

　"이 사람이 이 장수 곧 아니면 거의 죽을났다!85) 아지못게라. 이 어느 때 시절이며, 이 사람과 이 장수의 성명은 무엇인고?"

　무공이 주왈,

　"이는 고사(故事)가 아니오. 신(臣)이 차사(此事)를 아뢰오리이다. 이 그림은 당금(當今)86) 사적(事蹟)이오니, 이 또한 서무릉이요, 성 밑에 완경하는 사람은 진왕 전하요, 진왕을 따르는 이는 왕세충의 장사 단웅신이요, 웅신을 가로막아 물리치는 사람은 울지공이니 만일 경덕이 구함이 아니런들 진왕 전하 어찌 위태치 아니리잇고?"

　고조 대경 왈,

　"울지공이 아니런들 오아(吾兒) 죽기를 면키 어려우니 울지공의 공로가 적지 아니하거늘, 어찌 공로부에 올리지 아니하였으며, 짐이 전일 이르기를 공을 이루거든 전죄(前罪)를 속(贖)하라 하였으니 어찌 벌써 주(奏)하지 아니하뇨? 바삐 울지공을 부르라."

하시니, 이윽고 경덕이 이르러 전폐(殿陛)에87) 다다라 고두(叩頭)하되, 고조,

　"나아오라!"

하사, 가라사대,

　"짐이 경의 큰 공을 알지 못하고 하마터면 그릇할뻔하도다."

---

85) 죽을났다: 죽을 뻔하였다.
86) 당금(當今): 지금.
87) 전폐(殿陛): 전계(殿階). 궁전(宮殿)으로 오르는 계단의 섬돌.

경덕이 고두 왈,

"이는 다 폐하의 홍복(洪福)이시니 신이 무삼 공이 있으리잇고? 폐하 신을 이렇듯 과장(過獎)하시니88) 간뇌도지(肝腦塗地)하와도89) 성은을 다 갚지 못할까 하나이다."

고조 연하여 칭찬하시고 금백을 상사하시니 경덕이 사은하고 물러나다. 영왕[英王]이 제왕다려 왈,

"네 창 쓰기를 잘하던 것이니, 우리 한 계교를 정하여 유과원 공로를 허사(虛事)를 만들었으면 진왕이 울지공을 두둔하여 기망(欺罔)한90) 죄를 당할 것이요, 경덕을 가히 죽이리라."

제왕 왈,

"내 본대 이 도적을 없애고자 한 지 오랜지라. 만일 계교를 내었던들 어찌 이제 같이 왔으리잇고?"

영왕 왈,

"네 황상께 주하고 상전에서 무예를 겨루면 비록 죽이진 못하나 가히 공로를 삭(削)하리라."91)

제왕이 영왕의 말을 옳이 여겨 즉시 상전(上前)에 나아가 주왈,

"경덕이 공이 없으되 진왕이 울지공을 죽이실까 겁하여 상께 무주(誣奏)함이니92) 만일 믿지 아니시거든 신이 창 쓰기를 잠깐 아옵나니, 원컨대 저와 무예를 겨뤄 삼합(三合)에 신이 못이기거든 저의 공로를 실정으로 아르사 공로를 써주시고, 만일 이기거든 무상한 죄를 밝히사 후

---

88) 과장(過獎): 지나치게 칭찬함.
89) 간뇌도지(肝腦塗地): 참혹한 죽음을 당하여 간장(肝臟)과 뇌수(腦髓)가 땅에 널려 있다는 뜻으로, 나라를 위하여 목숨을 돌보지 않고 애를 씀을 이름.말.
90) 기망(欺罔): 남을 속임.
91) 삭(削)하리라: 깎으리이다.
92) 무주(誣奏): 없는 사실을 거짓으로 꾸미거나, 또는 그렇게 하여 임금에게 아룀.

일 방자(放恣)함이 없게 하소서.”

22 　고조 옳이 여기사 **경**덕을 명하여

“제왕과 창법을 겨뤄 고하를 정하라.”

하니, 경덕이 고두 주왈,

“신의 어린 창법이 어찌 소전하[小殿下]의 창법을 당하리라. 감히 지존지지(至尊之地)에서93) 다투리잇가?”

고조 가라사대,

“제왕이 스스로 겨뤄보고자 하니 경은 사양치 말라.”

경덕이 물러 나오니, 진왕이 대경하여 가만히 경덕다려 왈,

“이제 천자 참언(讒言)을94) 들으시고 장군과 무예를 겨루라 하시니 부디 조심하여 겨루되, 행여 상치 아니하게 겨루라.”

경덕이 청령하고 즉시 의갑을 정제하여 말을 내거늘, 제왕이 금갑을 입고 금투구를 쓰고 점강검을95) 들고 경덕을 향하여 바로 가슴을 찌르니, 그 세 빠름이 급한 바람같더라. 경덕이 불황불망(不遑不忙)이96) 손을 들어 제왕의 창을 잡아 한 번 낚으니, 제왕이 몸이 소소쳐 마하에 떨어지며 창을 놓아 버리니, 경덕이 창을 앗아가지고 치빙(馳騁)함에97) 마치 정갑신(丁甲神)같더라.98) 제왕이 몸을 날려 다시 마상(馬上)에 오르며 생각하되, ‘차적(此賊)이 비록 당에 항(降)하였으나 만일 성(性)을

23 **발**(發)할진대 내 어찌 저당(抵當)하리오?’99) 하고 급히 말을 도로혀 달

---

93) 지존지지(至尊之地): 지존(至尊: 임금)이 있는 곳.

94) 참언(讒言): 거짓으로 꾸며 남을 헐뜯는 말.

95) 점강검: 칼의 일종으로 보이나, 그 구체적인 모양은 미상.

96) 불황불망(不遑不忙): 허둥대고 바쁘다고 할 새도 없이.

97) 치빙(馳騁): 말을 타고 달림.

98) 정갑신(丁甲神): 도교의 신인데, 후대에는 천병(天兵)이나 천장(天將)을 범칭하여 썼음.

99) 저당(抵當): 맞서서 겨룸.

아나거늘, 영왕이 외쳐 왈,

 "삼제(三弟)는 닫지 말라! 제 어이 너를 상하리오? 겁내지 말고 다시 겨뤄보라."

 제왕이 말을 멈추니 경덕이 창을 다시 주며,

 "용심(用心)하여 겨루라."

하거늘, 제왕이 부끄럽고 분함을 참고 정신을 가다듬어 창으로 경덕의 낯을 찌르니 경덕이 잠깐 피하며 또 창을 앗으니 마치 어린아이와 겨룸같은지라. 경덕이 창을 두르고 좌우 치빙하는 것이 마치 심산(深山) 맹호(猛虎)같거늘 제왕이 생각하되, '이번은 제 반드시 해(害)하리라.' 하고 급히 달아나거늘, 고조가 경덕을 불러 왈,

 "네 유과원 공이 과연 옳은지라. 이제 네 벼슬을 봉하고자 하되, 날이 저물었으니 명일 벼슬을 봉하리라."

 경덕이 고두사은하더라. 영왕이 주왈,

 "경덕이 비록 공이 크나 명일 폐하 남어원[南御園]에100) 이르사 경덕으로 하여금 유과원에서 창 앗던 일을 시키사 그 재조를 보소서."

 고조 허락하시니, 진왕이 본부에 돌아가 중장으로 하여금 명일 남어원에 교봉(交鋒)한101) 일을 차리라 하다. 차시 영(英)·제(齊) 이왕(二王)이 동부(東府)에102) 이르러 의논할 새, 제왕 왈,

 "어떤 사람으로 단웅신을 가착(假着)하려103) 하시나잇고?"

 영왕 왈,

 "내게 한 장대한 가정(家丁)이104) 있으니 성명은 황장(黃莊)이요,105)

---

100) 남어원(南御園): 세책본에는 '남니'로 되어 있는데, 이는 '남어원(南御園)'의 오류임. 남쪽 어원(御園). 어원은 곧 궁궐 안에 있던 후원이나 동산이다.
101) 교봉(交鋒): 교전(交戰).
102) 동부(東府): 영왕(英王) 이건성(李建成)이 거처하는 곳임.
103) 가착(假着): 거짓으로 꾸밈.

별호(別號)는[106] 입지태세(立地太歲)라. 차인(此人)이 무예 정숙(精熟)하니 가히 쓰리라.”

제왕 왈,

“연즉 차인을 불러 계교를 가르치라.”

영왕이 즉시 황장을 불러 왈,

“명일 너로써 단웅신을 가착하여 진왕을 따르게 정하였으니 네 명일 남어원에 가 진왕을 따라 찔러 죽이되, 만일 성공할진대 후일 중히 쓰리라.”

황장이 청령하더라. 명일 고조 남어원에 전좌(殿座)하시고[107] 문무가 두 줄로 벌였더라. 고조 영(英)·진(秦)·제(齊) 삼왕을 불러 왈,

“짐이 금일 무릉원(武陵源) 고사(故事)를[108] 구경코자 하나니 일절(一切) 서로 상해오지 말라.”

하시고, 즉시 황장을 불러 왈,

“정남상(正南上)에 자죽림(紫竹林)이[109] 있으니 네 거기 숨었다가 진왕이 이르러 완경하거든 네 따르되 십분 조심하고 상해오지 말라.”

25   황장이 청령이퇴(聽令而退)하거늘,[110] 고조 **또** 경덕을 불러 왈,

---

104) 가정(家丁): 예전에 집에서 부리던 남자 일꾼. 여기에서는 가정보다는 가장(家將)으로 보는 것이 타당하다.

105) 황장(黃莊): 영왕(英王) 이건성(李建成)의 가정(家丁)으로 보이나, 그 자세한 행적은 미상.

106) 별호(別號): 별도로 부르는 별명.

107) 전좌(殿座) : 임금이 정사를 보거나 조하를 받으려고 정전(正殿)이나 편전(便殿)에 나와 앉던 일. 또는 그 자리.

108) 무릉원(武陵源) 고사(故事): 앞서 나왔던 ‘서무릉[魏宣武陵]’에서 진왕에게 벌어졌던 일.

109) 자죽림(紫竹林): 자줏빛 무늬가 있는 대의 하나. 높이는 1-3미터. 제주도와 일본 등지에 분포한다.

110) 청령이퇴(聽令而退): 명령을 듣고 물러감.

“너는 화원 북녘에 금련지[金蓮池][111] 있으니 네 거기 있다가 구하라.”

경덕이 주왈,

“만일 기간(其間)[112] 불측지사(不測之事) 있을진대 어찌하리잇고?”

고조 왈,

“연즉 임의(任意)로 하라.”

하고, 진왕을,

“전(殿)으로 오르라!”

하사 왈,

“네 자죽림에 가 무릉 고사를 행하라.”

왕이 수명하고 일 필 말을 채쳐 자죽림에 이르러 동서로 정히 유완(遊玩)하더니[113] 문득 죽림 중으로서 황장이 뛰어나와 작도(斫刀)를 들고 진왕을 향하여 찌르려 하거늘, 왕이 급히 말을 도로혀 달아난대, 고조 대경하여 급히 경덕을 불러,

“구하라!”

하니, 경덕이 급히 말을 뛰어 나오며 대호 왈,

“적장은 아주(我主)를 상치 말라!”

황장이 경덕을 맞아 싸워 삽합이 못하여 칼을 들어 경덕을 베고자 하거늘, 경덕이 채를 들어 칼을 막으며 즉각[即刻]의[114] 한 채로 쳐죽이니, 좌우 다 놀라거늘, 고조 왈,

“황장이 성지(聖旨)를[115] 어그릇쳤으니[116] 죽음이 마땅타!”

---

111) 금련지(金蓮池): 세책본에는 ‘금원지’로 되어 있는데, 중국본에 따르면 이는 금련지의 오류임. 금련지는 금빛 연꽃이 피어있는 연못이라는 의미.

112) 기간(其間): 그 사이.

113) 유완(遊玩): 노닐며 즐김.

114) 즉각(即刻)의: 당장에.

하시고, 진왕의 놀람을 위로하시고, 또 경덕을 불러 어주(御酒) 채단(綵緞)을 상사하시고 용호대장군(龍虎大將軍)을 하이시고, 왈,

26

"네 **채** 이름이 무엇이라 하나뇨?"

경덕이 주왈,

"죽절편이라 하나이다."

고조 채를 보시고 이름을 고쳐 정왕편(定王鞭)이라[117] 하시고, 채 끝에 어필(御筆)로[118] 십륙자를 쓰되, '비록 짐이 없으나 있음같이 하여 간사한 자가 있거든 임의로 하라!'[119] 하시고, 또 가라사대,

"무론귀천(毋論貴賤)하고[120] 진왕을 해하는 자가 있으면 선참후계(先斬後戒)하라!"

하시고, 서부(西府)를 고쳐 천책부(天策府)라[121] 하시고, 진왕을 명하여,

"제장을 거느려 대오(隊伍)를 정하라!"

하시니, 진왕이 전령하여,

"대오를 정하라!"

한대, 제장이 청령하고 일성포향에 군위(軍威)를[122] 베푸니, 고함소리 진천(震天)하더라.[123] 이윽고 이정(李靖)·울지경덕(尉遲敬德)·진숙보(秦叔寶)·정교금(程咬金)·나성(羅成)·은개산(殷開山)·유홍기(劉弘基)

---

115) 성지(聖旨): 임금의 뜻.

116) 어그릇쳤으니: 어그리츠다. 어긋나다. 어기다.

117) 정왕편(定王鞭): 왕을 안정시킨 편(鞭: 쇠도리깨)이라는 의미. 중국본에는 정왕편이 아닌 정당편(定唐鞭)으로 되어 있는데, 이는 당나라를 안정시킨 쇠도리깨라는 의미다. 어떤 이름이라도 모두 타당한 의미를 갖는다.

118) 어필(御筆): 임금이 직접 쓴 글씨.

119) 중국본에는 '雖無鑾駕, 如朕親臨, 但有奸邪, 打死不論'이란 16자로 나온다.

120) 무론귀천(毋論貴賤): 귀하고 천한 것을 가지지 말고.

121) 천책부(天策府): 실제 천책부가 건립된 때는 무덕(武德) 5년[622]이다.

122) 군위(軍威): 군대의 위신.

123) 진천(震天): 소리가 하늘을 뒤흔들 듯이 울림.

·방현령(房玄齡)·두여회(杜如晦)·마삼보(馬三寶)·장손무기(長孫無忌)·단지현(段志玄)·굴돌통(屈突通)·굴돌합(屈突盍)·양건방(梁建方)·장공근(張公瑾)·당검(唐檢)·무사확[武士彟]·당만인(唐萬人)·노명성[魯明星]·가윤보(賈閏甫)·류주신(柳周臣)·우진웅(牛進雄)·우진달(牛進達)·병원직(邴原直) 등 중장(衆將)이 각각 의갑(衣甲) 도창(刀槍)을 정제하고 가전(駕前)에 벌였으니 개개(個個)이 웅호천신같더라.124) 영[英]·제(齊) 이왕(二王)이 극히 부끄러워 그윽이 꺼리되, 화기만면(和氣滿面)하여125) 왈,

"가히 웅장(雄壯)하여이다."

고조 대연(大宴)을 배설하여 종일토록 즐기시고 환궁(還宮)하시다. 진왕이 천책부(天策府)에 이르러 경덕다려 왈,

"내 금일이야 장군의 공로를 명백히 하였으니 바야흐로 방심(放心)하리로다."

경덕이 백배사례(百拜謝禮)하더라. 수일 후, 고조 조회를 받으실 새, 진왕이 주왈,

"신이 이제 하남을 치려 하오니 이정을 데려가려 하나이다."

고조 허(許)하시니, 진왕이 즉시 사은하고 연무정[鍊武場]에 나와 조련(調練)하고126) 인마를 거느려 하남지계(河南之界)에 이르러 하채(下寨)하니라.

27

---

124) 웅호천신: 미상. 용맹스러운 장수를 뜻하는 웅호천장(雄豪天將)의 오류인 듯. 천장(天將)은 보통 장수의 미칭으로 쓰인다. 중국본에는 이러한 표현이 없다. 다만 고조가 그 의용을 보고 "吾兒見好似麒麟主, 聚下金錢豹子群"이라는 말을 하고 어주(御酒)와 탕양(湯羊)을 내주었다고만 되어 있다. 낙선재 13책에는 "개개히 응댱ᄒ미 텬댱ᄀᆞᆺ드라", 6책본에는 "개개히 웅위ᄒ미 텬쟝ᄀᆞᆺ더라"로 되어 있다.

125) 화기만면(和氣滿面): 온화한 기색이 얼굴에 가득함.

126) 조련(調練): 연병(練兵). 군인으로서 전투에 필요한 여러 가지 동작이나 작업 따위를 훈련함.

각설. 하남 세작(細作)이 동정왕(東鄭王) 세충(世充)에게 보한대, 세충이 문무를 모와 의논할 새, 단웅신(單雄信)이 출 왈,

"신(神)의 계교(計巧)를 쓰면 좋으리로소이다."

환법사(桓法嗣) 왈,

"내 정히 사계를[127] 쓰고자 하더니 이 말이 정히 옳도다."

하고, 세충이 기뻐 왈,

"내 다만 군사와 부마를 믿나니, 군마를 자단(自斷)하라!"[128]

환법사, 단웅신으로 더불어 연무정에 나아가 신병(神兵) 일만(一萬)을 점검[點檢]하여 요술을 가르칠 새, 신병의 신장이 팔척이요, 또 나무신을 신겼으니 높이 십여척이라. 낯에[129] 귀형(鬼形)을[130] 그리고 몸에 뽕나무 껍질로 만든 옷을 입히고, 그 위에 오색을 그렸더라. 완비(完備)하기를 마침에 전서[戰書]을[131] 닦아 오선[吳選]을[132] 주어 당영(唐營)으로 보내니, 진왕이 받아보니, 그 전서에 왈,

'하남 동정국 환법사는 글월을 당진왕께 올리나니 천하는 한 사람의 천하가 아니요, 천하 사람의 천하라. 하물며 아국(我國)이 먼저 침노함이 없거늘 너희 이름 없는 군사를 일으켜 우리를 침노하니 가히 천앙(天殃)을 받을지라. 이제 퇴병(退兵)하면 인국(隣國)에 좋음을 맺을 것이요, 그렇지 않으면 옛날 이밀(李密)의 망함을 받으리라. 이윽

---

127) 사계: 신사계(神師計)를 이르는 듯. 신사(神師)에게서 받은 계책. 혹 필사자의 주관에 따라 사계(邪計: 사악한 계책)로 볼 수도 있겠다.
128) 자단(自斷): 스스로 결정을 내림.
129) 낯: 얼굴.
130) 귀형(鬼形): 귀신의 형상.
131) 전서(戰書): 전쟁의 시작을 알리는 통지서.
132) 오선(吳選): 세책본에는 '우선'으로 되어 있는데, 중국본에 따르면 이는 '오선(吳選)'의 오류임. 왕세충(王世充)의 장수로 보이는데, 그 자세한 행적은 미상.

히 생각하여 뉘웃지 말라.'

하였더라. 진왕이 전서를 보고 대로하여 사자를 꾸짖어 왈,

"네 머리를 벨 것이로되, 양국(兩國)이 상지(相持)하매[133] 사자(使者)를 죽이지 아니하노라."

하고, 오선을 등 밀어 내치니, 선이 쥐 숨듯 달아와 환법사에게 고하니라.

각설. 진왕이 이정다려 왈,

"하남에 신병이 있다 하니 어찌 이름인고?"

이정 왈,

"이는 요술이니 가히 파(破)할 계교가 있나이다."

하고, 군사를 거느려 취병산(翠屛山)에 나아가 한 대(臺)를 모으고, 군사로 하여금 오방(五方) 기호(旗號)를 꽂고 팔문둔갑(八門遁甲)을[134] 응(應)하여 당번(幢幡)[135] 보개(寶蓋)를[136] 세우고, 다시 진에 돌아와 인마를 조발(調發)할 새,

"무사확으로 삼천병을 거느려 하남을 치되, 두루 마름쇠를[137] 깔라."

하고,

---

133) 상지(相持): 서로 자기의 의견만을 고집하고 양보하지 아니함.

134) 팔문둔갑(八門遁甲): 술수가들이 사용하던 말로, 휴(休)·생(生)·상(傷)·두(杜)·사(死)·경(景)·경(驚)·개(開)를 가리킨다. 이 중 휴(休)·생(生)·개(開) 세 문은 길(吉)하고, 나머지 다섯 문은 흉하다. 기문(奇門)이나 둔갑(遁甲)은 모두 이 술(術)에서 나온 것이다.

135) 당번(幢幡): 당(幢)과 번(幡)을 붙여져 만든 기. 당(幢)은 장대 끝에 용머리를 만들고 깃발에 불화를 그려 보살의 위엄을 드러낸 것이고, 번(幡)은 부처와 보살의 성덕을 그려낸 깃발이다.

136) 보개(寶蓋): 보주(寶珠) 따위로 장식된 천개(天蓋).

137) 마름쇠: 끝이 송곳처럼 뾰족한 서너 개의 발을 가진 쇠못. 도둑이나 적을 막기 위하여 흩어 두던 무기.

"진숙보·나사신으로 삼천병을 거느려 각각 긴 칼을 들어 하남성 동녘에 매복하고, 울지공·정지절(程知節)로[138] 삼천병을 거느려 성 서편에 매복하였다가 성중에서 신병이 나오거든 두 편으로 나와 짓치라."

하고,

"은개산·마삼보·유홍기로 삼천병을 거느려 영 뒤에 매복하였다가 내달아 치라."

하고,

"가윤보·류주신·왕당인(王當仁)으로 삼천병을 거느려 영 앞에 매복하였다가 포성을 듣고 일시에 내달아 치라."

하니, 중장이 청령하고 가거늘,

"장손순덕(長孫順德)·배인기(裵仁基)·고사렴(高士廉)·굴돌통으로 오백군을 거느려 산하(山下)에 지리를 보아 영 사면에 매복하였다가 공중에서 사람의 소리 나거든 일시에 쏘라."

하고, 기여(其餘)는 모두 산성(山城)에 둔(屯)하다.

각설. 환법사가 석찬(石贊)·서성[徐成]으로[139] 일만군을 거느려 취병산 남녘에 매복하고, 장영통(張永通)·번조[樊祚]로[140] 일만군을 거느려 정남에 매복하고, 단웅신·장손(長孫)·안사(安舍)는 다 신병을 좇아서 가되 공중에 유성[流星]이 일어나거든 너희 분용(奮勇)하여[141] 치라. 중장이 청령하고 각각 인마를 거느려 나오다.

차일 황혼[黃昏]에 법사 성에 올라 좌수(左手)에 칼을 들고 입으로 진

---

138) 정지절(程知節): 정교금(程咬金).

139) 서성(徐成): 세책본에는 '서영'으로 되어 있는데, 중국본에 따르면 이는 '서성(徐成)'의 오류임. 앞에서는 '서용'으로도 썼지만, 이 역시 '서성'의 오류다.

140) 번조(樊祚): 세책본에는 '민도신'으로 되어 있는데, 중국본에 따르면 이는 '번조(樊祚)'의 오류임.

141) 분용(奮勇): 용감히 떨쳐 일어남.

언(眞言)을 염(念)하니, 이윽고 천지 아득하여 검은 안개 몽몽(濛濛)하더니[142] 문득 한 소리 나며 몸이 구름에 올라 당영에 이르러 소리 질러 왈,

"신병이 오니 길을 열라!"

하고, 유성포(流星砲)를[143] 놓으니, 하남 군병과 신병이 짓쳐오는지라. 당진 매복이 공중의 소리남을 듣고 일시에 살로 쏘니 환법사 살을 맞아 떨어져 죽거늘, 당진(唐陣)에서 연주포(連珠炮)[144] 놓으니 사면 복병이 일시에 내달아 짓치니 하남 신병이 일시에 내달아 칠 새, 이정이 당진 상에서 바라보고 소매를 떨치니 광풍(狂風)이 대작(大作)하고 벽력소리 진동하며 급한 비 붇듯이 오니, 하남 신병이 종이 갑(甲)을 입었는지라. 일장 대우(一場大雨)를[145] 만나 진세(陣勢) 대란하여 달아나가다 마름쇠에 걸려 거꾸러지거늘, 진숙보 등 복병(伏兵)이 내달아 짓치니 전군이 대패하여 주문영(周文英)·주문예(周文禮)·서성은 난군(亂軍) 중에서 죽고, 기여(其餘)는 싼 데를 헤치고 달아나더라.

　　세(歲) 임자(壬子)[146] 삼월(三月) 일(日) 향목동(香木洞) 서(書).

---

142) 몽몽(濛濛): 비나 안개 따위가 자욱함.
143) 유성포(流星砲): 고대의 화포(火砲)의 일종.
144) 연주포(連珠炮): 연발로 쏘는 화포(火砲).
145) 일장대우(一場大雨): 한바탕 퍼붓는 큰 비.
146) 임자(壬子) 1912년.

당진연의 권지십이

1   **각**설. 진숙보(秦叔寶) 등 복병(伏兵)이 일시에 내달아 짓치니 주문영(周文英) 등이 난군(亂軍) 중에 죽고 기여(其餘)는 싼 데를 헤치고 달아나거늘, 이정(李靖)이 승첩(勝捷)하여 돌아와 진왕(秦王)께 뵈온대, 왕이 대희하여 중군을 호상(犒賞)하고 공로(功勞)를 기록하다. 이정 왈,

"전하는 전장[戰場]을1) 구경하소서."

왕이 제장(諸將)을 거느려 나아가 보고 웃기를 마지아니하더라.

각설. 단웅신(單雄信)이 패군(敗軍)을 거느려 성중(城中)에 들어가 동정왕(東鄭王)을 보고 패한 연유를 고하니, 세충(世充)이 대경 왈,

"이제 형세(形勢) 위급하니 어찌하리오?"

단웅신이 주왈,

"두 곳 인마(人馬)를 빌려 이 한을 풀리이다."

세충 왈,

"어느 곳 인마를 빌려 하나뇨?"

웅신 왈,

"하왕[夏王]2) 두건덕(竇建德)에게3) 육십만 군사가 있으니 일봉서(一

---

1) 전장(戰場): 세책본에는 '신장'으로 되어 있는데, 이는 '전장(戰場)'의 오류로 보인다. 중국본에는 이정이 진왕을 모시고 전장에서 승전한 양상을 보여주자, 진왕이 미미(微微)히 웃는다. 참고로 낙선재본에는 이 부분이 '진샹'으로 되어 있다.

2) 하왕(夏王): 세책본에는 '한왕'과 '하왕'이 혼동스럽게 쓰이고 있는데, 이는 '하

封書)를4) 닦아 예물(禮物)을 갖추어 청병(請兵)할 것이요, 상량왕(上梁王) 심법흥(沈法興)에게5) 일지병(一枝兵)을6) 빌려 돕게 하면 당병(唐兵)을 가히 파(破)하리이다."

세충이 즉시 글을 닦아 왕원(王元)은 장남(漳南)으로7) 보내고, 번우[樊佑]는8) 비릉[毗陵]으로9) 보내다.

각설. 이정이 무공(茂功)다려 왈,

"그대는 진숙보·정교금(程咬金)을 데리고 일지군을 거느려 호뢰관[虎牢關]에10) 가 여차여차하라."

무공이 군(軍)을 거느려 가거늘, 또 전령(傳令)하여,

"하남(河南)에 청병하러 가는 군사를 막지 말라."

하니, 진왕이 괴이히 여겨 물어 알고 대희하더라.

차시(此時) 왕원이 장남으로 행하더니, 경덕(敬德)이 길을 막아 대호(大呼) 왈,

2

왕(夏王)'의 오류다. 여기에서는 모두 '하왕'으로 고쳐 쓴다.

3) 두건덕(竇建德): 573-621. 이 책 1권 각주 15번을 참조할 것.

4) 일봉서(一封書): 일봉서간(一封書簡). 봉투에 넣어서 봉한 한 통의 편지.

5) 심법흥(沈法興): ?-620. 이 책 1권 각주 29번을 참조할 것.

6) 일지병(一枝兵): 한 무리의 군사.

7) 장남(漳南): 산서성(山西省)에서 발원하여 하남성(河南省)과 하북성(河北省)을 거쳐 흐르는 장수(漳水)의 남쪽.

8) 번우(樊佑): 세책본에는 '범우'로 되어 있는데, 중국본에 따르면 이는 '번우(樊佑)'의 오류임.

9) 비릉(毗陵): 세책본에는 '부풍' 혹은 '부중'으로 되어 있는데, 중국본에 따르면 이는 '비릉(毗陵)'의 오류임. 이 책 1권에서는 '비릉'을 '비룡'으로 쓰기도 했지만, 이 역시 '비릉'의 오류다. 이하 모두 비릉으로 고쳐 쓴다. 비릉은 지금은 강소성(江蘇省) 상주시(常州市).

10) 호뢰관(虎牢關): 세책본에는 '호로곡' 혹은 '호로관'으로 되어 있는데, 이는 '호뢰관(虎牢關)'의 오류임. 호뢰관은 호뢰(虎牢)에 있던 관(關). 호뢰는 예전의 읍(邑) 이름으로, 춘추시대에는 정(鄭)나라에 속하였다. 지금의 하남(河南)에 옛 성터가 있다.

“내 너를 죽이지 아니 하나니 구병(救兵)을 청하여 오라.”

왕원이 놀라 쥐 숨 듯 달아나니라. 번우가 또 비릉으로 향하더니, 은개산(殷開山)이 보고 대호 왈,

“너를 죽이지 아니나니 빨리 구병을 청하라.”

번우가 황망히 달아나다.

차설. 무공이 호뢰관에 이르러 진숙보다려 왈,

“장군은 하남 군사가 지나거든 잡아오라.”

숙보 청령하고 가더니, 문득 일지군이 지나거늘, 숙보가 대호 왈,

“오는 자 뉘뇨?”

왕원 왈,

“나는 동정왕의 사신으로 장남에 가 구병을 청하려 하노라.”

숙보가 군사를 호령하여 잡아오니, 무공이,

“왕원의 가진 글을 달라!”

하여 본 후, 후면(後面)에 쓰되,

3 　　　'당진왕(唐秦王)은 돈수(頓首)하나니[11] 수만군을 빌려든[12] 동정(東鄭)을 치고자 하노라.'

하였더라. 무공이 전(前)대로 봉하여 주며 왈,

“너를 베임직하되 아직 용서하나니 빨리 가라.”

하여 내치고, 당검(唐儉)을 불러 귀에 대고

“이리이리하라!”

---

11) 돈수(頓首): 편지의 첫머리나 끝에 상대편에 대한 경의를 표하기 위하여 쓰는 말.
12) 빌려든: 빌리거든.

하니, 당검이 즉일 장남으로 가다. 왕원이 장남에 나아가 하왕을 보고 글을 드리니, 하왕이 받아 떼어보니 전면에는 세충의 글이요, 후면에는 당진왕의 글이라. 왕 왈,

"네 동정 사신이면 어찌 당진왕의 서간이 있나뇨?"

왕원이 전후 일을 이른대, 하왕이 대로(大怒) 질왈(叱曰),

"이세민(李世民)이 어찌 이렇듯 무례(無禮)하뇨? 내게 군을 빌고자 할진대, 한 소졸(小卒)도 아니 보내고 남의 글을 껴 보내리오? 이는 과인을 업수이여김이라. 내 본대 기병(起兵)치 아니하려 하였더니 이를 보니 가히 병을 이뤄 정(鄭)을 도우리라."

능경[凌敬][13]·소방정[蘇定方]이[14] 주왈,

"신이 천문(天文)을 보오니 흥사(興師)하심이[15] 반드시 불리한지라. 청컨대 살피소서."

왕 왈,

"이미 결(決)함이오. 너다려 묻지 아니하였거늘 네 구설(口舌)을 놀려 군정(軍情)을 소요케 하나뇨? 내 대사(大事)를 시작하거늘 요망지언(妖妄之言)을[16] 하는다?"

언파(言罷)에 무사를 호령하여,

"참(斬)하라!"

4

---

13) 능경(凌敬): 세책본에는 '능섬'으로 되어 있는데, 이는 '능경(凌敬)'의 오류임. 수당(隋唐) 때의 인물. 처음에는 두건덕(竇建德)의 휘하로 국자좨주(國子祭酒)로 있었다. 이세민이 처들어오자, 당의 허점을 보고 북산(北山)을 취하자고 했지만, 두건덕이 이에 따르지 않고 결국 패배하게 되었다. 나중에 당에 귀순하였다. 또한 시(詩)에도 능했다고 한다.

14) 소정방(蘇定方): 세책본에는 '소방경'으로 되어 있는데, 이는 '소정방(蘇定方)'의 오류임. 592-667. 이 책 5권 주 133번을 참조할 것.

15) 흥사(興師): 기병(起兵). 병사를 일으킴.

16) 요망지언(妖妄之言): 요사스럽고 망령된 말.

하니, 제신(諸臣)이 간왈,

  "능경의 죄를 용서하소서."

  하왕이 노왈,

  "내 뜻을 역(逆)하는다?"

하고, 정방의 관작(官爵)을[17] 앗고 폐위서인(廢爲庶人)하여[18] 향리(鄕里)에 쫓고, 아직 능경을 가두니라. 왕이 즉시 고아현(高雅賢)으로[19] 원수를 삼고, 상극신[常克新][20]·동강매[董康邁]로[21] 선봉을 삼고, 왕아호[王亞虎]로[22][23] 양초를 가음알게 하고, 효장[驍將] 유흑달(劉黑闥)로[24] 성(城)을 지키오고, 기여(其餘) 장수로 종군(從軍)케 하여 호호탕탕(浩浩蕩蕩)히[25] 하남으로 향하여 나아가더니, 홀연 당장(唐將) 당검이 진전(陣

---

17) 관작(官爵): 관직(官職)과 작위(爵位).

18) 폐위서인(廢爲庶人): 벼슬이나 신분적 특권을 빼앗아 서민이 되게 함.

19) 고아현(高雅賢): 수말(隋末) 두건덕(竇建德)의 부장. 소정방(蘇定方)을 양자로 삼았던 인물이다.

20) 상극신(常克新): 세책본에는 '스두인'으로 되어 있는데, 중국본에 따르면 이는 '상극신(常克新)'의 오류임.

21) 동강매(董康邁): 세책본에는 '동각민'로 되어 있는데, 중국본에 따르면 이는 '동강매(董康邁)'의 오류임.

22) 왕아호(王亞虎): 세책본에는 '왕이호'로 되어 있는데, 중국본에 따르면 이는 '왕아호(王亞虎)'의 오류임.

23) 상극신(常克新)·동강매(董康邁)·왕아호(王亞虎): 모두 두건덕(竇建德)의 휘하 장수인데, 그 자세한 행적은 미상. 『당서(唐書)』에도 이들에 대한 기록은 보이지 않는다.

24) 유흑달(劉黑闥): ?-623. 수말(隋末) 청하(淸河) 장남인(漳南人). 어렸을 때부터 두건덕(竇建德)과 친하게 지냈는데, 후대에는 학효덕(郝孝德)을 좇아 와강군(瓦崗軍)에 참가하였다. 당 고조 무덕(武德) 원년에 와강군이 패하여 왕세충(王世充)에게 사로잡혔다가 탈출하여 두건덕을 좇았다. 두건덕이 죽자, 흑달은 남은 군사를 모아 두건덕의 옛 땅을 다시 찾고자 하여 돌궐과 결탁하기도 하였다. 이후 한동왕(漢東王)으로 칭하고, 연호는 천조(天造)로 바꾸고 낙주(洛州)에 도읍하였다. 이후 이세민에게 패하자 돌궐에 도망하였다. 이후 당군(唐軍)에게 죽임을 당한다.

25) 호호탕탕(浩浩蕩蕩): 기세있고 힘찬 모습.

前)에 이르러 하왕께 예배(禮拜)하온대,[26] 하왕이 문왈,

"그대 뉘관대 이에 와 나를 보나뇨?"

당검이 대왈,

"소장은 당진왕의 부하 당검이러니, 우리 진왕이 저적에 하남 청병 서간 중 잠깐 사정을 고한 일이 있더니, 대왕이 동정왕의 글을 보시고 먼저 동정왕께 허(許)하실까 크게 두려하사 이에 의논하시고 글을 썼더니, 대왕이 노하실까 하여 신을 주야배도(晝夜倍道)하여 보내사 일자(一者)는 사죄하고, 또 한 일이 있어 왔나이다. 대왕이 이제 기병하심에 어느 곳을 도우려 하시나뇨? 만일 당을 도우려 하면 당의 양식을 가져 호뢰관에 가 접응하려 하시더이다."

하왕이 혜오되, '내 거짓 당을 도우리라 하여 양식을 거둔 후 동정을 도우리라.' 하고, 이에 가로되,

"내 당을 도우리라."

당검 왈,

"연즉(然則) 신이 먼저 가 양식을 준비하리라."

하고, 즉시 호뢰관에 돌아와 무공께 연유를 고한대, 차시 능경이 간혀 당이 양초를 접응(接應)하려 함을 듣고 앙천(仰天) 탄왈,

"혼군(昏君)이[27] 당가(唐家) 계교를 곧이 듣고 행하니, 어찌 패망(敗亡)치 않으리오?"

사람이 이 말을 하왕에게 고하니, 왕이 대로하여 경(敬)을 죽이고, 전지(傳旨)하여 행군하며 당의 양초 가져오기만 기다리고 호뢰관에 이르니, 차시 일기(日氣) 극열(極熱)이라.[28] 수목(樹木)이 무성한 데 안영(安

---

26) 예배(禮拜): 예로써 절을 함.
27) 혼군(昏君): 사리에 어둡고 어리석은 임금.
28) 극열(極熱): 매우 더움.

營)하니라.

어시(於是)에 무공이 사수하(泗水河)에서[29] 기다리더니, 하병(夏兵)이 물가에 이르러 물을 보고 다투어 먹고 태반(太牛)이나 상한지라. 하왕이 좌우다려 문왈,

"우리 여기 온 지 오일이로되 당이 어찌 양초(糧草)를 내지 아니하나뇨?"

아현 왈,

"가히 사람을 보내어 재촉하소서."

왕이 즉시 상극신·동강매를 보내어,

"양초를 재촉하라!"

하니, 이장(二將)이 관하(關下)에 이르러 외쳐 왈,

"우리 대왕이 대군을 거느려 이르렀으되, 너희 어찌 양초를 수운(輸運)치[30] 아니하나뇨?"

문리(門吏)[31] 대왈(對曰),

"우리 전하 태원(太原)에 사람을 보내어 양초를 재촉하였더니 아직 이르지 못하였다."

하거늘, 상극신이 대질(大叱) 왈,

"우리 육십만 인마가 전혀 너의 양초를 기다리거늘 어찌 미리 준비함이 없나뇨?"

답왈,

"오래지 아니하여 오리니, 오거든 즉시 보내리라."

상극신이 돌아와 이대로 고하니, 하왕이 대질 왈,

---

29) 사수하(泗水河): 고대의 수명(水名). 원천은 지금의 산동성(山東省) 사수현(泗水縣) 동쪽에 있음.
30) 수운(輸運): 물건을 나르는 일.
31) 문리(門吏): 문을 지키던 구실아치.

"세민이 여차무례(如此無禮)하니[32] 내 맹세코 저로 더불어 양립(兩立)치 않으리라."

하고, 일변(一邊)으로 사람을 동정에 보내어 양식을 빌고, 또 장남에 가 양식을 수운하라 하다. 차시 서무공(徐茂功)이 정교금으로,

"일지병을 거느려 장남 애구[隘口]에 매복하였다가 왕래하는 사람을 잡으라."

하고, 또 진숙보로 관(關)을 지키오고, 즉시 하남에 돌아가 진왕께 뵈옵고 이정다려 계교를 물으니, 이정이 진왕다려 왈,

"이제 군사를 나눠 무공 등 중장으로 하남을 싸고, 주공(主公)은 친히 호뢰관에 가 하병을 파하소서."

진왕이 좇아 중장으로 호뢰관에 이르니, 숙보가 관을 열고 왕을 맞아 들어가 안돈(安頓)한 후, 이정이 관하에서 하병을 살피고, 즉시 양건방[梁建方][33]・우균[于筠]으로[34] 삼천기(三千騎)를 거느려 창룡산(蒼龍山)에[35] 이르러 지형을 보고 황토(黃土)로 단(壇)을 모으고, 이정이 목욕재계(沐浴齋戒)하고[36] 빌기를 마침에 연일(連日) 훈기(薰氣)[37] 점점 더하더라. 이정이 영(營)에 돌아와 왕당인(王當仁)・왕우신(王于新)・왕원(王源)・왕호[王浩]로,

"사수하 물을 막았다가 성중에 불이 일어남을 보고 물을 터 놓으라!"

---

32) 여차무례(如此無禮): 이처럼 무례함.

33) 양건방(梁建方): 세책본에는 '양션'으로 되어 있는데, 이는 '양건방(梁建方)'의 오류임. 이 책 1권 각주 407번을 참조할 것.

34) 우균(于筠): 세책본에는 '우쥰'으로 되어 있는데, 이는 '우균(于筠)'의 오류임. 이 책 7권 각주 16번을 참조할 것.

35) 창룡산(蒼龍山): 산이름. 적계현(績溪縣) 북쪽에 위치함. 산 속에 깊은 못이 있는데, 그 안에 용이 산다고 해서 붙여진 이름이다.

36) 목욕재계(沐浴齋戒): 부정(不淨)을 타지 않도록 깨끗이 목욕하고 몸가짐을 가다듬는 일.

37) 훈기(薰氣): 훈훈한 기운.

하고, 우진달(牛進達)로,

  "일지병을 거느려 애구를 지키라!"

하고, 왕께 주하되,

  "금일 은개산으로 출병하고, 마삼보(馬三寶) 등으로 보가(保駕)하여 저의 강약을 보사이다."

  진왕이 좇으니, 은개산이 갑주(甲胄)를 갖추고 군을 거느려 진전에 나오니, 하(夏) 영중(營中)에서 우장군(右將軍) 요천수(姚天秀)가[38] 내달아 맞아 싸우더니, 진왕이 바라보니 군무(軍務)가[39] 가장 정숙하여 요무양위(耀武揚威)하거늘,[40] 왕이 이정다려 왈,

  "적군이 어찌 더움을 모르나뇨?"

  이정이 답왈,

  "적군에 꽂은 기(旗)는 극(極)한 보배니 이름은 진주서응기[眞珠瑞應旗]라.[41] 여덟 가지 보배를 기 위에 달았으니 음양으로 조화하여 동절(冬節)은 더운 기운이 있고, 하절(夏節)에는 냉풍(冷風)이 나므로 능히 더위를 견디나니, 저 기를 앗은 즉 하남군(河南軍)이 더위를 견디지 못하리이다."

하고, 진숙보로 하여금,

  "기를 앗아오라!"

하니, 숙보가 한 살로 기 잡은 놈을 쏜대, 시위를 응(應)하여 거꾸러지

---

38) 요천수(姚天秀): 두건덕(竇建德)의 가하 장군. 그 자세한 행적은 미상.

39) 군무(軍務): 군사에 관한 일.

40) 요무양위(耀武揚威): 무력이 눈부시게 찬란하며 위풍이 드러남.

41) 진주서응기(珍珠瑞應旗): 세책본에는 '진쥬션운긔'로 되어 있는데, 이는 '진주서응기(珍珠瑞應旗)'의 오류임. 진주서응기는 고유명사가 아니라 진주로 만든(혹은 진주 빛이 도는) 임금의 기(旗)를 뜻하는 듯하다. 서응(瑞應)은 고대 제왕이 덕을 닦으라는 데서 나온 말로, 시절이 화평하면 하늘이 상서로운 기운으로써 그에 응하였다고 한 데서 임금의 의미를 포함한다.

니, 하왕이 실색(失色)하고 군사가 놀라 요란하거늘, 숙보가 적진(敵陣)에 돌입하여 진주기(珍珠旗)를 앗아 돌아가니, 하진(夏陣)이 분분한지라. 숙보가 진주기를 진왕께 드리니, 왕이 보매 과연 기특한 보배라. 크게 기뻐 중장을 호상(犒賞)하다.

이튿날 진왕이 이정으로 더불어 높은 데 올라 바라보니 적군이 더위를 견디지 못하여, 사수(泗水)에 한 사람이 백마(白馬)를 씻기거늘, 왕이 이정다려 왈,

"저 말이 좋은 용구(龍駒)로다."[42]

이정 왈,

"저 말을 전하가 사랑하시니 앗아오리이다."

하고, 경덕을 분부 왈,

"네 저 말을 앗아오라. 내 후군집(侯君集)으로 접응하리라."

경덕이 청령하고 바로 하수(河水)에 이르러 소리를 벽력같이 지르고 달려드니, 하왕 곁에 조합(曹蓋)이[43] 연망히 말을 타고 창을 두르고 경덕에게 달려들어 싸우려 하거늘, 경덕이 팔을 늘려 생금(生擒)하니, 후군집이 이르렀거늘, 경덕이 공을 아일까 하여 조합을 길마에[44] 다혀[45] 죽이고 급히 백마를 취하더니, 후군집이 벌써 말을 취하여 관에 올라 진왕께 드리는지라. 경덕이 대로하여 급히 관에 들어가 소리를 높여 왈,

"신이 적장을 죽이고 말을 앗으려 하더니 후군집이 앗아 돌아오니 이 다 신의 공이로소이다."

진왕 왈,

"적장을 죽임은 경의 공이요, 말을 앗음은 후군집의 공이라."

---

42) 용구(龍駒): 준마(駿馬).
43) 조합(曹蓋): 두건덕(竇建德)의 가하 장군. 그 자세한 행적은 미상.
44) 길마: 짐을 싣거나 수레를 끌기 위하여 소나 말 따위의 등에 얹는 안장.
45) 다혀: 다히다. '때리다'의 옛말.

하고, 이장(二將)을 각각 중상(重賞)하고 이에 위로 왈,

"여등(汝等)은 모로미 일로 개회(介懷)치 말라."

하니, 이장이 사은이퇴(謝恩而退)하다.46)

차시 하병이 양초가 진(盡)하고 더위를 이기지 못하여 기갈(飢渴)이 심하니, 하왕이 크게 근심하여 왈,

"이제 군량(軍糧)이 핍절(乏絶)함에47) 군사가 주리고, 또 성열(盛熱)이48) 심하여 군사가 많이 상하는지라. 진왕으로 더불어 강화(講和)코자 하니 어쩌하뇨?"

고아현 왈,

"이 일이 가장 좋으니 빨리 행하소서."

10   하왕이 즉시 글을 닦아 왕원을 주어 보내니, 진왕이 간필(看畢)에 중 장을 모와 의논한대, 참모(參謀) 곽효각[郭孝恪]49) 왈,

"본대 세충이 궁축[窮蹙]하여50) 남에게 구완[救援]을 청하고, 두건덕 은 양식이 없어 군사가 다 주려 죽으니, 이는 하늘이 망(亡)케 하심이 라. 순일(旬日)이51) 못하여 양국(兩國)을 파하리이다."

왕이 옳이 여겨 화친(和親)을 허치 아니하니, 왕원이 와 이대로 고하 니, 건덕이 가장 울민(鬱悶)하여52) 문득 졸더니, 일몽(一夢)을 얻음에, 팥 한 낱이 땅에 떨어져 편시(片時)에53) 팥 나무에 나 꽃이 피고 팥이 맺

---

46) 사은이퇴(謝恩而退): 은혜에 감사하며 물러감.
47) 핍절(乏絶): 공급이 끊어져 아주 없어짐.
48) 성열(盛熱): 한창 심한 더위.
49) 곽효각[郭孝恪]: 세책본에는 '곽효석'으로 되어 있는데, 중국본에 따르면 이는 곽효각의 오류임. 당 허주(許州) 양적인(陽翟人). 이적(李勣)의 수하로 있으면서 두건덕(竇建德)을 사로잡는 데에 일정한 공헌을 하였다.
50) 궁축(窮蹙): 세책본에는 '궁척'으로 되어 있는데, 이는 '궁축(窮蹙)'의 오류임. '궁축(窮蹙)'은 '생활이 궁하고 어려워 집안에 죽치고 들어앉아 있음'을 의미함.
51) 순일(旬日): 열흘 동안.
52) 울민(鬱悶): 마음이 답답하고 괴로움.

혔더니, 문득 한 소아치[54] 남글 뿌리조차 빼어 먹거늘, 놀라 깨어 심리 (心裏)에 불열(不悅)하여 혜오되, '내 성(姓)이 두자(竇字)니 팥 두자(斗字) 와 음이 같으니 불상(不祥)한[55] 징조(徵兆)로다.' 하고 가장 근심하더라.

차설. 진왕이 이정으로 더불어 군마를 조발할 새, 나사신[羅士信]· 양무위(楊武威)를[56] 불러,

"여차여차하라."

하니, 이장이 청령하고 가거늘, 또 장손순덕(長孫順德)·고사렴(高士廉) 으로 일군을 거느려 적진에 불을 지르고, 울지공(尉遲恭)·장공근[張公 瑾]·굴돌통(屈突通)으로 일군을 거느려 호뢰관 동녘에 매복하고, 가윤 보(賈閏甫)·류주신(柳周臣)으로,

"삼만병을 거느려 사수관 하수[泗水下流]에 매복하였다가 물을 터버 림을 보고 일시에 내달아 치라."

하니, 중장이 청령하고 인하여 가다.

차야에 장손순덕·고사렴이 가만히 하영(夏營)에 이르러 수목이 총잡 (叢雜)한[57] 데에 화포를 어지러이 놓으니, 불이 빠르고 바람이 급하여 화광(火光)이 수십리에 연하고, 연염(煙焰)이[58] 창천(漲天)하니 하병이 대란하여 서로 짓밟아 죽는 자 무수한지라. 인마가 사수에 물 없음을 보고 다투어 건너거늘, 물 막았던 장수가 하영에 불 일어남을 보고 즉 시 물을 터놓으니, 물결이 하늘에 닿았는지라. 하병이 다 물에 빠져 죽

11

---

53) 편시(片時): 잠시. 여기에서는 '삽시(霎時)'의 의미로 보아야 할 듯.

54) 소아치: '송아지'의 방언.

55) 불상(不祥): 상서롭지 못함.

56) 양무위(楊武威):『구당서(舊唐書)』를 보면, 두건덕(竇建德)이 진왕에게 패하여 우 구빈(牛口濱)에 이르러 숨어 있을 때 양무위는 백사양(白士讓)과 함께 두건덕를 포획하였다.

57) 총잡(叢雜): 나무가 무더기로 자라서 빽빽함.

58) 연염(煙焰): 연기와 불꽃.

고, 언덕에는 당병이 적군을 죽이더라. 하병이 감히 싸우지 못하여 연화(煙火)를 무릅쓰고 달아나거늘, 당병이 충살(衝殺)하고[59] 개가를 부르고 돌아오니 진왕이 대희하여 중장을 상사하다. 차시 하왕이 다만 수십 기를 거느려 달아나며 왈,

"내 간언(諫言)을 듣지 아니하여 이렇듯 패한 괘라."

하고 정히 행하더니, 전면(前面)에 일좌(一座) 고산(高山)이 있으니 지명은 우두곡[牛頭峪]이라.[60] 당장 나사신·양무위가 매복하였다가 일시에 내달아 길을 막고 소리 질러 왈,

"우리 예서 너를 기다린지 오래더니라."

하고 창을 들어 찌르니, 건덕이 싸울 마음이 없어 말을 채쳐 달아나거늘, 양무위 따라 건덕의 말을 찌르니, 건덕이 땅에 나려지거늘 당군(唐軍)이 달려들어 매어 함거(轞車)에[61] 넣으니, 차시(此時)는 무덕(武德) 사년(四年)이라.[62] 나사신·양무위 돌아와 왕께 뵈고 건덕을 매어 장하(帳下)에[63] 이르니, 진왕 왈,

"내 본대 너와 원수 없거늘, 어이 세충을 도와 나를 친다?"

하고,

"후영(後營)에 가두라."

하다. 이윽고 정교금·우진달·우진웅(牛進雄) 등이 돌아와 고하대,

"신등이 장남 계구[界口]에 매복하였더니 하왕이 지나거늘 군사를 다 짓지르고 오니이다."

---

59) 충살(衝殺): 들이쳐서 찔러 죽임
60) 우두곡(牛頭峪): 소머리처럼 생겼다고 해서 붙여진 이름이다. 실제로 두건덕이 생포된 곳은 우구빈(牛口濱)이다.
61) 함거(轞車): 예전에 죄인을 실어나르던 수레.
62) 무덕 사년: 622년. 실제로 두건덕이 죽임을 당한 때는 621년이다.
63) 장하(帳下): 지휘관이나 책임자가 있는 장막 아래.

진왕이 기뻐 제장을 호상하다. 이정이 주왈,

"전하 머무르지 말고 이제 군을 도로혀 하남에 이르게 하소서."

왕이 좇아 하남에 이르니, 무공이 나와 맞아 영에 들어가 군사를 시켜 함거를 밀어 성하(城下)에 이르러 세충을 불러 왈,

"너희 장남병(漳南兵)을 믿었더니 이제 두건덕이 잡혔으니 너도 또한 잡아 함께 베리라."

하고,

"도로 후영에 가두라."

하다. 차시 고아현이 상의하여 가로되,

"이제 하왕이 패망하였으니 어찌하리오?"

한대, 고아현 등 중장이 이르되,

"이제 들으니 소정방이 지식이 높다 하니, 우리 바로 위주(衛州)로[64] 가서 저를 청하여 의논함이 좋을까 하노라."

한대, 모두

"그 말을 옳다!"

하고, 바로 위주에 이르러 소정방을 보니, 정방이 문왈,

"그대 주공이 먼저 출정하더니 승패 어떠하뇨?"

중장이 가로되,

"우리 양초가 핍절(乏絶)하여 군사 여러 날 기갈을 견디지 못하여 패한 바 되고, 주공이 또한 당영에 잡혔으니, 아등(我等)이 차마 이 말을 고하지 못하고, 장군을 청하여 한 가지로 가 낭랑(娘娘)께[65] 뵈고, 다시 군사를 거느려 원수를 갚고자 하노라."

13

---

64) 위주(衛州): 주명(州名). 하남성(河南省) 준현(濬縣)의 서쪽에 위치함. 대명부(大名府) 준현(濬縣).
65) 낭랑(娘娘): 왕비나 귀족의 아내를 높여 이름.

정방이 앙천탄식하고 중장과 더불어 장남에 이르러 낭랑을 보고 연유를 고하니, 낭랑이 통곡하기를 마지아니하거늘, 정방이 주왈,

"신이 주상께 득죄(得罪)하여 위주에 적거(謫居)하였더니,66) 이 소식을 듣고 특별히 주상의 원수를 갚으려 하나이다."

낭랑 왈,

"그대등이 주상의 원수를 갚고자 할진대 사직(社稷)을 붙들 사람을 세울지라. 나는 여자니 어찌 나라를 다스리리오? 내 출가(出家)하여67) 종적을 감추고자 하노라."

모두 재삼 애걸하되 듣지 아니하고, 궁(宮)으로 들어가 금은을 수습하여 가지고 궁을 떠나 성명을 감추고 명산(名山)을 찾아 단발위니(斷髮爲尼)하니라.68)

차설. 소정방이 중관으로 더불어 임군 세울 일을 의논하더니, 문득 일개(一個) 영작(靈鵲)이69) 중관을 향하여 울거늘, 정방 왈,

"이 무삼 징조(徵兆)인고? 가장 고이하도다."

하고, 한 살로 쏘니 그 까치는 간 데 없고, 다만 살 끝에 한 종이 묻어 내려지거늘, 정방과 중관이 펴보니 왈,

건덕신국망(建德新國亡)	건덕이 새로이 나라를 망하니
재래완구일(再來完舊日)	두 번 와 구한 날이로다
천운불가도(天運不可逃)	천운을 가히 도망치 못함에70)

---

66) 적거(謫居): 귀양살이를 함.
67) 출가(出家): 속세를 떠나 중이 됨.
68) 단발위니(斷髮爲尼): 머리를 깎고 비구니가 됨.
69) 영작(靈鵲): 희작(喜鵲). 세속에서 까치는 기쁜 소식을 가져다 준다고 해서 희작, 또는 영작이라 함.
70) 2연과 3연은 바뀌어져야 한다. 중국본에도 2연과 3연은 바뀌어져 있다. 따라서 이 시의 전체 해석도 "건덕이 새로 나라를 망하니, 천운을 피할 수는 없어라. 다

한위묘금도[還有卯金刀]　　　도로혀　묘금도[卯金刀]가[71)]　되도다

정방이 남필(覽畢)에[72)] 왈,

"묘금도(卯金刀)는 이 분명한 유자(劉字)니 이 어떤 사람인고? 내 들으니 선문산(羨門山)에[73)] 일인(一人)이 있으되 성명은 주의(周義)요, 나이는 구십(九十)이니, 사람이 이르기를 주은선[周隱仙]이라[74)] 하나니, 화복길흉(禍福吉凶)을 잘 안다 하니, 우리 한 가지로 가 물어, 만일 하늘이 하국을 도우지 아니한다 하면 달리 구처(區處)하리라."[75)]

하고, 중관이 목욕재계하고 이튿날 선문산에 가 시비(柴扉)를[76)] 두드리니, 동자가 나와 청하거늘, 정방이 들어가 배례 왈,

"우리는 하국 신하러니 주상이 동정을 돕다가 패망하니, 주상을 위하여 원수를 갚고자 하되, 주장(主掌)할[77)] 사람이 없더니, 우연히 천서(天書)를[78)] 얻으니 유씨(劉氏)가 하통[夏統]으로[79)] 이으리라 하였으니, 어떤 사람인 줄 모르는 고로, 아등(我等)이 정성을 다하여 특별히 법좌(法

시 돌아와 옛날을 회복코자 해도, 도리어 유(劉)씨가 왕으로 있다오."로 해야 한다.

71) 묘금도(卯金刀): 유(劉)의 파자(破字). 묘(卯)와 금(金)과 도(刀)를 합하면 유(留)가 된다.

72) 남필(覽畢): 읽기를 마침.

73) 선문산(羨門山): 산이름. 고유명사라기보다는 신비감을 주기 위한 이름으로 보인다. 선문(羨門)은 곧 묘문(墓門), 즉 무덤으로 들어가는 문을 의미한다.

74) 주은선(周隱仙): 세책본에는 '쥬운션'으로 되어 있는데, 이는 '주은선(周隱仙)'의 오류임. 그에 대한 자세한 행적은 미상. 『당서(唐書)』에도 주의(周義, 周隱仙)에 대한 기록은 보이지 않는다.

75) 구처(區處): 변통하여 처리함.

76) 시비(柴扉): 사립문.

77) 주장(主掌): 어떤 일을 책임지고 맡음. 또는 그런 사람.

78) 천서(天書): 하늘의 계시를 적은 책.

79) 하통(夏統): 하국(夏國)의 왕통(王統). 세책본에는 '화중'으로 되어 있는데, 이는 '하통(夏統)'의 오류임.

座)를80) 더러여81) 묻잡나니82) 아득한 것을 가르쳐 주소서.”

　은선(隱仙)이 동자를 명하여 필연(筆硯)을83) 나와 글 두 구를 써주어 왈,

“그대등은 돌아가 보라.”

하니, 제장[諸將]이 배사(拜謝)하고 뫼[山]에서 나려 조당(朝堂)에84) 와

분향(焚香)하여 떼어보니, 그 글에 가로되,

　　하경주삼구(夏景傳三九)

　　　하경(夏景)이 삼구(三九)에85) 전하였으니

　　당조무장연[當朝武將英]

　　　장차 조정(朝廷)에 무장(武將)이 빛나도다

　　묵중제기토[墨中除去土]

　　　먹 묵자(墨字) 가운데 흙 토자(土字)를 제(除)하고

　　문내달용신(門內達容身)

　　　문 문자(門字) 안에 사무칠 달자(達字)가 용신(容身)하도다

　정방 왈,

“묵중제거토[墨中除去土]는 검을 흑자(黑字)요, 문내달용신(門內達容

身)은 문이란 달자(闥字)이니 차인(此人)에게 응(應)하도다.”

　고아현 왈,

“천명(天命)이 이러하면 나라에 **일**시도 무군(無君)치 못하리니 이제

---

80) 법좌(法座): 설법 독경 강경(講經) 법화(法話) 따위를 행하는 자리. 곧 신성한 자
　리.
81) 더러여: 더러이다. 더럽히다.
82) 묻잡나니: 묻잡다. 여쭈어보다.
83) 필연(筆硯): 붓과 벼루.
84) 조당(朝堂): 조정.
85) 삼구(三九): 삼공(三公)과 구경(九卿)을 아우른 말.

청(請)하자.”

하고, 중인(衆人)이 유흑달(劉黑闥)의 집에 가 뵈옴을 청하니, 차시 흑달이 후원(後園)에서 나물을 캐더니, 전언(傳言)으로 좇아 공복(公服)을 입고 나와 맞거늘, 중인이 예필에 정방 왈,

“내 중관(衆官)으로 더불어 관자에게 점복(占卜)하니, 장군(將軍)이 가히 사직(社稷)을 붙들리라 하니, 한실(漢室)의 묘예(苗裔)요,86) 제왕(帝王)의 기상이 있는지라. 이러므로 청하러 왔나니 위(位)에 즉(卽)하여87) 하실[夏室]을88) 회복하고 원수를 갚고자 하노라.”

흑달 왈,

“우리 다 같은 신하거늘 내 무삼 덕으로 대위(大位)를 당하리오? 유덕자(有德者)를89) 가리어 세우라.”

정방 왈,

“천명(天命)이 장군에게 돌아갔으니 사양치 말라.”

하고, 중인이 흑달을 붙들어 궁에 돌아와 별전(別殿)에90) 안헐(安歇)하고,91) 길일(吉日)을 택하여 흑달을 붙들어 위(位)에 즉(卽)하고, 문무(文武)가 만세(萬歲)를 부르며, 연호(年號)를 고쳐 대한[大漢]이라92) 하고, 국호(國號)를 동한(東漢)이라 하며, 부인 하씨[何氏]로93) 황후(皇后)를 봉하고, 천지(天地)께 제(祭)한 후, 문무를 차례로 벼슬을 돋우고 대사천하

---

86) 묘예(苗裔): 먼 후대의 자손.
87) 위(位)에 즉(卽)하여: 즉위(卽位)하여.
88) 하실(夏室): 세책본에는 ‘한실’로 되어 있는데, 이는 ‘하실(夏室)’의 오류임.
89) 유덕자(有德者): 덕이 있는 사람.
90) 별전(別殿): 본궁(本宮) 가까운 곳에 따로 지은 궁전.
91) 안헐(安歇): 거주하면서 휴식을 취함.
92) 대한(大漢): 세책본에는 ‘틱원’으로 되어 있는데, 중국본에는 ‘대한(大漢)’으로 되어 있음. 그렇지만 실제 유흑달이 지칭한 연호는 천조(天造)다.
93) 하씨(何氏): 세책본에는 ‘한시’로 되어 있는데, 이는 ‘하씨(何氏)’의 오류임.

(大赦天下)하다.94)

차설. 두건덕의 이궁(二宮)95) 소후(蕭后)가 가만히 궁관[宮官]96) 유군절(劉君節)로97) 더불어 새수(璽綬)를98) 도적하여 달아날 새, 길에서 상의 왈,

"옥새(玉璽)는 전국보(傳國寶)니99) 어찌 범인(凡人)을 주리오? 우리 아무 나라에 드리고 안신(安身)할 곳을 얻음이 어떠하뇨?"

유군절이 그 말을 좇아 행하여 하남을 지나더니, 마침 당장 안귀흥(安貴興)이 순초(巡哨)하다가100) 문왈,

"네 어떤 사람인다?"

유군절이 이르되,

"하왕[夏王]의 부인 소씨(蕭氏) 옥새(玉璽)를 받들어 드리노라."

안귀흥이 들어와 진왕께 고하니, 왕이 불러 들어옴에 소비(蕭妃) 절하여 왈,

"첩은 하왕 비 소씨러니, 왕이 해(害)를 입음에 나라에 임자가 없는지라. 특별히 옥새를 받들어 진명천자(眞命天子)께 드리나이다."

하거늘, 진왕이 받아보니 전자(篆字)를101) 여덟자를 새겼으되, '수명우천(受命于天)하니 기수영창(旣壽永昌)이라'102) 하였거늘, 왕이 대희하여

---

94) 대사천하(大赦天下): 온 나라의 죄인을 사면함.
95) 이궁(二宮): 태후(太后)나 황태후(皇太后)를 이르는 말.
96) 궁관(宮官): 환관(宦官).
97) 유군절(劉君節): 수양제의 비인 소후(蕭后)를 모시던 관료인 듯하다. 『구당서(舊唐書)』를 보면, 실제로 태종 정관(貞觀) 4년(630)에 소후는 당에 와서 항복하는데, 그 때 소후를 모셔 항복한 사람은 '유정도(楊政道)'로 되어 있다.
98) 새수(璽綬): 옥새(玉璽).
99) 전국보(傳國寶): 전국지보(傳國之寶). 국가를 전하는 보배.
100) 순초(巡哨): 돌아다니면서 적의 사정이나 정세를 살핌.
101) 전자(篆字): 한자 글씨체의 하나.
102) 수명우천(受命于天) 기수영창(旣壽永昌): 하늘로부터 천명을 받았으니 길이 장

소비를 주식(酒食)으로 관대하고, 당검을 명하여,

"소비를 데리고 장안에 들어가 옥새는 천자께 드리고, 백학산예마[白鶴狻猊馬]는[103] 동궁전하[東府殿下]께[104] 드리라."

당검이 청령하고 소비를 데려 장안에 들어가 고조(高祖)께 뵈온대, 고조가 옥새를 보시고 소비를 대함에 경국지색(傾國之色)이라. 방현령(房玄齡)다려 문왈,

"저를 어찌 처치하리오?"

현령이 주왈,

"수양제(隋煬帝) 제 형을 죽이고 소비를 취하였더니, 우문화급(于文化及)이[105] 양제(煬帝)를 죽임에 화급(化及)에게 돌아갔다가, 건덕이 또 화급을 죽이고 소비를 들였더니, 이제 건덕이 패망함에 옥새를 가져와 살기를 구하니 근본을 생각하면 가히 머무르지 못하리이다."

고조 좇으시어,

"흰 깁을 주어 자진(自盡)케[106] 하라."

당검이 하직하거늘, 고조 금주[107] 채단(綵緞)을 보내어 호상하게 하시니, 당검이 돌아와 왕께 봉명하고 연유를 고한대, 왕 왈,

"가히 군명신직(君明臣直)하다[108] 하리로다."

18

수하고 창성하리라.

103) 백학산예마(白鶴狻猊馬): 세책본에는 '빅모'로 되어 있는데, 이는 '백학산예마(白鶴狻猊馬)'의 오류임. 이 말은 이 책 12권에서 보았던 바, 사수(泗水)에서 울지경덕과 후군집이 하왕에게서 빼앗은 백마(白馬)의 정식 명칭이다.

104) 동부전하(東府殿下): 세책본에는 '동궁던하'로 되어 있는데, 이는 '동부전하(東府殿下)'의 오류임. '동부전하'는 곧 이세민[李世民: 秦王]의 형인 '영왕(英王) 이건성(李建成)'임.

105) 우문화급(宇文化及): ?-619. 이 책 1권 각주 228번을 참조할 것.

106) 자진(自盡): 자살.

107) 금주: 어주(御酒)의 오류인 듯. 임금이 내리는 술.

108) 군명신직(君明臣直): 임금은 밝고, 신하는 올곧음.

하고, 이에 채단을 드려 장졸을 상사(賞賜)하다.

각설. 비릉왕(毗陵王) 심법흥(心法興)이 일지병을 거느려 하남을 구할새, 하남 계구(界口)에 이르러 안영(安營)하고, 중장을 모와 의논 왈,

"우리 멀리 왔으니 가히 머물지 못할 것임에 뉘 먼저 나가 싸울꼬?"

선봉 유패[劉覇]의[109] 처(妻) 마씨(馬氏) 출왈,

"신첩(臣妾)이 나가 싸우려 하나이다."

하고, 삼천병을 인하여 나와 진세(陣勢)를 이루고 싸움을 돋운대, 진왕이 정교금으로 출전케 하니, 이정이 또한 진숙보로,

"싸움을 도우라!"

하니, 숙보가 교금으로 더불어 영에 나와 교금이 외쳐 왈,

"너는 어떤 사람인다?"

마씨 왈,

"나는 유선봉(劉先鋒)의 처 마씨러니, 특별히 와 동정왕을 구하노라."

하고 달려들거늘, 교금이 맞아 싸워 수합에 교금이 마씨의 미색(美色)을 보고 사로잡고자 하여 힘써 싸우지 아니하니, 마씨 노왈,

"네 어찌 나를 희롱하나뇨?"

하고, 칼 끄으는[110] 법을 쓰고자 하여 말을 도로혀 달아나거늘, 숙보가 급히 따르니 마씨 홍삭(紅索)을 던져 옭고자 하거늘, 숙보가 급히 한 살로 쏘아 내리치니 군사가 허어지거늘,[111] 일진(一陣)을 혼살(混殺)하고 마씨를 생금(生擒)하여 돌아오니, 진왕이 대희하여 양장을 중상(重賞)하다. 패군(敗軍)이 양왕(梁王)께 고하니, 양왕이 전령(傳令)하여,

"진을 굳이 지키라!"

---

109) 유패(劉覇): 세책본에는 '뉴퇴'로 되어 있는데, 중국본에 따르면 이는 '유패(劉覇)'의 오류임. 그에 대한 자세한 행적은 미상.

110) 끄으는: 끄으다. 끌다.

111) 허여지거늘: 허여디다. 헤어지다. 흩어지다.

하다. 이튿날 유패는 전군을 거느리고 송도생(宋道生)·장우(張祐)로[112] 좌군(左軍)을 삼고, 양왕이 대군을 거느려 나아갈 새, 유패가 당선출마(當先出馬)하여[113] 싸움을 돋우니, 진왕이 문왈,

"뉘 가히 대적하리오?"

울지경덕이 응성(應聲) 출왈(出曰),

"신이 나아가 적장을 잡아오리이다."

정창출마(挺槍出馬)할[114] 새, 무공이 진숙보·정교금·굴돌통·원도태[袁道泰][115]·우균을 거느리고 나아가 접응할 새, 경덕이 정히 유태와 싸워 승부가 없더니, 진숙보가 양왕을 **취**하여 싸우다가 양왕을 생금하니, 적진이 대란하거늘, 경덕이 채를 들어 유패를 죽이고, 원도태는 동경진[董景珍]을[116] 참하고, 우균은 장우[張祐]를 쏘아 죽이니, 죽엄이 들에 가득하고, 피 흘러 내가 되었더라. 은개산·나사신이 양초에 불을 지르고 본진에 돌아와 각각 공을 드릴 새, 진숙보가 양왕을 매어 당하(堂下)에 꿇리니, 진왕이 대질 왈,

"네 어찌 도적을 돕는다?"

하고 무사로 함거에 넣어, 밀어 성하에 가 세충을 불러 왈,

"우리 비릉병을 파하고 심법흥을 사로잡았으니, 너는 일찍이 항복하

20

---

112) 송도생(宋道生)·장우(張祐): 모두 심법흥(沈法興)의 휘하에 있던 장수로 보이나, 이들에 대한 자세한 행적은 미상.
113) 당선출마(當先出馬): 앞장서서 말을 타고 나아감.
114) 정창출마(挺槍出馬): 창을 겨누어 들고 말을 타고 나아감.
115) 원도태(袁道泰): 세책본에는 '원두터'로 되어 있는데, 중국본에 따르면 이는 '원도태(袁道泰)'의 오류임. 이세민의 휘하에 있던 장수로 보이는데,『당서(唐書)』에도 그에 대한 자세한 행적은 보이지 않는다.
116) 동경진(董景珍): 세책본에는 '동경신'으로 되어 있는데, 중국본에 따르면 이는 '동경진(董景珍)'의 오류임. 수나라 때에 악주교위(岳主校尉)로 있다가 반하여 소선(蕭銑)을 임금으로 내세웠던 인물이다. 동경진은 심법흥(心法興)의 휘하에 있던 장수가 아니라, 소선의 휘하에 있었던 장수다.

여 죽기를 면하라."

세충이 대경하여 문무를 모와 의논하니, 혹 항(降)하자는 이도 있고, 싸우자 하는 이도 있어 의논이 불일(不一)하거늘,[117] 세충 왈,

"두 곳 인마가 다 패망하니, 이는 하늘이 날로써 망케 함이라. 이제 비록 다른 데로 가나 어찌 회복하리오? 일찍이 항복하여 생령(生靈)을 구할만 같지 못하다."

하고, 백의(白衣)로 문무 중관을 거느려 성에 나와 항복하니, 진왕이 은개산·마삼보·고사렴·굴돌통 사장으로 하여금 세충을 압송(押送)하여[118] 장안으로 보내고, 이에 중장을 거느려 성에 들어가 백성을 안무하고 왕의 궁실(宮室)을 보고 탄식 왈,

"민력(民力)을 허비하여 이같이 사치하였으니 어찌 나라를 보전하리오?"

하고, 명하여 건양전(乾陽殿)을[119] 불 지르고, 기외(其外) 궁원(宮園)과[120] 모든 전각(殿閣)을[121] 수리하여 금은을 거두고, 보배를 삼군을 상사하고, 전령하여 반사(班師)할[122] 새, 굴돌통·두여회(杜如晦)를 머물러 성을 지키다.

강군정가순수죽 조선서기병
[造戰船蕭銑起兵 詆軍情賈順受戮][123]

---

117) 불일(不一): 한결같지 않음.
118) 압송(押送): 호송(護送). 죄인을 목적지까지 감시하며 데려감.
119) 건양전(乾陽殿): 여기서는 왕세충(王世充)이 왕이라고 칭하면 지은 궁전 이름처럼 되어 있지만, 실제로 건양전은 수나라에 있었던 궁전 이름이다.
120) 궁원(宮圓): 궁중의 정원.
121) 전각(殿閣): 궁궐.
122) 반사(班師): 군사를 이끌고 돌아옴.

차시 당진왕이 개가(凱歌)를124) 불러 돌아올 새, 위의(威儀)를 정제하여 황금갑(黃金甲) 입은 대장이 삼십원이요, 철기(鐵騎) 삼만이라. 장안에 이르러 고조께 조현하고 주왈,

"신이 천은을 입사와 다섯 나라를 멸하고 그 임군을 잡아왔나이다."

고조 대희 왈,

"오아(吾兒)가 오래 간과(干戈)125) 중에 있어 수고하도다."

하고, 이정을 명하사,

"모든 역적을 다 내어 효수(梟首)하라!"126)

하시니, 이정이 도부수(刀斧手)로127) 더불어 패릉천[灞陵川]에128) 이르러 차례로 벨 새, 단웅신에 이르러는 웅신이 이정[이적(李勣)]다려129) 왈,

"이제(李弟)야! 어이 구정(舊情)을 생각하지 아니하여, 나를 구하지 아니하나뇨? 네 전일 교의(交誼)를130) 생각하라."

이정[이적] 왈,

"네 전일 할포단의[割袍斷義]할131) 제 무삼 정이 있더뇨?"132)

---

123) 전선(戰船)을 만들어 소선(蕭銑)은 군사를 일으키고, 군정(軍情)을 속인 가순(賈順)은 주륙(誅戮)을 당하다.

124) 개가(凱歌): 이기거나 큰 성과가 있을 때의 환성.

125) 간과(干戈): 방패와 창이라는 뜻으로, 전쟁을 비유적으로 이름.

126) 효수(梟首): 죄인의 목을 베어 높은 곳에 매달아 놓던 형벌.

127) 도부수(刀斧手): 큰 칼과 큰 도끼로 무장한 군사.

128) 패릉천(灞陵川): 세책본에는 '티풍천'으로 되어 있는데, 이는 '패릉천(灞陵川)'의 오류임.

129) 이 책에서 이정과 단웅신이 서로 교의가 있었다는 내용은 없다. 중국본에는 단웅신을 죽이는 사람은 이정이 아니라 이적(李勣)으로 되어 있다. 이적과 단웅신은 앞의 11권에서 동문(同門)이라고 한 적도 있어서 내용상 이적이 타당하다. 그렇지만 세책본의 내용을 전혀 무시할 수도 없기 때문에, 여기에서는 이정과 이적의 이름을 한데 써서 '이정[이적]'으로 표시한다. 이적은 곧 서무공(徐茂功, 본명은 徐世勣)인데, 당 고조가 그에게 이(李)씨 성을 사성(賜姓)하였음은 이 책 7권에서 본 바 있다.

130) 교의(交誼): 사귀던 정.

하고 베니, 피는 아니 나고 푸른 기운이 솟아나 정동(正東)으로 가거늘,
무공(茂功)이 돌아와 보하니, 상(上)이 이순풍(李淳風)다려 단웅신의 일
을 물으시니, 순풍이 주왈,

"그 기운이 동으로 가니 이십년 후에 병(兵)이 일어나리이다."

좌우가 믿지 아니하더라. 그 후에 단웅신의 후신(後身)이 합소문(蓋蘇
文)이133) 되어 작난(作亂)하니라.134) 고조가 중장과 사졸을 상사하시고,
진왕을 천책부(天策府)로 보내시다.

화설. 양왕(梁王)은135) 양선제[梁宣帝]의136) 종손(曾孫)이니 강릉(江陵)
에 도읍(都邑)하여 황제(皇帝)로라 일컬으니, 지방이 광활(廣闊)하여, 동
(東)으로 구강(九江)의137) 험함이 있고, 서(西)로 삼협(三峽)의138) 굳음이

---

131) 할포단의(割袍斷義): 소맷자락을 잘라 의를 끊음. 세책본에는 '활포단의'로 되
    어 있는데, 이는 '할포단의(割袍斷義)'의 오류임.
132) 이 내용은 당진연의 11권에 수록된 것으로 서무공과 단웅신의 일이다. 유과원
    (楡窠園)에서 당진왕이 단웅신의 칼에 거의 죽게되자, 서무공이 단웅신에게 자
    신과의 구의(舊誼)를 생각하여 진왕을 살려달라고 하지만, 단웅신은 사정(私情)
    으로 인해 대사를 그릇칠 수 없다면서 소맷자락을 자르고[곧 의리를 버림] 진
    왕을 쫓아간다. 『신당서(新唐書)』를 보면 실제 단웅신은 서무공의 부탁을 지켜
    진왕을 풀어주었다.
133) 합소문(蓋蘇文): 연개소문(淵蓋蘇文). ?-666. 고구려의 정치가이며 장군. 대대로
    (大對盧)가 된 후 영류왕을 죽이고 보장왕을 추대하고 스스로 대막리지(大莫離
    支)가 되어 정권을 장악하였다. 보장왕 3년(644)에 당 태종의 17만 대군을 안시
    성에서 격파하였다.
134) 작난(作亂): 난(亂)을 일으킴.
135) 양왕은 소선(蕭銑)이다. 소선에 대해서는 이 책 1권 각주 22번을 참조할 것.
136) 양선제(梁宣帝): 세책본에는 '양정례'로 되어 있는데, 이는 '양선제(梁宣帝)'의
    오류임. 소제(蕭詧). 북주인(北周人). 통(統)의 3자. 자(字)는 이손(理孫). 학문을
    좋아하고, 특히 불교의 교리에 밝았다. 연호는 대정(大定). 재위 8년.
137) 구강(九江): 원래 구강은 점강(漸江)을 비롯한 9개의 강이 흘러간다는 데서 동
    정호(洞庭湖)의 옛 이름이다. 또는 <비파행(琵琶行)>으로 유명한 비파정(琵琶
    亭)과 여산(廬山)이 있는 심양(潯陽)과 강주(江州) 일대를 일컫는 중국 강서성(江
    西省) 북부의 도시를 의미하기도 한다. 여기서는 정확히 어디를 지칭하는 지
    알 수 없다.

있으며, 남(南)으로 교지(交趾)를139) 아우르고, 북(北)으로140) 한천[漢川]의141) 굳음이 있고, 수하(手下)에 웅병(雄兵)이142) 이십사만이요, 가하(駕下)에143) 봉왕(封王)한 자가 팔원(八員)이니, 정강왕[靜江王]144) 유자로[游子路]와145) 영릉왕(零陵王) 안수(顔須)와 형왕(荊王) 묘국용[苗國用]과146) 장사왕(長沙王) 단회[段淮]와147) 월왕(越王)148) 뇌세맹[雷世猛]과149) 정남왕(定南王) 부필(傅弼)과 영원왕[寧遠王]150) 전황백[展黃白]이라.151)152)

---

138) 삼협(三峽): 장강(長江)의 세 골짜기. 물살이 빠르고, 산세가 험준한 곳으로 유명하다.

139) 교지(交趾): 중국 한(漢)나라 때에 지금의 베트남 북부 통킹과 하노이 지방에 둔 행정 구역. 전한(前漢)의 무제가 남월(南越)을 멸망시키고 설치하였다.

140) 북으로: 세책본에는 '북으로'가 없다. 하지만 중국본 및 낙선재본에는 모두 '북으로'가 들어가 있다. 여기에서는 의미를 보다 명확히 하기 위해 '북으로'를 노출하였다.

141) 한천(漢川): 세책본에는 '텬천'으로 되어 있는데, 중국본에 따르면 이는 '한천(漢川)'의 오류임.

142) 웅병(雄兵): 용맹스러운 군사.

143) 가하(駕下): 황제 아래.

144) 정강왕(靜江王): 세책본에는 '정상왕'으로 되어 있는데, 중국본에 따르면 이는 '정강왕(靜江王)'의 오류임.

145) 유자로(游子路): 세책본에는 '뉴자포'라고 되어 있는데, 중국본에 따르면 이는 '유자로(游子路)'의 오류임.

146) 묘국용(苗國用): 세책본에는 '됴국종'으로 되어 있는데, 중국본에 따르면 이는 '묘국용(苗國用)'의 오류임.

147) 단회(段淮): 세책본에는 '단의'로 되어 있는데, 중국본에 따르면 이는 '단회(段淮)'의 오류임.

148) 월왕(越王): 실제로 뇌세맹은 의녕(義寧) 2년, 즉 618년에 소선(蕭銑)으로부터 봉작을 받는다. 그렇지만 월왕이 아니라, 진왕(秦王)이다. 여기서는 일부러 당(唐) 진왕(秦王)과 구분을 하기 위해 다른 이름을 쓴 것으로 보인다.

149) 뇌세맹(雷世猛): 세책본에는 '노셰밍'으로 되어 있는데, 이는 '뇌세맹(雷世猛)'의 오류임. 『신당서(新唐書)』에 따르면 뇌세맹은 수(隋)나라 때 동경진(董景珍)과 함께 악주교위(岳州校尉)로 있다가 반(叛)하여 소선(蕭銑)을 왕으로 추대한 실제 인물이다.

150) 영원왕(寧遠王): 세책본에는 '연왕'으로 되어 있는데, 중국본에 따르면 이는 '영원왕(寧遠王)'의 오류임.

양왕이 조하(朝賀)를 받더니 정강왕 유자로 왈,

"신이 들으니 당진왕 이세민이 열국(列國)을 정벌하여 이미 평정하고, 다만 우리 지방만 남았는지라. 가히 아니 방비치 못하리이다."

양왕 왈,

"경이 무삼 모책(謀策)으로 나라를 평안히 할꼬?"

자로 왈,

"이제 양자강(揚子江)에153) 큰 배 천여척을 만들어 배마다 쇠갈고리를 만들고 쇠고리를 쓰되, 배 십척을 연(連)하여 하나를 만들고, 그 위에 널을 깔아 평지같이 만들고, 장수를 맡겨 수군(水軍)을 조련(調練)하고, 수채(水寨)를 지어 방비하면 북군(北軍)이 비록 날개 있어도 감히 범치 못하리이다."

양왕이 옳이 여겨 허락하니, 자로가 조지(詔旨)를 받아 공장(工匠)154) 천여인을 데리고 양자강에 가 수채를 지을 새, 수월만에 필역(畢役)하

---

151) 전황백(展黃白): 세책본에는 '전항빅'으로 되어 있는데, 중국본에 따르면 이는 '전황백(展黃白)'의 오류임.

152) 여기에는 봉왕된 자 8명 중에 '무창왕(武昌王) 장선안(張善安)'이 누락되어 있다. 이들 8명의 왕들 중 뇌세맹(雷世猛)을 제외한 나머지 왕들의 행적은 알 수 없다. 『신당서(新唐書)』를 보면 악주교위(岳主校尉)로 있었던 동경진(董景珍)과 뇌세맹(雷世猛), 여수(旅帥)로 있던 정문수(鄭文秀)·허현철(許玄徹)·만철(萬瓚)·서덕기(徐德基)·곽화(郭華), 면인(沔人)으로 있던 장수(張繡) 등이 수나라에 모반을 하여 소선을 왕으로 추대하였는데, 『당진연의』는 이들을 소설적으로 개작한 것일 수도 있다. 실제 소선은 618년에 7명을 왕으로 봉(封)하는데, 동경진은 진왕(晉王), 뇌세맹은 진왕(秦王), 정문수는 초왕(楚王), 허현철은 연왕(燕王), 만철은 노왕(魯王), 장수는 제왕(齊王), 양도생(梁道生)을 송왕(宋王)이 그들이다. 서덕기와 곽화가 빠지고, 대신 그 자리에 양도생이 들어갔을 뿐, 큰 차이는 없다.

153) 양자강(揚子江): 중국의 중심부를 흐르는 아시아에서 제일 큰 강. 티베트 고원 북동부에서 시작하여 운남(雲南) 사천(四川) 호북(湖北) 강서(江西) 안휘(安徽) 강소(江蘇) 등의 성(省)을 거쳐 동중국해로 흘러 들어간다. 이 유역은 예로부터 교통 산업 문화의 중심지였다. 길이는 6,300km.

154) 공장(工匠): 수공업에 종사하던 장인.

고155) 들어와 고하니, 양왕이 아우 소리[蕭鋼]와156) 승상(丞相) 장진[張珍]으로157) 나라를 지키라 하고, 중문무(衆文武)를 거느려 양자강 수채에 이르러 사면을 살피니, 파도가 흉용(洶湧)하고158) 수성(水城)이 지험(至險)한대,159) 수천 척 전선(戰船)이 성 사면에 둘렀더라. 왕이 보기를 다함에 기뻐 왈,

"수성[水城]이160) 비록 좋으나 나무로 만들었으니 헤아리건대 오래지 못할까 저어하노라."

자로가 주왈,

"이 또한 어렵지 아닌 일이 있사오니, 갈을161) 베어다가 잘게 엮어 수성 밖으로 두르고, 기름으로 결으면162) 풍우를 가히 막으리이다."

양왕이 옳이 여겨 허락하니, 자로가 우(又) 주왈,

"이제 사자를 보내어 초왕[楚王]163) 임사홍[林士弘]과164) 오왕[吳王]165)

24

---

155) 필역(畢役): 역사(役事)를 마침.

156) 소첨[蕭鋼]: 세책본에는 '쇼이'로 되어 있지만, 중국본에 따르면 이는 소첨(蕭鋼)의 오류임. 소선(蕭銑)의 아우로 되어 있지만, 이에 대한 자세한 행적은 미상. 이 책에서는 소첨을 소리로 쓰고 있다는 점에서 한자를 잘못 읽었을 가능성이 높다. 소첨이 실존 인물인지 여부가 확인되지 않고 있기 때문에 여기에서는 이하 모두 소리로 쓴다. 낙선재본 역시 '쇼이'로 되어 있다.

157) 장진(張珍): 세책본에는 '양진'으로 되어 있는데, 중국본에 따르면 이는 '장진(張珍)'의 오류임. 소선의 가하 장수일 수도 있지만, 그보다는 허구적인 인물일 가능성이 높다. 자세한 행적은 미상.

158) 흉용(洶湧): 물결이 매우 사납게 일어남.

159) 지험(至險): 지극히 험함.

160) 수성(水城)이: 세책본에는 '목성이'라고 되어 있는데, 이는 '수성이'의 오류임. 한자 水를 木으로 잘못 읽은 데서 빚어진 오류로 보인다.

161) 갈: 갈대.

162) 결으면: 겯다. 기름이 흠씬 배다.

163) 초왕(楚王): 세책본에는 '됴왕'으로 되어 있는데, 이는 '초왕(楚王)'의 오류임. 실제로 임사홍은 초왕이라 하지 않고 남월왕(南越王)이라 하였다. 그렇지만 국호를 초(楚)라고 한 까닭에 여기에서는 '초왕'이라고 한 듯하다.

164) 임사홍(林士弘): 세책본에는 '님스홍'으로 되어 있는데, 이는 '임사홍(林士弘)'

이자통(李子通)을166) 결연하여 한가지로 당을 쳐 먼저 형주(荊州)·문주(門州)를 취하오면 이 또한 요긴(要緊)한 곳이오니 정병으로 하여금 육로(陸路)를 막고, 혹 급함이 있거든 우리 병을 내어 기다리면 이는 만전지책(萬全之策)이니이다."167)

양왕이 좋아 사(使)를 양국에 보내고 일변 월왕 뇌세맹과 영릉왕 안수와 영원왕 전황백과 정남왕 부필과 장사왕 단회를 불러 십오만 병을 거느려 먼저 형주와 문주를 취하라 하고, 뇌세맹으로 대원수를 삼고, 왕홍당(王洪黨)으로168) 선봉을 삼고, 기여(其餘) 장수는 양초를 수운(輸運)하라 하고, 택일출사(擇日出師)할169) 새, 삼성포성포향(三聲砲聲砲響)에170) 대군이 성을 떠날 새, 유자로로 수채(水寨)를 지키다.

대군이 행하여 형주에 이르러 선봉 왕홍당이 성하에 이르러 싸움을 청하니, 가순(賈順)이171) 급히 군사를 낼 새, 계하(階下)에 일인(一人)이 출왈,

"원컨대 소장아 나아가 적장을 잡아오리이다."

하거늘, 모두 보니 관군장군(管軍將軍) 장창(張倉)이라.172) 창(倉)이 피갑상마(被甲上馬)하여 나아가 홍당과 싸워 십여합에 홍당이 한 칼로 창을

의 오류임. ?-622. 이 책 1권 각주 31번을 참조할 것.

165) 오왕(吳王): 세책본에는 '월왕'으로 되어 있는데, 이는 '오왕(吳王)'의 오류임. 이 책 1권에서도 오왕으로 나타난다.

166) 이자통(李子通): ?-622. 이 책 1권 각주 34번을 참조할 것.

167) 만전지책(萬全之策): 실패의 위험성이 없는 아주 안전한 계책.

168) 왕홍당(王洪黨): 소선(蕭銑)의 휘하에 있던 장군으로 보이나, 그에 대한 자세한 행적은 미상. 세책본에서 왕홍당은 진숙보에게 죽임을 당한다.

169) 택일출사(擇日出師): 날을 정하여 출병(出兵)함.

170) 삼성포성포향(三聲砲聲砲響): 세 번의 폿소리.

171) 가순(賈順): 자세한 행적 미상. 『당서(唐書)』에도 가순에 대한 기록은 보이지 않는다. 또한 여타 사서에서도 그의 이름은 보이지 않는다는 점에서 이 역시 허구적으로 설정된 인물이 아닌가 한다.

172) 장창(張倉): 자세한 행적 미상.

베어 내리치고 일진을 대살(大殺)하니, 월왕이 대희하여 군사를 상사(賞賜)하다. 가윤이 장안(長安)에 고하고 일변 굳이 지키다.

뇌세맹이 중장을 분부하여 왕홍당으로 성하(城下)에 이르러 싸움을 돋우라 하고, 서영(舒英) · 왕승(王勝)으로[173] 일군을 거느려 성 서녘에 매복하였다가 성중 군사가 나오거든 불의(不意)에 내달아 치라 하다. 왕홍당이 성하에 이르러 싸울 새 가순이 창을 들어 홍당을 찌르니, 홍당이 맞아 싸워 수합에 거짓 패하여 달아나거늘, 가순이 승세하여 따르더니, 홍당이 유성추[流星鎚]를 던져 순의 어깨를 쳐 마하(馬下)에 내리치니, 소졸(小卒)이 달려들어 매어 성에 돌아와 월왕을 뵌대, 왕이 문왈,

"네 즐겨 항(降)할다?"

순 왈,

"죽이지 않으시면 어이 항치 않으리오?"

월왕이 대희하여 가순으로 향도관(嚮導官)을[174] 삼고, 성에 들어가 백성을 안무하고, 첩서(捷書)를 강릉에 보내다.

차시, 형주 초마(哨馬)가 주야로 장안에 이르러 이 일을 보(報)하니, 고조 대경하여 진(秦) · 조(趙) 이왕(二王)으로 양병(梁兵)을 물리치라 하니, 양왕(兩王)이 명을 받아 중장을 거느려 나아갈 새, 진왕이 전령하여 울지공으로 영병(領兵)하여 먼저 가라 하다. 가순이 양에 항한 후로 큰 공을 세워 부귀를 얻고자 하여 심복을 장안에 보내어 소식을 탐지하고 월왕께 고왈,

"내 항한 줄 모르리니 거짓 병패(兵敗)하여 달아난 체하고 장안에 들어가 경덕을 만나거든 더불어 의논하는 체하면, 제 필연 의심치 않으리

26

---

173) 서영(舒英) · 왕승(王勝): 소선(蕭銑)의 휘하에 있던 장군으로 보이나, 그에 대한 자세한 행적은 미상. 세책본에서 서영은 정교금에게, 왕승은 후군집에게 죽임을 당한다.
174) 향도관(嚮導官): 군사를 인솔하고 갈 때 길을 인도하던 벼슬아치.

니, 저를 속여 완강현[浣江縣]에175) 들어가 둔병(屯兵)하거든 대왕이 즉시 와 성을 싸면 천하 취(取)함이 반듯하리이다."

월왕이 대희 왈,

"만일 성공하면 너를 천거하여 왕을 봉하리라."

가순이 즉시 필마(匹馬)로 나오더니, 완강[浣江] 계구(界口)에 이르러 경덕을 만나 말에 내려 맞으니, 경덕 왈,

"네 어떤 사람인고?"

가순 왈,

"나는 태수(太守) 가순이러니, 첫 번 싸움에 선봉 장창이 적장의 손에 죽고, 내 또한 패하여 성을 잃고 돌아오더니, 요행(僥倖)으로 장군을 만나니 심히 다행하도다."

경덕 왈,

"내 조정 칙지(勅旨)를 받자와 형주를 지키려 하더니, 이미 잃었으면 나를 좇아 진부(秦府) 병을 거느려 나아가리니, 어느 곳에 둔병하염즉 하뇨?"

가순 왈,

"완강현에 전량(錢糧)이 많으니 가히 둔병하염직 하나이다."

경덕이 완강현에 이르니, 현령(縣令) 왕숭(王崇)이176) 나와 맞거늘, 경덕이 성중에 들어가 군마를 안둔[安屯]하더니, 양병이 사면으로 이르러 성을 싸니, 남에는 정남왕 부필이요, 서에는 영릉왕 안수요, 동에는 영원왕 전황백이요, 북에는 장사왕 단회라. 경덕이 놀라 가순·왕숭으로 더불어 퇴병(退兵)할 모책을 의논하니, 가순·왕숭 왈,

---

175) 완강현(浣江縣): 세책본에는 '완상현'으로 되어 있는데, 이는 '완강현(浣江縣)' 의 오류임. 소흥부(紹興府)에 있음.

176) 왕숭(王崇): 완강현(浣江縣)의 현령으로 있던 인물로 보이나, 그에 대한 자세한 행적은 미상.

"성중에 양식이 없으니 적을 대적하기 어려운지라. 진왕의 대병을 기다려 싸움이 옳으니이다."

경덕이 옳이 여겨 전령하여 각문(閣門)을 굳이 지키라 하다. 가순이 혜오되, '경덕을 일찍이 없애지 아니하였다가 진왕이 오면 내 계교가 불리하리라.' 하고 왕숭과 의논하되,

"이제 양국(梁國)은 지방이 광활하고 인마가 강장(强壯)하매 천하 호걸이 귀순하는지라. 우리 당에 있으매 벼슬이 높지 못하고, 하물며 사면이 다 양병이.177) 일조에 성이 함몰하면 옥석(玉石)이 구분(俱焚)하리니, 모로미 금야(今夜)에 경덕을 베어 수급(首級)을 가져 양에 투항하여 봉후(封侯)를178) 잃지 않음이 어떠하뇨?"

왕숭 왈,

"그대 말이 가장 유리(有理)하니 빨리 행하라."

하고, 심하(心下)에 다시 생각하되, '어찌 반역(反逆)을 도와 금수지행(禽獸之行)을179) 하리오?' 하고 즉시 경덕을 보고 가순의 말을 고하니, 경덕이 대로하여 쇠채를 들고 가순을 불러 물으니, 순이 대답지 못하거늘, 경덕이 채로 쳐죽이고, 왕숭으로 더불어 성을 지키더라.

각설. 진(秦)·조(趙) 이왕(二王)이 군을 거느려 남으로 행하더니, 문득 삼처(三處) 고급(告急)이180) 와 고하되,181)

---

177) 양병이: 세책본에는 종결되지 않고 끝나고 있는데, 이는 의미상 '양병이라'로 볼 수 있음.

178) 봉후(封侯): 제후(諸侯)로 봉해지는 일.

179) 금수지행(禽獸之行): 금수와 같은 행동.

180) 고급(告急): 급한 상황을 알림. 여기서는 그러한 일을 하는 사람을 의미함.

181) 여기에서는 '삼처(三處) 고급(告急)', 즉 세 곳에서 급한 보고가 있다고 하고 실제는 한 가지 보고만 씌어져 있다. 중국본에서는 세 곳에서 들어온 보고가 다음과 같이 나타난다. 첫째, 형주와 문주가 양가의 계략에 의해 빼앗겼고, 가순은 생포된 뒤 어찌되었는지 알 수 없다는 보고. 둘째, 울지경덕이 양에 항복하여서 적장과 함께 장양현을 친다는 보고. 셋째, 양병이 완강현에서 울지경덕을

"경덕이 투항하여 장양현(長陽縣)을 싼다."

하거늘, 진왕이 가장 의아하더니, 이는 가순이 꾀하여 경덕의 얼굴과 같은 장수로 경덕의 장속(裝束)을 가착(假着)하여[182] 장양현에 가 외쳐 왈,

"내 이미 항하였노라."

하고, 성을 치니, 장양현령(長陽縣令) 허범[許范]이[183] 고급(告急)함이라.[184] 진왕이 의혹하여 군마를 안돈하고 이정다려 왈,

"완강현에서는 경덕이 싸였다 하고, 장양현에서는 경덕이 반(叛)한다 하니 이 중 반드시 묘맥(苗脈)이[185] 있도다."

이정 왈,

"완강현 고급은 옳고 장양현 고급은 믿지 못할 것이니, 이 반드시 경덕을 꺼려 반간계(反間計)를[186] 함이니 세 길로 진병하소서."

하고, 전령하여,

"진숙보·정교금·나사신·후군집은 장양으로 나아가 구하라."

하고,

"은개산·고사렴·유홍기·장손순덕·우진웅·우진달·병원직은 완강현을 구하라."

하고, 마심보·안귀홍·장공근·강모[姜謨]를[187] 불러 가만히 이르되,

포위하고 있다는 보고가 그것이다. 이 책에서는 이 중 두 번째 보고만을 적고 있다.

182) 경덕의 장속(裝束)을 가착(假着)하여: 세책본에는 경덕으로 가착한 인물이 명확하게 나오지 않지만, 실제 가경덕(假敬德)은 뇌세웅(雷世雄)이다.

183) 허범(許范): 세책본에는 '허번'으로 되어 있는데, 이는 '허범(許范)'의 오류임. 그에 대한 자세한 행적은 미상.

184) 고급(告急): 급한 상황을 알림.

185) 묘맥(苗脈): 일의 실마리. 일이 나타날 단서.

186) 반간계(反間計): 이간책(離間策).

187) 강모(姜謨): 세책본에는 '손강모'로 되어 있는데, 이는 '강모(姜謨)'의 오류임.

"형주 동문(東門)에 가 여차여차하라."

하니, 중장이 청령하고 각각 군을 거느려 나아갈 새, 숙보의 군사가 장양현에 이르러 하채하니, 체탐(體探)이 양영(梁營)에 보하니, 양왕이 중모사(衆謀士)를[188] 청하여 의논하니, 뇌세웅 왈,

"적군이 멀리 와 피곤하리니 때를 타 침이 상책(上策)이라."

하니, 모두 옳이 여겨 삼로(三路)로 나아갈 새, 왕홍당이 전부(前部)가 되고, 뇌세웅이 중대(中隊) 되고, 서영·왕승은 후대(後隊) 되어 일시에 나아가 싸움을 돋우니, 진숙보 등이 진에 나와 대호 왈,

"적장은 일찍이 말에 내려 항하여 죽기를 면하라."

왕홍당이 소왈,

"너는 천시(天時)를 모르는도다. 울지공은 우리나라에 귀순하였으니 만일 믿지 아니하거든 뒤에 오는 자를 보라."

숙보가 홍당을 따라갈 새, 숙보 급히 팔을 늘여 생금하여 내리치니 홍당이 길마에 다혀 죽는지라. 숙보 의기를 탄(歎)하더라. 양영에서 왕홍당의 죽음을 보고 서영·가경덕(假敬德)[189]·왕승이 일시에 나 싸우더니, 교금은 서영을 대적하고, 나사신은 가경덕을 대적할 새, 창으로 가경덕을 찌르려 하거늘 진숙보가 외쳐 왈,

"나사신은 아직 날회라.[190] 내 이 반적(叛賊)을 잡으리라."

하고, 달려들어 보니 이는 경덕이 아니라. 숙보가 대로하여 크게 소리 지르고 가경덕을 생금하여 내리치니, 중군이 달려들어 매어 본진으로 돌아오고, 정교금은 서영을 두 조각에 내고, 후군집은 왕승을 베고, 나사신은 적진을 충돌하니 양병이 반나마[191] 죽었더라. 숙보가 가경덕을

30

---

188) 중모사(衆謀士): 많은 모사(謀士). 모사는 꾀를 써서 일이 잘 이루어지게 하는 사람.

189) 가경덕(假敬德): 가짜 울지경덕. 울지경덕으로 변장한 군사.

190) 날회다: '느리게하다'의 옛말.

매어 돌아오니, 왕이 문왈,

"네 어떤 사람이관대 경덕을 가칭하나뇨?"

뇌세웅이 가순의 꾀이옴을 고하니, 왕이 대로하여 뇌세웅을 베고 사람을 완강현에 보내어 싸움을 재촉하더라.

세(歲) 임자(壬子)192) 삼월(三月) 일(日) 향목동(香木洞) 서(書)

---

191) 반나마: 반남짓.
192) 임자(壬子): 1912년.

당진연의 권지십삼

각설. 진왕(秦王)이 문왈,

"너는 어떤 사람이관대 가칭(假稱) 경덕(敬德)이라 하는다?"

뇌세웅[雷世雄]이 가순(賈順)의 꾀임을 고하니, 왕이 대로하여 뇌세웅을 베고 사람을 완강현(浣江縣)에 보내 싸움을 재촉하더라.

차시 완강현 장수가 이 말을 듣고 즉시 군마를 재촉하여 사면으로 나아갈 새, 고각(鼓角)이[1] 제명(齊鳴)하고[2] 함성이 진천(振天)하니, 경덕이 구병(救兵)이 이름을 알고 군사를 정제(整齊)하여 동문으로 나아가더니, 영원왕(寧遠王) 전황백[展黃白]을 만나 싸워 수합에 채를 들어 머리를 깨쳐 죽이고, 은개산(殷開山)은 이성(李成)을 죽이고, 고사렴(高士廉)은 영릉왕(零陵王) 안수[顔須]를 죽이고, 유홍기(劉弘基)는 정남왕(定南王) 부필(傅弼)을 죽이고, 장손순덕(長孫順德)은 장사왕(長沙王) 단회[段淮]를 죽이고, 양병(梁兵)의 죽은 수를 알지 못할너라. 중장이 각각 돌아와 공(功)을 드리거늘 왕이 대회하여 중장을 상사하다.

차시 이정(李靖) · 장손무기(長孫無忌) · 단지현(段志玄) 등이 군사를 거느려 문주(門州)에 이르러 하채(下寨)하고, 무공(茂功) 왈,

"장손장군(長孫將軍)은 나아가 싸움을 돋우고, 왕(王) · 단(段) 이장군(二將軍)은[3] 형문[荊門][4] 양주(兩州) 남북(南北)에 매복하였다가 성중(城

---

1) 고각(鼓角): 군중(軍中)에서 호령할 때 쓰던 북과 나발.
2) 제명(齊鳴): 한가지로 울림.

2 中)에 불 일어남을 보고 일시에 내달아 성을 앗으라.”

하니, 이장이 청령하고 나오거늘, 장손무기가 일지군(一枝軍)을 거느려 나아가 싸움을 돋운대, 뇌세맹[雷世猛]이 괴진현[蒯進賢]으로5) 성을 지키오고, 부장(副將) 당승사[党承賜]6)·부쇠[傳釗]로7)8) 더불어 성에 나와 서로 싸워, 수합에 무기(無忌)가 양패이주(佯敗而走)하니,9) 세맹이 급히 따르거늘, 무기가 칼을 날려 세맹을 베어 내리치니, 당승사·부쇠가 말을 도로혀 달아나거늘, 차시 마삼보(馬三寶) 등 사장(四將)이10) 농부의 모양을 하고, 몸에 모두 칼을 감추고 문 안에 숨었다가 양병이 성에서 나감을 보고 즉시 성중에 불을 놓으며 문 지킨 군사를 죽이니, 당검(唐儉)·단지현이 성중에 불 일어남을 보고 즉시 성으로 짓쳐 가니, 괴진현[蒯進賢]이11) 당군(唐軍)이 성에 듦을 보고 급히 말에 올라 성문을 나

---

3) 왕·단 이장군: 세책본에는 문주에 도착한 사람은 이정, 단지현, 장손무기로 한정되어 있다. 따라서 '단'은 단지현을 말하지만, 왕은 누구인지 확실하지 않다. 중국본에도 왕씨 성을 가진 장군은 문주에 오지 않는다. 그런데 낙선재본에는 문주에 온 장군이 이적[서무공], 장손무기, 단지현, 왕당인(王當仁)으로 되어 있다. 따라서 여기에 씌인 '왕'은 곧 '왕당인'을 말한 것으로 볼 수 있다. 즉 '왕(王)·단(段) 이장군(二將軍)'은 왕당인과 단지현을 가리킨 것이다.

4) 형문(荊門): 세책본에는 '청문'으로 되어 있는데, 이는 '형문(荊門)'의 오류임. '형문'은 곧 형주(荊州)와 문주(門州)를 말함.

5) 괴진현(蒯進賢): 세책본에는 '곽진형'으로 되어 있는데, 중국본에 따르면 이는 '괴진현(蒯進賢)'의 오류임.

6) 당승사(党承賜): 세책본에는 '장손ㅅ'로 되어 있는데, 중국본에 따르면 이는 '당승사(党承賜)'의 오류임.

7) 부쇠(傳釗): 세책본에는 '부'로 되어 있는데, 중국본에 따르면 이는 '부쇠(傳釗)'의 오류임.

8) 괴진현(蒯進賢)·당승사(党承賜)·부쇠(傳釗): 모두 뇌세맹(雷世猛)의 휘하에 있던 장군으로 보이나, 그 자세한 행적은 미상. 뇌세맹도 행적이 명확하지 않다.

9) 양패이주(佯敗而走): 거짓으로 패한 척하여 달아남.

10) 사장(四將): 중국본에는 마삼보, 안귀흥(安貴興), 장공근(張公謹), 강모(姜謨)로 나타나 있다.

11) 세책본에는 '단지현'으로 되어 있는데, 이는 '괴진현(蒯進賢)'을 잘못 쓴 것이다.

니, 장공근[張公謹]이12) 한 칼로 베고 대당(大唐) 기호(旗號)를 꽂고 군민(軍民)을 안무하더라. 양장(梁將)이 패군을 거두어 문주로 돌아오다가 정히 단지현을 만나 길을 막고, 후면에 장손무기 따라오니 이장(二將)이13) 싸울 마음이 없어 길을 앗아 달아나거늘, 단지현이 당승사·부쇠를 쏘아 죽이고,14) 중장이 돌아와 문주(門州) 취함을 고하니, 진왕이 장졸을 호상(犒賞)하고 명일 진(秦)·조(趙) 이왕(二王)이 제장을 모으고 파적(破賊)할 일을 의논할 새, 이정 왈,

　“이제 먼저 두복위(杜伏威)·안귀흥(安貴興)·유정회[劉政會]15)·은개산 사장으로 강도(江都) 애구[隘口]에 가 오왕(吳王) 이자통(李子通)을 막고, 이적[李勣]16)·정교금(程咬金)은 삼천 도부수(刀斧手)와 십척 전선(戰船)을 거느려 구당[瞿唐]17) 삼협(三峽)에18) 나아가 적의 운제(雲梯)와19)

3

---

12) 장공근(張公謹): 세책본에는 ‘댱공건’으로 되어 있는데, 이는 ‘장공근’의 오류임. 장곤근에 대해서는 이 책 2권 각주 120번을 참조할 것.

13) 이장(二將): 여기에서 이장이 누구인지 밝혀지지 않았지만, 중국본을 통해 이장이 곧 ‘당승사(党承賜)’와 ‘부쇠(傳釗)’임을 확인할 수 있다.

14) 세책본에는 이 부분이 ‘단지현이 댱손사부와 셔람을 쏘아 죽이고’로 되어 있는데, 이는 ‘단지현이 당승사 부쇠를 쏘아 죽이고’의 오류로 보인다. 참고로 낙선재 13책본에서는 이 부분이 “단지현이 쏘릭가 댱손수를 버히고 당검은 부초를 뽀으 죽이고”로 되어 있다. 중국본에는 이 둘의 죽음이 시를 통해 제시되어 있는데, 이 둘은 모두 단지현에게 죽임을 당한 것으로 되어 있다.

15) 유정회(劉政會): 세책본에는 ‘뉴정회’로 되어 있는데, 이는 ‘유정회(劉政會)’의 오류임. 유정회는 이 책 4권 주 118번을 참조할 것.

16) 이적(李勣): 세책본에는 ‘니경’으로 되어 있는데, 이는 ‘이적(李勣, 곧 徐茂功)’의 오류임.

17) 구당(瞿唐): 세책본에는 ‘구강’으로 되어 있는데, 중국본에 따르면 이는 ‘구당(瞿唐)’의 오류임.

18) 구당(瞿唐) 삼협(三峽): 구당협(瞿唐峽). 골짜기 이름. 장강(長江) 세 골짜기[三峽]의 으뜸. 기협(夔峽)이라고 한다. 서로 사천성(四川省) 봉절현(奉節縣) 백제성(白帝城)에서 일어나 동으로 무산(巫山) 대계(大溪)에까지 이른다. 양쪽 언덕에는 절벽이 늘어서고 강의 물살이 급하며 산세 또한 험하여서 서촉(西蜀)의 문호(門戶)라고도 불렀다.

준비한 것을 없이하고 돌아와 합병(合兵)하라."

하니, 중장이 청령이퇴(聽令而退)하거늘, 이정이 진(秦)·조(趙) 이왕으로 더불어 양자강(揚子江)에 가 수성(守城)한[20] 것을 파(破)하려 하더라.

차시 무공과 정교금이 배와 군사를 거느려 구당 삼협에 이르러 두루 보며 도부수를 분부하여 운제를 불지르고 배를 띄워 수상(水上) 십리를 행하더니, 전면(前面)에 이십척 전선(戰船)이[21] 오되 다 양조[梁朝][22] 기호(旗號)거늘, 정교금이 선두(船頭)에서 답왈,[23]

"우리는 양조 운량관(運糧官)[24] 양회[楊淮][25]·초단[焦段]이로라."[26]

정교금이 소리 질러 왈,

"너희 일찍 당에 항복하여 죽기를 면하라."

양회·초단이 서로 의논하되,

"우리 군사가 적고, 또 배 전선(戰船)이 아니라. 어찌 대적하리오? 일

---

19) 운제(雲梯): 성(城)을 공격할 때 썼던 높은 사다리.

20) 수성(守城): 성을 지킴. 여기서는 수성(水城)으로 볼 수도 있다.

21) 실제 이 배는 전선(戰船)이 아니다. 뒤에 선장이라 할 양회와 초단이 하는 말에서도 이 배는 전선이 아님을 알 수 있다. 중국본에는 단지 "二十隻大船"이라 하여 단순히 '큰 배[大船]'로만 밝히고 있다. 낙선재본에는 '전선'으로 나온다.

22) 양조(梁朝): 세책본에는 '량쵸'로 되어 있는데, 이는 '양조(梁朝)'의 오류로 보인다. 물론 이 배는 양초(糧草)를 실었지만, 아무리 그래도 배에 국가가 아닌 양초를 표시한 기호(旗號)를 달았다고 볼 수 없기 때문이다. 중국본에도 양조(梁朝)의 기호를 달았다고 되어 있다. 낙선재본 13책에는 이 대목이 없지만, 낙선재 6책본에는 '양묘'로 되어 있다.

23) 여기에서 정교금의 말한 대목은 빠져 있다. 참고로 낙선재 13책본에는 이 부분이 "교금이 션두의셔 션화부룰 들고 대호 왈 오는 비 어더 배뇨 답왈"로 되어 있다. 이 책에서는 밑줄 친 부분과 같은 내용이 누락되었다고 하겠다.

24) 운량관(運糧官): 군량(軍糧)을 운반하는 벼슬아치.

25) 양회(楊淮): 세책본에는 '양희'로 되어 있는데, 중국본에 따르면 이는 '양회(楊淮)'의 오류임.

26) 초단(焦段): 세책본에는 '됴광'으로 되어 있는데, 중국본에 따르면 이는 '초단(焦段)'의 오류임. 양회(楊淮)와 초단(焦段) 역시 『당서(唐書)』를 비롯한 사서에서는 자세한 행적이 나오지 않는다.

찍이 항복하니만 같지 못하다."

하고, 선두에 나와 외쳐 왈,

"우리 이제 당에 항(降)코자 하니 들을소냐?"

4

무공 왈,

"너희 항복코자 하거든 대당 기호를 꽂고"[27]

무공과 한가지로 양자강에 이르니, 이인(二人)이[28] 진왕께 참연[參見]

하여 양회 등의 일을 고한대, 이정이 희왈,

"이는 하늘이 우리를 도우심이니 그 마음을 즐겁게 하여 쓸 곳이 있

다."

하고, 이인을 중상(重賞)하니, 양인이 고두사배(叩頭謝拜)하고 서로 의논

하되,

"진왕이 관홍대도(寬洪大道)하다[29] 하더니 과연 허언(虛言)이 아니로

다. 우리 힘써 공을 이뤄 갚으리라."

하더라. 이정이 매일 진중(陣中)에 순시(巡視)하여 노약을 일처(一處)에

모으고,[30] 양회·초단을 불러 일처에 모으고 불러 귀에 대고 분부하되,

"너희 본부군을 거느려 여차여차하되 십척의 배마다 쇠갈고리를 박

고, 화포(火炮)·화전(火箭)과 마른 섶을 실어가게 하고, 정교금·양건방

(梁建方)으로 삼천 병 수졸(水卒)과 오십 척 전선을 거느려 고사렴(高士

---

27) 여기에는 일정 부분이 빠져 있다. 참고로 낙선재 13책본에는 이 부분이 "너희
    임의 항ᄒ랴 ᄒ면 대당 긔호를 븟고와 세우고 돗츨 둘ᄂ"로 되어 있다. 이후 부
    분은 "양회 쵸단이 그디로 ᄒ니 비 ᄲ러기 술ᄀ튼야 경긱 샤이의 양ᄌ강의 니
    ᄅ니"로 되어 있다. 6책본도 표기상의 차이만 있을 뿐, 내용은 동일하다. 세책본
    에는 이 부분이 모두 빠져 있음을 알 수 있다.

28) 이인(二人): 여기에서 두 사람은 서무공과 정교금이다.

29) 관홍대도(寬洪大道): 관대하고 도량이 큼.

30) 노약을 일처(一處)에 모으고: 이 부분은 뒤의 '양회 초단을 불러 일처에 모으고'
    를 쓰는 과정에서 잘못 씌어진 것이 아닌가 한다. 참고로 낙선재본은 "니졍이
    미양 영듕의 순시ᄒ야 양회 쵸단을 블나 귀의 ᄃ혀"로만 되어 있다.

廉)・후군집(侯君集)은 삼천 수군과 전선과 또한 같이하여 삼로(三路)로 가 불 일어남을 보고 일시에 달려들어 수채(水寨)를 겁책하라.”

하고, 진숙보(秦叔寶)・단지현으로,

“일지[一枝]31) 도부수를 거느려 강을 둘러 적을 짓치라.”

하고, 또 왕당인(王當仁)・배행검(裵行儉)으로,

“각각 삼십 척 전선을 거느려 접응(接應)하라.”

하니, 제장이 각각 청령하고 영군(領軍)하여 가거늘, 이정이 북녘에 삼장대(三丈臺)를32) 모으고, 오방기치(五方旗幟)를33) 벌이고, 중군에 향로(香爐)와 보검(寶劍)을 놓고, 제물(祭物)을 벌이며, 머리 풀고, 발 벗고, 단상(壇上)에 올라 분향(焚香) 예배(禮拜)한 후, 칼 짚고 입으로 진언(眞言)을34) 염(念)하니, 초경(初更)에 서북풍이 크게 일어나는지라. 진・조 이 왕이 순풍에 배를 저어 수성(水城)으로 향하니, 차시 유자로(游子路)가 수성을 순시하다가 한 떼 선척(船隻)이35) 옴을 보고 문왈,

“오는 배 어디로 가는다?”

양회・초단이 답왈,

“나는 양회・초단이러니 양식을 운전하여 오노라.”

자로 왈,

“어찌 이제야 오는다?”

이장 왈,

“풍세(風勢)36) 불리하여 더디었노라.”

---

31) 일지(一枝): 한 무리.
32) 삼장대(三丈臺): 9미터 정도의 대(臺).
33) 오방기치(五方旗幟): 진중(陣中)에서 방위를 표시하던 기(旗)의 하나. 청(靑)・적(赤)・황(黃)・흑(黑)・백(白)의 색을 통해 동(東)・남(南)・중(中)・북(北)・서(西)의 방향을 효시하였다. 황제(黃帝)가 만든 것으로 알려져 있다.
34) 진언(眞言): 주문(呪文).
35) 선척(船隻): 배.

자로가 성을 열어 양선(糧船)을[37] 들이니, 양(楊)·초(焦) 이장이 배를 수성으로 들일 새, 바람이 급하고 배마다 못을 박았으매 떨어지지 아니하거늘, 급히 불을 놓으니, 십 척 양선에 다 섶과[38] 유황(硫黃)·염초(焰硝)를 실었으니 화염(火焰)이 창천(漲天)한지라. 유자로가 계교에 빠진 줄 알고 황망(慌忙)히 수병을 거느려 길 어구를 막았더니, 양회·초단이 일소선(一小船)을[39] 타고 수성으로 나오거늘, 자로가 대로 왈,

"반적(反賊)은 어디로 가는다?"

하고, 창을 들어 양회를 찌른대, 회가 몸을 피할 즈음에 배 엎더져 물에 빠지더라.

차시 당병이 수성에 불이 일어남을 보고 전선을 재촉하여 나아가다가, 적선(賊船)을 만나 화전(火箭)·화포(火砲)를 놓고 시살(廝殺)하니,[40] 평명(平明)에 이르러는 양병이 다 죽고, 다만 유자로가 배를 버리고 언덕으로 올라 달아나더니, 진숙보 적은 배를 타고 급히 따라오며 외쳐 왈,

"적장은 닫지 말라."

하니, 자로가 창을 잡고 언덕에 서서 혜오되, '제 지나거든 질러 물에 내리치리라.' 하더니 숙보가 언덕에 가까이 오거늘, 자로가 창으로 숙보를 찌르니, 숙보 몸을 기우려 피하며 그 창을 잡아 소소쳐 언덕에 오르니, 숙보와 자로가 다 말이 없는지라. 걸어 싸우더니 자로가 용기를 발하여 죽기로써 싸우더니 숙보가 벽릉간(劈棱簡)을 들어 자로를 찔러 죽이고 본영으로 돌아오니, 양국(梁國) 전선 오백여척을 얻었더라. 이정이 영(令)하여,

6

---

36) 풍세(風勢): 바람의 세기.
37) 양선(糧船): 양식을 실은 배.
38) 섶: 잎나무, 풋나무, 물거리 따위의 땔나무를 통틀어 이름.
39) 일소선(一小船): 하나의 작은 배.
40) 시살(廝殺): 싸움터에서 마구 죽임.

“배를 강중에 버리라.”

하니, 진왕이 그 뜻을 물은대, 이정 왈,

“우리 깊이 들어갔다가 구병(救兵)이 사면으로 오면 우리 비록 선척을 두나 무엇에 쓰리오? 이러므로 그 배를 띄워 내려보내면 반드시 양(梁)이 이미 파(破)하다 하고 구병이 이르지 아니하리니, 이김이 반듯하리이다.”41)

진왕이 옳이 여겨 즉시 군을 거느려 강릉(江陵)을 칠 새, 대군이 강릉 성하에 하채하고 이정이 진숙보로,

“출군하라!”

하니, 숙보가 일군을 거느려 강릉 성하에 이르러 싸움을 돋우니, 탐마(探馬)가42) 급히 양왕에게 보(報)한대,43) 소선(蕭銑)이 전지(傳旨)하여 형왕(荊王) 묘국용[苗國用]과44) 무창왕(武昌王) 장선안[張善安]과45) 어제(御弟)46) 일자왕[一字王]47) 소리[蕭銂]로,

“나가 대적하라!”

하니, 삼장(三將)이 청령하고 영군하여 성에 나와 싸워, 미급수합(未及數合)에48) 진숙보가 장선안을 찔러 죽이니, 소리와 묘국용이 상혼낙담

---

41) 반듯하리이다: 반듯하다. 어떤 일이 틀림없이 그러하다.

42) 탐마(探馬): 적의 동정을 살피는 기병(騎兵).

43) 보한대: 세책본에는 ‘양왕의게 흐디’로 되어 있는데, ‘흐디’ 앞에 ‘보(報)’가 빠진 것으로 보인다.

44) 묘국용(苗國用): 세책본에는 ‘모국용’으로 되어 있는데, 이는 ‘묘국용(苗國用)’의 오류임. 이 책 앞에서는 ‘묘국용’을 ‘됴국종’으로 쓴 적이 있는데, 이 역시 ‘묘국용’의 오류임을 밝힌 바 있다.

45) 장선안(張善安): 세책본에는 ‘장안성’으로 되어 있는데, 중국본에 따르면 이는 ‘장선안(張善安)’의 오류임.

46) 어제(御弟): 임금의 동생.

47) 일자왕(一字王): 세책본에는 ‘일문왕’으로 되어 있는데, 중국본에 따르면 이는 ‘일자왕(一字王)’의 오류임.

48) 미급수합(未及數合): 몇 합도 못하여서. 합(合)은 칼이나 창으로 싸울 때 칼이나

(喪魂落膽)하여49) 급히 말을 도로혀 강릉으로 달아나니, 숙보가 일진을 대살하고 군을 거느려 본영으로 돌아오니, 숙보가 대개 당에 돌아온 후 네 번 대공을 세우니, 하나는 왕홍당[王洪黨]을 잡고, 둘은 뇌세웅[雷世雄]을 잡고, 셋은 유자로[游子路]를 죽이고, 넷은 장선안[張善安]을 죽이니 공렬(功烈)이50) 우주(宇宙)에 뚜렷하더라. 숙보 군을 거두어 돌아오니 진왕이 중상(重賞)하니라.

각설. 소리 묘국용이 돌아가 왕께 뵈고 패한 연유를 고하더니, 탐마가 보하되,

"수륙(水陸) 양로군(兩路軍)이 다 패하다."

하거늘, 양왕이 대경하여 문무를 모와 의논하고 성문을 열고 당에 항복하니, 진왕이 대희하여 성에 들어가 백성을 안무하고 장졸을 호상하더니, 문득 두복위[杜伏威] 등이 오왕(吳王) 이자통(李子通)을 매어 왔거늘, 진왕이 전령하여 반사(班師)할 새, 양국 승상 장진(張珍)으로 강릉을 지키오고, 인마를 휘동(麾動)하여51) 장안에 돌아와 고조께 조현함을 마침에, 고조 대희하사 이왕을 위로하시고 상사하시매,

"양왕 소선과 이자통을 저자에 가 참하라."

하시고 파조(罷朝)하시더라.

살충신원길보사원 구사원리성겁법장
[殺忠臣元吉報私怨 救良將士信劫法場]52)

창이 서로 마주치는 횟수를 세는 단위다.
49) 상혼낙담(喪魂落膽): 몹시 놀라거나 마음이 상해서 넋을 잃음.
50) 공렬(功烈): 드높고 큰 공적.
51) 휘동(麾動): 지휘하여 움직임.
52) 충신을 죽여 원길(元吉)은 사적인 원한을 갚고자 하고, 양장(良將)을 구하려고

각설. 중산부(中山府)에53) 설씨(薛氏) 오인(五人)이 있으니, 만강(萬江)·만회[萬海]54)·만징[萬澄]55)·만철(萬徹)56)·만호(萬湖)라.57) 가세(家世) 호부(豪富)하고 무예(武藝) 정숙(精熟)한지라. 천하가 분분(紛紛)함을58) 보고 군사를 모으며 큰 뜻을 두어, 창주(滄州) 고개도[高開道]와59) 연주(兗州) 서원랑[徐圓朗]과60) 제양(濟陽) 맹해공[孟海公]61) 등으로 결연하

나사신(羅士信)은 법장(法場: 사형장)을 겁략하다.
53) 중산부(中山府): 예전 춘추 말년에 선우(鮮虞) 사람이 세운 나라 이름. 지금의 하북성(河北省) 정현(定縣) 당현(唐縣) 일대.
54) 만해(萬海): 세책본에는 '만회'로 되어 있는데, 이는 '만해(萬海)'의 오류임.
55) 만징(萬澄): 세책본에는 '만진'으로 되어 있는데, 이는 '만징(萬澄)'의 오류임.
56) 설만철(薛萬徹): ?-653. 당 경조(京兆) 함양인(咸陽人). 설만균(薛萬均)의 아우. 설만균과 함께 고조에게 귀순하여 거기장군(車騎將軍) 무안현공(武安縣公)을 역임하였고, 태자 이건성(李建成)을 섬겼다. 현무문(玄武門)의 변고가 있은 후 종남산(終南山)에 숨었다가 태종의 부름으로 다시 출사하여, 돌궐(突厥)을 격파하는 등 여러 차례 전공을 세웠다. 이후 단양공주(丹陽公主)와 결혼을 하였다.
57) 설씨 형제 5인은 소설적으로 설정된 인물이다. 이들 5형제는 설만철(薛萬徹) 외에는 모두 허구의 인물이다. 실제로 『당서(唐書)』에서는 설만철과 그의 형 설만균(薛萬均)의 행적은 보이지만, 여타 다른 사람의 행적은 보이지 않는다.
58) 분분(紛紛) : 시끄럽고 어수선함.
59) 고개도(高開道): 세책본에는 '고미도'로 되어 있는데, 이는 '고개도(高開道)'의 오류임. ?-624. 창주(滄州) 신양인(信陽人). 수나라 말에 하간(河間) 격겸(格謙)에 의탁하였다. 당 고조 무덕(武德) 4년에 스스로 연왕(燕王)이라 칭하였다. 후에 나예청(羅藝淸)에게 항복하여 그 밑에서 벼슬을 하다가, 이후 돌궐(突厥) 군사를 불러 하북(河北)을 공격한 후 다시 연왕이라 칭하였다. 이후 부장에게 핍박을 입고 자살한다.
60) 서원랑(徐圓朗): 세책본에는 '셔원강광'으로 되어 있는데, 이는 '서원랑(徐圓朗)'의 오류임. 중국본에는 서원랑(徐元朗)으로 되어 있는데, 이 역시 '서원랑(徐圓朗)'의 오류다. ?-623. 수(隋) 곤주인(袞州人). 양제(煬帝) 대업(大業) 말에 군중을 모으고, 자신의 고향을 중심으로 사방을 넓혔다. 나중에는 이밀(李密)에게 있다가 다시 두건덕(竇建德)에게 의탁하였다. 유흑달(劉黑闥)이 기병하자 원랑은 그에 응하면서 스스로 노왕(魯王)이라 칭하였다. 나중에 당병이 쳐들어오자 원랑은 몇 차례 패배한 후 야반에 성을 버리고 달아나다가 군졸에게 붙잡혀 죽임을 당하였다.
61) 맹해공(孟海公): 세책본에는 '민의공'으로 되어 있는데, 이는 '맹해공(孟海公)'의 오류임. ?-621. 수당(隋唐)간 제북인(濟北人). 수 양제(煬帝) 대업(大業) 9년에 제양

여 당을 범하니, 고조가 문무를 **모**와 의논하실 새, 제왕(齊王)이 영왕[英王]다려 왈,

"이번에 우리가 중산(中山)을 침이 어떠하뇨?"

영왕 왈,

"설가(薛家) 오호(五虎)가 효용(驍勇)이 절륜(絶倫)하고, 우리 수하에 맹장(猛將)이 없거늘 어찌 성공함을 바라리오?"

제왕 왈,

"불연(不然)하니다. 우리 만일 중산에 가 요행(僥倖) 오호를 이기면 영명(榮名)이[62] 현달할지라. 우리 매양 칭병(稱病)하고 싸움을 아니하므로 수하에 대장이 없으니, 진숙보(秦叔寶)·울지공(尉遲恭)·정교금(程咬金)·나사신(羅士信)·은개산(殷開山) 오장(五將)을 불러 씀이 어떠하니잇고?"

영왕 왈,

"이 말이 옳다."

하고, 이왕이 고조께 주왈,

"신등이 중산을 치려 하오니, 서부(西府)[63] 오장을 빌어 가지이다."

고조 왈,

"뉘뇨?"

원길(元吉) 왈,

"진숙보·울지경덕(尉遲敬德)·정교금·나성(羅成)·은개산이니이다."

고조 즉시 오장을 부르사,

(濟陽)에서 군사를 일으키고 교성(橋城)에 근거하였는데 그 수가 수 만명이 되었다. 당 고조 무덕(武德) 4년에 두건덕(竇建德)에게 패배하여 항복하였다. 이후 당이 쳐들어오자, 패하고 죽임을 당하였다.

62) 영명(榮名): 영예(榮譽). 영광스러운 명예.

63) 서부(西府): 진왕(秦王) 이세민(李世民)의 부(府).

"영(英)·제(齊) 이왕(二王)을 도우라."

하시니, 오장이 수명(受命)하고 진왕께 하직한 후, 영·제 이왕으로 더불어 영군(領軍)하여 중산부에 이르러 하채하고, 영·제 이왕이 울지경덕을 명하여 '먼저 중산에 가 싸움을 돋우라' 하고 오백군을 주니, 경덕이 청령하고 중산성 하에 이르러 싸움을 청하니, 설만철이 군사를 거느려 나오거늘, 경덕이 대호왈,

"너는 성명을 통하라."

만철 왈,

"나는 중산부 호장(虎將) 설만철이거니와 너는 성명이 무엇이뇨?"

경덕이 답왈,

"나는 대당(大唐) 선봉(先鋒) 울지공이로라."

하고, 서로 싸워 백여합에 이르러 승부를 결치 못하고 날이 저물매, 각각 본진(本陣)으로 돌아오니라. 경덕이 돌아와 왕께 뵈고 설만철의 용맹을 일컬으니, 제장 왈,

"네 진왕으로 좇아 정벌함에 소향무적(所向無敵)이러니[64] 금일은 어이 이기지 못하나뇨? 명일 또 이기지 못하면 군법을 행하리라."

경덕이 민민불락(悶悶不樂)하더라.[65]

각설. 만철이 성에 돌아와 제 형제를 보고 이르되,

"당장 울지공이 가장 용맹하니 힘으로 능히 대적치 못하리니 계교로써 잡으리라."

하고, 명일 설만철이 제형제(諸兄弟)를 불러,

"여차여차하라."

약속을 정하고, 설만징이 성에 나와 싸움을 돋우니, 경덕이 나와 보

---

64) 소향무적(所向無敵): 나아가서는 적수가 없음.
65) 민민불락(悶悶不樂): 마음이 답답하고 울적함.

고 대호 왈,

"너는 황구소아(黃口小兒)라.66) 빨리 물러가고 만철을 내어 보내라."

만징이 소왈,

"네 어찌 어른 설만징을 모르고 감히 욕하는다? 잡말 말고 목을 들어 내 칼을 받으라."

경덕이 대로하여 창을 들고 달려들어 싸워 승부를 결치 못하더니, 만징이 거짓 패하여 달아나거늘, 경덕이 급히 따라 곡구(谷口)에 드니 문득 일성포향에 좌우 곡중(谷中)으로조차 복병이 살출(殺出)하니,67) 위수(爲首)68) 대장은 설가 오형제라. 사면으로 에우고 짓쳐 들어오니, 경덕이 정신을 가다듬어 좌우충돌하니, 설가 오형제가 경덕의 용맹함을 보고 제 형제 중 혹 상할까 겁하여, 쟁 쳐 군사를 거두니, 경덕이 또한 패군을 거두어 돌아오니, 제왕이 대로하여 도부수를 꾸짖어,

"밀어내어 참하라!"

하니, 진숙보 간왈,

"승패는 병가(兵家) 상사(常事)라. 다시 공을 세워 죄를 속(贖)하게 하시면 위덕(威德)이69) 병행(竝行)하리이다."

제왕이 이미 구한(舊恨)을70) 품어 경덕을 죽이려 하는지라. 숙보의 간함을 더욱 노하여 대질 왈,

"여등(汝等) 역적이 서부 권세를 믿고 나를 만모(謾侮)하는다?"71)

하고, 도부수를 명하여,

11

---

66) 황구소아(黃口小兒): 부리가 누런 새 새끼같이 어린아이라는 뜻으로, 철없이 미숙한 사람을 낮잡아 이름.
67) 살출(殺出): 힘차게 돌진해 나옴.
68) 위수(爲首): 어떤 것의 첫 자리에 있음.
69) 위덕(威德): 위엄과 덕행.
70) 구한(舊恨): 오래전부터 품어온 원한.
71) 만모(謾侮): 거만한 태도로 남을 업신여김.

"경덕을 숙보와 한데[72] 참하라!"

하니, 나성이 혜오되, '내 또 간(諫)하면 죽이리라.' 하고 말을 달려 법장(法場)에[73] 가니, 무사가 정히 양인을 베고자 하거늘, 급히 나아가 무사를 물리치고 양인을 구하여 말에 올라 한가지로 달아나니, 왕이 대로하여 정교금으로 하여금,

"빨리 잡아오라!"

하니, 교금이 청령하고 따를 새, 경덕이 말을 잡고 채로 가리켜 왈,

"너는 따르지 말라."

하니, 교금이 돌아와 아니옴을 고하니, 영왕 왈,

"삼제(三弟)는 너무 편벽(偏僻)히 하였도다."

제왕 왈,

"그 때는 아무 말도 아니하더니 이제야 이르난다?"

하고, 서로 다투더라. 숙보 등이 장안으로 향하니라.

각설. 설씨 오형제 계교를 의논할 새, 만철 왈,

"가히 금야(今夜)에 겁책할 것이라."

하고, 가만히 군사를 거느려 당영(唐營)에 이르러 일성포향에 짓쳐 들어가니, 은개산·정교금 등이 급히 피갑상마(被甲上馬)하여 이왕(二王)을 보호하여 달아나니, 설가 호장 오형제 당병을 무수히 죽이고 따라 짓치니, 중장(衆將)이 이장을 겨우 보호하여, 천색(天色)이 밝음에 영대현(靈臺縣)에 머물러 교공산[橋公山]을[74] 장안에 보내어 고조께 패한 일을 주달(奏達)하며, 진숙보·울지공·나성의 반(叛)함을 주(奏)하니, 고조 놀라시고, 또한 숙보 등이 반함을 놀라시니, 교공산이 가만히 주왈,

---

72) 한데: 함께.
73) 법장(法場): 사형장.
74) 교공산(橋公山): 세책본에는 '고공상'으로 되어 있는데, 이는 '교공산(橋公山)'의 오류임.

"삼장(三將)의 가속(家屬)이 장안에 있사오니 신으로 하여금 그 가속
을 죽여 후환을 없이하심이 가(可)하니이다."

고조 응윤(應允)하사[75] 전지(傳旨)하사 이왕을 위로하시고,

"삼장의 가속을 다 잡아 죽이라."

하시니, 삼장의 가속의 성명(性命)이 어찌된고? 하회(下回)를 보라.

패금패진왕구가속 강몽신설시헌중산

[掛金牌秦王保家屬 感神夢薛氏獻中山][76]

각설. 나성이 객상(客商)의 맨드리하고,[77] 장안에 이르러 바로 천책부
(天策府)에 들어가 진왕을 뵈오니, 왕이 대경 왈,

"네 중산을 치러 가더니 어찌 이에 온다?"

나성이 전후 수말을 세세히 주하니, 진왕이 탄왈,

"삼제 편벽함이 여차하리오. 경은 빨리 모든 가속을 보고 안심함을
이르라."

나성이 청령하고 이장의 집에 가니, 차시 서무공(徐茂功)이 조정에서
'삼인의 가속을 죽이라' 함을 듣고 놀라 급히 나오다가, 길에서 나성을
만나 한가지로 숙보의 집에 들어가 예필(禮畢)에, 서무공이 가로되,

"나장군이 이에 이름은 무삼 연괴뇨?"

나성이 전후 수말을 고하니 무공 왈,

---

75) 응윤(應允): 응답(應答). 윤허(允許).

76) 진왕은 금패(金牌)를 걸게하여 양장(良將)의 가속(家屬)을 보호하고, 설만철[薛
    氏]은 신몽(神夢)에 감응하여 중산부(中山府)를 바치다.

77) 맨드리: 옷을 입고 매만진 맵시. '객상(客商)의 맨드리하고'는 곧 '객상의 옷으
    로 갈아입고'를 의미한다.

"이제 나라에서 세 집 가속을 죽이려 하시매 내 급히 세 집에 이르고자 하더니, 다행히 장군을 만난지라. 장군은 빨리 천책**부**에 가 급고(急告)하라."[78]

나성이 급히 천책부에 이르러 진왕을 뵈옵고 삼장의 가속을 죽이려 함을 고하니, 왕이 즉시 관교(官校)를 불러,

"금패(金牌) 셋을 가져오라."

하여, 각각 써서,

"세 집 문에 달라."

하니, 기서(其書)에 왈,

" '만일 사람이 첫 문에 드는 자면 발을 베고, 둘째 문에 들면 머리를 베고, 셋째 문에 들면 삼족(三族)을 멸하리라' 하여 삼장(三將)의 집 문에 달라."

하니라. 익일(翌日)에 형부(刑部)[79] 관원이 무사를 거느려 삼인의 집에 가니, 집마다 금패를 세우고 천책부 영지(令旨)를[80] 썼거늘, 감히 들어가지 못하다.

시시(是時)에 진왕이 고조께 조현하고 주왈,

"폐하 무삼 연고로 삼장의 가속을 죽이려 하시나잇고?"

고조 왈,

"삼장이 죄를 범하고 모반하매 먼저 그 가속을 죽이려 함이니라."

진왕 왈,

"사람의 전언(傳言)을[81] 어찌 신청(信聽)하시나잇고? 삼장은 결단코 반할 자가 아니니, 신이 이제 나아가 중산을 평정하고, 삼장의 진위(眞

---

78) 급고(急告): 급히 아룀.
79) 형부(刑部): 법률 재판 송사에 관한 일을 맡아보던 부서.
80) 영지(令旨): 왕세자의 명령.
81) 전언(傳言): 전(傳)하여 주는 말.

僞)를 살펴 처치함이 늦지 아니하리이다."

고조 허(許)하시니, 왕이 하직하고 병(兵)을 점고(點考)하여 동관(潼關)으로 나아가니, 수관장(守關將) 성언사(盛彦師)와[82] 진숙보·울지경덕이 나와 맞아 고두청죄(叩頭請罪)하니,[83] 진왕이 위로하고 영대현에 이르러, 영·제 이왕이 맞아 예필에, 진왕이 인마를 재촉하여 중산성 하에 이르러 하채하니, 영·제 이왕이 숙보 등이 진왕을 따라왔음을 보고 일변 부끄럽고 노(怒)하여 장안으로 돌아가기를 이르니, 진왕이 허락한대, 이왕이 장안으로 돌아가니라. 진왕이 중장을 거느려 의논 왈,

"중산 설만철이 효용하다 하니 나성이 나가 싸우라. 내 무공으로 더불어 진세(陣勢)를 보리라."

나성이 청령하고 성에 나 싸움을 돋우니, 설만철이 나와 서로 싸워 백여합에 승부를 결치 못하니, 왕이 칭찬함을 마지아니하여 왈,

"무공은 양장의 재주를 보라, 하늘을 괴오는[84] 기둥이요, 하나는 창해(滄海)를 놓은 다리 같도다. 두리건대 양호(兩虎)가 싸움에 하나가 상할까 하노라."

하고, 쟁 쳐 군을 거두니, 양장이 각각 돌아오매, 진왕이 무공다려 왈,

"뉘 가히 만철을 달래어 이를꼬?"

언미필(言未畢)에 온대아[溫大雅][85] 출반 주왈,

"신이 설가로 더불어 동향(同鄕)에 있어 친하오니, 나아가 초항(招降)하리이다."

---

82) 성언사(盛彦師): ?-623. 이 책 5권 각주 51번을 참조할 것.

83) 고두청죄(叩頭請罪): 머리를 조아리고 죄를 청함.

84) 괴오는: 괴오다. '괴다'의 옛말. 기울어지거나 쓰러지지 않도록 아래를 받쳐 안정시키다.

85) 온대아(溫大雅): 세책본에는 '은더이'로 되어 있는데, 이는 '온대아(溫大雅)'의 오류임. 이 책 5권 각주 127번을 참조할 것.

16   왕이 기뻐 보내고 마침 좋더니, 홀연 금갑신(金甲神)이86) 내려와 이르되,

"신은 중산부 신령(神靈)이러니, 옥제(玉帝)87) 칙지(勅旨)를88) 받자와 고하나니, 설만철은 당실(唐室) 초방지친(椒房之親)이요,89) 국가동량(國家棟梁)이라.90) 마땅히 초항하라."

하고, 간 데 없거늘, 왕이 몽사(夢事)를 기(奇)히 여겨 온대아를 불러 이 일을 일러 보내다. 차시 설만철이 또한 일몽(一夢)을 얻으니, 금갑신이 이르되,

"당진왕은 네 임군이요, 네 또 당조(唐朝) 부마(駙馬)가 되리니, 모로미 항복하고 천위(天威)를91) 역(逆)치 말라."

만철이 꿈을 깨어 형제를 대하여 몽사를 이르고 항하고자 하더니, 정언간(定言間)에92) 온대아의 왔음을 고하니, 청하여 예필에, 온대아 진왕이 간절히 보내심을 이르고, 어매(御妹)93) 취병공주[翠屏公主]와94) 결혼함을 청하니, 설가(薛家) 왈,

---

86) 금갑신(金甲神): 금갑을 입은 신령.
87) 옥제(玉帝): 옥황상제(玉皇上帝). 도가에서 말하는 하느님.
88) 칙지(勅旨): 칙명(勅命). 임금이 내린 명령. 여기서는 상제(上帝)가 내린 명령이다.
89) 초방지친(椒房之親): 초방(椒房)은 후춧가루를 바른 방이라는 뜻으로, 왕비나 왕후가 거처하는 방이나 궁전 따위를 이른다. 후추나무는 온기가 있고 열매가 많은 식물로, 자손이 많이 퍼지라는 뜻에서 왕후의 방 벽에 발랐다. 따라서 '초방지친'은 왕실의 사위를 의미한다.
90) 국가동량(國家棟梁): 국가의 동량(棟梁). 동량은 한 나라를 떠받치는 중대한 일을 맡을 만한 인재.
91) 천위(天威): 상제(上帝)의 위력.
92) 정언간(定言間): 어떤 판단에 대해 확정을 하고 말할 즈음.
93) 어매(御妹): 임금의 누이.
94) 취병공주(翠屏公主): 세책본에는 '츄명공주'로 되어 있는데, 중국본에 따르면 이는 '취병공주(翠屏公主)'의 오류임. 실제로 설만철(薛萬徹)과 결혼한 공주는 고조의 15번째 딸 단양공주(丹陽公主)다.

"이 어렵지 아니하니 명일 거가(車駕)가 임하시면 절하여 섬기리라."

온대아가 돌아와 설가가 귀순함을 주하니, 왕이 기뻐 제장 군졸을 거느려 중산부에 이르러 설가를 일시에 맞아들여, 고두청죄(叩頭請罪)하니, 왕이 위로(慰勞) 권면(勸勉)하신대,95) 설가가 사은하고 진왕의 용봉지상(龍鳳之相)을96) 암암(暗暗) 탄복하더라. 진왕이 인하여 장졸을 상사하고 다시 의논왈,

"뉘 가히 제양(濟陽) 등처를 진무(鎭撫)하리오?"97)

설만철이 고왈,

"삼처98) 도병(刀兵)을99) 파하기 쉬우니, 신이 진장군(秦將軍)으로 더불어 연주(兗州)를 치고, 장손장군(長孫將軍)은 설만호로 더불어 제양을 치게 하소서."

왕이 기뻐 즉시 전령하고 육군(六軍)을 분발하고, 진숙보가 먼저 창주성(滄州城)에 이르러는, 만철이 가로되,

"장군은 남문 밖에 매복하고 있으라. 내 가히 들어가 여차여차하리라."

하고, 다만 수십 기를 거느리고 성하에 나아가 보기를 청하니, 고개도[高開道]가100) 부장(副將) 양호[楊虎]101) 등으로 맞아들여, 서로 예필에,

---

95) 권면(勸勉): 알아듣도록 권하고 격려하여 힘쓰게 함.

96) 용봉지상(龍鳳之相): 용과 봉황과 같은 인상. 즉 임금의 인상.

97) 진무(鎭撫): 난리를 일으킨 백성들을 진정시키고 어루만져 달램.

98) 삼처(三處): 창주(滄州), 곤주(袞州), 제양(濟陽)을 이름.

99) 도병(刀兵): 병기(兵器)와 군사를 아울러 이름.

100) 고개도(高開道): 세책본에는 '고죄'로 되어 있는데, 중국본에 따르면 이는 '고개도(高開道)'의 오류임. 앞에서는 고개도를 '고미도'로 쓴 적이 있고, 이후에는 '고더리'로 쓰기도 하는데, 이 역시 '고개도'의 오류이기에 모두 통일하여 '고개도'로 쓰기로 한다. 창주(滄州) 양신인(陽信人). 대대로 소금장수로 살다가 수말(隋末)에 하간(河間)의 도적 격겸(格謙)을 구해준 대가로 장군이 되었다. 격겸이 죽자 군사를 이끌고 북평(北平) 지방을 빼앗고, 무덕(武德) 원년에는 스스로

만철이 가로되,

"당진왕은 진명천자(眞命天子)라. 장군의 대명(大名)을 듣고 나를 보내어 초항(招降)하라 하시니, 장군은 때를 타 순종하소서."

고개도 왈,

"원래 네 벌써 당에 귀항(歸降)하였도다. 나는 결단코 항복치 아니하리로다."

만철 왈,

"장군은 고집치 말고 천의(天意)를 순(順)하라."

개도 왈,

"내 머리를 베려니와 내 마음은 굴(屈)치 못하리니 빨리 가고 더디지 말라. 만일 그대 구일(舊日) 안면(顔面)이 없으면 목숨을 보전치 못하리라."

만철이 문득 단도(短刀)를 빼어들고 소리 질러 왈,

"당병(唐兵)은 빨리 들어오라."

하니, 언미필에 진숙보가 군사를 거느려 화포(火砲)를 놓고 짓쳐 들어오니, 고개도가 미쳐 손을 놀리지 못하니, 숙보가 생금(生擒)하고, 만철은 고린[高麟]과102) 양호 등을 죽이고, 진숙보 드디어 성을 지키고, 만철은 고개도를 함거(檻車)에 실어 중산부에 돌아와 왕께 뵈오니, 차시 제장(諸將)이 연주 등처 도적을 다 잡아왔거늘, 진왕이 명하여 삼적(三賊)을103) 죽이고, 울지공·장손순덕(長孫順德)으로

연왕(燕王)이라 칭하였다. 무덕(武德) 7년, 즉 624년에 양자 장금수(張金樹)에 의해 죽임을 당한다.

101) 양호(楊虎): 세책본에는 '양후'로 되어 있는데, 중국본에 따르면 이는 '양호(楊虎)'의 오류임. 고개도(高開道)의 부장. 자세한 행적은 미상.

102) 고린(高麟): 세책본에는 '고진'으로 되어 있는데, 이는 '고린(高麟)'의 오류임. '고린'은 '양호(楊虎)'와 더불어 고개도를 보좌하던 부장이다.

103) 삼적(三賊): 세 명의 도적을 뜻한다. 여기에서 세 명의 도적은 곧 고개도(高開

"창(滄)·연(兗) 등처에 순시하여 돌아오라."

하니, 제장이 영지(令旨)를 받아 중산성을 떠나 각각 나아가다.

화설. 장남[漳南][104] 두건덕(竇建德)의 부하 유흑달(劉黑闥)이 한실(漢室) 여종(餘宗)이라.[105] 소정방(蘇定方)·고아현(高雅賢) 등이 세워 한동왕(漢東王)을 삼고, 하왕[夏王]의[106] 후(後)를 이어 기병(起兵)하니, 흑달이 돌궐(突厥)을[107] 결연하여 지방을 회복하니, 고조가 근심하사 진왕과 제왕을 명하여,

"군사를 이뤄 치라!"

하시니, 삼순지내(三旬之內)에[108] 산동(山東)이[109] 다 정(定)한지라.

흑달이 패(敗)하여 북으로 돌궐에게 달아났더니, 수월이 못하여 다시 기병하여 영주[瀛州/鹽州]를[110] 앗으니, 회양왕[淮陽王][111] 이도현[李道

道)와 서원랑(徐元朗)과 맹해공(孟海公)을 말한다. 이 책에서는 진숙보와 설만철에 의해 고개도를 파하는 장면만 그려지고 있지만, 중국본이나 낙선재본에는 울지경덕과 설만강(薛萬江)이 서원랑을 파하고, 장손순덕과 설만호(薛萬湖)가 맹해공을 파하는 장면이 자세히 씌어져 있다. 따라서 이 책에서는 삼적이 전후 문맥을 고려하지 않고 씌어져 있어서 그들이 누구인지 명확하지 않지만, 중국본과 낙선재본을 통해 세책본에는 중간에 서원랑과 맹해공이 사로잡히는 과정이 누락되었음을 확인할 수 있다.

104) 장남(漳南): 세책본에는 '강남'으로 되어 있는데, 이는 '장남(漳南)'의 오류임.

105) 여종(餘宗): 자신의 종파가 아닌 다른 종파. 여파(餘派).

106) 하왕(夏王): 세책본에는 '한왕'으로 되어 있는데, 이는 '하왕(夏王)'의 오류임.

107) 돌궐(突厥): 6세기 중엽 알타이 산맥 부근에서 일어나 약 2세기 동안 몽골 고원에서 중앙아시아에 걸친 지역을 지배한 터키계 유목 민족. 또는 그 국가. 6세기 말에 중국 수나라 당나라의 공격으로 동서로 분열되었는데, 동돌궐은 8세기 중엽에 위구르에, 서돌궐은 7세기 중엽에 당나라에 복속되었다.

108) 삼순지내(三旬之內): 30일 이내.

109) 산동(山東): 중국 동부 황해(黃海) 연안의 성(省). 성도는 제남(濟南).

110) 영주(瀛州): 세책본에는 '연쥬'로 되어 있는데, 이는 '영주(瀛州)' 또는 '염주(鹽州)'의 오류임. 중국본에는 영주와 염주를 모두 얻은 것으로 되어 있다. 참고로 낙선재본에는 '연쥬'로 되어 있다.

111) 회양왕(淮陽王): 세책본에는 '회동왕'으로 되어 있는데, 이는 '회양왕(淮陽王)'

玄]이[112] 흑달로 더불어 하박[河博]에서[113] 싸우다가 병(兵)이 패하여

19   흑달에게 죽은 바 되니, 산동이 진해(震駭)하고,[114] 주현(州縣)이 다 패

하여 옛 땅을 다 앗고 낙주(洛州)에[115] 도읍하니, 소정방이 주하되,

"주공이 여러 번 이긴 병(兵)으로써 당조 천하를 취하기 쉬운지라. 먼

저 다섯 곳 인마를 빌어 접응케 하소서."

한왕이 문왈,

"어찌하여 다섯 곳인고?"

소정방이 대왈,

"영평왕[永平王][116] 곽자화[郭子和],[117] 정강왕[靜江王][118] 장대안(張

大安)과[119] 웅주(雄州) 왕[燕王] 유수광(劉守光)과[120] 회음왕[淮陰王][121]

의 오류임.

112) 이도현(李道玄): 세책본에는 '니동현'으로 되어 있는데, 이는 '이도현(李道玄)'
    의 오류임. 604-622. 당 종실(宗室). 용감하고 전쟁에 능하였다. 무덕(武德) 원년
    에 회양왕(淮陽王)에 봉해졌는데, 그 때가 15세였다. 이후 낙주자사(洛州刺史)가
    되었는데, 이 때 하박(下博)에 있다가 유흑달(劉黑闥)과의 전투에서 전군이 몰
    살(沒殺) 당해 죽는다.

113) 하박(河博): 세책본에는 '하벽'으로 되어 있는데, 이는 '하박(河博)'의 오류임.

114) 진해(震駭): 몸을 떨며 놀람.

115) 낙주(洛州): 주명(州名). 하남성(河南省) 의양현(宜陽縣)의 서쪽에 있음.

116) 영평왕(永平王): 세책본에는 '연평왕'으로 되어 있는데, 이는 '영평왕(永平王)'
    의 오류임. 실제 곽자화(郭子和)는 영락왕(永樂王)이라 칭하였다.

117) 곽자화(郭子和): 세책본에는 '곽자와'로 되어 있는데, 이는 '곽자화(郭子和)'의
    오류임. 이 책 1권 각주 44번을 참조할 것.

118) 정강왕(靜江王): 세책본에는 '평강왕'으로 되어 있는데, 이는 '정강왕(靜江王)'
    의 오류임.

119) 장대안(張大安): 이 책 1권 각주 48번을 참조할 것.

120) 유수광(劉守光): 자세한 행적은 미상. 혹 당 천우(天祐) 연간(904-907)에 아버지
    유인공(劉仁恭)을 아버지를 가두고 스스로 유주노령군절도사(幽州盧龍軍節度
    使)가 되었다가 이후 제음왕(濟陰王)이라 칭하였던 유수광의 일을 착각한 것인
    지?

121) 회음왕(淮陰王): 세책본에는 '회금왕'으로 되어 있는데, 이는 '회음왕(淮陰王)'
    의 오류임.

보공우[輔公祐]와122) 동평왕(東平王) 고운성[高運成]이니이다.”123)

　한왕(漢王)이 옳이 여겨, 각진(各陣)에 청병(請兵)하러 사람을 보내다.

소정방고아현전 소교왕원삼군진124)

　각설. 당고조 조회를 받으시더니, 초마(哨馬)가125) 들어와 주하되,

　“장남 유흑달이 기병하여 회양왕을 하박에서 죽이고, 낙주에 도읍하여, 소정방이 군사 십여만을 거느려 교하(交河)에126) 진 쳤으니, 형세(形勢) 십분 긴급한지라. 특별히 고급(告急)하나이다.”

하거늘, 고조 대경하여 비통(悲痛)하사 왈,

　“연소(年少) 질(侄)이127) 진전(陣前)에서 죽으니 가련하다.”

하시고, 제신(諸臣)다려 문왈,

　“뉘 장남에 가 이 도적을 잡아 원수를 갚으리오?”

---

122) 보공우(輔公祐): 세책본에는 ‘보궁우’로 되어 있는데, 이는 ‘보공우(輔公祐)’의 오류임. ?-624. 당 제주(齊州) 임제인(臨濟人). 수말에 두복위(杜伏威)를 따라 기병하였는데, 복위는 총관(總管)이 되고 공우는 장사(長史)가 되었다. 보공우는 나중에 당에 귀순하였다. 무덕(武德) 6년에 기병을 하여 스스로 송국(宋國)이라 칭하였지만, 그 이듬해에 군대가 패하여 죽임을 당하였다.

123) 고운성(高運成): 세책본에는 ‘가운성’으로 되어 있는데, 중국본에 따르면 이는 ‘고운성(高運成)’의 오류임. 자세한 행적 미상. 『당서(唐書)』에는 고운성에 대한 기록이 보이지 않는다. 혹 고개도(高開道)와 의형제를 맺고 제왕(齊王)이라 칭했던 고담성(高曇晟)을 말함인지?

124) 중국본에는 이와 유사한 장회 이름이 없다. 또한 이 제목으로는 한자를 조합하기도 어렵다. 이는 향유과정에서 잘못 쓰였거나 혹은 필사자의 착오가 있었던 것으로 보인다.

125) 초마(哨馬): 파수병.

126) 교하(交河): 하간부(河間府)에 있던 교하현(交河縣).

127) 질(侄): 조카.

이순풍(李淳風) 왈,

"이제 진왕 전하가 가셔야 성공하실 것이요, 다른 장수는 가면 마침내 성공치 못하리니, 전하 마땅히 삼군(三軍)을 영하사 빨리 행(行)케 하소서."

하거늘, 고조가 옳이 여기사 기패관(旗牌管)을 중산부에 보내사 '빨리 진병(進兵)하라' 하시고 조회를 파(罷)하시니, 영왕이 물러 부중(府中)에 돌아오니 태자윤[太子允][128] 왕규[王珪]와[129] 세마(洗馬)[130] 위징(魏徵)이 주하되,

"이제 진왕을 위하여 내외(內外) 귀심(歸心)하거늘,[131] 전하는 불과 연장(年長)함으로 동궁위(東宮位)에 거(居)하시니, 해내(海內)를[132] 진압할 공(功)이 없는지라. 들으니 유흑달이 반(叛)하였다 하오니, 전하는 정벌하사 천하 호걸을 결납(結納)하소서."[133]

영왕이 대희하사, 제왕 원길과 의논하니, 원길 왈,

"내 뜻이 또한 이러하니, 전일 중산부를 칠 제, 나성(羅成) 적은 도적이 법장(法場)을 겁책하니 어찌 통해(痛駭)치[134] 아니리오? 다만 장남을 파하기는 바라지 말고, 나성 소적(小敵)을[135] 없이하면[136] 어찌 쾌(快)치

---

128) 태자윤(太子允): 태자중윤(太子中允). 관직명. 한대(漢代)에 태자궁(太子宮)에 두었던 데서 비롯되었다. 세마(洗馬)보다 한 단계 위에 있던 벼슬이다.

129) 왕규(王珪): 세책본에는 '왕슈'로 되어 있는데, 이는 '왕규(允王珪)'의 오류임. 571-639. 탕 태원(太原) 기인(祁人). 자는 숙개(叔玠). 태종 때에 방현령(房玄齡) 위징(魏徵) 등과 함께 국정을 맡아 보았다.

130) 세마(洗馬): 관직명. 춘추시대부터 두었던 관직으로 태자의 위의를 갖추게 하는 제반 업무를 맡았다.

131) 귀심(歸心): 망풍귀심(望風歸心). 덕망을 듣고 좇아 돌아옴.

132) 해내(海內): 나라 안.

133) 결납(結納): 결탁(結託). 마음을 결합하여 서로 의탁함.

134) 통해(痛駭): 몹시 원통하고 놀람.

135) 소적(小敵): 대소롭지 않은 적.

136) 없이하면: 없애면.

않으리오?"

하고, 이왕(二王)이 함께 전폐(殿陛)에[137] 나아가 주왈,

"신등이 장남을 치고자 하나니, 사람을 중산에 보내어 진숙보·울지공·나사신·정교금과 은개산 오장을 불러 한가지로 가게 하소서."

고조(高祖) 좇으샤, 사(使)를 중산에 보내시니, 진왕이 가로되,

"도현(道玄)이 경적(輕敵)하다가[138] 몸이 망(亡)하도다."

하고, 유체(流涕)하기를 마지아니하고, 즉시 정교금·은개산·나성을 불러 왈,

"이제 영·제 이왕이 유흑달을 정벌코자 하여 너희 오장으로 하여금 보가(保駕)하게 하시니, 너희 삼장(三將)이 먼저 가고, 울지공·진경(秦瓊)은[139] 한양에[140] 순시(巡視)하러 갔으니, 삼장이 먼저 가라."

한대, 나성이 문득 눈물을 흘리거늘, 진왕이 놀라 물어 가로되,

"경이 어찌 한 번 출전함을 이같이 시허하나뇨?"[141]

나성이 읍고(泣告)[142] 왈,

"나라를 위하여 몸을 버림은 신자(臣子)의 직분이나, 연(然)이나 당초(當初)에 중산을 칠 때에 영·제 이왕이 무죄(無罪)히 진경과 울지공을 죽이려 하거늘, 신이 분심(憤心)을 참지 못하여 이장을 구하오니, 영·제 이왕이 한(恨)을 품은지 오랜지라. 신이 이번 가면 충성을 다하려니와, 오래 주공(主公)을 뫼시지 못할까 하므로 신이 운 것이요, 출전함을 슬허함이 아니로소이다."

---

137) 전폐(殿陛): 전계(殿階). 궁전으로 오르는 계단의 섬돌.
138) 경적(輕敵): 적을 얕봄.
139) 진경(秦瓊): 진숙보(秦叔寶).
140) 한양: 여기에서 한양은 이주(二州)의 오류로 보인다. 여기서의 이주는 곧 창주(滄州)와 곤주(袞州)를 말한다.
141) 시허하나뇨: 슬허하나뇨의 오류인 듯. 슬퍼하나뇨.
142) 읍고(泣告): 울면서 아룀.

진왕이 가로되,

22 "네 어찌 이런 말을 하는다? 이왕이 너를 해코자 하시나 대개 서로 권해(勸解)하여[143] 무방할 것이요, 불구(不久)에 내 영접(迎接)하리라."

삼장이 청령하고 일지병을 거느려 교하에 나아가니, 검극(劍戟)은 서리를 편 듯하고, 정기(旌旗)는 장공(長空)을[144] 두른 듯하더라. 영·제 이왕이 군을 인하여 교하 계구(界口)에 이르니, 소속관[所屬官]이[145] 영접하거늘, 제왕이 문왈,

"중산 오장이 예[146] 왔나냐?"

답 왈,

"일찍 오지 아니하였나이다."

왕이 전령하여, 영채(營寨)를 안돈(安頓)하고 모든 군사를 분부하여,

"나성 등 오장이 이르거든 우리 인마가 오늘 이르다 말고, 안영(安營)한 지 삼일이라 하라."

하다.

차설. 정교금 등 사장이 교하 계구에 이르니, 이왕의 인마가 이에 있거늘, 나성 왈,

"우리 오기를 더디하도다.[147] 저의 군마(軍馬)가 후(後)에 오고, 우리 먼저 왔던들 좋을 것을 어이하여야 이왕(二王)께 뵈옴이 좋을꼬?"

교금 왈,

"우리 허다 수고하여 이르렀으니 무엇이 어려우리오?"

---

143) 권해(勸解): 권고하여 화해함.
144) 장공(長空): 길고 넓은 하늘. 여기서는 깃발이 늘어선 행렬이 매우 길었음을 비유한 것이다.
145) 소속관(所屬官): 세책본에는 '쇼쥬관'으로 되어 있는데, 이는 '소속관(所屬官)'의 오류임.
146) 예: 여기.
147) 더디하도다: 더디다. 일을 하는데 시간이 걸리다.

하고, 군사다려 묻되,

"안영한 지 삼일이라."

하거늘, 나성 왈,

"너희 이왕께 고하라. 우리 중산으로서 오다."

하거늘, 이왕이 불러보고 문왈,

"진경·울지공은 어찌 아니 오뇨?"

교금 왈,

"이 양장은 창(滄)·연(兗) 이주(二州)를 순행하러 가서 미쳐 오지 못

하였기로 신등이 먼저 이르렀나이다."

이왕이 문왈,

"뉘 선봉인(先鋒印)을 찼나뇨?"

나성이 주왈,

"신이 선봉이로소이다."

제왕 왈,

"네 선봉일진대 어찌 후(後)에 와 군법을 태만(怠慢)한다?"148)

하고, 도부수(刀斧手)를149) 꾸짖어,

"밀어내어 참하라!"

하니, 정교금 은개산이 주왈,

"신등이 주야(晝夜)로 이르렀나니 바라건대 용서하소서."

영왕이 또한 권하니, 원길 왈,

"이번은 사(赦)하거니와 후에 만일 법을 범하면 결단코 사치 않으리

라."

하니, 삼장이 사은하고 물너나다.

---

148) 태만(怠慢): 열심히 하려는 마음이 없고 게으름.
149) 도부수(刀斧手): 큰 칼과 큰 도끼로 무장한 군사.

　이적에 한국(漢國) 초마가 이 일을 소정방에게 고하니, 정방이 일지 군을 거느려 바로 계구(界口)에 이르러 하채하고 싸움을 청하니, 제왕 원길이 나성으로,

　"출전하라!"

하니, 사신이 갑(甲)을 정제하고, 영(營)에 나와 말에 올라 병을 거느려 진전에 나와 무로되,

　"내장(來將)은 성명을 통(通)하라."

　정방 왈,

　"나는 한동왕 가하(駕下) 총병(總兵) 소정방이라. 너는 성명이 무엇인다?"

　나성이 대왈,

　"나는 진왕 전하 부하 총병관 나성이거니와, 너는 무명(無名) 적장(敵將)이니 네 어이 나를 대적할다?"

　소정방이 가가대소(呵呵大笑)[150] 왈,

　"너는 귀 눈이 없관대 한국 명장(名將) 소정방의 이름을 듣지 못하고 감히 큰 말을 하는다?"

　나성이 듣고 대로하여 달려들어 서로 싸워 삼백여합에 승부 없더니, 한왕이 진전에서 양장이 싸우는 양을 보다가 나성의 연소용맹(年少勇猛)함을[151] 암암(暗暗) 칭찬하고, 소정방의 잃음이 있을까 하여 쟁 쳐 군을 거두니, 정방이 돌아와 고왈,

　"소장이 거의 나성 적자(赤子)를[152] 잡을 뻔하였더니, 대왕은 무삼 연고로 군을 거두시니잇고?"

---

150) 가가대소(呵呵大笑): 소리를 내어 크게 웃음.
151) 연소용맹(年少勇猛): 나이가 어리면서도 용맹함.
152) 적자(赤子): 갓난 아이.

왕 왈,

"장군이 비록 용맹하나 나성이 또한 강적임에 잃음이 있을까 저어 군을 거두었노라."

정방 왈,

"익일은 맹세코 나성을 잡으리라."

하더라. 나성이 돌아오니 영·제 이왕이 나성을 불러 승부를 물으니, 나성이 주왈,

"신이 적장과 싸우더니 적진에서 쟁 쳐 군을 거두니 그저 오니이다."

왕이 묵연(默然)하더라.153)

이튿날 소정방이 싸우자 하거늘, 나성이 대로하여 말을 내어 소정방과 싸워 이벽여합에 소정방이 거짓 패하여 말을 도로혀 달아나거늘, 나성이 따르더니 정방이 홀연 소리 지르고 칼을 들어 나성을 치니, 나성이 착수불급(着手不及)하여154) 패하여 돌아오니, 영왕이 대로 왈,

"네 이전에 정벌함에 이기지 못할 적이 없더니 이제 진짓 태만함이라."

하고, 도부수를 명하여,

"참하라!"

하니, 나성이 애걸(哀乞) 왈,

"소장이 어찌 태만하리잇고? 명일 싸워 소정방을 잡아 죄를 속(贖)하여지이다."155)

하여 애걸하니, 원길이 분연히 도부수를 명하여,

"베라!"

---

153) 묵연(默然): 잠잠히 말이 없음.
154) 착수불급(着手不及): 미쳐 손을 대지 못함.
155) 속(贖)하여지이다: 속(贖)하다. 죄를 면죄 받다.

하니, 중장이 간하여 명일 성공속죄(成功贖罪)함의[156] 마땅함을 말하니, 원길이 그 말을 좇아 사하고 왈,

"명일 이기지 못하면 참하리라."

나성이 사은하고 물러나다.

익일 소정방이 싸움을 돋우니, 나성이 나 싸우다가 이기지 못함에, 나성이 생각하되, '제왕이 반드시 해하리라.' 하고 드디어 자문이사(自刎而死)하니,[157] 당군이 나성의 죽음을 보고 어지러이 도망하니, 한병이 승세하여 엄살(掩殺)하매,[158] 당병이 대패하여 죽은 자 수를 알지 못할 너라. 영·제 이왕이 나성의 죽음을 듣고 대희하여 술을 내와 서로 즐기며 왈,

"그 놈을 죽이고자 하되, 제장이 간하기로 못 죽였더니 이제는 우리 분을 풀도다."

하고, 경하(慶賀)하더라. 정교금·은개산이 나성의 죽음을 듣고 마음에 불안하여 서로 의논 왈,

"우리 다 진왕 전하의 신하니 동공일체(同功一體)라.[159] 어찌하면 좋을꼬?"

교금 왈,

"우리 아직 사기(事機)를[160] 보아 처치하리라."

하고, 술을 내와 서로 권하며 마음이 풀려 군무(軍務)를 아는 체 아니하니, 당군이 또한 대장의 일을 알고 용심(用心)치 아니하더라.

차설. 소정방이 일진을 대살하고 돌아와 한왕을 보고 왈,

---

156) 성공속죄(成功贖罪): 공을 이뤄 죄를 면함.
157) 자문이사(自刎而死): 스스로 목숨을 끊고 죽음.
158) 엄살(掩殺): 갑자기 습격하여 죽임.
159) 동공일체(同功一體): 같은 공로를 세워 같은 지위에 있음.
160) 사기(事機): 일이 되어가는 기틀.

"소장이 대왕의 위엄을 빌어 적진을 대파하였으니 당군이 낙담상혼(落膽喪魂)하였을 것이요, 영·제 이왕이 투기지심(妬忌之心)을[161] 품었으매 군심(軍心)이 불일(不一)할 것이니, 이 기회를 타 빨리 치면 크게 이기리이다."

한왕이 옳이 여겨 즉시 고아현(高雅賢)으로 삼천 병을 거느려 당진 우편에 매복하고, 영평왕 곽자화로 삼천군을 거느려 당진 좌편에 매복하고, 정강왕 장대안으로 오천병을 거느리고 구응(救應)이 되어,

"당진에 불 일어남을 보고 일시에 엄살하라!"

하고, 소정방으로,

"오천 철기를 거느려 가되, 사람은 함매[銜枚][162] 물고, 말의 방울을 떼이고 황혼을 기다려 당영을 겁칙하라!"

분발(分發)하니,[163] 제장이 장속을 정제하고 때를 기다리더니, 날이 어두워지매 중군이 차차 나가니라.

이 날 삭풍(朔風)이[164] 크게 일고 흑운(黑雲)이 사색(四塞)한대,[165] 소정방이 가만히 당영에 이르러 크게 소리 지르고 짓쳐 들어가니, 당군이 잠결에 이런 난을 만나매 사람은 미쳐 갑옷을 입지 못하고, 말에 안장을 얹지 못하여 사산분주(四散奔走)하니,[166] 그 세 대따림같은지라.[167]

차시 은개산·정교금이 또한 힘써 싸우지 아니하고 달아나니 뉘 감히 한병을 당하리오? 교공산이 영·제 이왕을 구하여 화광(火光)을 무

---

161) 투기지심(妬忌之心): 강샘하는 마음.
162) 함매(銜枚): 군사가 행진할 때에 떠들지 못하도록 군졸들의 입에 나무 막대기를 물리던 일.
163) 분발(分發): 따로따로 나누어 떠나게 함.
164) 삭풍(朔風): 겨울철에 북쪽에서 불어오는 찬 바람.
165) 사색(四塞): 사방을 막음.
166) 사산분주(四散奔走): 사방으로 흩어져 재빨리 달아남.
167) 대따림같은지라: 파죽지세(破竹之勢) 같은지라.

릅써 달아날 새, 전군이 다 함몰하고 밤이 새도록 달아나니, 고아현과 소주 두 곳을 잃었더라.168) 날이 밝을 때에 연패현에 이르니, 수성장(守城將)이 맞아 들어오매 영왕이 제왕다려 왈,

"적세(敵勢) 저렇듯 창궐(猖獗)하매,169) 이제 벌써 두 곳 성지를 잃었으니 장차 어찌하면 좋으리요?"

교공산이 주왈,

"중산의 두 장수 아니 오고, 이미 두 곳 성지를 잃었으니 형세 가장 위태한지라. 장안에 사(使)를 보내어 고조께 주문하고 구병을 청함이 상책(上策)일까 하나이다."

영·제 이왕이 옳이 여겨 표를 올려 고급하니, 차관[差官]이170) 배도(倍道)하여171) 장안에 들어가 표문(表文)을 올리니, 나성의 죽은 일과 두 곳 성지를 다 도적에게 아인172) 일을 아뢰니, 고조 대경하사 문무를 모으시고 의논하실 새, 서무공이 주왈,

"유흑달은 강적이요, 소정방은 해동 명장이니 당키 어려운지라. 이제

---

168) 세책본의 이 부분, 즉 나성이 소정방과 최후의 전투 장면부터 소정방이 당영을 공격하여 결국 영·제 이왕이 패하여 달아나는 장면은 중국본이나 낙선재본과 상당한 차이를 보인다. 낙선재본은 비교적 중국본에 가깝게 번역이 되었지만, 세책본은 내용 자체가 달라져 있다. 중국본에는 영·제 이왕이 패하여 달아나는 부분은 없다. 이후에 고조에게 주달하고, 고조는 다시 진왕에게 명령을 내려 유흑달을 치라는 장면도 없다. 단지 나성의 죽음과 관련하여 상당히 길게 서술될 뿐이다. 세책본에 보이는 영·제 이왕이 패하여 고아현과 소주를 잃었다는 것도 전혀 엉뚱하다. 고아현은 유흑달의 장수 이름이고, 소주는 지금 전투와 전혀 무관한 곳이기 때문이다. 또한 연패현도 그 구체적인 지명이 확인되지 않는다. 이러한 오류는 중국본이나 낙선재본과 전혀 다른 양상으로 개작이 되었기 때문에 나타난 현상이라 하겠다.

169) 창궐(猖獗): 못된 세력이나 전염병 따위가 세차게 일어나 걷잡을 수 없이 퍼짐.

170) 차관(差官): 세책본에는 '치관'으로 되어 있는데, 이는 '차관'의 오류임. 어떤 일을 맡아보려고 임시로 정한 벼슬아치.

171) 배도(倍道): 배도겸행(倍道兼行). 이틀에 갈 길을 하루에 걸음.

172) 아인: 앗다. 빼앗긴.

대패지여(大敗之餘)에[173] 지용지장(智勇之將)이[174] 아니면 당키 어려우리니, 신의 어린[175] 소견에는 진왕 전하가 아니면 가치 않을까 하나이다.”

고조 좇으사 즉시 사를 부려 진왕으로 하여금,

“유흑달을 치라!”

하시니, 사자 조서를 가지고 중산부에 이르러 조명(詔命)을[176] 전하니, 진왕이 향안(香案)을 배설하고 조서(詔書)를 본 후, 사자를 관대하여 보내고 즉시 회군하여 연패현에 이르니, 영·제 이왕이 나와 맞아 중군장에 들어와 한훤(寒喧) 필(畢)에 적세를 물어 근심하더니, 은개산·정교금이 들어와 뵈거늘, 진왕이 문왈,

“나성은 어디 간고?”

정교금이 눈물을 흘리며 주왈,

“나성이 첫 **진**에 승전치 못함에 이(二) 전하(殿下)[177] 죽이려 하시니, 다시 나가 싸우다가 스스로 죽었으나 곡절은 알지 못하나이다.”

진왕이 청파(聽罷)에[178] 누수여우(淚水如雨)하여[179] 슬허하기를 마지 아니하시거늘, 영·제 이왕이 자못 불안하여 병권(兵權)을 다 진왕에게 바치고 왈,

“우리 하간(河間)에 머물렀다가 주개(奏凱)하는[180] 날 한가지로 반사

---

173) 대패지여(大敗之餘): 크게 패한 나머지.

174) 지용지장(智勇之將): 지략과 용맹을 갖춘 장수.

175) 어린: 어리다. 어리석다.

176) 조명(詔命): 임금의 명령을 적은 글.

177) 이(二) 전하(殿下): 두 전하. 즉 영왕(英王)과 제왕(齊王). 두 번째 왕자(즉 秦王)의 의미인 이전하(二殿下)가 아니다.

178) 청파(聽罷): 듣기를 마침.

179) 누수여우(淚水如雨): 눈물이 비오듯함.

180) 주개(奏凱): 개선하였음을 아룀.

(班師)하리라."181)

하고 돌아가다.

차일 조신(早晨)에 장남(漳南) 소정방이 또한 싸움을 돋우거늘, 진왕이 단지현(段志玄)·고사렴(高士廉)으로 영적(迎敵)하라 하고, 은개산으로 독진[督陣]하라182) 하니, 중장이 출병 접전하더니, 문득 장남 진 뒤에 수운(愁雲)이183) 암암(黯黯)하며184) 냉무(冷霧)가185) 만만(漫漫)하고186) 반공중(半空中)으로서187) 병과(兵戈)188) 소리 나며 인마(人馬) 들레니,189) 한병이 혼불부체(魂不附體)하여190) 일시에,

"신병(神兵)이 짓쳐온다!"

하거늘, 중장이 머리를 도로혀 보니, 동남상(東南上)에서 백포은갑(白袍銀甲)의191) 신장(神將)이192) 음병(陰兵)을193) 데리고 공중으로서 짓쳐오니, 귀신이 부르짖으고 음풍(陰風)이 참담(慘憺)한지라. 한장이 대경하여 말을 도로혀 달아나거늘, 당장이 일진을 혼살하고 돌아와 수말을 왕께 고한대, 왕이 듣고 차경차희하여 무공다려 왈,

"하처(何處)194) 신령이 과인(寡人)을 이렇듯 돕나뇨?"

---

181) 반사(班師): 군대를 이끌고 돌아옴.
182) 독진(督陣): 진을 감독함.
183) 수운(愁雲): 서늘한 구름.
184) 암암(黯黯): 어두컴컴함.
185) 냉무(冷霧): 차가운 안개.
186) 만만(漫漫): 끝없이 이어짐.
187) 반공중(半空中): 땅으로부터 그리 높지 아니한 허공.
188) 병과(兵戈): 전쟁터에서 쓰이는 창.
189) 들레니: 들레다. 야단스럽게 떠들다.
190) 혼불부체(魂不附體): 넋이 몸에 붙어있지 않음. 몹시 놀라 넋을 잃음을 이름.
191) 백포은갑(白袍銀甲): 하얀 도포와 하얀 갑옷.
192) 신장(神將): 귀신 가운데 무력을 맡은 장수신. 여기에서는 신병(神兵)을 이끄는 장수 정도로 보는 것이 타당하다.
193) 음병(陰兵): 신병(神兵). 귀병(鬼兵).

무공이 주왈,

"이는 나성의 음혼(陰魂)이[195] 흩어지지 아니함이니, 주공이 친히 출전하사 만일 신병이 이르거든 친견(親見)하심이 어떠하니잇고?"

진왕이 종기언(從其言)하니라.[196]

차시 장남 패장(敗將)이 본영에 돌아와 소정방을 보고 이르되,[197]

"말장(末將)이[198] 정히 교전(交戰)하더니 공중에서 한 신인이 음병을 거느리고 내려와 우리 진을 짓치매 이로 인하여 일진을 패하고 돌아왔나이다."

소정방 왈,

"내 여러 번 전진에 다니되 이런 일을 듣지 못하였나니, 이같이 겁(怯)하여[199] 어찌 사졸을 부리리오? 내 명일 영병하여 나아가 무삼 신장이 있는고 보리라."

하고, 익일에 소정방이 정창상마(挺槍上馬)하니,[200] 위풍이 늠름(凜凜)하고[201] 살기(殺氣) 앙앙[昂昂]하더라.[202] 좌룡도(剉龍刀)를[203] 빗기고 진

---

194) 하처(何處): 어느 곳.

195) 음혼(陰魂): 영혼(靈魂).

196) 종기언(從其言): 그 말을 좇음.

197) 이 부분은 앞의 내용과 다소 혼동을 가져온다. 바로 앞에서는 소정방이 직접 적진에 나아가서 싸움을 하다가 음혼이 된 나성 부대에게 패한 것으로 되어 있는데, 여기에서는 소정방이 본영에 있었던 것으로 기술되어 있다. 이 점은 낙선재본도 대동소이하다. 하지만 이는 중국본을 오독한 데서 빚어진 오류라 하겠다. 중국본에는 소정방이 직접 나가 싸운 것이 아니라, 상극신(常克新)과 동강매(董康邁)라는 장군을 보내 싸우게 한다. 이들은 은개산·고사렴과 싸우는 과정에서 음혼이 된 나성의 부대에게 패하게 된다. 그러자 이들은 소정방에게 와서 패한 연유를 말하는 것이다. 때문에 앞부분에 소정방이 직접 싸움에 나선 것은 잘못이다.

198) 말장(末將): 소장(小將). 장관(將官)의 겸칭.

199) 겁(怯)하여: 겁내다. 두려운 마음을 내다.

200) 정창상마(挺槍上馬): 창을 겨누어 들고 말에 올라탐.

201) 늠름(凜凜): 생김새나 태도가 의젓하고 당당함.

문(陣門)에 나오니, 서무공이 진왕께 주왈,

"금일 은개산으로 영병 출전하게 하고, 신이 중장으로 더불어 보가(保駕)하여 음병이 오거든 주공이 친견하소서."

왕이 즉시 전령하여 은개산으로 출전케 하니라. 차청(且聽) 하회[下回]하라.204)

세(歲) 임자(壬子)205) 삼월(三月) 일(日) 향목동(香木洞) 서(書).

---

202) 앙앙(昂昂): 매우 높음. 세책본에는 '늠늠'으로 되어 있지만, 이는 앙앙의 오류로 보임.

203) 좌룡도(剉龍刀): 용을 꺾는 칼이라는 의미를 담고 있는데, 그 자세한 형상은 미상.

204) 차청하회(且聽下回): '다음 회를 또 들어보라'는 의미로, 장회소설의 한 회 마지막에 상투적으로 붙는 구절.

205) 임자(壬子): 1912년.

당진연의 권지십사

재현혼나성설한 파호주흑달복주

[再顯魂羅成雪恨 破饒州黑闥伏誅]1)

1

각설. 진왕(秦王)이 전령(傳令)하여 은개산(殷開山)으로 하여금,

"영병(領兵) 출전하라!"

하니, 은개산이 청령하고 영군하여 나와 싸움을 돋우니, 소정방(蘇定方)이 맞아 싸우더니 문득 정방의 후군(後軍)이 어지러우며,

"또 신병(神兵)이 온다!"

하거늘, 정방이 급히 머리를 들어 보니 과연 정서(正西)의 일원 대장이 백포은갑(白袍銀甲)을 입고 음병(陰兵)을 몰아 짓쳐오니, 정방이 급히 말을 도로혀 달아나거늘, 당병(唐兵)이 일진을 대살하고, 은개산이 빨리 중군(中軍)에 들어와 진왕께 보(報)한대, 왕 왈,

"이작2) 한장(漢將)의 칼 쓰는 법을 보다가 음병(陰兵)을 보지 못한쾌라."

수유(須臾)에3) 음운(陰雲)이4) 사기(四起)하고5) 한기(寒氣) 촉인(觸引)하

---

1) 나성(羅成)은 다시 영혼을 드러내어 한을 풀고, 유흑달(劉黑闥)은 요주(饒州)를 공격 당해 주살을 당하다.

2) 이작: '일찍'의 오류인 듯. 낙선재 13책본에는 이 부분이 빠져 있지만, 6책본에는 "일죽 한쟝의 칼 쓰믈 보다가 신쟝을 보지 못ᄒᆞ괘라"로 되어 있다.

3) 수유(須臾): 잠시 후.

거늘,6) 무공(茂功) 왈,

"음병이 이르니 모두 보라."

하거늘, 진왕이 울지경덕(尉遲敬德)·진숙보(秦叔寶)로 더불어 바라보더니, 문득 비풍(悲風)이7) 지나며 기치(旗幟)8) 번득이고 일원 대장이 백포 은갑에 벽릉간(劈棱簡)을 들고 나아와 몸을 굽혀 왕께 참배(參拜)하니, 이 곧 나성(羅成)이라. 눈물을 흘리고 전후수말(前後首末)을 베풀려 하더니, 경덕이 말을 채쳐 나오며 죽절편(竹節鞭)을 들어 공중을 향하여 급히 치니, 귀장(鬼將) 신병(神兵)이 바람을 좇아 흩어지는지라. 진왕이 경덕다려 왈,

"내 정히 저다려 물을 말이 있거늘, 어찌 좇아버리오?"

경덕이 대주왈(對奏曰),

"귀신과 무삼 말을 하리잇고?"

무공 왈,

"전하께서 나성을 보고자 하시면 어렵지 아니하리이다."

하고, 말을 놓아 바로 주희[周希]9) 땅에 이르니, 나성의 말이 좇아 교하(交河)에 빠졌으되, 죽엄이 단연(端然)히10) 마상(馬上)에 앉았거늘, 왕이 군사로 하여금,

"언덕에 죽엄을 올리라!"

하니, 이십명 군사가 들되 능히 움직이지 못하니, 왕이 또 군사 삼십을

---

4) 음운(陰雲): 하늘을 덮는 검은 구름.
5) 사기(四起): 사방에서 일어남.
6) 촉인(觸引): 촉발(觸發). 어떤 감정이나 충동 따위가 일어남.
7) 비풍(悲風): 몹시 쓸쓸하고 구슬픈 느낌을 주는 바람.
8) 기치(旗幟): 깃발.
9) 주희(周希): 세책본에는 '쥬희'로 되어 있는데, 중국본에 따르면 이는 '주희(周希)'의 오류임.
10) 단연(端然): 바르고 가지런한 모양.

명하여 들되 또 움직이지 못하거늘, 또 오십명을 명하여 들어도 또한 움직이지 못하는지라. 진왕이 이르되,

"중군(衆軍)은 물러나라. 나성이 당(唐)에 공(功)이 있으되, 일찍이 부귀를 받지 못하였으니 내 음령(陰靈)을11) 위로하리라."

하고, 나아가 절하고 소리를 높여 영혼을 부르며 일장(一場)을12) 슬피 통곡하니, 죽엄이 말에서 내려지거늘, 군사가 매어 언덕에 올리니, 왕이 분부하여 몸에 살을 빼고 향탕(香湯)에13) 목욕하고 의복(衣服)과 관재(棺材)를14) 갖추어 염습(殮襲)하고,15) 당검(唐儉)으로 오백군(五百軍)을 거느려 나성의 관을 호송(護送)하여 경사(京師)에 돌아가 안장(安葬)하고,16) 그 일자(一子) 통(通)이17) 있으니 나이 바야흐로 십세라 하거늘, 공신(功臣)의 후(後)라 하여 달로 녹봉(祿俸)을18) 주어 은양(恩養)하는19) 뜻을 조정에 주(奏)하라 하니, 당검이 청령하고 성지(聖旨)를 받아 나성의 영구[靈柩]를20) 호송하여 경사에 돌아가다. 진왕이 또 사당을 세우려 하거늘, 무공이 주하되,

"나성이 이제 재생하여 전하의 신하가 되오리니, 만일 사당을 짓고 비(碑)를 베풀면 능히 세상에 다시 나지 못하리이다."

왕이 좇아 다만 예물(禮物)을 갖추어 제사를 극진히 하다.

---

11) 음령(陰靈): 사람이 죽은 후의 영혼. 유령(幽靈).

12) 일장(一場): 한바탕.

13) 향탕(香湯): 향을 넣어 달인 물. 주로 염습하기 전에 송장을 씻는 데에 씀.

14) 관재(棺材): 관을 만드는 재료.

15) 염습(殮襲): 죽은 사람의 몸을 씻긴 뒤에 옷을 입히고 염포[殮布: 염습할 때 시체를 묶는 베]로 묶는 일.

16) 안장(安葬): 편안하게 장사 지냄.

17) 나통(羅通): 나성(羅成)의 아들. 그 자세한 행적은 미상.

18) 녹봉(祿俸): 벼슬아치에게 일 년 또는 계절 단위로 나누어주던 금품.

19) 은양(恩養): 사랑하고 보호하면서 양육함.

20) 영구(靈柩): 시신을 담은 관.

각설. 소정방이 단기(單騎)로 돌아와 군정(軍情)을[21] 고하여 왈,

"진왕이 처음으로 옴에 승부를 모로 진병으로 하여 이기었으니 한 번 크게 싸워 승부를 결(決)코자 하나이다."[22]

한왕(漢王)이 정방의 말을 좇아 제장(諸將)을 분발(分發)할[23] 새, 고아현(高雅賢)으로 대장(大將)을 삼고 정강왕[靜江王] 장대안(張大安)으로 부장(副將)을 삼고, 영평왕[永平王] 곽자화[郭子和]로 대장을 삼고, 웅주왕[雄州王] 유수광(劉守光)으로 부장을 삼고, 동평왕(東平王) 고운성(高運成)으로 제군통영대장(諸軍統領大將)을 삼고, 정강왕 **장**대안으로 영군(領軍)하여 동승마로[24] 부장을 삼고,[25] 소정방이 스스로 영병하고 소규

---

21) 군정(軍情): 군대 내의 정세나 형편.

22) 이 부분은 내용이 다소 모호하다. 중국본에서 이 부분은 소정방이 다섯 진(鎭)의 왕[五王]이 왔기에 이들을 호궤한 후 다섯 진으로 나눠 당병과 일대 결전을 하려고 한다. 낙선재본도 이 부분은 "쇼정방이 영의 도르와 즁댱다려 왈 음병이 당진을 도으니 フ히 오국 군스룰 거나랴 승부룰 결ᄒ리라 하고 진을 굿게 딕희고 나지 아니터라 수일 후 오부 인민 니르니 즁당으로 못고 진셰룰 굿긔 ᄒ다라."로 되어 있다.

23) 분발(分發): 따로따로 나누어 떠나게 함.

24) 동승마: 중국본에도 이런 인물, 혹은 이와 관련시킬 수 있는 인물은 찾을 수 없다. 혹 동강매(董康邁)의 오류일 수도 있다.

25) 이 부분은 중국본과 일정한 차이를 보인다. 중국본에는 "회양(淮陽) 보공우(輔公佑)가 영병(領兵)하여 왕새호(王賽虎)를 부장으로 삼고, 경주(慶州) 양문간(楊文幹)이 영병하여 상극신(常克新)을 부장으로 삼고, 동왕(東王) 고운성(高運成)이 영병하여 동강매(董康邁)를 부장으로 삼고, 정강(靜江) 장대안(張大安)이 영병하여 왕원(王院)을 부장으로 삼았다"로 되어 있다. 그런데 이 책에는 중국본과 일치되는 부분이 없다. 또한 세책본에서 '고아현'은 '정강왕 장대안'의 대장이 되었다가 바로 구응군(救應軍)이 되기도 하고, 장대안은 고아현의 부장이 되었다가 바로 '동승마'를 부장으로 거느린 대장으로 기술되기도 한다. 이 점은 이 책이 전혀 다른 계통의 한문본[혹은 한문본을 번역한 이본]에서 이어졌음을 짐작케 한다. 이 부분 이하에 씌어진 소정방이 대장이 되어 소규를 부장으로 삼는 대목부터는 중국본과 큰 차이를 보이지 않는다. 이 책에서는 이러한 인물 소개에 이어서 당군과 한군의 싸움이 펼쳐진다. 그런데 싸움을 하는 사람은 중국본에 씌어진 인물이다. 즉 진숙보는 보공우와, 울지공은 양문간과, 정교금은 고운성과, 은개산은 장대안과, 단지현은 소정방을 맞아 싸우는 것으로 되어 있다. 따

(蕭規)로 부장을 삼고, 고아현으로 일지병(一枝兵)을 거느려 구응(救應)

케 하고, 분발하기를 마침에 당영(唐營) 초마(哨馬)가 진왕에게 보하되,

무공이 즉시 진숙보·배인기(裵仁基)로 일군(一軍)을 거느려 나아가고,

설만철(薛萬徹)·정교금(程咬金)·무사확[武士韄]으로 일군을 거느리고,

은개산·마삼보(馬三寶)로 일지병을 거느려 가게 하고, 무공이 중장을

거느려 왕을 보가(保駕)하여 중군이 되니 쟁북26) 소리 천지 진동하더라.

　진숙보는 보공우[輔公祐]로27) 맞고, 울지공은 양문간(楊文幹)을 맞고,

정교금은 고운성(高運成)을 맞고, 은개산은 장대안(張大安)을 맞고, 단지

현은 소정방을 맞아 싸우더니 한진(漢陣) 상에 고아현이 병을 재촉하여

엄살(掩殺)하거늘,28) 왕당인(王當仁)이 칼을 빗기고 교전(交戰)하니, 고

아현이 맞아 싸워 십여합에 불분승부(不分勝負)러니, 당진(唐陣) 상으로

서 무기(無忌)가 말을 빗기 몰아 칼을 번득이며 고아현이 마하(馬下)에

떨어지니, 울지공이 무기의 공 세움을 보고 스스로 생각하되, '내 공이

어이 남에게 뒤지리오?' 하고 정신을 가다듬어 소리를 벽력같이 지르니

양문간이 탄 말이 놀라 뒤로 무라쳐29) 닫거늘, 울지공이 승세하여 강편

(强鞭)을 들어 양문간의 대골을 맛치니 뼈 갈라지며 말에 떨어져 죽거

늘, 한병이 대란하여 서로 짓밟아 죽는지라. 소정방이 두 장수의 죽는

양을 보더니 심중에 대로하여 정신을 가다듬어 창을 빗기고 울지공을

맞아 싸워 삼백여합이 되도록 승부가 없는지라. 장손순덕(長孫順德)·

정교금·은개산 허다(許多) 장수가 한병을 짓치고 울지공을 도와 소정

5

라서 이 책에 씌어진 이 부분은 일정한 오류에서 빚어진 것일 수도 있다. 참고

　로 낙선재본에는 이 부분이 아예 없다.

26) 쟁북: 꽹가리와 북.

27) 보공우(輔公祐): 세책본에는 '모궁우'로 되어 있는데, 이는 '보공우(輔公祐)'의

　　오류임. 보공우에 대해서는 이 책 13권 각주 122번을 참조할 것.

28) 엄살(掩殺): 갑자기 습격하여 죽임.

29) 무라쳐: 무르다. 물러서다.

방을 에워싸고 빗발치듯하니, 정방이 아무리 용맹한들 어찌 견디어 대적하리오? 패하여 필마로 달아나니, 중장이 일시에 따를 새, 한왕이 패잔(敗殘)[30] 인마(人馬)를 거두어 달아나거늘, 당진상에서 쟁 쳐 군을 거두어 돌아와 공을 드릴 새, 진왕이 즉시 기공관(記功官)을 분부하여 중장(衆將)의 공을 기록하고 삼군을 호상(犒賞)하다. 무공이 주왈,

"흑달(黑闥)이 소정방의 패함을 듣고 깊이 웅거(雄據)하리니,[31] 빨리 군을 재촉하여 장남(漳南)에 나아가소서."

호령이 남에 육군이 진을 재촉하여 떠나 구름같이 나아가다. 소정방이 단신필마(單身匹馬)로 장남에 나아가 패군함을 일일이 주하니, 한동왕(漢東王)이 대경 왈,

"이제 가전(駕前)에 삼천 호가군(扈駕軍)이[32] 있고, 하물며 양초(糧草)가 진(盡)하였으니 어찌 영적(迎敵)하리오?"

언미필에 각문(各門) 두목(頭目)이 보(報)하되,

"당병이 성하에 이르렀나이다."

하거늘, 흑달이 상혼낙담(喪魂落膽)하여[33] 소정방다려 왈,

"어찌하면 당병을 물리칠꼬?"

소정방 왈,

"신의 어린[34] 소견(所見)에는 주공이 요주[饒州]로[35] 천도(遷都)하여[36]

---

30) 패잔(敗殘): 싸움에 져서 세력이 꺾인 나머지.

31) 웅거(雄據): 일정한 지역을 차지하고 굳게 막아 지킴.

32) 호가군(扈駕軍): 임금이 탄 수레를 호위하며 뒤따르던 군대.

33) 상혼낙담(喪魂落膽): 낙담상혼(落膽喪魂). 몹시 놀라거나 마음이 상해서 넋을 잃음.

34) 어린: 어리다. '어리석다'의 옛말.

35) 요주(饒州): 세책본에는 '호쥬'로 되어 있는데, 중국본에 따르면 이는 '요주(饒州)'의 오류임. 주명(州名). 강서성(江西省) 파양현(鄱陽縣). 오(吳)나라 때 파양(鄱陽)이라 하다가, 수(隋)나라 때부터 요주라 함.

36) 천도(遷都): 도읍을 옮김.

그 봉예(鋒銳)를[37] 피하시고, 신으로 일천 병을 주시거든 낙주(洛州)를 힘써 지키리이다."

한동왕이 옳이 여겨 이천 호위군을 거느려 낙주를 떠나 바로 요주로 달아나니, 탐마(探馬)가[38] 진왕에게 보하되, 무공 왈,

"병귀신속(兵貴神速)이니[39] 지완(遲緩)치[40] 말으소서."

하고,

"울지공·정교금·은개산·단지현으로 낙주성을 싸고, 주공이 친히 대병을 거느려 따르소서."

왕이 전령하여 요주에 이르러 병을 나와 고조납함(鼓譟吶喊)[41]하니 병위(兵威) 산악(山岳)같더라.[42]

화설. 요주자사(饒州刺史) 제갈덕위(諸葛德威)[43] 당병이 성하에 이름을 듣고 생각하되, '당가(唐家)는 본대 진명천자(眞命天子)니 흑달을 사로잡아 당조에 귀순하여 일찍 생령(生靈)을 구할만 같지 못하다.' 하고 연망(連忙)이 수부(帥府)에 나아가 흑달을 생금(生擒)하여 투항할 새, 고악(鼓樂)을[44] 갖추어 진왕을 맞아 성에 들어가 조현(朝見)하니, 왕이 전령하여 흑달을 베어 요주성에 달아 호령하고, 창고를 봉(封)하며 방(榜)

7

---

37) 봉예(鋒銳): 날카롭게 공격하는 기세.

38) 탐마(探馬): 적의 동정을 살피는 기병(騎兵). 탐기(探騎).

39) 병귀신속(兵貴神速): 군사를 지휘함에는 귀신같이 빠름을 귀히 여긴다는 뜻으로, 군사 행동은 언제나 신속하여야 함을 이름.

40) 지완(遲緩): 더디고 느즈러짐.

41) 고조납함(鼓譟吶喊): 북을 치며 여러 사람이 다 함께 지르는 큰 소리.

42) 병위(兵威) 산악(山岳)같더라: 군대의 위엄과 위세가 매우 높음을 뜻함.

43) 제갈덕위(諸葛德威): 유흑달(劉黑闥)의 휘하에 있던 장수로, 무덕(武德) 6년, 즉 623년 정월에 유흑달을 잡아 당에 귀순한 인물이다. 『신당서(新唐書)』를 보면 유흑달이 죽기 전에 그를 보고 "개같은 무리가 나를 배반하였다[狗輩負我]"고 꾸짖었다고 한다.

44) 고악(鼓樂): 북을 치며 연주하는 음악.

붙여 백성을 안무하고 대당(大唐) 기호(旗號)를 세우고, 제갈덕위로 요주를 지키게 하고 조정에 주문(奏聞)하여[45] 실직(實職)을[46] 하이니, 덕위 고두배사(叩頭拜謝)하고,

"소정방은 문무(文武)가 겸전(兼全)으로 어미를 지효(至孝)로 섬기는지라. 가속(家屬)이 위주(衛州)에 있으니, 전하 먼저 그 어미를 잡으시면 수고치 아니하여, 일원 대장을 잃지 않으리이다."

진왕이 대희하여 전령하여 대군을 휘동(麾動)하여[47] 위주성에 이르니, 무공이 나아와 주하되,

"주공은 마땅히 이 곳에 머무르소서. 신이 친히 나아가 성문을 열라 하리이다."

이에 필마로 달려 성하에 이르러 수성군사(守城軍士)다려[48] 일러 왈,

"너희는 이제 들어가 쾌(快)히 보(報)하라. 서무공이 이에 이르러 뵈옴을 구하노라 하라."

차시 위주 태수(衛州太守) 공덕초(孔德超)가[49] 정히 성하에[50] 앉았더니, 군사가 나와 보하되,

"서무공이 이제 성하에 나와 이르되, 대인께 뵈옴을 청하라 하나이다."

하거늘, 공덕초 듣기를 다함에, 이에 성문을 열어 무공을 맞아 부중에 들어가 의관을 정제(整齊)하고 빈주(賓主)를 나눠 서로 예를 맞고, 좌정

---

45) 주문(奏聞): 주달(奏達). 임금에게 아룀.
46) 실직(實職): 문무 관원이 하는 벼슬.
47) 휘동(麾動): 지휘하여 움직임.
48) 수성군사(守城軍士): 성을 지킨 군사.
49) 공덕초(孔德超): 당시 위주태수(衛州太守)로 있었던 인물로 보이는데, 그 자세한 행적은 미상. 혹 두건덕(竇建德)의 휘하에서 내사시랑(內史侍郞)으로 있었던 공덕소(孔德紹)를 이름인지?
50) 성하: 미상. 낙선재본 13책에는 이 부분이 없지만, 6책본에는 '성상'으로 되어 있다. 그렇지만 중국본에는 당상(堂上)으로 되어 있다.

(坐定) 후 무공이 먼저 말을 펴 왈,

"소제(小弟)와 형이 옛 벗이라. 서로 교도(交道)를[51] 맺음에 정의(情誼)가 심히 두텁더니 이별한 지 벌써 여러 해라. 그 사이 오래 문후(問候)를[52] 폐(廢)하였노라."

공덕초가 답왈,

"대인(大人)을 떠난 지 여러 춘추(春秋)라. 금일 빛[光] 내림(來臨)하니[53] 아지못게라. 어느 곳으로 좇아 오시니잇고?"

무공 왈,

"소제 당조 이전하(二殿下) 진왕을 좇아 장남을 정벌하여 유흑달을 사로잡아 베고, 이제 이 곳에 이르렀으니 대인이 만일 대적(對敵)코자 한 즉 옥석(玉石)이 구분(俱焚)할지라.[54] 내 형으로 더불어 향일(向日) 동문수학(同門修學)한 정을 생각하여 차마 병(兵)을 더으지[55] 못하고 특별히 와 뵈옴을 청하나니, 밝히 살피라."

덕초 사왈,

"대인이 옛 정을 잊지 아니하사 친히 와 가르치시니 하관(下官)이 어찌 감히 봉승(奉承)치[56] 않으리오?"

드디어 분부하여 거가(車駕)를 맞을 새, 무공으로 더불어 말머리를 가작이[57] 하여 성에 나와 진왕을 맞으니, 왕이 수부에 들어와 정좌(定座)하매 공덕초 조현하고 천추 만세(千秋萬世)를 부르며 호구문서(戶口文書)를 드리니, 진왕이 군민(軍民)을 안무(按撫)하고 왈,

9

---

51) 교도(交道): 서로 사귀는 도리.
52) 문후(問候): 웃사람에게 안부를 물음.
53) 내림(來臨): 왕림(枉臨). 남이 자기 있는 곳으로 찾아옴을 높여 이름.
54) 구분(俱焚): 함께 타버림.
55) 더으지: 더으다. '더하다'의 옛말.
56) 봉승(奉承): 웃어른의 뜻을 이어받음.
57) 가작이: 가지런히. 나란히.

"과인이 들으니 정방의 가속이 있다 하니 초안(招安)하라."

덕초 주왈,

"저의 가솔(家率)을 잡아오기 어렵지 아니하되, 두리건대 저의 노모(老母)가 놀랄까 하나이다."

진왕이 문왈,

"저의 노모 나이가 몇이나 하뇨?"

공덕초 주왈,

"구십(九十)이 넘고 크게 어질어[大賢] 소정방을 여러 번 권(勸)하여 전하게 귀순(歸順)하라 한대, 정방이 좇지 아니하다 하더이다."

진왕 왈,

"네 예로써 청하여 오고, 놀라게 말라."

덕초가 바로 소정방의 집에 이르러 가동(家僮)을 불러 왈,

"노부인께 뵈옴을 고하라."

하되, 들어가 부인께 고왈,

"공태수(孔太守)가 이에 와 부인께 뵈옴을 청하나이다."

하거늘, 부인이 전정(前庭)에[58] 나와 태수를 보고 예(禮)하거늘, 태수가 눈을 들어 보니, 낯이 옥같이 윤택하고 머리털은 은사(銀絲)를[59] 드리운 듯하고, 여행(女行)은[60] 삼종(三從)을[61] 삼가고 자덕(慈德)이[62] 온전하여 맹모(孟母)와[63] 방불(彷佛)하더라.

---

58) 전정(前庭): 앞뜰.
59) 은사(銀絲): 은을 얇게 입힌 실. 또는 은으로 가늘게 만든 실.
60) 여행(女行): 여자가 가져야 할 행실.
61) 삼종(三從): 예전에 여자가 따라야 할 세 가지 도리. 어려서는 아버지를, 결혼해서는 남편을, 남편이 죽은 후에는 자식을 따라야 한다는 말로, 『예기』 의례(儀禮) <상복전(喪服傳)>에 나오는 말이다.
62) 자덕(慈德): 여인이 지녀야 할 덕행.
63) 맹모(孟母): 맹자의 어머니. 아들의 교육을 위하여 세 번이나 이사를 하고 베틀

식천시현문훈자 전효도의사항당
[識天時賢母訓子 全孝道義士降唐]64)

화설. 공덕초 공경하여 왈,

"당조 이전하 진왕이 대병을 거느려 성하에 이르러 노부인의 어진 덕을 들으시고 하관을 보내어 보시기를 청하시더이다."

부인 왈,

"아이 정방이 일찍 당에 항(降)치 아니하였으니 첩(妾)이 조현(朝見)함이65) 좋지 않을까 하노라."

덕초 답왈,

"전하 애현호덕[愛賢好德]하시니66) 결단코 경만(輕慢)치67) 않으리이다."

부인이 교자(轎子)68) 타고 청전(廳前)에 나아가 진왕께 조현하니, 왕이 붙들어 일으키고 좌(座)를 주니, 소모(蘇母)가 주왈,

"듣자오니 돈아(豚兒)69) 정방이 전하께 귀순치 아니하니, 첩의 죄(罪) 불용주(不容誅)라70) 전하의 사(赦)하심을 바라나이다."

진왕 왈,

"이제 노인을 청함은 다른 뜻이 아니라, 소정방을 초안(招安)하고71)

의 베를 끊어 보여 현모(賢母)의 귀감으로 불린다.
64) 천시(天時)를 알아 어진 어머니[賢母]는 자식을 훈계하고, 효도를 온전히 하기 위해 의로운 선비[義士]는 당(唐)에 항복하다.
65) 조현(朝見): 신하가 임금을 뵙는 일.
66) 애현호덕(愛賢好德): 어진 덕행을 좋아함.
67) 경만(輕慢): 교만한 마음에서 남을 하찮게 여김.
68) 교자(轎子): 앞뒤로 두 사람씩 네 사람이 어깨에 메고 다니던 가마. 덮개없이 사방이 트여 있다.
69) 돈아(豚兒): 남에게 자기의 아들을 낮추어 이르는 말.
70) 죄불용주(罪不容誅): 죄는 죽음으로도 용납할 수 없음.
71) 초안(招安): 못된 짓을 하는 자를 불러 설득시켜서 편안하게 살도록 함.

간과(干戈)를 쉬어 생민(生民)의 해(害)를 덜고자 하노라.”

소모 왈,

“노첩(老妾)이 오래 대왕의 성명(聖明)하심을[72] 사모하여 아이를 권하되, 한동왕[漢東王]이 군사로써 대접함을 인하여 즐겨 가르침을 듣지 아니하더니, 아지못게라. 이제 어디 있나니잇고?”

답왈,

“이제 낙주성에 있나니다.”

소모 왈,

“이제 낙주에 사람을 보내어 흑달을 베고 노첩(老妾)을[73] 잡았음을 이른즉, 아이 반드시 스스로 오리니 첩이 이를 말이 있나이다.”

왕이 옳히 여겨 양건방(梁建方)을 불러,

“낙주에 가 군마(軍馬)를 거두고 정방에게 알게 하라.”

하니, 건방 등이 에운 것을 풀고 소정방을 불러 개유(開諭)하여[74] 왈,

“유흑달이 사로잡혀 죽고, 너희 가속을 잡으려 하거늘, 항치 아니하고 어찌하려 하는다?”

정방이 생각하되, ‘노모 놀라움을 받아 만일 불측지변(不測之變)이[75] 있으면 내 불효를 어찌 면하리오? 금수(禽獸)도 제 어미를 알거든, 사람이 어찌 금수만 못하리오?’ 하고 연망(連忙)히 갑(甲)을 입고 말에 올라 위주로 나아오다.

소정방이 당조(唐朝) 인마가 위주성에 들어감을 보고 심중에 생각하되, ‘위주 이미 당에 아이도다.’[76] 하고 필마로 성하에 이르러 외쳐 왈,

---

72) 성명(聖明): 임금의 밝은 지혜.
73) 노첩(老妾): 자신을 낮추어 이르는 말.
74) 개유(開諭): 예전에, 초무(招撫)할 때 사실을 하나하나 들춰내어 이를 따져서 타이르던 일.
75) 불측지변(不測之變): 미리 생각하지 못하였던 재앙이나 사고.

"너희 만일 나의 가속을 잡을진대, 내 노모를 돌아보내라."

군사 이 말을 고한대, 왕이 무공다려 문왈,

"정방이 왔으니 어찌 초안하리오?"

무공 왈,

"노모를 칼 메워 성에 올리고 정방을 불러 이르되, '네 모친을 이제 칼을 메웠으니 네 귀순하면 네 모자를 머물러 즐길 것이요, 불연즉 네 모친을 베리라' 하면 항복하리이다."

진왕이 즉시 전령하여 공덕초를 불러 소모(蘇母)를 부르니, 소모가 즉시 승명(承命)하거늘, 진왕 왈,

"노인의 아들이 이제 성하에 왔으니 노인을 칼 메워 성에 올려 정방을 초안코자 하나니 나의 마음이 불안하도다."

소모 왈,

"사세(事勢) 여차하니 어렵지 아니하여이다."

진왕이 즉시 마삼보(馬三寶)·단지현·은개산·유홍기(劉弘基)·가윤보(價閏甫)·류주신(柳周臣) 등을 명하여 소모를 밀어 성에 올려 꾸짖어 왈,

"네 모친을 칼을 메어 여기 있으니 즐겨 투항치 아니하면 네 머리를 버히리라."

소모가 소리를 매이[77] 하여 왈,

"아이는 가까이 나아오라."

정방이 대왈,

"다만 암전(暗箭)이[78] 있을까 두리나이다."

---

76) 아이도다: 앗다. 빼앗다. 빼앗겼도다.

77) 매이: 매우. 심하게.

78) 암전(暗箭): 숨어서 쏘는 화살.

소모 왈,

"당진왕은 인덕지군(仁德之君)이라. 어찌 가만한[79] 살로 해하리오? 아이는 의심치 말라."

정방이 필마로 성하에 이르니, 소모가 눈물을 흘리며 왈,

"내 명(命)이 박(薄)하여 네 아비 죽고 너를 길러 하왕[夏王]을 도와 천하를 다투더니, 이제 사직(社稷)이 당에 돌아갔는지라. 자고(自古)로 역천자(逆天者)는 망(亡)하고 순천자(順天者)는 창(昌)한다[80] 하니, 네 마땅히 구로(劬勞)하던[81] 어미를 염려하며 자닝한[82] 목숨을 보전케 하여 은혜를 갚으라. 하물며 만일 귀순치 않으면 어미 죽으리니 불초(不肖)의[83] 이름이 어디 미치리오?"

정방이 이 말을 듣고 손의 병기(兵器)를 버리고 땅에 엎드려 이르되,

"신의 어미를 살리오시면 신이 원컨대 당에 항복하리이다."

중장이 이르되,

"네 이미 항하려 하면 갑을 벗으라."

정방이 투구와 갑옷을 벗고 성하에 나오니, 기패관(旗牌管)이 진왕께 고한대, 왕이 전령(傳令)하여 부르니, 정방이 조배(朝拜)하고 머리를 두드리니, 진왕이 분부하여,

"소모를 호송하여 집으로 돌아가라,"

---

79) 가만한: 미상. 낙선재본에는 이 대목이 없고, 중국본에는 '旁弓冷箭'으로 되어 있다.

80) 천자(逆天者)는 망(亡)하고 순천자(順天者)는 창(昌)한다: 하늘의 뜻을 어긴 자는 망하고, 하늘의 뜻을 따른 자는 창성한다. 『맹자(孟子)』 이루상(离婁上)에 나옴.

81) 구로(劬勞): 자식을 낳아서 기르느라고 힘을 들이고 애를 씀. 『시경(詩經)』 소아(小雅) 요아(蓼莪)에 나오는 말. "哀哀父母, 生我劬勞"

82) 자닝한: 자닝하다. 차마 보기 어려울만큼 애처로운. 불쌍한.

83) 불초(不肖): 어버이의 덕망이나 유업을 이어받지 못함. 또는 그렇게 못나고 어리석은 사람.

하고, 왈,

 "내 반사(班師)하여 부황(父皇)께 고하고 관작(官爵)을 봉(封)하리라."

하고, 공덕초로 위주를 지키오고, 기패관을 하간(河間)에 보내어 영[英]·제(齊) 이왕(二王)을 청하여 한가지로 반사하여 장안(長安)에 들어와 인마를 흩어 영(營)으로 돌아보내고, 삼위(三位) 전하(殿下)가 부중(府中)에 안위(安慰)하고,84) 차일(此日) 조회(朝會)를 베퍼85) 출전(出戰) 장사(將士)를 조배[朝拜]하기를 마치매, 진왕이 주왈,

 "부황(父皇)의 홍복[洪福]을 입사와 중산(中山)·장남(漳南) 등처(等處)를 평정(平定)하고, 중산부(中山府) 설가(薛家)를 다 초안(招安)하고 장남 소정방이 다 투항하니이다."

 고조 즉시 명초(命招)하사 각각 관작을 봉하시니, 진왕이 주왈,

 "설만철(薛萬徹)이 창[滄]86)·연(兗) 이주(二州) 얻은 공이 있고, 신이 일찍 어매(御妹) 취병공주[翠屏公主]를 허(許)하여 부마(駙馬)를 삼으려 하나이다."

 고조 설만철을 보시고 대희하사 왈,

 "오아(吾兒)의 이른 말을 좇으리라."

하시고, 또 소정방을 금화채단(金貨綵緞)을 주시고, 나성(羅成)이 전망(戰亡)하였으니87) 그 처자를 녹봉(祿俸)을 주시고, 그 아들이 자라거든 제 아비 벼슬을 수습케 하시고, 육군(六軍)을88) 다 호상하신 뒤, 소정방으로 정총관[正總管]을 봉하시고 소모(蘇母)로 정국부인(定國夫人)을 봉

14

---

84) 안위(安慰): 몸을 편안하게 하고 마음을 위로함.
85) 베퍼: 베프다. '베풀다'의 옛말.
86) 창[滄州]: 세책본에는 '합'으로 되어 있는데, 이는 '창(滄)'의 오류임.
87) 전망(戰亡): 전사(戰死).
88) 육군(六軍): 주(周) 나라 때에 천자가 통솔하던 여섯 개의 군(軍). 1군에 12,500명씩 모두 75,000명으로 이루어짐.

하시니, 정방이 고두사은(叩頭謝恩)하더라. 대연(大宴)을 배설(排設)하여 하나는 공신(功臣)을 경하(慶賀)하고, 둘은 설만철로 부마를 삼으실 새, 군신이 즐겨 만세를 부르며 열락(悅樂)하다가 파조(罷朝)하여 흩어지니라. 차후(此後) 영·제 이왕이 진왕을 해코자 하여 설계(設計)하더라.[89]

연제연마곤진왕 울지보가양구주
[英齊練馬咬秦王 尉遲保駕兩救主][90]

차설. 영·제 이왕이 진왕의 위권(威權)을[91] 꺼려, 일일(一日)은 조회를 파한 후 한가지로 부중(府中)에 이르러 한담(閑談)하더니, 영왕(英王) 왈,

"진왕이 중산으로 옴으로부터 저의 휘하 장관(將官)이 방자무기(放恣無忌)하여[92] 전일에 배나 더하니, 우리 한 계교(計較)로써 저를 없애고자 하노라."

원길(元吉) 왈,

"진왕이 산예마[狻猊馬]를[93] 대가(大哥)에게[94] 보내었으니, 이제 이 말을 다른 곳에 두지 말고 뒤 화원(花園)에서 먹이게 하고, 초인[草人]을[95] 만들어 진왕의 모양같이 하여 사모(紗帽)를[96] 씌우고 담홍포[淡紅

---

89) 설계(設計): 계획을 세움.
90) 영(英)·제(齊) 이왕은 말을 조련하여 진왕을 물게 하고, 울지경덕(尉遲敬德)은 보가(保駕)하여 두 번이나 임금을 구하다.
91) 위권(威權): 위세와 권력.
92) 방자무기(放恣無忌): 건방지고 거리낌이 없음.
93) 산예마(狻猊馬): 세책본에는 '쥰예마'로 되어 있는데, 이는 '산예마(狻猊馬)'의 오류임.
94) 대가(大哥): 형.

袍]를97) 입히고, 속에는 향내 나는 풀을 넣고, 말을 두어 날 여물을98) 줄이게 하고, 백화정(百花亭)99) 앞에 두어, 우리는 두 가에100) 서서 사람으로 하여금 초인을 인도하여 말 앞으로 나아가면, 말이 기갈(飢渴)이 심한대 풀 내를 맡고 한 잎으로 물어 먹으리니, 이같이 하여 익힌 후에 진왕을 청하여 화원을 구경하자 하고 후원으로 들어 이 말을 이끌어내면, 진왕을 보고 초인만 여겨 물어 죽이면 죄가 우리에게 있지 아니하노라."

양인이 계교를 정하고, 고조께 조회를 마치고, 영·제 이왕이 주왈,

"진왕 반사함으로부터 일찍 모두 즐기지 못하였는지라. 배주(杯酒)를101) 베풀어 진왕을 청하여 정회(情懷)를 펴고자 하나이다."

고조 허하시니, 진왕이 영·제 이왕을 좇아 조문(朝門)에 남에, 서무공(徐茂功)이 경덕(敬德)을 불러 이르되,

"주공(主公)이 금일 어려운 일이 있을 것이니, 빨리 가 보호하라."

경덕이 생각하되, '이 무리 무삼 수단을 내려 하는고? 내 주공을 좇아가 보리라.' 이적에 진왕이 영·제 이왕을 따라 한가지로 동부(東府)에 이르러 후원에 들어가니, 제왕이 문 지킨 관교(官校)를 분부하여

---

95) 초인(草人): 짚으로 만든 사람 모양의 물건.

96) 사모(紗帽): 관복을 입을 때에 쓰던 검은 모자.

97) 담홍포(淡紅袍): 세책본에는 '담황포'로 되어 있는데, 이는 '담홍포'의 오류임. 엷은 분홍빛이 도는 도포로, 진왕이 입고 다니던 옷이다. 『당진연의』에 그려진 진왕의 복색은 "삼산모(三山帽) 쓰고, 담홍포(淡紅袍) 입고, 영구마(靈毬馬) 타고, 정당도[定唐刀] 들고" 다닌다. 따라서 영·제 이왕은 말이 진왕을 보고 달려들도록 하기 위해 일부러 진왕의 복색을 한 초인을 만든 것이다.

98) 여물: 마소를 먹이기 위해 말려서 썬 짚이나 마른풀.

99) 백화정(百花亭): 영왕(英王) 이건성(李建成)의 동부(東府)에 있던 정자 이름인 듯한데, 그 구체적인 존재 양상은 알 수 없다.

100) 두 가: 양 옆.

101) 배주(杯酒): 잔에 따르던 술. 여기서는 넓은 의미의 술자리로 해석하는 것이 타당하다.

“잡인(雜人)은 들이지 말고, 천책부(天策府) 장관(將官)은 둘째 문에서 주식(酒食)을 갖추어 대접하라.”

하였더라. 경덕이 진왕을 좇아 안으로 들어오거늘, 제왕이 이르되,

“밖에서 너희 장관을 대접하고 주식이 있으니 들어오지 말라.”

경덕 왈,

“무덕(武德) 사년(四年)에[102] 조정(朝廷)이 전지(傳旨)하사,[103] 신으로 하여금 보가관(保駕官)을[104] 봉(封)하여 집에 한가히 가지 못하게 하였으니, 신이 감히 상명(上命)을[105] 거역치 못하리로소이다.”

하고 들어가니, 영왕이 하릴없어 후원에 들어가 좌를 정하고 술잔을 날려 담화하더니, 제왕 왈,

“꽃을 보고 술을 먹고, 달을 좇아 누(樓)에 올라 놀 것이요, 이가[二哥]가[106] 본대 화초를 좋아하시는지라. 화원에 들어가 놂이 어떠하뇨?”

삼왕(三王)이 한가지로 들어갈 새, 경덕이 따라 들어오니, 제왕 왈,

“원중(園中)에 들어가 한가히 놀려 하거늘, 어찌 들어오는다?”

경덕 왈,

“이 원중을 구경하기 어려운지라. 금일 보가(保駕)하여 들어가 구경코자 하나이다.”

하더라. 삼왕이 정히 백화정(百花亭)에서 꽃을 구경하더니, 차시 산예마가 배 고픈지라. 사람의 소리를 듣고 소리 지르거늘, 진왕 왈,

“이 곳에 어인 말 소리가 나나뇨?”

---

102) 무덕(武德) 사년(四年): 621년.
103) 전지(傳旨): 왕이 다른 관료를 통해 전달하는 명령서.
104) 보가관(保駕官): 임금의 수레를 보호하는 벼슬아치. 이 벼슬은 실제로 있었던 벼슬은 아니다.
105) 상명(上命): 어명(御命).
106) 이가(二哥): 세책본에는 ‘어가’로 되어 있는데, 이는 ‘이가’의 오류임. 이가는 둘째 형, 즉 진왕(秦王)을 말한다.

제왕 왈,

"전일 보낸 바 백학준예마[白鶴狻猊馬]를107) 사랑하여 두었더니 소리 지르나이다."

진왕이,

"이끌어 오라."

하니, 건성(建成)이 분부하여,

"말을 가져오라."

하니, 그 말이 눈을 부릅뜨고 홍포(紅袍) 입은 이를 보고 네 굽을 함께 추여들고108) 진왕의 담홍포[淡紅袍]를 한 잎으로 끌어 백화정으로 내리달으니109) 진왕이 크게 놀라 미쳐 피(避)치 못하여 정히 위급하더니, 경덕이 급히 달려들어 채를 들어 말을 쳐죽이고, 급히 왕을 붙들어 일우혀고110) 왈,

"주공이 금일 놀람을 받으시니 거의 대사(大事)를 그릇할 뻔하여이다."

건성(建成)111) 왈,

"삼제(三弟) 이런 줄을 아지 못하고 이 곳에 옴이라. 본대 술 먹고 파(罷)하려 하거늘, 화원을 보자 하여 이제로 하여금 놀라게 하도다."

원길(元吉)112) 왈,

"대가(大哥)의 행사(行事)가 고이하도다.113) 본대 말 먹이는 곳이 있

17

---

107) 세책본에는 '은하쥰예마'로 되어 있는데, 이는 백학산예마(白鶴狻猊馬)의 오류다. 낙선재 6책본에는 단지 '쥰예마'로만 되어 있고, 13책본에는 '은화쥰예마'로 되어 있다. 이 말은 사수하(泗水)에서 울지경덕과 후군집이 하왕에게서 빼앗은 백마(白馬)다.
108) 추여들고: 추여들다. 추켜들다. 치올려들다.
109) 내리닫으니: 내리닫다. 힘차게 마구 달리다.
110) 일우혀고: 일으켜 세우고.
111) 건성(建成): 고조의 첫째 아들. 영왕(英王).
112) 원길(元吉): 고조의 셋째 아들. 제왕(齊王).
113) 고이하도다: 고이하다. '괴이하다'의 잘못.

거늘 어찌 화원에 두었나뇨?"

하고, 이인(二人)이 서로 밀위더라.114) 울지공이 진왕을 보호하여 천책부로 돌아오다.

건성이 원길다려 왈,

"꾀를 이루지 못하고 도로혀 좋은 말을 죽인괘라!"115)

원길 왈,

"내게 또 좋은 말이 있으니 한 계교를 정하리라."

하고, 본부(本府)에 돌아와 교공산(橋公山)을 불러, 장침(長針) 수십을 만들어 말 뒤 다리 사이에 다여섯 번씩 찌르니, 그 **말**이 불과 수일이 못하여 성이 불같아 사람의 소리를 들으면 공중에 뛰노니, 원길이 건성과 의논하고 이튿날 평명(平明)에 고조께 조회하고, 영·제 이왕이 주왈,

"신이 금일 진왕으로 더불어 한가지로 교외(郊外)에 나아가 산향코자116) 하나이다."

고조 왈,

"너희 이같이 화목하매 아름다운 일이니, 경덕으로 보가하라."

삼왕이 한가지로 말 타고 교외로 행하더라. 전면에 두어 군교(軍校)가 자류마(紫騮馬)를117) 이끌고 섰거늘, 진왕 왈,

"저 말이 가장 좋은 말이로다."

제왕 왈,

"이 말이 성품이 모질어 타지 못하나이다."

건성 왈,

"이제(二弟)는 강궁(强弓)을118) 다리고119) 열마(列馬)를120) 타 전장(戰

---

114) 밀위더라: 밀위다. '미루다'의 옛말.
115) 죽인괘라: 죽였도다.
116) 산향: 사냥.
117) 자류마(紫騮馬): 밤색 털이 난 말.

場)에 출입하였으니 어찌 우리 류(類)에 비하리오?”

진왕 왈,

“그 말을 가져오라.”

제왕 왈,

“탐이 좋지 않도다.”

진왕 왈,

“어찌 그럴 리 있으리오? 내 타고 놀아보리라.”

하고, 소매를 거두치고[121] 몸을 날려 말에 오르니, 교공산이 뒤에 있다가 문득 말꼬리를 잡아 들추니, 그 말이 저를 은침(銀鍼)으로 찌르는가 하여 궁중을 바라고 뛰놀아 달리니, 번개 번득이며 별이 달림[星馳][122] 같아, 앞을 바라고 어지러이 날차니[123] 진왕이 휘오지[124] 못하여 제 임의로 가게 두는지라. 경덕이 이를 보고 대경하여 급히 말에 올라 진왕을 따라 닫더니, 그 말이 큰 시내가 바위 밑으로 다다라서는 바위 아래를 뛰어내리려 하거늘, 경덕이 급히 따라와 팔을 늘히여 진왕을 안아 말에 올리니, 왕이 혼비백산(魂飛魄散)하였더라. 그 말이 몸을 소소쳐 시내 가운데 뛰어나려 죽으니, 제왕 왈,

“ ‘이 말이 성이 급하여 타지 못하리라’ 하였거늘 대가가 이르되, ‘이 같은 말을 타고 다녔으니 관계치 아니타’ 하고 문득 이가(二哥)로 하여금 놀라게 하도다.”

건성 왈,

19

---

118) 강궁(强弓): 탄력이 센 활. 시위는 삼겹실로 240가닥으로 꼰다.

119) 다리고: 다리다. 당기다.

120) 열마(列馬): 모든 말.

121) 거두치고: 거두치다. 걷다. 걷어 올리다.

122) 별이 달림: 성치(星馳). 별똥이 떨이지듯이 매우 빠름.

123) 날차니: 날치다. 자기 세상인 것처럼 날뛰며 기세를 올리다.

124) 휘오지: 휘오다. 휘게 만들다. 남의 의지를 꺾어 뜻을 굽히게 하다.

"이같이 모진 말을 무삼 일로 내어 왔나뇨?"

제왕 왈,

"이 말이 비록 열성(熱性)을[125] 가졌으나 그렇든 아니하더니, 경덕이 따름을 보고 놀라 성을 발하여 이 지경에 이르렀는지라. 말은 아깝지 아니하되, 이가(二哥)를[126] 끌어 다려[127] 군신(君臣)의 체면을 잃었으니 그 죄를 사(赦)치 못하리라."

하고, 무사를 명하여 경덕을 매어 앞세우고, 삼황자(三皇子)가[128] 바로 장조보전에[129] 이르러, 제왕이 주왈,

"경덕이 군신 체면을 잃어 범죄(犯罪)하니이다."

고조 경덕다려 무르시되,

"이 진짓 말이냐?"

경덕이 주왈,

"삼전하(三殿下)의[130] 말을 주공이 타려 하시니, 삼전하가 이르되, '이 말이 성이 모지니 타지 못하리라' 하시니, 대전하(大殿下)[131] '타라' 하사 주공을 속여 말에 올리니, 이 무삼 연고인지 알지 못하오되, 교공산이 말꼬리를 한 번 잡아 들추니, 그 말이 뛰놀며 달리니, 주공이 휘오지 못하사 제 임의로 닫게 하시니, 신이 놀라 대사가 그를까 저어 따르더니, 전면(前面) 큰 시내 바위 끝에 다다라 물 속으로 뛰어내리려 하거늘, 신이 급히 붙들어 구하였사오니, 만일 신의 구함이 아니런들 주공

---

125) 열성(熱性): 걸핏하면 흥분하는 성질.
126) 이가(二哥): 둘째 형. 즉 진왕(秦王) 이세민(李世民).
127) 끌어 다려: 끌어 당겨. '다려'는 '당겨'의 잘못. 울지경덕이 진왕을 잡아당겨서.
128) 삼황자(三皇子): 황제의 셋째 아들.
129) 장조보전: 미상. 당나라 때 황제가 나와서 조회를 하던 정전(正殿)인 금난보전(金鑾寶殿)의 오류인 듯.
130) 삼전하(三殿下): 제왕(齊王). 즉 이원길(李元吉).
131) 대전하(大殿下): 영왕(英王). 즉 이건성(李建成).

의 성명이 위태하실러니이다.”

고조 왈,

“연즉, 경덕이 공이 있고 죄 없으니 예같이 보가하라.”

하시니, 진왕이 경덕으로 더불어 사은하고 물러 천책부로 돌아가니 고조 파조(罷朝)하시고, 영·제 이왕을 곁에 머무르시고 조용히 이르시되,

“수조(隋朝)가 본대 세민(世民)에게 양위(讓位)하고[132] 일찍 내게 전(傳)치 아니하였시되, 세민이 제위(帝位)를[133] 내게 사양하고 또 동궁위(東宮位)를[134] 네게 밀위여[135] 태자(太子)가 되게 하고, 제 하물며 동토서정(東討西征)하고[136] 남정북벌(南征北伐)하여[137] 나로 하여금 부귀를 누리게 하거늘, 어찌 도로혀 동포동기지정(同胞同氣之情)을[138] 잊고 여러 번 해하려 하니, 너희 마음이 어찌 이렇 듯하뇨?”

영·제 이왕이 고두 주왈,

“신등이 어찌 이런 마음을 품으리잇고?”

고조 왈,

“여등이 만일 다른 뜻이 없을진대 하늘을 대하여 맹세하라.”

건성이 두 손을 이마에 얹고 하늘을 우러러 맹세 왈,

“청청(靑靑)한[139] 양부고천(陽府高天)과[140] 침침(沈沈)한[141] 음사후토(陰司后土)는[142] 이건성(李建成)이 만일 세민을 해(害)할 마음이 있으면

---

132) 양위(讓位): 임금의 자리를 물려줌.
133) 제위(帝位): 제왕의 자리.
134) 동궁위(東宮位): 황태자(皇太子)의 자리.
135) 밀위여: 밀위다. 미루다의 옛말.
136) 동토서정(東討西征): 동쪽을 토벌하고 서쪽을 정벌함.
137) 남정북벌(南征北伐): 남쪽을 정복하고 북쪽을 토벌함.
138) 동포동기지정(同胞同氣之情): 한 부모에게서 태어난 형제의 정리(情理).
139) 청청(靑靑): 밝고 푸름.
140) 양부고천(陽府高天): 사람이 죽은 후 영혼이 이른다는 하늘의 신.
141) 침침(沈沈): 어두컴컴함.

후에 반드시 진숙보(秦叔寶) 살 아래 죽으리라."

원길이 생각하되, '대가(大哥)는 국가 저군(儲君)이요,143) 숙보는 우리 신하라. 어찌 살 아래 죽으리라 하는고? 생각건대 우[上]를 범치 못하리니 분명히 저의 살 아래 아니 죽으리라. 내 이를 법(法) 받아 맹세하리라.' 하고 손을 꽂고 이르되,

"황천후토(皇天后土)는144) 분명히 살피나니, 원길이 만일 이가(二哥)를 해할진대, 타일 울지공(尉遲恭)의 살 아래 죽으리라."

하거늘, 고조 왈,

"너희 돌아가 마음을 닦아 범사(凡事)를145) 행하라."

이왕이 물러나와 서로 의논하되,

"만일 경덕의 보가함이 아니런들 진왕 해함이 여반장(如反掌)이니,146) 명일 계교를 정하여 먼저 경덕을 없이하고 버거147) 진왕을 해하리라."

이왕이 서로 이별하고 각각 부중으로 돌아가다. 차시 이왕이 밀밀(密密)이148) 상의하니, '인간 사어(私語)라도149) 하늘이 들으심이 우레같고, 암실(暗室)에150) 마음을 속임에 신목(神目)이151) 여전(如電)이라'152) 함이 정히 이를 이름이더라.

---

142) 음사후토(陰司后土): 사람의 죽은 후 영혼이 이른다는 땅의 신.

143) 저군(儲君): 왕세자.

144) 황천후토(皇天后土): 하늘의 신과 땅의 신.

145) 범사(凡事): 모든 일.

146) 여반장(如反掌): 손바닥을 뒤집는 것 같다는 뜻으로, 일이 매우 쉬움.

147) 버거: 버금으로. 다음으로.

148) 밀밀(密密): 매우 비밀스러운 모양.

149) 사어(私語): 드러나지 않게 가만히 속삭임. 또는 그런 말.

150) 암실(暗室): 밖으로부터 빛이 들어오지 못하도록 꾸며 놓은 방.

151) 신목(神目): 귀신의 눈.

152) 여전(如電): 번개와 같다. 번개처럼 빠르다.

원길피마고경덕 진왕정계구경덕
[元吉披麻拷敬德 秦王定計救尉遲][153]

각설. 제왕이 동궁(東宮)에 이르러 영왕다려 왈,

"내게 금양옥파청봉검[金鑲玉靶靑鋒劍]이란[154] 보검(寶劍)이 있으니,
한 사람으로 삭주(朔州) 사람 모양을 하고 이 칼을 가지고 경덕에게 가
여차여차하라."

영왕 왈,

"차계(此計) 가장 묘(妙)타!"

하니, 제왕이 우문보[于文寶]를[155] 불러 각각 계교를 가르쳐 이르니, 우
문보가 보검을 가지고 삭주인의 의복을 가착(假着)하고 바로 울지공의
부중에 이르러 뵈옴을 청하니, 경덕이,

"들어오라."

하거늘, 문보가 청전(廳前)에 나아가 예를 마치고 향관(鄕貫)을[156] 청하
니,[157] 울지공이 이르되,

"무삼 가르칠 말이 있나뇨?"

문보 왈,

---

153) 원길(元吉)은 부레풀을 뭉쳐서 울지경덕(尉遲敬德)을 고문하고, 진왕(秦王)은
　　계책을 써서 울지경덕을 구하다.
154) 음양옥파청[金鑲玉靶靑鋒劍]: 세책본에는 '음양옥파청'으로 되어 있는데, 이는
　　'금양옥파청봉검(金鑲玉靶靑鋒劍)'의 오류로 보임. 이는 금으로 만든 거푸집,
　　옥으로 만든 자루, 푸른 동(銅)으로 만든 칼날로 이루어진 칼로, 흔히 부귀영화
　　로운 삶을 사는 양태를 비유하는 말로 사용된다.
155) 우문보(于文寶): 세책본에는 '운문보'로 되어 있는데, 중국본에 따르면 이는
　　'우문보(于文寶)'의 오류임. 제왕의 가정(家丁)으로 보이나, 그 자세한 행적은 미
　　상.
156) 향관(鄕貫): 관향(貫鄕).
157) 청하니: 여기에서는 의미상 '통(通)하니'로 보는 것이 타당하다.

"하관(下官)이 상부(上府)에158) 부리옴을 인하여 공사(公事)로 왔더니, 노비(路費)할 것이 없어 다만 조선(祖先)의 끼친159) 칼 하나가 있으되, 헤아리건대 이 칼을 알 이 없을까 하여 특별히 장군께 드리고 두어 관 돈을 얻고자 하나이다."

울지공이 칼을 구하여 보니, 과연 좋은 칼이거늘, 값을 물으니, 문보가 왈,

"조선(祖先) 유물(遺物)이니 일천관(一千貫)을 받을 것이로되, 다만 장군이 주시는 대로 받으리라."

울지공 왈,

"삼백관(三百貫)이 마땅하되, 네 객지(客地)에서 팔려 하니 오백관을 주노라."

문보가 사례하고 동부에 이르러 영·제 이왕께 수말(首末)을 고하니, 제왕이 대희하여 문보를 후상(厚賞)하다. 원길이 영왕께 고왈,

"명일 금패사인(金牌舍人)을160) 울지공의 집에 보내어 이르되, '동부 전하가 네 보검 삼을 들으시고 전하께도 좋은 칼이 있으니 네 칼을 가지고 와 비교하라.' 하신다 하면 제 칼을 가지고 올 것이니 이 때에 설계(設計)함이 좋으리라."

하다. 제왕이 차일(次日) 조신(早晨)에 부중(府中) 관교(官校)에게 영하여 군사를 매복하고, 일변으로 금패사인의 귀에 대어 분부하니, 사인이 청령하고 울지공 부중에 이르러 예필 후 이르되,

"동부 전하가 장군이 좋은 칼 삼을 들으시고 전하께도 또한 보검이

---

158) 상부(上府): 상사(上司). 자기보다 벼슬이나 지위가 위인 사람.

159) 끼친: 끼치다. 남기다.

160) 금패사인(金牌舍人): 금패(金牌)를 지닌 사인(舍人). 원래 사인은 궁중에서 재정을 맡아보던 벼슬아치인데, 여기에서는 단지 집안 사람으로 보는 것이 타당하다. 즉 왕이 내려준 금패를 가지고 간 가정(家丁)으로 보아도 무방하다.

있더니 비교코자 하여 특별히 부중으로 청하시더이다."

하거늘, 울지공은 본대 강직(剛直)한161) 사람이라. 추사(推辭)치162) 아니
하고 안으로 들어가 칼을 가지고 금패관[金牌官]을 따라 동부에 다다라
바로 정전(正殿)에163) 이르러는, 금패사인이 이르되,

　"장군은 머물러 있으라. 내 들어가 전하께 보하리라."

하고, 안으로 들어간 후, 다시 나오지 아니하더니, 문득 보니 영왕은 좌
편 낭(廊)으로서164) 나오고, 제왕은 우편 낭(廊)으로서 나오며 묻되,

　"울지공이 이에 들어와 무엇하려 하나뇨?"

　경덕이 바삐 꿇어 왈,

　"전하 전지(傳旨)하사 칼을 가지고 와 비교하라 부르시기로 오니이다."

　영왕 왈,

　"어떤 칼인다? 가져오라."

　울지공이 칼을 받들어 드리니, 영왕이 받아 손에 들고 왈,

　"이는 분명히 속이는 말이로다. 이제 모든 관교들을 불러 뵈리라."

하고 부르니, 양부(兩府)165) 장교가 함께 나오거늘, 제왕 왈,

　"네 자세히 보라."

　경덕 왈,

　"이 사람들은 아니로소이다."

　제왕 왈,

　"역적이 본대 우리를 해하려 하고 들어와 거짓 공교한 말을 꾸며 속
이나냐?"

---

161) 강직(剛直): 마음이 강하고 굳음.
162) 추사(推辭): 물러나며 사양함.
163) 정전(正殿): 왕이 나와서 조회(朝會)를 하던 궁전.
164) 낭(廊): 복도. 행랑.
165) 양부(兩府): 영부(英府)와 제부(齊府).

하고,

"빨리 잡아매라!"

하니, 중장이 일시에 달려들어 매어 거꾸로 치고 큰 곤장으로 무수히 치며,

"실정(實情)을166) 이르라!"

하니, 경덕 왈,

"본대 전하 전지로 관교를 보내어 칼을 가지고 오라 하심에 따라옴이요, 실로 살해할 마음이 없음이로소이다."

제왕 왈,

"네 실정을 복초(服招)치167) 않으면 중치(重治)하리라."168)

하고, 이십곤(二十棍)을 중타(重打)하고 가두고, 차일(次日)에 고조께 주한대,

"경덕이 칼을 띄고 방자히 왕부(王府)에 들어와 신등을 해하려 함에 주문(奏聞)하나이다."

고조 왈,

"경덕은 성(性)이 편색(偏嗇)하니169) 헤아리건대 다른 뜻이 없을 것이요, 여러 번 대공(大功)을 세웠으니 비록 죄 있으나 중치(重治)하지 말라."170)

---

166) 실정(實情): 실제의 정세나 사정.
167) 복초(服招): 문초를 받고 순순히 죄상을 털어놓음.
168) 중치(重治): 엄중히 다스림.
169) 편색(偏嗇): 편벽되고 인색함.
170) 비록 죄 있으나 중치하지 말라: 이 부분은 다음의 내용, 즉 '이왕이 대회한다'는 내용과 비교해볼 때 다소 모호하다. 중국본에는 이 부분이 "況屢有大功, 止可從輕發落"으로 되어 있다. 즉 "누차 대공이 있으니, 종경론(從輕論:두 가지 이상의 죄가 동시에 드러났을 때에, 가벼운 죄를 좇아 처벌하는 것)에 따라 발락(發落:결정하여 끝냄)하라"고 되어 있어서 이왕이 대회한 것으로 되어 있다. 이 책은 이 부분을 옮기는 과정에서 일정한 오류를 범한 것으로 이해할 수 있

이왕이 대회하여 부중에 나와 군관을 분부하여 기름 한 가마를 끓이고 말고기[171] 부레풀을[172] 기름 가마에 넣어 무르녹게 끓이고, 군사로 하여금,

"경덕을 잡아오라!"

하여, 군교를 분부하여 기름에 든 부레를 뭉키어[173] 한 덩이를 만들어 경덕의 등과 두 다리 사이를 문지르고, 월랑(月廊)에[174] 내쳐 한 시각이 지난 후 또 끄어드려[175] 또 문지르며,

"바로 복초(服招)하라!"[176]

하니, 경덕이 주왈,

"신이 죽을지언정 헛되이 거짓말을 아니하리로소이다."

영·제 이왕이 분부하여 끓인 부레를 또 뭉키어 경덕의 몸에 문지르니 처음은 덥게 하고, 두 번째는 차게 하여 가죽과 살이 다 무여지는지라. 경덕이 만신(滿身)이 녹아지는 듯하여 유혈(流血)이 임리(淋漓)하니[177] 사생(死生)이 수유(須臾)에[178] 있더라. 제왕 왈,

"아직 후원에 가두었다가 다시 물으리라."

하고, 다만 조반(粗飯)을[179] 먹이더라.

26

다. 낙선재 6책본에도 "비록 죄 이시나 죵경ᄒ야 다스리라"로 되어 있다. 13책본도 6책본과 표기의 차이만 있을 뿐 동일하다.

171) 말고기: 세책본에는 '말고기'로 되어 있는데, 이는 '물고기'의 오류로 보인다. 낙선재본이나 한문본에는 모두 '물고기'로 되어 있다.

172) 부레풀: 민어의 부레를 끓여서 만든 풀. 교착력이 강하여 목기(木器)를 붙이는 데 많이 씀.

173) 뭉키어: 뭉키다. 여럿이 한데 뭉쳐 한 덩어리가 되다.

174) 월랑(月廊): 행랑(行廊).

175) 끄어드려: 끌어 들이다.

176) 복초(服招): 문초를 받고 순순히 죄상을 털어놓음.

177) 임리(淋漓): 피가 흘러 흥건한 모양.

178) 수유(須臾): 잠시동안.

179) 조반(粗飯): 거친 밥.

차시 이적(李勣)이 경덕이 위태함을 듣고 즉시 진왕께 주한대, 진왕이 대경하거늘, 무공(茂功)이 주왈,

"명일 보마[報馬]를[180] 보내어 조정에 주하되, '연안왕(延安王) 양사도(梁師都)가[181] 기병(起兵)하였다' 하고 주공이 정벌함을 청하되, '다만 선봉(先鋒)할 사람이 없다' 하여 급히 울지공을 찾으시면 거의 무사(無事)하리이다."

하더라. 차일 고조가 조회를 받으시더니, 수문관(守門官)이 주하되,

"보마가 이르러 알현(謁見)함을[182] 청하나이다."

고조가 금란전(金鑾殿)으로[183] 불러 물으시되,

"네 어디로서 온다?"

보마가 주왈,

"신등이 동관(潼關) 성언사(盛彦師)의 부린 바라. 이제 연안 양사도가 기병하여 병세(兵勢) 대진(大振)하고 변경을 침노하오매 특별히 주문하나이다."

고조 문왈,

"뉘 영병(領兵)하여 연안을 칠꼬?"

진왕이 출반 주왈,

"신이 치고자 하오되 전부선봉(前部先鋒)이 없사오니 어찌하리잇고?"

고조 왈,

"어떤 장수가 없나뇨?"

진왕이 주왈,

---

180) 보마(報馬): 말을 타고 와서 소식을 알리는 사람.
181) 양사도(梁師都): ?-628. 이 책 1권 각주 19편을 참조할 것.
182) 알현(謁見): 지체가 높고 귀한 사람을 찾아가 뵘.
183) 금란전(金鑾殿): 당조(唐朝)의 궁전 이름. 문인(文人)이나 학사(學士)를 초대하던 곳이다.

"울지공이 없나이다."

고조 왈,

"경덕이 어데 가뇨?"

진왕이 주왈,

"동부에 갇혔나이다."

고조 전지하사, 근시(近侍)로 하여금,

"금패관교[金牌官校]를 거느려 동부에 가 경덕을 불러오라. 군무를 의논하리라."

오래지 아니하여서 경덕이 따라왔거늘, 고조 문왈,

"경덕의 형상이 어찌 저리 되었나뇨?"

경덕이 부복 주왈,

"신이 제왕의 곤함을 입어 피육(皮肉)이 다 녹아 떨어졌사오니 능히 조배(朝拜)치 못하온지라. 죄를 사하소서."

고조 왈,

"저렇듯 낭패하였으니 어찌 교봉(交鋒)하리오?"184)

진왕이 주왈,

"무방(無妨)하오니 신이 의약(醫藥)으로 고치리이다."

고조 왈,

"공성략지(攻城掠地)하매185) 범사(凡事)를 용심(用心)하고 첩음(捷音)을186) 보(報)하라."

진왕이 경덕을 데리고 연무장(鍊武場)에 나와 군마를 점고(點考)할 새, 경덕이 이왕의 함해(陷害)하던187) 일을 일일이 주하니, 왕 왈,

---

184) 교봉(交鋒): 교전(交戰).
185) 공성략지(攻城掠地): 성을 공격하고 땅을 빼앗음.
186) 첩음(捷音): 전쟁에 이겼다는 소식.
187) 함해(陷害): 남을 재해에 빠지게 함.

“가련(可憐) 가한(可恨)이로다.”

하고, 즉시

“수군태의[隨軍太醫]를188) 불러 조리(調理)하라!”189)

하고, 배를 조발(調發)하여 경덕을 실어 행군(行軍)하여 연안지계(延安之界)에 이르러 월여(月餘)를190) 조리하매 만신(滿身) 창처(瘡處)가191) 평복(平復)하니,192) 진왕이 장에 올라 이르되,

“양사도가 한 모[隅]를193) 지키여 침범함이 없으나 중원을 평정하였으니, 누은 탑(榻) 아래 타인(他人)의 코 고는 소리를 어찌 용납하리오?”

경덕이 주하되,

“신이 명일 출전하리이다.”

하고, 갑 입고 병을 거느려 바로 연안성에 이르러 싸움을 돋운대, 양사도가 대로 왈,

“이세민(李世民)이 광망(狂妄)하여194) 천하를 열[十]에서 팔구(八九)나 두고 오히려 뜻이 차지 못하여 방자(放恣)히 군을 거느려 내 지계(地界)를195) 범(犯)하나뇨?”

좌감군(左監軍)196) 석세룡[石世龍]과197) 우감군(右監軍) 조영(趙英)이198)

---

188) 수군태의(隨軍太醫): 세책본에는 ‘슈문티화’로 되어 있는데, 이는 ‘수군태의(隨軍太醫)’의 오류인 듯. 수군태의는 군대를 따라다니면서 임금의 병후를 살피던 의원.

189) 조리(調理): 건강이 회복되도록 몸을 보살피고 병을 다스림.

190) 월여(月餘): 달포. 한 달이 조금 넘는 기간.

191) 만신(滿身) 창처(瘡處): 온몸에 난 상처.

192) 평복(平復): 병이 나아 건강이 회복됨.

193) 모[隅]: 귀퉁이.

194) 광망(狂妄): 미치고 망령됨.

195) 지계(地界): 지경(地境). 나라나 지역 따위의 구간을 가르는 경계.

196) 감군(監軍): 군사적 요충지에 설치되어 각 지역의 방어 및 주둔 군대의 책임을 맡았던 기관.

197) 석세룡(石世龍): 세책본에는 ‘석계종’으로 되어 있는데, 중국본에 따르면 이는

왕의 영을 받아 출전하여 경덕과 싸워 수합이 못하여 경덕이 한 채로 조영을 쳐 말 아래 내리치니, 석세룡이 대패하여 달아나거늘, 경덕이 전령(傳令)하여 양로(兩路) 군마를 짓치고 돌아오니, 왕이 전령하여,

　"후영(後營)에 가 쉬라!"

하고, 기공관(記功官)으로 하여금 공로(功勞)를 기록하다.

　석세룡이 패하여 돌아오매, 양사도가 대로하여 차일에 친히 출전할새, 머리에 감옥금관[嵌玉金冠]을[199] 쓰고, 비룡수포의(飛龍綉袍衣)를[200] 어린금갑(魚鱗金甲)에[201] 껴입고, 허리에 사만대(獅蠻帶)를[202] 띠고, 발에 총저전화[驄底戰靴]를[203] 신고, 언월도[偃月刀]를[204] 들고, 황표마[黃驃馬]를[205] 타고, 석세룡·두굉도[杜宏道][206]·황전(黃全)[207] 등 일반 무

　　'석세룡(石世龍)'의 오류임. 양사도(梁師都)의 가하 장수로 보이지만, 그 자세한 행적은 미상. 석세룡은 조영(趙英)과 함께 이 책 2권에도 나오는데, 그 때는 양왕(梁王)의 가하 장수로 등장한 바 있다.

198) 조영(趙英): 양사도(梁師都)의 휘하에 있던 장수로 보이는데, 자세한 행적은 미상. 조영은 석세룡(石世龍)과 함께 이 책 2권에도 나오는데, 그 때는 양왕(梁王)의 가하 장수로 등장한 바 있다.

199) 감옥금관(嵌玉金冠): 세책본에는 '감유금관'으로 되어 있는데, 이는 '감옥금관(嵌玉金冠)'의 오류임. 감옥금관은 옥을 새겨넣은 금관이다.

200) 비룡수포의(飛龍綉袍衣): 비룡(飛龍)을 수 놓은 옷.

201) 어린금갑(魚鱗金甲): 물고기 비늘처럼 만든 금조각을 갑옷에 하나하나 달아놓은 갑옷.

202) 사만대(獅蠻帶): 고대 고급 무관들이 쓰던 요대(腰帶). 고대 무관은 요대에 사자와 만왕(蠻王)의 형상을 장식하였는데, 이 때문에 무관의 요대를 사만(獅蠻)으로 지칭하게 되었다.

203) 총저전화(驄底戰靴): 세책본에는 '동혜전훼'로 되어 있는데, 이는 '총저전화(驄底戰靴)'의 오류인 듯. 준마의 말갈기로 만든 전투화.

204) 언월도(偃月刀): 세책본에는 '일월도'로 되어 있는데, 이는 '언월도(偃月刀)'의 오류임. 옛날 무기의 하나로, 칼날은 끝이 넓고 뒤로 젖혀져 초승달 모양을 하고 있는 칼.

205) 황표마(黃驃馬): 세책본에는 '황총마'로 되어 있지만, 이는 '황표마(黃驃馬)'의 오류인 듯. 황표마는 누런 바탕에 흰 털이 섞인 말을 뜻한다.

206) 두굉도(杜宏道): 세책본에는 '두공도', 또는 '두공부'로 되어 있는데, 중국본에

장과 일만 웅병(雄兵)을 거느려 성에 나, 바로 당영에 이르러 명라(鳴
鑼)208) 뇌고(擂鼓)하니,209) 무공 왈,

"제 경국지병(傾國之兵)을210) 이루었으니 저의 성지(城池)를 취함이
쉽다."

하고, 제장을 분부하여 계교를 가르치다. 경덕이 은개산(殷開山) 등으로
각각 병기(兵器)를 들고 크게 싸워, 수합이 못하여 경덕이 채를 들어 황
전을 쳐 마하에 내리치니 양병[梁兵]이 대란하는지라. 은개산이 말을
놓아 도채로 두굉도[杜宏道]를 쳐죽이고, 장손순덕(長孫順德)은 석세룡
을 베고, 일진(一陣)을 혼살(混殺)하니 죽엄이 뫼같이 쌓이고 유혈이 내
가 되었더라. 승승(乘勝)하여 양사도를 사로잡고 병을 거두니, 고사렴
(高士廉)·후군집(侯君集)·정교금(程咬金) 등이 성하에 이르러 운제(雲
梯)를 세우고 인마를 몰아 성에 들어가 궁전을 불 지르고 황성을 소탕
하더니, 진왕이 전령하여,

"재물을 노략하는 군사를 참하리라!"

하고, 방 붙여 안민(安民)하고 기치(旗幟)를 바꾸어 세운 후, 배행검(裵
行儉)으로 하여금 연안부를 지키오고, 반사(班師)하여 장안으로 돌아와
군사를 흩어 영으로 도라보내고211) 진왕이 천책부로 돌아오다. 고조 조
회를 받으실 새, 진왕이 주왈,

"신이 부황(父皇)의 홍복을 입사와 연안부를 파하고 양사도를 사로잡
아 베고 지방이 이미 평정하였나이다."

따르면 이는 '두굉도(杜宏道)'의 오류임. 양사도(梁師都)의 휘하에 있던 장수로
보이나, 자세한 행적은 미상.
207) 황전(黃全): 양사도(梁師都)의 휘하에 있던 장수로 보이나, 자세한 행적은 미상.
208) 명라(鳴鑼): 소라로 만든 악기를 붊.
209) 뇌고(擂鼓): 북을 쉴 새 없이 침.
210) 경국지병(傾國之兵): 나라를 뒤흔드는 군사.
211) 도라보내고: 돌려보내고.

하고, 공로부(功勞簿)를 올리니 고조가 대회하사 출전 대소 장사(大小將士)를 상사하시며, 또 진왕을 위로 왈,

"오아(吾兒)가 안마풍상(鞍馬風霜)에212) 수고하였으니, 천책부로 돌아가 편히 쉬라."

진왕이 물러나니, 영·제 이왕이 주하되,

"경덕이 칼을 가지고 들어온 죄 있사오니 어찌 용서하리잇고? 바라건대 부황은 치죄(治罪)하사 후일을 경계하소서."

고조가 전지하여 경덕의 병권(兵權)을 앗고 황장(皇庄)에213) 내쳐 편히 있게 하시니, 경덕이 조지(朝旨)를 받자와 인수(印綬)를 그르고 천책부에 이르러 진왕께 뵈고 수말을 주하되,

"조정이 신을 폄(貶)하여 황장으로 가라 하시니 하직하나이다."

진왕이 눈물을 뿌려 왈,

"네 비록 조지를 받았으나 자로214) 와 나를 보고 범사(凡事)를 조심하여 삼가 병을 내지 말라."

경덕이 주왈,

"신이 주공의 대은을 입사왔으니 어찌 차마 잊으며 감히 죄를 범하리잇고?"

언파(言罷)에 집으로 돌아와 가권(家眷)을 수습하여 장안을 떠나 황장으로 가니라.

화설. 번왕(番王) 돌궐(突闕)이 조회를 베풀고 원수(元帥) 철목아[鐵木兒]와215) 개천대장(盖天大將) 야선타[野仙朶]와216) 안독환철사[安禿懽鐵

---

212) 안마풍상(鞍馬風霜): 말을 타고 먼 길을 다니느라 겪는 일.
213) 황장(皇庄): 황제의 농막.
214) 자로: 자주.
215) 철목아(鐵木兒): 세책본에는 '철무아'로 되어 있는데, 중국본에 따르면 이는 '철목아(鐵木兒)'의 오류임.

邪]와217) 철계불화[徹鷄不花]를218)219) 불러 가로되,

"대당(大唐)이 화친(和親)함을 허(許)하였더니 유문정(劉文靖)이 간 후 소식이 없으니, 여등(汝等)이 빨리 대군을 거느려 당을 치라."

하고, 또 글을 닦아 완안[完顏]을220) 주어 힐리(頡利)221) 가한[可汗]222) 두 나라에 보내어 한가지로 기병함을 청하니, 이국(二國) 번왕이 다 허락하고 다 경국지병을 이루었더라. 차청 하회하라.

세(歲) 임자(壬子)223) 삼월(三月) 일(日) 향목동(香木洞) 서(書).

---

216) 야선타(野仙朶): 세책본에는 '아천파'로 되어 있는데, 중국본에 따르면 이는 '야선타(野仙朶)'의 오류임.

217) 안독환철사(安禿懽鐵邪): 세책본에는 '쥬한철야'로 되어 있는데, 중국본에 따르면 이는 '안독환철사(安禿懽鐵邪)'의 오류임.

218) 철계불화(徹鷄不花): 세책본에는 '살계발화'로 되어 있는데, 중국본에 따르면 이는 '철계불화(徹鷄不花)'의 오류임.

219) 철목아(鐵木兒)·야선타(野仙朶)·안독환철사(安禿懽鐵邪)·철계불화(徹鷄不花): 모두 돌궐의 장수 이름인데, 그에 대한 자세한 행적은 미상.

220) 완안(完顏): 세책본에는 '왕안'으로 되어 있는데, 이는 '완안(完顏)'의 오류임. 완안은 두 가지로 볼 수 있는데, 하나는 여진족의 하나로 주로 지금의 송화강(宋花江) 아래 지역에 분포했던 부족을 지칭하는 것이고, 다른 하나는 복성(複姓)으로 여기에서는 성만 쓴 것으로 볼 수도 있다. 물론 완안이라는 복성 역시 주로 여진족 사람이 쓰던 성씨이기 때문에 여기에서 돌궐왕이 사자로 보낸 사람은 여진족 사람임이 틀림 없다.

221) 힐리(頡利): 당대(唐代) 동돌궐(東突厥)의 가한(可汗). 성은 아사나(阿史那)고 명은 돌필(咄苾)이다.

222) 가한(可汗): 세책본에는 '극한'으로 되어 있는데, 이는 '가한(可汗)'의 오류임. 가한(可汗)은 '가한(可罕)'이라고도 한다. 고대 선비(鮮卑), 유연(柔然), 돌궐(突厥), 회흘(回紇), 몽고(蒙古) 등의 민족 가운데서 최고의 통치자를 지칭하는 용어다.

223) 임자(壬子): 1912년.

당진연의 권지십오

구포관돌궐창궐
[寇蒲關突厥猖狂]1)

1

화설. 번왕(番王) 돌궐(突闕)이 글을 닦아 힐리(頡利) 가한[可汗] 양국에 보내어 한가지로 기병함을 청하니, 이국(二國) 번왕이 다 허락하고 즉시 경국지병(傾國之兵)을 이루어 돌궐과 합하니, 철목아(鐵木兒) 원수(元帥)와 개천대장(蓋天大王) 야선타[野仙朶]2) 안독환[顏禿懽]이3) 병을 몰아 남으로 나릴 새, 삼군(三軍)이4) 합병하여 병세(兵勢) 대진(大振)하더라.5)

---

1) 중국본에는 '구포관돌궐창광(寇蒲關突厥猖狂)'에 이어 '조황장경덕사병(詔皇庄敬德詐病)'이 첨가되어 있음. 포관을 침입한 돌궐은 미친 듯이 사납게 날뛰고, 황장에 가서 진왕의 명령을 전하나 경덕은 거짓으로 병을 핑계대다. 포관(蒲關)은 포진관(蒲津關)을 줄여서 쓴 관명(關名)이다. 기주(忻州)나 동관(潼關)과 인접해 있다.

2) 야선타(野仙朶): 세책본에는 '야경타'로 되어 있는데, 중국본에 따르면 이는 '야선타(野仙朶)'의 오류임. 바로 앞에서는 '야쳔파'로 나왔는데, 이 역시 야선타의 오류다.

3) 안독환(顏禿懽): 세책본에는 '안슈환'으로 되어 있는데, 이는 '안독환(顏禿懽)'의 오류임. 바로 앞에서는 '쥬환철야'로 나온 적이 있지만, 이 역시 안독환의 오류다.

4) 삼군(三軍): 여기에서는 삼국(三國)의 군대를 말함.

5) 대진(大振): 크게 떨침.

무덕(武德) 칠년6) 추팔월에 삼국 번병(番兵)이 구름이 지피고 안개 모이는 듯하여 바로 짓쳐 동관(潼關)을 향하여 나오고 원주(原州)7)·기주[忻州]8) 등지(等地)의 변보(變報)가9) 눈 날리 듯하여 장안(長安)에 고급(告急)하니 경사(京師) 진동하더라. 고조(高祖) 급히 조회를 베푸시고,

"진왕(秦王)·이정[李靖]으로 하여금 급히 막으라."

하시니, 진왕이 주하되,

"이번에 출사(出師)하오매 실로 생각건대 전부선봉(前部先鋒)을 정할 사람이 없나이다."

고조 왈,

"모든 장관(將官)이 다 오아(吾兒)의 휘하(麾下)거늘 어찌 선봉 될 사람이 없다 하나뇨?"

진왕이 우(又) 주왈,

"북인(北人)의 언어를 통하고, 북인의 행사(行事)를 잘 살피며, 지용(智勇)이 겸전(兼全)하여야 가히 쓰리이다."

고조 왈,

"어떤 사람을 부르고자 하나뇨?"

왕이 복지 주왈,

"울지공(尉遲公)이 아니면 가히 파적(破敵)치 못하리이다."

고조 허락하시니, 진왕이 당검(唐儉)을 보내어 경덕(敬德)을 부를 새, 경덕이10) 영지(令旨)하여11) 황장(皇庄)에12) 이르러 수문(守門)하는 사람

---

6) 무덕(武德) 칠년: 624년.
7) 원주(原州): 주명(州名). 감숙성(甘肅省) 고원현(固原縣).
8) 기주(忻州): 주명(州名). 태원부(太原府)에 있었음.
9) 변보(變報): 변(變)이 일어났다고 알리는 보고.
10) 세책본에는 '경덕이 영지ㅎ여'로 되어 있는데, 이는 마땅히 '당검이 영지하여'로 바뀌어야 한다.
11) 영지(令旨): 임금의 명령을 담은 글.

을 불러 이르되,

"이전하(二殿下)의 영지를 밧자와 이르렀으니 장군께 보(報)하라."

가동(家僮)이 들어가 보하되, 경덕 왈,

"내 병이 중(重)하여 맞지 못하니 침실로 청하라."

가동이 전어(傳語)하고[13) 당검을 인도하여 침실에 들어오니, 경덕이 일어 맞아 예필(禮畢) 후, 경덕 왈,

"몸에 병이 있어 성지(聖旨)를[14) 맞지 못하니 대인(大人)은 용서하라."

당검 왈,

"무삼 병이뇨?"

경덕 왈,

"내 출전하고 돌아옴으로부터 사지(四肢)에 힘이 나리고 온몸이 여위어 능히 기동(起動)치 못하노라."

당검 왈,

"장군이 돌아온 후 주공(主公)이 사념(思念)하사 특별히 나를 보내어 '맞아오라' 하시니 왔거니와, 진실로 장군을 속이지 않으리라. 이제 돌궐이 작난(作亂)하매 세(勢) 큰지라. 이전하 출정하실 새, 장군을 복직(復職)하시고 도적을 치러 가랴 하시나니 장군은 사양치 말라."

경덕 왈,

"내 집에서도 오히려 출입치 못하거든 어찌 진상(陣上)에[15) 나아가리오?"

당검 왈,

"군자는 불념구악(不念舊惡)이라[16) 하나니, 다만 진왕의 낯을 보라."

3

---

12) 황장(皇庄): 황제의 농막.
13) 전어(傳語): 말을 전함.
14) 성지(聖旨): 성지(聖志). 임금의 뜻.
15) 진상(陣上): 진중(陣中).

경덕 왈,

"어찌 그럴 리 있으리오? 진왕이 친히 오셔도 무익(無益)하리라."

당검이 돌아와 진왕께 회주(回奏)하니, 왕이 경아(驚訝) 왈,

"이 어찌하면 좋을꼬?"

무공(茂功) 왈,

"다시 양건방(梁建方)을 보내어 부르소서."

왕이 좇아 건방을 보내니, 건방이 수명(受命)하고 다시 황장에 이르러 경덕을 보고 간절히 청하되, 굳이 사양하고 나지 아니하거늘, 돌아와 주달하니 진왕이 울울불락(鬱鬱不樂)하거늘,[17] 무공 왈,

"주공은 물우(勿憂)하소서.[18] 신이 황장에 가 경덕을 부르리이다."

제장 왈,

"경덕은 충의있는 사람이거늘 애매히 죽을뻔하다가 다시 승첩(勝捷)하고 돌아와서 다시 내침을 입었으니 마음이 불평하기 쉬우나 어찌 서군사(徐軍師)가 친히 가리오? 군사 친히 가도 일향(一向)[19] 마음을 도로 혀지[20] 않으면 전하의 위엄만 손상할 뿐이니 군사는 아직 가지 말고 계교를 생각하소서."

무공이 듣고 이윽히 생각하다가 주왈,

"전하는 다시 양건방을 보내어 물으소서."

건방이 가되 또 밀막고[21] 오지 아니하거늘, 진왕이 근심함을 마지아니하니, 무공 왈,

---

16) 불념구악(不念舊惡): 예전의 병폐를 생각지 아니함.
17) 울울불락(鬱鬱不樂): 마음이 답답하고 즐겁지 않음.
18) 물우(勿憂): 근심하지 아니함.
19) 일향(一向): 한결같이.
20) 도로혀지: 도로다. 마음을 돌리다.
21) 밀막고: 밀막다. 밀어서 막다.

“주공은 우려(憂慮)치 말으소서. 신이 스스로 황장에 가 데려오리이
다.”

하고, 부중에 나와 의자(醫者)를[22] 불러

“여차여차하라.”

하고, 인하여 데리고 바로 황장에 이르러 경덕의 부군에 다다라 하마
(下馬)하여 왔음을 통하니, 경덕이 분부하여,

“내 병들어 맞지 못하니 군사(軍師)가 이리 오심을 청하라.”

시자(侍者)가 무공을 인도하여 이르니, 경덕이 맞아 왈,

“병을 인하여 맞는 예를 잃으니 군사는 죄를 사(赦)하라.”

무공 왈,

“장군은 일세지맹장(一世之猛將)이니[23] 스스로 위풍(威風)을 손(損)치
말라. 내 길에 오며 사람의 말을 들으니 ‘장군이 돌궐이 옴을 듣고 놀
라 칭병(稱病)하고 나지 아니한다’ 하니, 내 생각건대 장군이 개세영걸
(蓋世英傑)로[24] 북인을 두려워 함이 어찌 한심치 않으리오? 주공이 믿
지 아니하사 날로 하여금 장군을 보라 하시니 아지못게라, 장군이 무삼
병을 얻었나뇨?”

경덕 왈,

“온몸이 저리고 수족(手足)이 시어[25] 능히 걷지 못하나이다.”

무공이 우(又) 문왈,

“일찍 약으로 다스리지 아니 하나냐?”

경덕 왈,

“약을 먹어도 효험이 없나이다.”

---

22) 의자(醫者): 의원.
23) 일세지맹장(一世之猛將): 한 시대의 용맹한 장수.
24) 개세영걸(蓋世英傑): 세상을 덮을만한 영웅호걸.
25) 시어: 시다. 뼈마디가 저림.

무공 왈,

"이미 어의(御醫)[26] 둘을 데리고 왔으니 장군의 병을 뵈이라."

경덕 왈,

"일찍 약을 먹되 효험이 없으니 뵈어야 무엇하리오?"

무공 왈,

"이 엇진[27] 말이뇨? 병에 약을 쓰지 아니하면 어찌하리오?"

하고, 어의를 불러,

"진맥하라!"

하니, 의자(醫者) 보고 왈,

"장군의 병이 피마고문[披麻拷問]으로[28] 상하였으니 마땅히 침을 맞아야 좋으리라."

경덕 왈,

"어떤 침을 주려 하는다?"

어의 왈,

"철침(鐵針)이니이다."

경덕이 봄을 청한대, 의자 장침을 내니, 여러 낱 침이 이삼촌씩 하고 빛이 황황하고 은빛 같으니 경덕이 생각하되, '내 본대 병이 없거늘 어찌 좋은 살을 저런 침으로 상하리오?' 하고 급히 죽절편(竹節鞭)을 들어 공중을 향하여 두르니, 의자 대경하여 뒤로 무로[29] 닫는지라. 무공 왈,

"장군의 병이 하림을[30] 하례(賀禮)하노라."

---

26) 어의(御醫): 궁궐 내에서 임금이나 왕족의 병을 치료하던 의원.

27) 엇진: 어찌 된. 무슨.

28) 피마고문(披麻拷問): 세책본에는 '치마교젼'으로 되어 있는데, 이는 '피마고문(披麻拷問)'의 오류인 듯. 부레풀에 의해 얻은 고문(拷問)을 의미한다.

29) 무로: 무르다. 물러서다.

30) 하림: 하리다. 낫다.

경덕 왈,

"황상이 참소(讒訴)를[31] 믿으사 한마(汗馬)의[32] 공(功)을 초개(草芥)같이[33] 여기시니, 내 본대 가지 않으려 하더니, 전하의 은총을 생각하고 군사(軍師)의 덕망(德望)을 잊지 못하여 가려 하거니와, 내 경국지호(傾國之胡)[34] 보기를 아이 보듯 하노라."

하고, 인하여 술을 내어 관대(寬待)하고 가권(家眷)을 수습하여 황장을 떠나 장안에 이르러 바로 천책부(天策府) 취사청(聚事廳)에[35] 나아가 진왕께 배알하니, 왕이 대희하더라.

이튿날 경덕을 데리고 조현하니, 고조 경덕을 사주(賜酒)하고 복직(復職)하시니, 경덕이 사은(謝恩)하더라. 진왕이 물러 연무장(鍊武場)에 나와 군사를 점고할 새, 군사를 재촉하여 빈주성(邠州城)에[36] 나아가 하채(下寨)하니, 은산[銀山]이 만첩(萬疊)이요, 철벽[鐵壁]이 천층(千層)이라. 이정이 주왈,

"고사렴(高士廉)·정교금(鄭咬金)으로 출병하고, 울지공·진숙보(秦叔寶)로 독진(督陣)하여[37] 접응하게 하사이다."

하고 하령(下令)하니, 사장(四將)이 결속(結束)을 정제(整齊)하고 일지병을 거느려 영에 나가 명라뇌고(鳴螺擂鼓)하니,[38] 돌궐 가한 이장이[39]

6

---

31) 참소(讒訴): 남을 헐뜯어 웃사람에게 꾸며 고해 바침.

32) 한마(汗馬): 줄곧 달려 등에 땀이 찬 말. 곧 전장에서 말의 등에 땀이 찰 정도로 열심히 달리고 싸움.

33) 초개(草芥): 지푸라기.

34) 경국지호(傾國之胡): 나라를 흔드는 오랑캐.

35) 취사청(聚事廳): 천책부(天策府) 안에 있던 청(廳) 이름으로 보이나, 그 자세한 양상은 알 수 없다. 천책부는 622년에 설립되었다.

36) 빈주성(邠州城): 지금의 섬서성(陝西省) 빈주(邠州)에 있는 성.

37) 독진(督陣): 진영을 감독함.

38) 명라뇌고(鳴鑼擂鼓): 징을 치고 북을 침.

39) 돌궐 가한 이장: 세책본에는 '돌궐 극한 이장'으로 되어 있는데, 돌궐이나 가한

영적(迎敵)하여 거짓 패하여 당장(唐將)을 유인하여 연산[燕山] 길로 오게 하라 하고, 개천왕[蓋天王] 철사[鐵邪][40] 일지(一枝) 궁노수(弓弩手)를 거느려 연산 좌편에 매복하고, 산계불화[橵雞不花]는[41] 일지 궁노수를 거느려 연산 우편에 매복하였다가 당장이 오거든 일시에 쏘라 하니, 중장이 청령하고 각각 영군(領軍)하여 가다. 독환[禿懽][42] 야선(野仙)이 당영(唐營)에 이르러 싸워 십합이 못하여 패하여 달아나거늘, 고사렴·정교금이 따라 연산에 이르러는 문득 일성포향(一聲砲響)에 사처(四處) 복병이 내달아 에워싸는지라. 진숙보·울지공이 말을 몰아 싼 데를 헤치고 이장을 구하여 돌아와 진왕께 뵈고 패한 연유를 주하니, 왕 왈,

"내 명일(明日)에 친히 감군(監軍)하여[43] 허실을 보리라."

하고, 차일(此日)에 진왕이 의갑(衣甲)을 정제하고 진(陣)에 나니, 진경·울지공·은개산(殷開山)·이정 등 중장이 보가(保駕)하여 빈주에 이르러 불의에 치니, 힐리 가한이 달병(韃兵)을[44] 거느려 나 맞으니 진왕이 여성(厲聲)[45] 왈,

"석일(昔日)에 가한으로 더불어 화친하였더니, 유문정(劉文靖)이 죽거늘, 인하여 세월을 천연(遷延)한지라.[46] 이제 정히 사(使)를 보내어 화친

(可汗)은 장수의 이름이 아니다. 따라서 이는 전사 과정에서 빚어진 분명한 오류인데, 중국본에는 '야선타(野仙朶)와 안독환(顔禿懽)' 두 장수가 나가 싸운 것으로 되어 있다. 낙선재 6책본은 중국본과 유사하지만, 이름이 '아듀환텰야'로 나온다. 반면 낙선재 13책본에는 "극한 야전 이댱이"로 되어 있다.

40) 개천왕(蓋天王) 철사(鐵邪): 세책본에는 '긔쳘왕 쳘야'로 되어 있는데, 이는 개천왕[蓋天王] 철사[鐵邪]의 오류임.

41) 산계불화(橵雞不花): 세책본에는 '살계불화'로 되어 있는데, 중국본에 따르면 이는 '산계불화(橵雞不花)'의 오류임.

42) 독환(禿懽): 세책본에는 '쥬환'으로 되어 있으나, 이는 '독환(禿懽)'의 오류임.

43) 감군(監軍): 군대를 감독함.

44) 달병(韃兵): 달단족(韃靼族)의 군사.

45) 여성(厲聲): 성이 나서 큰 소리를 지름.

46) 천연(遷延): 일이나 날짜 따위를 미룸.

을 다시 맺고 혼인을 하려 하거늘 하고(何故)로[47] 배약(背約)하는다?[48]
나는 진왕이니 가한이 싸우러 하거든 자웅(雌雄)을 결(決)하리라.”
하고, 군사를 호령하여 구수[溝水]를[49] 건너려 하거늘, 힐리가 진왕이
가배야이 나아옴을 보고 진왕이 꾀 있는가 하여 싸우지 아니하고 물러
나다. 진왕이 군을 거두어 영에 돌아오니, 이정이 주왈,

　“신이 천문을 보니 기성[箕星][50] 필성(畢星)이[51] 태음(太陰)을[52] 범(犯)
하니 반드시 큰 비 오리니, 마땅히 안병부동(按兵不動)하고,[53] 신이 단
(壇)을 모으고 비를 빌어 호인(胡人)의[54] 궁노(弓弩)를 상케 한 후 출병
함이 좋으리이다.”
하고, 이정이 양건방을 데리고 삼천군을 발하여 서산(西山)에 이르러 감
궁흑토[坎宮黑土]를[55] 취하여 삼층(三層) 단을 모으고, 대 위에 오방기
치(五方旗幟)를[56] 꽂고, 또 팔문둔갑(八門遁甲)을[57] 벌이고, 이정이 도복

---

47) 하고(何故): 무슨 까닭.
48) 배약(背約): 약속을 저버림.
49) 구수(溝水): 세책본에는 ‘군슈’로 되어 있는데, 이는 구수의 오류임. 인공적으로
　　파놓은 전호(戰壕).
50) 기성(箕星): 세책본에는 ‘괴성’으로 되어 있는데, 이는 ‘기성’의 오류임. 이십팔
　　수의 일곱째 별자리의 별들. 주성(主星)은 궁수자리의 감마성(γ星)이다.
51) 필성(畢星): 이십팔수(二十八宿)의 열아홉째 별자리에 있는 별들. 주성(主星)은
　　황소자리의 엡실론 성(ϵ星)이다
52) 태음(太陰): 북방(北方)을 가리키기도 하고, 때에 따라서는 달 또는 태양의 별명
　　으로 사용하기도 함.
53) 안병부동(按兵不動): 군사를 쉬게하면서 움직이지 아니함.
54) 호인(胡人): 오랑캐.
55) 감궁흑토(坎宮黑土): 세책본에는 ‘삼궁후토’로 되어 있는데, 이는 ‘감궁흑토(坎
　　宮黑土)’의 오류임. 감궁(坎宮)은 구궁(九宮)의 하나로, 고대 술수가(術數家)들이
　　북쪽 지방을 가리키는 말로 사용했다. 시절로는 겨울, 오행으로 수(水), 분야로
　　는 기주(冀州)를 가리킨다. 흑토(黑土)는 검은 빛이 도는 토양으로 중국 동북쪽
　　에서 주로 나온다 즉 감궁흑토는 북방의 검은 흙을 의미한다고 하겠다.
56) 오방기치(五方旗幟): 고대에 사용하던 청(靑)·적(赤)·흑(黑)·백(白)·황(黃)의
　　다섯 색의 깃발로, 동서남북과 중앙의 방향을 표시한다. 보통 군대에서 사용하

을 입고 단에 올라 머리 풀고, 발 벗고, 손에 보검을 잡고, 입으로 염문을 외우며 단에 오르기를 삼일을 하더니, 과연 천지 아득하고 운무(雲霧) 사색(四塞)하고[58] 뇌정(雷霆)하며[59] 대우(大雨)가 붇듯이 오는지라. 비 연일 오니 진왕이 제장다려 왈,

"호인(胡人)의 믿는 바가 궁시(弓矢)라.[60] 이제 큰 비 연일 오니 활이 다 풀리어 가히 쏘지 못하리니 비(比)컨대 나는 새가 날개 없음 같은지라. 이 때를 타 가히 파(破)하리라."

하니, 이정이 전령하되,

"금야에 출병하여 돌궐의 영을 겁칙하라."

하고, 은개산 등 십원 대장을 불러,

"출기불의(出其不意)하여[61] 겁칙하라."

하고, 진숙보 등이 이경(二更)에[62] 비를 무릅쓰고 바로 돌궐의 영에 이르러 급히 방포(放砲)하고 사면으로 살입(殺入)하니,[63] 번병(番兵)이 사산(四散)하여,[64] 돌궐이 병을 거느려 본국으로 달아나는지라. 날이 밝으매 힐리는 돌궐의 패주(敗走)함을 탐지(探知)하고 발병(發兵)하여 진왕으로 더불어 싸우고자 하더니, 돌리(突利)의[65] 만류함으로 그치고, 인하여

___

던 것으로 황제(黃帝)가 처음 만들었다고 한다.

57) 팔문둔갑(八門遁甲): 술수가들이 사용하던 말로, 휴(休)·생(生)·상(傷)·두(杜)· 사(死)·경(景)·경(驚)·개(開)를 가리킨다. 이 중 휴(休)·생(生)·개(開) 세 문은 길(吉)하고, 나머지 다섯 문은 흉하다. 기문(奇門)이나 둔갑(遁甲)은 모두 이 술 (術)에서 나온 것이다.

58) 사색(四塞): 사방을 막음.

59) 뇌정(雷霆): 천둥과 벼락이 격렬하게 침.

60) 궁시(弓矢): 활과 화살.

61) 출기불의(出其不意): 뜻하지 않은 때에 출격함.

62) 이경(二更): 밤 9시부터 11시 사이.

63) 살입(殺入): 힘차게 돌진해 들어감.

64) 사산(四散): 사방으로 흩어짐.

65) 돌리(突利): 당대(唐代) 돌궐(突厥)의 추장(酋長).

돌리를 당영에 보내어 화친을 청하니, 진왕이 개연(慨然)이 응낙하되, 돌리 스스로 맹세하고 진왕으로 더불어 결하여 의를 맺으니, 왕이 또한 은혜로써 무휼(撫恤)하고[66] 서로 맹약(盟約)을 뇌정(牢定)하고[67] 각각 병을 거두어 본국으로 돌아갈 새, 진왕이 백성을 안무하고 군사를 도로혀 장안으로 돌아가니라.

사빙비연제합모 해진왕장윤정제
[事嬪妃英齊合謀 害秦王張尹定計][68]

각설. 진왕이 장안에 돌아와 전량(錢糧)[69] 군기(軍器)를 다 어고(御庫)에[70] 넣고 군을 파하여 각 영에 돌아보내고 천책부(天策府)로 돌아오니, 장손왕후(長孫王后)가 맞아 궁에 들어가 경하하더라. 명일 고조 설조(設朝)하시니 중관(中官)이[71] 조배(朝拜) 필(畢)에 진왕이 승첩(勝捷)함을 주하니, 고조 대희 왈,

"오아(吾兒)의 훈업(勳業)이[72] 크게 나타나니 천하귀심(天下歸心)하는지라.[73] 네 마땅히 천자가 되리라."

하시고, 출전 장사를 다 상사(賞賜)하시고 생각하시되, '건성(建成)은 주

---

66) 무휼(撫恤): 불쌍히 여겨 위로하고 도움.
67) 뇌정(牢定): 확실하게 정함.
68) 영왕(英王)과 제왕(齊王)은 비빈(妃嬪)을 섬기면서 함께 꾀를 내고, 장(張)·윤(尹)은 진왕을 해하기 위해 계책을 정하다.
69) 전량(錢糧): 전곡(錢穀).
70) 어고(御庫): 대궐 안에서 임금이 사사로이 쓰던 곳간.
71) 중관(中官): 조정(朝廷)에서 근무하는 벼슬아치를, 지방의 벼슬아치에 상대하여 이름.
72) 훈업(勳業): 큰 공로.
73) 천하귀심(天下歸心): 천하가 진심으로 이끌려 돌아옴.

색(酒色)에 침닉(沈溺)하고,74) 원길(元吉)은 성품이 시기(猜忌)하니, 세민(世民)을 세워 천하를 진정함이 옳도다.' 하더라.

　건성이 상의(上意)를75) 헤아리고 심불자안(心不自安)하여76) 원길로 더불어 진왕을 해함을 꾀할 새, 제왕(齊王) 왈,

　"요사이 진왕의 휘하(麾下) 더욱 방자하여 길거리에 행함에 말을 놓아, 황친(皇親)·황자(皇子)를 공경치 아니하고, 전혀 군신의 예 없으니, 이는 진왕이 세(勢)를 의지함이라. 우리 이자(二子)가 장(張)·윤(尹) 이비(二妃)께77) 주하고 진왕 해할 계교를 청하면 저의 휘하 다 복종하리라."

하고, 즉시 감두양금[嵌寶鑲金]78) 주취지물(珠翠之物)을79) 준비하여 금룡합(金龍盒)에80) 넣어 궁관[宮官]으로81) 들리고,82) 이왕이 준구(駿駒)를83) 타고 혁(革)을84) 갈와85) **바**로 후궁에 이르러 분궁루[分宮樓]에86)

---

74) 침닉(沈溺): 술 노름 여자 따위에 빠짐.
75) 상의(上意): 황제의 뜻. 고조(高祖)의 생각.
76) 심불자안(心不自安): 마음이 저절로 불안함.
77) 장(張)·윤(尹) 이비(二妃): 고조(高祖)의 후궁(後宮). 세책본에서 이 두 비는 원래 수양제(隋煬帝)의 총희(寵姬)였는데, 고조가 취한 것으로 되어 있다. 이 책 1권에 나온다.
78) 감두양금(嵌寶鑲金): 세책본에는 '감보양금'으로 되어 있는데, 이는 감두양금의 오류임. 감두(嵌寶)는 산 속에 있는 동굴인데, 『태평광기(太平廣記)』에는 토끼가 수필 속에서 나와 이 동굴로 들어갔는데, 거기에 석상 27개가 있었다는 등의 신비한 전설을 담고 있는 동굴이다. 양금(鑲金)은 하나의 물건이면서 또다른 물건으로 연결되는 보배를 말한다.
79) 주취지물(珠翠之物): 진주(珍珠)와 비취(翡翠)와 같은 보배. 주취(珠翠)는 여와(女媧)가 장식하던 보물로도 유명하다.
80) 금룡합(金龍盒): 금으로 용 형상을 본떠 만든 상자.
81) 궁관(宮官): 내시.
82) 들리고: 들게 하고.
83) 준구(駿駒): 준마(駿馬).
84) 혁(革): 말안장 양쪽에 장식으로 늘어뜨린 고삐.
85) 갈와: 같다. 나란히 하다.

들어가니, 장·윤 이비 정히 궁중에서 잔치하다가 바삐 청하여, 서로 한훤(寒喧)[87) 필(畢)에 궁녀가 예물을 드리니, 이비 문왈,

"엇진[88) 예물이 중(重)하뇨?"

이왕이 대왈,

"비박(菲薄)한[89) 예물을 어찌 중히 이르리잇고?"

이비 인하여 음연(飮宴)할[90) 새, 술이 두 순(巡)에 이왕 왈,

"이제 이왕[二王, 곧 秦王]이 약간 정벌(征伐)의 공이 있으므로 망령되이 존대(尊大)한 체하고, 휘하 장사를 놓아 황친을 업수이여기고, 국법을 묘시(渺視)하여[91) 기탄(忌憚)함이[92) 없고, 안으로 탈적(奪嫡)할[93) 뜻을 품었으니 우리 이인이 양책(良策)을[94) 이비께 구하나이다."

이비 왈,

"세민이 황상(皇上)의 총애하심을 믿어 우리께 무례함이 심하더니, 이제 형제 사이에 교긍(驕矜)하여[95) 탈적함을 꾀하니, 그 화(禍) 불측(不測)할지라. 우리 계교를 정하여 세민의 목숨을 결(決)하리라."

영(英)·제(齊) 이왕 왈,

---

86) 분궁루(分宮樓): 세책본에는 '보궁누'로 되어 있는데, 중국본에 따르면 이는 분궁루의 오류임. 장(張)·윤(尹) 이비(二妃)가 거처했던 곳으로 했던 곳으로 보이나 그 구체적인 양상은 알 수 없다. 이 책 10권에는 분궁루가 왕세충(王世充)이 조정의 일을 맡아보던 곳이라고 한 적도 있다.

87) 한훤(寒喧): 날씨의 춥고 더움을 말하는 인사.

88) 엇진: 무슨. 어찌하여

89) 비박(菲薄): 변변치 않음.

90) 음연(飮宴): 먹고 마시면서 놂.

91) 묘시(渺視): 경시(輕視). 대소롭지 않게 봄. 업신여김.

92) 기탄(忌憚): 어렵게 여겨서 꺼림.

93) 탈적(奪嫡): 종손이 끊어지거나 아주 미약해진 때에 유력한 지손이 종손을 누르고 종손 행세를 함.

94) 양책(良策): 좋은 계책. 뛰어난 계책.

95) 교긍(驕矜): 교만하여 지나치게 자신을 가짐.

“낭랑(娘娘)의96) 유념(留念)하심을 감사하나니 마땅히 진심하여 갚으리이다.”

이비 왈,

“이위(二位)는 방심(放心)하라.”

하고, 주배(酒杯)를 서로 권하더라.

무덕 칠년에 영·제 이왕이 장·윤 이비를 하직하고 후재문(後宰門)을97) 나와 말에 올라 돌아올 새, 일(一路)에 교두접이[交頭接耳]하여98) 환천희지(歡天喜地)하여99) 양양자득(揚揚自得)하더라.100) 제왕 왈,

“대가(大哥)가101) 이제 불구에 세민을 전제[剪除]하리니102) 우리 고침무우(高枕無憂)하리라.”103)

하더라.

차시 이순풍(李淳風)이 천책부에 이르러 진왕께 뵈니. 왕 왈,

“그대 이번 옴에 무삼 가르칠 말이 있나뇨?”

순풍 왈,

“신이 흠천대(欽天臺)에서104) 망기(望氣)하오니105) 천책부에 살기등등(殺氣騰騰)하고106) 비홍재기[飛橫之災]107) 있사오니 주(奏)하나이다.”

---

96) 낭랑(娘娘): 왕비나 귀족의 아내를 높여 이름.
97) 후재문(後宰門): 분궁루(分宮樓)에 있던 문으로 보이나, 그 구체적인 양상은 알 수 없다.
98) 교두접이(交頭接耳): 귀에다 입을 대고 속삭임. 밀담(密談)을 나눔.
99) 환천희지(歡天喜地): 매우 기뻐함.
100) 양양자득(揚揚自得): 뜻을 이루어 뽐내며 꺼드럭거림.
101) 대가(大哥): 큰형.
102) 전제(剪除): 불필요한 것을 잘라 없애버림.
103) 고침무우(高枕無憂): 베개를 높이 하여 편안히 잘 수 있게끔 근심이 없음.
104) 흠천대(欽天臺): 천문(天文)이나 역수(曆數)의 관측을 맡아보던 대(臺).
105) 망기(望氣): 나타나 있는 기운을 보아서 일의 조짐을 알아냄.
106) 살기등등(殺氣騰騰): 살기(殺氣)가 무서우리만큼 높음.
107) 비홍재기[飛橫之災]: 세책본에는 ‘비홍지긔’로 되어 있는데, 이는 비횡지재(飛

진왕이 대경 왈,

"고(孤)가108) 이제 몸이 평안하거늘 어찌 해(害) 있으리오?"

순풍이 주왈,

"재화(災禍)가 골육(骨肉)으로서 일어나 응(應)함이 궁위(宮闈)에109) 있으니, 만일 화를 없이코자 하시면 모로미 밖에 나가 피하소서."

진왕 왈,

"만일 경의 말 같을진대, 내 명일 부황(父皇)께 주하고 하남(河南)으로 가면 능히 피하랴?"

순풍이 주왈,

"전하 만일 하남으로 가시면 만무일실(萬無一失)하리이다."110)
하더라.

명일 진왕이 고조께 주왈,

"하남 유수(留守)111) 굴돌통(屈突通)이112) 사람을 부려 고하되, 하남[河南] 백성이 도적을 모와 작난(作亂)하니 발병(發兵)함을113) 청하나이다."

고조 왈,

"누구를 보내면 가(可)할꼬?"

진왕이 가기를 자원한대, 고조 허(許)하시거늘, 진왕이 장안을 떠나 바로 동관(潼官)으로 나아가다.

각설. 원길이 영왕과 의논하고 **말**에 올라 후재궁으로 들어가 장·윤

12

橫之災)의 오류인 듯. 비횡지재는 미루어 헤아릴 수 없는 재앙, 또는 일상적이지 않은 재앙을 뜻한다. 중국본에도 "飛橫之災"로 되어 있다.

108) 고(孤): 왕후(王侯) 자신의 겸칭. 왕후는 제왕(帝王)와 제후(諸侯)를 이름.

109) 궁위(宮闈): 궁중의 내전(內殿).

110) 만무일실(萬無一失): 실패하거나 실수할 염려가 전혀 없음.

111) 유수(留守): 수도 이외의 주요한 곳을 맡아 다스리던 벼슬아치.

112) 굴돌통(屈突通): 557-628. 이 책 5권 각주 14번을 참조할 것.

113) 발병(發兵): 전쟁을 하기 위해 군사를 일으킴.

이비를 보고 이르되,

"세민이 영병(領兵)하여 하남으로 가면 전량을 훑어 공신을 주려 함이니, 이제 와 낭랑(娘娘)께 고하나이다."

이비 왈,

"우리 이미 계교를 정하였으니 저의 사생(死生)이 우리 수중(手中)에 있는지라. 이위는 모로미 개회(介懷)치114) 말라."

이인이 하직하고 가거늘, 이비 궁관[宮官]을 분부하여 태사(太師)를115) 청하니, 이는 이비의 부친이라. 이비 맞아 좌정 후 이르되,

"우리 이제 세민을 전제[剪除]하려 하나니 별로 한 계교가 있으니 태사는 명일 조회에서 여차여차하소서."

태사 허락하고 나가다.

차일 고조 설조(設朝)하시니, 장·윤 이태사(二太師)116) 부복 주왈,

"신이 연로하여 물러 양로(養老)코자 하더니, 이제 듣자오니 이전하 하남에 가 전재(錢財)를 훑어 군신(群臣)을 주신다 하오니, 바라건대 공허(空虛)한 택원(宅院)과117) 황폐한 전지(田地)118) 두어 이랑을 주시면 써 곰119) 양로하오리니, 원컨대 폐하는 허하소서."

고조 허하시고 근시(近侍)로,

"문방사우(文房四友)를120) 가져오라."

---

114) 개회(介懷): 마음에 둠.
115) 태사(太師): 주(周) 나라 이래로 천자를 보필하던 중신(重臣)으로, 삼공(三公)의 하나다. 당나라 때에는 수나라의 법제에 따라 한 사람을 두었다. 지위는 정일품(正一品)이다.
116) 여기에서는 두 명의 태사(太師)로 나오는데, 실제 당나라 때에 태사는 한 명뿐이었다.
117) 택원(宅院): 울 안에 본채와 따로 떨어져 있는 정원이나 부속 건물. 집을 범칭함.
118) 전지(田地): 논밭.
119) 써 곰: 써 하여금.

하사, 친필로 조지(詔旨)를121) 써 주시니, 태사 사은하고 물러가다. 고조 내궁에 들어가사 이비다려 왈,

"현비(賢妃)는 이태사의 주언(奏言)을122) 아는다?"

이비 대왈,

"신첩 등이 아지 못하나이다."

고조 이태사의 말을 이르시니, 이비 연망(連忙)히 사은하고 몸을 일어 부복(俯伏)한대,123) 고조 문왈,

"무삼 말을 하고자 하나뇨?"

이비 주왈,

"아비 하남으로 가오매 쇠로(衰老)한 목숨이 오래 보전치 못할 것이요, 일자(一者)는 신첩이 분향(焚香)할 원(願)이 있사오니 형산(衡山)에124) 향을 피우고, 태사를 호송코자 하나이다."125)

고조 왈,

"비빈(妃嬪)이 어찌 방자히 궁을 떠나리오?"

이비 도로 좌(坐)에 나아갔더니, 술이 수순(數巡)에 이비 다시 부복 주왈,

"신첩이 하남에 가려하되 윤허(允許)하심을126) 얻지 못하였사오니, 몽매(蒙昧)에127) 재앙이 날까 두리나니, 만일 태사와 한가지로 가면 진실

---

120) 문방사우(文房四友): 종이·붓·먹·벼루의 네 가지 문방구.

121) 조지(詔旨): 어명(御命).

122) 주언(奏言): 신하가 임금에게 아뢴 말.

123) 부복(俯伏): 고개를 숙이고 엎드림.

124) 형산(衡山): 중국 오악(五嶽) 가운데 하나. 산서성(山西省) 북부에 있는 산.

125) 세책본에는 이비가 주한 내용 중에 하나[一者]만 나온다. 하지만 이는 전사 과정에서 빚어진 오류다. 중국본에는 이비가 주한 내용이 둘인데, 그 하나는 형산에 향을 피우는 것이고, 둘은 태사를 호송하는 것이다.

126) 윤허(允許): 임금이 허가함.

127) 몽매(蒙昧): 어리석고 사리에 어두움.

로 양편(兩便)할까128) 하나이다.”129)

하고, 누수(淚水)를130) 내리와 엎드려 일어나지 아니하니, 고조 이비의 주언(奏言)을131) 깨닫지 못하고 윤송(允送)하시고,132)

  “궁관[宮官] 설거[薛擧]로133) 더불어 한가지로 가고, 일로(一路)에134) 인민을 소요치 말라.”

하시니, 이비 사은하더라. 궁중에 돌아와 단장(丹粧)을135) 치레하고136) 사조(辭朝)한대,137) 고조 궁관 설거로 하여금,

  “보가(保駕)하라.”

하시니, 설거 군교(軍校)를138) 거느려 보가하여 바로 하남으로 나아가다.

---

128) 양편(兩便): 두 쪽 다 원만하고 편함.

129) 이 부분 역시 축약되어 있어서 그 내용이 다소 모호하다. 중국본에는 이 부분에서 양편(兩便)한 이유가 ‘형산에 분향을 함으로써 재앙을 받지 않는 것’과 ‘부녀의 정리(情理)를 완전하게 하는 것’으로 되어 있다. 낙선재본 13책에 씌인 내용은 세책본과 유사하고, 6책본은 오히려 중국본과 유사하다.

130) 누수(淚水): 눈물.

131) 주언(奏言): 아뢰는 말. 여기에서는 공교롭게 꾸며대는 말을 의미하는 교언(巧言)으로 보는 것이 타당하다. 중국본에는 ‘巧言’으로 되어 있고, 낙선재 6책본도 ‘이비 공교흔 말’로 되어 있다. 그렇지만 13책본은 세책본과 같이 ‘쥬언’으로 되어 있다.

132) 윤송(允送): 허락하여 보냄.

133) 설거(薛擧): 세책본에는 ‘셜기’로 되어 있는데, 이는 ‘설거(薛擧)’의 오류임. 당시 장(張)·윤(尹) 이비를 호위하고 갔던 인물로 보이지만, 그 자세한 행적은 미상.

134) 일로(一路): 여행길.

135) 단장(丹粧): 얼굴 머리 옷차림 따위를 곱게 꾸밈.

136) 치레: 잘 손질하여 모양을 냄.

137) 사조(辭朝): 관직에 새로 임명된 사람이 부임하기에 앞서 임금에게 하직 인사를 드리던 일. 여기서는 단순히 길 떠나기에 앞서 조정에 들어가 임금을 만나보고 하직 인사를 드리는 것으로 이해할 수 있다.

138) 군교(軍校): 장교(將校).

이비구사유공신 경덕무청황국장
[二妃毆死有功臣 敬德武請皇國丈]139)

각설. 이비 태사로 행하여 동관에 이르니, 유수(留守) 성언사(盛彦師) 연망히 나가 맞아 좌정하고 연석을 베풀어 내외로 관대할 새, 금은(金銀) 기명(器皿)이 일색(日色)에 조요(照耀)하더라.140) 장태사 문득 욕심이 일어나 윤태사다려 왈,

"성언사가 동관을 지켜 저런 부귀를 두고 우리를 이같이 하니 낭랑 연석에 들어가 보리라."

하고, 이태사 몸을 일으켜 내정(內庭)에141) 들어가니, 이비 왈,

"무삼 일이 있나니잇고?"

태사 왈,

"우리 이제 하남으로 가매 황친(皇親) 문무대신(文武大臣)이 왕래할 제, 대접하는 기명이 없으니 성언사에게 분부하여 이 기명을 빌어다가 쓰고 돌아올 제 줌이 어떠하뇨?"

이비 설거를 명하여 성언사를 불러 왈,

"이제 이태사 공사(公事)로142) 하남에 내려가더니, 길에서 황친 국척 (國戚)이143) 물어도144) 대접할 기명이 없으니, 경의 기명을 빌리면 마땅히 회군할 제 도로 주리라."

---

139) 이비(二妃)는 공신을 죽음으로 내몰고, 경덕은 황제의 장인을 무력으로 불러오다.

140) 조요(照耀): 밝게 비쳐서 빛남.

141) 내정(內庭): 안뜰.

142) 공사(公事): 공무(公務). 실제로 이태사는 양로(養老)를 위한 사적인 걸음인데, 공적인 일이라고 함으로써 자신들의 행동에 정당성을 부여하고 있다.

143) 국척(國戚): 임금의 친척.

144) 물어도: 묻다. '방문하다'의 옛말.

성언사 왈,

"이 기명이 신의 기물이 아니라 낭랑이 오심에 소주(所住)[145] 군민(軍民)에게 빌려 왔으니, 태사 만일 떠난 후 군민이 만일 와 찾으면 신이 무삼 전량으로 그 값을 주며, 조정이 아시면 죄를 도망치 못하리니, 청컨대 낭랑은 살피소서."

이비 대로(大怒) 질왈,

"네 어찌 감히 역(逆)하나뇨?"

하고, 관교(官校)를 호령하여 잡아 내리와 이십곤(二十棍)을 중타(重打)하고, 기명[器皿]을 거두어 가지고 이비와 태사 동관을 떠나가니, 성언사 분노하여 연야(連夜)하여[146] 각처(各處) 인읍(隣邑)에 급보(急報)하고, 또 사람을 하남에 보내어 진왕께 보하다.

이태사 길가 큰 집과 좋은 전지[田地]를 만나면 혹 장태사(張太師)의 거처라 하고, 혹 윤황장(尹皇丈)의 양로지주(養老之住)라[147] 하여 입표(立標)하고[148] 임자를 쫓아 내치고, 주현(州縣) 관원(官員)이 나[149] 맞으면 천금(千金)을 징색(徵索)하여[150] 듣지 아니한즉 거짓 밀지(密旨)를[151] 전하고 임의로 삭직(削職)하더니,[152] 행(行)하여 섬주[陜州]에[153] 이르러는 태수 요군소(堯君素)[154] 나아 맞아 들어가 좌정하고, 요군소 이비께

---

145) 소주(所住): 거주하고 있는.

146) 연야(連夜): 여러 날 밤을 계속해서.

147) 양로지주(養老之住): 노년을 보낼 집.

148) 입표(立標): 나무, 돌, 기(旗) 따위로 표를 세움.

149) 나: 나와.

150) 징색(徵索): 세금을 내놓으라고 요구함.

151) 밀지(密旨): 임금이 비밀리에 내리는 명령.

152) 삭직(削職): 죄를 지은 사람의 벼슬과 품계(品階)를 빼앗고 사판(仕版)에서 이름을 깎아 버림.

153) 섬주(陜州): 주명(州名). 하남성(河南省) 섬현(陜縣).

154) 요군소(堯君素): 수(隋) 위군(魏郡) 탕양인(湯陽人). 실제 요군소의 행적은 위 내

조배(朝拜) 후 설연관대(設宴款待)할155) 새, 석상(席上)에 기명이 다 사기(砂器)이거늘, 장태사가 윤황장다려 왈,

"요군소 우리를 업수이 여겨 이렇듯 하거니와 들어가 낭랑께 고하여 후인을 징계하리라."

하고, 이비다려 중치(重治)함을156) 이르니, 이비 설거로 요군소를 부르니, 들어와 계하(階下)에 부복한대, 이비 질왈,

"네 우리를 공경치 아니하여 쓰지 못할 그릇으로 우리를 관대하나뇨?"

군소 왈,

"신이 천은을 입사와 이 고을을 진수(鎭守)하오매157) 봉법수직(奉法守職)하옵더니,158) 누년(累年) 병화(兵火)를 지내어 재진민궁(財盡民窮)하여159) 금은 기명을 진시(趁時)160) 장만치 못하였사오니 복원(伏願) 낭랑은 살피사 죄를 사하소서."

이비 대로 왈,

"네 공교한 말로 우리를 업수이 여기는다?"

하고, 관교를 꾸짖어 요군소를 잡아 내리와 대곤(大棍)161) 일백을 쳐 장하(杖下)에서 죽이고, 드디어 섬주[陝州]를 떠날 새, 일로에 위령(威令)을 천자(擅恣)이162) 하더라. 각처 군민이 장원(莊園)도163) 잃고 혹 전지

용과 일정한 차이가 있다. 요군소에 대한 자세한 행적은 이 책 4권 각주 13번을 참조할 것.
155) 설연관대(設宴寬待): 잔치를 베풀어 관대하게 대접함.
156) 중치(重治): 엄치(嚴治). 엄중하게 다스림.
157) 진수(鎭守): 군대를 주둔시켜 군사적으로 중요한 곳을 지킴.
158) 봉법수직(奉法守職): 법률을 받들고 직분을 지킴.
159) 재진민궁(財盡民窮): 재물은 모두 없어지고 백성들은 궁핍함.
160) 진시(趁時): 진작. 좀 더 일찍이.
161) 대곤(大棍): 죄인의 볼기를 치던 곤장의 한 종류.
162) 천자(擅恣): 제 마음대로 하여 조금도 꺼림이 없음.

(田地)도 잃어 하남에 와 진왕께 원굴(冤屈)함을[164] 고하니, 진왕이 각인(各人)의 고장(告狀)을[165] 거두어 각각 본처(本處)에 돌아가 처치를 기다리라 하다.

이태사 하남에 이르러 길가 큰 정자와 장원을 보고 왈,

"저 집이 가장 좋으니 아지못게라. 뉘 집 장원인고?"

이비 왈,

"들어가 보아 좋으면 앗음이 옳다."

한대, 이태사 바로 그 집에 들어가니, 원래 이 집은 조군왕[趙郡王][166] 이효공(李孝恭)의[167] 집이라. 이 때 세자(世子) 원융(元戎)이[168] 집에 있더니, 수문자(守門者) 질왈(叱曰),

"어떤 사람이 황장(皇庄)에 방자히 들어오나뇨?"

이태사와 이비가 대로하여 관교를 꾸짖어,

"잡아내리라!"

하니, 세자가 밖의 들렘을[169] 듣고 바삐 나오니, 관교는 왕자인 줄 알고 감히 손을 움직이지 못하니, 이태사 스스로 나아가 세자로 어우러져 싸우니 가인(家人)이 왕자 상할까 두려 풀어놓으니 이태사 가거늘, 세자

---

163) 장원(莊園): 농민들이 경작하면서 세금을 내던 땅.

164) 원굴(冤屈): 원통하게 누명을 쓴 것에 대해 억울해함. 여기에서는 억울하게 사유재산을 빼앗긴 것에 대해 억울해하는 것으로 이해하는 것이 타당하다.

165) 고장(告狀): 소장(訴狀). 소송을 하기 위해 제출하는 서류.

166) 조군왕(趙郡王): 세책본에는 '쵸원왕'으로 되어 있는데, 이는 '조군왕(趙郡王)'의 오류임. 군왕(郡王)은 옛 중국에서 황족에게 주던 작위. 이 책 8권 각주 25번을 참조할 것.

167) 이효공(李孝恭): 591-640. 당(唐) 종실(宗室). 양무왕(襄武王) 이용(李瑢)의 아우. 소선(蕭銑)을 물리치고 보공우(輔公祐)를 잡는 데에 공을 세웠다. 공훈(功勳)이 많아 하간(河間) 군왕(郡王)에 봉해졌다가 이후 예부상서(禮部尙書)가 되었다. 평소 사치스럽고 잔치를 베풀어 즐기기를 좋아하다가 갑작스레 죽었다.

168) 이원융(李元戎): 이효공(李孝恭)의 아들로 보이나, 그 자세한 행적은 미상.

169) 들렘을 : 들레다. 야단스럽게 떠들다.

필마(匹馬)로 진왕 궁에 가 자세히 고한대, 왕 왈,

"현제(賢弟)는 노(怒)를 그치라. 제 무삼 공사로 차처(此處)에 내려온 줄 아지 못하니, 제 성에 든 후 처치(處置)하리라."

하니, 원융이 하직하고 돌아가다.

이비의 거가(車駕)가 하남에 이르니, 유수 굴돌통이 관리를 거느려 성에 나와 맞으니, 이비 태사로 더불어 왕부(王府)에 나아가매, 굴돌통이 조배(朝拜) 후 설연 관대할 새, 일찍이 일로 소식을 들었는지라. 금칠(金漆)한 구리 기명을 준비하여 연석(宴席)에 쓰고 관속을 머물러 일을 살피라 하고, 스스로 피하여 부중(府中)으로 돌아가니라. 이비 연석 기명을 보고 대로하여 설거를 명하여,

"유수를 잡아오라!"

하더니, 문득 한 관원이 들어와 답하되,

"유수는 진부(秦府)에 긴급한 공무[公務]로 아문(衙門)에[170) 들어갔나이다."

이비 급히 관교를 보내어,

"잡아오라!"

하니, 차시 탐자(探者) 벌써 굴돌통에게 보(報)하였는지라. 통이 좌우를 분부하여 아문을 단단히 닫고 가만히 진왕 가전(駕前)에 이르러 일일이 주한대, 왕 왈,

"내 이미 다 아노라."

하고, 근시관(近侍官)을 명하여 일변 호두금패(虎頭金牌)를[171) 내어 위에 천책부 전지(傳旨)를[172) 쓰고,

---

170) 아문(衙門): 관원들이 정무를 보는 곳.
171) 호두금패(虎頭金牌): 호랑이 머리를 새긴 금패(金牌).
172) 전지(傳旨): 왕의 명령서.

"관교 등이 방자히 아문에 나와 요란히 생사(生事)치173) 말라. 만일 위령자(違令者)면174) 군법을 행하리라."

하여, 기패관(旗牌管)을 주어,

"하남 부문(府門)에 달라!"

하라. 굴돌통을 잡으러 갔던 관교가 진왕의 영지 쓴 금패를 보고 뉘 감히 들어가리오? 도로 왕부에 돌아와 이비께 보하다. 진왕이 중총관(衆總管)다려 문왈,

"내 장·윤 이태사를 청하여 보고 무삼 공사(公事)로 이 곳에 왔는가 묻고자 하나니 뉘 감히 청하여 오리오?"

마삼보(馬三寶) 주왈,

"신이 가히 청하여 오리이다."

왕이 분부 왈,

"부디 조심하여 청하여 오라."

마삼보 일기마(一騎馬)로 왕부에 이르러 관교를 불러,

"이태사를 청하러 왔으니 고하라."

관교 들어가 태사께 품(稟)하되,

"천책부 일원 총관이 와 이위(二位) 황친을 청하나이다."

태사 후전(後殿)에175) 들어가 이비다려 물은대,

"이제 진왕이 우리를 청하니 어찌하여야 좋으리오?"

이비 왈,

"가지 말고 다만 회답하되, '조정(朝廷) 성지(聖旨)로176) 부르시는 줄만 알고 진왕 영지(令旨)로177) 부름은 모르노라' 하고, 제 만일 여러 말

---

173) 생사(生事): 일을 일으킴.
174) 위령자(違令者): 명령을 어기는 자.
175) 후전(後殿): 후궁이나 궁녀가 살던 궁전.
176) 성지(聖旨): 임금의 뜻.

을 하거든 쾌히 쳐 내침이 좋다."

하니, 태사 전전(前殿)에 앉고,

"천책부 총관을 부르라!"

한대, 마삼보 전전에 이르러 태사께 예하고 왈,

"하관(下官)이 진왕 전하 영지를 받들어 이위 황친을 청하러 왔나이다."

당태사 왈,

"나는 다만 조정 성지만 알고 진왕 영지는 알지 못하니 쾌히 돌아가 이대로 회보(回報)하라."178)

마삼보 왈,

"진왕 전하께서 황친을 오래 이별하여 계심에 특별히 와 청함은 한 번 뵈어 정회(情懷)를 펴려 함이니 행여179) 사양치 말으소서."

태사 노왈,

"내 아니 가노라 하면 네 갈 것이거늘 어찌 여러 말을 하나뇨?"

하고 관교를 명하여 잡아 내리와 이십대 곤을 중타하여 내치니, 마삼보 죄를 입고 수부(帥府)에 돌아와 진왕께 고하니, 왕이 노왈,

"내 보낸 총관을 어찌 마음대로 치리오? 이 필연 언어간(言語間)에 촉범(觸犯)하여180) 이에 이르렀도다. 내 이제 다른 관원을 보내어 청하리라."

정교금(程咬金)이 내달아 왈,

"신이 가 청하여 오리이다."

진왕 왈,

---

177) 영지(令旨): 왕비나 왕대비 또는 왕세자나 황태자의 명령서.
178) 회보(回報): 어떤 문제에 관한 물음이나 요구에 대하여 대답으로 보고함.
179) 행여: 바라건대.
180) 촉범(觸犯): 꺼리고 피해야 할 일을 저지름.

"네 성정(性情)이 순(順)치 아니코, 또 청할 줄 알지 못할까 하노라."

교금이 주왈,

"신이 가 좋도록 청하여 오리니, 주공은 방심하소서."

왕이 삼감을 당부하더라.

교금이 바로 왕부 아문에 이르러 말에서 내려 수문 관교다려 왈,

"네 들어가 태사께 진왕 전하 차관(差官)을[181] 보내어 청하는 줄을 보(報)하라."

관원이 들어가 이대로 보한대, 태사,

"부르라!"

하니, 교금이 전전에 나아가 몸을 굽혀 예하니, 장태사 문왈,

"네 어떤 관원인다?"

교금 왈,

"이전하 영지로 대인을 청하러 왔나이다. 우리 전하 분향(焚香)하시고 기다리시나니 임(臨)하심을 바라나이다."

태사 왈,

"나는 황장(皇丈)이니[182] 다만 조정 성지만 알고 진왕 영지는 모르나니 나를 청하여 무엇하리오?"

교금 왈,

"이전하 이위 황장이 이르신 줄 알고 청하여 회포를 펴려 하시니 행여 추사(推辭)치 마르소서."

태사 노왈,

"네 어찌 여러 말 하나뇨?"

하고 관교로

---

181) 차관(差官): 어떤 일을 맡아보려고 임시로 정한 벼슬아치.
182) 황장(皇丈): 황제의 장인(丈人).

"잡아 내리오라!"

하니, 관교 정히 나가 잡고자 하거늘, 교금이 몸을 빼쳐 밖으로 나오니 잡지 못하더라. 교금이 돌아와 일일이 주하니 진왕 왈,

"너희 저의 성을 더욱 돋우도다."

울지공이 주왈,

"신이 가 청하리이다."

진왕 왈,

"그대 성이 강직하니 저의 노(怒)를 더할까 하노라."

경덕 왈,

"신이 가 이르되, '이위 황친아! 전하 친림(親臨)하실 것이로되, 문무 번다하기로 나를 보내어 청하시니 한 번 왕굴(枉屈)하심을183) 바라나이다.' 하고 신이 다만 문(文)으로 청하여 동(動)치 아니하거든 두 거리 철삭(鐵索)을 띠고 가서 매어 오리이다."

왕 왈,

"조서(詔書)184) 넣은 석갑[宣匣]을185) 함께 가져오라."

경덕이 철삭 두 거리를 화[靴]186) 속에 장(藏)하고, 죽절편(竹節鞭)을 가지고, 가만히 오백 휘자수를187) 거느리고 가리라 하고 분부하되,

"내 만일 태사와 싸우거든 너희 등이 조정에서 온 조서 넣은 석갑[宣匣]을 앗아 먼저 돌아가라."

중군이 청령하더라.

---

183) 왕굴(枉屈): 왕림(枉臨). 남이 자기 있는 곳으로 찾아옴을 높여 이름.
184) 조서(詔書): 임금의 명령을 일반에게 알릴 목적으로 적은 문서.
185) 석갑: 석갑(石匣)으로 보아도 무방하지만, 조서(詔書)를 담았다는 점에서 선갑(宣匣)이 더 타당성을 갖는다. 중국본에는 '宣匣'으로 나와 있고, 낙선재 13책본은 '셕갑'으로, 6책본은 '셔갑'으로 되어 있다.
186) 화(靴): 가죽신.
187) 휘자수: 회자수(劊子手)를 잘못 쓴 말. 군영(軍營)에서 사형을 집행하던 사람.

경덕이 장속을 정제하고, 오룡마(烏龍馬)를 타고, 채를 쳐 바로 이르러 관교로 보한대, 태사 부르거늘, 경덕이 들어가 예(禮)한대, 태사 문왈,

"무삼 일로 왔느냐?"

경덕 왈,

"나는 정산하흥사직(定山河興社稷) 소무용[昭武功] 창의금[彰義勇] 용호대장군(龍虎大將軍)이니, 장상(將相)을 겸전(兼全)하여 출전하매, 선봉인(先鋒印)을 차니, 복성(複姓)은 울지(尉遲)요, 명(名)은 공(恭)이요, 자(字)는 경덕(敬德)이라. 이전하 스스로 봉배(奉拜)할 것이로되, 문무 번다하여 친림(親臨)치 못하시고 특별히 소관(小官)을 보내어 청하시니, 이위 황장은 한 번 굴(屈)함이 어떠하뇨?"

장태사 왈,

"조정지의(朝廷旨意)188) 아니면 가지 아니하려 하거늘, 무삼 일이 있관대 삼번(三番) 오차(五次)로189) 와 청하나뇨?"

경덕 왈,

"대인(大人)이 황장이시므로 별회(別懷)를 펴려 하시거늘, 도로혀 고이한 노(怒)를 내나뇨?"

장·윤 이태사 대로하여 상을 박차고 대질 왈,

"네 어찌 우리를 업수이 여겨 말을 가리지 아니하나뇨?"

하고, 관교를 호령하여,

"대곤으로 중타하라!"

하니, 관교 일시에 달려들어 하수(下手)코자190) 하거늘, 경덕이 몸 속으

---

188) 조정지의(朝廷旨意): 조정의 의향. 즉 천자의 명령.

189) 오차(五次): 다섯 차례. 그렇지만 실제로 두 황장을 찾아간 것은 세 번, 즉 마삼보(馬三寶)와 정교금(程咬金)과 울지공(尉遲恭)이 간 것이 전부다. 중국본과 낙선재 6책본도 모두 '삼번(三番) 오차(五次)'로 되어 있다.

190) 하수(下手): 착수(着手).

로 죽절편을 내어 떨쳐 연하여 울리며 세 번을 내리치니, 삼개(三個) 관교가 맞아 죽는지라. 기여(其餘) 관교는 낙담상혼(落膽喪魂)하여 다 멀리 숨고 나지 못하거늘, 태사 팔을 뽐내어 크게 꾸짖으니, 경덕이 채를 들어 이적(二賊)을[191] 꾸짖어 왈,

"네 부주 유차현[楡次縣]에 있을 제 북채를[192] 잡아 장하(帳下) 소졸(小卒)의 소임을 다하며, 재강으로[193] 밥을 삼고 남의 등 뒤에서 누룽밥 찌끼나 얻어먹던 도다지[194] 같은 놈이 외람이 황친이 되었노라 하고 감히 진왕 전하 영지를 거역하며 나를 꾸짖는다?"

이태사 대로 왈,

"우리 당황제(唐皇帝) 국구(國舅)이거늘[195] 네 어찌 단처(短處)를[196] 하자하여[197] 귀척대신(貴戚大臣)을[198] 능욕(凌辱)하는다?"

하고, 급히 몸을 일어 내려와 철편으로 치려 하거늘, 경덕이 한 손으로 이인을 잡아가지고 휘자수를 호령하여 조서 담은 석갑[宣匣]을 얻어 가진 후, 이적을 철삭으로 결박하여 돌아갈 새, 돌아갈 새,[199] 관교들이 멀리서 바라보고 눈을 멀겋게 뜨고 숨을 헐떡일 뿐이요, 감히 시비치 못하더라. 경덕이 말 길마[200] 위에 하나씩 달고 본영(本營)에 이르러 진왕께 주왈,

---

191) 이적(二賊): 두 명의 도적. 여기서는 장(張)·윤(尹) 두 명의 황장(皇丈)을 말한다. 중국본이나 낙선재본에는 이러한 표현이 쓰이지 않는다.
192) 북채: 북을 치는 조그만 방망이.
193) 재강: 술을 거르고 남은 찌끼.
194) 도다지: 돼지.
195) 국구(國舅): 임금의 장인.
196) 단처(短處): 단점(短點).
197) 하자하여: 하자하다. 흠을 잡아 말하다.
198) 귀척대신(貴戚大臣): 임금의 인척인 으뜸 벼슬아치.
199) 세책본에는 '돌아갈시'가 두 번 반복해서 나옴.
200) 길마: 짐을 싣거나 수레를 끌기 위하여 소나 말 따위의 등에 얹는 안장.

"태사를 문(文)으로 청함에 듣지 아니키로 무(武)로 청하여 왔나이다."

왕이 연망히 좌우를 분부하여 그 맨 것을 그르고,201) 경덕을 꾸짖어 왈,

"내 너다려 예하고 청하라 하였거늘, 어찌 한갓 무예를 빛내어 황장으로 하여금 저 모양이 되도록 한고? 경덕을 잡아내리와 군중에 가두라."

하니, 제장(諸將)이 칭찬 왈,

"비록 주상께 죄를 당할지라도 우리 서로 나눠 당할 것이요, 일이 극히 상쾌하도라."

어시(於是)에 진왕이 태사를 불러 당(堂)에 올라 예필 좌정에 조서를 내어 상에 얹은 후, 분향하고 조서를 읽으니 왈,

'이태사 연로하여 향리(鄕里)에 내려감에 작위(爵位)를 사양하고 하남으로 가서 양로코자 하기로 짐이 특별히 조서를 내리나니 두어 간(間) 초옥(草屋)과 공한(空閒)한 전지를 두어 이랑을 주되, 백성을 보채지 말라.'

하였더라. 진왕이 견필(見畢)에 이르되,

"여등(汝等)이 무삼 공무[公務]로 이르렀는가 하였더니, 원래 이 곳에서 살라 하여 계시거늘, 감히 조정 명관(名官)을 쳐죽이고, 내 청하되 거역하여 오지 않고, 행악(行惡)이202) 자심(滋甚)하니203) 너같은 악종(惡種)은 베어 후인을 징계하리라."

하고, 좌우를 호령하여

"군중에 가두라!"

---

201) 그르고: 그르다. '끄르다'의 옛말. 맺은 것이나 맨 것을 풀다.
202) 행악(行惡): 악행을 행함.
203) 자심(滋甚): 매우 심함.

하니, 설거 이 소식을 듣고 이비께 고하니, 이비 대경하여 급히 경사로 올라가니, 왕이 열읍(列邑)에204) 전령하여,

"공궤(供饋)치205) 말라!"

하니라.

이비 경사에 이르러 고조께 조현(朝見) 후 참소(讒訴)하되,

"진왕이 첩등을 겁측하다가206) 듣지 않으니 이태사를 가두다."

하며, 기외(其外)의 무주(誣奏)가207) 무수(無數)하니, 고조 들으시고 가라사대,

"아직 물러 있으라. 내 다시 생각하리라."

하시니, 이비 감히 다시 주하지 못하고 침실에 돌아와 원한을 이기지 못하더라. 익일에 상께 다시 주왈,

"폐하 신첩의 말을 곧이 듣지 아니시거니와 이제 이태사 갇히시고, 또 주현(州縣)에 영(令)하여 일용지물(日用之物)을 다 감(減)하였거늘, 신첩이 세(勢)를 두려워 사사로이 돌아왔나이다."

고조 왈,

"오아(吾兒) 광명정대(光明正大)하니208) 어찌 인륜(人倫)을 상하리오? 생각건대 너희가 하남에 이름에 제 군마(軍馬)에 다사(多事)하고 접대하는 예를 잃음인가 하노라."

이비 왈,

"진왕이 난륜(亂倫)할209) 뿐 아니라 밖으로 도적 방비하기를 의탁하

25

---

204) 열읍(列邑): 여러 고을.
205) 공궤(供饋): 윗사람에게 음식을 드림.
206) 겁측: 폭행이나 협박을 하여 강제로 부녀자와 성 관계를 갖는 일.
207) 무주(誣奏): 없는 사실을 거짓으로 꾸며 임금께 아룀.
208) 광명정대(光明正大): 말과 행동이 떳떳하고 정당함.
209) 난륜(亂倫): 인륜(人倫)을 어지럽힘.

고 안으로 병권(兵權)을 잡았으니, 대위(大位)를210) 앗으려 함이니이다."

고조 처음은 듣지 아니하시더니, 수일 후 이비 교언영색(巧言令色)으로211) 여러 번 무주하니, 고조 가만히 생각하되, '전에 수양제(隋煬帝)의 일이 있으니 세민이 일시 욕심에 가리워 금수(禽獸)의 소위(所爲)를 효칙(效則)함을212) 또 차마 알지 못하리라.' 하고, 차일 조회를 베풀고 문왈,

"이제 세민이 무도지사(無道之事)가213) 있으니, 대관(臺官)으로214) 조서를 하남에 보내어 문죄(問罪)하게 하라."

하고, 연하여 두어 번 부르되, 답할 사람이 없거늘, 고조 친히 조서를 가지고 하남으로 가려 하시니, 근시(近侍)가 조서를 가지고 어사(御史)215) 아문(衙門)에 이르니, 저수량(褚遂良)이216) 중관을 거느리고 성지(聖旨)

---

210) 대위(大位): 황제의 자리.
211) 교언영색(巧言令色): 아첨하는 말과 알랑거리는 태도.
212) 효칙(效則): 본받아 법으로 삼음.
213) 무도지사(無道之事): 인간으로서 지켜야 할 도리에서 어긋나는 일.
214) 대관(臺官): 대신(臺臣). 조정의 공경(公卿)을 범칭(泛稱)함.
215) 어사(御史): 왕명으로 특별한 사명을 띠고 지방에 파견되던 임시 벼슬.
216) 저수량(褚遂良): 596-658. 당(唐) 항주(杭州) 전당인(錢塘人). 자는 등선(登善). 저량(褚亮)의 아들. 태종 때에 간의대부(諫議大夫)를 하였다. 서법(書法)에 능하여서 구양순(歐陽詢)·우세남(虞世南)·설직(薛稷) 등과 함께 당초(唐初) 4대 서예가로 꼽힌다. 그런데 세책본에서 말하는 사람은 저수량이 아니라, 그의 부친인 저량(褚亮)의 행적으로 보인다. 저수량은 태종 때보다는 오히려 고종(高宗) 때의 정치가로 볼 수 있기 때문이다. 따라서 여기에서는 가급적 오류를 덜기 위해 저수량을 모두 저량으로 바꾸어 쓰기로 한다. 또한 이 책 16권 이하에는 저량의 행적과 저수량의 행적이 분명히 나뉘는 곳이 있는데, 그 대목에서는 사실에 가깝게 저량과 저수량을 구분하여 달리 표기하기로 한다. 중국본에서도 저량과 저수량은 분명히 구분해서 쓰고 있다. 여기에서 말하는 저량(褚亮)은 당(唐) 항주(杭州) 전당인(錢塘人)이다. 자는 희명(希明). 어려서부터 시와 사로 이름을 떨쳤다. 수나라 때에는 태상박사(太常博士)로 있었고, 당에서는 진왕부문학(秦王府文學)으로 있었다. 태종 정관(貞觀) 중에는 문학관(文學館) 18학사(學士)의 으뜸으로 있었다. 88세의 나이로 죽는다.

를 맞아 당에 올라 읽으되, 하였으되,

　'짐은 들으니 주공(周公)이[217] 관채(管蔡)를[218] 죽이사 대화(大禍)를 정하시고, 문제[文帝]는[219] 회남왕[淮南王]을[220] 죽여 한(漢)을 평정하고,[221] 헌공(獻公)이[222] 신생(申生)을[223] 죽이고, 초평왕(楚平王)이[224]

---

217) 주공(周公): 주(周)나라의 정치가. 문왕의 아들로 성은 희(姬). 이름은 단(旦). 형인 무왕을 도와 은나라를 멸하였고, 주나라의 기초를 튼튼히 하였다.

218) 관채(管蔡): 관숙(管叔)과 채숙(蔡叔). 관숙은 서주(西周) 사람으로, 문왕(文王)의 셋째 아들이며 무왕(武王)의 아우다. 채숙은 서주(西周) 사람으로, 문왕의 다섯째 아들이다. 무왕이 죽자 성왕(成王)이 즉위하였는데, 성왕의 나이가 어려 주공(周公)이 섭정을 하였다. 그러자 관숙과 채숙과 무경(武庚)이 동이(東夷)와 연합하여 난을 일으켰는데, 주공이 이를 정벌한다. 이에 관숙과 무경은 한가지로 죽임을 당하고, 채숙은 방축(放逐)된다. 이후 성왕은 채숙의 아들을 채(蔡)에 봉하는데, 이로써 채국(蔡國)의 시조가 된다.

219) 문제(文帝): 세책본에는 '몬져'로 되어 있는데, 이는 '문제(文帝)'의 오류임. B.C.202-B.C.157. 유항(劉恒). 서한(西漢)의 황제로, 고조(高祖)의 둘째 아들. 처음에는 대왕(代王)으로 있었지만 여후(呂后)가 죽고 그를 추종하던 세력들을 제거하고 제왕의 위에 올랐다. 백성을 안무하고 경제를 회복하고 사회를 안정시켰다. 경제(景帝)와 더불어'문경지치(文景之治)'로 일컬어진다. 재위 23년.

220) 회남왕(淮南王): 세책본에는 '하람왕'으로 되어 있는데, 이는 '회남왕(淮南王)'의 오류임. 유안(劉安). B.C.179-B.C.122. 서한(西漢) 종실(宗室). 고조(高祖)의 손자이며, 회남왕 유장(柳長)의 아들. 문제(文帝) 16년에 아버지의 작위를 이어 회남왕이 되었다. 문장에 뛰어나고 재주도 민첩했다. 무제(武帝)가 즉위하였을 때 몰래 군사를 정비하였는데, 원수(元狩) 원년(기원전 122)에 일이 발각되어 군사를 일으켰으나 성공을 거두지 못하고, 회남왕은 자살을 하였다. 이 때 빈객(賓客)과 대신(大臣)으로서 죽임을 당한 자가 수천명이 넘었다고 한다. 또한 회남왕이 방술가(方術家)를 초청하여 지은 책이 『회남자(淮南子)』다.

221) 실제로 회남왕을 죽인 황제는 문제(文帝)가 아니라 무제(武帝)다.

222) 헌공(獻公): 진(晉) 헌공(獻公). 재위 B.C.676-B.C.651. 진나라 19대 임금. 진무공(晉武公)의 아들로 아버지의 첩인 제강(齊姜)과 정을 통해 태자 신생(申生)을 낳는 등 여러 명의 첩에게서 많은 자식을 두었다. 여융(驪戎)을 정벌하고 취한 여희(驪姬)에게 빠져 신생을 태자의 자리에서 물러나게 하는 등 많은 실책을 저질렀다. 실제로 그가 죽은 후 진나라는 상당히 오랫동안 혼란을 겪었다.

223) 신생(申生): ?-B.C.656. 춘추시대(春秋時代) 진(晉) 나라 사람. 헌공(獻公)이 여희(驪姬)를 총애하여 그의 소생 해제(奚齊)로 왕위를 잇게 하려고 신생을 폐할 뜻

미건(羋建)을225) 참(斬)하니, 대개 강상윤기(綱常倫紀)는226) 풍화(風化)
의227) 걸린 바요, 국가전형(國家典刑)은228) 안위(安危)에229) 매인 바라.
요사이 장·윤 이비가 한가지로 황친[皇親]을 좇아 하남에 갔더니,
진왕 세민이 종욕황음(縱慾荒淫)하여230) 윤상(倫常)을 멸시(蔑視)하
고,231) 간계(奸計)를 이루지 못함에 국로(國老)를232) 구타하여 하남에

26

을 두어 신생에게 곡옥(曲沃)에 거주하게 하였다. 이후 여희는 거짓으로 신생이
독극물로 헌공을 죽이려 한다고 모함을 한다. 이에 헌공은 신생에게 자결을 요
구하고, 신생은 결국 자결한다.

224) 초평왕(楚平王): 재위 B.C.528-B.C.516. 초나라 27대 임금. 공왕(共王)의 막내로,
    본명은 기질(棄疾). 일찍이 공왕의 후계자로 점지되었지만, 공왕이 죽자 곧바로
    왕위를 계승하지 못하고 그의 이복형인 강왕(康王)과 강왕의 아들 겹오(郟敖),
    또다른 이복 형 영왕(靈王) 다음에 왕위를 이었다. 영왕 때에 반란을 일으켜 정
    권을 잡은 후 국가 내외적으로 중흥을 일으켰다. 후기에는 간신 비무극(費無極)
    의 농간에 넘어가 아들 건(建)을 내쫓고 아들과 정혼하기로 한 맹영(孟嬴)을 아
    내로 맞이하였다. 또한 오사(伍奢) 오상(伍尙) 부자를 무고하게 죽임으로써 오
    상의 동생인 오자서(伍子胥)의 원한을 사게 되었고, 오자서는 오나라로 가서 와
    신상담(臥薪嘗膽)의 조언을 일깨워 결국 초나라는 수도까지 함락되어 망국 직
    전까지 가는 수난을 당한다. 초평왕의 관 역시 들어내어 매질을 당하는 모욕을
    입었다.
225) 미건(羋建): 초평왕의 아들. 일찍이 진애공(秦哀公)의 누이인 맹영(孟嬴)을 부인
    으로 맞이하기로 했는데, 건을 미워하는 간신 비무극(費無極)의 이간으로 인해
    맹영은 그의 부친인 초평왕(楚平王)의 아내로 가게 되었고, 그는 성부(城父) 지
    방으로 쫓겨난다. 이후 비무극은 건이 오사(伍奢) 등과 함께 반역을 꾀한다고
    모함을 하여 결국 건은 오자서(伍子胥) 등과 함께 정(鄭)나라로 도주하여, 그 곳
    에서 초나라를 공격하려다가 음모가 발각되어 정정공(鄭定公)에게 처형을 당한
    다.
226) 강상윤기(綱常倫紀): 강상(綱常)과 윤기(倫紀). 곧 사람이 지켜야할 도리.
227) 풍화(風化): 풍습.
228) 국가전형(國家典刑): 국가에서 정한 형벌.
229) 안위(安危): 평안함과 위태함.
230) 종욕황음(縱慾荒淫): 욕심에 따라 함부로 음탕한 짓을 함.
231) 멸시(蔑視): 업신여기거나 하찮게 여겨 깔봄.
232) 국로(國老): 오랫동안 나라의 일에 종사하여 공로가 많은 연로자. 또는 늙어서
    벼슬을 사양한 경대부(卿大夫). 여기서는 장(張)·윤(尹) 이비의 부친, 즉 고조의
    장인.

가두고, 주현(州縣)의 늠급(廩給)을[233] 감(減)하니, 짐을 저버림이 어찌 이렇듯 하뇨? 요사이 저량에게 칙지(勅旨)하였나니,[234] 빨리 하남에 내려와 문죄하되, 만일 어그릇치면[235] 죄를 세민과 한가지로 하리라.'

하였더라. 저량이 견파(見罷)에 놀라 왈,

"진왕이 동정서토(東征西討)하매[236] 사해신복[四海臣服]하고,[237] 홍기창립(洪基創立)하매[238] 공개천하(功蓋天下)하였으니[239] 어찌 이런 뜻이 있으리오? 이는 진왕 형제 중에 공고망중[功高望重]함을[240] 보고 심불자안(心不自安)하여[241] 후궁으로 더불어 모함함이니, 만일 형벌이 진왕께 미치면 인심이 분격(憤激)하여[242] 도병(刀兵)이[243] 일어나리니, 당조(唐朝)가 오래지 못할지라. 이 십건조세[十款詔][244] 다 중(重)하니 내 이제 죽기로써 다투리라."

하고, 즉시 관대(冠帶)를[245] 벗어 한 손에 들고, 한 손에 조서(詔書)를 들고, 바로 조당에 나아가 전지(傳旨)를 기다리지 아니하고 전전(殿前)에 들어가 조복(朝服)을[246] 어전에 드리고 조서를 받들고 전계(殿階)에

---

233) 늠급(廩給): 입고 먹는 것 등과 같이 생활에 필요한 재료.
234) 칙지(勅旨): 임금이 내린 명령.
235) 어그릇치면: 어그리츠다. 어긋나다. 어기다.
236) 동정서토(東征西討): 동서로 정벌하고 토벌함.
237) 사해신복(四海臣服): 온 천하 사람이 신하로 복종함.
238) 홍기창립(洪基創立): 큰 사업을 이루는 기초를 쌓고 새로 세움.
239) 공개천하(功蓋天下): 공업이 천하를 덮음.
240) 공고망중(功高望重): 공(功)이 무겁고, 명망이 높음.
241) 심불자안(心不自安): 마음이 스스로 불안함.
242) 분격(憤激): 격노(激怒). 몹시 분하고 노여운 감정이 북받쳐 오름.
243) 도병(刀兵): 병기와 군사.
244) 십건조세: 이는 '십관조(十款詔)'를 말함인 듯. 고조가 예로 제시한 진왕의 죄 10가지.
245) 관대(冠帶): 옛날 벼슬아치들이 입던 공복(公服).

머리를 두드리니, 고조 문왈,

"저량이 어찌 저렇듯 하나뇨?"

량이 주왈,

"폐하 부자지정(父子之情)을 끊으시니, 신이 죽기를 피(避)치 아니하고 간하려 하나이다."

고조 왈,

"조서를 가져오라. 그름이 있거든 고치리라."

근시 조서를 받아 올리니, 고조 보시고 왈,

"주공이 관채를 베니 이는 형이 아우를 죽임이나. 내 이제 아비로서 자식을 죽임이 불합(不合)함이 있느냐?"

대왈,

"주무왕(周武王)이 붕(崩)하시고 성왕(成王)이[247] 즉위하시니 바야흐로 오세(五歲)라. 주공이 도으실 새, 관숙(管叔)·채숙(蔡叔)이 유언(流言)을 지어 훼방하고 상주(商紂)의[248] 아들 무경(武庚)으로[249] 더불어 모반하거늘, 주공이 동정(東征)하사[250] 무경과 관채를 죽여 사직(社稷)을[251] 평안히 하고, 이제 폐하는 주공의 성왕 도으심이 아니요, 진왕이 또한 관

---

246) 조복(朝服): 관원이 조정에 나아가 하례할 때에 입던 예복.

247) 성왕(成王): 중국 주나라의 제2대 왕. 이름은 송(誦). 어려서 즉위하였기 때문에 처음에는 숙부 주공단(周公旦)이 섭정하였으나, 후에 소공(召公) 필공(畢公) 등의 보좌를 받아 주나라의 기초를 쌓았다.

248) 상주(商紂): 상(商)은 은(殷)나라의 다른 이름. 주왕(紂王)은 은나라의 마지막 임금. 이름은 제신(帝辛). 주(紂)는 시호(諡號). 지혜와 체력이 뛰어났으나, 주색을 일삼고 포학한 정치를 하여 인심을 잃어 주나라 무왕에게 살해되었다.

249) 무경(武庚): 상(商)나라 주왕(紂王)의 아들. 이름은 녹보(綠父). 은(殷)이 망한 후 무왕(武王)이 은나라 옛 땅을 무경에게 주었다. 무경은 무왕이 죽은 후, 관숙(管叔)·채숙(蔡叔)과 더불어 모반을 꾀하였지만, 주공(周公)에 의해 죽임을 당하였다.

250) 동정(東征): 동방으로 원정하여 정벌함.

251) 사직(社稷): 나라와 조정.

채를 모반함이 아니오. 일이 각각 다르니 조서를 거두소서.”

고조 좇으사 일관(一款)을[252] 흐리시고[253] 왈,

“제 이관(二款)은 한문제가 회남왕[淮南王]을[254] 죽임이니라.”

저량 왈,

“옛 회남왕이 탐학무도(貪虐無道)하여[255] 찬역(篡逆)을[256] 꾀하였거늘, 문제 주아부(周亞夫)를[257] 보내어 사로잡아 돌아올 새, 문제 수족(手足)의 정(情)을[258] 염(念)하여 놓아 보내니, 회남왕이 전과(前過)를[259] 고치지 아니하고 다시 반역을 꾀함에 또 잡아 벤지라. 이제 회남왕과 진왕이 일이 다르니 가히 사하소서.”

고조 또 관사(款事)를[260] 흐리시고 왈,

“이제 두 가지 일은 다 흐리거니와 이 팔관사[八款事]는 어찌하리오?”

량이 주왈,

“고어(古語)에 왈, ‘지난 일도 옳지 않은가 하거늘 등 뒤에 말을 어찌 믿으리오?’[261] 하였으니, 이 팔관사도 또한 허망한 일이오니 자시 살피

28

252) 일관(一款): 한 조항. 관(款)은 조항을 뜻함.

253) 흐리시고: 흐리오다. 지우다.

254) 회남왕(淮南王): 세책본에는 ‘한왕’으로 되어 있는데, 이는 회남왕의 오류임.

255) 탐학무도(貪虐無道): 탐욕스럽고 포학하기가 이를 데 없음.

256) 찬역(篡逆): 임금의 자리를 빼앗으려고 반역함.

257) 주아부(周亞夫): ?-B.C.143. 서한(西漢) 패인(沛人). 주발(周勃)의 아들. 문제(文帝) 때에 제후로 봉해졌다. 문제 6년에 흉노가 변경을 침략하자 방어를 하였는데, 그 위의가 엄숙하였다. 오(吳)·초(楚)가 반란을 일으켰을 때에는 태위(太尉)로 있으면서 7국의 난(亂)을 평정하여 승상(丞相)이 되었다.

258) 수족(手足)의 정(情): 형제의 정.

259) 전과(前過): 이전에 저지른 잘못.

260) 관사(款事): 한 조항에 쎠어 있는 내용.

261) 중국본에는 이 말이 “經目之事 猶恐未眞 背後之言 豈宜深信”, 즉 “눈에 지나는 일도 오히려 참이 아닐까 두려운데, 등 뒤에서 하는 말을 어찌 깊이 믿으리오?”로 되어 있다. 낙선재본에도 대동소이하다. 6책본에는 “눈의 지는 일도 오롯지 아니타 흐거든 등 뒤희 말을 엇지 미드리오”로, 13책본은 “눈의 지는 일

심을 바라나이다. 진왕이 천성(天性)이 인자하시니 어찌 윤기를 상하리오? 원컨대 주상은 간참(奸讒)을[262] 신청(信聽)치 말으사 천륜(天倫)을 상해오지 마르소서."

고조 그 말을 좇으시니 저량이 다시 관복을 입고 사은하더라.

배수정환차수왕 당진왕문악과대
[裵文靖換酒救王 唐秦王明掛玉帶][263]

각설. 고조 후궁에 들으시니 이비 맞아 왈,

"오늘 어떤 신하를 하남에 보내시니잇고?"

고조 왈,

"짐이 서대어사(西臺御史) 저량으로 문죄(問罪)코자 하더니, 저량이 세민의 유공무죄(有功無罪)함을[264] 주하고 조서를 고치라 하매 사(赦)한괘라."[265]

이비 하루(下淚)[266] 왈,

"저량이 진왕을 따라 정벌한 공으로 천책부 영화를 받았으매 구함이라. 세민이 칼을 가지고 핍박하다가 못하여 신첩의 아비를 구타하여 가두었거늘, 저량이 기군망상(欺君罔上)함이[267] 심하니, 밝히 살피심을 바

도 올치 아니혼다 흐거놀 등 뒤히 말을 엇지 미다리오"로 되어 있다.
262) 간참(奸讒): 간언(間言)과 참언(讒言). 즉 남을 이간하는 말과 거짓으로 헐뜯는 말.
263) 배문정(裵文靖)은 술을 바꿔 진왕을 구하고, 당진왕은 옥대를 걸어 밝히다.
264) 유공무죄(有功無罪): 공은 있고 죄는 없음.
265) 사(赦)한괘라: 사(赦)하였노라.
266) 하루(下淚): 눈물을 흘림.
267) 기군망상(欺君罔上): 임금을 속임.

라나이다."

고조 왈,

"차사(此事)가 어렵지 아니하니 명일 차관[差官]을268) 하남에 보내어 세민을 조지(詔旨)를269) 두어 만일 받으면 저의 충효를 알 것이요, 만일 역(逆)할진대 죄를 정하리라."

이비 대희하여 왈,

"어떤 법을 행하려 하시나니잇고?"

고조 왈,

"활시위와 약 탄 술과 작은 칼을 보내리라."

이비 사은하더라.

익일에 고조 설조하시고 전지하여 관교를 하남에 보내어,

"이태사(二太師)를 환조(還朝)하라."270)

하시고, 문무다려 왈,

"작일 저량이 진왕의 공로 사업을 일컬으니 그 말이 옳거니와, 충효쌍전(忠孝雙全)타271) 함은 자못 무주(誣奏)함이니,272) 이제 한 사람으로 세 가지 법을 가져 하남으로 보내리라."

하더라.

세(歲) 임자(壬子)273) 사월(四月) 일(日) 향목동(香木洞) 서(書).

---

268) 차관(差官): 어떤 일을 맡아보게 하려고 임명한 벼슬아치.
269) 조지(詔旨): 어명(御命).
270) 환조(還朝): 조정으로 돌려보냄.
271) 충효쌍전(忠孝雙全): 충성과 효성을 온전하게 갖춤.
272) 무주(誣奏): 없는 사실을 거짓으로 꾸밈.
273) 임자(壬子): 1912년.

당진연의 권지십육

1   **화**설. 고조(高祖) 왈,

"이제 한 사람으로 세 가지 법을 가져 하남에 보내어 세민을 주어 만일 위월(違越)하거든[1] 불효의 죄를 묻고자 하노라."

중관(衆官)이 차언을 듣고 면면상고(面面相顧)[2] 왈,

"작일 이미 사하시고, 금일 또 새로이 번득하시니[3] 이는 반드시 참소(讒訴)를 들으심이라."

하고, 한 사람도 대(對)치 아니하거늘, 고조 연하여 무르시니 배문정(裴文靖)이[4] 출왈,

"신이 가리이다."

하고, 조지(詔旨)를 가지고 동관(潼關)에 이르니, 성언사(成彦師) 맞아 예필(禮畢)에 이태사(二太師)의 죄를 자시[5] 이르니, 배문정 왈,

"부중(府中)에 좋은 술이 있거든 한 병을 빌리라."

성언사 좌우로 하여금 일준주(一樽酒)를[6] 주거늘, 문정이 언사를 이별하고 동관을 떠나 앞 관역(館驛)에[7] 이르러 가만히 술을 바꾸어 넣고,

---

1) 위월(違越): 위반(違反).
2) 면면상고(面面相顧): 아무 말도 없이 서로 얼굴만 물끄러미 바라봄.
3) 번득하시니: 번듯차시니. 번듯차다. 뒤집다.
4) 배문정(裴文靖): 당 고조 때의 대신(臺臣)으로 보이나, 그 자세한 행적은 미상.
5) 자시: 자세히.
6) 일준주(一樽酒): 한 통이나 되는 술.

익일에 관역을 떠나 수십리는 못 가서 진왕이 영병하여 오거늘, 문정이 이 일을 통한대, 진왕이 중장을 거느려 성지(聖旨)를 맞아 관역에 들어가 분향 조배(焚香朝拜)할[8] 새, 왕이 문왈,

"조정에 무삼 급한 일이 있어 왔나뇨?"

문정이 이비(二妃)의 전후수말(前後首末)과 또 저량[褚亮]의 힘써 구하던 말이며,

"이제 세 벌 조전(朝典)을[9] 주사 전하의 마음을 보아 만일 역(逆)하시면 문죄하려 하시나이다."

진왕이 문왈,

"세 가지 법물(法物)이[10] 무엇이뇨?"

문정 왈,

"활시위와 약술과 단도(短刀)로소이다."

진왕이 심하(心下)에 생각하되, '내 목을 잘라 죽이면 지하에 가나 목맨 귀신을 면치 못할 것이요, 칼을 받고자 하나 또한 무두귀신(無頭鬼神)이[11] 되리니 차라리 약을 먹고 죽으리라.' 하고 술을 마시려 하거늘, 중장이 말려 왈,

"석일(昔日) 진시황(秦始皇)이[12] 붕(崩)할[13] 제, 간신(奸臣) 조고(趙高)가[14] 이사(李斯)로[15] 더불어 거짓 조서(詔書)를 지어 칼을 보내니, 부소

2

---

7) 관역(館驛): 역사(驛舍).
8) 분향조배(焚香朝拜): 향을 사르고 예를 갖춰 절을 함.
9) 조전(朝典): 조정의 제도와 의식. 조정의 법률.
10) 법물(法物): 법률로 다스릴 물건.
11) 무두귀신(無頭鬼神): 머리 없는 귀신.
12) 진시황(秦始皇): 중국 진(秦)나라의 제1대 황제(B.C.259-B.C.210). 이름은 정(政). 기원전 221년에 중국을 통일하고 스스로 시황제라 칭하였다. 중앙 집권을 확립하고, 도량형 화폐의 통일, 만리장성의 증축, 아방궁의 축조, 분서갱유 따위로 위세를 떨쳤다. 재위 기간은 기원전 247-기원전 210년이다.
13) 붕(崩)할: 붕하다. 임금이 세상을 떠남.

(扶蘇)가16) 칼을 받고 죽으려한대, 장군 몽염(蒙恬)이17) 주(奏)하되, '기간(其間)에 반드시 간사한 꾀 있으니 가히 회군(回軍)하여 천자(天子)께 명백함을 안 후 죽음이 마땅할까 하나이다.' 한대 부소가 몽염의 간함을 좇지 아니하고 이에 자문(自刎)하니 과연 간신의 모해(謀害)를 입은지라. 주공이 이제 공개천하(功蓋天下)하였고18) 효의(孝義)는19) 요순(堯舜)을20) 효칙(效則)할지라. 이제 조정에 나아가 천자께 뵈고 명정기죄(明定其罪)하신21) 후 처치하심이 옳거늘, 어찌 암매(暗昧)히22) 죽어 천고(千古)에 의심을 끼치려 하시나잇고?"

왕 왈,

"어찌 이런 일이 있으리오? 임금이 신하를 죽이려 하사 신하가 죽지 아니하면 이는 불충이요, 아비 자식을 죽으라 하여 자식이 죽지 아니하

---

14) 조고(趙高): ?~B.C.207. 중국 진나라 내시. 시황제가 죽은 뒤에 시황제의 장자 부소(扶蘇)를 죽이고, 둘째 아들 호해(胡亥)를 제이세(第二世) 황제로 삼았다. 그 뒤 이세 황제를 죽이고 자영(子嬰)을 즉위시킨 후에 정승이 되어 권력을 휘두르다 결국 자영에게 일족이 살해되었다.

15) 이사(李斯): ?-B.C.208. 중국 진나라의 정치가. 법가 사상을 이용하여 여러 나라를 병합하였다. 시황제의 승상(丞相)으로서 군현제의 실시, 문자 도량형의 통일 등 통일 제국의 확립에 공헌했다. 시황제가 죽은 뒤, 이세(二世) 황제를 옹립하고 권력을 잡았으나 조고(趙高)의 참소로 실각하여 처형되었다.

16) 부소(扶蘇): 진시황(秦始皇)의 장자(長子). 시황제의 분서갱유(焚書坑儒)를 간하다가 노여움을 사서 경원(敬遠)되었다. 뒤에 시황제가 죽자 재상 이사(李斯)와 환관(宦官) 조고(趙高)의 거짓 조서(詔書)에 의해 사사(賜死)되었다.

17) 몽염(蒙恬): ?-B.C210. 진나라 때의 장군. 군사 삼십만을 거느리고 나아가서 흉노(匈奴)를 물리치고 하남(河南) 지방을 점거한 후 장성(長城)을 쌓았다. 진시황이 죽고 이세(二世)가 즉위하였을 때 조고(趙高)의 거짓 조서로 인해 결국 스스로 죽임을 택하였다. 처음으로 붓을 만든 사람으로도 유명하다.

18) 공개천하(功蓋天下): 공(功)이 천하를 덮음.

19) 효의(孝義): 효행(孝行)과 절의(節義).

20) 요순(堯舜): 요임금과 순임금. 성천자(聖天子)의 대표적인 인물.

21) 명정기죄(明定其罪): 그 죄를 명확히 정함.

22) 암매(暗昧): 어리석어 생각이 어두움.

면 이는 불효라.”

하고, 말을 마치매 다시 술잔을 거우르대23) 안연(晏然)하니,24) 중장이 하늘을 우러러 빌어 왈,

　“천리(天理) 소연(昭然)하시니25) 희행(喜幸)하여이다.”26)

　진왕이 다시 마시려 하니, 제장들이 잔을 붙들고 울거늘, 배문정이 일언(一言)을 아니하고 웃기를 마지아니하니, 왕이 고이 여겨 왈,

　“어찌 웃는다?”

　문정이 배주왈(拜奏曰),

　“신의 죄 만사무석(萬死無惜)이로소이다. 짐주(鴆酒)를27) 바꾸었사오니 어찌 기군지죄(欺君之罪)를28) 면하리잇고?”

　왕이 대경 왈,

　“어찌 그런 법이 있으리오. 이는 죄상첨죄(罪上添罪)함이라.”29)

하고, 전령하여 장안으로 올라갈 새, 이태사에게 장원(莊園)과 전토(田土)를 뺏긴 백성들이 길을 막고 호원(呼冤)하더라.30) 바삐 장안에 들어가 조현하고 복지(伏地) 왈,

　“폐하 배문정으로 약주(藥酒)를 나리시매 신이 명을 받자와 먹은즉 완명(頑命)이31) 손상치 아니하기로 고이 여겨 배문정다려 연고를 물은즉 사사로이 바꾸어 왔다 하옵기로, 신이 놀라고 황공(惶恐)하와 우선 문정

---

23) 거우르되: 거우르다. 속에 든 것이 쏟아지도록 기울다.
24) 안연(晏然): 불안해하거나 초조해하지 아니하고 차분하고 침착함.
25) 소연(昭然): 일이나 이치 따위가 밝고 선명함.
26) 희행(喜幸): 기쁘고 다행스러움.
27) 짐주(鴆酒): 짐독(鴆毒)을 섞은 술. 짐독은 짐승의 깃에 있는 맹렬한 독을 말함.
28) 기군지죄(欺君之罪): 임금을 속인 죄.
29) 죄상첨죄(罪上添罪): 죄를 지은 사람이 다시 죄를 저지름.
30) 호원(呼冤): 원통함을 하소연함.
31) 완명(頑命): 죽지 않고 모질게 살아 있는 목숨.

4 을 군중에 가두고 **몸**으로써 황야(皇爺)께 뵈옵고 명을 기다리나이다.”

고조 문정을 불러 문왈,

“네 어찌 사사로이 술을 바꾸었나뇨?”

문정이 고두청죄(叩頭請罪)32) 왈,

“신이 생각하오니 세 가지 법이 다 진짓 것이라. 이전하 만일 조전(朝典)을 좇은즉 명이 손(損)할지라. 그러할진대 폐하 대업(大業)을 뉘게 부탁하시리잇고? 그러하므로 술을 바꾸어 폐하의 효성 진위(眞僞)를 보려 함이요, 다른 뜻이 아니로소이다. 신이 이제 죽을 곳을 얻었사오니 형벌을 입사오나 눈을 감으리로소이다.”

고조 문정의 말이 옳은지라. 이에 그 죄를 사하고 세민을 일체(一體)로 사하시니, 진왕이 문정으로 더불어 사은할 새, 왕이 주왈,

“폐하 이태사를 무삼 공무(公務)로 하남에 보내시니잇고?”

고조 왈,

“제 연로(年老)하므로 하남에 공한(空閒)한 전장(田莊)을 얻어 양로(養老)케 함이라.”

왕이 주왈,

“제 성지(聖旨)를 봉승(奉承)치33) 아니하고 동관에서 금은 기명을 앗고, 길에서 벼슬을 팔고, 전토를 겁탈하고, 무고히 공신을 쳐죽이니, 각도 군민이 다 조문(朝門) 밖에 와 원정(冤情)을 고하려 하나이다.”

고조 원정을 다 들어보시고 근시를 명하여,

5 “하남에 가 안민(安民)하고 이태사의 앗은 바 금은 전장을 **다** 찾아 임자를 주고, 모든 백성은 본주(本州)에 가 명을 기다리라.”

하고, 장·윤 이태사는 폄(貶)하여34) 장안세과사대사(長安稅課司大使)

---

32) 고두청죄(叩頭請罪): 머리를 조아리고 죄를 청함.
33) 봉승(奉承): 웃어른의 뜻을 이어받음.

를35) 하이시고, 요군소(堯君素)를 추봉(追封)하시다.36)

고조 파조(罷朝)하시고 만화전(萬花殿)에37) 들으사 생각하시되, ‘세민(世民)이 병(兵)을 이루어 흥업(興業)을38) 이루매, 우리 부자 일문(一門)이 다 부귀를 안향(安享)하거늘,39) 여러 번 참언(讒言)에 해를 입을 뻔하도다.’ 인하여 병을 얻으시니, 진왕이 부황(父皇)의 병을 염(念)하사 천책부(天策府)에 가지 아니하고 친히 약을 맛보아 나오고, 좌우에 수유불리(須臾不離)하여40) 뫼셨더니, 칠일(七日)이 지난 후 고조 잠깐 차도(差度)를41) 얻으사 진왕을,

“물러가 쉬라!”

하신대, 왕이 이에 나올 새, 다만 들으니 가무(歌舞) 소리가 낭자(狼藉)하거늘42) 생각하되, ‘부황(父皇) 환후(患候)가 겨우 나으시거늘 궁중에 어찌 음악을 하리오?’ 하고 걸음을 멈추고 들으니, 건성(建成)·원길(元吉)의 웃는 소리 나는지라. 이 때 이비 연석을 베풀어 이인으로 더불어 즐기는지라. 진왕이 경해(驚駭)함을43) 이기지 못하여 헤아리되, ‘이 패륜지사(悖倫之事)를44) 부황이 아시면 일정 환후가 더하실지라. 내 옥대

---

34) 폄(貶): 깎아내림.

35) 장안세과사대사(長安稅課司大使): 장안(長安) 세과사(稅課司)의 대사(大使). 세과사는 관서(官署) 이름으로, 부(府)나 주(州)에 두어서 세급을 수급하는 기관이다. 세과사의 총책임자는 세과사 대사(大使)로, 종 9품에 해당한다.

36) 추봉(追封): 죽은 뒤에 관위(官位) 따위를 내림.

37) 만화전(萬花殿): 고조가 머물던 전(殿)으로 보이나, 그 구체적인 양상은 알 수 없다.

38) 흥업(興業): 새로 산업이나 사업을 일으킴.

39) 안향(安享): 하늘이 준 복을 평안하게 누림.

40) 수유불리(須臾不離): 조금도 떨어지지 아니함.

41) 차도(差度): 병이 조금씩 나아가는 정도.

42) 낭자(狼藉): 매우 어지럽게 여기저기 흩어져 있음.

43) 경해(驚駭): 놀라고 의아함.

44) 패륜지사(悖倫之事): 인간으로서 마땅히 지켜야할 도리에서 벗어나는 일.

(玉帶)를45) 궁문(宮門)에 걸어 저희가 보고 허물을 고치게 하리라.' 하고
즉시 옥대를 끌러 채봉문(彩鳳門)에46) 걸고 나오다.

이적에 영·제 이왕이 이비로 더불어 즐기다가 날이 새 보니, 진왕이
옥대를 문에 걸었거늘 이왕이 놀라 헤오되, '일정 세민(世民)이 우리를
보라 함이니 어찌하면 좋을꼬?'

이비 차경(此境)을47) 듣고 나와 이르되,

"방심하라. 내 자연 도리 있으리라."

하고, 옥대를 가지고 만화전에 들어가니, 고조 금금(錦衾)을48) 덮고 신
음하거늘, 이비 나아가 문안한 후 눈물을 흘리며 교태를 머금고 슬피
셨는지라. 상이 눈을 들어 이비를 보시고 왈,

"애경이49) 무삼 심회 있어 저리 슬허하는다?"

이비 나아와 주왈,

"신첩 등이 폐하를 뫼셔 평생을 섬길까 하였더니 폐하의 용체(龍
體)50) 흠화하심을51) 보고 업수이 여김을 당하니 어찌 원분(怨憤)치52)
아니리잇고?"

---

45) 옥대(玉帶): 임금의 공복(公服)에 두르던 옥으로 장식한 띠.
46) 채봉문(彩鳳門): 봉황새가 그려진 문(門)이겠으나, 그 구체적인 양상은 알 수 없
　　다.
47) 차경(此境): 이 경상.
48) 금금(錦衾): 비단으로 만든 이불.
49) 애경: 미상. 혹 임금이 신하를 다정하게 부르는 용어인 애경(愛卿)을 의미하는
　　것인지? 중국본에는 "你又來胡奏"로, 낙선재 13책본에는 "너희 엇지 난언을 ㅎ
　　야"로, 6책본은 "너희 쏘 엇지 난언을 주츌ㅎ야"로 되어 있다.
50) 용체(龍體): 천자의 몸.
51) 흠화: 미상. 세책본은 이 부분이 중국본이나 낙선재본과 내용상 일정한 차이를
　　보이고 있기 때문에 구체적으로 '흠화'가 어떠한 표현이 잘못 쓰인 것인지 확인
　　하기 어렵다. 중국본이나 낙선재본에는 세책본과 달리 이비(二妃)가 들어오자
　　고조는 또 무슨 모함의 말을 하려 하는가 하며 거부 반응을 보인다.
52) 원분(怨憤): 원통하고 분함.

고조 놀라 왈,

"누가 너를 욕하더냐?"

이비 주왈,

"작일 야심(夜深)한 후 진왕이 술을 취하고 들어와 첩을 희롱하여 이르되, '부황이 춘추가 높으시고 또 환후 계시니 만세(萬歲) 후에 과인이 천하 임자가 될 것이니 이비와 같이 어수지락(魚水之樂)을53) 할 것이니, 어찌 나를 보면 매양 피하여 서어(齟齬)히54) 하는고?' 말하며 의대(衣帶)를55) 그르고56) 자리에 누으니 뉘 감히 조당(阻擋)하리오?57) 첩이 분기(憤氣)를 이기지 못하여 다른 궁녀의 방에 가 자고 날이 밝기로 와서 보온즉 취후(醉後)에 옥대를 버리고 갔기로 가져와 폐하께 드리오니, 원(願) 폐하는 첩등을 놓아주사 평생 여년을 심산 대찰(深山大刹)에서58) 마쳐 정(淨)한59) 귀신이 되기를 허(許)하소서."

말을 마치매 방성대곡(放聲大哭)하는지라. 고조 보시니 진왕의 옥대가 분명한지라. 침음양구(沈吟良久)에60) 이비를,

"물러가라!"

하시고, 제신(諸臣)을 모아 이 일을 이르시고,

"지필(紙筆)을 가져오라."

하사, '가추[家醜]'61) 두 자를 써 소우(蕭瑀)를62) 주시다.63)

---

53) 어수지락(魚水之樂): 수어지락(水魚之樂). 물고기가 물을 떠나 살 수 없듯이 떨어질래야 떨어질 수 없이 퍽 가까이서 즐기는 기쁨. 부부의 화목함을 의미함.
54) 서어(齟齬): 뜻이 맞지 아니하여 서먹서먹함.
55) 의대(衣帶): 옷과 띠. 즉 갖추어 입은 옷.
56) 그르고: 그르다. 풀다의 옛말.
57) 조당(阻擋): 나아가거나 다가오는 것을 막음.
58) 심산대찰(深山大刹): 깊은 산속에 있는 사찰.
59) 정(淨)한: 몸을 더럽히지 않고 깨끗한.
60) 침음양구(沈吟良久): 속으로 깊이 생각한 지 오랜 뒤.
61) 가추(家醜): '집안을 더럽히다'라는 의미.

차시 진왕이 한 꿈을 꾸고 순풍(淳風)을 불러 몽사(夢事)를 이르시니, 순풍이 주왈,

"이는 주공(主公)이 사방을 정벌하여 생명을 많이 살육하시니 원혼이 모이어 의지할 데 없어 몽중에 뵘이니, 삼가 고혼(孤魂)을64) 위로하여 좋은 일을 하시면 자연 길(吉)하리이다."

왕이 근시를 명하여 화원(花園)을 소쇄(掃灑)하고, 향안(香案)을 준비하고, 왕이 목욕재계(沐浴齋戒)하고 이 날 밤에 원중(園中)에 들어가 분향 축천(焚香祝天)할 새,65) 그 축문(祝文)에 왈,

'전장(戰場)에 죽은 원귀(寃鬼)를 위하여 백일야(百日夜)를 분향하리니, 침수(沈睡)66) 평안하고 망혼(亡魂)이67) 와 놀래움을 면케 하소서.'

---

62) 소우(蕭瑀): 574-647. 당나라 초기 사람. 자는 시문(時文). 누이가 수양제(隋煬帝)의 후(后)였다. 경술(經術)에 능했고 불교를 신봉하였다. 수에서 여러 벼슬을 하고 당에 가서 송국공(松國公)에 봉해졌다. 성격이 편벽되어 방현령(房玄齡)·두여회(杜如晦) 등과 새로운 일을 처리할 때마다 분쟁이 있었다. 출가하여 중이 되려고 했었던 인물이다. 벼슬은 정서문하삼품(中書門下三品)에 이르렀다.

63) 이 부분은 일정한 오류가 있다. 위의 내용을 그대로 이해하면 당 고조가 직접 지필을 들고 진왕을 욕한 것으로 이해할 수 있다. 하지만 이 부분은 중간에 일정 부분이 누락되었기 때문에 이처럼 모호한 내용이 나타난 것이다. 중국본에는 당 고조가 저량(褚亮)·장도원(張道源)으로 하여금 진왕이 술에 취해 이비의 궁에 들어가 추문한 일을 조사하게 한다. 그리고 소우(蕭瑀)가 고조의 전지를 가지고 진왕에게 보여주니, 진왕은 조서를 보고 자세히 이를 수 없다고 한 후 지필(紙筆)을 가져오라고 해서 '가추(家醜)'를 써서 고조께 올리라고 한다. 고조는 진왕이 쓴 두 글자(家醜)를 보자, 소우는 '집안의 더러운 일은 밖으로 드러내지 않는다[家醜不家外揚]'는 말을 인용하며, 진왕의 그런 생각 때문에 명백히 이르지 못하고 이 두 글자를 쓴 것이라고 설명을 한다. 그러자 고조는 진왕을 사(赦)한다.

64) 고혼(孤魂): 의지할 곳 없이 떠돌아다니는 외로운 넋.

65) 분향축천(焚香祝天): 향을 피우고 하늘게 빎.

66) 침수(沈睡): 편안히 잠을 잠.

67) 망혼(亡魂): 죽은 사람의 넋.

하였더라. 축원하기를 마치매 서헌[西院]에68) 돌아와 쉬고, 매일 화원에

가 분향하더라.

차시 원길이 동부(東府)에 이르러 건성다려 왈,

"들으니 진왕이 매일 화원에서 분향 축천한다 하니 나라를 압진(壓
鎭)함인가?69) 우리를 압진함인가? 그 일을 알지 못할지라. 명일이 진왕
의 생일이니 우리 주식(酒食)을 갖추어 진부(秦府)에 가 경하(慶賀)하고,
대가(大哥)의 부중에 영리한 가정(家丁)70) 하나를 정하여, 가만히 보검
(寶劍)을 장(藏)하고 저의 부중에 이르러, 음주간(飲酒間) 대개 저의 화
원 봄을 청하고, 사람을 많이 데리고 화원에 들어가 구경할 때에 가정
을 가만히 숨겼다가 밤에 진왕이 분향할 때에 찔러 죽이면 우리 근심
이 없으리이다."

건성이 대희 왈,

"차계(此計) 만일 이룰진대 내 위(位)를 삼제(三弟)께 전하리라.71) 내
부중에 가정 한 사람이 있으니 성명은 우문보(宇文寶)라.72) 이 사람을
불러 가히 쓰리라. 용력(勇力)이 과인(過人)하니라."

하고, 우문보를 불러 데리고 익일에 건성·원길이 천책부로 갈 새, 고
조 또한 부마(駙馬) 시소[柴紹]를73) 보내어 즐기게 하시더라. 삼인이 천

8

---

68) 서헌: 세책본에는 '서헌'으로 되어 있는데, 중국본에는 서서원(西書院)으로 되어
   있다. 진왕이 서부(西府)에 있었기 때문에 이러한 표현을 쓴 것으로 보이는데,
   서원이든 서헌이든 큰 차이는 없다. 낙선재 13책본에는 '셔원'으로 되어 있고, 6
   책본에는 이 대목이 없다.
69) 압진(壓鎭): 압박하여 누름.
70) 가정(家丁): 집에서 부리는 남자 일꾼.
71) 내 위(位)를 삼제(三弟)께 전하리라: 낙선재본에도 이와 유사하게 쓰여져 있지
   만, 중국본에는 이와 달리 되어 있다. 즉 중국본에서 건성은 원길이 자신의 뒤
   를 이어서 왕이 되도록 하겠다고 말한다.
72) 우문보(宇文寶): 이건성(李建成)의 가정(家丁)으로 보이나, 그 자세한 행적은 미
   상.

책부에 이르러 원길이 진왕다려 왈,

9
　"대개 산수를 즐기니 화원에 들어가 한가지로 놂이 어떠하뇨?"

　진왕이 근시를 명하여 화원을 수칙(修勅)하고[74] 사인(四人)이 모든 사람을 데리고 들어가 술을 내와 즐길 새, 차시 우문보 은신할 곳을 얻어 숨으리라. 사인이 회포를 열어 담론하며 주배를 날릴[75] 새 영(英)·제(齊) 이왕은 술을 다 취하지 아니하고, 시부마(柴駙馬)는 대취(大醉)하여 좌(座)를 정하지 못하거늘, 진왕이 좌우로 하여금 붙들어 서헌에 가 쉬게 하고, 날이 늦음에 영·제 이왕이 하직하고 돌아가거늘, 진왕이 잔치를 파하고 이 날 밤에 왕이 옷을 갈아입고 화원에 들어가 분향하고 천지께 부황(父皇)의 복록(福祿)과[76] 형제 안녕(安寧)하여 한가지로 즐기고, 사해(四海) 태평하기를 빌더니, 차시 우문보가 화원에 숨어 진왕의 비는 말을 듣고 생각하되, '진왕이 이런 인의지심(仁義之心)을 두었거늘 이왕이 어찌 나로서 하수(下手)하라 하는고? 내 스스로 고(告)함만 같지 못하다.' 하더니, 진왕이 분향하고 몸을 도로혀 나가려 하거늘, 이에 칼을 그를고[77] 나오니, 진왕이 눈을 들어보니 팔척 장신에 위풍이 늠름한지라. 놀라 문왈,

　"네 어떤 사람인다?"

　우문보 대왈,

10
　"신은 동궁(東宮) 가전(駕前) 우문보러니, 영·제 이왕이 영지를 받아 전하를 해하려 하옵더니 이제 전하의 축사를 듣자오니 다 충의의 말씀

---

73) 시소(柴紹): 세책본에는 '싀조'로 되어 있는데, 이는 '시소'의 오류임. ?-638. 시소는 이 책 1권 각주 81번을 참조할 것.
74) 수칙(修勅): 정제(整齊). 정돈(整頓).
75) 날릴: 날리다. 술잔을 쉬지 않고 돌림.
76) 복록(福祿): 복되고 영광스러운 삶.
77) 그를고: 그르다. 풀다.

이라. 신이 차마 하수치 못하옵나니 또한 돌아가 주인을 볼 낯이 없는지라. 신이 자문(自刎)하여 충심을 표하리이다.”

하고, 언파에 칼을 들어 자문하거늘, 진왕이 나와 수직(守直)78) 총관을 불러 우문보의 죽엄을 없이하고,

“차사(此事)를 밖에 전파치 말라.”

하다. 진왕이 서헌[西院]에 돌아와 자고 이튿날 왕이 입조(入朝)할79) 새, 중인이 머리를 맞추고 왈,

“작야(昨夜)에 주공이 거의 자객의 해를 입을러니 자객이 자문하다.”

하고 의논하더니, 차시 시부마가 술을 취하여 서헌에서 자다가 오경(五更)80) 때에 깨어 가만히 중인의 말을 듣고 놀라 나와 중인다려 문왈,

“너희 무삼 말을 하는다?”

모두 대왈,

“우리 한 말이 없나이다.”

부마 왈,

“내 들으니 이전하 거의 자객의 해를 만날 뻔하다 하니 이 어인 말고?”

중인이 기이지81) 못하여 왈,

“주공이 분부하사 이 말을 밖에 내지 말라 하시니 이러므로 바로 고치 못하나이다.”

부마 대경하여 생각하되, ‘성상(聖上)이 나로 **하**여금 잔치를 가음알라82) 하시거늘, 만일 진왕이 해를 입던들 내 어찌 죄를 면하리오?’ 하더라.

11

---

78) 수직(守直): 일직(日直).
79) 입조(入朝): 조정에 들어감.
80) 오경(五更): 새벽 3시에서 5시 사이.
81) 기이지: 기이다. 어떤 일을 숨기고 바른대로 말하지 않다.
82) 가음알라: 가음알다. 관장(管掌)하다. 일을 맡아서 처리하다.

차설. 영·제 이왕이 조회에 들어가 진왕을 보고 의심하여 조문(朝門)에 나 말머리를 다히고83) 왈,

"우문보가 작야(昨夜)에 하수치 못함인가?"

건성 왈,

"제 작일 술을 취하여 분향을 아니함인가? 금야(今夜)를 기다리리라."
하고, 각각 부중으로 돌아가니라.

이러구러 여러 날이 되니, 건성이 상의 왈,

"문보 역적이 진왕에게 투항하여 우리 꾀를 누설함이요, 불연즉 도로 혀 저의 해를 받도다."
하고, 또 다른 계교를 베퍼 진왕을 해하려 하더라.

화설. 평양공주[平陽公主]84) 건성·원길이 진왕을 해할 마음이 날로 심함을 보고, 부마를 청하여 문왈,

"건성·원길이 진왕 해함을 꾀하니 요사이 무삼 일이 있더니잇가?"

부마가 영·제 이왕이 우문보를 보내어 진왕을 해하려 했던 일을 자시85) 이른대, 공주 문왈,

"일찍 조정에 주문(奏聞)하니잇가?"

부마 왈,

"진왕이 차사(此事)를 밖에 내지 말라 하였으매 주문치 못하니라."

공주 변색(變色)86) 왈,

"부황이 부마로 그 날 연석을 가음알라 하여 계시거늘, 만일 자객이 해하던들 가국(家國)이87) 망하였으리니 어찌 반월(半月) 전 일을 아니

---

83) 다히고: 다히다. 대다.
84) 평양공주(平陽公主): 세책본에는 '형양공쥐'로 되어 있는데, 이는 시소(柴紹)의 아내인 '평양공주(平陽公主)'의 오류임. 이 책 1권 각주 80번을 참조할 것.
85) 자시: 자세히.
86) 변색(變色): 놀라거나 화가 나서 얼굴빛이 달라짐.

주하리오?”

하고, 이에 궁아(宮娥)를[88] 데리고 바로 내전에 들어가 고조께 조현(朝見)하온대, 고조 문왈,

“아이 무삼 말이 있나냐?”

공주 주왈,

“불안한 일이 있나이다.”

하고, 영·제 이왕이 진왕 모해하던 일을 자시 고하고,

“전일 진왕의 생일에 영·제가 우문보를 보내어 가만히 화원에 숨어 진왕을 해하려 하다가 천행으로 우문보가 자문하온지라. 만일 진왕이 정벌한 공이 아니면 부황과 일문(一門)이 어찌 이 영화를 누리리잇고? 영·제가 족(足)한 줄을 알지 못하고 이는 국가 대환(大患)이라. 원컨대 부황은 그윽히 살피소서.”

고조 왈,

“전일에 부마를 보냄은 이런 일을 염려함이니 너는 아직 궁에 있으라.”

하시고, 공주 슬허하여 인하여 병이 들어 신음하니, 상이 들으시고 장·윤 이비로 문병하라 하시매, 이비 이르니, 공주 문을 닫고 보지 않으니, 이비 노왈,

“내 어찌 저를 보리오?”

하고, 돌아가니라. 공주 부마로 더불어 궁관(宮官)을 명하여 진왕을 청하니, 진왕이 공주의 유병(有病)함을 듣고 궁에 이르러 좌정 후, 공주 왈,

13

---

87) 가국(家國): 자기의 집안과 나라.
88) 궁아(宮娥): 나인. 궁궐 안에서 왕과 왕비를 가까이 모시는 품계를 받은 여인. 엄한 규칙이 있어 환관(宦官) 이외의 남자와 절대로 접촉하지 못하며, 평생을 수절하여야만 했다.

"내게 간교한 계집 버히는 칼과 전국[傳國]하는[89] 보배 있으니 그대
는 가져가 장손비(長孫妃)를 맡겨 타일 쓰게 하라. 이제 건성・원길이
후궁을 끼고 대위(大位)를 도모하려 하니 간모(奸謀)가[90] 익으면 제어키
어려운지라. 내 병이 나으면 매사를 의논하려니와, 두리건대 천명(天命)
이 비상(非常)하니 범사를 삼가 조심하라."

하고, 일변 궁관으로 하여금 소연(小宴)을 베퍼 진왕으로 더불어 즐기
고, 날이 늦은 후에 진왕이 부마를 이별하고 천책부로 돌아갈 새, 공주
는 궁관을 분부하여 전국보(傳國寶)를[91] 찾아 진왕을 좇아 천책부로 가
니라.

각설. 고조 조회를 받으시더니, 이 때 회안왕(淮安王) 이신통(李神通)
이[92] 출반 주왈,

"신이 진왕을 좇아 열국(列國)을 정토(征討)하여, 수년을 밖에 있어 공
을 이뤄 돌아오되, 매양 한가치 못하여 한 번도 술을 두어 즐기지 못하
는지라. 명일 신의 집에 작은 잔치를 배설하여 서부(西府) 전하를 청하
여 회포를 펴고자 하나이다."

언미필(言未畢)에[93] 영・제 이왕이 나아와 주하되,

"명일이 황숙(皇叔)의 생신이라. 신과 한가지로 예물을 갖추어 황숙
의 수연(壽宴)을[94] 즐기고자 하나이다."

---

89) 전국(傳國): 세책본에는 '견진'으로 되어 있는데, 중국본에 따르면 이는 '전국'의
   오류임. 즉 '전국하는 보배'는 한 나라를 맡는 옥새(玉璽)를 의미한다. 낙선재본
   에는 이 대목이 없다.
90) 간모(奸謀): 간사한 꾀.
91) 전국보(傳國寶): 국가를 전하는 보배. 즉 옥새(玉璽).
92) 이신통(李神通): ?-630. ?-630. 당 고조의 종제(從弟). 무덕(武德) 초에 회안왕(淮安
   王)에 봉해졌다.
93) 언미필(言未畢): 말을 마치지 못함.
94) 수연(壽宴): 장수를 축하하는 잔치.

고조 왈,

"너의 소원을 가히 풀리라."

하시고 허락하시다.

이신통이 또 주하되,

"영·제 이왕이 우리 수연을 위함이 아니라 다른 일을 위함인가 하나이다."

고조 이 말을 들으시고 이윽히 생각하시다가 왈,

"어제(御弟)의 말이 유리(有理)하니 내일 해아(孩兒)를95) 보내어 위로하리라."

하시더라.

이적에 영·제 이왕이 한가지로 동부에 이르러 의논할 새, 제왕 왈,

"명일 황숙의 부중에 잔치할 제, 대가(大哥)가 먼저 황숙의 일배주(一杯酒)를 빌어 진왕의 공을 경하하면 진왕이 먹지 아니하고 황숙께 사양하고, 제 이배는 진왕이 먹으리니, 제 먹기를 기다려 내 술을 부어 권하리니, 제 먹기를 기다려 내 술을 부어 권하리니96) 제 일배는 황숙께 사양하고 제 이배(二杯)는 대가(大哥)에게 사양하고 제 삼배(三杯)는 진왕이 스스로 먹으리니 내 가만히 손톱 밑에 독약을 넣었다가 술에 타 먹으면 석상(席上)에서 반드시 죽으리니, 이 꾀 가장 묘하다."

하고, 서로 의논을 정하고 돌아가다.

이튿날 고조 문무를 모으시고 양주(羊酒)를 갖추어 영(英)·진(秦)·제(齊) 삼왕을 명하여

"회안왕(淮安王) 부중에 가 수연을 경하하라."

하시니, 삼왕이 거가(車駕)를 갖추어 회안왕 부중에 이르니, 왕이 맞아

15

---

95) 해아(孩兒): 어린아이. 자신의 자식을 이름.
96) 이 부분은 세책본에서 중복되어 나오는 부분이다.

들어가 예를 베풀고 좌정 후 삼왕이 조정에서 주신 예물을 드리거늘, 회안왕이 관교를 명하여 거두고 잔치를 베풀어 즐길 새, 영왕이 몸을 일어 좌에 나와 왈,

 "내 금일 황숙(皇叔)의 술을 빌어 이제(二弟)의 공덕을 하례하고, 명일 황숙과 이제를 내 집으로 청하여 즐기리니 모로미 추사(推辭)치[97] 말라."

하고, 일배를 부어 진왕께 보내니, 진왕이 술을 받들어 황숙께 드리고, 제 이배는 진왕이 스스로 먹거늘, 원길이 또 일어나 왈,

 "소제(小弟)도 황숙께 일배주를 얻어 이가(二哥)께 드리리라."

하고, 황금병(黃金瓶)에[98] 경액(瓊液)을[99] 붓고 백옥배(白玉杯)에[100] 자하(紫霞)를[101] 띄워 받들어 진왕께 드리니, 왕이 받아 몸을 일어 회안왕께 드리고, 둘째 잔은 영왕께 사양하니, 영왕이 받아 마시거늘, 제왕이 삼배를 부어 드릴 새 손톱 밑에 장(藏)하였던[102] 독약을 풀어 드리는지라. 진왕이 먹기를 마침에 석상(席上)에 거꾸러져 피를 토하고 혼혼(昏昏)하니,[103] 회안왕이 혼불부체(魂不附體)하여[104] 밖에 내달아 울지공을 분부하여,

 "부문(府門)을[105] 지키어 이왕(二王)을 내어 보내지 말라."

하고, 미쳐 의관을 정(整)치 못하고 말을 달려 동화문(東華門)에[106] 이르

---

97) 추사(推辭): 물러나며 사양함.
98) 황금병(黃金瓶): 황금으로 만든 병.
99) 경액(瓊液): '신비로운 약물'로 좋은 술을 비유함.
100) 백옥배(白玉杯): 흰 옥으로 만든 술잔.
101) 자하(紫霞): 보랏빛 노을. 즉 신선의 노을. 여기에서는 신선들이 마시는 술 정도로 보는 것이 타당하다.
102) 장(藏)하였던: 숨겨두었던.
103) 혼혼(昏昏): 정신이 가물가물하고 희미함.
104) 혼불부체(魂不附體): 넋이 몸에 붙어있지 않음. 혼비백산(魂飛魄散).
105) 부문(府門): 보통, 큰 집의 대문.

러 성지(聖旨)를 기다리지 못하고 바로 금난보전(金鑾寶殿)에107) 들어가 주하되,

"대화(大禍) 났나이다. 삼황(三皇)이 연석(宴席)을 연하여 영·제 이왕이 간계를 베퍼 진왕이 여차여차하였으니 빨리 해독약으로 구하소서."

고조 청파(聽罷)에 혼비천외(魂飛天外)하여108) 백산구소(魄散九霄)하여109) 문무(文武)를 모으고 난가(鸞駕)를110) 갖추어 바로 회안왕 부중에 이르러 기패관(旗牌管)으로 하여금 영·제 이왕을 잡아 형부(刑部)로 보내어 가두고, 전전(殿前)에 들어가 진왕을 보시니 칠규(七竅)에111) 피를 흘리고 두 눈을 떠 사람을 보며 입을 벌리되 말을 못하거늘, 고조 진왕을 안고 크게 우니, 중문부(衆文武)112) 주왈,

"폐하는 잠깐 피하소서. 독기(毒氣)에 상하실까 하나이다."

고조 관교(官校)를 명하여 진왕의 신체를 붙들어 천책부로 돌아보내시고, 일변으로 근시를 불러 누런 조희에113) 방(榜)을 써 운양(雲陽)114) 저자115) 거리와 각 성문(城門)에 붙이되,

---

106) 동화문(東華門): 궁성(宮城)의 동쪽 문.
107) 금난보전(金鑾寶殿): 금난전(金鑾殿). 곧 황제가 나와서 조회를 하던 정전(正殿). 당나라 때에 있던 궁전이다.
108) 혼비천외(魂飛天外): 혼불부체(魂不附體). 극도로 두려운 모습을 형용한 말.
109) 백산구소(魄散九霄): 혼비백산(魂飛魄散). 극도로 두려운 형상을 이름.
110) 난가(鸞駕): 연(輦). 임금이 거둥할 때 타고 다니던 가마. 옥개(屋蓋)에 붉은 칠을 하고 황금으로 장식하였으며, 둥근 기둥 네 개로 작은 집을 지어 올려놓고 사방에 붉은 난간을 달았다.
111) 칠규(七竅): 사람의 얼굴에 있는 일곱 개의 구멍. 귀·눈·코에 있는 각 두 개씩의 구멍과 입.
112) 중문부(衆文武): 모든 문무백관(文武百官).
113) 조희: 종이.
114) 운양(雲陽): 옛 현(縣) 이름. 지금의 강소설(江蘇省) 단양시(丹陽市).
115) 저자: 시장(市場)을 예스럽게 이르는 말.

17   '만일 진왕을 구할 자 있으면 일품(一品) 녹(祿)과 만금(萬金) 상(賞)을 주리라.'

하시고, 일변 제의(諸醫)를116) 모아 치약(治藥)할117) 새, 고조가 진왕의 곁을 떠나지 않고 통곡을 그치지 아니하시더라.

각설. 태백산(太白山)118) 오대봉에 한 은사(隱士) 있으니, 성(姓)은 손(孫)이요, 명(名)은 사막(思邈)이니,119) 경조부(京兆府)120) 화원(華原) 사람이라. 수(隋) 선제(宣帝)121) 시(時)에122) 종남(終南)123) 태백산에 숨어 연

---

116) 제의(諸醫): 모든 의원(醫員).
117) 치약(治藥): 약을 다스림.
118) 태백산(太白山): 산이름. 지금의 섬서성(陝西省) 미현(眉縣) 동남쪽에 위치해 있음.
119) 손사막(孫思邈): 581-682. 당(唐) 경조(京兆) 화원인(華原人). 어렸을 때 병 때문에 의학을 공부하였다가 이후 경사백가(經史百家)는 물론이고 노장(老莊)과 불전(佛典)까지 모두 섭렵하였다. 수문제(隋文帝)가 국자박사(國子博士)로 불렀으나 나아가지 않았고, 당 태종(太宗) 때에는 경사(京師)로 불러 만나보았지만 나이가 많다는 이유로 벼슬을 받지 않았다. 이후에도 여러 차례 벼슬로 불렀지만, 그는 산에서 약을 캐며 지냈고, 빈부귀천을 가리지 않고 모두 인(仁)으로써 사람을 대했다. 후세 사람들이 손사막을 중생에게 좋은 약을 주어 몸과 마음의 병고를 덜어 주고 고쳐 주는 보살이라는 의미의 '약왕(藥王)'이라고 불렀다.
120) 경조(京兆): 지명. 중국 전한(前漢) 때의 삼보(三輔)의 하나. 산서성(陝西省) 장안(長安) 일대를 관할하던 행정 구역이다.
121) 수선제(隋宣帝): 세책본에는 '슈선뎨'로 되어 있는데, 이는 주 선제(周宣帝)의 오류가 아닌가 한다. 수(隋)에는 선제(宣帝)가 없다. 따라서 이는 중국 남북조 시대에 북위(北魏)가 동서로 갈라선 뒤 557년에 서위(西魏)의 우문각이 세운 나라인 북주(北周)의 임금으로 있던 선제(宣帝)가 아닌가 한다. 북주는 장안(長安)을 도읍으로 하여 북제(北齊)를 멸하고 화북(華北)를 통일하였으나 581년에 수나라에 멸망하였다. 그렇지만 북주 선제가 재위했던 기간은 579년뿐이다. 이 시기는 손사막이 태어나기 2년 전의 일이기도 하다. 따라서 수 선제를 북주 선제로 보아도 일정한 한계가 드러난다.
122) 시(時)에: 이 때에.
123) 종남(終南): 종남산(終南山). 중국 산서성(陝西省) 서안시(西安市)의 동남쪽에 있는 산. 높이 약 1,200미터.

단(煉丹)하더니,124) 일찍 동해 용왕의 이태자(二太子)를 구하니 용왕이 기특한 보배로 상(賞) 주되, 받지 아니하고 용궁해상(龍宮海上)125) 선방(仙方)을126) 얻어 돌아와 기사회생(起死回生)하는127) 법을 배우고, 신변(身邊)에 한낱 동자(童子) 좇았고 좌하에 어룽삵을128) 기르니, 출입할 제 약줌치를129) 넣고 다니더라. 일일은 천기(天氣)를130) 바라보고 운유(雲遊)하여131) 장안에 이르러 진왕의 구병(救病)하는132) 방문[方文]을133) 떠혀 소매에 넣고, 천책부에 이르러 수문(守門) 관교다려 왈,

"나는 종남산 신인(神人) 손사막이러니 전하의 병을 구하러 왔노라."

관교 즉시 고조께 고하니, 고조 연망히 청하신대, 선생이 가전(駕前)에 나아가 조배(朝拜)하거늘, 고조 눈을 들어 보시니 선생이 쌍상투134) 짜고,135) 오건(烏巾)을136) 쓰고, 학창의(鶴氅衣)137) 입고, 붉은 실 띠를

---

124) 연단(煉丹): 예전 중국에서 도사가 진사(辰沙)로 불로불사(不老不死)의 묘약을 만들었다고 하는 일종의 연금술. 또는 그 약.

125) 용궁해상(龍宮海上): 세책본에는 '농방힝상'으로 되어 있는데, 중국본에 따르면 이는 '용궁해상'의 오류인 듯. 낙선재 13책본에는 '농궁히방'으로, 6책본에는 '농방힝샹'으로 되어 있다. 용궁해상은 용궁과 바다라는 의미. 즉 손사막(孫思邈)은 진왕에게 용궁과 바다에서 쓰는 선술을 베푼 것임을 알 수 있다.

126) 선방(仙方): 선술(仙術). 신선들이 행하는 술법.

127) 기사회생(起死回生): 거의 죽다가 다시 살아남.

128) 어룽삵: 얼룩 무늬를 한 살쾡이.

129) 약줌치: 약주머니.

130) 천기(天氣): 하늘의 기운.

131) 운유(雲遊): 뜬구름처럼 돌아다님.

132) 구병(救病): 병에서 구함.

133) 방문(方文): 약방문(藥方文). 약을 짓기 위하여 약 이름과 약의 분량을 적은 종이.

134) 쌍상투: 머리를 둘로 갈라 틀어 올린 상투. 주로 관례(冠禮) 때 씀.

135) 짜고: 짜다. 머리를 틀어 상투를 짬.

136) 오건(烏巾): 문라건(文羅巾). 예전에 남자들이 머리에 쓰던 쓰개의 일종.

137) 학창의(鶴氅衣): 소매가 넓고 뒤 솔기가 갈라진 흰옷의 가를 검은 천으로 넓게 댄 웃옷.

띠고 운리혜(雲履靴)를138) 신고, 녹빈단순(綠鬢丹脣)에,139) 얼굴은 단사
(丹砂)의140) 빛이요, 성안[兩眼]은141) 추파(秋波)가142) 벽천(碧天)에143) 잠
겼는 듯, 풍신(風神)이144) 표표(飄飄)하여145) 반점(半點)146) 속태(俗態)147)
없더라. 고조 답왈,

"오아(吾兒) 불행하여 독약을 먹고 죽었으니 선생의 재조 능히 건질
리라. 마땅히 신술(神術)을 베퍼 천행(天幸)을 입을진대 후히 갚으리라."

선생 왈,

"전하 주리실 새 독을 만나니잇가? 배 부른 후 만나니잇가?"

회안왕 왈,

"주후(酒後)에 중독하였으니 배 부른 후니라."

선생 왈,

"주후 중독이면 구하기 어렵지 아니하거니와 신이 다만 만세(萬歲)께
주하나니, 영·제 이왕의 죄를 사하신 후 바야흐로 진왕을 구하려니와
불연즉 신이 구치 못하리로소이다."

고조 왈,

"영·제 이왕이 설계(設計)하여148) 독살(毒殺)하니 죄과(罪科)149) 극악

---

138) 운리혜(雲履靴): 구름 형상의 화문(花紋)을 수놓은 가죽신.
139) 녹빈단순(綠鬢丹脣): 윤이 나는 귀밑머리와 붉은 입술.
140) 단사(丹砂): 진사(辰砂). 붉은 색 안료(顏料)를 만드는 황화 물질. 여기서는 얼굴
    에 붉은 빛이 돈다는 의미임.
141) 양안(兩眼): 세책본에는 '성안'으로 되어 있는데, 이는 '양안'의 오류인 듯. 양
    안은 두 눈을 의미한다.
142) 추파(秋波): 가을의 잔잔하고 아름다운 물결.
143) 벽천(碧天): 푸른 하늘.
144) 풍신(風神): 풍채(風采). 드러나 보이는 사람의 겉모양.
145) 표표(飄飄): 날아오르는 것처럼 가벼움.
146) 반점(半點): 아주 조금도.
147) 속태(俗態): 인간세상의 모양새.
148) 설계(設計): 미리 구체적인 계획을 세움.

(極惡)한지라. 어찌 사하리오?”

　선생 왈,

　“신은 수도지인[修道之人]이니[150] 다만 사람을 건지고 만물을 이(利)케 하며, 곤한 것을 구하고 위태한 것을 붙드나니, 이제 일위(一位) 전하는 구하나 이위(二位) 전하는 해함이니, 신이 만일 구하면 다 구하고 구치 못하면 다 구치 않으려니와, 그렇지 않으면 신의 수도하던 마음을 그릇함이니이다.”

　고조 전지(傳旨)하사 영·제 이왕을 사하시고 왈,

　“아직 사하나니 허물을 고치라.”

하시다.

　손진인(孫眞人)이 낭중(囊中)으로서[151] 반홍반백(半紅半白)한[152] 금단(金丹)을[153] 내어 먹일 새, 영약(靈藥)이 능히 통혈맥(通血脈)하고[154] 묘방(妙方)에[155] 과연 회생(廻生)하는지라. 물에 화(化)하여 진왕의 입에 부으니, 한 때가 못하여서 진왕이 바야흐로 깨는 듯하여 진혼(眞魂)이[156] 반체(返體)하고,[157] 정백(精魄)이[158] 귀혼(歸魂)한지라.[159] 또 한 환(丸)을 쓰니 정신이 폐이고[160] 기운이 맑아 문득 일어나 고조께 배현(拜見)하

19

---

149) 죄과(罪科): 죄와 허물.
150) 수도지인(修道之人): 도를 닦는 사람.
151) 낭중(囊中): 주머니 속.
152) 반홍반백(半紅半白): 반쯤은 붉고 반쯤은 흼.
153) 금단(金丹): 도사가 정련(精練)한 황금의 정(精)으로 만든 환약.
154) 통혈맥(通血脈): 혈맥(血脈)을 통하게 함.
155) 묘방(妙方): 신묘한 처방.
156) 진혼(眞魂): 영혼.
157) 반체(返體): 육체로 되돌아옴.
158) 정백(精魄): 정령(精靈). 죽은 사람의 영혼.
159) 귀혼(歸魂): 영혼이 되돌아옴.
160) 폐이고: 폐다. 순조롭지 못한 일이 제대로 되다.

니, 고조 문왈,

"오아(吾兒) 무삼 연고로 그러하며, 짐이 어찌 예 왔나뇨?"

진왕이 고왈,

"세민(世民)이 다만 황숙 부중에 가 술 먹던 일만 알고 다른 일은 아지 못하나이다."

고조 문왈,

"좌우 사람을 다 아는다?"

왕 왈,

"저 선생을 다만 아지 못하니로소이다."

고조 지난 일을 다 이르신대, 진왕이 연망히 몸을 일어 선생께 사례하더라. 고조 왕의 회생함을 보시고 기쁨을 이기지 못하사 거가(車駕)를 갖추어 환조(還朝)하실 새, 금난보전(金鑾寶殿)에 앉으시고 문무를 모으신 후 손진인(孫眞人)을 불러 큰 벼슬을 봉(封)하려 하시니, 진인 왈,

"신은 물외지인(物外之人)이라.[161] 벼슬을 얻어 무엇에 쓰리잇고?"

고조 문왈,

"선생 가중(家中)에 어떤 사람이 있나뇨? 가히 불러 벼슬을 시키리라."

진인 왈,

"속연(俗緣)이[162] 끊쳐시니[163] 어떤 사람이 있으리잇고?"

고조 왈,

"활명(活命)한[164] 은혜를 장차 무엇으로 갚으리오?"

하시고, 당가관(當駕官)을[165] 분부하여 금은단백(金銀段帛)과 옥대망의

---

161) 물외지인(物外之人): 현실 세계의 바깥 세상에 사는 사람.
162) 속연(俗緣): 속세와의 인연.
163) 끊쳐시니: 끊어졌으니.
164) 활명(活命): 목숨을 살림.
165) 당가관(當駕官): 세책본에는 '당가관'으로, 중국본에도 '당가관(當駕官)'으로 되

[玉帶蟒衣]를166) 주시고 왈,

"이는 짐의 마음을 표하노라."

하시니, 진인 왈,

"신이 돌아가 산림(山林)에 숨으면 송백(松柏)으로 충복(充腹)하고,167) 시냇물로 갈증을 면하며, 베옷과 풀신이 한서(寒暑)를168) 모르고, 오직 화개위춘(花開爲春)이요 엽락위추(葉落爲秋)라.169) 갑자(甲子)를170) 알지 못하오니, 이 주시는 것을 무엇에 쓰리잇고?"

고조 왈,

"이러하면 선생의 본호(本號)를 보은선생(報恩先生)이라171) 하노라."

진인이 고두사은(叩頭謝恩)하고 돌아갈 새, 일변 광록시[光祿寺]로172) 설연하여 진인을 대접하실 새, 빚는 것은 옥설준(玉屑樽)이요,173) 호박기(琥珀器)에,174) 수륙진미(水陸珍味) 아니 가진 것이 없으되, 진인이 연

어 있다. 당가관은 곧 벼슬 이름인 듯한데, 고대 중국에서 사용한 벼슬 이름 중 이러한 벼슬 이름은 찾지 못하였다. 혹 중국본에서 오류를 범한 것이 아닌가 한다. 실제 '당가(當駕)'는 예전에 북방인이 임금의 거가를 부르는 명칭이었는데, 이러한 명칭이 중국 고유의 벼슬 이름으로 쓰였다고 보기에는 다소 모호하다.

166) 옥대망의(玉帶蟒衣): 옥대(玉帶)와 망의(蟒衣). 옥대는 임금이나 관리의 공복(公服)에 두르던 옥으로 장식한 띠이고, 망의는 중신(重臣)이 입던 곤룡포와 비슷하게 생긴 관복이다.

167) 충복(充腹): 배를 채움.

168) 한서(寒暑): 춥고 더움.

169) 화개위춘(花開爲春)이요 엽락위추(葉落爲秋)라: 꽃이 피면 봄인 줄 알고, 낙엽이 지면 가을인 줄 안다.

170) 갑자(甲子): 세월.

171) 보은선생(報恩先生): 중국본에는 '보은션싱'이 '묘응진인(妙應眞人)'으로 되어 있다. 낙선재 13책본에는 '보응진인'으로, 6책본에는 '보응'으로 되어 있다.

172) 광록시(光祿寺): 관서명(官署名). 당(唐) 때에는 사재시(司宰寺) 사선시(司膳寺)라고도 불렸던 관서로, 황실의 음식과 술을 만들고 관리하였다.

173) 옥설준(玉屑樽): 옥을 바수어서 만든 술잔.

174) 호박기(琥珀器): 호박으로 만든 그릇.

화(烟花)의[175] 음식을 먹지 아니하는지라. 헛되이 받들 뿐이러라.

잔치를 파함에 진인이 하직하고 돌아가려 하니, 고조 오래 머무르지 못함을 한하사 문무 대신으로,

"성에 나와 보내라!"

하시니, 진인이 계수(稽首)[176] 왈,

"열위(列位)는 구태어 오지 말고 이 곳에서 이별하리라."

하고, 말을 마치매, 화하여 일도[一途] 향운(香雲)이[177] 되어 간 곳을 알지 못할너라.

21

정교금파산문학과 울지공대료세과사
[鄭咬金打散文學館 尉遲恭大鬧稅課司][178]

각설. 손진인이 돌아간 후 백관(百官)이 각각 흩어지더라.

화설. 제왕(齊王) 원길(元吉)이 일일은 영왕(英王)을 보고 왈,

"요사이 조정에 등양(騰揚)하여[179] 왕래하는 자 다 천책부(天策府) 총관(總管)이요, 우리 부중에는 한낱 영용(英勇)한[180] 장관(將官)이[181] 없으니 명일 부황(父皇)께[182] 주하되, '천책부 중총관(衆總管)이 여러 번 대

---

175) 연화(煙火): 인간 세상.
176) 계수(稽首): 『주례(周禮)』에 나오는 아홉 가지 절 중의 하나로, 머리가 땅에 닿도록 하는 절.
177) 일도향운(一途香雲): 한 길 향기로운 구름.
178) 정교금(程咬金)은 문학관(文學館)을 때려부수고, 울지공(尉遲恭)은 세과사(稅課司)에서 크게 시끄럽게 하다.
179) 등양(騰揚): 세력이나 지위가 높아서 드날림.
180) 영용(英勇): 영특하고 용감함.
181) 장관(將官): 장수.
182) 부황(父皇): 세책본에는 '부쳐'로 되어 있으나, 이는 '부황'의 오류임. 중국본과

공(大功)을 세웠으나 벼슬이 낮으니 마땅히 올려 중히 쓸 것이로되 율례(律例)에183) 합(合)치 아니하오니, 이제 천책부 취사당(聚事堂)을 고쳐 문학관(文學館)이라 하여 한림원(翰林院)184) 문학에 고명한 사람을 빼 스승을 삼고, 중총관을 가르쳐 삼년을 익혀 경서와 율문(律文)을 정통하거든 재주를 헤아려 쓰소서' 하면 부황(父皇)이 들으시리니 이러할 즈음에 우리 초현납사(招賢納士)하면185) 어찌 도울 사람이 없으리오?"

영왕 왈,

"삼제의 말이 유리(有理)하니 마땅히 주하리라."

하고, 익일 문무 조회를 마치매, 문득 영·제 이왕이 출반 주왈,

"이제 진왕 휘하 중총관이 오래 변방(邊方)에 공을 세웠으되 벼슬을 더으지186) 않으시니 두리건대 중심(衆心)이187) 변할까 하나이다."

고조 왈,

"짐이 또한 저의 벼슬을 더하고자 한 지 오래더니라."

이왕이 우(又) 주왈,

"이 사람 오래 진전(陣前)에 있어 아는 것이 다만 도창(刀槍) 검극(劍戟) 병법(兵法)이니, 친민지사(親民之事)에188) 익지 못하온지라. 만일 돋우어 쓰고자 하실진대 천책부 취사당을 고쳐 문학관이라 하고, 한림 중 재주 고명(高明)한 자를 가려 스승을 삼고 중총관을 모와 경서를 익혀

22

낙선재본에도 모두 부황으로 나온다. 황제인 아버지.

183) 율례(律例): 규율.

184) 한림원(翰林院): 관서명(官署名). 당 태종(太宗) 때에 위징(魏徵) 이백약(李百藥) 저수량(褚遂良) 등이 중심이 되어 만들어졌다. 문사(文詞)가 있는 사람들을 모집하는 역할을 맡았다. 이후에 그 역할은 주로 조서(詔書)를 기초하는 일이 중심이 되었다.

185) 초현납사(招賢納士): 어진 선비를 불러 들임.

186) 더으지: 더으다. '더하다'의 옛말.

187) 중심(衆心): 여러 사람의 마음.

188) 친민지사(親民之事): 백성을 다스리는 일.

삼년을 한하여 중인의 문법이 정통한 후 쓰시면 가히 목민지도(牧民之道)에[189] 미진(未盡)함이 없으리이다."

고조 옳히 여기사 진왕을 불러 왈,

"오아의 중충관에 유공(有功)한 사람을 탁용(擢用)코자 하되, 다만 두리건대 경율[經律]을[190] 알지 못하니 이제 취사관을 고쳐 문학관이라 하고, 한림원 관원을 빼 스승을 삼고, 중충관을 관중(館中)에 모아 삼년을 익혀 문법(文法)을 정돈한 후 쓰고자 하노라."

왕이 조지(詔旨)를 받아 천책부에 돌아와 취사당의 앉고 '십팔학사(十八學士)를[191] 나아오라' 하여 조지를 전하니, 십팔학사 다 진왕의 기실(記實)이니[192] 방현령(房玄齡)·두여회(杜如晦)·우세남(虞世南)과,[193] 문학(文學)은 저량[褚亮][194]·요사렴[姚思廉]과,[195] 주부(主簿)[196] 이도현[李

---

189) 목민지도(牧民之道): 백성을 다스리는 도리.

190) 경율(經術): 경서(經書)에 관한 학문.

191) 십팔학사(十八學士): 당 태종이 문학관(文學館)을 열어 두여회(杜如晦), 방현령(房玄齡), 우지령(于志寧), 소세장(蘇世長), 설수(薛收), 저량(褚亮), 요사렴(姚思濂), 육덕명(陸德明), 공영달(孔穎達), 이도현(李道玄), 이수소(李守素), 우세남(虞世南), 채윤공(蔡允恭), 안상시(顏相時), 허경종(許敬宗), 설원경(薛元敬), 개문달(蓋文達), 소욱(蘇勗) 등과 같이 18명으로써 본관(本官) 겸 문학관 학사(學士)를 하게 하였다. 이 중 설수(薛收)가 일찍이 죽자, 태종은 설수 대신 유효손(劉孝孫)으로 그를 대신하게 했다.

192) 기실(記室): 비서.

193) 우세남(虞世南): 558-638. 당 월주(越州) 여도인(餘桃人). 자는 백시(白施). 구양순(歐陽詢) 저수량(褚遂良) 설직(薛稷)과 함께 당초(唐初)의 4대 서예가로 꼽힌다. 당 태종 때에 홍문관(弘文館) 학사가 되어 방현령(房玄齡)과 함께 문한(文翰)을 주장했다. 태종은 항상 우세남에게는 5절(五絕: 德行 忠直 博學 文辭 書翰)이 있다고 칭찬하였다. 『북당서초(北堂書鈔)』와 문집이 있다.

194) 저량(褚亮): 세책본에는 '겨슈량'으로 되어 있는데, 이는 '저량(褚亮)'의 오류임. 이 책 15권 주 212번을 참조할 것.

195) 요사렴(姚思廉): 세책본에는 '고스렴'으로 되어 있는데, 이는 '요사렴(姚思廉)'의 오류임. 557-637. 당 경조(京兆) 만년인(萬年人). 명은 간(簡)이고, 자는 사렴(思廉)인데 자가 더 널리 알려져 있다. 어렸을 때 부친에게서 『한서(漢書)』를 배워 그 업(業)을 모두 전하였다. 태종 때에는 홍문관(弘文館) 학사로 있었다. 태

道玄]과,197) 자의전첨[諮議典籤]198) 소욱[蘇勗]과,199) 참군(參軍)200) 채윤공[蔡允恭]201) · 안상시[顏相時]202) · 설원경[薛元敬]과,203) 군자좨주[軍諮祭酒] 소세장[蘇世長]과,204) 천책부종사중랑장(天策府從事中郎長)205) 우

종 3년에는 위징(魏徵)과 함께『양서(梁書)』와『진서(陳書)』를 편찬하였다.

196) 주부(主簿): 관직명. 한(漢) 이후 중앙과 지방 관서에 많이 두었던 벼슬아치다. 주로 기록과 문서를 맡아보았다.

197) 이도원(李道玄): 세책본에는 '니원도'로 되어 있는데, 이는 '이도현(李道玄)'의 오류임. 이 책 13권 각주 113번을 참조할 것.

198) 자의전첨(諮議典籤): 세책본에는 'ᄌ긔젼쳡'으로 되어 있는데, 이는 '자의전첨(諮議典籤)'의 오류임. 자문(諮問)과 의론(議論)을 맡아보았던 관직으로 보인다.

199) 소욱(蘇勗): 세책본에는 '소유'라고 되어 있는데, 이는 '소욱(蘇勗)'의 오류임. 당(唐) 경조(京兆) 무공인(武功人). 자는 신행(愼行). 고조 무덕(武德) 연간에는 이세민(李世民)의 자의전첨(諮議典籤)으로 있었다. 박학함으로 이름이 났었다.

200) 참군(參軍): 남북조에 처음으로 설치된 관직명. 당 때에는 수나라의 군제를 받아 왕부(王府)나 동궁부에서 두어 각각의 군사(騎·冑·士 등)의 특성에 맞게 각각 한 명씩 참군을 두었다.

201) 채윤공(蔡允恭): 세책본에는 '쵀윤공'으로 되어 있는데, 이는 '채윤공(蔡允恭)'의 오류임. 수당(隋唐) 시 형주(荊州) 강릉인(江陵人). 수양제(隋煬帝) 우문화급(于文化及) 두건덕(竇建德)을 섬겼고, 당에 들어와서는 진왕부(秦王府)의 참군(參軍) 겸 문학관(文學館) 학사(學士)로 있었다. 정관(貞觀) 초에는 태자세마(太子洗馬)로도 있었다. 시에 능했고, 문집과『후양춘주(后梁春秋)』를 남겼다.

202) 안상시(顏相時): 세책본에는 '안힝ᄉ'로 되어 있는데, 이는 '안상시(顏相時)'의 오류임. 당 경조(京兆) 만년인(萬年人). 자는 예(睿). 태종 정관(貞觀) 연간에 여러 번 간의대부(諫議大夫)로 있으면서 신하들과 마찰이 있었다. 나중에 형이 죽자, 과도히 슬퍼하다가 죽는다.

203) 설원경(薛元敬): 세책본에는 '셜문경'으로 되어 있는데, 이는 '설원경(薛元敬)'의 오류임. 당 포주(蒲州) 분양인(汾陽人). 설수(薛收)의 조카. 어려서부터 설수, 설수의 족형(族兄) 설덕(薛德)과 함께 그 이름을 나란히 해서, 사람들이 '하동삼풍(河東三風)'이라고 불렀다. 고조 무덕(武德) 연간에는 천책부 참군(參軍) 겸 기실(記室)로 있었다. 이후 문학관(文學館) 학사(學士)로도 있었다.

204) 군자좨주(軍諮祭酒): 세책본에는 '쥬자시쥬쇼 계강'으로 되어 있는데, 이는 군자좨주(軍諮祭酒) 소세장(蘇世長)의 오류인 듯하다. 군자좨주는 제사를 담당했던 직능인 듯. 소세장은 당 경조(京兆) 무공인(武功人). 수나라에서는 장안령(長安令)으로 있었고, 수양제(隋煬帝) 대업(大業) 말년에는 도수소감(都水少監)으로 있었다. 이후 왕세충(王世充) 밑에서 벼슬을 하다가 당에 귀순하여 간의대부(諫議大夫)를 지내면서 황제의 사치함을 경계하였다. 나중에 파주자사(巴州刺史)라

지령(于志寧)과,206) 기실(記室) 설수(薛收)와,207) 국자조교[國子助敎]208)
육덕명(陸德明)과209) 공현달[孔穎達]과210) 신도211) 개문달[蓋文達]과,212)

부임하다가 배가 침몰되어 익사하였다.

205) 천책부종사중랑장(天策府從事中郎將): 천책부의 종사(從事). 종사는 참모의 역
할을 담당하였다. 특히 승상(丞相)이나 삼공부(三公府)에 속한 종사는 종사중랑
(從事中郎)이라 하였다.

206) 우지령(于志寧): 588-665. 당 경조(京兆) 고릉인(高陵人). 자는 중람(仲濫). 당초
에 천책부중랑(天策府中郎)과 문학관 학사를 역임하였다. 태종 정관(貞觀) 3년
에는 중서시랑(中書侍郎)에 제수되었다. 태자의 악행을 간하자, 태자가 자객을
시켜 그를 죽이려 했지만 자객이 그의 인간됨을 보고 차마 죽이지 못했던 고
사가 유명하다. 『간원(諫苑)』과 문집이 있다.

207) 설수(薛收): 592-624. 당 포주(蒲州) 분양인(汾陽人). 설도형(薛道衡)의 아들. 도
형이 수양제에게 죽임을 당하였기에 설수는 수나라에서는 벼슬을 하지 않는다.
방현령(房玄齡)이 이세민(李世民)에게 설수를 추천하자, 이세민은 진왕부(秦王
府) 주부(主簿)로 삼았다. 널리 알려진 격서(檄書)는 그의 손에서 나온 것이 많
다. 이후 천책부(天策府) 기실(記室) 참군(參軍)을 역임하였고, 문학관(文學館) 학
사(學士)도 지냈다.

208) 국자조교(國子助敎): 세책본에는 '쥬즈도교'로 되어 있는데, 이는 '국자조교'의
오류임. 관직 이름. 주로 국자감(國子監)에서 교육을 맡아보던 임무를 띄었다.

209) 육덕명(陸德明): 대략 550-630. 당 소주(蘇州) 오인(吳人). 명은 원랑(元朗). 자는
덕명(德明). 자가 더 널리 알려져 있다. 말을 잘하고 경학에 밝았다. 진(陳)와 수
(隋)에서는 국자조교(國子助敎)로 있었다. 당나라에서는 문학관 학사와 국자박
사(國子博士)를 역임하였다. 『경전석문(經典釋文)』을 편찬하였다.

210) 공영달(孔穎達): 세책본에는 '공현달'로 되어 있는데, 이는 '공영달(孔穎達)'의
오류임. 574-648. 당 기주(冀州) 형수인(衡水人). 자는 중달(仲達). 수양제(隋煬帝)
때 천하의 선비를 모아 의론을 나누게 했는데, 당시 가장 어린 영달이 으뜸을
차지하는 등 그 학문이 깊었다. 당에서는 국자박사(國子博士) 국자사업(國子司
業) 국자좨주(國子祭主) 등을 역임했다.

211) 세책본에 쓰인 '신도'는 필사 과정에서 잘못 들어간 말인 듯하다. 중국본에서
도 십팔학사(十八學士) 중 국자조교(國子助敎)로 제수받은 인물로 육덕명(陸德
明)·공현달(孔穎達)·개문달(蓋文達)의 이름이 나란히 씌어져 있다.

212) 개문달[蓋文達]: 세책본에는 '합문달'로 되어 있는데, 이는 '개문달(蓋文達)'의
오류임. 578-644. 당 기주(冀州) 신도인(信都人). 자는 예성(藝成). 모든 책을 널
리 섭렵하였고, 그 중 『춘추삼전(春秋三傳)』에 더욱 밝았다. 종인(宗人) 개문의
(蓋文懿)와 함께 유학에 밝아 당시 사람들은 '이개(二蓋)'로 불렀다. 고조 무덕
(武德) 연간에 국자조교(國子助敎)로 있었다. 태종 정관(貞觀) 초에는 문학관 학

창조(倉曹)213) 이수소(李守素)와214) 총관부호조[總管府戶曹]215) 허경종(許敬宗)이라.216)217) 모든 학사 다 취사당에 이르러 진왕께 참현(參見)한대, 왕이 조지(詔旨)를 전하고 왈,

"조정이 중총관을 탁용(擢用)코자218) 하시고, 혹 외임(外任)을 하이고자 하되 중장이 문법을 통(通)치 못하니 치민(治民)이 어려운지라. 이제 취사당을 고쳐 문학관이라 하시니, 이제 방현령·우세남·요사렴·공영달로 스승을 삼으니, 중총관은 문학에 모다219) 글을 읽으라."

하니, 중인이 청령하고 물러나 서로 이르되,

사를 역임하였다. 정관 10년에는 간의대부(諫議大夫), 18년에는 숭현관(崇賢館) 학사로 제수되기도 했다.

213) 창조(倉曹): 관서명(官署名). 창곡(倉穀) 사무를 맡아보았다.

214) 이수소(李守素): 세책본에는 '니시슈'로 되어 있는데, 이는 '이수소(李守素)'의 오류임. ?-628. 당 월주인(越州人). 문학관 학사로 있었고, 천책부창조참군(天策府倉曹參軍)으로도 있었다. 보학(譜學)에 조예가 깊었다.

215) 총관부호조(總管府戶曹): 세책본에는 '총관부호군'으로 되어 있는데, 이는 '총관부호조(總管府戶曹)'의 오류임. 군사를 총관하면서 전곡에 관한 업무를 의미하는 듯.

216) 허경종(許敬宗): 592-672. 당 항주(杭州) 신성인(新城人). 자는 연족(延族). 수 양제의 휘하에 있다가 이후 이밀(李密)의 기실(記室)이 되었다. 당초(唐初) 진왕부 18학사의 한 사람이다. 태종 정관(貞觀) 때에는 관직이 중서사인(中書舍人)에 이르렀고, 고종 때에는 예부상서(禮部尙書)로도 있었다. 이후 측천무후(則天武后)를 도와 저수량(褚遂良)을 몰아내고 장손무기(長孫無忌)를 죽게하였다.

217) 세책본에는 18학사를 제대로 정리하지 못해 다소 혼동을 준다. 이를 다시 체계적으로 정리하면 다음과 같이 정리할 수 있다. 기실(記實) 3인: 방현령(房玄齡) 두여회(杜如晦) 우세남(虞世南), 문학(文學) 2인: 저량(褚亮) 요사렴(姚思廉), 주부(主簿) 1인 이도원(李道玄), 자의전첨(諮議典籤) 1인: 소욱[蘇勗], 참군(參軍) 3인: 채윤공(蔡允恭) 안상시(顔相時) 설원경(薛元敬), 군자좨주(軍諮祭酒) 1인: 소세장(蘇世長), 천책부종사중랑장(天策府從事中郎長) 1인: 우지령(于志寧), 기실(記室) 1인: 설수(薛收), 국자조교(國子助敎) 3인: 육덕명(陸德明) 공현달(孔穎達) 개문달(蓋文達), 창조(倉曹) 1인: 이수소(李守素), 총관부호조(總管府戶曹) 1인 허경종(許敬宗).

218) 탁용(擢用): 많은 사람 가운데 뽑아서 씀.

219) 모다: 모여.

“자고(自古)로 글자라 하는 것은 어려서 배워야 자라서 행하거늘, 이
제 글을 배우라 하니 어찌하리오?”

하더라. 이러구러 글을 읽으매 그 중에 글 좋아하는 이도 있으되, 불과
사십여인이라. 면강(勉强)하여[220] 날을 보내나 매일의 다만 병법(兵法)
을 토론하며, 동편에서 권법(拳法)하고 서편에서 저기[221] 차고, 조금도
독서하는 모양이 없으니, 그 중 도리를 알고 법도를 지키는 자가 이르
되,

“이것이 강문(講文)하는[222] 곳이요, 연무정(鍊武場)이 아니거든 규구
(規矩)를[223] 어찌 좇지 아니하는다?”

울지공(尉遲恭)·정교금(程咬金) 왈,

“이는 문학관이 아니라, 천라지망(天羅地網)의[224] 문(門)이니 우리를
잡아넣어 두고 절로 늙게 함이로다.”

하더라.

각설. 영·제 이왕이 진부 제장(諸將)을 문학관에 넣어 구속하게 하
고, 일일은 고조께 주하되,

“신등이 부장 가장(家將)이 적사오니 장사(將士)를 초안(招安)코자 하
나이다.”

고조 허락하시니, 이왕이 대희하여 본부에 돌아와 초현기(招賢旗)를[225]
세우고 무예(武藝) 정숙(精熟)하고 효용(驍勇) 다재(多才)한 선비를 빨[226]

---

220) 면강(勉强): 억지로 함.
221) 저기: 제기.
222) 강문(講文): 글을 읽고 익힘.
223) 규구(規矩): 일상생활에서 지켜야 할 법도.
224) 천라지망(天羅地網): 하늘에 새 그물, 땅에 고기 그물이라는 뜻으로, 아무리 하
    여도 벗어나기 어려운 경계망이나 피할 수 없는 재액을 이름.
225) 초현기(招賢旗): 어진 사람을 구한다는 깃발.
226) 빨: 뽑을.

새, 반월(半月) 사이에 양부(兩府) 이삼백 장사를 모았더라. 진부(秦府)
문학관 중장 정교금이 울지공으로 더불어 의논하되,

 "우리 관중에 오래 있어 울울무료(鬱鬱無聊)하니227) 잠깐 밖에 나가
한 번 놀고 옴이 어떠하뇨?"

 경덕 왈,

 "이 일이 가장 좋다."

하고, 이인이 몸을 일어 밖으로 나가니 진숙보(秦叔寶) 보고 생각하되,
'양개(兩個) 용부(勇夫) 또 무삼 일을 내려 하는고' 하고 문왈,

 "너희 이인이 어디로 가는다?"

 교금 왈,

 "우리 답답하여 관중에 오래 있으니 병이 나게 되었으니 잠깐 저자
거리에 가 민울(悶鬱)한228) 것을 풀고자 하나니 장군은 막지 말라."

 숙보 왈,

 "조정지의(朝廷旨意)229) 삼년을 한(限)하여 떠나지 말라 하였거늘, 이
제 한 달은 하여 한가히 나가려 하니, 조정이 아시면 주공의 금령(禁令)
이230) 불엄(不嚴)함을231) 이르시리니 모로미 나가지 말라."

 이인이 숙보의 말을 듣지 아니하고 부문(府門)을 떠나 세과사(稅課
司)232) 문을 지나더니, 이 때 장(張)·윤(尹) 이대사[二大師]233) 정히 세

---

227) 울울무료(鬱鬱無聊): 마음이 갑갑하고 심심함.
228) 민울(悶鬱): 울적하고 답답함.
229) 조정지의(朝廷旨意): 조정의 의향. 곧 임금의 생각.
230) 금령(禁令): 어떤 행위를 금지하는 명령.
231) 불엄(不嚴): 엄격하지 못함.
232) 세과사(稅課司): 관서(官署) 이름. 부(府)나 주(州)에 두어서 세금을 수급하는 기
  관이다.
233) 이대사[二大使]: 세책본에는 '이티사'로 되어 있는데, 이는 '이대사'의 오류임.
  두 대사. 즉 장 윤 두 왕비의 부친이면서 고조의 장인임. 대사는 세과사의 총책
  임자로, 종 9품에 해당한다.

과사에 있어 수세(收稅)하더니,234) 문득 객상(客商)의235) 원언(怨言)이 그치지 아니하거늘, 경덕이236) 걸음을 멈추고 문왈,

"너희 무삼 일을 원망하는다?"

허다(許多) 객상이 대왈,

"소인등(小人等)은 지나가는 장사라. 물화(物貨) 있으면 본관(本官)에 납세하거늘, 본관이 탐을 내어 은량(銀兩)을 징색(徵索)하여237) 부족하면 관군을 주지 아니하고 진시 보내지 아니하니, 중상(衆商)이238) 갈 기한이 어긴지라. 일로써 중심(衆心)이 참지 못함이로소이다."

경덕이 세과사에 나아가 손으로 이대사를 가리켜 꾸짖되,

"너희 두 도적이 전과(前過)를239) 고치지 아니하고 이에서 백성을 보채어 재물을 박취(剝取)하는다?"240)

이대사가 경덕이 모든 객상 앞에서 시노(侍奴)241) 꾸짖듯 함을 보고 기운이 가슴에 막혀, 대로(大怒)하여 상 위에 연갑(硯匣)을242) 들어 경덕의 낯을 바라고 치니, 경덕이 몸을 기울여 피하고 손을 늘여 이대사를 잡아나리와 뺨을 두어번 치고 땅에 엎지르니, 모든 사람이 다 놀라더라. 교금이 나아가 경덕으로 더불어 운양(雲陽) 저자 거리로 다니며 놀다가, 교금 왈,

"우리 주사(酒肆)에243) 가 한 번 놂이 어떠하뇨?"

---

234) 수세(收稅): 세금을 거둠.
235) 객상(客商): 고향을 떠나 객지에서 장사하는 사람.
236) 세책본에는 '경덕이'가 '경덕 경덕이'로 되어 있음.
237) 징색(徵索): 세금 따위를 내라고 요구함.
238) 중상(衆商): 많은 상인.
239) 전과(前過): 지난 날의 잘못.
240) 박취(剝取): 껍질 따위를 벗겨서 떼어 냄.
241) 시노(侍奴): 시중을 드는 남자 종.
242) 연갑(硯匣): 벼룻집.
243) 주사(酒肆): 주루(酒樓). 비교적 규모가 큰 술집.

경덕이,

"좋다!"

하고, 한가지로 일좌(一座) 주관(酒館)에 들어가니, 각좌두상[各坐頭上]에244) 사람이 가득히 앉아 술 먹으며 방가광음(放歌狂飮)하거늘,245) 경덕 왈,

"정장군(程將軍)아! 저 어떤 사람이관대 우리 들어오되 안연부동(晏然不動)하나뇨?"246)

교금 왈,

"차인등(此人等)에게 우리 수단을 뵈어야 두리리라."247)

경덕이 나아가 문왈,

"너희 어떤 사람인다?"

중인이 답하되,

"우리는 영·제 이궁에 새로 초모(招募)한 용사니라."

교금 왈,

"우리 당조에서 진부 전하를 좇아 동정서토(東征西討)하여 누년 한마(汗馬)의 공(功)이 있으되 오히려 이같거늘, 너희 신진용사(新進勇士)로 호가호위[狐假虎威]하여248) 굉열(轟烈)함이249) 이렇듯하나뇨?"

하고, 언파에 교금이 천견같은250) 손을 벌여 비륜(飛輪)같은 주먹괴로

---

244) 각좌두상(各坐頭上): 각자 자신의 범위 내에 앉음. 두상(頭上)은 어떤 사물의 범위 내에 있음을 표시하는 방위를 이른다. 여기에서는 술집을 찾은 여러 손님들이 자신들의 자리를 차지하고 있음을 말한 것으로 이해할 수 있겠다.
245) 방가광음(放歌狂飮): 소리 높여 노래하면서 정신없이 술을 마심.
246) 안연부동(晏然不動): 조금도 불안하거나 초조해 하지 않으면서 움직이지 않음.
247) 두리리라: 두리다. 두려워하다.
248) 호가호위(狐假虎威): 남의 권세를 빌려 위세를 부림.
249) 굉열(轟烈): 시끄럽게 떠듦.
250) 천견같은: 세책본에는 '텬견', 낙선재 6책본에는 '텬션'으로 되어 있는데, 이는 쇠로 만든 부채라는 의미의 철선(鐵扇)의 오류로 보인다. 낙선재 13책본에는 이

어지러이 치니 대붕(大鵬)이[251] 날개를 벌리고 맹호가 뛰노는 듯한지라. 모든 용사가 낯도 붓고 입시울이[252] 터져, 다 영·제 이부(二府)로 돌아가 고왈,

27 "진부 휘하 울지공·정교금이 저자거리에 작난(作難)하고, 우리 등이 전하의 새로 초모한 사람임을 알고 진짓 어지러이 치니, 중인이 다 상한지라. 이러므로 고하나이다."

이왕이 차언을 듣고 대로하여 바로 동화문에 이르러 금난보전에 들어가 울지공·정교금의 위법작난(違法作難)하던[253] 일을 주하고 물러나니, 장·윤 이대사 또 들어와 전폐(殿陛)에[254] 부복하여 원굴(冤屈)함을[255] 일컬어 주하되,

"울지공이 세과사를 지나다가 신이 제게 예(禮)하지 아니타 하여, 신등을 어지러이 구타하고 능욕하오니 특별히 고하나이다."

고조 즉시 전지하사 근시를 천책부에 보내어 진왕과 모든 학사를 부르시니, 진왕이 중인을 거느려 가전(駕前)에 뵈온대, 고조 왈,

"짐이 조서(詔書)하여 중장을 관중에 모와 삼년을 독서하게 하였거늘, 어찌 겨우 일삭(一朔)에 울지공·정교금을 놓아 일을 내는다? 저렇듯하면 외임(外任)[256] 목민(牧民)하기 어려울까 하노라."

공영달[孔穎達][257] 왈,

대목이 없다. 중국본에는 정교금의 행위를 시로 표현한 대목에 "부채와 같은 손을 펼치고, 날아 다니는 수레바퀴같은 주먹을 날려[手開如鐵扇 拳起似飛輪]"이 있는데, 이를 통해 보면 천견은 곧 천선의 오류임을 알 수 있다.

251) 대붕(大鵬): 하루에 구만 리(里)를 날아간다는, 매우 큰 상상(想像)의 새.
252) 입시울: 입술의 옛말.
253) 위법작난(違法作難): 법을 어기고 난리를 침.
254) 전폐(殿陛): 전계(殿階). 궁전으로 오르는 계단의 섬돌.
255) 원굴(冤屈): 원통하고 억울함.
256) 외임(外任): 외직(外職).
257) 공영달(孔穎達): 세책본에는 '공명걸'로 되어 있는데, 중국본에 따르면 이는

"중총관이 자유(自幼)로[258] 무예 병법을 전습(專習)하여[259] 만인적을 학하고[260] 일찍 문학지리(文學之理)를[261] 모르오니 어린아이의 양심독서(養心讀書)에[262] 비(比)치 못할 것이요, 또 궁마(弓馬)를 치빙(馳騁)하여야[263] 흉금(胸襟)이 광탕[曠蕩]하오니, 이는 용호의 기습(氣習)이라.[264] 뉘 능히 저를 구속(拘束)하리잇고? 관중에 모다 다만 무략[武略]을 강론하오니 한갓 심력(心力)만[265] 허비하올지라. 유해무익(有害無益)할까 하나이다."

고조 왈,

"연즉 문학관을 파하고 울지공을 서대어사(西臺御史) 저량(褚亮)에게 보내어 이대사 친 죄를 물으라."

하시니, 진왕이 조지를 듣고 천책부에 돌아와 문학관을 파하니, 중총관이 희열 왈

"이제야 그물에서 벗어난 쾌라."

하고, 밖으로 내닫거늘 교금이 따라가 두어 사람을 잡고 왈,

"너희 어찌 내게 치하하지 아니하고 허여지나냐?"[266]

중인이 크게 웃고 용약(踊躍)[267] 왈,

　　‘공영달’의 오류임.
258) 자유(自幼): 어렸을 때부터.
259) 전습(專習): 다른 것을 하지 않고 오로지 한가지 일만을 익힘.
260) 만인적을 학하고: 미상. 낙선재 13책본에는 "만인격학을 ㅎ고"로, 6책본에는 "만인덕을 흑ㅎ고"로 되어 있다. 중국본에도 단지 "무예와 병법을 익히고 배우며[習學武藝兵韜]"로만 나올 뿐이다.
261) 문학지리(文學之理): 문학의 이치.
262) 양심독서(養心讀書): 마음을 닦는 독서.
263) 치빙(馳騁): 부산하게 돌아다님.
264) 기습(氣習): 기질.
265) 심력(心力): 마음.
266) 허여지나냐: 허여지다. 흩어지다.
267) 용약(踊躍): 좋아서 뜀.

"제일은 장군의 일이요, 제이는 공학사(孔學士)의 공이라."

하더라. 저량이 들어가 주왈,

"울지공이 이대사의 탐람(貪婪)함을[268] 보고 마음에 격분하여 서로 싸웠사오니, 대신을 주먹괴로 침이 마땅치 아니하오니 석달 녹봉(祿俸)을 거두어지이다."

고조 허락하시더라.

차시. 영·제 이왕이 입조하여 고조께 주하되,

"만성(滿城) 인민(人民)이 전하여 이르되, '서부(西府) 중총관이 조정을 원망하여 왈 우리 등을 집에 돌아가 양친(養親)치 못하게 하고, 또 외임(外任)도 보내지 아니하니 어찌 원(怨)하지 아니리오 한다' 하오니 원컨대 황상(皇上)은 저 사람을 돋우어 외임을 하이시고 삼년 말미를 주사 고향에 돌아가게 하소서."

고조 옳이 여기사 즉시 전지하여,

"천책부 중총관을 부르라."

하시니, 제인이 조현하거늘, 고조 왈,

"너희 여러 번 정벌하여 이제 태평(太平)을 만났으되 오래 고향에 가지 못한다 하니, 이제 삼년 말미를 주나니 각각 고향에 가 부모를 보고 돌아오거든 벼슬을 돋우어 외임을 하이리라."

중총관이 고두사은하고 물러 천책부에 이르러 진왕께 성지를 자시 아뢰니, 진왕 왈,

"성지 여차하시니 너희등은 고향에 가 부모 처자를 반기고 기한이 차거든 즉시 돌아오라."

중총관 왈,

"신등이 주공(主公) 대은(大恩)을 입사왔으니 어찌 감히 잊으리잇고?"

---

268) 탐람(貪婪): 탐도(貪饕). 재물이나 음식을 탐함.

하고, 이에 배사(拜辭)하고 천책부를 떠나 황친부에 이르러 장손무기(長孫無忌)를269) 보고 각각 고향으로 돌아가더라. 차하(此下)를 석람(釋覽)하라.270)

　　　세(歲) 임자(壬子)271) 사월(四月) 일(日) 향목동(香木洞) 서(書).

---

269) 장손무기(長孫無忌): ?-659. 이 책 4권 각주 94번을 참조할 것.
270) 차하(此下)를 석람(釋覽)하라: 다음 회를 잘 보라는 내용으로, 장회소설의 마지막에 상투적으로 붙는 구절.
271) 임자(壬子): 1912년.

당진연의 권지십칠

1   **화**설. 중총관(衆總管)이 천책부(天策府)를 떠나 황친(皇親) 부중(府中)에 이르러 장손무기(長孫無忌)를 보고 각각 고향으로 가는 뜻을 고하니, 무기 왈,

"열위(列位)1) 어찌 가려 하는다?"

이세적(李世勣) 왈,

"황상(皇上)이 조지(詔旨)하사 우리 등으로 하여금 삼년 기한을 주사 부모 처자를 보고 오라 하시니 이러므로 하직을 고하나이다."

무기 왈,

"열위 한 번 가매 주공에게 만일 불측(不測)한 일이 있으면 제공(諸公)이 미처 알지 못하리니 그대 등의 누년(累年) 한마(汗馬)의 공(功)이2) 그림의 떡이 될 것이니, 나의 우의(愚意)를3) 좇아 멀리 가지 말고 다만 동관(潼關) 밖 패릉천[覇陵川]4) 사면에 흩어 있다가, 긴급한 일이 있거든 내 사람으로 알게 하리니, 소식(消息)을 누설치 말라. 내 열위를 부를 때에 진부(秦府) 인신(印信)을5) 치고 문서를 하여 보내리니 급히 응하라."

---

1) 열위(列位): 여러분.
2) 한마(汗馬)의 공(功): 한마지로(汗馬之勞). 전쟁터에서 힘을 다하여 싸운 공로.
3) 우의(愚意): 말하는 이가 자기 의견을 낮추어 이르는 말.
4) 패릉천(覇陵川): 세책본에는 '틔죵쳔'으로 되어 있는데, 이는 '패릉천(覇陵川)'의 오류임. 패릉은 원래 한문제(漢文帝)의 능(陵) 이름인데, 여기에서 연유하여 현(縣) 이름이 되었다. 지금의 섬서성(陝西省) 장안현(長安縣)의 동쪽.

무공(茂功) 왈,

"황친대인(皇親大人) 소견(所見)이 밝으시니 삼가 명(命)대로 하리이다."

하고, 각각 이별하고 장안(長安)을 떠나 가니라.

어시(於是)에 영(英)·제(齊) 이왕(二王)이 서부(西府) 중관(衆官)을 흩어 보내고 크게 기뻐 장(張)·윤(尹) 이비(二妃)로 더불어 합모(合謀)하여6) 고조(高祖)께 진왕(秦王)을 참소(讒訴)하되,

"진왕이 중총관을 결납(結納)하여7) 가만히 찬역지심(簒逆之心)을8) 두었다."

하니, 고조 반신반의(半信半疑)하더라.

일일은 원길(元吉)이 가만히 주(奏)하되,

"부황(父皇)이 진왕을 죽이지 않으시면 보위(寶位)를 오래 누리지 못할까 하나이다."

고조 왈,

"제 평천하(平天下)한9) 공이 있고, 아직 죄상이 나타나지 아니하였으니 무삼 말로 죽이리오?"

원길 왈,

"부황은 빨리 결(決)하사 일찍이 화근(禍根)을 없이 하소서. 만일 신의 말을 듣지 않으시면 후회막급(後悔莫及)하리이다."10)

고조 왈,

---

5) 인신(印信): 도장이나 관인.
6) 합모(合謀): 같이 모사(謀事)를 꾀함.
7) 결납(結納): 결탁(結託). 나쁜 일을 꾸미려고 서로 한통속이 됨.
8) 찬역지심(簒逆之心): 임금의 자리를 빼앗으려고 반역하려는 마음.
9) 평천하(平天下): 천하를 평정함.
10) 후회막급(後悔莫及): 후회해도 미치지 못함. 이미 잘못된 뒤에 아무리 후회하여도 어찌할 수가 없음.

"일은 가히 창졸(倉卒)에11) 못하리니 살펴 결(決)하리라."

하시고 파조(罷朝)하시다.

명일 고조 조회를 베푸시니 백관이 예를 마침에, 진왕 세민(世民)을 불러

"어전에 나아오라."

하여, 왈,

"대계(大計)를 운동(運動)하여 사방(四方)을 평정함은 다 너의 공이라. 너를 세워 태자(太子)를 삼고자 하되 네 굳이 사양하여 좇지 아니하고, 또 건성(建成)이 연장(年長)하여 태자가 된 지 오래매 차마 위(位)를 앗지 못하고, 이제 너희 형제 각각 다른 뜻이 있어 용납(容納)지 아니니, 만일 한가지로 일성중(一城中)에12) 처(處)하면 반드시 투쟁하는 환(患)이 있을지라. 짐이 이제 너로 낙양(洛陽)에 도읍하여 자섬이동[自陝以東]은13) 네가 주(主)하고, 너를 천자(天子) 정기[旌旗]를 주리니 양효왕[梁孝王]14) 고사(故事)같이 하면 어찌 양편(兩便)치15) 않으리오?"

진왕이 체읍주왈(涕泣奏曰),16)

"이는 실로 신(臣)의 비소원(非所願)이라.17) 다만 형제 뜻 가짐이 불

---

11) 창졸(倉卒): 몹시 갑작스러움.
12) 일성중(一城中): 한 성 안.
13) 자섬이동(自陝以東): 섬서성(陝西省) 동쪽.
14) 양효왕(梁孝王): 세책본에는 '향호왕'으로 되어 있는데, 이는 '양효왕(梁孝王)'의 오류임. 유무(劉武). ?-B.C.144. 서한인(西漢人). 문제(文帝)의 제 2자(第二子). 문제 2년에 대왕(代王)이 되었다가 회양왕(淮陽王)이 되고, 나중에 다시 양왕(梁王)으로 바뀌었다. 경제(景帝) 3년에 오(吳)·초(楚) 등 7국이 난을 일으켰을 때 그 공이 높아 천자와 방불하였다. 태후가 세자를 폐하고 왕위를 잇게 하였지만, 대신(大臣) 원앙(袁盎) 등의 반대로 그렇게 하지 못하였다. 나중에 유무는 사람을 시켜 원앙 등을 죽이는데, 경제가 이에 유무를 먼 곳으로 보낸다. 시호가 효(孝)다.
15) 양편(兩便): 서로가 편함.
16) 체읍주왈(涕泣奏曰): 눈물을 흘리며 아뢰기를.
17) 비소원(非所願): 바라던 바가 아님.

순(不順)하오나 신이 어찌 감히 슬하(膝下)를 멀리 떠나리잇고? 신혼성정(晨昏省定)함이[18] 신의 본심이오니 대위(大位)에[19] 거(居)함을 신이 어찌 바라리잇고?"

고조 왈,

"오아(吾我)의 효의(孝義) 이같으니 무엇을 근심하리오?"

하시더라.

일일은 고조 조회를 베풀고 군신이 대회[大會]하여 치국지사(治國之事)를[20] 의논하시더니, 일중(日中)은 하여[21] 한낱 별이 크기가 말만하고 빛이 찬란하여 서다히에[22] 나 오래도록 흩어지지 아니하거늘, 고조 대경하사 흠천감(欽天監)[23] 부혁(傅奕)[24] 등을 불러 무르시되,

"여등(汝等)이 사천(司天)을[25] 주장(主掌)하여[26] 깊이 천문을 알지라. 이 별의 이름이 무엇이며, 무삼 길흉을 주(主)하나뇨?"[27]

부혁과 이순풍(李淳風)이 주하되,

"신등이 천문을 보오니 이는 태백금성(太白金星)이라.[28] 이 별이 혹

---

18) 신혼성정(晨昏省定): 혼정신성(昏定晨省). 아침 저녁으로 부모의 안부를 물어서 살핌.

19) 대위(大位): 황제의 자리.

20) 치국지사(治國之事): 나라를 다스리는 일.

21) 일중(日中)은 하여: 정오(正午) 때쯤 되어. 일중(日中)은 정오를 의미함.

22) 서다히: 서쪽. 서편. 다히는 쪽이나 편처럼 방향을 가리킨다.

23) 흠천감(欽天監): 관서명(官署名). 천문(天文)·역수(曆數)·점후(占候) 따위를 맡아 보았다.

24) 부혁(傅奕): 555-639. 수당(隋唐) 시 상주(相州) 업인(鄴人). 당 고조가 즉위하자 태사령(太史令)이 되어 여러 차례 천문을 보아 상께 아뢰었다. 무덕(武德) 3년에는 『누각신법(漏刻新法)』을 올림으로써 비로소 시간이 행해지게 되었다. 평생 병환을 갖고 있었지만 약도 쓰지 않고, 오로지 음양술수(陰陽術數)에만 전념하였다. 『노자(老子)』를 주석하였다.

25) 사천(司天): 하늘의 이치를 살피는 일을 맡음.

26) 주장(主掌): 어떤 일을 책임지고 맡음.

27) 주(主)하나뇨: 주장(主掌)하는가. 맡는가.

나되 동에 비취면 동이 흩어지고 서에 비취면 서에서 스러지거늘,[29] 이제 일중(日中)에 뵐 뿐 아니라 낮이 지나도록 하늘에 비취니, 이 경천(經天)한즉[30] 천하가 역병[逆命]할[31] 것이오. 하물며 진옹주[秦雍州][32] 분야(分野)에[33] 뵈오니 응(應)함이 진왕께 있사온지라. 반드시 진왕 전하가 천하를 두리이다."[34]

고조 무르사되,

"어느 때에 응하리오?"

이순풍이 주왈,

"금년 팔월 상순(上旬)에 있으리이다."

고조 왈,

"이 별 사상(事狀)을[35] 가만히 진왕다려 이르라."

순풍이 조지(詔旨)를[36] 듣고 천책부로 가니라.

---

28) 태백금성(太白金星): 태백성(太白星). 곧 금성(金星). 고대에는 이 별이 일찍 출현하여 동방에 있을 때에는 계명(啓明)이라 하고, 늦게 출현하여 서방에 있을 때에는 장경(長庚)이라 하였다. 중국본에는 태백금성(太白金星)을 태백음성(太白陰星)이라 하여, 이 별은 대장군(大將軍)의 상(象)을 뜻한다고 되어 있다.

29) 스러지거늘: 스러지다. 형체나 현상 따위가 차차 희미해지면서 없어지다.

30) 경천(經天): 천하를 다스림. 천하의 법도. 여기에서는 원래의 의미보다는 하늘에 나타나 주재한다는 의미로 보는 것이 타당하다.

31) 역병(逆命): 임금의 명령을 어김.

32) 진옹주(秦雍州): 세책본에는 '진후쥬'로 되어 있는데, 이는 진옹주(秦雍州)의 오류임. 즉 진왕이 있는 옹주(雍州)를 이름. 옹주는 고대 구주(九州)의 하나.

33) 분야(分野): 고대 중국 전국시대(戰國時代)에 천문가가 천하를 하늘의 28수(宿)에 별러서 나눈 것. 고대 천문학에서 별의 위치와 지상의 주국(州國)의 위치를 대응시키고, 하늘의 별에 대해서는 분성(分星), 지상의 구역에 대해서는 분야(分野)라고 하였다.

34) 두리이다: 당(當)하리이다. 맡게될 것입니다.

35) 사상(事狀): 일이 되어 가는 형편이나 상황. 또는 벌어진 일의 상태.

36) 조지(詔旨): 어명(御命). 임금의 명령.

현무문태자교병 현덕전진왕즉위
[玄武門太子交鋒 顯德殿秦王卽位]37)

각설. 이순풍이 조지를 받자와 바로 천책부에 이르러 취사당(聚事堂)에 들어가 진왕께 조현하고 부복한대, 진왕이 문왈,

"네 이번 옴이 무삼 일이 있나냐?"

순풍이 주하되,

"태백(太白)이 진옹주지분[秦雍主之分]에38) 뵈어 두 번 경천(經天)함을 뵈니 주공이 마땅히 보위(寶位)에 오르실 징조라. 금일 천자가 이 말을 보시고 신등을 명하여 물으시거늘, 신등이 여차여차 주하오니, 황상이 이 말로써 전하에 고하라 하심에 신이 주하오니 주공은 모로미 준비하소서."

진왕 왈,

"제위(帝位)는 심상(尋常)하여39) 자연(自然)한 천수(天數)에 되어가는 것만 볼 것이니, 우리 형제를 이간(離間)치 말라."

순풍이 무료하여40) 하직하고 나오며 생각하되, '장손무기로 더불어 의논하리라.' 하고, 바로 장손무기를 보고 태백이 경천하매 고조께 주하니, 고조 전지하사 진왕을 권유하시되, 왕이 추양(推讓)하던41) 말을 자시 이르니, 무기 왈,

"내 계교를 행한 후 선생을 알게 하리라."

---

37) 현무문(玄武門)에서 태자들이 싸움을 벌이고, 현덕전(顯德殿)에서 진왕(秦王)은 왕위에 오르다.
38) 진옹주지분(秦雍主之分): 세책본에는 '진옹지변'으로 되어 있는데, 이는 진옹주지분(秦雍主之分)의 오류임. 즉 진왕이 있는 옹주 분야.
39) 심상(尋常): 예사롭지 않음.
40) 무료: '무안(無顏)'의 옛말.
41) 추양(推讓): 남을 추천하고 자기 스스로는 사양함.

순풍이 하직하고 가거늘, 무기 후당(後堂)에[42] 들어가 부인 우씨(于氏)로 더불어 차사(此事)를 이르고 왈,

"내 천책부 중촌관을 부르고자 하되, 다만 인신(印信)이 없으니 부인이 공지(空紙)를[43] 가지고 천책부에 들어가 장손낭랑(長孫娘娘)을[44] 보고 공지에 인신을 맞쳐[45] 오되, 가히 전하를 아르시게 하라."

부인이 즉시 장속(裝束)을 갖추고 천책부에 이르니, 장손낭랑이 맞아 궁전에 들어가 우부인이 군신지례(君臣之禮)로[46] 조하(朝賀)한대,[47] 낭랑이 사례(謝禮)로써 부인을 맞아 좌정함에, 부인이 하례왈,

"전하 오래지 않아 보위(寶位)에 오르시리니 치하(致賀)하나이다."[48]

낭랑 왈,

"이 엇진[49] 말씀이니잇고?"

부인 왈,

"팔월 상순에 천하가 전하께 돌아오리이다."

하고,

"낭랑께 중총관을 불러 관(關)에 들이려 하되, 전하의 인신이 없으매 첩이 특별히 와 낭랑을 뵈어 의논을 하려 하나이다."

낭랑 왈,

"이는 어렵지 아니타."

---

42) 후당(後堂): 집의 정당(正堂) 뒤쪽에 있는 별당(別堂).
43) 공지(空紙): 백지(白紙).
44) 장손낭랑(長孫娘娘): 장손왕비(長孫王妃). 낭랑은 왕비나 귀족의 아내를 높여 이름. 이세민의 부인.
45) 맞쳐: 맡다.
46) 군신지례(君臣之禮): 임금과 신하의 예.
47) 조하(朝賀): 신하가 임금에게 하례하는 일.
48) 치하(致賀): 축하의 뜻을 드러냄.
49) 엇진: 무슨. 어떠한.

하고, 설연(設宴)하여 부인을 관대하고, 잔치를 파함에 인신을 내어 조   6
회에50) 쳐51) 부인을 주니, 부인이 받아 소매에 넣고 하직하고 돌아와
인신 친 조회를 내어 무기를 주니, 무기 대회하여 즉시 심복인(心腹人)
으로52) 하여금 패릉천에 가 중총관에게 통하여 장안에 이르게 하니, 가
인(家人)이 공문을 가지고 밤낮 행하여 서무공을 찾아 공문을 주니, 무
공이 떠혀보고53) 왈,

  "내 다 아나니 먼저 돌아가 황친께 보(報)하라."
하고, 사람을 보내어 중총관을 불러 한가지로 언약하고 각각 행장을 다
스려 가만히 장안에 들어가 황친 부중에 이르러 삼십육원(三十六貝) 중
총관과 사십이원(四十二貝) 산장[散將]이54) 일처에 모다55) 의논하더라.

  광음(光陰)이 여류(如流)하여 장차 팔월 상순이라. 이순풍이 또한 천
책부에 이르러 진왕을 보고 힘써 권하여 왈,

  "주공(主公)은 석일(昔日) 주공(周公)의 고사를 효칙(效則)하여 국가를
평안히 하소서. 존망(存亡)이 정히 금일에 있나이다."

  진왕 왈,

  "수유구적(雖有仇敵)이나 무가내하(無可奈何)니라."56)

  마침 방현령(房玄齡)·두여회(杜如晦)가 밖으로서 들어오거늘, 진왕이
문왈,

  "중인(衆人)이 나를 권하여 일찍 병(兵)을 들어 대위(大位)를 정(定)하

---

50) 조희: 종이.
51) 쳐: 치다. 찍다.
52) 심복인(心腹人): 마음으로 절대 복종하는 사람.
53) 떠혀보고: 떼어보고.
54) 산장(散將): 흩어졌던 장수들.
55) 모다: 모여.
56) 수유구적(雖有仇敵)이나 무가내하(無可奈何)라: 비록 원수가 될지라도 어찌할
    수 없다.

7 라 하니, 너희 제인(諸人)은 가부(可否)를 정하라.”

이인(二人)이 대왈,

“차(此)는 금석지론(金石之論)이니[57] 전하는 마땅히 좇으소서. 불연즉 두리건대 후회 있으리이다.”

왕이 침음반상(沈吟半晌)에[58] 묵연부답(默然不答)이거늘,[59] 두여회 또 이르되,

“전일 영·제 이왕이 황상께 주하고 중장을 흩어보냄은 먼저 우익(羽翼)을[60] 없이하여 우리 위세를 외롭게 함이라. 원컨대 전하는 계교를 정하소서.”

진왕 왈,

“중론이 마땅하나 황상이 위에 계시니 실(實)로 써 불효의 이름을 얻을까 두리노라.”

순풍이 주하되,

“사불조결(事不早決)이면 후회막급(後悔莫及)이라.[61] 하물며 원길이 흉려[凶戾]하여[62] 즐겨 그 형을 섬기지 않으리니 일찍이 저희 의논하되, ‘다만 진왕을 없이하면 동궁(東宮) 취함은 여반장(如反掌)이라’ 하니 난심(亂心)이[63] 무염(無厭)하여[64] 어느 곳에 이르지 않으리오? 다만 이인(二人)으로 하여금 득지(得志)하면[65] 천하 반드시 당(唐)에 속(屬)하지 못

---

57) 금석지론(金石之論): 금석(金石)과 같이 확고부동한 논의.
58) 침음반상(沈吟半晌): 속으로 생각하기를 반나절이나 함.
59) 묵연부답(默然不答): 말없이 있으면서 대답하지 아니함.
60) 우익(羽翼): 보좌하는 사람.
61) 사불조결(事不早決)이면 후회막급(後悔莫及)이라: 일을 일찍 결정하지 아니하면 후회해도 미치지 못함.
62) 흉려(凶戾): 요사스럽고 흉폭함.
63) 난심(亂心): 어지러운 마음.
64) 무염(無厭): 물리거나 싫증나지 아니함.
65) 득지(得志): 뜻을 얻음.

할 것이거늘, 전하 어찌 필부(匹夫)의 절(節)을[66] 지키어 사직지계(社稷之計)를[67] 잊으시니잇고?"

왕이 오히려 침음(沈吟)하여 왈,

"여등(汝等)은[68] 물러가라. 내 조용히 헤아리리라."

중관이 하직하고 돌아갔더니, 수일 후 이순풍이 또 생각하되, '길기(吉期) 이미 박(迫)하였거늘 왕의 뜻이 미정(未定)하였으니, 두리건대 대사(大事)를 그릇하리로다.' 하고 바로 장손무기를 보아 왈,

"명일이 계해일(癸亥日)이니 전하 보위에 오르실 날이로되 유예미결(猶豫未決)하시니[69] 이를 어찌하리오? 만일 황실(皇室) 지친(至親) 곧 아니면 대공(大功)을 이루지 못하리이다."

무공 왈,

"전일 선생의 가르침을 입어 주공의 휘하 총관을 다 불렀으니 정국[定國]할 보배를 가진지라. 어찌 대위를 정(定)치 못할까 근심하리오?" 하고, 이순풍을 데리고 후당에 들어가 중총관을 볼 새, 순풍 왈,

"주공이 금일 대위에 오르시리니 다만 열위 장군을 믿노라."

언파(言罷)에 읍(揖)하고 나오니, 이 날 황혼에 중장이 의갑(衣甲)을 정제(整齊)하고 궁전(弓箭)을 차며 도창(刀槍)을 잡고 삼경시분(三更時分)에[70] 함께 천책부에 이르러 문을 두드리며 외쳐 이르되,

"주공이 즉위(卽位)하심을 청하나이다."

수문 관교가 진왕께 보하니, 왕이 명하여,

"문을 열지 말라."

---

66) 필부(匹夫)의 절(節): 일반 사람들이 지켜야 할 절개.
67) 사직지계(社稷之計): 나라와 조정의 미래를 내다볼 계획.
68) 여등(汝等): 너희들.
69) 유예미결(猶豫未決): 망설이며 결정을 짓지 못함.
70) 삼경시분(三更時分): 밤 11시에서 새벽 1시 사이.

하니, 중관이 문을 열지 않음을 보고 모다 의논하여 홍금삭(紅錦索)[71] 수십조(數十條)를 가져 중인이 천책부 문루(門樓)에[72] 올라 사면 기둥을 얽어매고 한 소리 납함에 중장이 합력하여 일시에 다래니[73] 화악산(華嶽山)이[74] 기울어지는 듯하며 천책부 문루[門樓] 엎더지니, 중총관이 일시에 취사당에 이르러 주왈,

"청컨대 주공은 위(位)에 오르소서."

진왕이 급히 이르되,

"너희 양친하러 고향으로 가노라 하더니 어찌 이에 다 있는다?"

중관이 일시에 대주왈(對奏曰),

"주공이 대위에 오르실 줄 알고 신등이 감히 멀리 가지 못하여 지방에서 사후(伺候)하더니이다."[75]

장손무기·고사렴(高士廉)·진숙보(秦叔寶)·울지공(尉遲恭)·은개산(殷開山) 등이 일시에 주하되,

"영·제 이왕이 잔학무도(殘虐無道)하여[76] 여러 번 꾀를 베퍼 주공을 해하려 하더니, 오늘날 먼저 제어치 않으면 그 꾀에 빠지리이다."

진왕이 탄식 왈,

"골육상잔(骨肉相殘)을[77] 아껴[78] 참아 못하노라."

"이제 주공이 사해(四海)의 임자 되심을 도모코자 하여 신등이 죽음

---

71) 홍금삭(紅錦索): 붉은 빛 명주로 만든 동아줄.
72) 문루(門樓): 궁문이나 성문 따위의 바깥문 위에 지은 다락집.
73) 다래니: 다래다. 달려오다.
74) 화악산(華嶽山): 오악(五嶽)의 하나. 화산(華山)과 악산(嶽山)을 말함. 섬서성(陝西省)의 경계에 있음.
75) 사후(伺候): 웃사람의 분부를 기다림.
76) 잔학무도(殘虐無道): 잔인하고 포학하여 도리를 모름.
77) 골육상잔(骨肉相殘): 가까운 혈족끼리 서로 해치고 죽임.
78) 아껴: 세책본에는 '앗겨'로 되어 있는데, 이는 '앗쳐'의 오류인 듯. 앗쳐는 '앗쳐하다', 곧 싫어하다의 옛말.

을 돌아보지 아니하거늘, 전하가 만일 신의 말을 듣지 아니시면 다 각
각 고향으로 돌아가리니 주공이 누구로 더불어 의논코자 하시나잇고?”

　장손무기 또 주하되,

　“주공이 경덕의 말을 좇지 않으시면 신이 또 멀리 가 전하를 뫼시지
않으리로소이다. 또 순(舜)으로써 어떤 사람이라 하시나잇고? 우물 밑에
궁글 두지 아니신즉 우물의 흙이 되었을 것이요, 늠(廩)을[79] 바라 올라
나리지 않으신즉 늠상(廩上)에 재 되었으리니[80] 어찌 능히 덕택(德澤)이
천하에 덮이며 법령(法令)이 후세에 전하리잇고?”

　왕 왈,

　“범사[凡事]를 세 번 생각하여 하고 뉘웃지 말라 하니 가히 길흉을
복(卜)하리라.”[81]

하더니, 마침 장공근(張公謹)이 들어오거늘, 왕이 명하여 길흉을 물으신
대, 공근이 거북을 취하여 땅에 던지고 왈,

　“점복(占卜)함은 의심(疑心)됨을 결(決)함이라. 이제 의심됨이 없거늘
또 무엇을 복하리잇고? 만일 불길하면 그만하여 차사(此事)를 말리이
다.”

　중총관이 즉시 취사당에 올라 진왕을 붙들어 의갑을 갖추고 말을 태
워 천책부를 떠나올 새, 중장이 먼저 현무문(玄武門)에[82] 매복하고, 진

---

79) 늠(廩): 쌀을 넣어두는 곳집.
80) 이는 순(舜) 임금의 두 일화를 나열한 것이다. 즉 순임금의 이복동생이 그의 모
　　친과 합세하여 부친인 고수(瞽瞍)를 꾀어 순임금을 죽이기 위해 우물을 파게 한
　　후 흙을 덮어 생매장하려 했지만 미리 만들어 놓은 우물 옆의 통로를 통해 빠
　　져나온 일화와, 늠(廩) 위에 올라가 지붕을 고치게 한 후 사다리를 치우고 불을
　　지르자 미리 준비한 삿갓을 날개 삼아 내려왔다는 일화를 제시한 것이다.
81) 복(卜)하리라: 점을 치다.
82) 현무문(玄武門): 당나라 장안(長安) 태극궁(太極宮) 북쪽 정문(正門). 옛터는 지금
　　섬서(陝西) 서안시(西安市)에 있다.

왕이 금난전(金鑾殿)에 들어가 전에 올라 가만히 고조께 주하되,

"건성·원길이 후궁(後宮)을 음란(淫亂)하고 신을 여러 번 죽이고자 하오니, 이는 왕세충(王世充)·두건덕(竇建德)을 위하여 원수를 갚고자 함이니, 신이 이제 죽사오나 지하에 가 제적(諸賊) 보기를 부끄러워하나이다."

고조 놀라 왈,

"수자(豎子)[83] 과연 차사(此事) 있을진대, 짐이 마땅히 국문(鞫問)하여[84] 법을 정하리라."

장손무기·진숙보·울지공·은개산·정지철[85] 등이 가전(駕前)에 나아가 주하되,

"청컨대 황상은 잠깐 후궁에 들으시면 신등이 계책이 있사오니 대사(大事)를 정(定)한 후 주문(奏聞)하리이다."[86]

고조 물러 후전(後殿)으로[87] 들으시다.

차시 장·윤 이비 왕의 들어옴을 듣고 급히 소식을 건성에게 보하니, 건성이 빨리 원길을 불러 의논 왈,

"대가(大哥)는 마땅히 유병부조[留兵不朝]하여[88] 형세(形勢)를 보라."

건성 왈,

"진부(秦府) 병(兵)이 이미 임(臨)하니 우리 어찌 대적하리오? 조참(朝

---

83) 수자(豎子): 보통 '풋내기' 정도의 의미를 담아 남을 얕잡아보는 말로 쓰이지만, 여기서는 어리석은 아이라는 의미로 고조의 두 아들(建成과 元吉)을 뜻하다.

84) 국문(鞫問): 임금의 명령에 의해 국청(鞫廳)에서 형장(刑杖)을 가하여 중죄인(重罪人)을 신문하던 일.

85) 정지철: 세책본에는 '정지철'로 되어 있다. 그런데 이 이름은 지금까지도 언급된 적이 없는 이름일뿐더러 중국본에는 나와 있지 않다. 참고로 낙선재본에는 이 이름이 '정지절'로 되어 있다.

86) 주문(奏聞): 천자에게 아룀.

87) 후전(後殿): 정전(正殿) 뒤에 있는 별전(別殿).

88) 유병부조(留兵不朝): 군대를 머무르고 조정에 나아가지 않음.

參)에89) 들어가 소식을 묻고 스스로 준비하리라.”

하고, 말을 갈와 한가지로 조문(朝門)에 나아가 바로 임호전(臨湖殿)에90)
이르러 변(變)이 났음을 보고 급히 말을 도로혀 궁문(宮門)을 나오고자
하더니, 진왕이 바라보고 대호(大呼) 왈,

　“반적(叛賊)이 어디로 달아나고자 하는다?”

하고, 창을 들어 건성을 찌르려 하니, 건성이 말을 도로혀 달아나거늘,
진왕이 창을 놓고 궁전(弓箭)을 다래어 정히 쏘려 하더니, 진숙보가 보
고 말을 채쳐 진왕의 말 뒤에 와 활 다래는 손을 밀치니, 시위 소리 급
히 나며 살이 빨라 정히 건성의 등을 맞추니, 말에서 내려지거늘, 장손
무기 옆으로 내달아 칼을 들어 버힌 후, 울지공이 칠십기(七十騎)를 거
느리고 후면을 이어 이르매, 원길이 정히 앞으로 달아남을 보고 좌우로
함께 쏘려 하더니, 홀연 원길이 탄 말이 실족(失足)하여 마하(馬下)에 떨
어지거늘, 진왕이 창을 들고 원길을 찌르려 하여, 말을 달려 급히 들어
가다가 그 말이 빗다라91) 수풀 가운데로 달아드니, 진왕의 전포(戰袍)
가92) 나뭇가지에 걸려 능히 일어나지 못하더니, 원길이 말에 올라 말을
채쳐 뛰어 채를 두르고 진왕이 쥔 칼을 앗아 진왕을 버히려 할 새, 경
덕이 크게 소리질러 왈,

　“너는 무례(無禮)치 말라. 경덕이 예 있노라.”

　원길이 놀라 진왕을 바리고93) 걸어 무덕전(武德殿)으로 달아나더니,
후면에 군인[軍人]이 크게 이르러 납함하고 활시위 우는 곳에 경덕이

12

---

89) 조참(朝參): 문무백관이 정전(正殿)에 모여 임금에게 문안을 드리고 정사(政事)
　　를 아뢰던 일.
90) 임호전(臨湖殿): 전(殿) 이름인데, 그 구체적인 양상은 알 수 없다.
91) 빗다라: 빗디디다. 잘못하여 디딜 자리가 아닌 다른 자리를 디디다.
92) 전포(戰袍): 장수가 입던 긴 웃옷.
93) 바라고: 버리고.

원길을 쏘아 맞추니, 원길이 살을 띠고[94] 달아나거늘, 경덕이 따라 머리를 버히다. 동부(東府)·제부(齊府) 장수 삼천병을 거느리고 현무문을 치나, 이미 문을 닫았으니 들어가지 못하고, 인마가 일시에 납함하니 소리가 천지 진동하는지라. 경덕이 건성·원길의 머리를 가져 뵈니, 중장이 대경하여 이에 크게 불러 왈,

"아등(我等)이 주공을 위하여 원수를 갚으리니, 이에 짓쳐 들어가지 않으면 어느 때를 기다리리오?"

하고, 경덕으로 더불어 싸워 수합이 못하여 진부(秦府) 효기(驍騎)[95] 천여인이 짓쳐 들어와 내외로 껴 치니, 중군이 대란하거늘, 진왕이 급히 금지 왈,

"너희 손을 움직이지 말라. 내 형제를 죽임에 여등(汝等)이 간여(干與)치 않으리라."[96]

동부·제부 장졸이 이 말을 듣고 스스로 허어져[97] 가더라.

차시. 고조 정히 해지(海池)에[98] 배를 띄우고 놀더니, 울지공이 갑주(甲冑)를 갖추고 갑주(甲冑)를 갖추고[99] 창을 끌고 바로 고조 앞에 이르러 주하되,

"영·제 이왕이 작난하거늘 진전하(秦殿下)가 이미 병을 거느려 베었사오니, 폐하가 놀라실까 두려 신을 보내어 영·제의 머리를 드리라 하더이다."

고조 대경하사 머리를 안고 통곡 왈,

---

94) 띠고: 띠다. 몸에 지니다. 맞은 화살을 빼지 못함을 이른다.
95) 효기(驍騎): 용감하고 날랜 기병.
96) 여등(汝等)이 간여(干與)치 않으리라: 너희들이 참견하지 말라.
97) 허여져: 흩어져.
98) 해지(海池): 당(唐)나라 때 장안(長安) 태극궁(太極宮) 안에 있던 연못 이름.
99) 세책본에는 '갑주(甲冑)를 갖추고'가 중복되어 나옴.

"금일의 이 일을 볼 줄 어찌 뜻하였으리오?"

배적(裵寂)이100) 주왈,

"이왕이 스스로 화를 취함이니, 황상은 진중하소서."

고조 읍왈,

"부자(父子)는 천성지친(天性之親)이라.101) 이아(二兒)가 자취기화(自取其禍)하나102) 구천지하(九泉之下)에103) 슬픔을 품으리라. 내 능히 치가(治家)를104) 못하니 어찌 능히 나라를 다스리리오?"

언파에 울고 혼절(昏絶)하니 중관이 붙들어 그치다. 소우(蕭瑀)105)·진숙달(陳叔達)이106) 나아와 주왈,

"영·제 이왕이 흥병지초(興兵之初)에107) 군중(軍中)에 간예(干預)함이108) 없고, 이미 정국(靖國)한109) 후 또한 공덕이 없거늘, 한갓 공고(功高)함을110) 시기하여 간계(奸計)를 동(動)함에 진왕이 여러 번 그 해를 받다가 이미 병을 더하여 참(斬)하였사오니, 만일 원량(元良)으로111) 군

14

---

100) 배적(裵寂): 573-632. 당 포주(蒲州) 상천인(桑泉人). 자는 현진(玄眞). 수나라 때에는 진양궁(晉陽宮) 부감(副監)으로 있으면서 이밀(李密)과 친하게 지냈다. 이후 이밀이 기병하자, 배적은 진양궁에 있는 양식과 개갑(鎧甲) 등을 몰래 그에게 제공하였다. 당에서는 여러 벼슬을 지냈고, 산강(山羌)이 반란을 일으켰을 때에는 가동(家僮)들을 이끌고 가서 그들을 물리치기도 했다.
101) 천성지친(天性之親): 태어나면서부터 친(親)함이 있는 사이.
102) 자취기화(自取其禍): 스스로 그 화를 취함.
103) 구천지하(九泉之下): 죽은 사람의 넋이 돌아간다는 땅 속 깊은 밑바닥.
104) 치가(治家): 집안을 다스림.
105) 소우(蕭瑀): 574-647. 이 책 16권 각주 62번을 참조할 것.
106) 진숙달(陳叔達): ?-635. 당인(唐人). 자는 자총(子聰). 수양제 때 강군통수(絳郡通守)로 있다가 이연(李淵)이 병사를 일으키자 항복하였다. 태종 정관(貞觀) 초에 오랫동안 예부상서(禮部尙書)로 있었다
107) 흥병지초(興兵之初): 병사를 일으키던 초기.
108) 간예(干預): 관계하여 참관함.
109) 정국(靖國): 어지럽던 나라를 태평하게 함.
110) 공고(功高): 공이 높음. 진왕의 공이 높음.

문(軍門)을112) 맡기시면 다시 근심이 없으리이다."

고조 수조(手詔)를113) 내리와 내외로 하여금 다 진왕의 절제(節制)를 삼게 하고, 이왕(二王)을 예로써 장(葬)한 후, 진왕을 불러 오열(嗚咽) 왈,

"건성·원길이 무삼 죄 있나뇨? 짐에게 고(告)치 아니하고 죽이니 불의지명(不義之名)을114) 면키 어렵도다."

진왕이 역(亦) 읍왈(泣曰),115)

"석자(昔者)에 원중(園中)에서 사태세(使太歲)로116) 신(臣)을 찌르려 하고, 회안왕(淮安王) 연석(宴席)에서 독주(毒酒)를 먹이니, 하늘의 도움을 입사와 이인(二人)이 인륜(人倫)을 난(亂)하고 난역(亂逆)을117) 꾀하다가 그 정상이 누차 탄로[綻露]하니, 만일 먼저 제어치 않으면 신이 필연 이인의 손에 죽사올지라. 금일지사(今日之事)는 진실로 마지못함이로소이다."

언필에 부자 서로 울고, 고조 군신(群臣)의 청을 좇아 진왕에게 전위(傳位)하시니,118) 왕이 부득이 수명(受命)하여 동궁(東宮) 현덕전(顯德殿)에서119) 즉위하시니, 백관이 산호만세(山呼萬歲)하고120) 수무족도(手舞

---

111) 원량(元良): 황태자나 왕세자. 여기서는 진왕을 의미한다.

112) 군문(軍門): 군대.

113) 수조(手詔): 제왕이 손수 쓴 조서(詔書).

114) 불의지명(不義之名): 의롭지 아니한 이름.

115) 역(亦) 읍왈(泣曰): 또한 울며 말하기를.

116) 사태세(使太歲): 이는 중국본을 번역하는 과정에서 빚어진 잘못으로 보인다. 즉 '태세(太歲)로 하여금[使]'을 그대로 '사태세(使太歲)'로 쓴 것이 아닌가 한다. 태세는 흉악하고 강포한 사람을 비유하는 말이다.

117) 난역(亂逆): 반역을 꾀함. 모반(謀叛).

118) 전위(傳位): 황제의 자리를 후계자에게 전함.

119) 동궁(東宮) 현덕전(顯德殿): 당대(唐代) 왕세자가 있는 전(殿) 이름. 실제 진왕(秦王) 이세민(李世民)은 무덕(武德) 9년[626] 6월에 병사를 이끌고 현무문(玄武門)으로 들어와서 이건성과 이원길을 죽이고, 이에 놀란 고조는 그 달에 이세민을 황태자로 삼는다. 그리고 그 해 8월 갑자일(甲子日)에 마침내 진왕(秦王)을

足蹈)하여121) 조하(朝賀)하기를 마치매, 무덕(武德) 구년을122) 고쳐 정관(貞觀)123) 원년이라 하니, 이 곧 태종(太宗) 황제시라. 고조를 존(尊)하여 태상황(太上皇)을124) 삼고, 장·윤 이비로 황태비(皇太妃)라125) 하고, 장손왕후(長孫王后)를 존하여 황후(皇后)를126) 삼고, 문무백관을 다 벼슬을 더하고 사람을 보내어 위징(魏徵)을 부르니, 징이 들어와 부복한대, 태종 왈,

"네 일찍 우리 형제를 이간(離間)하니 무삼 죄를 당할꼬?"

위징이 불변안색[不變顏色]하고127) 대왈,

"폐하 일찍 진언(進言)을128) 듣던들 반드시 금일지화(今日之禍)가129) 없살나이다."130)

태종이 대로 왈,

"난신(亂臣)이131) 도차지시(到此之時)하여132) 오히려 굴(屈)치 아니하나냐?

하고, 도부수(刀斧手)를 꾸짖어,

　　동궁(東宮) 현덕전(顯德殿)에서 황제로 즉위하였다.
120) 산호만세(山呼萬歲): 나라의 중요 의식에서 신하들이 임금의 만수무강을 축원하여 두 손을 치켜들고 만세를 부르던 일.
121) 수무족도(手舞足蹈): 몹시 좋아서 날뜀.
122) 무덕(武德) 구년: 626년.
123) 정관(貞觀): 중국 당나라 태종 때의 연호(627-649).
124) 태상황(太上皇): 자리를 물려주고 들어앉은 황제인 상왕(上皇)을 높여 이르는 말.
125) 황태비(皇太妃): 태상황(太上皇)의 비(妃).
126) 황후(皇后): 황제의 정실.
127) 불변안색(不變顏色): 얼굴빛을 바꾸지 아니함.
128) 진언(進言): 웃사람에게 자신의 의견을 말함. 또는 그 의견.
129) 금일지화(今日之禍): 오늘날의 재화.
130) 없살나이다: 없었을 것입니다.
131) 난신(亂臣): 나라를 어지럽힌 신하.
132) 도차지시(到此之時): 이러한 때에 이르름.

"내어 참하라."

하신대, 경덕이 꿇어 간왈,

"이는 충신이니 사(赦)하심을 바라나이다."

상이 소왈,

"짐이 또한 현사(賢士)인 줄 아는 고로 일시(一時) 회언(戱言)함이라."[133]

하시고, 친히 술을 주어 마음을 위로하시고, 배(拜)하여 첨사주부(詹事主簿)를[134] 하이시니, 징이 사은하고 이에 왕규(王珪)[135] · 위정[韋挺]을[136] 천거하거늘, 다 불러 간의대부[諫議大夫]를[137] 삼고, 영 · 제 이궁(二宮) 장사(將士)를 또한 상작(賞爵)을[138] 주시고, 고사렴으로 시중(侍中)을[139] 삼고, 소우(蕭瑀) · 봉덕이[封德彝]로[140] 복야[僕射]를[141] 삼고, 기

---

133) 회언(戱言): 웃음거리로 하는 실없는 말.

134) 첨사주부(詹事主簿): 관명(官名). 첨사(詹事)는 태자궁에 소속되어 있던 벼슬아치다. 정3품에 해당된다.

135) 왕규(王珪): 571-639. 당 태원(太原) 기인(祁人). 수나라에서는 봉례랑(奉禮郎)으로 있었고, 당나라에서는 태자 이건성(李建成)의 중사인(中舍人)으로 있었다. 태종이 그의 재주를 아껴서 불러서 간의대부(諫議大夫)를 시켰다. 이후 방현령(房玄齡) · 이정(李靖) · 온언박(溫彦博) · 위징(魏徵) 등과 함께 국정을 담당하였다. 그가 죽었을 때는 태종이 직접 소복(素服)을 입고 슬퍼하기를 마지아니했다.

136) 위정(韋挺): 세책본에는 '인정'으로 되어 있는데, 이는 '위정(韋挺)'의 오류임. 당 경조(京兆) 만년인(萬年人). 태종 정관(貞觀) 초에 왕규(王珪)가 누차 천거하여 상서(尙書)와 좌승(左丞)을 역임하였다. 왕규 방현령(房玄齡) · 위징(魏徵) 등과 함께 정사를 주장하였다. 고사렴(高士廉)과 함께 『씨족지(氏族志)』를 수장하였다. 58세를 살았다.

137) 간의대부(諫議大夫): 관직명. 진(秦)나라 때에 처음 두었던 관직으로, 의론(議論)을 주장(主掌)하였다. 인원에 제한이 없어서 많을 때에는 간의대부가 수십명일 때도 있었다. 당나랑 때에는 정간대부로 명칭이 바뀌기도 했지만, 신룡(神龍) 중[705-709년]에 다시 간의대부로 바꾸었다.

138) 상작(賞爵): 상과 작위(爵位).

139) 시중(侍中): 관명(官名). 천자의 좌우에서 여러 가지 일을 받들고 고문(顧問)에 응하였다.

140) 봉덕이(封德彝): 세책본에는 '복덕'으로 되어 있는데, 이는 '봉덕이(封德彝)'의 오류임. 태종(太宗) 때에 우복야(右僕射) 벼슬을 했던 인물이다. 『신당서(新唐

여(其餘) 장사를 다 중상(重賞)하시고, 우마(牛馬)를 잡아 군사를 대향(大饗)하시고142) 창고를 열어 백성을 진제[賑濟]하니143) 천하 대열(大悅)하여 심산궁곡(深山窮谷)이 다 환열희지(歡悅喜之)하더라.

태종위교입맹 약산음산주개
[太宗渭橋立盟 藥師陰山奏凱]144)

각설. 돌궐(突厥)이 태종이 건성·원길을 죽이고 대위에 오르고, 고조 물러 후궁에 거(居)함을 듣고, 때를 타 침범코자 할 새, 힐리[頡利] 가한[可汗]의 부하(部下)에 한 효장(驍將)이 있으니, 성명은 야률백재(耶律伯材)라.145) 힐리를 자주 권하여 왈,

"드라니146) 가한과 결연하여 한가지로 기병하여 병진(竝進)케147) 하고, 만일 땅을 얻거든 반씩 나누자 하면 반드시 이김을 얻으리이다."

힐리 대희하여 즉시 사자(使者)를 돌리(突利)에게 보내어 야률백재로

書)』를 보면 학문이 높았으며, 태종 정관(貞觀) 원년[627] 6월에 죽었다는 기록이 있다.
141) 복야(僕射): 당(唐)·송(宋) 때의 벼슬 이름.
142) 대향(大饗): 특별한 경축 행사에서 임금이 베풀던 큰 잔치.
143) 진제(賑濟): 세책본에는 '진괴'로 되어 있으나, 이는 '진제'의 오류로 보임. 낙선재본에도 '진졔'로 나온다. 진제는 구제함을 이른다.
144) 태종(太宗)은 위교(渭橋)에서 맹세를 세우고, 약사(藥師)는 음산(陰山)에서 승전보를 알리다.
145) 야률백재(耶律伯材): 힐리(頡利) 가한(可汗)의 휘하에 있던 장수로 보이나, 그 자세한 행적은 미상.
146) 드라니: 세책본에는 '드르니'로 되어 있는데, 이는 '돌리(突利)'의 오류로 보임. 중국본과 낙선재본 모두 '돌리'로 나오고 있다. 돌리(突利) 가한(可汗)은 당(唐) 나라 때의 돌궐(突厥)의 추장(酋長)으로, 이름은 십발심(什鉢芯)이다.
147) 병진(竝進): 한가지로 나아감.

원수를 삼고, 부장(副將) 영호역아(令狐易牙)[148] 등을 거느려 웅병(雄兵)
십만을 조발(調發)하여 모다 성중에 들어가 도적질함에, 일일(一日)이
못하여 위수(渭水)[149] 북녘에 안영(安營)하고 체탐(體探)을[150] 보내어,

   "장안에 들어가 허실을 탐지(探知)하라."

하니, 체탐인 집실사력(執失思力)으로[151] 즉시 조문(朝門)에 들어가,

   "왔는 줄을 고하라."

하니, 상이 전지하사

   "부르라!"

하시니, 사력(思力)이 들어와 주하되,

   "이제 돌궐[突厥]이 백만지중(百萬之衆)을[152] 거느려 가한으로 더불
어 위수에 이르니, 병세 심히 정예(精銳)한지라. 한 번 상국(上國)으로[153]
더불어 자웅(雌雄)을 결(決)하려 하나이다."

   상이 대로 왈,

   "짐이 석일에 가한으로 더불어 화친하고 금은 필단(疋緞)을[154] 무수
히 주어 인국(隣國)의 좋음을 맺었거늘 이제 맹세를 저버리고 들어와 도
적질하니 어찌 부끄럽지 아니하랴? 네 비록 융적(戎狄)이나 또한 인심
(人心)이 있으려든 대은(大恩)을 잊고 망령되이 와 우로[155] 강성함을 자

---

148) 영호역아(令狐易牙): 힐리가한(頡利可汗)의 휘하에 있던 장수로 보이나, 그 자
　　세한 행적은 미상.
149) 위수(渭水): 중국 황하강(黃河江)의 큰 지류(支流). 감숙성(甘肅省) 남동부에서
　　시작하여 섬서성(陝西省)으로 흘러 황하강으로 들어간다.
150) 체탐(體探): 찾아서 감.
151) 집실사력(執失思力): 야률백재(耶律伯材)의 휘하에 있던 군졸로 보이나, 그 자
　　세한 행적은 미상.
152) 백만지중(百萬之衆): 백만명이나 되는 군사.
153) 상국(上國): 작은 나라로부터 조공(朝貢)을 받는 큰 나라.
154) 필단(疋緞): 비단.
155) 우로: 이는 의미 없이 들어간 말이 아닌가 한다. 중국본이나 낙선재본에도 이

랑하나뇨?”

하고, 도부수(刀斧手)를 꾸짖어,

　“내어 참(斬)하라!”

하시니, 사력이 경황실조(驚惶失措)하여156) 아무리할 줄 모르더니, 소우·봉덕이가 진왈(進曰),

　“차인(此人)은 외국 사자라. 마땅히 예로써 보내소서.”

　상 왈,

　“이제 놓아보낸즉 겁(怯)한다 하리니 죽여 써 위엄(威嚴)을 뵈리라.”

　소우 등이 힘써 간한대, 상이 이에 사력을 문하[門下]에 가두고 스스로 피갑상마(被甲上馬)하여157) 창을 빗기고 바로 현무문을 나 고사렴·방현령 등으로 위수가에 이르러 마상(馬上)에서 대호 왈,

　“돌궐아! 일찍 짐(朕)을 보았는다? 내 일찍 너로 더불어 약위형제(約爲兄弟)하여158) 서로 침범치 않으려 하였거늘, 어찌 배약입구(背約入寇)하여159) 스스로 죽고자 하는다?”

　돌궐이 이 말을 듣고 대경하여 마음에 자연 겁하더니, 또 그 위무풍신(威武風神)을160) 보고 절로 경겁(驚怯)하는지라.161) 말에 내려 절하고 만세를 부르거늘, 그 소리 수십리에 들리더라. 중군이 상의 뒤를 좇아 이르니 정기폐일(旌旗蔽日)하고162) 대오(隊伍)가163) 정제(整齊)한지라.164)

18

　에 상응하는 말이 없다.

156) 경황실조(驚惶失措): 놀라 허둥대며 어찌할 줄 모름.

157) 피갑상마(被甲上馬): 갑옷을 입고 말에 올라 탐.

158) 약위형제(約爲兄弟): 형제가 되기로 약속함.

159) 배약입구(背約入寇): 약속을 저버리고 군대를 이끌고 쳐들어옴.

160) 위무풍신(威武風神): 위엄있고 씩씩한 풍채.

161) 경겁(驚怯): 놀라서 겁을 냄.

162) 정기폐일(旌旗蔽日): 깃발이 하늘을 가림.

163) 대오(隊伍): 편성된 대열.

164) 정제(整齊): 정돈되어 가지런함.

상이 손을 들어 중군을 물리고 홀로 힐리로 더불어 위수를 격(隔)하여165) 말하려 하거늘, 소우가 가만히 고왈,

"폐하 어찌 만승지존(萬乘之尊)으로써166) 흉노(匈奴)로 더불어 말하시나잇고?"

상 왈,

"짐이 헤아렸으니 경(卿)이 알 바 아니라. 돌궐이 병을 이루어 옴은 짐이 새로 즉위하였으매 막지 못하리라 함이거늘, 짐이 만일 약함을 뵈어 문을 닫고 지키면 흉노 반드시 종병대략(從兵大掠)하리니,167) 짐이 경기(輕騎)로168) 독출[獨出]하여 친히 싸울 줄을 알면, 흉노 깊이 들어와 반드시 두려워하리니 여전즉극(與戰則克)하고 여화즉고[與和則固]하니169) 이는 돌궐이 재차일계(在此一擧)니170) 경은 시험하여 보라."

소우가 우(又) 주왈,

"차등(此等)은 인면수심(人面獸心)이니171) 마땅히 삼가 방비하소서."

차시. 힐리는 사력이 돌아오지 아니하고 또 태종이 정신독출[挺身獨出]하여172) 대오(隊伍)가 정숙(整肅)하고 매복(埋伏)이 있는가 의심하여 또 다시 사(使)를 보내어 청화(請和)하거늘,173) 태종이 허락하시고 이에

---

165) 격(隔)하여: 사이를 두어.

166) 만승지존(萬乘之尊): 천자나 황제를 이름.

167) 종병대략(從兵大掠): 군사를 이끌고 와서 크게 노략질을 함.

168) 경기(輕騎): 차림새를 가볍게 함.

169) 여전즉극(與戰則克)하고 여화즉고(與和則固)하니: 더불어 싸우면 이기지만, 더불어 화해하면 굳게 해 준다는 의미.

170) 돌궐의 재차일계(在此一擧): 재차일계(在此一擧)는 이 한 거조에 있다는 의미다. 이 부분은 다소 모호한데 '돌궐의' 다음에 마땅히 "복종하기는"이 첨가되어야 한다.

171) 인면수심(人面獸心): 사람의 얼굴을 하고 있으나 마음은 짐승과 같다는 뜻으로, 마음이나 행동이 몹시 흉악함을 이름.

172) 적신독출(挺身獨出): 앞장서서 홀로 나섬.

173) 청화(請和): 화친(和親)함을 청함.

백마(白馬)를 죽여 힐리로 더불어 삽혈(歃血)하고,174) 편교[便橋]175) 위에서 맹세하니, 돌궐이 병(兵)을 인(引)하여176) 물러가다. 소우가 묻자와 가로되,

"돌궐이 화친을 못하였을 때에는 제장이 싸움을 돋우되 폐하 허(許)치 않으시더니, 흉노 도로혀 스스로 물러가니 아지못게라. 무삼 연고니잇가?"

태종이 이르사대,

"짐이 돌궐의 중(衆)이 많으대 부정(不整)하고 군신의 뜻이 회뢰(賄賂)를177) 구할 뿐 아니라, 그 청화(請和)할 때의 가한이 홀로 수서[水西]에178) 있고 달관(韃官)에179) 나아와 내게 뵈니, 내 만일 저를 사로잡고 인하여 그 중(衆)을 엄습(掩襲)하여180) 치면 섞은 나무 부러지는 듯할 것이오. 또 장손무기·이정 등을 보내어 기다리다가 흉노 만일 돌아가거든 복병(伏兵)이 그 앞을 막고 대군(大軍)이 그 뒤를 누르면 멸함이 손바닥 뒤침같으되, 싸우지 않는 바는 짐이 즉위한 지 오래지 아니하여 국가가 불안하고 백성이 미부[未富]리니181) 고요히 진무(鎭撫)할지라. 이러므로 금백으로 달래면 물러가리니, 내 병위(兵威)를182) 길러 틈을 타

---

174) 삽혈(歃血): 예전에 굳은 약속의 표시로 개나 돼지나 말 따위의 피를 서로 나누어 마시거나 입에 바르던 일.
175) 편교(便橋): 세책본에는 '현교'로 되어 있는데, 이는 '편교(便橋)'의 오류임. 편교는 편문교(便門橋)로, 도성(都城) 12문 가운데 하나다. 무제(武帝) 2년에 위수(渭水) 위에 세워졌다.
176) 인(引)하여: 이끌고.
177) 회뢰(賄賂): 뇌물
178) 수서(水西): 위수(渭水) 서쪽.
179) 달관(韃官): 가한(可汗)의 휘하에 있던 벼슬아치들.
180) 엄습(掩襲): 뜻하지 아니한 때에 습격함.
181) 미부(未富): 부유하지 아니함.
182) 병위(兵威): 군대의 위력이나 위세.

20 한 번 들매 가히 멸(滅)하리니, 장차 취(取)코자 할진대 여차함만 같지 못하다 하니 정히 이를 이름이니라.”

소우 배사 왈,

“폐하의 신기묘산(神機妙算)은[183] 신등이 미칠 바가 아니로소이다.”

하더라. 이 날 중장을 거느려 환조(還朝)하실 새, 군신이 칭하하고 대연을 베퍼 장사(將士)를 상로(賞勞)하시더니,[184] 대도독(大都督) 장공근이 가전(駕前)에 나아와 주왈,

“힐리 종욕영포(縱慾逞暴)하여[185] 충량(忠良)을 살해하고, 간녕(奸佞)을[186] 친신(親信)하니,[187] 폐하 그 인심 잃은 때를 타 치시면 가히 취(取)하리이다.”

상 왈,

“이미 허화(許和)하였거늘 또 따라 치면 차(此)는 불신(不信)이라.”

공근이 우 주왈,

“석(昔)에 한고조(漢高祖)가[188] 항왕(項王)으로[189] 더불어 홍구(鴻溝)에서[190] 맹세하고, 고조(高祖)가 그 뒤를 엄습하여 해하(垓下)[191] 일전(一

---

183) 신기묘산(神機妙算): 신묘한 기략과 묘한 계책.
184) 상로(賞勞): 공로에 대해 상을 주고 음식을 주어 위로함.
185) 종욕영포(縱慾逞暴): 아무런 거리낌 없이 포학(暴虐)함을 방자히 행함.
186) 간녕(奸佞): 간사하고 아첨하는 것.
187) 친신(親信): 가까이 두어 신임함.
188) 한고조(漢高祖): B.C247-B.C195. 유방(劉邦). 패인(沛人). 자는 계(季). 서한(西漢)을 건립함. 재위 8년.
189) 항왕(項王): B.C.232-B.C.202. 항우(項羽). 초패왕(楚覇王). 명은 적(籍). 자는 우(羽). 진말(秦末) 하상인(下相人). 해하(垓下)에서 유방(劉邦)에게 패하여 오강(烏江)에서 자결함.
190) 홍구(鴻溝): 변수(汴水). 초나라 때 항우(項羽)와 한고조(漢高祖)가 이 강을 경계로 삼아 천하를 중분(中分)하기로 서로 약속한 곳이다.
191) 해하(垓下): 지금의 안휘성(安徽省) 내에 있음. 항우(項羽)가 한고조에게 포위 당하여 패한 곳으로 유명하다.

戰)에 성공하였는지라. 어찌 신(信)을 위하여 그치리잇고? 이제 군마(軍馬)가 정강(精强)하니[192] 병이 이르면 일고가멸[一鼓可滅]하리이다." [193]

상이 석연(釋然)[194] 돈오(頓悟)[195] 왈,

"경언(卿言)이 금옥지론(金玉之論)이라."[196]

하시고 즉시 전지하사 이정을 봉(封)하여 도총관(都總管)을 삼고 장공근·이세적으로 부총관(副總管)을 삼고, 시소(柴紹)·울지공으로,

"길을 나눠 나가라!"

하시니, 제장이 정병 십오만을 거느려 장안을 떠나 마읍(馬邑)으로[197] 나아갈 새, 대군이 정히 행하더니, 초마(哨馬)[198] 보(報)하되,

"이는 백도(白道)[199] 지방이니 정양성(定襄城)이 멀지 아니타!"

하거늘, 이정이 전령(傳令)하여 영채(營寨)를 세우고,

"즉시 이세적으로 더불어 일지군(一枝軍)을 거느려 가만히 적군에 이르러 힐리의 영을 불 지르라!"

하고, 또

"설만철(薛萬澈)을 보내어 싸움을 돋우라!"

하고,

"시소는 일지군을 거느려 이십리를 물러 매복하였다가 힐리를 만나 싸우되 이김을 취치 말라."

---

192) 정강(精强): 정예롭고 강함.
193) 일고가멸(一鼓可滅): 북을 한 번 울리면 가히 멸망시킬 수 있음. 즉 단 한 번의 전투로 적을 멸망시킴.
194) 석연(釋然): 미심쩍은 것이 확 풀리는 모양.
195) 돈오(頓悟): 갑자기 깨달음.
196) 금옥지론(金玉之論): 금과 옥처럼 귀한 말.
197) 마읍(馬邑): 지금의 산서성(山西省) 삭현(朔縣).
198) 초마(哨馬): 파수병.
199) 백도(白道): 지금의 내몽고(內蒙古) 자치구(自治區) 토묵특기(土默特旗).

제장이 각각 병을 거느려 가거늘, 이정이 스스로 일만군을 거느려 십여리를 물러 산곡 험한 곳에 둔병(屯兵).[200]

각설. 돌궐·힐리가 병(兵)을 거두어 돌아가더니, 반로(半路)에서[201] 문득 보하대,

"추병(追兵)이 가까이 왔다!"

하거늘, 힐리 사람을 성야(星夜)로[202] 각번(各番) 부락(部落)에 보내어,

"병을 이루어 구응(救應)하라."

하고, 스스로 군을 거느리고 장수를 보내어

"당병(唐兵)을 대후(待候)하라!"[203]

하더니, 초마 보하되,

"당병이 백도 지방에 이르렀다!"

하거늘, 힐리 출병(出兵) 영적(迎敵)할 새, 당 선봉 설만철이 크게 꾸짖어 왈,

"이제 대병(大兵) 백만과 전장(戰將) 천여원이 이십여 대에 분(分)하여 이르렀거늘, 네 오히려 항(降)치 아니하고 어느 때를 기다리나뇨?"

힐리 대로하여 창을 빗기고 싸워 삼십여합이 못하여 만철이 패하여 달아나니, 힐리 병을 몰아 엄살(掩殺)하여 이십여리를 따르더니, 홀연 함성이 대진하여 일지군이 길을 막으니, 이는 부마 도위 시소라. 힐리가 꾸짖어 왈,

"무명(無名) 소장(小將)이 감히 나를 대적할다?"

언파(言罷)에 양마(兩馬) 교봉(交鋒)하여[204] 시소가 패하여 달아나거늘,

---

200) 둔병(屯兵): 군사를 주둔함. 세책본에는 둔병 다음에 아무런 내용이 없는데, 이 부분은 마땅히 '둔병하니라'로 보아야 할 것이다.
201) 반로(半路): 돌아가는 중간쯤되는 길.
202) 성야(星夜): 별이 총총한 밤.
203) 대후(待候): 기다림.

힐리가 병을 재촉하여 십리를 따르더니, 산곡 중으로서 고성(高聲)이 대진(大振)하며 일군이 길을 막으니, 이는 도총관(都摠管) 이정이라. 힐리가 이미 십여리를 따라 인마(人馬)가 곤핍(困乏)한지라. 진력하여 싸우더니 홀연 본진(本陣)으로서 쟁북 소리 진동하거늘, 황망히 중군에 물러가 물은대, 돌리(突利) 왈,

"초마 보하되, '후면에 이세적이 가만히 적구(磧口)에205) 이르러 각 영을 불지르고 뒤를 짓친다.' 하니 가히 오래 싸우지 못할지라."

하거늘, 힐리 대경하여 부장 영호역아(令狐易牙)로,

"일만 인마를 거느려 기호(旗號)를 세우고, 영채를 굳게 하여 이정을 대적하라."

하고, 힐리 스스로 일만병을 거느려 적구에 웅거(雄據)할206) 새, 과연 채(寨) 중에 화염(火焰)이 멸(滅)치 아니하였거늘, 힐리 급히 나아가 불을 구하려 하더니, 이세적의 군을 만나 싸울 마음이 없어 수합이 못하여 대패하여 달아나더니, 길에서 부장 역아(易牙)를 만나니, 역아 또 이정에게 패하여 돌아오는지라. 일처(一處)에 합병하고 힐리·돌리가 중장으로 더불어 상의 왈,

"이제 당병이 운집(雲集)하니207) 그 세(勢)를 가히 당치 못하리니, 인마를 거느려 잠깐 철산(鐵山)으로208) 피할만 같지 못하다."

하고, 즉시 행군하여 철산에 이르러 인마를 쉬더니, 홀연 초마 보왈,

"당병이 이미 음산(陰山)을209) 쳐 파(破)하고 각번 중장이 다 당에 항

---

204) 교봉(交鋒): 교전(交戰). 서로 병력을 가지고 전쟁을 함.
205) 적구(磧口): 낮은 물가. 또는 사막 어구.
206) 웅거(雄據): 일정한 지역을 차지하고 굳게 막아 지킴.
207) 운집(雲集): 구름처럼 많이 모임.
208) 철산(鐵山): 호북성(湖北省)에 있던 산(山) 이름.
209) 음산(陰山): 관명(關名). 호북성(湖北省) 마성현(麻城縣)의 동북쪽에 있음.

(降)하였다."

하거늘, 힐리 크게 놀라 전령하여 각 영채(營寨)를 빠혀[210) 나아가더니, 수 리는 못 가서 전군(前軍)이 보하되,

"대당 부총관 장공근이 돌아갈 길을 막는다."

하거늘, 힐리 돈족(頓足)[211)왈,

"진퇴의 길이 없으니 이는 하늘이 망케 함이로다."

돌리 왈,

"당병이 하인산(賀人山)을[212) 막아 우리로 하여금 수미(首尾)를 구치 못하게 하니, 위망(危亡)이[213) 조석(朝夕)에 있는지라. 이제 다만 산 북 후면(後面)에 일로(一路) 있으니, 이 길로 좇아 북부(北部) 소니실[蘇尼室]에[214) 가 수천 군을 빌려 다시 회복함이 좋을까 하노라."

힐리 좇아 즉시 병을 거느려 벽제천[鷿鶙泉][215) 후(後)로 좇아 북부로 가니라.

각설. 이세적이 이 소식을 듣고 중군에 보한대, 이정이 대경 왈,

"만일 북부로 가면 우리 능히 이기지 못하리라."

하고 울지공으로,

"일지군을 거나려 북부 소니실에 가 금은 채단을 주고 이해로 달래어 투항하게 하고, 힐리를 들이지 말게 하라."

---

210) 빠혀: 빠져나와.
211) 돈족(頓足): 발을 구름.
212) 하인산(賀人山): 호북성(湖北省) 은시현(恩施縣)의 서쪽에 있는 산 이름.
213) 위망(危亡): 위태하여 망할 것 같음.
214) 소니실(蘇尼室): 세책본에는 '쇼긔실'로 되어 있는데, 이는 '소니실(蘇尼室)'의 오류임. 소니실은 '소니특(蘇尼特)'으로 보임. 취락(聚落)의 이름으로, 내몽고(內 蒙古) 석림곽륵맹오부(錫林郭勒盟五部)의 하나.
215) 벽제천(鷿鶙泉): 세책본에는 '빅제천'으로 되어 있는데, 이는 '벽제천(鷿鶙泉)' 의 오류임. 벽제는 물새의 일종으로, 벽제천은 물새들이 노는 물가의 의미를 담은 이름이라 하겠다.

경덕이 예물을 갖추어 가거늘, 이정이 또 왕도종[王道宗]으로,216)

"삼천 철기(鐵騎)를 거느려 힐리를 따르라."

하다. 차시 힐리 등이 이십여리를 행하더니, 초마 보하되,

"추병이 가까이 왔다!"

하거늘, 힐리 후대(後隊)로 전대(前隊)를 삼고 하인산으로 나아가더니,
산하(山下)에 과연 당병이 길을 막거늘, 힐리 군사로,

"불을 들라!"

하여 당병 채책(寨柵)을217) 불 지르고 군을 몰아 지나가는지라. 왕도종
이 철기를 거느려 힐리를 따라 하인산으로 갈 새, 힐리 이 때 추병이
급함을 보고 군을 재촉하여 닫더니, 전면에 문득 고성이 대진하여 일표
군(一彪軍)이 내다르니, 이는 당장(唐將) 장보상[張寶相]이라.218) 말을
놓아 창을 빗기고 대호 왈,

"개같은 놈아! 내 너를 기다린지 오래더니라. 일찍 항(降)하여 죽기를
면하라."

힐리 대로하여 말을 뛰어 내달아 싸우더니, **홀연** 북부 수장 소니실
이219) 울지공으로 더불어 앞을 짓쳐오고, 시소와 왕도종이 뒤를 짓쳐와
힐리·돌리를 에우고 어지러이 치니, 가한이 크게 싸워 충돌하되 벗어

25

---

216) 왕도종(王道宗): 세책본에는 '왕도등'으로 되어 있는데, 중국본에 따르면 이는
'왕도종(王道宗)'의 오류임. 고조의 사자로 송금강(宋金剛)에게 가서 항복을 권
유했던 인물이다. 또한 임성군(任城郡)으로 있으면서 돌궐과 전투를 하기도 했
다. 『신당서(新唐書)』를 보면 울지경덕에게 맞아서 애꾸가 되었다고 한다.

217) 채책(寨柵): 영채를 보호하기 위해 말뚝으로 만든 울타리.

218) 장보상(張寶相): 세책본에는 '댱보장'으로 되어 있는데, 이는 '장보상(張寶相)'
의 오류임. 『신당서(新唐書)』를 보면 당시 대동도행군총관(大同道行軍總管)으로
있으면서 음산(陰山) 북쪽에서 대막(大漠)까지 공격을 했던 인물이다.

219) 세책본에서는 소니실을 앞서는 지명으로 쓰였는데, 여기서는 인명으로 쓰고
있다. 낙선재본도 이 점은 동일한데, 중국본에서 보면 소니실을 인명으로 볼
근거는 없다.

나지 못하더라.

원래 북부 소니실이 당조(唐朝) 회뢰(賄賂)를 받고 항복하러 오더니, 이 곳에서 만난지라. 소니실이 병을 일처에 합하고 힐리·돌리를 사로잡아 당영에 돌아와 이정에게 뵐 새, 차시 이세적 등이 다 이르렀더라. 이정이 대회하여 공로(功勞)를 기록하고, 설만철·울지공으로 일만병을 거느려 힐리·돌리 등 모든 항장(降將)을 압령(押領)하여[220] 장안으로 보내고, 드디어 하령하여 반사(班師)할 새, 삼군이 금고(金鼓)를 울리고 개가(凱歌)를 불러 돌아오다.

각설. 태종황제(太宗皇帝) 순천부(順天府)에서 정사를 의논하시더니, 이정이 돌리를 파하고 힐리 등을 생금(生擒)하여 돌아옴을 들으시고 대열하신대, 소우가 주왈,

"마땅히 위의를 갖추어 천조(天朝) 위엄(威嚴)을 뵈소서."

상(上)이

"옳다!"

하시고, 이에 위의를 엄숙히 하여 기다리시더니, 이윽고 제장이 힐리 등을 매어 현알(見謁)하거늘,[221] 힐리가 전폐(殿陛)에 부복하여 가만히 살피니, 과연 위엄이 엄숙하거늘, 송구함을 마지아니하더라. 상이 명하여 맨 것을 그르고 힐리다려 문왈,

"네 매양 강성함을 자칭하더니 어찌 사로잡힘이 되었나뇨?"

힐리 고두 왈,

"만세(萬歲) 천위(天威) 엄숙하신지라. 신은 불과 정저와(井底蛙)같으니[222] 어찌 높은 천일(天日)을 보았으리잇고?"

---

220) 압령(押領): 죄인을 잡아서 데리고 옴.
221) 현알(見謁): 지체가 높고 귀한 사람을 찾아가 뵘.
222) 정저와(井底蛙): 우물 안 개구리.

온은박[溫彦博]이223) 우(又) 주왈,

"돌궐이 궁진(窮盡)하여224) 왔으니 어찌 바라리잇고?225) 보천지하(普天之下) 막비왕토(莫非王土)요, 솔토지빈[率土之濱]이 막비왕신(莫非王臣)이라.226) 이제 중국 생업(生業)을 주어 가르치면 다 우리 백성이 되리니 제 반드시 우리 폐하 성덕을 습복(慴伏)하올지라.227) 어찌 후환이 있을까 염려하리잇고?"

상 왈,

"경언(卿言)이 정합짐심(正合朕心)이라."228)

하시고, 드디어 돌궐의 땅을 항주(杭州)에229) 처하되, 동(東)으로 유주[幽州]로부터230) 서(西)흐로 영주[靈州]에231) 이르게 하고, 힐리의 땅을

---

223) 온은박(溫彦博): 세책본에는 '문은박'으로 되어 있는데, 이는 '온은박(溫彦博)'의 오류임. 573-637. 당 태원(太原) 기인(祁人). 자는 대감(大監). 온대아(溫大雅)의 아우. 수나라에서 벼슬을 하다가 당에 귀순하였다. 고조 무덕(武德) 8년에 돌궐군에게 패해 포로가 되어 당병(唐兵)에 대한 정보를 요구받았지만 끝내 거부하다가 고한지(苦寒地)에 수감되었다. 이후 태종이 즉위한 후 돌궐을 공격하여 은박을 구출하였다. 이후에는 두문불출하고 빈객(賓客)도 맞지 아니하고, 국가의 이해 득실에 대해서도 아무 말도 하지 않았다.

224) 궁진(窮盡): 궁(窮)하여 모든 것이 없어짐.

225) 어찌 바라리잇고: 이 대목은 앞의 내용과 관련하여 이해가 되지 않는다. 세책본에는 앞서 태종이 말한 다음에 상당 부분이 빠져 있다. 때문에 여기에서 온언박이 말한 "어찌 바라리잇고"에 대한 내용은 위징이 태종에게 "믓당이 노화 고토의 도릭ᄀ게 ᄒ야지이다"(낙선재본 13책)라는 말에 대한 것이다.

226) 보천지하(普天之下) 막비왕토(莫非王土)요 솔토지빈(率土之濱)이 막비왕신(莫非王臣)이라: 큰 하늘 아래가 왕의 땅 아닌 곳이 없으며, 땅에 깔린 물가에 있는 사람이 왕의 신하가 아닌 사람이 없다. 『좌전(左傳)』에 실려 있다.

227) 습복(慴伏): 두려워서 굴복함.

228) 정합짐심(正合朕心): 정히 짐(朕)의 마음과 합치함. 짐(朕)은 임금이 자신을 낮추어 말하는 일인칭 대명사.

229) 항주(杭州): 지금의 절강성(浙江省)에 있는 지명.

230) 유주(幽州): 12주의 하나. 지금의 하북성(河北省) 북경(北京) 일대.

231) 영주(靈州): 영하성(寧夏省) 영무현(靈武縣)에 있던 주(州) 이름.

나눠 여섯 고을을 삼고, 좌(左)에는 정양(定襄)을[232) 두고 우(右)에는 운중[雲中]을[233) 두되, 두 고을에 도독부(都督府)를 두어 그 중(衆)을 거느리게 하고, 돌리로 순주도독(順州都督)을 삼고, 소니실로 왕(王)을 봉(封)하고, 그 여(餘)는 다 중랑장(中郎將)을 삼아 조정에 조열(朝列)하니,[234) 오품(五品) 이상이 백여인이요, 장안에 들어와 사는 자 만여명이라. 조지(朝旨)를 나려 대연(大宴)을 단소전(丹宵殿)에 베퍼 태상황(太上皇)을 청하여 헌수(獻壽)하실 새, 상이 돌궐을 치고 힐리를 항복 받은 일을 일일이 주하시니, 상황이 대회하여 군신을 돌아보사 왈,

"석일 한고조 백등(白登)의[235) 칠일(七日)을 욕을 받았으되, 능히 원수를 갚지 못하였더니, 이제 대당은 이렇듯하니 다시 무엇을 근심하리오?"

하시니, 백관이 다 하례하고 만세를 부르니, 소리가 전각(殿閣)을 움직이더라. 술이 반감(半酣)에 상황이 친히 비파를 타시고 즐기시며 이에 힐리를 불러,

"나아오라."

하사 문왈,

"너는 융적[戎狄]이라.[236) 또한 이 풍류를 아는다?"

힐리 주왈,

"이는 본대 호인(胡人)의 지은 바로 중국에 유입하였으니 자고로 있나이다."

상황이 이에 힐리를 명하여,

---

232) 정양(定襄): 군명(郡名). 운중군(雲中郡) 동북부의 땅.
233) 운중(雲中): 세책본에는 '용중'으로 되어 있는데, 중국본에 따르면 이는 '운중'의 오류임. 산서성(山西省)에 위치한 군(郡) 이름.
234) 조열(朝列): 조정에서 벼슬아치들이 조회 때에 벌여 서던 차례.
235) 백등(白登): 현명(縣名). 산서성(山西省) 양고현(陽高縣)의 남쪽.
236) 융적(戎狄): 중국에서 서쪽 오랑캐와 북쪽 오랑캐를 아울러 이르던 말인데, 여기에서는 북쪽 오랑캐만을 지칭한다.

“춤 추라!”

하시고, 남만(南蠻)237) 추장(酋長) 풍지대[馮智戴]로238) 시(詩)를 읊으시고 웃어 왈,

“호월(胡越)239) 일가(一家)는 고미유야(古未有也)라.”240)

하시고, 옥배(玉杯)에 술을 먹이시고, 인하여 잔을 힐리 등을 주어,

“각각 술을 먹으라!”

하시니, 힐리 등 중인이 고두사은(叩頭謝恩)하더라. 군신이 서로 이어 헌수(獻酬)하고241) 상이 좌를 떠나 자하상(紫霞觴)을242) 받들어 주왈,

“이제 사이(四夷) 다 진복(震服)하오니,243) 부황(父皇)의 위덕(威德)이 이루신 바요, 신의 지략이 아니로소이다.”

하시고, 이 날 부자 군신이 크게 즐기고 파하시다.

상이 유사(有司)를 명하여 모든 공신의 얼굴을 능연각(凌烟閣)에244) 그리고 충열(忠烈)을 표장하여, 자손을 땅을 나눠 공신과 종신을 봉하시니라. 차후(此後)로 성자신손(聖子神孫)이245) 계계승승(繼繼承承)하여 만

---

237) 남만(南蠻): 중국에서 남쪽의 오랑캐라는 뜻으로 남쪽 지방에 사는 민족을 낮잡아 이르던 말.

238) 풍지대(馮智戴): 세책본에는 ‘즁귀디’로 되어 있는데, 이는 ‘풍지대(馮智戴)’의 오류임. 당 고주(高州) 양덕인(良德人). 용맹하고 꾀가 많고 용병술에 능하였다. 고조 무덕(武德) 연간에 그의 부친인 풍앙(馮盎)이 고조에 항복하였고, 풍지대는 이에 따라 춘주자사(春州刺史)가 되었다.

239) 호월(胡越): 중국 북쪽의 호나라와 남쪽의 월나라라는 뜻으로 서로 멀리 떨어져 있는 두 나라를 뜻함. 여기서는 북쪽 오랑캐와 남쪽 오랑캐가 서로 한 자리에 있는 것을 비유한 말이다.

240) 고미유야(古未有也): 예전에는 없었던 일이라.

241) 헌수(獻酬): 술잔을 서로 주고 받는 일.

242) 자하상(紫霞觴): 자줏빛 안개의 채색 무늬가 있는 술잔으로, 보통 신선들의 술잔을 의미한다. 여기서는 황제가 마시는 술잔으로 볼 수 있다.

243) 진복(震服): 두려워 떨면서 복종함.

244) 능연각(凌烟閣): 중국 당나라 때에, 개국 공신 24명의 초상을 그려 걸었던 누각.

방(萬邦)이246) 일향(一向)하니,247) 후인(後人)이 당조(唐朝)의 역력(歷歷)한248) 사기(事機)를249) 알고자 하거든 중당(中唐)과 잔당연의(殘唐演義)를 이어 차차 석람(釋覽)하여 분해(分解)할지어다.250)

---

245) 성자신손(聖子神孫): 성자성손(聖子聖孫). 임금의 자손을 높여 이름.
246) 만방(萬邦): 모든 나라.
247) 일향(一向): 한 곳으로 향함.
248) 역력(歷歷)한: 뚜렷한.
249) 사기(事機): 사건의 기미. 일의 자취.
250) 중당(中唐)과 잔당연의(殘唐演義)를 이어 차차 석람(釋覽)하여 분해(分解)할지어다: 중당연의(中唐演義)와 잔당연의(殘唐演義). 이 낙선재본에도 그대로 씌어져 있지만, 중국본에는 이러한 상투어가 없다.

당진연의 원문

권9

1

당진연의권지구

화셜슝금강이졔장다려왈울지공이도라오거든다만닐오디당장이와싸홈을도〃거
놀낭위왕지나가쌋호다가쥭으믈닙고금일쏘격장이와쌋홈을도〃미우리뉴인이왕
자롤위ᄒᆞ여나쌋호다가픠ᄒᆞ여도라오다ᄒᆞ라모다응낙ᄒᆞ더라슝금강이왕자롤쥭이
고마음의졍히번뇌ᄒᆞ더니믄득소졸이보ᄒᆞ디울지공이왓다ᄒᆞ거놀금강이부ᄅᆞ니경
덕이드러와뵌디금강이경덕다려왈네죄롤아ᄂᆞᆫ다경덕이디왈아지못ᄒᆞ나이다금강
이닐오디니널노ᄒᆞ여금운량ᄒᆞ라ᄒᆞ엿거놀엇지과한ᄒᆞ여장녕을업슈히너기나뇨어
졔당장이와쌋홈을도〃미이위왕지츌젼ᄒᆞ엿다가망ᄒᆞ고금일쏘왓거놀즁장이나쌋
호다가픠ᄒᆞ여시니네긔한의도라왓던들엇지이러ᄒᆞ리오이ᄂᆞᆫ다너의죄라ᄒᆞ고군사
로ᄒᆞ여금쳘삭을달화짜히버리고경덕을꿀니라ᄒᆞ니즁장이간왈총병관

2

은아직죄쥬기롤긋치고명일경덕으로ᄒᆞ여금츌젼ᄒᆞ여공을닐우게ᄒᆞ여만일셩공ᄒᆞ
거든속죄ᄒᆞ쇼셔금강이닐오디즁장의낫찰보아〃직소ᄒᆞᄂᆞ니명일공을닐워속죄ᄒᆞ
게ᄒᆞ라경덕이샤례ᄒᆞ고나와심하의싱각ᄒᆞ디니관밧긔둔쥬ᄒᆞ엿다가격장을싱금ᄒᆞ
여이한을씨스리라ᄒᆞ고휘하이장을불너닐오디슌쵸ᄒᆞ다가셰작을맛나거든즉시싱
금ᄒᆞ여오라ᄒᆞ고군을쥬니이장이쳥녕ᄒᆞ고가거놀경덕이삼쳔군을거나려관외의둔
ᄒᆞ다각셜당진왕이장좌롤모ᄒᆞ고닐오디니한번빅관을보고자ᄒᆞ디밝ᄂᆞᆫ날가지못ᄒᆞ
리니뉘가히조츨고졍교금왈원컨디신이보가ᄒᆞ리이다슉뵈왈그디엇지셔군사교령

을듯지아니ᄒ고갓다가만일그릇ᄒ미잇시면罪롤장찻엇지ᄒ려ᄒ나뇨교금이더왈
맛당이군사롤난화사면의미복ᄒ고만일급ᄒ일이잇거든사롬으로ᄒ여금비보ᄒ리
니장군이쌜니와접응ᄒ라슉

3

뵈왈이는양칙이아니〃무공이도라오기롤기다려가시미졸흘가ᄒ나이다진왕이슉
보의말을듯지아니ᄒ고마삼보등으로젼후디롤삼고졍교금으로보가ᄒ라ᄒ고힝홀
시교금이쥬왈이압츄풍영아린셰길이〃시니더로〃가면길이편ᄒ고갓가오더필연
도젹이잇실거시오소로〃가면알니업사더길이멀고험ᄒ니가기어려오리이다진왕
왈가히소로〃가리니지명이무엇고교금왈이곳이면되니이다왕이힝ᄒ여도강연의
니로니일인일미겨유왕니ᄒ게되여가장험ᄒ더라이길을지나빅벽관의니ᄅ러두로
보고닐오더닝당쵸의만일틱진을진슈ᄒ엿던들엇지져의게아이리오이계회복ᄒ려
ᄒ미군량을만이허비ᄒ리니가탄이로다졍교금왈던희가히진장군으로더부러의논
ᄒ여틱원을몬져츄ᄒ거나빅벽을츄ᄒ거나ᄒ쇼셔ᄒ더라셰작이〃일을경덕의게보
ᄒᆫ더경덕이급히이장으로ᄒ여금소로〃좃차츄풍영아

4

러나아가왕니힝인을통치못ᄒ게ᄒ라이장이쳥녕ᄒ고바로츄풍영으로가다울지공
이일지군마롤거나려관의나와소리롤놉혀왈너희사〃로이무어슬엿보나뇨당영쵸
민진왕긔보ᄒ니마삼뵈왈이계젹장이알고ᄯᅡ라오는지라신이가더젹홀거시니던하
는졍교금으로더부러나아오쇼셔ᄒ고나가ᄊ화슈합이못ᄒ여경덕이치롤드러마삼
보롤바라고치니치꼿희등을마즈피롤토ᄒ고다라나거눌단지현이마자십여합의단
지현이한창으로경덕의가삼을지ᄅ니경덕이급히피ᄒ며승세ᄒ여치로지현의등을
치니지현이알푸믈견디지못ᄒ여다라나거눌졍교금이더로ᄒ여션화부롤들고말을
노하소리질너왈젹장은닷지말나ᄒ고마자ᄊ화삼십여합의불분승부라경덕이싱각
ᄒ더니안문관으로붓터빅벽관의니ᄅ히일작젹슈롤맛ᄂ지못ᄒ엿더니졔날노더부

러삼십여합을싼호니쏘한호장이로다ᄒ고즉

5

시죽절편을늬여더지니교금이션화부롤드러막거놀경덕이치롤드러치니교금이몸을기우려피ᄒ다가밋지못ᄒ여좌역등을마지니알푸믈견디지못ᄒ여마상의업듸여다라나거놀진왕이삼장의연픠ᄒ믈보고급히슈목사이로피ᄒ니경덕이싱각ᄒ디이일정진왕이로다ᄒ고교금을싼로지아니ᄒ고바로슈목즁으로다라드러졍히치려ᄒ더니믄득공즁으로셔다셧톱가진금농이나려와치롤막는지라츠시진왕이혼불부체ᄒ여말을치쳐다라나거놀경덕이급히싼로더라각셜진슉뵈영의잇더니진왕이위급ᄒ믈듯고갑쥬롤졍졔ᄒ고말을노하바로츄풍영아러니ᄅ러는경덕의부장냥인이길을막거놀슉뵈디로ᄒ여벽능간을드러냥장을연ᄒ여쳐쥭이니여즁이다허여지거놀슉뵈말을모라경덕을싼로더니먼니바라보니경덕이졍히진왕을싼로거놀마음의싱각ᄒ디져는아쥬롤싼라

6

갓가이잇고나는사이머니엇지구ᄒ리오ᄒ고졍히민망ᄒ여ᄒ다가한계교롤싱각ᄒ고놉히웨여왈젹장은나의살을보라경덕이그쇼리롤듯고급히말을도로혀보니살이업거놀방심ᄒ여싼로더니슉뵈쏘웨여왈젹장은늬살을보라경덕이싱각ᄒ디창은피ᄒ려니와암젼은피ᄒ기어려오니라ᄒ고급히장신ᄒ여보니살이쏘오지아니ᄒ거놀드시말을노하싼로니슉뵈고셩왈젹장은늬살을다시도라보라경덕이말을머무르고머리롤도로혀보니일원디장이풍우갓치싼라오거놀경덕이싱각ᄒ더니져의완병지계의ᄲ지도다ᄒ고다시웅치아니ᄒ고진왕을싼로더라
진왕삼교홍예관슉보디젼난영파
각셜진슉뵈경덕을싼라졈〃갓가오니경덕이디로ᄒ여츄병을도라보지아니코진왕을싼라홍예관의니로니진왕이탄왈압희는큰물이가렷고뒤희츄병이급ᄒ니장찻엇지ᄒ리오니

7

이곳의셔죽으리로다ᄒ고하날을우러러빌며치룰드러두어번치니그말이크게한쇼리지르고쇼〃쳐ᄲᅱ여물을건너거눌경덕이물가의니로니진왕이경덕을가르쳐닐오디네능히이물을건너엇지날을희ᄒ려ᄒᆞᄂᆞᆫ다경덕이분노ᄒᆞ여급히말을치치니그말이믄득ᄲᅱ여물을건너ᄂᆞᆫ지라졍히진왕을ᄯᅡ로고자ᄒᆞ더니진슉뵈물가의니르러웨여왈젹장은아쥬롤상히오지말나경덕이닐오디네능히이물을건닐쇼냐슉뵈헤오디계ᄯᅡ로거든니물을건너리라ᄒᆞ더니진왕이ᄶᅡ라오다가슉보의건너믈보려ᄒᆞ여말을멈츄고셧거눌슉뵈웨여왈엇지다라나지아니ᄒᆞ시ᄂᆞᆫ뇨ᄒᆞ며활을드러먼니가르치니진왕이싱각ᄒᆞ디슉뵈날노ᄒᆞ여금쏘고자ᄒᆞ미로라ᄒᆞ고궁젼을잡아졍히쏘고ᄌᆞᄒᆞ다가다시싱각ᄒᆞ더니만일쏘이맛치면져갓흔명장을닐흐리니엇지앗갑지아니리오아모려나귀슌ᄒᆞ게

8

ᄒᆞ리라ᄒᆞ고살을ᄲᅡ혀만작ᄒᆞ여쏘니졍히경덕의엄신갑을맛친지라경덕이디로ᄒᆞ여말을치쳐ᄉᆞ십보ᄂᆞᆫ가셔슉뵈말을치쳐물을건너더니길마의가삼을마조쳐붉은피소사ᄂᆞ니슉뵈경덕이볼가져허연ᄒᆞ여삼키디긋치지아니ᄒᆞᄂᆞᆫ지라슉뵈알푸믈참고쇼리질너왈젹장은닷지말나경덕이머리룰두로혀보니슉뵈발셔물을건너ᄂᆞᆫ지라말을도로혀마자ᄊᆞ화반야로붓터밝기의니르러승부룰결치못ᄒᆞ더니경덕이죽졀편을드러벽능간을막으며ᄊᆞ홈을멈츄거눌슉뵈왈엇지ᄊᆞ홈을긋치뇨경덕왈이지야니격슈룰맛ᄂᆞᆫ지라가히각〃인마룰졍졔ᄒᆞ여피차셩명을통ᄒᆞ고다시ᄊᆞ화승부룰결홀ᄲᅳᆫ아니라후셰의영명을젼ᄒᆞ미디장부의쾌시로다슉뵈왈네말이가장죳ᄐᆞᄒᆞ고각〃뫼흘너머가의갑을곳칠시슉보ᄂᆞᆫ머리의봉시투고룰쓰고몸의녹금젼포

9

의빗은쇄자갑을닙고허리의봉작ᄃᆡ룰두로며연지혜룰신고숀의벽능간을쥐고호로표룰탓시며경덕은머리의쳘박두룰쓰고몸의도화포의엄신갑을쪄닙고허리의사만

디롤두루고숀의죽절편과인쳘창을드러시며슈훼롤신고금쳑오쵸마롤탓더라이쟝
이결속ᄒ기롤다ᄒ미슉뵈왈네셩명이무어시뇨한번통ᄒ믈앗기지말나경덕왈나는
졍양왕가하디신춍병관숑금강의휘하젼부션봉이니복셩은울지오명은공이오자는
경덕이로라슉뵈왈나는셔부진왕의휘하디도독이니셩은진이오명은셩이오자는슉
뵈로라ᄒ고이쟝이졍히ᄊᆞ호고자ᄒ더니믄득보니진왕이나오거늘슉뵈창으로가ᄅ
쳐먼니가고자ᄒ는지라왕이ᄉᆡ닷지못ᄒ여협공ᄒ라ᄒ는가ᄒ여말을도로혀나오더
라이쟝이셔로ᄊᆞ화일쳔여합의니ᄅ러는슉뵈먼니바라보니일지병이오거늘슉뵈경
덕다려왈오는군사롤

10

피ᄎ의아지못ᄒ니모로미각〃병을도로혀왓다가명일다시ᄊᆞ호미엇더ᄒ뇨경덕이
허락ᄒ고각〃군을거두어도라가다원니그일군은집금오상쟝군졍교금이러라ᄊᆞ홈
을파ᄒ고도라가진왕을뵈니왕왈니일쟉긔병ᄒ므로붓터니런ᄊᆞ홈을보지못ᄒ엿ᄂ
니만일쟝군의구ᄒ미아니런들니이곳의셔맛칠낫다ᄒ고슉보로더부러영의도라와
졔쟝다려왈오날〃진쟝군의구ᄒ미아니런들엇지다시경등을보리오ᄒ고친히잔을
잡아권홀시슉뵈쟉일토ᄒ엿던피롤경덕이볼가ᄒ여연ᄒ여삼켯더니더은술이드러
가미믄득목궁그로셔쇼리나며피쇼사나는지라왕이디경왈쟝군이날을위ᄒ여이러
틋병을어드니엇지감상치아니리오ᄒ고후영의가조리ᄒ게ᄒ다ᄎ시경덕이도라가
숑금강을본디금강이문왈승뵈엇더ᄒ뇨경덕이디왈쟉야의당진왕이가마니관하의
니ᄅ러엿보거늘소쟝이나아가당쟝삼인을치로쳐상희오고진

11

왕을ᄯᅡ라홍예관의니로니믄득당쟝슉보로더부러일쳔여합을ᄊᆞ화승부롤결치못ᄒ
여날이늣기로도라왓나이다숑금강이디로왈네안문관으로부터여긔이ᄅ히ᄊᆞ홈마
다그져도라올젹이업거늘이졔일쥬야롤ᄊᆞ호디소졸의슈급을엇지못ᄒ여시니일쟉
반심이잇는지라엇지간ᄉᆞᄒ말을ᄭᅮ미ᄂᆞ뇨ᄒ고좌우롤ᄭᅮ지져잡아나려업지ᄅ고큰

미로일빅을치라호디즁장이괴로이간호여면호니경덕이한을먹음고본영의도라오
다각셜셔무공이집의도라가상ᄉᆞ롤맛친후다시당녕의니르러진왕긔비알호니왕이
반겨셔로별니롤펴고츄풍영의셔조기던일을니로니무공이잠〃코후영의드러가슉
보의병을본후장의나와왈젼일던히빅벽관의가실ᄊᆡ의보가호던장쉬뉘뇨은긔산왈
졍교금마삼보단지현삼장이니이다무공이삼장을불너왈니갈졔분부호디각〃삼가
조심호라호엿거눌엇지감히

12

영을어릇쳐던하로호여금놀나시게호뇨호고무ᄉᆞ롤꾸지져삼장을니여참호라호니
왕이급히말녀왈이는다나의허물이오삼장의죄아니〃군사는용셔호라무공왈이번
은던하의권호시믈인호여샤호거니와차후위령지잇시면용셔치아니리라삼장이고
두복죄호더라잇튼날무공이진왕긔쥬왈이졔슉보의병이하리지못호여시니즁장으
로호여금ᄊᆞ호지말게호쇼셔졔장이용약왈우리즁장이엇지한울지공을못니긔리오
호고각〃병을거나려관의나아가진셰롤버리고ᄊᆞ홈을도〃미경덕이피갑상마호여
진의나와보니슉뵈업는지라크게쇼리질너왈여등은빅이라도나의격쉬아니〃도라
가고슉보롤나오게호라즁장이디로호여함긔말을모라ᄊᆞ화진시로부터오시의니르
디승부롤결치못호는지라진왕이무공다려왈군사는가히군을거두라만일장쉬상호
미잇시면우리예긔훼찰호리라무공

13

이즉시뉴졍희월효롤불너여ᄎᆞ〃〃호라호니이장이쳥녕하고쵸인을민다라장속을
갓쵸고큰증을가지고울지공의진즁의드러가연호여셰번증을울니고다라나니경덕
이본영의셔증치믈보고창을막으며왈니이지너의셩명을요디호ᄂᆞ니슉보롤보니여
자웅을결호게호라호고군을거두어도라가니송금강이우문왈이번은승뷔엇더호뇨
경덕왈소장이당장으로더부러승부롤결호리니증소리롤듯고도라오니이다금강이
노왈니엇지퇴군호미잇시리오경덕왈즁군이다아나니장녕이업ᄉᆞ면엇지무단이퇴

군ᄒ리잇고금강왈네본디반심을품어시니거즛말을ᄭ며즁인을입을막으미라ᄒ고
무ᄉ룰ᄲ지져ᄂ여참ᄒ라ᄒ디즁장이고왈이ᄂ도젹이반간ᄒᄂ계교니바라건디이
번쏘죄롤샤ᄒ여특일공을셰우거든속죄ᄒ쇼셔금강왈즁장의낫츨보아아직ᄉᄒᄂ
니관익을직회여셰작을통치말나ᄒ니경덕이ᄉ례ᄒ고도라가니라

14

차시진왕이셔무공으로더부러상의왈니울지공을항복밧고다른곳을치고자ᄒᄂ니
엇지ᄒ여야조ᄒ리오무공왈경덕이비록용이〃시나뫼젹고셩픔이강직ᄒ니속히항
치아닐지라신이〃졔범이뫼흘ᄰ나ᄂ계교롤ᄒᆼᄒ여몬져빅벽관을취ᄒ고버거티원
을취ᄒ여이두어곳을어드면기여ᄂ다취키쉬오니이ᄯ의계교롤베퍼항복밧드리이
다왕왈무삼계교로관을취ᄒᆯ고무공왈뉴무쥐본디북션우롤의지ᄒ여구완을삼ᄂ지
라이졔금빅을갓쵸아곽효셕을셔번의보니여일지병을비러북군의긔호롤가착ᄒ고
거즛북션우의구병이로라ᄒ여한가지로빅벽관을직회여거즛북션우의구병이로라
ᄒ여니응ᄒ면송금강이의심치아니리니그ᄯ의니응의합ᄒ면빅벽관취ᄒ미여반장
이리이다ᄒ고금빅을갓쵸아효셕을쥬니무공이효셕을불너일을자셔이가ᄅ쳐왈네
용심ᄒ여일

15

을그릇치말나ᄒ고귀의다혀일〃이가ᄅ치니효셕이진왕긔하직고셔번의니ᄅ러왓
ᄂ쯧을통훈디이ᄯ번왕이조회롤베펏더니황문이번왕긔고ᄒ니왕이불너왈무삼일
노왓ᄂ뇨효셕이쳥병ᄒᄂ뫼롤니론디번왕이녜물을밧고셜연ᄒ여사자롤관디ᄒ고
변원슈왕안빅을불너졍병오쳔을쥬어북션우의모양을ᄒ고빅벽관의가계교롤ᄒᆼᄒ
라ᄒ니왕안빅이쳥녕ᄒ고곽효셕으로더부러번왕긔하직ᄒ고나와오쳘쳘긔롤거ᄂ
려효셕과한가지로ᄒᆼᄒ여셔시관의니ᄅ러효셕이번장다려왈니몬져도라가진왕긔
고ᄒᆯ거시니장군은빅벽관으로가라ᄒ고귀의다혀왈여ᄎ여ᄎᄒ라왕안빅달왈니다
아노라ᄒ고냥인이니별ᄒ고길을각〃난화ᄒᆞᆯ시왕안빅달이ᄒᆼᄒ여빅벽관의니ᄅ

러몬져경덕을보고션우왕의뜻을니로니경덕이사롬으로송금강의게보호디금강이
급히즁장으로호여금

16

관의나가마자드러와녜필의왕안빅달왈션우왕의녜롤바다왓시니원슈당과쓴호믈
듯고불승흠션호여특별이날노호여금쳘긔오쳔을거나려보니여원슈롤도와한가지
로관을직희라호더이다호니숑금강이디희호여우마롤잡아호군호고잔치롤비셜호
여극진관디호더라각셜곽효셕이당영의니르러즁군장의드러가진왕긔뵈고번왕의
일을일 " 이쥬호니왕이무공다려문왈셔번병이임의빅벽관의니르러시니맛당이엇
지호리오무공이디왈이리로셔동으로십니만가면한뫼희잇시니일홈은쳥녜산쵸슈
곡이니가히이곳의미복호여울지공을곤케호리이다호고즉시계장을모화분발홀시
댱공건양건방으로일지병을거나려쵸슈곡졍동의미복호고병원직은일지군을거나
려쵸슈곡졍남의미복호고노명경빅헌도논일지군을거나려쵸슈곡졍셔의미복호고
가윤보뉴쥬신

17

은일지군을거나려쵸슈곡졍북의미복호고쵸슈곡동남의논은긔산뉴홍긔오쵸슈곡
셔남의논마삼보단지현이오쵸슈곡동북의논고사롬상션지오진슉보논일지군을거
나려쳥계산의미복호여팔노인마롤춍독호게호고당숀슌덕안귀홍은일만쳘긔롤거
나려왕니호여제로인마롤구응호라호고무공이조발호긔롤맛차미즁관을분부호디
여등은경덕이쵸슈곡의들긔롤기다려졀노더부러졉젼치말고팔노인마롤다만면니
호여울지공으로호여금금능뽄디롤버셔나지못호게호고너영을기다려노하보너라
호니즁장이쳥녕호고각 " 병을거나려가거놀무공이졍교금을불너분부호디네빅벽
관의가경덕의게쓴홈을도 " 와거즛픽호여다라나경덕을유인호여쵸슈곡의드러오
게호면이논너의공뇌라호고쬬왕원왕호왕당인왕우신뉴졍희등오장을불너왈여등
은일지병을거나려격숑좌편의미복

18

ᄒᆞ고쏘비인긔비힝공비힝검비슈방비슈의등오장을불너왈여등은일지병을거나려젹
숑우편의미복ᄒᆞ엿다가졍교금이경덕을유인ᄒᆞ여쵸슈곡으로드러갈졔반ᄃᆞ시젹숑을
지날거시니너의냥노인미언긔식고ᄒᆞ고요동치말고경덕이지나간후구응이오거든너
희동심ᄒᆞ여막잘나버셔나지못ᄒᆞ게ᄒᆞ고나의영을기다려퇴군ᄒᆞ라즁장이쳥녕ᄒᆞ고믈
너나니셔무공이분발ᄒᆞ기를맛친후진왕을뫼셔졔장의셩공ᄒᆞ기를기다리더라
납번졸금숑금강상지진슉보획양
각셜졍교금이필마로빅벽관의나아가쳥젼ᄒᆞ니경덕이치를츔츄어마자따화십합이
못ᄒᆞ여셔교금이픠쥬ᄒᆞ니경덕이말을멈츄고싱각ᄒᆞ디일졍계긔잇도다ᄒᆞ고쏘로지
아니ᄒᆞ거늘교금이경덕의ᄊᆞ로지아니ᄒᆞᆷ믈보고말을도로혀ᄡᅮ지져왈역젹아네ᄊᆞ라
와날과ᄊᆞ홀쇼냐경덕이디로ᄒᆞ여소리질너왈픠장은닷지말나

19

교금왈승픠ᄂᆞᆫ병가의상시라모로미용을자랑치말고나의도치를바드라경덕이치를
츔츄어마자ᄊᆞ화십합이못ᄒᆞ여셔교금이도치를쓰를고다라나거늘경덕이말을멈츄
고싱각ᄒᆞ디일졍계긔잇도다ᄒᆞ고쏘로지아니ᄒᆞ거늘교금이경덕의ᄊᆞ로지아니믈보
고말을도로혀경덕을가ᄅᆞ쳐왈네눌을기다리나뇨ᄒᆞ고션화부를드러경덕을바라며
번득여닐오디역젹아네ᄯᅡ라와날과ᄊᆞ홀쇼냐경덕이디로ᄒᆞ여쇼리질너왈픠장은닷
지말나ᄒᆞ고급히말을치쳐ᄊᆞ로니교금이경덕을졈〃혀니여쵸슈곡의니ᄅᆞ러뫼흘지
나져근길노닷거늘울지공이급히ᄊᆞ로니졍교금이믄득간디업거늘경덕이계교의따
진쥴알고말을도로혀골노나오더니홀연산상의셔방포쇼리나며ᄉᆞ면팔방의당장이
각〃디병을거나려나오고도창검극이삼셔듯ᄒᆞ여웅산은만쳡이오졀벽은쳔층이라
경덕이쵸슈곡즁의ᄊᆞ이여바라보니산

20

머리의일면빅긔를쏫고긔우희텬나지망네자를쓰고쏘일면의금자로삭인황긔를셰

우고긔우희터도독진슉보라뗫더라슉뵈호로포롤퇴고벽능간을들고가르쳐왈경덕
아네감히산의올나와날노더부러일쳔합을싿홀쇼냐경덕이싱각ᄒ미져의궤계의ᄲ
지도다ᄒ고사면을도라보니즁〃쳡〃ᄒ거시당병이오산상의뇌목과포셕을ᄲᆞᆺ코산
곡쇼로롤다목셕으로막앗는지라경덕이창을빗기고두어번즛치터능히ᄲᅡ디롤버셔
나지못ᄒ니이졍히이른바웅위ᄒ호푀함졍의ᄶᅥ러지고날닌미망나의걸님갓더라어
시의셔무공이우진달우진웅이쟝을불너왈여등은여ᄎ〃〃ᄒ라이쟝이계교롤듯고
영의나아가경덕의군사의복식을ᄒ고북인의언어롤비혼후바로빅벽관의니르러쇼
리롤놉혀왈나는울지션봉의부린사롬으로급ᄒ일이잇셔왓시니쾌히문을열나소졸
이져의인민쥴알고문을여러드리거놀바로슈부의

21

드러가슝금강을보고꾸러고왈소쟝은울지션봉의부린사롬으로급ᄒ일이잇셔와고
ᄒ나이다슝금강이급문왈무삼일이뇨터왈션봉이당진왕을ᄯᅡ라쵸슈곡의잇시터당
병이만흐니일흐미잇실가져허특별이쇼쟝을보니여츙병긔보ᄒ느니ᄲᆞᆯ니병을발ᄒ
여쵸슈곡의보니여졉응ᄒ쇼셔만일지완ᄒ면일흘가져허ᄒ나이다슝금강이우문왈
너의셩명이무어시뇨터왈소쟝등은상승군이니셩명은사계화광이로쇼이다숑금강
이닐오터즁쟝은다닐으터니울지공을보친다ᄒ더니니만일이번의경동치아니면졔
엇지즐겨진왕을잡으리오ᄒ고즉시ᄉ계롤불너압길을인도ᄒ라ᄒ고화광은부원슈
로더부러인마롤거나려빅벽관을ᄶᅥ나쵸슈곡으로나아가니라각셜우진웅이가마니
왕안빅달의게소식을통ᄒ엿더니슝금강의병이먼니갓시믈쵸탐ᄒ고왕안빅달이우
진웅으로더부러슈관장을죽이고터당긔호롤꼿고일변사

22

롬을진왕긔보니여보ᄒ다각셜이ᄶᅥ진왕이졍히영즁의셔무공으로더부러군졍을의
논ᄒ더니믄득쵸미보ᄒ터숑금강의인민다관을ᄶᅥ나미우쟝군이빅벽관을앗고특별
이던하의오시믈쳥ᄒ더이다무공이쥬왈던하는머무르지마로쇼셔ᄒ고즉시젼령ᄒ

여홍눙산을써나빅벽관의니로니우진웅이관문을디기ᄒ고나와왕을마자드러갈시
왕안빅달이계의나려비알ᄒ거놀왕이금은치단을만이상ᄉᄒ고번군을크게호궤ᄒ
후도라가라ᄒ니왕안빅달이하직고병을거나려셔번으로도라가다진왕이무공다려
왈군시이지빅벽관을취ᄒ여시니가히사롬을보니여츄슈곡인마롤물녀경덕을다라
나게ᄒ디만일암젼을노아경덕을상ᄒ오면참ᄒ리라영ᄒ라무공이즉시사롬을보니
여쵸슈곡병을거두라ᄒ다쇽금강이힝ᄒ여젹슝의니르러는홀연포셩이진텬ᄒ며일
표군이나오니위슈디장은왕원등오장이라쇼리롤놉혀왈젹장은쾌히말긔나려

23

항복ᄒ라쇽금강왈너희진왕이울지공의게잡혀쵸슈곡의잇시니이지우리인마롤거
나려졉응ᄒ라가나니여등은농즁지조오부즁지어라엇지항복지아니ᄒ나뇨왕당인
이꾸지져왈이논다우리군ᄉ의계교라ᄒ고칼을츔츄어다라드러쏘화슈합이못ᄒ여
셔함셩이니러나며일표인미쏘니다르니위슈디장은비슈의등오장이라엽흐로좃차
살닙ᄒ여쏘화십여합의니르러뉴정회창을머무르고궁젼을째혀한살노왕셕용의좌
편다리롤맛치니댱심상이분용ᄒ여왕셔용을구ᄒ여다라나고왕당인이슈즁돗즐머
무르고급히유셩퇴롤째혀단공명의뒥뒤롤쳐말긔나리치니북군즁장이셰조치아니
믈보고쏘홀마음이업셔급히다라나거놀당장이모다ᄯ로지아니ᄒ고다만젹병을혼
살혼후도라가다각셜무공의부린사롬이쵸슈곡의니르러젼령ᄒ여병을거두라ᄒ니
팔면인미일시의물너나빅벽관으로

24

올시길의셔젹슝의민복ᄒ엿던병을맛나한가지로도라가다츳시경덕이곡즁의ᄲᆞ이
여인곤마핍ᄒ니졍히위급ᄒ더니홀연사면의당병이물너가믈보고연망이인마롤지
촉ᄒ여쵸슈곡을써나힝ᄒ여젹슝의니르러보니쥭엄이들의가득ᄒ고피흘너니히되
고픠갑잔병의졀창단젼이불가승슈러라경덕이싱각ᄒ디가장고희ᄒ도다ᄒ고나아
가즈시보니다산후인마의복식이어눌크게놀나닐오디아지못게라우리인미엇지이

곳의셔살피ᄒᆞ엿ᄂᆞ뇨ᄒᆞ여감상ᄒᆞ믈마지아니ᄒᆞ더라경덕이겨유곡즁을ᄶᅥ나나가더
니안군장등오장을맛나경덕다려무로ᄃᆡ네어ᄃᆡ로셔오나뇨경덕이ᄃᆡ왈네젹장의계
교의ᄲᅡ져쵸슈곡의싸이여여러번즛치면셔나오려ᄒᆞ디능히버셔나지못ᄒᆞ여거의진
상의셔쥭게되엿더니당병이믈너가미겨유도라왓노라범군장이문왈네진왕을잡앗
노라ᄒᆞ고사ᄅᆞᆷ을부려쇼식을보ᄒᆞ고당병이만흐니항

25

혀닐흘가져허디병이와졉응ᄒᆞ믈쳥ᄒᆞ미춍관이친히디군을거나려젹ᅀᅧᆼ의니ᄅᆞ러는
십원디장을맛나크게싸화단공명이진의셔쥭고군졸이다살피ᄒᆞᆫ지라네일작ᄲᅡ혼곳
을본다경덕이닐오ᄃᆡ장군등이겨의계교의맛치도다진왕을엇지그리슈히잡으리오
춍병관이어ᄃᆡ잇ᄂᆞ뇨범군장이닐오ᄃᆡ병이픠흘ᄶᅥ의각〃흣터져시니어ᄂᆡ곳의잇ᄂᆞᆫ
쥴알니오언미필의ᅀᅧᆼ금강이투고롤귀의걸고슈풀속으로나오거ᄂᆞᆯ경덕이마자계교
의ᄲᅡ져곤ᄒᆞ던일을고ᄒᆞ니금강왈밧비빅벽관의도라가계교롤ᅀᅵᆼ각ᄒᆞ니만갓지못ᄒᆞ
다ᄒᆞ고즁장을거나리고관의니ᄅᆞ러보니관상의디당긔치롤ᄭᅩ잣거ᄂᆞᆯ송금강과울지
공이보고혜오ᄃᆡ빅벽관을닐허시니과연져의계교의맛치도다금강이닐오ᄃᆡ북번왕
이도로혀당으로더부러ᄂᆞᆼ응외합ᄒᆞ미라ᄒᆞ고경덕다려무로ᄃᆡ무삼계교로이관을아
사리오경덕왈ᄃᆞ시취ᄒᆞ기어려오니ᄯᅩ한당병

26

이만히쵸슈곡의민복ᄒᆞ며당진왕을보호ᄒᆞ니그슈롤아지못ᄒᆞ고허믈며지혜로방비
ᄒᆞ리니급히쳐앗기어려온지라모로미다시장슈롤모흐고병을어더야가히치리이다
송금강왈아직틱원부의도라가쥬공긔뵈고졍벌ᄒᆞ믈쳥ᄒᆞ라ᄒᆞ고디군을거나려틱원
부의도라가다각셜진왕이슈부의안잣더니즁장이나와참현ᄒᆞ거ᄂᆞᆯ무공이갈오ᄃᆡ병
은신속ᄒᆞ미귀ᄐᆞᆨᄒᆞ니인마롤지쵹ᄒᆞ여평요원으로가사이다ᄒᆞ고우진웅우진달노빅
벽관을직회오고디군이힝ᄒᆞ여평요원의니ᄅᆞ러하치ᄒᆞ다츳시송금강이즁장을거나
려틱원셩의니ᄅᆞ러하치ᄒᆞ다츳시송금강이즁장을거나려틱원셩의니ᄅᆞ러바로드러

가뉴무쥬롤본디무쥐왈과인이일작부ᄅ지아냣거눌엇디관익을쩌나오뇨숑금강이
쥬왈울지공이조심치아냐빅벽관을닐흐니이다왕이경덕다려왈네엇지ᄒ여관을닐
호다경

27

덕이쥬왈신이병을발ᄒ여당장을ᄯ라가다가쵸슈곡의ᄲ져거의쥭게되엿더니당병
이스사로믈너ᄂ니신이바야흐로도라오믈어드니빅벽관일흐믄츙관의일이오신의
죄아니로쇼이다무쥐우문왈냥기왕자와단공명이엇지업ᄂ뇨숑금강이우쥬왈울지
공이량식을지쵹ᄒ라가셔졍일이지나도록오지아니ᄒ고당장은날마다ᄯ홈을도도
니이위왕지분ᄒ믈너기지못ᄒ여당장으로더부러ᄊ호다가난군즁의쥭고ᄯ단공명
은진상의셔쥭으니이다뉴왕이 〃 말을듯고더로더분왈만일울지공이 〃 럴진더너는
츙병의도리무엇시뇨ᄒ고도부슈롤명ᄒ여숑금강과울지경덕이인을잡아니여오문
밧긔나가머리롤버희라ᄒ니우승상양복염이츌반쥬왈셩상은노롤긋치시고잠간졍
지ᄒ쇼셔울지공이여러번디공을셰워시니숑금강은츙병닌을거두고황셩각문을직
희게ᄒ옵고ᄯ울지공은션봉닌을앗고각

28

문의가량식을지쵹ᄒ더기흑셩의량식이십만셕이 〃 시니이곳량식을가져온후야반
드시츌병ᄒ믈의논ᄒ리이다ᄒ더이인이비스ᄒ고믈너나다숑금강은본부병을거나
려도라와다시인마롤츙독ᄒ여각문을직희오고울지공은말긔올나기흑셩으로바로
가니관이마자슈부의향안을비셜ᄒ고뉴왕이젼지롤맛더라차셜셔무공이셰작을노
하이일을알고진왕긔고왈이지울지공을기흑셩의보니여량식을슈운ᄒ여오라ᄒ다
ᄒ오니신이한계교롤쓰리이다왕왈군사의모칙이심히묘ᄒ리니ᄲᆯ니힝ᄒ라무공이
졍교금을불너가마니두어말을니ᄅ고ᄯ슉보롤불너귀의다혀닐오더여ᄎ여ᄎᄒ라
슉뵈졈두ᄒ고졍교금으로더부러일지병을거나려평요원을지나바로황토산의니ᄅ
러미복ᄒ니라이젹의울지공이량식을지쵹ᄒ여기흑셩을쩌나힝홀시모든군사롤분

부ᄒᆞ디요사이날이심히더우

29

니셔〃이힝ᄒᆞ다가셔늘ᄒᆞ거든급히힝ᄒᆞ라ᄒᆞ고졍히힝ᄒᆞ여황토산아리니ᄅ러ᄂᆞᆫ장
찻이경이라경덕이녕ᄒᆞ디오날밤이셔늘ᄒᆞ고달이밝으니완〃이힝ᄒᆞ리라ᄒᆞ여뫼흘
반이나너머가더니믄득나발소리진동ᄒᆞ며일기산왕이니다라가ᄂᆞᆫ길을막고소리질
너왈엇던사롬이완디나의산을지나〃뇨가히길갑슬드리라경덕이싱각ᄒᆞ디이곳의
엇던사롬이잇ᄂᆞᆫ고ᄒᆞ고쇼리질너왈쾌히셩명을니로라산왕이닐오디나ᄂᆞᆫ잠츙도아
니치고밧갈기도아냐의복과음식이자연삼기고길가ᄂᆞᆫ관인과상긱이〃의니ᄅ러ᄂᆞᆫ
길갑슬드리고가ᄂᆞ니너일홈은자디〃왕이로라경덕이디왈나ᄂᆞᆫ관방관장이니무삼
길갑돈이〃시리오네가장담크도다날을범ᄒᆞᄂᆞ니디셰왕의머리털을긔우라산왕왈
길갑시업거든갑쥬롤드리라경덕이우레갓치쇼리질너왈네엇지담큰체ᄒᆞᄂᆞᆫ다ᄒᆞ고
창을드러산왕의가삼을지ᄅ니산왕이벽능간을드러마자ᄊᆞ화슈십합의블

30

분승부라경덕이창을멈츄고쥭졀편을드러치니산왕이ᄯ벽능간을머무ᄅ고화쳘창
을드러마자ᄊᆞ화승뷔업더니경덕이싱각ᄒᆞ디산왕의창법과간법이가장놉흐니홍예
관의셔ᄊᆞ호던슉뷔져런지죄잇더니뉘산왕이〃갓흔지죄잇실쥴알니오이아니젹장
이궤계로슉뷔산왕이라가탁ᄒᆞ민가월식이몽농ᄒᆞ니알기어렵도다ᄒᆞ고쇼리롤놉혀
왈산왕왈네아니슌뷘다슉뷔왈너ᄂᆞᆫ아니울지경덕인다경덕왈네당조의장쉬되여산
젹이로라ᄒᆞ여영웅의일홈을욕되게ᄒᆞ나뇨슉뷔왈너의뉴무쥐경현만ᄉᆞᄒᆞ여공신을
폄작ᄒᆞ니니진부뎐하의녕지롤밧드러너롤이곳의셔기다리더니네이찌의당의귀슌
ᄒᆞ면공후의위롤닐치아닐거시오허물며당조ᄂᆞᆫ익현녜ᄉᆞᄒᆞ시고관인후덕ᄒᆞ시니네
엇지어두온디롤바리고밝은디로나아오지아니ᄒᆞᄂᆞᆫ다ᄒᆞ더라차하롤분ᄒᆡᄒᆞ라
셰임자삼월일향목동셔

권10

1

당진연의권지십

화셜진슉뫼경덕다려왈닉진부뎐하녕지롤밧드러너롤이곳의셔기다리더니네이쩌의당의귀슌ᄒ면공후의위롤닐치아니리리니이른바어두온듸롤바리고밝은듸로도라오미니라경덕이항복두자롤듯더니노발이츙관ᄒ여쥭졀편을드러ᄲᆞᄯ호더니홀연산곡으로셔나발쇼리진동ᄒ며일표군이나오니위슈일원듸장이량거롤다아사가는지라츳시경덕이다만슉보로더부러ᄲᆞ호미량미롤밋쳐보지못혼지라최후의일흔쥴알고ᄲᆞ홀마음이업셔말을도로혀기흑셩으로다라나거놀슉뫼졍교금으로더부러량미롤호숑ᄒ여바로평요원의도라와진왕을본듸왕이십분환희ᄒ더라무공왈진장군은ᄲᆞ니오만병을거나려기흑셩을ᄲᅡ라나는십팔노총관을거나려티원부롤취ᄒ고병을도로혀졉응ᄒ리라

2

혼듸슉뫼녕을듯고인군ᄒ여기흑셩으로가고진왕은티원부로가니라

진병경곤기흑셩니젹문취티원부

화셜진슉뫼병을거나려기흑셩의나아가군사롤분발ᄒ여셩을쳘통갓치ᄊᆞ니군시이롤알고황망이경덕의게알왼듸경덕이디경ᄒ여셩의올나보니과연듸군이셩을ᄊᆞ거눌경덕이싱각ᄒ디나가디젹ᄒ다가는셩즁량쵸롤닐키쉬오니죄더옥즁홀지라급히사롬을보닉여쥬공긔구완을쳥ᄒ리라ᄒ고진졸복흔을보닉여문셔롤올녓더니치인이슌쵸군의게잡희여슉보의게뵈니슉뫼양건방을명ᄒ여듸진으로보닉니츳시무공

이계장으로더부러진왕을보호ᄒ여양차현의다〃라ᄂᆞᆫ지라군ᄉᆞ롤안돈ᄒ더니양건방이왓시믈알고부ᄅᆞ니건방이드러와경덕의셰작잡으믈고ᄒ니무공이디희ᄒ여왈이ᄂᆞᆫ하날이뉴무쥬롤픠ᄒ게ᄒ시미라이긔회롤ᄐᆞ계교롤힝ᄒ미맛당ᄒ리라ᄒ고

3

당검을불너귀의다혀여ᄎ〃〃ᄒ라ᄒ니당검이쳥녕ᄒ고인ᄒ여셰작의옷슬닙고바로티원부의니ᄅᆞ러뉴쥬긔보ᄒ니뉴쥬명ᄒ여드러오라ᄒ니당검이부복왈신은울지션봉의군시러니당병이만산편야ᄒ여급히셩을ᄊᆞ니경덕이셩지와량쵸롤닐흘가져허ᄲᆞᆯ니구ᄒ시믈쳥ᄒ더이다뉴쥬디경ᄒ여즉시승상양복염과위무교위왕군곽후군집을불너왈너희삼인이한가지로티원부롤진슈ᄒ라ᄒ고송금강으로옛벼슬을복직ᄒ고장심상왕셕용안군장등즁장으로호위ᄒ라ᄒ고복흔다려왈너친히졉응ᄒ리니너ᄂᆞᆫ몬져도라가울지공으로더부러셩을구지직희라ᄒ고다시군마롤거나려가니라당검이티원셩을ᄶᅥ나바로유차현의도라와이일을보ᄒ니무공이문왈엇던사롬이셩을직희엿나뇨당검왈승상양복염과교위곽후군집이직희엿더이다무공이즉시사롬을티원의보너여

4

뉴쥬의병이티원셩을ᄶᅥ나거든와보ᄒ라ᄒ니즉시도라와보ᄒ디뉴쥬임의셩을ᄶᅥ낫더이다ᄒ거늘무공이진왕을쳥ᄒ여병을닐우혀티원의나아가둔병ᄒ고무공이한봉글을닷가살의미여셩즁의쑈니군시살을어더양복염의게드리니복염이ᄶᅥ혀보니왈셔셰격은돈슈ᄒ고글을양승상각하의올니ᄂᆞ니오리존위롤사모ᄒ나병홰간격ᄒ므로ᄡᅥ능히비알치못ᄒ니한갓쵸창홀ᄯᆞᆫ이라너이졔당진왕을좃차이곳의니ᄅᆞ러시니셰즉젹국간이로디그디로더부러구괴잇ᄂᆞᆫ지라이러므로삼가진달ᄒ노라이졔진왕뎐히슈의디보롤니어텬하롤열의셔뉴칠을두엇ᄂᆞᆫ지라군이만일집미ᄒ고밝은디로도라오지아니ᄒ면셩이파ᄒᄂᆞᆫ날맛참니뉘웃쳐도밋지못ᄒ리니원컨디그디ᄂᆞᆫ익이살피라ᄒ엿더라양복염이견필의사롬을보너여왕군곽후군집을쳥ᄒ여무공의글을

뵈니이인

5

이보고왈승상의쯧의엇지코자ᄒ시ᄂ뇨양복염이갈오디니소견으로뼈의논홀진디
이졔쥬공의가젼의다만울지공쓴이라이졔기흑셩을직희여시미조모의존망을혜아
리기업럽고쪼쥬공이〃번가미승픽롤혜아리지못ᄒ리니니혜아리건디당병이셩의
님ᄒ여급히치면우리안의셔디격홀군시업고쪼한밧게구병이긋쳐져시니엇지능히
보젼ᄒ믈어드리오모로미당의항ᄒ여셩녕의괴로오믈덜고자ᄒ노라이인왈승상의
말삼이유리ᄒ니아등이맛당이좃차리이다ᄒ니양복염이즉시슈부롤쇼쇄ᄒ고이장
으로더부러바로당영의니ᄅ러진왕을본디왕이디희ᄒ여즉시거마롤갓쵸와티원부
의드러가빅셩을안무ᄒ고창고롤봉ᄒ후무공왈병귀신속이라ᄒ니원컨디던하ᄂ쌜
니기흑셩으로나아가사이다왕이좃차양복염왕상희로티원을직희오고왕군곽후군
집등즁장을거나려언긔식고ᄒ고

6

협노로좃차기흑셩의나아가니츠시슉뵈군을거나려맛거눌왕이즁군의드러가인마
롤안돈ᄒ미무공으로ᄒ여금마질시뉴쥐쪼한댱심상등을거나려하치ᄒ다각셜당영
즁장이쏘홈을도〃니북군댱심상등이니다라셔로냥진이혼살ᄒ더니믄득납함쇼리
나며당공근굴돌통이뒤흐로즛쳐오고댱숀슌덕고사럼은셔흐로즛쳐와조젼ᄒ니고
셩이텬지진동ᄒ더라송금강이창을드러뉴흥긔가삼을지ᄅ거눌흥긔몸을기우려피
ᄒ고승셰ᄒ여한창으로숑금강의좌편다리롤질너말긔나리치니금강이알푸믈참고
쓴디롤헷쳐다라나니북군장졸이병셰불니ᄒ믈보고일시의다라나니셔로즛밟바쥭
ᄂ지부지기슈러라졍교금이승셰ᄒ여량쵸와영치의불을지ᄅ니무공이승〃ᄒ여군
을지쵹ᄒ여쥬야로쏘라작셔교의니로니하로여덜번쏘화격병을죽이니피흘너니희
되고쥭엄이뫼갓더라범군장등오장은당병

7

의쓰인비되여좌츙우돌ᄒ디능히버셔나지못ᄒ더라
진왕삼교홍예관슉뵈디젼단엽파
추시범군장·당만인·왕셕용등오장이당병의쓰인비되여좌츙우돌ᄒ디능히버셔나
지못ᄒ여다당의항ᄒ거늘무공이크게니긔고징쳐군을거두다진왕이영의도라와즁
장을호상ᄒ더니믄득보ᄒ디텬시니ᄅ럿다ᄒ거늘마자연고롤무른디사지왈황상이
칙지ᄒ시디만일변경을평정ᄒ거든울지공을살오잡아조졍의보너라ᄒ시더이다왕
왈이지산후도병을졍치못ᄒ여시니졍ᄒ는날쳡음을보ᄒ리이다ᄒ라사지하직고도
라가거늘진왕이무공으로더부러상의왈조졍이울지공을잡아문罪코자ᄒ시니무삼
계교로뼈경덕을항복바드리오무공왈젼희가히산후항장을블너울지공을항복바들
지잇시면즁작을봉ᄒ리라ᄒ쇼셔왕이즉시댱심상을블너문왈이지능히

8

울지공을쵸안ᄒ는지잇시면벼술을즁히봉ᄒ리라범군장이츌왈신이가경덕을쵸안
ᄒ리이다왕왈네무삼말노뼈귀슌케ᄒ려ᄒ는다범군장왈당쵸의울지공이신의영즁
의투군ᄒ엿던지라신이감언으로다리면반다시좃추리이다왕왈여츠즉맛당이달이
여일작이도라오라범군장이즉시하직고긔흑셩의니ᄅ러왓는줄통ᄒ니경덕이문을
여러드리거늘범군장이셩의드러가녜필의경덕이문왈네젼일당병의쓰인비되어량
쵸와셩지롤닐흘가져어사름을쥬공긔보너여졍탈ᄒ시믈쳥ᄒ엿더니아지못게라엇
지ᄒ더뇨범군장왈뉴쥐급ᄒ믈듯고친히디병을거나려장군을구ᄒ라오다가젹군의
계교의빠져즁노의셔쏜화픠ᄒ여작셔교의니ᄅ러하로의여덜번쏜화쏘크게픠ᄒ여
젼군이함몰ᄒ엿ᄂ니라경덕이디경문왈쥬공이어디계시뇨범군장왈뉴

9

쥬와송금장이난군즁의다죽엇ᄂ니라ᄒ고인ᄒ여갈오디장군을속이지아니리니과
연우리등이아지못ᄒ여당의투항ᄒ엿더니니이제진왕의녕지롤바다장군을쵸안ᄒ

라왓느니진왕은관인후덕ᄒ고존현경ᄉᄒ니진짓진명지군이라장군은가히어두온
ᄃ롤바리고일작이귀슌ᄒ미엇더ᄒ뇨경덕이더로ᄒ여듁졀편을잡아닐오더니당쵸
의네휘하의투항치아니ᄒ엿시면가히너롤용납지아니홀거시로더구의롤싱각ᄒ여
셩명을요더ᄒᄂ니ᄲᆞᆯ니도라가라니엇지너롤좃ᄎ불튱을힝ᄒ리오임의뉴쥐듁엇거
든슈급을장ᄒ게ᄒ라범군장이져의거동이한풍갓ᄒ믈보고홀일업셔즉시당영의도
라와진왕긔이말을ᄌᆞ시고ᄒ고뉴쥬의슈급구ᄒ던일을알왼디무공이왕으로더부러
샹의왈경덕이뉴쥬의슈급을구ᄒ니아지못게라뉴무쥐이졔어닌곳의잇ᄂ뇨ᄒ고즉
시항장을불너뉴쥬의

10

거쥐롤무론디안군장이닐오디북션위뉴쥬로더부러친쳑이니반다시그리갓시리이
다무공이닐오디뉴무쥬의간곳을아지못ᄒ니이졔젼망ᄒᆞᆫ사롬즁의머리큰거슬갈히
여가져가면졔필연분변치못ᄒ리라ᄒ고사롬을보니여어더오라ᄒ니어더왓거놀목
함의넛코당검을블너닐오디네이머리롤가지고기흑셩의드러가경덕을보디범ᄉᆞ롤
잘ᄒ고그ᄅ게말나당검이슈급을가지고즉시셩하의나아가닐오디밧비슈급을바다
너의왕을장ᄒ라훈디군ᄉ경덕의게보ᄒ니경덕이급히문을여러드리거놀당겸이드
러갈시경덕이당의나려목함을바다샹우희놋코졍히졀ᄒ고자ᄒ다가다시싱각ᄒ디
니친히진가롤희셕ᄒ리라ᄒ고나아가목함을열고보니다른사롬의머리어놀경덕이
디로왈네엇지날을속이ᄂᆞ다뉴쥬ᄂᆞᆫ표잇ᄂᆞᆫ사롬이니뇌후의닭의볏치잇고코궁기셰
히니범인과다ᄅ

11

거놀엇지범인의머리롤가져와날을속이리오당검왈장군이진짓머리롤구홀진디뉴
왕의슈급이〃시니가져가기어렵지아니ᄒ거니와다만장군이당의귀슌ᄒ려ᄒ면가
져올거시오그러치아니면가히원문의다라호령ᄒ리니두가지즁의가리여힝ᄒ라경
덕이양구히싱각다가닐오디만일진짓머리롤가져올진디니진심ᄒ여항복ᄒ리라당

검이허락ㅎ고즉시말긔올나당영으로도라오니라
뉴문정용지살무쥬당진왕시은항경덕
차셜당검의도라와진왕을보고경덕의말을즈시고ㅎ니왕이무공으로더부러졍히의
논ㅎ더니믄득보ㅎ디민부상셔뉴문졍이왓다ㅎ거늘왕이명ㅎ여부ᄅ니문졍이드러
와녜필의갈오디텬지신을양쥬룰쥬어보니샤군사룰호상케ㅎ시더이다ㅎ고쏘경덕
을슈히항복밧드믈젼ㅎ거늘왕왈니여러번쵸안ㅎ디오희려귀슌치아니ㅎ니엇지용
이히셩검ㅎ리오ㅎ고범군장

12

을불너문왈뉴쥐뇌후의돍의볏치잇고코궁기셰히라ㅎ니올흐냐범군장이디왈과연
올흐니이다왕왈뉴무쥐이졔다라나시니졍히안신ㅎᆯ곳이〃시리니여등이엇지아지
못ㅎ리오디왈북션위져의친쳑이니그밧근갈곳이업사리이다뉴문졍이〃말을듯고
진왕긔쥬왈뉴쥐만일북션우긔갓실진디한계꾀잇시니신이뉴무쥬의머리룰버혀오
리이다왕왈계꾀장찻어디잇나뇨문졍이왕의귀의다혀여ᄎ〃〃가히공을닐우리이
다왕이디희ㅎ여근시룰명ㅎ여흰깁한폭을가져오라ㅎ고단쳥슈룰불너한폭미인도
룰그릴시그림을맛차미왕이보니쥬슌호치와운환셜빈이진짓경국지식이라왕이그
미인도룰문졍을쥬고쏘쥬옥금빅을갓쵸와쥬니문졍이하직고슈긔룰거나려셩야로
힝ㅎ여시북의니ᄅ니이쩌북션위졍히조회룰베푸더니믄득보ㅎ디당국

13

ᄉ지니ᄅ럿다ㅎ거늘션위즉시부ᄅ니문졍이드러와녜ㅎ미션위문왈그디무삼연고
로왓나뇨문졍왈우리셩텬지디왕의위덕을사모ㅎ샤옥진공쥬로뼈귀국티자와결혼
ㅎ여기리인친의졍을믯고자ㅎ샤신으로공쥬룰뫼셔귀국의와셩친ㅎ려ㅎ실시금뎡
치거의공쥬룰싯고녜물을갓쵸와힝ㅎ더니삭쥬지계의니ᄅ러졍양왕뉴무쥐그일을
알고블측한의사룰니여혼야의공쥬룰겁탈한지라만일닷토고자ㅎ죽공쥐보젼치못
ㅎᆯ가두려ㅎ여이일을조졍의고ㅎ니텬지진노ㅎ샤더군을조발ㅎ여문죄ㅎ실시뉴무

쥬롤잡으려하시니무쥐져당치못ᄒ여픠ᄒ여다라나미우리티후낭〃이슈셔롤나리
와공쥬의힝도롤온젼케ᄒ시니공쥐무쥬의간활무례ᄒ믈통한ᄒ샤모셔롤좃지아니
시고즈결ᄒ시니텬지드르시고공쥬의난자혜질과인혜춍민호지덕

14

으로원스ᄒ믈이상통도ᄒ샤냥국이통화ᄒᄂ뜻을디왕긔젼ᄒ고쏘이일을밋지아니
실가ᄒ여신을이그림을쥬사실졍을살오라ᄒ시거놀신이황명을밧자와쳔니롤먼니
아니너겨왓나이다션위이말을십분경아ᄒ여침음양구의슈미곡직을치아지못ᄒ고
창졸의황홀ᄒ여진짓공쥐잇ᄂ듯ᄒ여갈오디디당뎐하의셩덕은십분감격ᄒ거니와
아지못게라져화상을언제닐윗나뇨문졍이쥬왈황후낭〃이모녀지졍의결연ᄒ믈니
긔지못ᄒ샤쳔산만슈의다시맛나지못홀가ᄒ여심히슬허공쥬의얼골을그려두시고
시〃로보아회포롤위로ᄒ시더니힝혀디왕이밋지아니실가ᄒ여가져왓나이다ᄒ고
그림을밧드러드리니션위바다보니한복그림가온디꼿갓흔만고의드믄졀식이라션
위불승황홀ᄒ여왈이지공쥬ᄂ어디잇나뇨문졍왈공쥐가장춍민영혜ᄒ여어려셔붓
터시셔롤닑엇ᄂ지라

15

무쥬의욕을감심치못ᄒ여자결ᄒ니이다션위비탄자차왈티지복이업셔이런슉녀롤닐
헛도다니만일이갓흔자부롤어더슬하의두엇던들무삼한이〃시리오ᄒ고인ᄒ여노긔
츔텬ᄒ여금아티즈롤불너그림을뵈고분부왈네호가군을거나려혹슈하의가뉴무쥬롤
뵈고디증ᄒ여과연올커든무쥬롤버혀이한을셜ᄒ라티지쳥녕ᄒ고즉시뉴문졍으로더
부러바로혹슈하의니르니무쥐그연고롤모로고미〃이우으며맛거놀문졍왈져거동을
보라계만일아지못ᄒ면엇지져러틋조흔긔식이〃시리오티지디로ᄒ여불문시비ᄒ고
즉시칼을드러무쥬롤버혀그머리롤가지고문졍으로더부러도라와이일을고ᄒ디션위
왈임의그러홀진디죽이미맛당ᄒ다ᄒ고셜연ᄒ여문졍을관디ᄒ더라문졍이하직을고
ᄒ디션위왈그디ᄂ도라가텬즈긔쥬ᄒ고냥국이기리화친케ᄒ라문

16

졍왈텬지닐오스디옥진공쥬눈임의죽어시니단양공쥬로셩친코자ᄒ시더이다션위
디열ᄒ여닐오디만일그러홀진디다그디의공이니셩친ᄒ눈날즁히갑흐리라문졍왈
뉴무쥬의슈급을가져다가텬즈긔드리면더욱조화ᄒ시리이다션위왈올ᄐᄒ고무쥬
의슈급을목함의너허쥬거눌문졍이즉시하직고쥬야비도ᄒ여도라와진왕긔비알ᄒ
고젼후슈말을고훈디왕이디희ᄒ여목함을열고무쥬의슈급을보니과연코궁긔셰희
오쑉두의닭의볏치잇거눌왕왈이슈급을뉘가져가리오무공왈당검이아니면가치아
니리이다왕이즉시당검을불너왈이거슬가지고경덕의게로가아모조록쵸황케ᄒ라
당검이쳥녕ᄒ고힝ᄒ여긔흑셩의니ᄅ러눈온뜻을통훈디경덕이듯고즉시셩문을여
러드리니당검이드러가경덕을보고녜ᄒ고목함을쥬어왈우리진왕뎐희장군의튱의
롤감동ᄒ여장안의가

17

이슈급을가져다가날노ᄒ여금보너시니라훈디경덕이즉시목함을열고보니과연무
쥬의머리어눌경덕이방셩디곡ᄒ고당의나려사비ᄒ기롤맛차민믄득칼을ᄲᅨ혀자문
코자ᄒ거눌당검이붓들고닐오디장군이엇지디의롤닛고일시지분을품어스사로죽
고자ᄒ시나뇨경덕왈당이임의우리쥬인을죽엿거눌너찰하리죽을지언졍엇지당의
항복ᄒ리오당검왈장군이스사로뉴무쥬롤죽이고엇지당을한ᄒ나뇨경덕왈이어진
말고너희우리쥬인을죽엿거눌너죽엿다ᄒ눈다당검왈뉴무쥐피ᄒ여븍션우긔갓거
눌장군이닐오디쥬군의슈급을쥬면항ᄒ려노라ᄒ미우리텬지회뢰롤만히ᄲᅧ시북의
가슈급을가져왓눈지라장군이만일당쵸의슈급을구치아니ᄒ여시면금빅을허비ᄒ
고엇지면길의가사오리오경덕이차언을듯고크게ᄭᅮ지져왈범군장역젹이닐오디쥬
인이발셔죽엇다ᄒ기로

18

너그슈급이나장코자구ᄒ미라일작션우의게간쥴아던들엇지이지경의니ᄅ러시리

오당검왈장군이젼일닐오디뉴쥬의슈급을가져오면당의귀슌ᄒ리라ᄒ여시니디장
뷔한번말ᄒ미엇지변기ᄒ미잇시리오장군이 〃 졔엇지코자ᄒ 느뇨경덕왈항여불항
은닉쥬군의복졔롤맛친후결ᄒ리라당검왈몃날이나한ᄒ려ᄒ나뇨경덕왈자고로군
부의상은삼년이니라당검왈장군은진짓츙효지인이어니와기흑셩을삼년을직희려
ᄒ 는다경덕왈닉칠일을한홀거시니그디 는도라가이일을고ᄒ라당검이하직고도라
오다이러구로졍히칠일이지 는지라경덕이소의롤벗고융장을갓쵸고스사로싱각ᄒ
디닉당의항복ᄒ면불츙이오아니가면불신이라엇지ᄒ리오ᄒ고졍히쥬져ᄒ더니홀
연곤ᄒ여사몽비몽간의머리우희쳘박을두사롬이흔드 는 듯ᄒ고쥭졀편이울고칼이
쏘쇼 〃 치니경덕이놀나씨여닐오디고이ᄒ도

19

다무삼길흉인고싱각다가홀연씨다왈당쵸의도인이날다려닐오디뉴무쥬롤돕다가
치와칼이스사로우 는 씨의진명지쥬롤맛나리라ᄒ더니오날그말이올ᄒ민가ᄒ고다
만비러왈경덕이당의항ᄒ리라ᄒ거든칼이다시우쇼셔빌기롤맛츠미칼과치연ᄒ여
울거눌경덕이탄왈이 는 하날이날노ᄒ여금당의항ᄒ라ᄒ시미라ᄒ고뉴무쥬의슈급
을기흑셩셔편의장ᄒ고뜻을결ᄒ여항ᄒ려ᄒ더라각셜당진왕이이무공다려왈이졔
칠일이지나시디경덕의쇼식이업스니엇지ᄒ미뇨무공이쥬왈가히당검으로치단을
가지고쵸안ᄒ쇼셔왕이즉시이인을명ᄒ여보니니이장이쳥녕ᄒ고기흑셩의니르러
셩명을통ᄒ니경덕이마자네필의당검왈이졔칠일이지나미우리던희아등을보니여
녜물을갓쵸와장군을마자오라ᄒ시더이다혼디경덕이기연탄식왈디장뷔말을곳치
지아니려이와다만셰가지일이 〃 시니이를좃차야가히

20

항ᄒ리라당검댱공근왈엇지이른바셰가지일인고경덕왈닉당쵸의쓰홀씨의당조장
슈롤살육ᄒ고졔장을치로쳐시니이 는 님군을위ᄒ미니한치말미하나희오빅벽관의
셔됴왕부자롤쥭여시니혐의치말미두가지오진쥬와명장이셔로맛나기어려오니진

왕뎐희친히거가롤굽혀맛게ᄒ시미셰가지니이롤다허ᄒ면닉항ᄒ리라당검왈우리
도라가왕긔쥬달ᄒ리니장군은잠간기다리라ᄒ고이장이즉시당의도라와이일을자
시쥬ᄒ니왕왈이셰가지롤다좃차리라ᄒ고군즁의젼령ᄒ디명일경덕이와항ᄒ리니
여등은모로미구원을품지말나만일위령지면군법을힝ᄒ리라잇튼날졔장을거나려
친히셩의나아가경덕을마질시몬져당검으로통ᄒ디츳시경덕이당검의젼ᄒᄂ말을
듯고밧비의갑을갓쵸아당영으로나가더니당진젼디의진슉뵈벽능간을들고웨여왈
경덕은어디로가ᄂ다경덕왈니

21

당의항ᄒ노라슉뵈왈연즉진왕가젼의셔엇지이리무례ᄒ다경덕이급히말긔나려부
복ᄒ니기흑셩하의군신이셔로맛나미졍히풍운을만남갓더라쳔츄롤부ᄅ고고두ᄒ
거놀왕이즉시경덕으로우부춍관을ᄒ이고방븟쳐안민ᄒ고잔치롤베퍼즁군을호상
홀시날이느지니각々본영으로도라가거놀진왕이경덕을불너닐오디그디ᄂ모로미
오날밤의날과동침ᄒ여오리사모ᄒ던회포롤펴게ᄒ라경덕이불승감격ᄒ여한가지
로진왕과잘시반야의니ᄅ러경덕이믄득다리롤번듯쳐진왕의몸을누ᄅ니왕이놀ᄂ
씨여심하의싱각ᄒ디경덕이연일용심ᄒ여편히자지못ᄒ다가이제마음을노ᄒ미그
러ᄒ도다ᄒ고몸을요동치아니ᄒ더니경덕이씨여보고놀나급히탑하의나려부복쳥
罪왈신의罪만스무셕이로쇼이다왕왈경은모로미안심ᄒ라한광무ᄂ황뎨로디엄자
릉과동침ᄒ엿ᄂ니엇지罪라칭ᄒ리오ᄒ더라잇

22

튼날왕이장의오ᄅ미무공이쥬왈신이밤의건상을보오니흑살셩이자미셩을범ᄒ미
급ᄒ더이다왕왈군사ᄂ그릇보도다엇지그럴니잇시리오무공왈신이비록음양을아
지못ᄒ오나자못호발을분히ᄒ고조졍의원쳔강니슌풍과니졍이다아나이다왕이혜
오디이갓흔조고만일이다텬문의뵈니측양키어렵도다ᄒ더라경덕이왕의겻희잇다
가무공의말을듯고혜오디진왕은진짓진명지군이오이갓치고명ᄒ사롬이만흐니엇

지픠업을닐우지못ᄒ리오ᄒ더라무공이경덕다려왈츳후비록은춍을어드나조심ᄒ
고방자치말나경덕이한츌쳠비ᄒ여부복칭ᄉᄒ더라뉴문졍이왕긔쥬왈신이조졍의
도라가텬자긔복명코자ᄒ나이다왕왈날과한가지로머무러잇다가함게가미엇더ᄒ
뇨무공왈뎐하ᄂᆞᆫ문졍을몬져보ᄂᆡ쇼셔ᄒ고문졍다려닐오ᄃᆡ니한말이〃시니놀나지
말나문졍왈군사ᄂᆞᆫ은휘치말고가ᄅ치라무공왈뉴무쥐본ᄃᆡ

23

두희롤더살더니그ᄃᆡ미인계의ᄲᅡ져쥭으니원혼이흣터지〃아니ᄒ엿ᄂᆞᆫ지라반ᄃᆞ시
불측지홰잇시리니그ᄃᆡ이번가셔침향목으로사ᄅᆞᆷ을민다라셕자남죽이ᄒ고평텬관
의자항포롤닙히고칠〃사십구일을가묘의두고공향ᄒᄃᆡ미일조신의향노일곱과일
곱그릇밥을버리고일곱번죠비ᄒ고세번만셰롤불너칠일이지난후의븍방졀을차자
지젼을만히갓쵸와소멸ᄒ면자연무ᄉᄒ리라문졍이ᄉ왈군사의가ᄅ치믈명심ᄒ리
라ᄒ고이의하직ᄒ고ᄦᅥ나장안의니ᄅ러고조긔쥬왈뉴무쥐임의쥭고경덕을항복바
닷나이다고죄ᄃᆡ희ᄒ샤문졍을상ᄉᄒ시다문졍이집의도라와무공의말ᄃᆡ로심복인
댱농으로ᄒ여금목인을만들이고문졍이일〃조신마다향안을버리고죠비ᄒ며만셰
롤부ᄅ니댱농이싱각ᄒᄃᆡ쥬인이무삼연괴잇관ᄃᆡ이런일을ᄒᄂᆞᆫ고만일조졍이알면
ᄃᆡ죄롤도망키어렵고스사로고코자ᄒ나쥬인이

24

평일관곡히ᄃᆡ졉ᄒ시던거시니반심을고키어렵다ᄒ더라차셜진왕이긔흑셩을ᄶᅥ나
ᄐᆞ원부의니ᄅ러안민ᄒ기롤맛차미무공으로더부러상의ᄒᄃᆡ텬지경덕을한ᄒ샤셰
번사ᄅᆞᆷ을보ᄂᆡ여지쵹ᄒ시니이제조졍의도라가면결단코사치아닐거시니무삼계교
로ᄲᅧ져롤구홀고무공이ᄃᆡ왈아조어렵지아닌지라신이〃계즁춍관과경덕으로더부
러더〃인마롤거나려흑농산의가졔왕뎐하롤마자한가지로도림현의머물거시니뎐
하ᄂᆞᆫ두어장슈롤장안의보ᄂᆡ여텬자긔공뇌롤드린후도림의모다하람으로나려왕셰
츕을치게ᄒ고조졍이만일경덕을뭇거든뎐희여츳〃〃회쥬ᄒ시면경덕을가히구ᄒ

리이다왕왈차계가장묘타ᄒ고경덕을불너문왈그디가속이어디잇나뇨경덕왈신이
조상부모ᄒ고다른형뎨업고다만쳐진잇셔삭쥬단양현금오촌의잇나이다왕이젼령
ᄒ여사롬으로ᄒ여금경

25

덕의셔신을가지고삭쥬의가〃쇽을거나려오라ᄒ고무공으로즁총관과경덕을다리
고홍농산의가졔왕을마ᄌ도림현의둔군ᄒ라ᄒ고양복염으로ᄒ여금권도로뉴쥐되
여티원을진무ᄒ면조졍의쥬문ᄒ여실직을쥬리라복염이스은ᄒ더라무공이인마롤
거ᄂ려진왕긔하직ᄒ고홍농산으로가니진왕이댱손무긔고사렴굴돌통등사장을다
리고경ᄉ로도라오다지셜뉴문졍이침향목인을시봉ᄒ여장찻칠일의니르럿더니이
날은뉴문졍의싱일이라향촉졔젼ᄒ기롤상녜갓치ᄒ고댱농이졔긔롤슈습ᄒ여나오
다가진짓한다리롤것쳐것구러지니졔긔다ᄢ여진지라문졍이디로왈금일이나의싱
일이어눌엇지삼가지못ᄒ뇨ᄒ고가인으로ᄒ여금댱농을잡아큰곤장으로이십을쳐
니치니댱용이한을품고고장ᄒ려바로궐하의나아가등문고롤치니금위무ᄉ잡아갈
시ᄎ시고죄조회롤바드시더니황

26

문관이쥬ᄒ디일인이궐하의와원언이잇노라ᄒ고등문고롤쳣나이다고죄명ᄒ여부
르라ᄒ샤무로ᄉ디무삼일인고댱농이쥬ᄒ디신은다른사롬이아니라뉴문졍의가인
이러니문졍이여ᄎ〃〃ᄒ거조롤ᄒ여신으로ᄒ여금가음알게ᄒ고문졍이친히힝졔
ᄒ고만셰부르기롤칠〃사십구일을ᄒ려ᄒ미그일이슈상ᄒ지라만일이일을조졍이
아르시면신의게죄밋찰지라이러므로우의롤진달ᄒ나이다폐하ᄂ쌜니문졍을잡아
그간상을힉실ᄒ쇼셔고죄쳥필의디경ᄒ샤급히금위ᄉ롤명ᄒ여문졍의젼가롤ᄡ고
슈험ᄒ여오라ᄒ시니ᄎ시문졍이술이ᄎ위ᄒ여인ᄉ롤모로더니뜻아닌금위무ᄉ부즁
을ᄡ고드러와두로살펴다가후당의드러가〃묘롤살펴보니침향목인이자황포롤닙
고향탁우희안자시며향화등촉이완연이버렷더라거두어가지고문졍을잡아궐하의

디후ᄒᆞ게ᄒᆞ고무ᄉ등이드러가이일을자시쥬ᄒᆞ니고罪디

27

로ᄒᆞ샤좌우로ᄒᆞ여금문졍을잡아츄문ᄒᆞ시니문졍이불의〃이변을맛ᄂᆞᆫ지라혼
비빅산ᄒᆞ여아모리ᄒᆞᆯ쥴모로고하날을우러〃탄식무언이어눌즁관이참연ᄒᆞ여이디
로회쥬ᄒᆞ니고罪왈문졍이비록긔긔창업ᄒᆞᆫ공이〃시나이졔이러틋ᄒᆞᆫ흉격을두어불
궤를품으니나라의큰역젹이라엇지ᄉᆞᄒᆞ리오ᄒᆞ시고젼지ᄒᆞ여져자의참ᄒᆞ라ᄒᆞ시니
댱용을즁샹ᄒᆞ시니이ᄂᆞᆫ뉴무쥬룰이미이쥭인보응인지고罪참언을신쳥ᄒᆞ시민지알
기어렵더라지셜진왕이쟝안의드러와고조긔조현ᄒᆞᆯ시오문의니ᄅᆞ러도부슈뉴문졍
을쓰어오거눌왕이급히불너닐오디칼아러사룸을아직머무ᄅᆞ라ᄒᆞ고좌우다려연고
룰무로니아ᄂᆞᆫ지지닌바룰말ᄒᆞ거눌진왕이디경ᄒᆞ여급히드러가조현ᄒᆞ니고罪디희
ᄒᆞ샤위로왈오이젼쟝의나가자로디공을셰우니짐이무삼근심이잇시리오진왕이불
감ᄒᆞᆯ사罪ᄒᆞ고부복쥬

28

왈뉴문졍을무삼罪로참ᄒᆞ라ᄒᆞ시니잇고고罪갈오사디문졍이거가ᄒᆞ여불법지ᄉ룰
ᄒᆡᆼᄒᆞ민짐이금위ᄉ룰보니여쟝믈을다아사왓시니엇지용셔ᄒᆞ리오진왕이쥬왈폐히
그룻아시도쇼이다문졍이졔집의가묘룰침향으로민다라두고졔ᄒᆞᆫ신이익이아ᄂᆞᆫ
바오가즁의댱용이득罪ᄒᆞ민쩌려너니여쫏치니댱용이악심을품고지쳑텬위지하의무
고ᄒᆞᆫ일이오니문졍이엇지원억지아니리오고쏘무룻가동이득罪ᄒᆞ고쥬인이함히ᄒᆞ
ᄂᆞᆫ거술살피지아니시면뉘감히노복을다시릴슈가잇시리잇고복망셩샹은셰번싱각
ᄒᆞ샤비샹지원을업게ᄒᆞ쇼셔고罪갈오사디너일시피로의허무지언을듯고하마ᄒᆞ더
면공신을샹ᄒᆞᆯ번ᄒᆞ도다ᄒᆞ시고문졍을아직분간ᄒᆞ고쟝용은하옥ᄒᆞ라ᄒᆞ시고진왕다
려닐오ᄉ디문졍을그만샤코자ᄒᆞ노라진왕이고두사은ᄒᆞ고졔신이다맛당ᄒᆞᆯ믈닐컷
더라고罪쏘무로사디울지공을엇지

29

쳐치혼다진왕이쥬왈자고로츙신열시다각〃그님군을위ᄒ여진츙갈녁ᄒ옵ᄂ니이
러므로울지공이당의득罪ᄒ미잇시나이졔귀슌ᄒ엿스오니젼일혐의롤샤ᄒ고공을
셰워罪롤샤홀거시니이러틋ᄒ시면조졍이황야의후덕을칭복홀거시오둘지ᄂ위엄
이힝홀거시니칼의피롤뭇치지아니ᄒ고텬하롤졍ᄒ리이다고罪올희너기고울지공
으로ᄒ여금죵군ᄒ여반이ᄂᄀ의공을셰우면罪롤샤ᄒ고공이업스면젼罪롤용셔치아
니리라ᄒ니진왕이스은ᄒ고시북의도라와군물을슈습ᄒ여도림현으로나아갈시오
리지아니ᄒ여도림지계의이로니무공이즁장을거나리고나와마자비례ᄒ믈맛친후
의진왕이뉴문졍의일을이로니무공이탄복ᄒ믈마지아니ᄒ더라경덕이나와비례ᄒ
거눌진왕이나아오라ᄒ여왈ᄂ조졍의드러가황야긔네일을쥬달ᄒ니황애닐으스

30

디변방의공을닐으거든罪롤샤ᄒ리라ᄒ시던이라경덕이고두스은ᄒ고왈신이견마
의힘을다ᄒ리이다ᄒ더라이젹의안군장댱심양댱만인왕셕등사인이셔로의논왈우
리당의항하미경덕은골육갓치디졉ᄒ고우리ᄂ쵸기갓치아니금야의안마롤갓쵸와
북션우게로갈만갓지못ᄒ다ᄒ고밤이고요혼ᄶᆡ롤기다려병마롤거나리고가마니시
북으로향ᄒ여가고다만범장군이졍교금의휘하의잇셔셩밧게둔ᄒ여시미다라나지
못ᄒ니라익일의진왕이장의올나즁장을모흘시범군장이쥬왈안군장등사장이밤의
가마니다라낫시디아모디로간쥴을몰나고ᄒ나ᄒ니즁장이듯고ᄶᅩ한경덕을의심ᄒ
여굴돌통은긔산이진왕긔쥬왈경덕이효용이졀윤ᄒ니그마음을칭양키어려온지라
일작이죽여후환을쓴으쇼셔ᄒ더라ᄎ하롤분희ᄒ라
셰임자삼월일향목동셔

권11

1

당진연의권지십일

화셜굴돌통은긔산이진왕긔쥬왈경덕이효용이졀윤ᄒ니그마음을칭양키어려온지
라일작이죽여후환을ᄭᆫ으쇼셔진왕왈불영ᄒ다경덕이만일반심이잇실진ᄃᆡ엇지스
장의뒤의가리오차인의튱의논과인이친히짐작ᄒᄂ니졔공은의심치말나모다아모
말을아니코훗터지니진왕이근시로ᄒ여금경덕을불너나아오라ᄒ여은을쥬며왈디
장뷔의지긔셔로합ᄒ미자근혐의로ᄡᅥ긔회치아닐지라니맛참〃언을드러튱양을희
치아니ᄂ니이은자로ᄡᅥ반젼을삼아셔로졍을표ᄒ노라경덕이감읍유쳬왈신의ᄉ싱
존망이뎐하긔달엿거늘엇지다른ᄯᅳᆺ이〃시리잇고ᄯᅩ신이쵼공이업사오니엇지스〃
로이쥬시논은을바드리잇고왕이닐오ᄃᆡ타인이알면과인을편벽되다ᄒᆯ거시니장장
은모로미사양치말고바드라경덕이고두사은ᄒ고은을품의품고믈너나오니라졔삼
일의진왕이젼령ᄒ여병을

2

닐우혀호람으로나아갈ᄉᆡ경이힝ᄒ더니젼군이보ᄒᄃᆡ호람셩이갓가왓다ᄒ거늘왕
이젼령ᄒ여셩십니의하치ᄒ고각녕의영을나리와엄히방비ᄒ라ᄒ니라호람셰작이
왕셰튱의게보ᄒ니셰튱이문무롤모로고퇴병ᄒᆯ계교롤의논ᄒᆯᄉᆡ단웅신왈이졔당병
이먼니셔와셔쉬지못ᄒ여시니가히튤긔불의ᄒ여겁칙ᄒ면가히파ᄒ리이다셰튱왈
경언이유리ᄒ니용심ᄒ여파ᄒ라웅신이즉시즁노아형으로좌익을삼고셕찬유연셔
용으로우익을삼고각영통영이독으로구응을삼아황혼을기다려당영을엄습ᄒ려ᄒ

더라차셜진왕이무공으로더부러군졍을의논ㅎ더니믄득일진디풍이니러나며텬지
아득ㅎ거놀무공이사민안으로한쾌롤엇고갈오디금야의젹병이우리영치롤겁칙ㅎ
거시니져의계교롤인ㅎ여파ㅎ리라ㅎ고셰장을분발홀시은기산고사롬으로일군을
거나려셩남역희미복ㅎ고졍교금왕당인댱손슌

3

덕으로일군을거나려셩북역희미복ㅎ고단지현비힝검으로일지군을거나려셩셔편
의미복ㅎ고본영을비오고다만두어낫츙슈롤두어젹장이들거든방포ㅎ여호령을삼
으라ㅎ니즁장이각각쳥녕ㅎ고물너가다이날쵸경의단웅신이인마롤거나려나아올
시말긔방울을쩌희고긔치와갑옷슬마라가지고입의함호물고가마니당영의니르러
일시의납함ㅎ고드러가니녕이븨엿고인젹이고요ㅎ거놀계교의쌔진쥴알고급히젼
령ㅎ여퇴병ㅎ더니즁군장으로셔믄득일셩포향이니러나며스면복병이일시의니다
라니은기산은쥬문졍을버희고단지현은예경을버희고니독은살마자쥭고그남으니
논다항복ㅎ고혹다라나거놀즁장이디쳡ㅎ고도라와진왕긔뵈고각〃공을드릴시왕
이디희ㅎ여잔치롤베퍼장졸을호상ㅎ고쳡셔롤장안의보니다차셜단웅신이디퍼ㅎ
여도라가셰츙을보고계교의쌔져퍼ㅎ연유롤고ㅎ니셰츙이디경ㅎ여문무롤

4

모ㅎ고당병막기롤의논ㅎ더라익일의당진왕이즁장과의논왈무삼계교롤쓰면젹병
을슈히파홀고무공왈경덕으로츌젼ㅎ게ㅎ쇼셔왕이허락고나가디젹ㅎ기롤명훈디
경덕이피갑상마ㅎ여삼쳔군을거나려호람셩하의나아가쌋홈을도〃니셰츙이좌우
롤도라보아왈뉘가히나가디젹홀고단웅신이한디장을쳔거ㅎ니셰츙왈이엇던장슈
뇨웅신이디왈차인의셩명은나셩이오자논사신이니본디금농명장이라이지장슈현
의잇나이다셰츙이즉시스신을보니여나셩을부르니차시나스신이집의한가히잇더
니셰츙의부르믈듯고스자롤좃차와됴현ㅎ니셰츙이닐오디이졔당병이아국을침노
ㅎ니그러므로단부민경을쳔거ㅎ미특별이쳥ㅎ여도젹을물니치고즈ㅎ느니만일공

을닐우면즁작을봉ᄒ리라나셩이디왈신슈무지나격병을믈니치리이다ᄒ고즉시피
갑상마ᄒ여셩의나오니경덕이뭇지아니코셔로ᄡᅡ화슈빅여합의이ᄅ

5

러승부를결치못ᄒᄂᆫ지라경덕이창을멈츄고쥭졀편을드러치니나셩이유셩퇴를날
녀강편을막아ᄡᅡ화ᄱᅩ빅여합의승뷔업거ᄂᆯ진왕이보다가무공다려왈군시져장슈를
아ᄂᆫ다비록나희젹으나무예가장졍슉ᄒ니앗갑도다무공왈뎐희져장슈를엇고자ᄒ
실진디한번불너오게ᄒ리이다진왕이깃거왈만일져장슈를오게ᄒ면군ᄉ의공이젹
지아니ᄒ리로다무공이즉시진젼의나아가디호왈나사신은엇지슈고로이ᄡᅡ호ᄂᆫ고
나셩이경덕과ᄡᅡ호다가경덕의부ᄅᄂᆫ쇼리를듯고머리를드러보니디진상의셔무공
이잇거ᄂᆯ창으로경덕을헷지ᄅ고도라가니진왕이징쳐군을거두니라이날황혼의탐
세군이보ᄒ디한사ᄅᆷ이필마로와군사를보아지라ᄒ나이다ᄒ거ᄂᆯ무공이쳥ᄒ여즁
군의드러와셔로볼시나셩왈션싱이어이〃곳의잇나뇨무공이당진왕의관인후덕을
니ᄅ고몸를그른곳의ᄲᅡ지지말나권ᄒ니나셩왈왕세츙이오리

6

상종치못홀쥴아니아즉의지ᄒ미ᄶᅩ한장구지계아니〃션싱을좃차놀니라무공이디
희ᄒ여나셩을다리고진왕긔됴현ᄒ고즉시도라가밤들기를기다려가비야온힝장을
슈습ᄒ여동문의니ᄅ러문을슈히열나ᄒ니군시즉시문을열거ᄂᆯ가속을몬져ᄂᆡ여보
니고뒤좃차ᄯᅡ라와당영의니ᄅ니무공이마자당즁의드러와왕긔보ᄒ니진왕이디희
ᄒ여슉보를다리고무공의장의니ᄅ러좌졍후나셩을자셔이보니낫치분바른듯ᄒ고
입은단ᄉ를찍은것갓고범의머리오졔비턱이오곰의등의일희허리며잔납비팔이라
왕이문왈나희몃치나ᄒ다나셩이디왈십팔셰로쇼이다왕이칭찬ᄒᄆᆯ마지아니시고
즉시호위장군을봉ᄒ시고후영의안돈ᄒ다차셜호람쵸미나셩의반ᄒᄆᆯ보ᄒ디셰츙
이디로ᄒ여단웅신을불녀칙왈나셩이온지오리지아니ᄒ여당으로갓시니엇지ᄒᆫ일
인고웅신왈엇지져의반ᄒᄆᆯ뜻ᄒ여시리오다시싱각ᄒᄆᆯ용셔ᄒ쇼셔셰츙

7

이조회롤파ᄒ고셩을구지직희더라이젹의진왕이즁군장의잇더니믄득보ᄒ디텬시왓다ᄒ거늘왕이나아가마질시사지왈신이셩지롤밧자와양과미쥬롤가지고군사롤호괴ᄒ라왓나이다왕이디희왈이졔나셩이항복ᄒ고오날사쥬ᄒ시니엇지즐겁지아니리오ᄒ고크게잔치ᄒ여장졸이통음ᄒ니즁장이디취ᄒ고훗터지거늘왕이취흥을니긔지못ᄒ여음양관다려무러왈어니ᄣᅢ나되엿나뇨더왈오경삼졈이로쇼이다왕이무공다려닐오디니셰번홍사ᄒ여이의니ᄅ러시디일작이호람지형을구경치못ᄒ엿눈지라드ᄅ니위션무릉도원경긔가텬하의유명타ᄒ니그디로더부러한번가셔구경코자ᄒ노라무공이디왈즁장이다취ᄒ여시니보가홀사롬이업스니다른날가시미조흘가ᄒ나이다왕왈졔장을다리고가면군마롤쏘한다리고가리니이눈ᄊᆞ홈ᄒ라가는거시니엇지구경ᄒ눈힝식이리오무공왈비록그러ᄒ시나

8

엇지쳔금지구롤가비야이호혈의가시게ᄒ리잇고노신의말을좃차샤셩의롤도로혀시믈바라나이다진왕이호흥을니긔지못ᄒ여무공의간언을듯지아니ᄒ고갑쥬롤졍졔ᄒ고무공을닛그러가자ᄒ거늘감이어긔지못ᄒ여밋쳐졔장의게도알이지못ᄒ고슈하친군과호가군만다리고셔무릉의니ᄅ러두로보니경긔졀승ᄒ여사롬으로ᄒ여금감회케ᄒ눈지라왕이호흥을니긔지못ᄒ여도라올쥴니져바리고유완ᄒ더니초일호람셰작이〃일을알고셰츙의게보ᄒ디셰츙이급히단웅신을불너닐오디이지진왕이단긔로셔무릉의니ᄅ러경치롤본다ᄒ니이눈하날이도으샤셰민을잡게ᄒ시미니너눈삼쳔쳘긔롤거ᄂ리고가마니셔문으로나아가뒤흘끈코압흘막으면반ᄃ시잡을거시니만일진왕곳어드면텬하롤졍ᄒ미한번의잇시니ᄣᅢ롤가이닐치못ᄒᆯ지니그ᄅ미업게ᄒ라단웅신이쳥녕ᄒ고쳘긔롤거나려가마니뒤흘즛쳐닛다ᄅ니당

9

병이불의〃당ᄒ변이라군신장졸이슈미롤도라보지못ᄒ여스면으로허여져목슘을

도망ᄒᆞ거눌웅신이창을들고말을뛰여진왕의게다라드러창을빗겨지ᄅᆞ려ᄒᆞ니믄득
붉근무지기진왕왕의몸을두로며반공즁으로셔다섯톱가진금농이다라드러닙을버
리고창을물어진왕을보호ᄒᆞ니웅신이졍신이황홀ᄒᆞ여손을놀니지못ᄒᆞ니진왕이〃
ᄢᆡᄅᆞᆯ당ᄒᆞ여혼비빅산ᄒᆞ여말을치쳐닷더니믄득일원디장이손의디도롤들고나ᄂᆞᆫ듯
시즛쳐오거눌왕이디경실식ᄒᆞ여싱각ᄒᆞ디압희젹장이길을막고뒤희츄병이ᄯᅡ로니
니명이〃곳의셔맛치리로다ᄒᆞ고급히활을취ᄒᆞ여낭아젼을달아한번쏘니ᄯᅡ로던장
시시위쇼리롤응ᄒᆞ여마하의ᄶᅥ러지거눌진왕이길을아ᅀᆞ다라나더니웅신이ᄯᅡ라오
다가영의〃죽ᄂᆞᆫ양을보고디로ᄒᆞ여급히말을치쳐ᄯᅡ로거눌왕이졍이닷더니젼면의
조혼길이잇거눌보고싱각ᄒᆞ더니이길노가

10

면졔반다시ᄯᅡ로지못ᄒᆞ리라ᄒᆞ고말을노하좁은길노다라나니한편은고산쥰령이오
ᄯᅩ한편은쳔만길이나되ᄂᆞᆫ물이라왕이닷더니뒤희츄병이ᄯᅡ라오거눌왕이동셔롤혜
지아니코닷다가큰물이압흘가로막ᄂᆞᆫ지라이의하날을우러〃두어번빌고치롤드러
말을치며쇼리질너왈이물을못건너면이곳의셔쥭으리로다그말이믄득용을발ᄒᆞ여
네굽을모흐고소리롤벽역갓치지ᄅᆞ더니쇼〃로쳐물을뛰여거너ᄂᆞᆫ지라단웅신이ᄯᅡ
라오다가진왕이발셔물을거너거눌싱각ᄒᆞ디이ᄂᆞᆫ반ᄃᆞ시구롬을ᄐᆞ고건너도다ᄒᆞ고
치롤드러져탄말을아모리쳐도움작이지아니ᄒᆞ거눌마지못ᄒᆞ여다른길노진왕을ᄯᅡ
로더니ᄎᆞ시무공이츙살ᄒᆞ믈당ᄒᆞ여진왕을닐코급히말을도로혀ᄉᆞ면으로진왕을찻
더라
위졀능젼마구진왕유가원즁복경덕
각셜진왕이물을건너다라나더니단웅신이다른길노급히ᄯᅡ로미왕이졍

11

이급ᄒᆞ더니믄득무공이말을달녀와셔단웅신의사미롤잡고왈형아젼일동문의잇실
졔셔로미자형뎨되여슈족갓치사랑ᄒᆞ던졍을싱각ᄒᆞ여나의낫츨보아〃쥬롤ᄯᅡ로지

말나만일옛날졍의가범연ᄒᆞᆯ진ᄃᆡ엇지위엄을범ᄒᆞ리오웅신왈ᄂᆞ젼일밍셰ᄅᆞᆯ직희지
못ᄒᆞᆯ지라이직각〃임군을셤기니엇지젼일사졍을고렴ᄒᆞ여국가ᄃᆡᄉᆞᄅᆞᆯ그릇ᄒᆞ리오
말을맛치며칼을드러사민ᄅᆞᆯᄭᅳᆫ코진왕을ᄯᅡ라옥하원의니ᄅᆞ니ᄎᆞ시왕이슈풀속의몸
을감쵸아더니단웅신이ᄯᅡ라오믈보고놀나닷코자ᄒᆞᆯ차의웅신이ᄯᅡ라왓셔창으로지
ᄅᆞ니창이믄득남게박희ᄂᆞᆫ지라웅이급히창을ᄲᅡ이라ᄒᆞᆯ졔왕이발셔두어니ᄅᆞᆯ다라ᄂᆞᆫ
지라다시창을ᄲᅡ혀들고진력ᄒᆞ여ᄯᅩ로더니무공이웅신의물니치믈당ᄒᆞ여다른슈가
업ᄂᆞᆫ지라급히구병을부ᄅᆞ려오더니낙하슈의니ᄅᆞ러물쇼리나거ᄂᆞᆯ마음의싱각ᄒᆞᄃᆡ
엇던사롬이〃곳의셔말을씨기ᄂᆞᆫ고ᄒᆞ며밧비나가보니이다른사롬이아니라

12

울지공이말을씻기거ᄂᆞᆯ무공이보고급히불너왈장군은급히쥬공을구ᄒᆞ라경덕이놀
나문왈쥬공이어ᄃᆡ계시며무삼일이잇나뇨무공왈쥬공이셔무릉의셔단웅신의난을
맛나급ᄒᆞ시니라경덕이ᄃᆡ경ᄒᆞ여밋쳐갑옷슬닙지못ᄒᆞ고말을달녀나가며쇼리질너
닐오ᄃᆡ역적은우리쥬공을상희오지말나단웅신이도라보니경덕이필마로오거ᄂᆞᆯ웅
신이져의갑옷시업사믈마음의업슈히녀겨낭아곤을두루고다라드니경덕이마자ᄊᆞ
화삼십여합의니ᄅᆞ러경덕이졍신을가다듬어한쇼리ᄅᆞᆯ크게지ᄅᆞ고팔을늘희여낭아
곤을아사웅신을바라고치니웅신이몸을기우려피ᄒᆞᆯ졔좌편다리ᄅᆞᆯ마자피ᄅᆞᆯ흘니고
말길마의업듸여닷거ᄂᆞᆯ경덕이ᄯᅩ로지아니ᄒᆞ고낭아곤을ᄎᆞ자옥화영아ᄅᆡ박고말을
도로혀영으로도라오니라이적의진왕이황망이닷더니믄득뒤히셔벽역갓흔쇼리나
거ᄂᆞᆯᄃᆡ경ᄒᆞ여급히보니이ᄂᆞᆫ경덕의소ᄅᆡ라마음의져기진졍ᄒᆞ여보더니ᄯᅩ굴돌통

13

이ᄃᆡ군을거나려이ᄅᆞ러적군을짓치고진왕을영졉ᄒᆞ여영으로도라오니즁장이뒤히
오고졔총관이압히잇셔일시의참현ᄒᆞ고쥬왈신등이일작아지못ᄒᆞ여던하로ᄒᆞ여금
곤ᄒᆞ시게ᄒᆞ니신등의罪만ᄉᆞ무셕이로쇼이다ᄒᆞ더라ᄎᆞ시경덕이도라와의갑을밧비
닙고ᄃᆡ영즁의니ᄅᆞ러왕긔뵈니왕이좌우ᄅᆞᆯ도라보아왈이번의경덕이아니런들엇지

졔장으로더부러다시보리오ᄒ고금빅을후상ᄒ고잇튼날왕이긔공관으로ᄒ여금울
지공을졔일공의치부ᄒ라ᄒ고못너기리〃룰마지아니ᄒ더라졔장이모다상벌이고
로지안튼ᄒ여셔로의논ᄒ여원망ᄒ거눌무공이알고즁장으로더부러닷토디모다불
복ᄒ거눌무공이왕게쥬왈경덕의공을즁장이밋지아니ᄒ니뎐희친히즁총관을다리
시고옥하원의니른러즁인으로ᄒ여금그용밍과마음을보게ᄒ여원언이풀니게ᄒ쇼
셔왕이좃차즁장을거나리고옥하원의니른러보니과연영밋히

14

낭이곤이박혓거눌무공이왕긔쥬ᄒ고진슉보·울지경덕·나사신셰장슈눈말고그나
마장슈로ᄒ여금져창을ᄲᅡ희면졔일공을삼으리라녕을나리쇼셔왕이좃차영을나리
니은긔산이말을ᄶᅱ여니다라왈신이그창을ᄲᅡ히리이다ᄒ고나아가두손으로ᄲᅡ희려
ᄒ즉맛치산나무갓ᄒ여조금도움작이지아니ᄒ거눌은긔산이참식이낫히가득ᄒ여
물너나오거눌졍교금이디분ᄒ여말을달녀나오며웨여왈은긔산은져근사롬이라엇
지져창을ᄲᅡ희리오나의창ᄲᅡ희눈양을보라ᄒ고말을달녀나오거눌왕이문왈말을튼
고가믄엇지미뇨교금이쥬왈신이말을달녀말굽이ᄯᅩ히붓지아냐셔져창을ᄲᅡ혀오리
이다ᄒ고달녀가며두손으로잡아흔드니쇠막디박은듯ᄒ여조곰도움작이지아니ᄒ
니차시교금이두손으로낭아곤을시민말이살갓치다른니견디지못ᄒ여ᄯᅩ히나려지
미진왕의좌위보고디쇼ᄒ더라왕이경덕다려왈님의져창ᄲᅡ휠사롬이

15

업스니장군이나가ᄶᅦ혀보라경덕이쳥녕ᄒ고말긔올나달녀나가다가창쏘진더다〃
라한손으로낭아곤을잡아ᄶᅦ니한쇼릭크게나며슈레ᄶᅵ만ᄒ흙덩이무더나고그밋치
두려ᄲᅡ지고맑근시닉되여지금가지고젹이되니라장상장하디쇼장졸이칭찬아니ᄒ
리업고왕이ᄯᅩ한칭찬왈참호장이라일컷고모든장사롤거나려더치로도라와잔치ᄒ
여질기더라차셜단웅신이호람의도라와셰츙을보고왈신이진왕을ᄯᅩ옥하관의니른
러거의잡게되엿더니믄득한장쉬너다라구ᄒ니기인의창법이가장졍슉ᄒ여신으로

더부러크게싼화니긔지못ᄒ고영의ᄂᆞᆫ진왕의살을마자죽고나이다셰츙이더로ᄒ여
단웅신의병권을다앗고환법ᄉᆞ로ᄒ여금디쇼문무롤총독게ᄒ여셩을구지직희더라
차셜졔왕원길이비록영즁의잇시나병권을잡지못ᄒ미마ᄋᆞᆷ의앙〃ᄒ더니일〃은진
왕다려왈쇼뎨조졍을ᄯᅥ난지오리미황상

16

을앙모ᄒᄂᆞᆫ마ᄋᆞᆷ이간졀ᄒ여도라갈마ᄋᆞᆷ이살갓사오니왕형의긔소뎨의심회롤고ᄒ
나이다왕왈삼뎨가〃자ᄒ거든호숑ᄒ여가게ᄒ리라졔왕왈군졍이긴급ᄒ니호숑ᄒ
기롤엇지바라리오ᄒ고이의하직ᄒ고ᄯᅥ나여러날힝ᄒ여장안의니ᄅᆞ러고조긔조현
ᄒ디고죄반기샤문왈네엇지일작이도라온고졔왕이쥬왈신이호람의간지오리오니
농안을사모ᄒ여왓나이다고죄무러갈오사디울지경덕이일등공을세왓더냐졔왕이
오리앙〃지심을픔은지라경덕이진왕의심복이되면진왕을힉치못홀거시니이ᄲᅦ롤
타경덕을모함ᄒ여황슉과황질의원슈롤갑흐리라ᄒ고거즛디왈울지경덕이공이업
스나진왕이져롤두호ᄒ여공을졔장의우희치부ᄒ니졔장이다원망ᄒ더이다고죄갈
오사디진왕이엇지경덕을두돈ᄒ여짐을속이던고원길왈이ᄂᆞᆫ다ᄅᆞ미아니오라후일
의졔몸을호위코자ᄒ

17

여그마ᄋᆞᆷ을미지니신인들엇지그마ᄋᆞᆷ을칭양ᄒ리잇고고죄디로ᄒ샤즉시사ᄌᆞ롤호
람의보니여울지공을함거의너허보니여무공흔죄롤다사리게ᄒ고장졸이오리변방
의표뢰ᄒ여시니반ᄉᆞᄒ라ᄒ시다
차셜사명이조지롤밧자와호람의니로니진왕이졔장을거나려치외의마자드러와향
화롤비셜ᄒ고조지롤바든후잔치롤비셜ᄒ여텬ᄉᆞ롤관디ᄒ여보니고졔장을모화회
군을의논홀시경덕롤나아오라ᄒ여닐오디텬지장군이날을구흔공을모로시고장군
을함거의너허반ᄉᆞᄒ라ᄒ시니맛당이조졍의드러가힘ᄲᅧ구ᄒ리니모로미긔회치말
나경덕이쥬왈신이임의귀슌ᄒ여시니셩사롤엇지긔회ᄒ리잇가원컨디뎐하ᄂᆞᆫ관심

ᄒᆞ쇼셔왕이젼령ᄒᆞ여경덕을함거의싯고반사ᄒᆞ여장안으로향ᄒᆞ니라
무공졍계구경덕졔왕비도젼울지
각셜진왕의디군이츠〃힝ᄒᆞ여장안의

18

드러와왕이당검을불너닐오디네조졍의드러가어디셔군사롤호괴ᄒᆞᄂᆞᆫ곳인고아라
오라당검이쳥녕ᄒᆞ고됴졍의드러가고조긔조현ᄒᆞ고비무ᄒᆞ기롤맛차미쥬왈이던희
회군ᄒᆞ여연무졍의둔군ᄒᆞ고어니곳의셔호군ᄒᆞᄂᆞᆫ쥴을몰나품ᄒᆞ라ᄒᆞ시더이다고죄
갈오스디인미호디ᄒᆞ니연무졍의셔호괴ᄒᆞ리라당검이됴명을듯고연무졍의니ᄅ러
진왕긔회쥬ᄒᆞ니라이날텬지문무롤거나려연무졍의니ᄅ시니진왕이즁장을거나리
고면니나와마질시상이장의오ᄅ시니왕이드러와조현ᄒᆞ고비무ᄒᆞ기롤맛츠미고죄
젼지ᄒᆞ샤공뇌부롤드리라ᄒᆞ시니왕이두숀으로밧드러올니거눌자셔이보실시차례
로보시다가문왈나셩은엇던스롬인고ᄯᅩ엇지공뇌부의참예치못ᄒᆞ엿ᄂᆞ다왕이쥬왈
나셩은본디위장으로온지오리지못ᄒᆞ여아직공뇌부의참예치못ᄒᆞ니이다상이나셩
을나아오라ᄒᆞ샤보시니상뫼가장비범ᄒᆞ거눌상이

19

문왈나히몃치나ᄒᆞ뇨나셩이부복쥬왈십팔셰로쇼이다상이칭찬ᄒᆞ시고즉시토로장
군을봉ᄒᆞ시고ᄯᅩ무로스디울지공은어디두어ᄂᆞᆫ고왕이디왈함거의너허연무졍의디
죄ᄒᆞ나이다상이젼지ᄒᆞ샤잡아오라ᄒᆞ샤눈을드러보시고왈져도젹이나의셩지롤앗
고됴왕부자롤죽이며여러장슈롤살히ᄒᆞ여시니가이죽염족ᄒᆞ다ᄒᆞ시고좌우롤호령
ᄒᆞ여져도젹을니여참ᄒᆞ라ᄒᆞ시니무시경덕을잡아가거눌반부즁의양건방이한츅그
림을가지고고조압히나아가꾸러고왈도림현의셔니젹이〃그림을어더만셰긔드리
라ᄒᆞ더이다고죄보시니한사롬이셩아리셔완경ᄒᆞᄂᆞᆫ디믄득한장쉬군을거나리고급
히완경ᄒᆞᄂᆞᆫ사롬을ᄯᅩ로거눌그사롬이위급ᄒᆞ여졍이죽게되엿더니홀연한스롬이창
을들고필마로달녀와셔ᄯᅩ로던장슈롤ᄣᅡ화물니치고완경ᄒᆞᄂᆞᆫ사롬을구ᄒᆞᄂᆞᆫ형상이

라고罪갈오스디이사롬이 〃장슈곳아니면거의죽을낫다아지

20

못게라이어니쩌시졀이며이사롬과이장슈의셩명은무어신고무공이쥬왈이논고시
아니오신이츳스롤알외오리이다이그림은당금사젹이오니이쏜흔셔무릉이오셩밋
희완경ᄒᆞ논사롬은진왕뎐하오진왕을쏘로논니논왕세츙의장스단웅신이오웅신을
가로막아물니치논사롬은울지공이니만일경덕의구ᄒᆞ미아니런들진왕뎐희엇지위
터치아니리잇고고罪디경왈울지공이아니런들오이죽기롤면키어려오니울지공의
공뇌젹지아니ᄒᆞ거눌엇지공뇌부의올니지아니ᄒᆞ여시며짐이젼일니ᄅᆞ기롤공을닐
우거든젼罪롤속ᄒᆞ라ᄒᆞ여시니엇지발셔쥬치아니ᄒᆞ뇨밧비울지공을부ᄅᆞ라ᄒᆞ시니
이윽고경덕이니ᄅᆞ러젼폐의다〃라고두ᄒᆞ디고罪나아오라ᄒᆞ샤갈오스디짐이경의
큰공을아지못ᄒᆞ고하마ᄒᆞ더면그릇홀번ᄒᆞ도다경덕이고두왈이논다폐하의홍복이
시니신이무삼공이〃시리잇고폐희신을이러틋과장ᄒᆞ시니간뇌도지ᄒᆞ와도

21

셩은을다갑지못홀가ᄒᆞ나이다고罪연ᄒᆞ여칭찬ᄒᆞ시고금빅을상스ᄒᆞ시니경덕이스
은ᄒᆞ고물너나다연왕이졔왕다려왈네창쓰기롤잘ᄒᆞ던거시니우리한계교롤졍ᄒᆞ여
옥하관공뇌롤허스롤믠다라시면진왕이울지공을두돈ᄒᆞ여긔망훈罪롤당홀거시오
경덕을가이죽이리라졔왕왈니본디이도젹을업시코자ᄒᆞ지오린지라만일계교롤니
여던들엇지이졔갓치왓시리잇고연왕왈네황상긔쥬ᄒᆞ고상젼의셔무예롤결우면비
록죽이든못ᄒᆞ나가히공뇌롤삭ᄒᆞ리라졔왕이연왕의말을올희녀겨즉시상젼의나가
쥬왈경덕이공이업스디진왕이울지공을죽이실가겁ᄒᆞ여상긔무쥬ᄒᆞ미니만일밋지
아니시거든신이창쓰기롤잠간아옵ᄂᆞ니원컨디져와무예롤결워습합의신이못니긔
거든져의공뇌롤실졍으로아ᄅᆞ샤공뇌롤뼈쥬시고만일니긔거든무상훈罪롤발키샤
후일방즈ᄒᆞ미업게ᄒᆞ쇼셔고罪올희녀기샤

22

경덕을명ᄒᆞ여졔왕과창법을결워고하롤졍ᄒᆞ라ᄒᆞ시니경덕이고두쥬왈신의어린창법이엇지소뎐하의창법을당ᄒᆞ리라감히지죤지〃의셔닷토리잇가고죄갈오스디졔왕이스사로결워보고자ᄒᆞ니경은사양치말나경덕이믈너나오니진왕이더경ᄒᆞ여가마니경덕다려왈이졔텬지참언을드ᄅᆞ시고장군과무예롤결우라ᄒᆞ시니부듸조심ᄒᆞ여결우디항혀상치아니케결우라경덕이쳥녕ᄒᆞ고즉시의갑을졍졔ᄒᆞ고말을너거늘졔왕이금갑을닙고금투고롤쓰고졈강검을들고경덕을향ᄒᆞ여바로가삼을지ᄅᆞ니그셰ᄲᆞᄅᆞ미급ᄒᆞᆫ바롬갓더라경덕이불황불망이숀을드러졔왕의창을잡아한번낫구니졔왕이몸이쑈이쳐마하의ᄯᅥ러지며창을노아바리니경덕이창을아ᄉᆞ가지고치빙ᄒᆞ미맛치졍갑신갓더라졔왕이몸을날녀다시마상의오ᄅᆞ며싱각ᄒᆞ디차젹이비록당의항ᄒᆞ여시나만일셩을

23

발훌진디니엇지져당ᄒᆞ리오ᄒᆞ고급히말을도로혀다라나거늘연왕이웨여왈삼뎨ᄂᆞᆫ닷지말나졔어이너롤상ᄒᆞ리오겁니지말고다시결워보라졔왕이말을멈츄니경덕이창을다시쥬며용심ᄒᆞ여결우라ᄒᆞ거늘졔왕이붓그럽고분ᄒᆞᆷ믈참고졍신을가다듬어창으로경덕의낫츌지ᄅᆞ니경덕이잠간피ᄒᆞ며쏘창을아ᄉᆞ니맛치어린아히와결음갓흔지라경덕이창을두로고좌우치빙ᄒᆞᄂᆞᆫ거시맛치심산밍호갓거늘졔왕이싱각ᄒᆞ디이번은졔반ᄃᆞ시히ᄒᆞ리라ᄒᆞ고급히다라나거늘고죄경덕을불너왈네옥화원공이과연올흔지라이졔네벼슬을봉코자ᄒᆞ디날이져무러시니명일벼슬을봉ᄒᆞ리라경덕이고두ᄉᆞ은ᄒᆞ더라연왕이쥬왈경덕이비록공이크나명일폐히남니의니ᄅᆞ샤경덕으로ᄒᆞ여금옥화원의셔창앗던일을익이샤그지죠롤보쇼셔고죄허락ᄒᆞ시니진왕이본부의도라가쥼장

24

으로ᄒᆞ여금명일남니원의교봉홀일을차리라ᄒᆞ다춧시연졔이왕이동부의니ᄅᆞ러의

논홀시졔왕왈엇던사룸으로단웅신을가착ㅎ려ㅎ시나잇고연왕왈너게한장디훈가
졍이〃시니셩명은황장이오별호논닙지틱셰라츳인이무예졍슉ㅎ니가히쓰리라졔
왕왈연죽츳인을불너계교롤가릭치라연왕이즉시황장을불너왈명일널노뼈단웅신
을가착ㅎ여진왕을싼로게졍ㅎ여시니네명일남니원의가진왕을싼라질너쥭이디만
일셩공홀진디후일즁이쓰리라황장이쳥녕ㅎ더라명일고죄남니원의젼좌ㅎ시고문
뮈두줄노버렷더라고죄연진졔삼장을불너왈짐이금일무릉원고스롤구경코자ㅎᄂ
니일졀셔로상히오지말나ㅎ시고즉시황장을불너왈졍남상의자쥭님이잇시니네거
긔슘엇다가진왕이〃릭러완경ㅎ거든네싼로디십분조심ㅎ고상히오지말나황장이
쳥녕이퇴어눌고죄

25

쏘경덕을불너왈너논화원북역희금원지잇시니네거긔잇다가구ㅎ라경덕이쥬왈만
일기간블측지시잇실진디엇지ㅎ리잇고고죄왈연죽임의로ㅎ라ㅎ고진왕을뎐으로
오릭라ㅎ스왈네자쥭님의가무릉고사롤힝ㅎ라왕이슈명ㅎ고일필말을치쳐자쥭님
의니릭러동셔로졍히유완ㅎ더니믄득쥭님즁으로셔황장이쀠여나와작도롤들고진
왕을향ㅎ여지릭려ㅎ거눌왕이급히말을도로혀다라눈디고죄디경ㅎ여급히경덕을
불너구ㅎ라ㅎ니경덕이급히말을쀠여나오며디호왈젹장은아쥬롤상치말나황장이
경덕을마자싼화숩합이못ㅎ여칼을드러경덕을버희고자ㅎ거눌경덕이치롤드러칼
을막으며즉긱의한치로쳐쥭이니좌위다놀나거눌고죄왈황장이셩지롤어그릇쳐시
니쥭으미맛당틱ㅎ시고진왕의놀나믈위로ㅎ시고쏘경덕을불너어쥬치단을상스ㅎ
시고눙호디장군을ㅎ이시고왈네

26

치일홈이무어시라ㅎᄂ뇨경덕이쥬왈쥭졀편이라ㅎ나이다고죄치롤보시고일홈을
곳쳐졍왕편이라ㅎ시고치믓히어필노십뉵자롤쓰디비록짐이업스나잇슴갓치ㅎ여
간스훈지잇거든임의로ㅎ라ㅎ시고쏘갈오스디무론귀쳔ㅎ고진왕을희ㅎᄂ지잇시

면션참후계ᄒ라ᄒ시고셔부ᄅ곳쳐텬칙부라ᄒ시고진왕을명ᄒ여졔장을거나려디
오ᄅ졍ᄒ라ᄒ시니진왕이젼령ᄒ여디오ᄅ졍ᄒ라ᄒᄃ졔장이쳥녕ᄒ고일셩포향의
군위ᄅ베푸니고함쇼리진텬ᄒ더라이윽고니졍울지경덕진슉보졍교금나셩은긔산
뉴흥긔방현령두여회마삼보댱숀무긔단지현굴돌통굴돌합양건방댱공근당검무ᄉ
학당만인노명경가윤보유쥬신우진웅우진달병원직등즁쟝이각〃의갑도챵을졍졔
ᄒ고가젼의버려시니긔〃이웅호텬신갓더라연졔이왕이극히붓그려그윽히쩌리디
화긔만면ᄒ여왈가히웅쟝ᄒ여이다고죄디연을비셜ᄒ여

27

종일토록질기시고환궁ᄒ시다진왕이텬칙부의니ᄅ러경덕다려왈ᄂ금일이야장군
의공뇌ᄅ명빅히ᄒ여시니바야흐로방심ᄒ리로다경덕이빅비ᄉ례ᄒ더라슈일후고
죄조회ᄅ바드실시진왕이쥬왈신이〃졔하람을치려ᄒ오니니졍을다려가려ᄒ나이
다고죄허ᄒ시니진왕이즉시ᄉ은ᄒ고연무졍의나와조련ᄒ고인마ᄅ거나려하람지
계의니ᄅ러하치ᄒ니라각셜하람셰작이동졍왕셰츙의게보ᄒᄃ셰츙이문무ᄅ모화
의논홀시단웅신이츌왈신의계교ᄅ쓰면조흐리로쇼이다환법시왈ᄂ졍히ᄉ계ᄅ쓰
고자ᄒ더니이말이졍히올토다ᄒ고셰츙이긋거왈ᄂ다만군ᄉ와부마ᄅ밋ᄂ니군마
ᄅ자단ᄒ라환법시단웅신으로더부러연무졍의나아가신병일만을졍검ᄒ여요술을
가ᄅ칠시신병의신쟝이팔쳑이오ᄯ나무신을신겨시니놉히십여쳑이라낫치귀형을
그리고몸의뽕나무썹질노민든옷슬닙희고그우희오식을그럿더라완비ᄒ긔ᄅ맛

28

츠미젼션을닷가우션을쥬어당영으로보니니진왕이바다보니그젼셔의왈하람동졍
국환법ᄉᄂ글월을당진왕긔올니ᄂ니텬하ᄂ한사ᄅ의텬히아니오텬하사ᄅ의텬히
라허물며아국이몬져침노ᄒ미업거늘너희일홈업슨군사ᄅ닐우혀우리ᄅ침노ᄒ니
가히텬앙을바들지라이졔퇴병ᄒ면ᄂ국의됴흐믈미질거시오그러치아니면옛날니
밀의망ᄒ믈바드리라이윽이싱각ᄒ여뉘웃지말나ᄒ엿더라진왕이젼셔ᄅ보고디로

ᄒ여ᄉ자ᄅ룰ᄭ지져왈네머리ᄅ룰버힐거시로ᄃ디냥국이상지ᄒ미사자ᄅ룰죽이지아니ᄒ
노라ᄒ고우션을등미러ᄂ니치니션이쥐숨듯다라와환법ᄉ의게고ᄒ니라각셜진왕이
니졍다려왈하람의신병이잇다ᄒ니엇지니름고니졍왈이ᄂ논요술이니가히파ᄒ홀계뫼
잇나이다ᄒ고군사ᄅ룰거나려취병산의나아가한ᄃ디ᄅ룰모으고군사로ᄒ여금오방긔호
ᄅ룰ᄭ곳고팔문둔갑을옹ᄒ여동번보기ᄅ룰셰우고다시진의도라와인

<h2 style="text-align:center">29</h2>

마ᄅ룰조발ᄒ홀시무사학으로삼쳔병을거나려하람을치ᄃ디두로마룸쇠ᄅ룰ᄲ살나ᄒ고진숙
보나사신으로삼쳔병을거나려각〃긴칼을드러하람셩동역ᄒ희미복ᄒ고울지공졍지
졀노삼쳔병을거나려셩셔편의미복ᄒᄒ엿다가셩즁의셔신병이나오거든두편으로나
와즛치라ᄒ고은긔산마삼보뉴홍긔로숩쳔병을거나려영뒤ᄒ희미복ᄒᄒ엿다가ᄂ니다라
치라ᄒ고가윤보유쥬신왕당인으로삼쳔병을거나려영압ᄒ희미복ᄒᄒ엿다가포셩을듯
고일시의ᄂ니다라치라ᄒ니즁장이쳥녕ᄒ고가거ᄂ날당숀슌덕비인긔고사렴굴돌통으
로오빅군을거나려산하의지리ᄅ룰보아영사면의미복ᄒᄒ엿다가공즁의셔사룸의쇼리
나거든일시의쑈라ᄒ고기여ᄂ논모다산셩의둔ᄒ다각셜환법시셕찬셔영으로일만군
거나려취병산남역ᄒ희미복ᄒ고댱영통민도신으로일만군거나려졍남의미복ᄒ고단
웅신당숀안ᄉ논다신병을좃차가ᄃ디공즁의곡셩이〃러나거든너희분

<h2 style="text-align:center">30</h2>

용ᄒ여치라즁장이쳥녕ᄒ고각〃인마ᄅ룰거나려나오다ᄎ초일환혼의법시셩의올나좌
슈의칼을들고입으로진언을염ᄒ니이윽고텬지아득ᄒ여거믄안긔몽몽ᄒ더니믄득
한소리나며몸이구룸의올나당영의니ᄅ러쇼리질너왈신병이오니길을열나ᄒ고뉴
셩포ᄅ룰노ᄒ니하람군병과신병이짓쳐오ᄂ논지라당진미복이공즁의소리나믈듯고일
시의살노쑈니환법시살을마자ᄶ러져죽거ᄂ날당진의셔연쥬포ᄅ룰노ᄒ니ᄉ면복병이
일시의ᄂ니다라즛치니하람신병이일시의ᄂ니다라칠시니졍이당진상의셔바라보고ᄉ
미ᄅ룰ᄹ쳘치니광풍이디작ᄒ고벽역쇼리진동ᄒ며급ᄒ혼비붓ᄃ시오니하람신병이조희

갑을닙엇는지라일쟝티우룰맛나진셰티란ᄒᆞ여다라나다가마름쇠의걸녀것구러지
거늘진슉보등복병이니다라즛치니젼군이티픽ᄒᆞ여쥬문영쥬문예셔영은난군즁의
셔쥭고기여는쓴티롤헷치고다라나더라
셰임자삼월일향목동셔

권12

1

당진연의권지십이

각셜진슉보등복병이일시의니다라즛치니쥬문영등이난군즁의죽고기여는짠디롤
헷치고다라나거놀니졍이승쳡ㅎ여도라와진왕긔뵈온디왕이디희ㅎ여즁군을호상
ㅎ고공뇌롤긔록ㅎ다니졍왈뎐하는신장을구경ㅎ쇼셔왕이졔장을거나려나아가보
고웃기롤마지아니ㅎ더라각셜단웅신이픽군을거나려셩즁의드러가동졍왕을보고
픽ㅎ연유롤고ㅎ니셰츙이디경왈이졔형셰위급ㅎ니엇지ㅎ리오단웅신이쥬왈두곳
인마롤비러이한을풀니이다셰츙왈어니곳인마롤빌녀ㅎ나뇨웅신왈한왕두건덕의
게뉴십만군시잇시니일봉셔롤닷가녜물을갓쵸와쳥병홀거시오상양왕심법홍의게
일지병을비러돕게ㅎ면당병을가이파ㅎ리이다셰츙이즉시글을닷가왕원은장남으
로보니고범우는부풍으로보니다각셜니졍이

2

무공다려왈그디는진슉보·졍교금을다리고일지군을거나려호로곡의가여ㅊ여ㅊㅎ
라무공이군을거나려가거놀쏘젼령ㅎ여하람의쳥병ㅎ라가는군ㅅ롤막지말나ㅎ니
진왕이괴희녀겨무러알고디희ㅎ더라ㅊ시왕원이댱남으로힝ㅎ더니경덕이길을막
아디호왈너너롤죽이지아니ㅎ느니구병을쳥ㅎ여오라왕원이놀나줘슙듯다라나니
라범위쏘부풍으로향ㅎ더니은긔산이보고디호왈너롤죽이(2앞)지아니느니뺄니
구병을쳥ㅎ라범위황망이다라나다차셜무공이호로관의니ㄹ러진슉보다려왈장군
은하람군시지나거든잡아오라슉뵈쳥녕ㅎ고가더니믄득일지군이지나거놀슉뵈디

호왈오눈지뉘뇨왕원왈나눈동졍왕의사신으로댱남의가구병을쳥ᄒ려ᄒ노라슉뵈
군사롤호령ᄒ여잡아오니무공이왕원의가진글을달나ᄒ여본후〃면의쓰디당진왕
은돈슈ᄒᄂ니슈만군을빌녀든동

3

졍을치고자ᄒ노라ᄒ엿더라무공이젼디로봉ᄒ여쥬며왈너롤버힘작ᄒ디아즉용셔
ᄒᄂ니ᄲᆯ니가라ᄒ여니치고당검을불너귀의다혀이리〃〃ᄒ라ᄒ니당검이즉일댱
남으로가다왕원이댱남의나아가하왕을보고글을드리니하왕이바다ᄲᅥ여보니젼면
의ᄂ셰튱의글이오후면의ᄂ당진왕의글이라왕왈네동졍사신이면엇지당진왕의셔
간이잇ᄂ뇨왕원이젼후일을니른디하왕이디로즐왈니셰민이엇지이러틋무례ᄒ뇨
니긔군을빌고자ᄒᆯ진디한소졸도아니보니고남의글을ᄶᅥ보니리오이ᄂ과인을업슈
히녀기미라니본디긔병치아니려ᄒ엿더니이롤보니가히병을닐우혀졍을도으리라
능셤쇼방졍이쥬왈신이텬문을보오니흉ᄉᄒ시미반다시불니ᄒ지라쳥컨디살피쇼
셔왕왈임의결ᄒ미오너다려뭇지아니ᄒ엿거놀네구셜을놀녀군졍을쇼요케ᄒ나뇨
니디ᄉ롤시작거놀요망지언을ᄒᄂ다언파의무ᄉ롤호령ᄒ여참

4

ᄒ라ᄒ니졔신이간왈능셤의죄롤용셔ᄒ쇼셔하왕이노왈니뜻을역ᄒᄂ다ᄒ고졍방
의관쟉을앗고폐위셔인ᄒ여향니의쫏고아직능셤을가도니라왕이즉시고아현으로
원슈롤삼고ᄉ두인동각미로션봉을삼고왕이호로량쵸롤가음알게ᄒ고호쟝유흑달
노셩을직희오고기여쟝슈로종군케ᄒ여호〃탕〃이하람으로향ᄒ여나아가더니홀
연당쟝당검이진젼의니ᄅ러하왕긔녜비ᄒ온디하왕이문왈그디뉘완디이의와날을
보나뇨당검이디왈소쟝은당진왕의부하당검이러니우리진왕이져젹의하람쳥병셔
간즁잠간ᄉ졍을고ᄒᆫ일이잇더니디왕이동졍왕의글을보시고몬져동졍왕긔허ᄒ실
가크게두려ᄒ샤이의〃논ᄒ시고글을ᄶᅥ더니디왕이노ᄒ실가ᄒ여신을쥬야비도ᄒ
여보니ᄉ일자ᄂᄉ죄ᄒ고쏘한일이잇셔왓나이다디왕이〃졔긔병ᄒ시미어니곳을

도으려ᄒ시ᄂ뇨만일당을도으려ᄒ면당이량식을가져호로관

5

의가접응ᄒ려ᄒ시더이다하왕이혜오더니거즛당을도으리라ᄒ여량식을거둔후동
졍을도으리라ᄒ고이의갈오더니당을도으리라당검왈연죽신이몬져가량식을쥰비
ᄒ리라ᄒ고즉시호로관의도라와무공긔연유롤고ᄒ디ᄎ시능셤이갓치여당이량쵸
롤접응ᄒ라ᄒ믈듯고양텬탄왈혼군이당가계교롤고지듯고힝ᄒ니엇지픠망치아니
리오스롬이〃말을하왕의긔고ᄒ니왕이디로ᄒ여셤을쥭이고젼지ᄒ여힝군ᄒ며당
의량쵸가져오기만기다리고호로관의니로니ᄎ시일긔극열이라슈목이무셩ᄒ디안
녕ᄒ니라어시의무공이사슈하의셔기다리더니하병이믈가의니르러믈을보고닷토
와먹고티반이나샹ᄒ지라하왕이좌우다려문왈우리여긔온지오일이로디당이엇지
량쵸롤닉지아니ᄒᄂ뇨아현왈가히사롬을보니여지쵹ᄒ쇼셔왕이즉시사쥬신동각
미롤보니여량쵸롤지쵹ᄒ라ᄒ니이쟝이관

6

하의니르러웨여왈우리디왕이디군을거나려니르러시더너히엇지량쵸롤슈운치아
니ᄒ나뇨문니디왈우리뎐희티원의사롬을보니여량쵸롤지쵹ᄒ엿더니아직니르지
못ᄒ엿다ᄒ거놀스쥬신이디즐왈우리뉵십만인민젼혀너의량쵸롤기다리거눌엇지
미리쥰비ᄒ미업나뇨답왈오러지아니ᄒ여오리니오거든즉시보니리라스쥬신이도
라와이디로고ᄒ니하왕이디즐왈셰민이여ᄎ무례ᄒ니니밍셰코졀노더부러냥닙지
아니리라ᄒ고일변으로사롬을동졍의보니여량식을빌고쏘쟝남의가량식을슈운ᄒ
라ᄒ다ᄎ시셔무공이졍교금으로일지병을거나려쟝남익구의미복ᄒ엿다가왕니ᄒ
ᄂ사롬을잡으라ᄒ고쏘진슉보로관을직희오고즉시하람의도라가진왕긔뵈옵고니
졍다려계교롤무로니니졍이진왕다려왈이지군사롤난화무공등즁쟝으로하람을쓰
고쥬공은친희호로관의가하병을파ᄒ쇼셔진왕

7

이죳ᄎ즁장으로호로관의니로니슉뵈관을열고왕을마자드러가안돈ᄒ후니졍이관
하의셔하병을살피고즉시양션우쥰으로삼쳔긔롤거나려챵농산의니ᄅ러지형을보
고황토로로단을모으고니졍이목욕지계ᄒ고빌기롤맛ᄎ미연일훈긔졈〃더ᄒ더라니
졍이녕의도라와왕당인왕우신왕원호로사슈하물을막앗다가셩즁의불이니러나믈
보고믈을터노ᄒ라ᄒ고우진달노일지병을거나려익구롤직희라ᄒ고왕긔쥬ᄒ더금
일은긔산으로츌병ᄒ고마삼보등으로보가ᄒ여져의강약을보사이다진왕이죳ᄎ니
은긔산이갑쥬롤갓쵸고군을거나려진젼의나오니하영즁의셔우장군요텬쉬니다라
마자ᄊ호더니진왕이바라보니군뮈가장졍슉ᄒ여요무양위ᄒ거놀왕이니졍다려왈
젹군이엇지더우믈모로나뇨니졍이답왈젹군의ᄶ진긔ᄂ극ᄒ보비니일홈은진쥬션
운긔라여덜가지보비롤긔우희다라시니음

8

양으로조화ᄒ여동졀은더운거운이잇고하졀의ᄂ닝풍이나므로능히더위롤견디ᄂ
니져긔롤아손즉하람군이더위롤견디지못ᄒ리이다ᄒ고진슉보로ᄒ여금긔롤아사
오라ᄒ니슉뵈한살노긔잡은놈을ᄡᆫ더시위롤웅ᄒ여것구러지니하왕이실식ᄒ고군
시놀나요란ᄒ거놀슉뵈젹진의돌닙ᄒ여진쥬긔롤아사도라가니하진이분〃ᄒ지라
슉뵈진쥬긔롤진왕긔드리니왕이보미과연긔특ᄒ보비라크게깃거즁장을호상ᄒ다
잇튼날진왕이니졍으로더부러놉흔더올나바라보니젹군이더위롤견디지못ᄒ여ᄉ
슈의한사룸이빅마롤셋기거놀왕이니졍다려왈져말이조흔용긔로다니졍왈져말을
던희사랑ᄒ시니아ᄉ오리이다ᄒ고경덕을분부왈네져말을아사오라니후군집으로
졉응ᄒ리라경덕이쳥녕ᄒ고바로하슈의니ᄅ러소리롤벽역갓치지ᄅ고다라드니하
왕의겻희포합이연망이말을ᄐ고챵을

9

두로고경덕의게다라드러ᄊᆞ흐려ᄒ거놀경덕이팔을늘희여싱금ᄒ니후군집이니ᄅ

럿거눌경덕이공을아닐가ᄒ여포합을길마의다혀죽이고급히빅마롤취ᄒ더니후군집이발셔말을취ᄒ여관의올나진왕긔드리눈지라경덕이더로ᄒ여급히관의드러가소리롤놉혀왈신이젹장을죽이고말을아스려ᄒ더니후군집이아사도라오니이다신의공이로쇼이다진왕왈젹장을죽이믄경의공이오말을아사믄후군집의공이라ᄒ고이장을각〃중상ᄒ고이의위로왈여등은모로미일노기회치말나ᄒ니이장이스은이퇴ᄒ다ᄎ시하병이량최진ᄒ고더위롤니긔지못ᄒ여긔갈이심ᄒ니하왕이크게근심ᄒ여왈이졔군량이핍졀ᄒ미군시쥬리고쓰셩열이심ᄒ여군시만히상ᄒ눈지라진왕으로더부러강화코자ᄒ니엇더ᄒ뇨고아현왈이일이가장조흐니쌜니힝ᄒ쇼셔하왕이즉시글을닷가왕원을쥬어보니니진왕이간필의

10

중장을모화의논ᄒ더참모곽효셕왈본디세춍이궁쳑ᄒ여남의게구완을쳥ᄒ고두건덕이량식이업셔군시다쥬려죽으니이눈하날이망케ᄒ시미라슌일이못ᄒ여냥국을파ᄒ리이다왕이올희녀겨화친을허치아니ᄒ니왕원와이더로고ᄒ니건덕이가장울민ᄒ여믄득조으더니일몽을어드미팟한낫치쓴히쩌러져편시의팟남기나숏치픠고팟치밋쳐더니믄득한쇠아치남글쑤리좃ᄎ빠혀먹거눌놀나씨여심니의불열ᄒ여혜오더니셩이두지니팟두자와음이갓흐니불상훈증죄로다ᄒ고가장근심ᄒ더라차셜진왕이니졍으로더부러군마롤조발ᄒᆯ시나시신양무위롤불너여차여ᄎ하라ᄒ니이장이쳥녕ᄒ고가거눌쓰댱손슌덕고사롬으로일군을거나려젹진의불을지ᄅ고울지공댱공건굴돌통으로일군을거나려호로관동녁히미복ᄒ고가윤보유쥬신으로삼만병을거나려ᄉ슈관하슈의미

11

복ᄒ엿다가물을터바리믈보고일시의너다라치라ᄒ니즁장이쳥녕ᄒ고인ᄒ여가다ᄎ야의댱손슌덕고사롬이가마니하영의니ᄅ러슈목이총잡훈디화포롤어지노ᄒ니불이쌔ᄅ고바름이급ᄒ여화광이슈십니의연ᄒ고연염이창텬ᄒ니하병이더란ᄒ여

셔로줏바라죽는지무슈호지라인민스슈의물업스믈보고닷토와건너거늘물막앗던
장쉬하영의불너러나믈보고즉시물을터노흐니물결이하날의다핫눈지라하병이다
물의빠져죽고언덕의논당병이젹군을죽이더라하병이감히쓰호지못호여연화롤무
릅쓰고다라나거늘당병이츔살호고기가롤부르고도라오니진왕이더희호여즁장을
상스호다츳시하왕이다만슈십긔롤거나려다라나며왈너간언을듯지아니호여이러
틋피호패라호고졍히힝호더니젼면의일좌고산이〃시니지명은우두곡이라당장나
사신양무위미복호엿다가일시의니다라길

12

을막고쇼리질너왈우리예셔너롤기다린지오리더니라호고창을드러지르니건덕이
쓰홀마음이업셔말을치쳐다라나거늘양무위쪼라건덕의말을지르니건덕이쪼히나
려지거늘당군이다라드러미여함거의너흐니츳시논무덕스년이라나사신양무위도
라와왕긔뵈고건덕을미여장하의니르니진왕왈너본터녀와원쉬업거눌어이셰츔을
도와날을친다호고후영의가도라호다이윽고졍교금·우진달·우진웅등이도라와고
호디신등이장남계우의미복호엿더니하왕이지나거눌군사롤다즛지르고오니이다
진왕이깃거졔장을호상호다니졍이쥬왈뎌희머무르지말고이졔군을도로혀하람의
니르게호쇼셔왕이좃차하람의니르니무공이나와마자영의드러가군사롤시겨함거
롤미러셩하의니르러셰츔을불너왈너의장남병을미더〃니이졔두건덕이잡혀시니
너도쪼한잡아함게버희리라호고도로후영의가도라호다츳시고아현이

13

상의호여갈오디이졔하왕이피망호여시니엇지호리오혼디고아현등즁장이닐오디
이졔드르니소졍방이지식이놉다호니우리바로위쥬로가셔져롤쳥호여의논호미조
흘가호노라혼디모다그말을올타호고바로위쥬의니르러소졍방을보니졍방이문왈
그디쥬공이몬져츌졍호더니승픠엇더호뇨즁장이갈오디우리량최픱졀호여군시여
러날긔갈을견디지못호여피호비되고쥬공이쪼한당영의잡혀시니아등이참아이말

을고치못ᄒ고장군을쳥ᄒ여한가지로가낭〃긔뵈고다시군사ᄅᆯ거나려원슈ᄅᆯ갑고
자ᄒ노라졍방이앙텬탄식ᄒ고즁장과한가지로댱남의니ᄅ러낭〃을보고연유ᄅᆯ고ᄒ
니낭〃이통곡ᄒ기ᄅᆯ마지아니ᄒ거늘졍방이쥬왈신이쥬상긔득죄ᄒ여위쥬의젹거
ᄒ엿더니이쇼식을듯고특별이쥬상의원슈ᄅᆯ갑흐려ᄒ나이다낭〃왈그디등이쥬상
의원슈ᄅᆯ갑고자ᄒᆯ진디사직을붓들사ᄅᆷ을셰

14

울지라나ᄂᆫ녀지니엇지나라흘다사리〃오니츌가ᄒ여종젹을감쵸고ᄌᆞᄒ노라모다
지삼이걸ᄒ디듯지아니ᄒ고궁으로드러가금은을슈습ᄒ여가지고궁을ᄯᅥ나셩명을
감쵸고명산을차ᄌᆞ단발위리ᄒ니라ᄎ셜소졍방이즁관으로더부러임군셰울일을의
논ᄒ더니믄득일기영작이즁관을향ᄒ여울거늘졍방왈이무삼징죈고가장고이토다
ᄒ고한살노쏘니그가치ᄂᆫ간디업고다만살ᄭᅩ치한조희무더나려지거늘졍방과즁관
이펴보니왈건덕신국망건덕이시로이나라흘망ᄒ니지리완구일두번와구ᄒ날이로
다텬운불가도텬운을가히도망치못ᄒ미한위묘금도도로혀묘금되〃도다졍방이남
필의왈묘금도ᄂᆫ이분명ᄒ뉴자니이엇던사ᄅᆷ고니드ᄅ니션문산의일인이〃시디셩
명은쥬의오나흔구십이니ᄉᆞᄅᆷ이〃ᄅ기ᄅᆯ쥬운션이라ᄒᄂᆞ니화복길흉을잘안다ᄒ
니우리한가지로가무러만일하날이하국을도으시지아니

15

ᄂᆫ다ᄒ면달니구쳐ᄒ리라ᄒ고즁관이목욕지계ᄒ고잇튼날션문산의가시비ᄅᆯ두다
리니동지나와쳥ᄒ거늘졍방이드러가비례왈우리ᄂᆫ하국신희러니쥬상이동졍을돕
다가픠망ᄒ니쥬상을위ᄒ여원슈ᄅᆯ갑고자ᄒ디쥬장홀사ᄅᆷ이업더니우연이텬셔ᄅᆯ
어드니뉴시화즁으로니로리라ᄒ여시니엇던ᄉᆞᄅᆷ인쥴모로ᄂᆫ고로아등이졍셩을다
ᄒ여특별이법좌ᄅᆯ더러여뭇잡ᄂᆞ니아득ᄒ거ᄉᆞᆯ가ᄅ쳐쥬쇼셔운션이동자ᄅᆯ명ᄒ여
필연을나와글두귀ᄅᆯ뼈쥬어왈그디등은도라가보라ᄒ니쥬장이비ᄉ하고픠희나려
조당의와분향ᄒ고ᄯᅥ혀보니그글의갈와시디하경쥬삼구하경이삼구의젼ᄒ여시니

댱조무장연댱찻조졍의무장이빗나도다묵듕졔긔토먹묵자가온디흙토자롤졔ᄒ고
문니달용신문 〃 자안의사마칠달지용신ᄒ도다졍방왈묵듕졔기토논거물흑자오문
니달용신은문이란달지니차인의게응ᄒ도다고아현왈텬명이 〃 러ᄒ면나라희

16

일시도무군치못ᄒ리니이졔쳥ᄒᄌᄒ고듕인이뉴흑달의집의가뵈오믈쳥ᄒ니ᄎ시
흑달이후원의셔나물을키더니젼언으로좃차공복을닙고나와맛거늘듕인이녜필의
졍방왈니듕관으로더부러관자의게졈복ᄒ니장군이가히ᄉ직을붓들니라ᄒ니한실
묘예오뎨왕의긔상이잇는지라이러므로쳥ᄒ라왓ᄂ니위의즉ᄒ여한실을회복ᄒ고
원슈롤갑고자ᄒ노라흑달왈우리다갓흔신희어놀너무삼덕으로더위롤당ᄒ리오유
덕자롤갈희여셰우라졍방왈텬명이장군의게도라갓시니ᄉ양치말나ᄒ고듕인이흑
달을붓드러궁의도라와별뎐의안헐ᄒ고길일을퇴ᄒ여흑달을붓드러위의즉ᄒ고문
뮈만셰롤부르며년호롤곳쳐티원이라ᄒ고국호롤동한이라ᄒ며부인한시로황후롤
봉ᄒ고텬지긔졔ᄒ후문무롤ᄎ례로벼술을도 〃 고디ᄉ텬하ᄒ다ᄎ셜두건덕의이궁
쇼휘가마니군관뉴군졀노더부러시슈롤도젹ᄒ여다라날시길

17

의셔상의왈옥시논젼국보니엇지범인을쥬리오우리아모나라의드리고안신홀곳을
어드미엇더ᄒ뇨뉴군졀이그말을좃차힝ᄒ여하람을지나더니맛참당장안귀홍이슌
죠ᄒ다가문왈네엇던사롬인다뉴군쳘이닐오디하왕의부인쇼시옥시롤밧드러드리
노라안귀홍이드러와진왕긔고ᄒ니왕이불너드러오미쇼비졀ᄒ여왈쳡은하왕비소
시러니왕이희롤닙으미나라희님지업는지라특별이옥시롤밧드러진명텬자긔드리
나이다ᄒ거늘진왕이바다보니젼자롤여덜자롤삭여시디슈명우텬ᄒ니긔슈영창이
라ᄒ엿거늘왕이디희ᄒ여소비롤쥬식으로관디ᄒ고당검을명ᄒ여소비롤다리고장
안의드러가옥시논텬자긔드리고빅모논동궁뎐하긔드리라당검이쳥녕ᄒ고소비롤
다려장안의드러가고조긔뵈온디고罪옥시롤보시고소비롤디ᄒ미경국지쇡이라방

현령다려문왈져롤엇지쳐치ᄒ리오현령이쥬왈슈양뎨〃형을죽이

18

고소비롤취ᄒ엿더니우문화급이양뎨롤죽이미화급의게도라갓다가건덕이쏘화급을죽이고소비롤드려더니이직건덕이퍼망ᄒ미옥시롤가져와살긔롤구ᄒ니근본을싱각ᄒ면가히머무ᄅ지못ᄒ리이다고죄좃츠샤횐깁을쥬어자진케ᄒ라당검이하직ᄒ거ᄂ늘고죄금쥬치단을보닉여호상ᄒ게ᄒ시니당검이도라와왕긔봉명ᄒ고연유롤고ᄒᆫ더왕왈가이군명신직다ᄒ리로다ᄒ고이의치단을드려장졸을상ᄉᄒ다각셜부풍왕심법홍이일지병을거나려하람을구홀시하람계구의니ᄅ러안영ᄒ고즁장을모화의논왈우리먼니왓시니가히머무지못홀거시미뉘몬져나가ᄊ홀고션봉뉴티의처마시츌왈신쳡이나가ᄊ호려ᄒ나이다ᄒ고삼쳔병을인ᄒ여나와진셰롤닐우고ᄊ홈을도돈더진왕이졍교금으로츌젼케ᄒ니니졍이쏘한진슉보로ᄊ홈을도으라ᄒ니슉뵈교금으로더부러영의나와교금이웨여왈너ᄂ는엇던사롬인다마시왈나

19

ᄂ뉴션봉의쳐마시러니특별이와동졍왕을구ᄒ노라ᄒ고다라들거ᄂ늘교금이마자ᄊ화슈합의교금이마시의미식을보고사로잡고자ᄒ여힘뼈ᄊ호지아니ᄒ니마시노왈네엇지날을희롱ᄒᄂ뇨ᄒ고칼쓰으는법을쓰고자ᄒ여말을도로혀다라ᄂ거ᄂ늘슉뵈급히ᄊ로니마시홍삭을더져옭고자ᄒ거ᄂ늘슉뵈급히한살노쏘아나리치니군시허여지거ᄂ늘일진을혼살ᄒ고마시롤싱금ᄒ여도라오니진왕이디희ᄒ여냥장을즁상ᄒ다퍼군이냥왕긔고ᄒ니양왕이젼령ᄒ여진을구지직희라ᄒ다잇튼날뉴티ᄂ는젼군을거나리고송조셩장우로좌군을삼고양왕이디군을거나려나아갈시뉴티당션츌마ᄒ여ᄊ홈을도〃니진왕이문왈뉘가히디젹ᄒ리오울지경덕이응셩츌왈신이나아가젹장을잡아오리이다졍창츌마홀시무공이진슉보졍교금굴돌통원두티우슌을거ᄂ리고나아가졉응홀시경덕이졍히뉴티와ᄊ화승뷔업더니진슉뵈양왕을

20

취ᄒ여쓰호다가양왕을싱금ᄒ니젹진이디란ᄒ거눌경덕이치롤드러뉴티롤쥭이고
원두티논동졍신을참ᄒ고우슌은양우롤쏘아쥭이니쥭엄이들의가득ᄒ고피흘너니
희되엿더라은긔산나사신이량쵸의불을지르고본진의도라와각〃공을드릴시진슉
뵈양왕을미여당하의꿀니〃진왕이디즐왈네엇지역젹을돕논다ᄒ고무사로함거의
너허미러셩하의가셰츙을불너왈우리부풍병을파ᄒ고신법흥을사로잡아시너는
일작이항복ᄒ여쥭기롤면ᄒ라셰츙이디경ᄒ여문무롤모화의논ᄒ니혹항자논이도
잇고쓰화자ᄒᄂ니도잇셔의논이불일ᄒ거눌셰츙왈두곳인미다뵈망ᄒ니이논하날
이날노뼈망케ᄒ미라이계비록다른디로가나엇지회복ᄒ리오일작이항복ᄒ여싱녕
을구홀만갓지못ᄒ다ᄒ고빅의로문무즁관을거나려셩의나와항복ᄒ니진왕이은긔
산마삼보고ᄉ렴굴돌통ᄉ장으로ᄒ여금셰츙을압숑

21

ᄒ여장안으로보니고이의즁장을거나려셩의드러가빅셩을안무ᄒ고왕의궁실을보
고탄식왈민력을허비ᄒ여이갓치ᄉ치ᄒ여시니엇지나라흘보젼ᄒ리오ᄒ고명ᄒ여
건양뎐을불지르고기외궁원과모든뎐각을슈리ᄒ여금은을거두고보비롤삼군을상
샤ᄒ고젼령ᄒ여반ᄉ홀시굴돌통두여회롤머무러셩을직희다
강군졍가슌슈쥭조션셔긔병
ᄎ시당진왕이긔가롤불너도라올시위의롤졍졔ᄒ여황금갑닙은디장이삼십원이오
쳘긔삼만이라댱안의니르러고조긔조현ᄒ고쥬왈신이텬은을닙사와다섯나라흘멸
ᄒ고그님군을잡아왓나이다고죄티희왈오이오러간괘즁의잇셔슈고ᄒ도다ᄒ고니
졍을명ᄒ샤모든역젹을다니여효슈ᄒ라ᄒ시니니졍이도부슈로더부러티풍쳔의니
르러ᄎ례로버휠시단웅신의니르러논웅신이니졍다려왈니데야어이구졍을싱각지
아니ᄒ여날을구치아니ᄒ나뇨

22

네젼일교의롤싱각ᄒ라니졍왈네젼일활포단의홀졔무삼졍이잇더뇨ᄒ고버희니피
ᄂ아니나고푸른긔운이쇼ᄉ나졍동으로가거늘무공이도라와보ᄒ니상이니슌풍다
려단웅신의일을무ᄅᄉ니슌풍이쥬왈그긔운이동으로가니이십년후의병이니러나
리이다좌위밋지아니ᄒ더라그후의단웅신의후신이합소문이되여작난ᄒ니라고죄
즁장과ᄉ졸을상ᄉᄒ시고진왕을텬칙부로보ᄂ시다화셜양왕은양졍뎨의증손이니
강능의도읍ᄒ여황뎨로라닐카ᄅ니지방이광활ᄒ여동으로구강의험ᄒ미닛고셔ᄒ
로삼협의구드미잇시며남으로교지롤아오ᄅ고텬쳔의구드미잇고슈하의웅병이〃
십사만이오가하의봉왕ᄒ진팔원이니졍상왕뉴자포와영능왕안슈와형왕됴국종과
장ᄉ왕단의와월왕노셰밍과졍남왕부필과연왕젼항빅이라양왕이됴하롤밧더니졍
강왕뉴자포왈신이드ᄅ니당진왕니셰민이열국을졍

23

벌ᄒ여임의평졍ᄒ고다만우리지방만나만ᄂ지라가히아니방비치못ᄒ리이다양왕
왈경이무삼모칙으로나라흘평안이홀고자푀왈이졔양자강의큰비쳔여쳑을민다라
비마다쇠괄고리롤민들고쇠골희롤쓰디비십쳑을연ᄒ여하나흘민들고그우희널을
쌀아평지갓치민들고장슈롤맛겨슈군을조련ᄒ고슈치롤지어방비ᄒ면북군이비록
날기잇셔도감히범치못ᄒ리이다양왕이올희너겨허락ᄒ니자푀됴지롤바다공장쳔
여인을다리고양자강의가슈치롤지을시슈월만의필역ᄒ고드러와고ᄒ니양왕이아
오쇼이와승상양진으로나라흘직희라ᄒ고즁문무롤거나려양자강슈치의니ᄅ러ᄉ
면을술피니파되흉용ᄒ고슈셩이지험ᄒ디슈쳔쳑젼션이셩사면의둘넛더라왕이보
기롤다ᄒ미깃거왈목셩이비록됴ᄒ나남그로민다라시니혜아리건디오릭지못홀가
져허ᄒ노라자푀쥬왈이쏘한어렵지

24

아닌일이잇사오니갈을뷔여다가잘게역거슈셩밧그로두로고기롬으로겨ᄅ면풍우

롤가히막으리이다양왕이올희너겨허락ᄒᆞ니ᄌᆞ푀우쥬왈이졔사자롤보니여됴왕님
ᄉᆞ홍과월왕니자통을결연ᄒᆞ여한가지로당을쳐몬져형쥐문쥐롤취ᄒᆞ오면이ᄯᅩ한요
긴ᄒᆞᆫ곳이오니졍병으로ᄒᆞ여금뉴노롤막고혹급ᄒᆞ미잇거든우리병을너여기다리면
이ᄂᆞᆫ만젼지칰이니이다양왕이좃차ᄉᆞ롤냥국의보니고일변월왕노계밍과영능왕안
슈와영왕젼항빅과졍남왕부필과장ᄉᆞ왕단희롤불너십오만병을거나려몬져형쥬와
문쥬롤취ᄒᆞ라ᄒᆞ고노계밍으로디원슈롤삼고왕홍당으로션봉을삼고기여장슈ᄂᆞᆫ량
쵸롤슈운ᄒᆞ라ᄒᆞ고ᄐᆞᆨ일츌ᄉᆞ홀시삼셩포셩포향의디군이셩을쩌날시뉴자포로슈치
롤직희다디군이힝ᄒᆞ여형쥐의이ᄅᆞ러션봉왕홍당이셩하의니ᄅᆞ러쏨을쳥ᄒᆞ니가
슌이급히군사롤닐시계하의일

25

인이츌왈원컨디소장이나아가젹장을잡아오리이다ᄒᆞ거ᄂᆞᆯ모다보니관군장군댱창
이라창이피갑상마ᄒᆞ여나아가홍당과쏘화십여합의홍당이한칼노창을버혀나리치
고일진을디살ᄒᆞ니월왕이디희ᄒᆞ여군사롤상ᄉᆞᄒᆞ다가윤이장안의고ᄒᆞ고일변구지
직희다노계밍이즁장을분부ᄒᆞ여왕홍당으로셩하의니ᄅᆞ러쏨을도〃라ᄒᆞ고셔영
왕승으로일군을거나려셩셧역희미복ᄒᆞ여다가셩즁군시나오거든불의〃니다라치
라ᄒᆞ다왕홍당이셩하의니ᄅᆞ러쏠시가슌이창을드러홍당을지ᄅᆞ니홍당이마자쏘
화슈합의거즛피ᄒᆞ여다라나거ᄂᆞᆯ가슌이승셰ᄒᆞ여ᄯᅩ로더니홍당이유셩퇴롤더져슌
의엇기롤쳐마하의나리치니소졸이다라드러미여셩의도라와월왕을뵌디왕이문왈
네즐겨항ᄒᆞᆯ다슌왈쥭이지아니시면어이항치아니리오월왕이디희ᄒᆞ여가슌으로향
도관을삼고셩의드러가빅셩을안무ᄒᆞ고쳡셔롤강능의보니다ᄎᆞ시형쥐쵸미쥬야

26

로장안의니ᄅᆞ러이일을보ᄒᆞ니고죄터경ᄒᆞ여진됴이왕으로양병을물니치라ᄒᆞ니냥
왕이명을바다즁장을거나려나아갈시진왕이젼령ᄒᆞ여울지공으로영병ᄒᆞ여몬져가
라ᄒᆞ다가슌이양의항ᄒᆞᆫ후로큰공을셰워부귀롤엇고자ᄒᆞ여심복을장안의보니여소

식을탐지ᄒ고월왕긔고왈니항혼쥴모로리니거즛병픿ᄒ여다라난쳬ᄒ고장안의드러가경덕을맛나거든더부러의논ᄒᄂ쳬ᄒ면졔필연의심치아니리니져롤속여완상현의드러가둔병ᄒ거든디왕이즉시와셩을ᄊ면텬하취ᄒ미반듯ᄒ리이다월왕이더희왈만일셩공ᄒ면너롤쳔거ᄒ여왕을봉ᄒ리라가슌이즉시필마로나오더니완상계구의니ᄅ러경덕을맛나말긔나려마지니경덕왈네엇던사롬고가슌왈나는티슈가슌이러니쳣번ᄊ홈의션봉당챵이젹쟝의손의죽고니ᄯ한픿ᄒ여셩을닐코도라오더니요힝으로쟝군을맛나니심히다힝ᄒ도다경덕왈너조졍칙지롤밧자와형쥬롤직

27

희려ᄒ더니임의일허시면날을좃ᄎ진부병을거나려나아가리니어닉곳의둔병ᄒ염죽ᄒ뇨가슌왈완상현의젼량이만흐니가히둔병ᄒ염죽ᄒ니이다경덕이완상현의니ᄅ니현령왕슝이나와맛거눌경덕이셩즁의드러가군마롤안돈ᄒ더니양병이사면으로니ᄅ러셩을ᄊ니남의ᄂ졍남왕부필이오셔의ᄂ영능왕안슈오동의ᄂ영원왕젼항빅이오북의ᄂ장ᄉ왕진희라경덕이놀나가슌왕슝으로더부러퇴병홀모칙을의논ᄒ니가슌왕슝왈셩즁의량식이업스니젹을더젹기어려온지라진왕의디병을기다려ᄊ호미올흐니이다경덕이올희너겨젼령ᄒ여각문을구지직희라ᄒ다가슌이혜오디경덕을닐작이업시치아니ᄒ여다가진왕이오면니계괴불니ᄒ리라ᄒ고왕슝과의논ᄒ더이지양국은지방이광활ᄒ고인민강장ᄒ미텬하호걸이귀슌ᄒᄂ지라우리당의잇시미벼술이놉지못ᄒ고허물며사면이다양병이

28

일조의셩이함몰ᄒ면옥셕이구분ᄒ리니모로미금야의경덕을버혀슈급을가져양의투항ᄒ여봉후롤닐치아니미엇더ᄒ뇨왕슝왈그디말이가장유리ᄒ니ᄲᆞᆯ니힝ᄒ라ᄒ고심하의다시ᄉ각ᄒ디엇지반녁을도와금슈지힝을ᄒ리오ᄒ고즉시경덕을보고가슌의말을고ᄒ니경덕이디로ᄒ여쇠치롤들고가슌을불너무로니슌이디답지못ᄒ거눌경덕이치로쳐죽이고왕슝으로더부러셩을직희더라각셜진됴이왕이군을거나려

남으로힝ᄒ더니믄득삼쳐고급이와고ᄒ디경덕이투항ᄒ여당양현을쓴다ᄒ거늘진
왕이가장의아ᄒ더니이논가슌이뫼ᄒ여경덕의얼골과갓흔장슈로경덕의장쇽을가
착ᄒ여당양현의가웨여왈너임의항ᄒ엿노라ᄒ고셩을치니댱양현령허번이고급ᄒ
미라진왕이의혹하여군마를안돈ᄒ고니졍다려왈완강현의셔는경덕이쏫혓다ᄒ고
댱양현의셔는경덕이반ᄒ다ᄒ니이중반ᄃ시묘믹이잇도다니졍왈완

29

강현고급은올코댱양현고급은밋지못홀거시니이반ᄃ시경덕을쪄려반간계롤ᄒ미
니셰길노진병ᄒ쇼셔ᄒ고젼령ᄒ여진슉보졍교금나사신후군집은댱양으로나아가
구ᄒ라ᄒ고은기산고사렴뉴홍긔댱숀슌덕우진웅우진달병원직은완강현을구ᄒ라
ᄒ고마삼보안귀홍댱공건숀강모롤불너가마니닐오디형쥐동문의가여츠〃〃ᄒ라
ᄒ니즁장이쳥녕ᄒ고각〃군을거나려나아갈시슉보의군시댱양현의니르러하치ᄒ
니쳬탐이양영의보ᄒ니양왕이즁모스롤쳥ᄒ여의논ᄒ니노셰웅왈젹군이먼니와피
곤ᄒ리니쎠롤타치미상칙이라ᄒ니모다올희너겨삼노로나아갈시왕홍당이젼뷔되
고노셰웅이즁디되고셔영왕숀은후디되여일시의나아가쓴홈을도〃니진슉보등이
진의나와디호왈젹장은일작이말긔나려항ᄒ여쥭기롤면ᄒ라왕홍당이쇼왈너논텬
시롤모르눈도다울진공은우리나라의귀슌ᄒ여시니만일밋지아니ᄒ거든뒤의오눈
자롤보라

30

슉뵈홍당을쏘라갈시슉뵈급히팔을늘희여싱금ᄒ여나리치니홍당이길마의다혀쥭
눈지라슉뵈의긔롤탄ᄒ더라양영의셔왕홍당의쥭으믈보고셔영가경덕왕숀이일시
의나쏫호더니교금은셔영을디젹ᄒ고나사신은가경덕을디젹홀시창으로가경덕을
지르려ᄒ거늘진슉뵈웨여왈나사신은아직날회라너이반젹을잡으리라ᄒ고다라드
러보니이눈경덕이아니라슉뵈디로ᄒ여크게쇼리지르고가경덕을싱금ᄒ여나리치
니즁군이다라드러미여본진으로도라오고졍교금은셔영을두조각의너고후군집은

왕손을버희고나스신은젹진을츙돌ᄒ니양병이반나마쥭엇더라슉뵈가경덕을미여
도라오니왕이문왈네엇던사롬이완디경덕을가칭ᄒ나뇨노셰웅이가슌의뢰오믈고
ᄒ니왕이디로ᄒ여노셰웅을버희고스람을완강현의보니여ᄽ홈을지쵹ᄒ더라
셰임자삼월일향목동셔

권13

1

당진연의권지십삼

각셜진왕이문왈너는엇던사름이완더가칭경덕이라ᄒ는다노셰웅이가슌의쐬오믈
고ᄒ니왕이더로ᄒ여노셰웅을버희고사름을완강현의보니여쓰홈을지쵹ᄒ더라ᄎ
시완강현모든장쉬이말을듯고즉시군마롤지쵹ᄒ여ᄉ면으로나아갈시고각이졔명
ᄒ고함셩이진텬ᄒ니경덕이구병이니르믈알고군ᄉ롤졍졔ᄒ여동문으로나아가더
니영원왕젼항빅을맛나쓰화슈합의치롤드러머리롤ᄯ쳐쥭이고은긔산은니셩을쥭
이고고사렴은영능왕단슈롤쥭이고뉴홍긔는졍남왕부필을쥭이고댱손슌덕은장ᄉ
왕단의롤쥭이니양병의쥭은슈롤아지못ᄒ너라즁장이각 // 도라와공을드리거눌왕
이더희ᄒ여즁장을상ᄉᄒ다ᄎ시니졍·장손무긔·단지현등이군사롤거나려문쥬의
니르러하치ᄒ고무공왈댱손장군은나아가쓰홈을도 // 고왕·단이장군은쳥문양쥬남
북의미복ᄒ엿다가셩즁의불니러나믈

2

보고일시의니다라셩을아ᄉ라ᄒ니이장이쳥녕ᄒ고나오거눌댱손무긔일지군을거
ᄂ려나아가쓰홈을도돈더노셰밍이곽진형으로셩을직희오고부장장손ᄉ부로더부
러셩의나와셔로쓰화슈합의무긔양퍼이쥬ᄒ니셰밍이급히ᄯ로거눌무긔칼을날녀
셰밍을버혀나리치니댱손사뷔말을도로혀다라나거눌ᄎ시마삼보등사장이농부의
모양을ᄒ고몸의모다칼을감쵸고문안의슘엇다가양병이셩의나가믈보고즉시셩즁
의불을노ᄒ며문직흰군사롤쥭이니댱검단지현이셩즁의불니러나믈보고즉시셩으

로즛쳐가니단지현이당군이셩의들믈보고급히말긔올나셩문을나니댱공건이한칼
노버희고디당긔호롤쏫고군민을안무ᄒ더라냥쟝이픠군을거두어문쥬로도라오다
가졍히단지현을맛나길을막고후면의댱숀무긔쏘라오니이쟝이쏠홀마음이업셔길
을아사다라나거놀단지현이댱숀사부와셔람을쑈아쥭이고즁쟝이도라와문쥬취ᄒ
믈고ᄒ니진왕이쟝졸을호

3

상ᄒ고명일진됴이왕이졔쟝을모ᄒ고파격홀일을의논홀시니졍왈이졔몬져두복위
안귀홍뉴졍회은긔산사쟝으로강도익구의가오왕니자통을막고니졍졍교금은삼쳔
도부슈와십쳑젼션을거나려구강삼협의나아가젹의운졔와쥰비ᄒ거슬업시ᄒ고도
라와합병ᄒ라ᄒ니즁쟝이쳥녕이퇴어놀니졍이진됴이왕으로더부러양자강의가슈
셩ᄒ거슬파ᄒ려ᄒ더라ᄎ시무공과졍교금이비와군사롤거나려구강삼협의니르러
두로보며도부슈롤분부ᄒ여운졔롤불지르고비롤씌여슈상십니롤힝ᄒ더니젼면의
이십쳑젼션이오디다량쵸긔호어눌졍교금이션두의셔답왈우리는양조운량관양희
됴광이로라졍교금이소리질너왈너의일작당의항복ᄒ여쥭기롤면ᄒ라양희조광이
셔로의논ᄒ디우리군시젹고쏘비젼션이아니라엇지디젹ᄒ리오일작이항복ᄒ니만
갓지못ᄒ다ᄒ고션두의나와웨여왈우리이졔당의항코자ᄒ

4

니드롤쑈나무공왈너의항복고즛ᄒ거든디당긔호롤쏫고무공과한가지로양자강의
니르니이인이진왕긔참연ᄒ여양희등의일을고흔더니졍이희왈이논하날이우리는
도으시미니그마음을즐겁게ᄒ여쓸곳이잇다ᄒ고이인을즁상ᄒ니냥인이고두사비
ᄒ고셔로의논ᄒ디진왕이관흥디도ᄒ다ᄒ더니과연허언이아니로다우리힘뼈공을
닐워갑흐리라ᄒ더라니졍이미일진즁의슌시ᄒ여노약을일쳐의모ᄒ고양희됴광을
불너일쳐의모ᄒ고불너귀의다혀분부ᄒ더너희본부군을거나려여ᄎ〃〃ᄒ디젼션
십쳑의비마다쇄갈고리롤박고화포화젼과마른셥을시러가게ᄒ고졍교금양건방으

로삼쳔병슈졸과오십쳑젼션을거나려고사렴후군집은삼쳔슈군과젼션과쬬한갓치
ᄒ여삼노로가불니러나믈보고일시의다라드러슈치롤겹칙ᄒ라ᄒ고진슉보단지현
으로일도부슈롤거나려강을둘너젹을즛치라ᄒ고쬬왕당인비힝

5

검으로각〃삼십쳑젼션을거나려졉응ᄒ라ᄒ니졔장이각〃쳥녕ᄒ고영군ᄒ여가거
늘니졍이븍역희삼장뒤롤모으고오방긔치롤버리고즁군의향노와보검을놋코졔물
을버리며머리풀고발벗고단상의올나분향녜비ᄒ후칼집고입으로진언을염ᄒ니쵸
경의셔븍풍이크게니러나는지라진됴이왕이슌풍의비롤져어슈셩으로향ᄒ니츠시
뉴자푀슈셩을슌시ᄒ 다가한쎼션쳑이오믈보고문왈오는비어듸로가는다양희됴광
이답왈나는양희됴광이러니량식을운젼ᄒ여오노라자푀왈엇지이졔야오는다이장
왈풍셰불니ᄒ여더듸엿노라자푀셩을여러냥션을드리니냥조이장이비롤슈셩으로
드릴시바롬이급ᄒ고비마다못슬박아시미쩌러지〃아니ᄒ거늘급히불을노ᄒ니십
쳑량션이다셥과유황염쵸롤시러시니화렴이창텬ᄒ지라뉴자푀계교의쎄진쥴알고
황망이슈병을거나려길어귀롤막앗더니양희조광이일

6

일소션을타고슈셩으로나오거늘자푀뒤로왈반젹은어듸로가는다ᄒ고창을드러양
희롤지론듸희몸을피홀지음의비업더져믈의쎠지더라츠시당병이슈셩의블이니러
나믈보고젼션을지쵹ᄒ여나아가다가젹션을맛나화젼화포롤놋코싀살ᄒ니평명의
니른러는양병이다죽고다만뉴자푀비롤바리고언덕으로올나다라나더니진슉뵈져
근비롤ᄐ고급히ᄯ라오며웨여왈젹장은닷지말나ᄒ니자푀창을잡고언덕의셔〃혜
오듸졔지나거든질너믈의나리치리라ᄒ더니슉뵈언덕의갓가이오거늘자푀창으로
슉보롤지르니슉뵈몸을기우려피ᄒ며그창을잡아소〃쳐언덕의오르니슉보와자푀
다말이업는지라거러ᄡᅩᄒ더니자푀용긔롤발ᄒ여죽기로셔ᄡᅩᄒ더니슉뵈벽능간을
드러자포롤질너죽이고본영으로도라오니양국젼션오빅여쳑을어덧더라니졍이녕

ᄒ여비를강즁의바리라ᄒ니진왕이그뜻을무론더니정왈우

7

리깁희드러갓다가구병이스면으로오면우리비록션척을두나무어시쓰리오이러므
로그비를씌여나려보니면반ᄃ시양희임의파ᄒ다ᄒ고구병이니ᄅ지아니ᄒ리니니
긔미반듯ᄒ리이다진왕이올희녀겨즉시군을거나려강능을칠시더군이강능셩하의
하치ᄒ고니졍이진슉보로츌군ᄒ라ᄒ니슉뵈일군을거ᄂ려강능셩하의니ᄅ러쌋홈
을도〃니탐미급히양왕의게ᄒ더소션이젼지ᄒ여형왕모국용과무창왕장안셩과어
데일문왕쇼리로나가더격ᄒ라ᄒ니삼장이쳥녕ᄒ고녕군ᄒ여셩의나와쌋화미급슈
합의진슉뵈장안셩을질너죽이니쇼리와모국용이상혼낙담ᄒ여급히말을도로혀강
능으로다라나니슉뵈일진을더살ᄒ고군을거나려본영으로도라오니슉뵈더기당의
도라온후네번더공을셰우니하나흔왕홍당을잡고둘흔노셰웅을잡고셰흔뉴자포를
죽이고네흔장안셩을죽이니공녈이우쥬의두렷ᄒ더

8

라슉뵈군을거두어도라오니진왕이즁상ᄒ니라각셜쇼리모국용이도라가왕긔뵈고
픠흔연유를고ᄒ더니탐미보ᄒ더슈류낭노군이다픠ᄒ다ᄒ거늘양왕이더경ᄒ여문
무를모화의논ᄒ고셩문을열고당의항복ᄒ니진왕이더희ᄒ여셩의드러가빅셩을안
무ᄒ고장졸을호상ᄒ더니믄득두복의등이오왕이자통을미여왓거늘진왕이젼령ᄒ
여반스홀시양국승상당진으로강능을직희오고인마를휘동ᄒ여장안의도라와고조
긔조현ᄒ믈맛차미고죄더희ᄒ샤이왕을위로ᄒ시고상스ᄒ시미양왕쇼션과니자통
을져자의가참ᄒ라ᄒ시고파조ᄒ시더라
살츙신원길보사원구스원니셩겁법장
각셜즁산부의셜시오인이〃시니만강만희만진만쳘만회라가셰호부ᄒ고무예정슉
흔지라텬희분〃ᄒ믈보고군사를모ᄒ며큰뜻을두어창쥬고민도와연쥐셔원강광과
계량민의공등으로결연ᄒ여당을범ᄒ니고죄문무를

9

모화의논ᄒ실시제왕이연왕다려왈이번의우리가즁산을치미엇더ᄒ뇨연왕왈셜가
오회효용이졀윤ᄒ고우리슈하의밍장이업거놀엇지셩공ᄒ믈바라리오졔왕왈불연
ᄒ이다우리만일즁산의가요힝오호롤니긔면영명이현달홀지라우리미양칭병ᄒ고
ᄊ홈을아니므로슈하의디장이업스니진슉보울지공졍교금나사신은긔산오장을불
너쓰미엇더ᄒ니잇고연왕왈이말이올틋ᄒ고이왕이고조긔쥬왈신등이즁산을치려
ᄒ오니셔부오장을비러가지이다고죄왈뉘뇨원길왈진슉보울지경덕졍교금나셩은
긔산이니이다고죄즉시오장을부ᄅ샤연졔이왕을도으라ᄒ시니오장이슈명ᄒ고진
왕긔하직ᄒ후연졔이왕으로더부러영군ᄒ여즁산부의니ᄅ러하치ᄒ고연졔이왕이
울지경덕을명ᄒ여몬져즁산의가ᄊ홈을도〃라ᄒ고오빅군을쥬니경덕이쳥녕ᄒ고
즁산셩하의니ᄅ러ᄊ홈을쳥ᄒ니셜만쳘

10

이군사롤거나려나오거놀경덕이디호왈너ᄂ셩명을통ᄒ라만쳘왈나ᄂ즁산부호장
셜만쳘이어니와너ᄂ셩명이무어시뇨경덕이답왈나ᄂ디당션봉울지공이로라ᄒ고
셔로ᄊ화빅여합의니ᄅ러승부롤졀치못ᄒ고날이져물미각〃본진으로도라오니라
경덕이도라와왕긔뵈고셜만쳘의용밍을닐카ᄅ니졔장왈네진왕을좃차졍벌ᄒ미소
향무젹이러니금일은어이니긔지못ᄒᄂ뇨명일쏘니긔지못ᄒ면군법을힝ᄒ리라경
덕이민〃블낙ᄒ더라각셜만쳘이셩의도라와계형데롤보고닐오디당장울지공이가
장용밍ᄒ니힘으로능히디젹지못ᄒ리니계교로뼈잡으리라ᄒ고명일셜만쳘이졔형
데롤불너여ᄎ〃〃ᄒ라약쇽을졍ᄒ고셜만진이셩의나와ᄊ홈을도〃니경덕이나와
보고디호왈너ᄂ황구쇼이라ᄲᆞ니물너가고만쳘을너여보니라만진이쇼왈네엇지어
룬셜만진을모로고감히욕ᄒᄂ다잡말〃고목을드러니칼을바드라경

11

덕이디로ᄒ여창을들고다라드러ᄊ화승부롤졀치못ᄒ더니만진이거즛퓌ᄒ여다라

나거늘경덕이급히ᄯᅡ라곡구의드니믄득일셩포향의좌우곡즁으로좃차복병이살츌
ᄒᆞ니위슈디장은셜가오형뎨라ᄉᆞ면으로에우고즛쳐드러오니경덕이졍신을가다듬
어좌우츙돌ᄒᆞ니셜가오형뎨경덕의용밍ᄒᆞᆷ을보고계형뎨즁혹상홀가겁ᄒᆞ여징쳐군
ᄉᆞ롤거두니경덕이ᄯᅩ한픠군을거두어도라오니졔왕이디로ᄒᆞ여도부슈롤ᄭᅮ지져미
러니여참ᄒᆞ라ᄒᆞ니진슉뵈간왈승픠ᄂᆞᆫ병가상시라다시공을셰워罪롤속게ᄒᆞ시면위
덕이병힝ᄒᆞ리이다졔왕이님의구한을품어경덕을죽이려ᄒᆞᄂᆞᆫ지라슉보의간ᄒᆞᆷ을더
옥노ᄒᆞ여디즐왈여등역젹이셔부권셰롤밋고나롤만모ᄒᆞᄂᆞᆫ다ᄒᆞ고도부슈롤명ᄒᆞ여
경덕을슉보와한디참ᄒᆞ라ᄒᆞ니나셩이헤오디니ᄯᅩ간ᄒᆞ면죽이리라ᄒᆞ고말을달녀법
장의가니무ᄉᆞ졍히낭인을버희고자ᄒᆞ거늘급히나아가

12

무ᄉᆞ롤물니치고낭인을구ᄒᆞ여말긔올녀한가지로다라나니왕이디로ᄒᆞ여졍교금으
로ᄒᆞ여금ᄲᅡ리잡아오라ᄒᆞ니교금이쳥녕ᄒᆞ고ᄯᅡ롤시경덕이말을잡고최로가ᄅᆞ쳐왈
너ᄂᆞᆫᄯᅩ로지말나ᄒᆞ니교금이도라와아니오믈고ᄒᆞ니연왕왈슘데ᄂᆞ녀모편벽히ᄒᆞ엿
도다졔왕왈그ᄶᅵᄂᆞᆫ아모말도아니ᄒᆞ더니이지야니ᄅᆞᄂᆞᆫ다ᄒᆞ고셔로닷토더라슉보등
이장안으로향ᄒᆞ니라각셜〃시오형뎨계교롤의논홀시만쳘왈가히금야의겁칙홀거
시라ᄒᆞ고가마니군ᄉᆞ롤거나려당양의니ᄅᆞ러일셩포향의즛쳐드러가니은긔산졍교
금등이급히피갑상마ᄒᆞ여이왕을보호ᄒᆞ여다라ᄂᆞ니셜가호장오형뎨당병을무슈히
죽이고ᄯᅡ라즛치니즁장이〃장을겨유보호ᄒᆞ여텬식이밝으미영더현의머무러고공
상을장안의보니여고죄긔픠한일을쥬달ᄒᆞ며진슉보울지공나셩의반ᄒᆞᆷ을쥬ᄒᆞ니고
죄놀나시고ᄯᅩ한슉보등의반ᄒᆞᆷ을놀나시니고공산이가마니쥬왈삼장의가쇽이장안
의잇사오니신으로ᄒᆞ여

13

금그가쇽을죽여후환을업시ᄒᆞ시미가ᄒᆞ니이다고죄응윤ᄒᆞ샤뎐지ᄒᆞ샤이왕을위로ᄒᆞ
시고삼장의가쇽을다잡아죽이라ᄒᆞ시니삼장의가쇽의셩명이엇지된고하회롤보라

괘금픠진왕구가쇽강몽신셜시헌즁산

각셜나셩이긔상의민도리ㅎ고장안의니르러바로텬칙부의드러가진왕을뵈오니왕이디경왈네즁산을치라가더니엇지이의온다나셩이젼후슈말을셰〃이쥬ㅎ니진왕이탄왈삼데편벽ㅎ미여츠ㅎ리오경은ᄲᆞ니모든가쇽을보고안심ㅎ믈니르라나셩이쳥녕ㅎ고이장의집의가니츠시셔무공이조졍의셔삼인의가쇽을쥭이라ㅎ믈듯고놀나급히나오다가길의셔나셩을맛나한가지로슉보의집의드러가네필의셔무공이갈오디나장군이〃의니르믄무삼연괴뇨나셩이젼후슈말을고ㅎ니무공왈이지나라의셔셰집가쇽을쥭이려ㅎ시미니급히셰집의니르고자ㅎ더니다힝이장군을맛난지라장군은ᄲᆞ니텬칙

14

부의가급고ㅎ라나셩이급히텬칙부의니르러진왕을뵈옵고삼장의가쇽을쥭이려ㅎ믈고ㅎ니왕이즉시관교롤불너금픠세흘가져오라ㅎ여각〃쓰셔셰집문의달나ㅎ니기셔의왈만일사롬이쳣문의드는지면발을버희고둘지문의들면머리롤버희고셋지문의들면삼족을멸ㅎ리라ㅎ여삼장의집문의달나ㅎ니라익일의형부관원이무사롤거나려슘인의집의가니집마다금픠롤셰우고텬칙부영지롤뼛거눌감히드러가지못ㅎ다시〃의진왕이고조긔조현ㅎ고쥬왈폐히무삼연고로삼장의가쇽을쥭이려ㅎ시나잇고고죄왈삼장이죄롤범ㅎ고모반ㅎ미몬져그가쇽을쥭이려ㅎ미니라진왕왈사롬의젼언을엇지신쳥ㅎ시나잇고삼장은결단코반홀지아니〃신이〃졔나아가즁산을평졍ㅎ고삼장의진위롤살펴쳐치ㅎ미늣지아니ㅎ니이다고죄허ㅎ시니왕이하직고병을졈고ㅎ여동관으로나아가니슈관장셩언사와진슉보울지경덕이나와마자

15

고두쳥죄ㅎ니진왕이위로ㅎ고연디현의니르니연졔이왕이마자네필의진왕이인마롤지쵹ㅎ여즁산셩하의니르러하치ㅎ니연졔이왕이슉보등의진왕을ᄯᅡ라왓시믈보고일변붓그리고노ㅎ여장안으로도라가기롤니로니진왕이허락ㅎᆫ더이왕이장안으

로도라가니라진왕이즁쟝을거나려의논왈즁산셜만쳘이효용ᄒ다ᄒ니나셩을나가
싼호라니무공으로더부러진세룰보리라나셩이쳥녕ᄒ고셩의나싼홈을도〃니셜만
쳘이나와셔로싼화빅여합의승부룰결치못ᄒ니왕이칭찬ᄒᆯ마지아냐왈무공은냥
장의지조룰보라하날을괴오는기동이오하나흔창희룰노흔다리갓도다두리건디냥
회싼호미하나희샹ᄒᆯ가ᄒ노라ᄒ고징쳐군을거두니냥장이각〃도라오미진왕이무
공다려왈뉘가히만쳘을다뤼여니룰고언미필의은디이츌반쥬왈신이셜가로더부러
동향의잇셔친ᄒ오니나아가쵸항ᄒ리이다왕이깃거보니고맛참

16

조으더니홀연금갑신이나려와닐오디신은즁산부신령이러니옥뎨칙지룰밧자와고
ᄒᄂ니셜만쳘은당실쵸방지친이오국가동양이라맛당이쵸항ᄒ라ᄒ고간디업거놀
왕이몽사룰긔이여겨은디아룰불너이일을닐너보니다차시셜만쳘이ᄯᅩ한일몽을어
드니금갑신이닐오디당진왕은네임군이오네ᄯᅩ당조부미되리니모로미항복ᄒ고텬
위룰역지말나만쳘이ᄭᅮᆷ을ᄭᅢ여형뎨룰디ᄒ여몽스룰니ᄅ고항ᄒ고자ᄒ더니졍언간
의은디아의왓시믈고ᄒ니쳥ᄒ여녜필의은디이진왕이간졀이보니시믈니ᄅ고어미
츄명공쥬와결혼ᄒᆯ믈쳥ᄒ니셜긔왈이어렵지아니ᄒ니명일거긔임ᄒ시면졀ᄒ여셤
기리라은디이도라와셜긔귀슌ᄒᆯ쥬ᄒ니왕이깃거제장군졸을거나려즁산부의니
ᄅ러셜긔일시의마자드려고두쳥罪ᄒ니왕이위로권면ᄒ신디셜긔ᄉ은ᄒ고진왕의
용봉지샹을암〃탄복ᄒ더라진왕이인ᄒ여장졸을샹ᄉᄒ고

17

다시의논왈뉘가히계량등쳐룰진무ᄒ리오셜만쳘이고왈삼쳐도병을파ᄒ기쉽오니
신이진장군으로더부러연쥐룰치고댱손장군은셜만호로더부러계량을치게ᄒ쇼셔
왕이깃거즉시젼령ᄒ여뉵군을분발ᄒ고진슉뵈몬져창쥬셩의이ᄅ러ᄂᆫ만쳘이갈오
디장군은남문밧긔미복ᄒ고잇시라니가히드러가여ᄎ여ᄎᄒ리라ᄒ고다만슈십긔
룰거나리고셩하의나아가보기룰쳥ᄒ니고罪부장양후등으로마자드려셔로녜필의

만쳘이갈오디당진왕은진명텬지라장군의디명을듯고나롤보니여쵸항ᄒ라ᄒ시니
장군은쎠롤틋슌죵ᄒ쇼셔고디리왈원니네발셔당의귀항ᄒ엿도다나ᄂᆞᆫ결단코항복
지아니ᄒ리로다만쳘왈장군은고집지말고텬의롤슌ᄒ라디리왈니머리ᄂᆞᆫ버희려니
와니마음은굴치못ᄒ리니썰니가고더듸지말나만일그디구일안면이업스면목슘을
보젼치못ᄒ리라만쳘이믄득단도롤ᄲᅡ혀들고소리질너왈당병은

18

썰니드러오라ᄒ니언미필의진슉뵈군ᄉ롤거나려화포롤놋코즛쳐드러오니고디리
밋쳐숀을놀니지못ᄒ여슉뵈싱금ᄒ고만쳘은고진과양호등을죽이고진슉뵈드듸여
셩을직회고만쳘이고디리롤함거의시러즁산부의도라와왕긔뵈오니츳시졔장이연
쥐등쳐도격을다잡아왓거놀진왕이명ᄒ여삼격을죽이고울지공댱숀슌덕으로창연
등쳐의슌시ᄒ여도라오라ᄒ니졔장이녕지롤바다즁산셩을쎠나각〃나아가다화셜
강남두건덕의부장뉴흑달이한실여죵이라소졍방고아현등이셰워한동왕을삼고한
왕의후롤니어긔병ᄒ니흑달이돌궐을결연ᄒ여지방을회복ᄒ니고죄근심ᄒ샤진왕
과졔왕을명ᄒ여군사롤닐우혀치라ᄒ시니삼슌지ᄂᆡ의산동이다졍ᄒ지라흑달이픠
ᄒ여븍으로돌궐의게다라낫더니슈월이못ᄒ여다시긔병ᄒ여연쥬롤아스니회동왕
니동현이흑달노더부러하벽의셔싼호다가병이픠ᄒ여흑달의

19

게죽은비되니산동이진희ᄒ고쥬현이다픠ᄒ여옛쏜흘다앗고낙쥐의도읍ᄒ니쇼졍
방이쥬ᄒ디쥬공이여러번니긘병으로뼈당죠텬하롤취ᄒ기쉬운지라몬져다셧곳인
마롤비러졉응케ᄒ쇼셔한왕이문왈엇지ᄒ여다셧곳인고소졍방이디왈연평왕곽자
와평강왕댱디안과웅쥐왕뉴슈광과회금왕보궁우와동평왕가운셩이니이다한왕이
올희너겨각진의쳥병ᄒ려사롬을보니다
소졍방고아현젼소교왕원삼군진
각셜당고죄죠회롤바드시더니쵸민드러와쥬ᄒ디장남뉴흑달이긔병ᄒ여회양왕을

하벽의셔죽이고낙쥐의도읍ᄒᆞ여소졍방이군사십여만을거ᄂᆞ려교하의진쳣시니형
세십분긴급ᄒᆞᆫ지라특별이고급ᄒᆞ나이다ᄒᆞ거ᄂᆞᆯ고죄터경ᄒᆞ여비통ᄒᆞ샤왈연소질이
젼진의셔죽으니가련ᄒᆞ다ᄒᆞ시고졔신다려문왈뉘장남의가이도젹을잡아원슈롤갑
흐리오니슌풍왈이졔진왕뎐희가셔야셩

20

공ᄒᆞ실거시오다른장슈눈가면맛참니셩공치못ᄒᆞ리니뎐희맛당이삼군을영ᄒᆞ샤ᄲᆞᆯ
니힝케ᄒᆞ쇼셔ᄒᆞ거ᄂᆞᆯ고죄올희너기샤긔퓌관을즁산부의보너샤ᄲᆞᆯ니진병ᄒᆞ라ᄒᆞ시
고조회롤파ᄒᆞ시니연왕이믈너부즁의도라오니티스윤왕슈와셰마위증이쥬ᄒᆞ디이
졔진왕을위ᄒᆞ여니외귀심ᄒᆞ거ᄂᆞᆯ뎐하눈불과년장ᄒᆞ므로동궁위의거ᄒᆞ시나희니롤
진압홀공이업눈지라드르니뉴흑달이반ᄒᆞ엿다ᄒᆞ오니뎐희졍벌ᄒᆞ여텬하호걸을결
납ᄒᆞ쇼셔연왕이뎌희ᄒᆞ여졔왕원길과의논ᄒᆞ니원길왈니뜻이ᄯᅩ한이러ᄒᆞ니젼일즁
산부롤칠졔나셩져근도젹이법장을겁칙ᄒᆞ니엇지통희치아니리오다만당남을파키
눈바라지말고나셩소젹을업시ᄒᆞ면엇지쾌치아니리오ᄒᆞ고이왕이함게뎐폐의나아
가쥬왈신등이장남을치고자ᄒᆞᄂᆞ니사롬을즁산의보너여진슉보울지공나사신졍교
금과은긔산오장을불너한가지로가게ᄒᆞ쇼셔고

21

죄좃치샤ᄉᆞ롤즁산의보너시니진왕이갈오디조현이경젹ᄒᆞ다가몸이망ᄒᆞ도다ᄒᆞ고
유쳬ᄒᆞ기롤마지아니ᄒᆞ고즉시졍교금은긔산나셩을불너왈이졔연졔이왕이뉴흑달
을졍벌코자ᄒᆞ여너희오장으로ᄒᆞ여금보가ᄒᆞ게ᄒᆞ시너의삼장이몬져가고울지공
진경은한양의슌시ᄒᆞ라갓시니숨장이몬져가라ᄒᆞᆫ디나셩이믄득눈물을흘니거ᄂᆞᆯ진
왕이놀나무러갈오디경이엇지한번츌젼ᄒᆞ물이갓치시허ᄒᆞ나뇨나셩이읍고왈나라
흘위ᄒᆞ여몸을바리믄신자의직분이나연이나당쵸의즁산을칠ᄯᅢ의연졔이왕이무죄
희진경과울지공을죽이려ᄒᆞ거ᄂᆞᆯ신이분심을참지못ᄒᆞ여이장을구ᄒᆞ오니연졔이왕
이한을품은지오런지라신이〃번가면츙셩을다ᄒᆞ려니와오리쥬공을뫼시지못홀가

ᄒ므로신이운거시오츌젼ᄒ믈슬허ᄒ미아니로쇼이다진왕이갈오ᄃ네엇지이런말을ᄒᄂ다이왕이너롤희코자ᄒ시나ᄃ긔

22

셔로권히ᄒ여무방홀거시오불구의ᄂ영졉ᄒ리라삼장이쳥녕ᄒ고일지병을거나려교하의나아가니겸극은셔리롤편듯ᄒ고졍긔ᄂ장공을두론듯ᄒ더라연졔이왕이군을인ᄒ여교하계구의ᄂ로니쇼쥬관이영졉ᄒ거놀졔왕이문왈즁산오장이예왓나냐답왈일쟉오지아니ᄒ엿나이다왕이젼령ᄒ여영치롤안돈ᄒ고모든군사롤분부ᄒ여나셩등오장이니ᄅ거든우리인미오날이ᄅ다말고안영ᄒ연지삼일이라ᄒ라ᄒ다츠셜졍교금등사장이교하계구의이르니이왕의인미이의잇거놀나셩왈우리오기롤더듸ᄒ도다져의군미후의오고우리몬져왓던들조흘거슬어이ᄒ여야이왕긔뵈오미조흘고교금왈우리허다슈고ᄒ여니ᄅ러시니무어시어려오리오ᄒ고군사다려무로ᄃ안영ᄒ연지삼일이라ᄒ거놀나셩왈너희이왕긔고ᄒ라우리즁산으로셔오다ᄒ거놀이왕이불너보고문왈진경울지공은엇지아니오뇨교금왈이

23

냥장은창연이쥬롤슌힝ᄒ라가셔밋쳐오지못ᄒ엿기로신등이몬져니ᄅ럿나이다이왕이문왈뉘션봉닌을찻나뇨나셩이쥬왈신이션봉이로쇼이다졔왕왈네션봉일진ᄃ엇지후의와군법을틱만ᄒ다ᄒ고도부슈롤ᄶ지져미러너여참ᄒ라ᄒ니졍교금은긔산이쥬왈신등이쥬야로니ᄅ럿ᄂ니바라건ᄃ용셔ᄒ쇼셔연왕이ᄶ오한권ᄒ니원길왈이번은ᄉ ᄒ거니와후의만일법을범ᄒ면결단코샤치아니리라ᄒ니삼장이ᄉ은ᄒ고물너나다이젹의한국쵸미이일을쇼졍방의게고ᄒ니졍방이일지군을거나려바로계구의니ᄅ러하쳐ᄒ고ᄊ흠을쳥ᄒ니졔왕월길이나셩으로츌젼ᄒ라ᄒ니ᄉ신이갑을졍졔ᄒ고영의나와말긔올나병을거나려진젼의나와무로ᄃ너장은셩명을통ᄒ라졍방왈나ᄂ한동왕가하츙병쇼졍방이라너ᄂ셩명이무어신다나셩이ᄃ왈나ᄂ진왕뎐하부하츙병관나셩이어니와너ᄂ무명젹장이니네어

24

이날을디젹홀다소졍방이가〃디쇼왈너는귀눈이업관디한국명쟝소졍방의일홈을
듯지못ᄒ고감히큰말을ᄒ는다나셩이듯고디로ᄒ여다라드러셔로ᄲᅡ화삼빅합의승
뷔업더니한왕이진젼의셔냥쟝이ᄲᅡ호는양을보다가나셩의년쇼용밍ᄒᄆᆯ암암칭찬
ᄒ고쇼졍방이닐흐미잇실가ᄒ여징쳐군을거두니졍방이도라와고왈소쟝이거의나
셩젹쟈룰잡을번ᄒ엿더니디왕은무삼연고로군을거두시니잇고왕왈쟝군이비록용
밍ᄒ나나셩이ᄯᅩ한강젹이미일흐미잇실가져어군을거두엇노라졍방왈닉일은밍셰
코나셩을잡으리라ᄒ더라나셩이도라오니연졔이왕이나셩을블너승부룰무로니나
셩이쥬왈신이젹쟝과ᄲᅡ호더니젹진의셔징쳐군을거두니그져오니이다왕이묵연이
러라잇튼날소졍방이ᄲᅡ호쟈ᄒ거놀나셩이디로하여말을니여소졍방과ᄲᅡ화이빅여
합의소졍방이거즛픠ᄒ여

25

말을도로혀다라나거놀나셩이ᄯᅡ로더니졍방이홀연소리지ᄅᆞ고칼을들어나셩을치
니나셩이착슈불급ᄒ여픠ᄒ여도라오니연왕이디로왈네이젼의졍벌ᄒ미니긔지못
홀젹이업더니이지진짓티만ᄒ미라ᄒ고도부슈룰명ᄒ여참ᄒ라ᄒ니나셩이이걸왈
소쟝이엇지티만ᄒ리잇고명일ᄲᅡ화소졍방을잡아죄룰속ᄒ여지이다ᄒ여이걸ᄒ니
원길이분연이도뷰슈룰명ᄒ여버희라ᄒ니즁쟝이간ᄒ여명일셩공쇽죄ᄒ미맛당ᄒ
ᄆᆯ말ᄒ니원길이그말을좃차샤ᄒ고왈명일니긔지못ᄒ면참ᄒ리라나셩이사은ᄒ고
믈너나다익일소졍방이ᄲᅡ홈을도〃니나셩이나ᄲᅡ호다가니긔지못ᄒ미나셩이싱각
ᄒ디졔왕이반ᄃ시히ᄒ리라ᄒ고드듸여ᄌ문이ᄉᄒ니당군이나셩의죽으믈보고어
지러이도망ᄒ니한병이승셰ᄒ여엄살ᄒ미당병이디픠ᄒ여죽은지슈룰아지못홀너
라연졔이왕이나셩의죽으믈듯고디희ᄒ여술을나와셔로즐기며왈그놈을죽

26

이고쟈ᄒ디졔쟝이간ᄒ기로못쥭엿더니이지는우리분을푸도다ᄒ고경하ᄒ더라졍

교금은기산이나셩의죽으믈듯고마음의불안ᄒ여셔로의논왈우리다진왕뎐하의신
ᄒ니동공일쳬라엇지ᄒ면조흘고교금왈우리아직사긔롤보아쳐치ᄒ리라ᄒ고술을
나와셔로권ᄒ며마음이풀이여군무롤아른쳬아니ᄒ니당군이ᄯ한뎌장의일을알고
용심치아니ᄒ더라차셜소졍방이일진을뎌살ᄒ고도라와한왕을보고왈쇼장이뎌왕
의위엄을비러격진을뎌파ᄒ여시니당군이낙담상혼ᄒ여실거시오연졔이왕이투긔
지심을품어시미군심이불일홀거시니이긔회롤ᄐ빨니치면크게니긔리이다한왕이
올희너겨즉시고아현으로삼쳔병을거나려당진우편의미복ᄒ고연평왕곽ᄌ와로삼
쳔군을거ᄂ려당진좌편의미복ᄒ고평강왕장뎌안으로오쳔병을거나리고구응이되
여당진의블너러나믈보고일시의엄살ᄒ라ᄒ고소졍방으로오

27

쳔쳘긔롤거ᄂ려가되사롬은함으믈고말긔방울을ᄶ희고황혼을기다려당영을겁칙
ᄒ라분발ᄒ니졔장이장속을졍졔ᄒ고ᄶ롤기다리더니날이어두미즁군이ᄎᄎ나가
니라이날삭풍이크게닐고흑운이사싀훈뎌쇼졍방이가마니당영의니ᄅ러크게쇼리
지ᄅ고즛쳐드러가니당군이잠결의이런난을맛나미사롬은밋쳐갑옷슬닙지못ᄒ고
말긔안장을언지못ᄒ여사산분쥬ᄒ니그셰디ᄯ림갓흔지라ᄎ시은기산졍교금이ᄯ
한힘뼈ᄊ호지아니ᄒ고다라나니뉘감히한병을당ᄒ리오교공산이연졔이왕을구ᄒ
여화광을무릅뼈다라날시젼군이다함몰ᄒ고밤이시도록다라나니고아현과소쥬두
고롤닐헛더라날이밝을ᄶ의연픠현의니ᄅ니슈셩장이마자드러오미연왕이졔왕
다려왈젹셰져러틋창궐ᄒ미이졔발셔두곳셩지롤닐허시니장찻엇지ᄒ면조흐리오
교공산이쥬왈즁산의두장쉬아니오고임의두곳셩지롤닐허시니형

28

셰가장위퇴훈지라장안의ᄉ롤보너여고조긔쥬문ᄒ고구병을쳥ᄒ미상칙일가ᄒ나
이다연졔이왕이올희너겨표롤올녀고급ᄒ니치관이비도ᄒ여장안의드러가표문을
올니고나셩의죽은일과두곳셩지롤다도젹의게아닌일을알외니고죄뎌경ᄒ샤문무

룰모호시고의논호실시셔무공이쥬왈뉴흑달은강젹이오쇼졍방은희동명장이니당
키어려온지라이지디픠지여의지용지장이아니면당키어려오리니신의어린쇼견의
논진왕뎐히아니면가치아닐가호느이다고죄좃ᄎᄉ즉시ᄉ룰부려진왕으로호여금
뉴흑달을치라호시니사지조셔룰가지고즁산부의니ᄅ러조명을젼호니진왕이향안
을비셜호고조셔룰본후사자룰관디호여보니고즉시회군호여연픠현의니로니연졔
이왕이나와마자즁군장의드러와한훤필의젹셰룰무러근심호더니은긔산졍교금이
드러와뵈거눌진왕이문왈나셩은어디간고졍교금이눈물을흘니며쥬왈나셩이쳣

29

진의승젼치못호미이뎐히죽이려호시니다시나가싼호다가ᄉᄉ로죽어시나곡졀은
아지못호나이다진왕이쳥파의누쉬여우호여슬허호기룰마지아니호시거눌연졔이
왕이자못불안호여병권을다진왕의게밧치고왈우리하간의머무럿다가쥬긔호ᄂ날
한가지로반ᄉ호리라호고도라가다ᄎ일조신의댱남쇼졍방이ᄯᅩ한싼홈을도〃거눌
진왕이단지현고사롬으로영젹호라호고은긔산으로쥬진호라호니즁장이츌병졉젼
호더니믄득장남진뒤희슈운이암〃호며닝뮈만〃호고반공즁으로셔병쾌쇼러나며
인믜드레니한병이혼불부쳬호여일시의신병이즛쳐온다호거눌즁장이머리룰두로
혀보니동남상의빅포은갑의신장이음병을다리고공즁으로셔즛쳐오니귀신이부ᄅ
지〃고음풍이참담훈지라한장이디졍호여말을도로혀다라나거눌당장이일진을혼
살호고도라와슈말을왕긔고훈디왕이듯고차경차희호여무공다려왈하쳐신령이과

30

인을이러틋돕나뇨무공이쥬왈이논나셩이음혼이흣터지〃아니호미니쥬공이친히
츌젼호샤만일신병이니ᄅ거든친견호시미엇더호니잇고진왕이종긔언호니라ᄎ시
댱남픠장이본영의도라가소졍방을보고닐오디말장이졍히교젼호더니공즁의셔한
신인이음병을거나리고나려와우리진을짓치미일노인호여일진을픠호고도라왓나
이다소졍방왈너여러번젼진의단니디이런일을듯지못호엿ᄂ니이갓치겁호고엇지

스졸을부리〃오니니명일영병ㅎ여나아가무삼신장이잇는고보리라ㅎ고익일의쇼
정방이졍창상마ㅎ니위풍이늠〃ㅎ고살긔늠〃ㅎ더라좌룡도롤빗기고진문의나오
니셔무공이진왕긔쥬왈금일은긔산으로영병츌젼ㅎ게ㅎ고신이즁장으로더부러보
가ㅎ여음병이오거든쥬공이친견ㅎ쇼셔왕이즉시젼령ㅎ여은긔산으로츌젼케ㅎ니
라차쳥회ㅎ라
셰임자삼월일향목동셔(30뒤)

권14

1

당진연의 권지십스

지현혼나셩셜한파호쥐흑달복쥬

각셜진왕이젼령ᄒᆞ여은긔산으로ᄒᆞ여금영병츌젼ᄒᆞ라ᄒᆞ니은긔산이쳥녕ᄒᆞ고영군
ᄒᆞ여나와ᄊᆞᆫ홈을도〃니소졍방이마자ᄊᆞᆫ호더니믄득졍방의후군이어지러오며ᄯᅩ신
병이온다ᄒᆞ거늘졍방이급히머리ᄅᆞᆯ드러보니과연졍셔의일원더장이빅포은갑을닙
고음병을모라즛쳐오니졍방이급히말을도로혀다라나거늘당병이일진을더살ᄒᆞ고
은긔산이ᄲᅡᆯ니즁군의드러와진왕ᄭᅴ보ᄒᆞᆫ더왕왈이작한장의칼쓰ᄂᆞᆫ법을보다가음병
을보지못ᄒᆞᆫ쾌라슈유의음운이스긔ᄒᆞ고한긔쵹인ᄒᆞ거늘무공왈음병이니ᄅᆞ니모다
보라ᄒᆞ거늘진왕이울지경덕진슉보로더부러바라보더니믄득비풍이지나며긔치번
득이고일원더장이빅포은갑의벽능간을들고나아와몸을굽펴왕ᄭᅴ참비ᄒᆞ니이곳나
셩이라눈물을흘니고젼후슈말을베풀녀ᄒᆞ

2

더니경덕이말을치쳐나오며쥭졀편을드러공즁을향ᄒᆞ여급히치니귀장신병이바롬
을좃차홋터지ᄂᆞᆫ지라진왕이경덕다려왈너졍히져다려무롤말이잇거늘엇지쫏차바
리오경덕이더쥬왈귀신과무삼말을ᄒᆞ리잇고무공왈던히나셩을보고자ᄒᆞ시면어렵
지아니ᄒᆞ리이다ᄒᆞ고말을노하바로쥬희ᄯᅩᄒᆡ니ᄅᆞ니나셩이말좃차교하의ᄲᅡ져시더
쥭엄이단연이마상의안잣거늘왕이군사로ᄒᆞ여금언덕의쥭엄을올니라ᄒᆞ니이십명
군시드더능히움작이지못ᄒᆞ니왕이ᄯᅩ군ᄉᆞ삼십을명ᄒᆞ여드듸ᄯᅩ움작이지못ᄒᆞ거늘

쏘오십명을명ᄒ여드러도쏘한움작이지못ᄒᄂ지라진왕이닐오디즁군은물너나라
나셩이당의공이〃시디일작이부귀롤밧지못ᄒ여시니너음영을위로ᄒ리라ᄒ고나
아가졀ᄒ고쇼리롤놉혀녕혼을부ᄅ며일장을슬피통곡ᄒ니쥭엄이말긔나려지거놀
군시메여언덕의올니〃왕이분부ᄒ여몸의살을ᄲ혀희고향탕의

3

목욕ᄒ고의복과관지롤갓쵸와염습ᄒ고당검으로오ᄇᆨ군을거나려나셩의관을호숑
ᄒ여경ᄉ의도라가안장ᄒ고그일자통이〃시니나히바야흐로십셰라ᄒ거놀공신의
후라ᄒ여달노녹봉을쥬어은양ᄒᄂ뜻을조졍의쥬ᄒ라ᄒ니당검이쳥녕ᄒ고셩지롤
바다나셩의영괴롤호숑ᄒ여경ᄉ의도라가다진왕이쏘사당을셰우려ᄒ거놀무공이
쥬ᄒ디나셩이이지〃싱ᄒ여뎐하의신희되오리니만일사당을짓고비롤베풀면능히
셰상의ᄃ시나지못ᄒ리이다왕이좃차다만녜물을갓쵸아졔ᄉ롤극진이ᄒ다각셜쇼
졍방이단긔로도라가군졍을고ᄒ여왈진왕이쳐음으로오미승부롤모로진병으로ᄒ
여니긔여시니한번크게ᄡᅥ화승부롤결코자ᄒ나이다한왕이졍방의말을좃차졔장을
분발ᄒᆯ시고아현으로디장을삼고평장왕댱디한으로부장을삼고연평왕곽자아로디
장을삼고운쥬왕뉴슈광으로부장을삼고동평왕고운셩으로졔군통영디장을삼고평
강왕

4

댱디안으로녕군ᄒ고동승마로부장을삼고쇼졍방이스사로영병ᄒ고쇼규로부장을
삼고고아현으로일지병을거나려구응케ᄒ고분발ᄒ기롤맛ᄎ미당영쵸민진왕의게
보ᄒ디무공이즉시진슉보비인긔로일군을거나려나아가고셜만쳘·졍교금·무ᄉ학
으로일군을거나리고은긔산마삼보로일지병을거나려가게ᄒ고무공이즁장을거나
려왕을보가ᄒ여즁군이되니징북쇼리텬지진동ᄒ더라진슉보ᄂ모궁우롤맛고울지
공은양문간을맛고뎡교금은고운셩을맛고은긔산은댱디안을맛고단지현은쇼졍방
을마자ᄡᅥᄒ더니한진상의고아현이병을지촉ᄒ여엄살ᄒ거놀왕댱인이칼을빗기고

교젼ᄒᆞ니고아현이마자ᄊᆞ화십여합의불분승부러니당진상으로셔무긔말을빗기모
라칼을번득이며고아현이마하의ᄶᅥ러지니울지공이무긔의공세우믈보고스사로싱
각ᄒᆞ더니공이어이남의게뒤지리오ᄒᆞ고졍신을가다듬어소리ᄅᆞᆯ벽역갓치지ᄅᆞ

5

니양문간의탄말이놀나뒤흐로무로쳐닷거ᄂᆞᆯ울지공이승셰ᄒᆞ여강편을드러양문간
의디골을맛치니ᄲᅧ갈나지며말긔ᄶᅥ러져쥭거ᄂᆞᆯ한병이디란ᄒᆞ여셔로짓바라쥭ᄂᆞᆫ지
라쇼졍방이두장슈의쥭ᄂᆞᆫ양을보더니심즁의디로ᄒᆞ여졍신을가다듬어창을빗기고
울지공을마자ᄊᆞ화삼빅여합이되도록승뷔업ᄂᆞᆫ지라당손슌덕졍교금은긔산허다장
쉬한병을짓치고울지공을도아쇼졍방을에워ᄊᆞ고비발치듯ᄒᆞ니졍방이아모리용밍
ᄒᆞᆫ들엇지견디여디젹ᄒᆞ리오퓌ᄒᆞ여필마로다라나니즁장이일시의ᄯᅡ을시한왕이퓌
잔인마ᄅᆞᆯ거두어다라나거ᄂᆞᆯ당진상의셔징쳐군을거두어도라와공을드릴시진왕이
즉시긔공관을분부ᄒᆞ여즁장의공을긔록ᄒᆞ고삼군을호상ᄒᆞ다무공이쥬왈흑달이소
졍방의퓌ᄒᆞᆫ믈듯고집희웅거ᄒᆞ리니ᄲᅡᆯ니군을지쵹ᄒᆞ여장남의나아가쇼셔호령이나
미뉴군이진을지쵹ᄒᆞ여ᄶᅥ나구름갓치나아가다쇼

6

졍방이단신필마로장남의나아가퓌군ᄒᆞᆯ일ᅵ이쥬ᄒᆞ니한동왕이디경왈이졔가젼
의삼쳔호가군이잇고허믈며량崔진ᄒᆞ여시니엇지영젹ᄒᆞ리오언미필의각문두목이
보ᄒᆞ디당병이셩하의니ᄅᆞᆯ럿나이다ᄒᆞ거ᄂᆞᆯ흑달이상혼낙담ᄒᆞ여소졍방다려왈엇지
ᄒᆞ면당병을믈니칠고소졍방왈신의어린쇼견의ᄂᆞᆫ쥬공이호쥬로쳔도ᄒᆞ여그봉예ᄅᆞᆯ
퓌ᄒᆞ시고신으로일쳔병을쥬어든낙쥬ᄅᆞᆯ힘ᄲᅥ직희리이다한동왕이올희너겨이쳔호
위군을거나려낙쥬ᄅᆞᆯᄶᅥ나바로호쥬로다라나니탐미진왕의게보ᄒᆞ디무공왈병귀신
속이니지완치마로쇼셔ᄒᆞ고울지공졍교금은긔산단지현으로낙쥬셩을ᄊᆞ고쥬공이
친히디병을거나려ᄶᅩ로쇼셔왕이젼령ᄒᆞ여호쥬의니ᄅᆞ러병을나와고조납함ᄒᆞ니병
위산악갓더라화셜호쥬ᄌᆞᆺᄉᆞ졔갈덕위당병이셩하의니ᄅᆞᆯ믈듯고싱각ᄒᆞ디당가ᄂᆞᆫ본

디진명텬ᄌ니흑달을ᄉ로잡아당조의귀슌ᄒ여일작싱녕을

7

구홀만갓지못ᄒ다ᄒ고연망이슈부의나아가흑달을싱금ᄒ여투항홀시고악을갓쵸
와진왕을마자셩의드러가조현ᄒ니왕이젼령ᄒ여흑달을버혀호쥐셩의다라ᄒ령ᄒ
고창고룰봉ᄒ며방붓쳐빅셩을안무ᄒ고디당긔호롤셰우고졔갈덕위로호쥐롤직희
오고조졍의쥬문ᄒ여실직을ᄒ이니덕위고두비ᄉᄒ고쇼졍방은문뮈겸젼ᄒ고어미
롤지효로셤기논지라가쇽이위쥬의잇시니뎐희몬져그어미롤잡으시면슈고치아니
ᄒ여일원디장을일치아니리이다진왕이디희ᄒ여젼령ᄒ여디군을휘동ᄒ여위쥐셩
의니ᄅ니무공이나이와쥬ᄒ디쥬공은맛당이〃곳의머무ᄅ쇼셔신이친히나아가셩
문을열나ᄒ리이다이의필마로달녀셩하의니ᄅ러슈셩군사다려닐너왈너의논이졔
드러가쾌회보ᄒ라셔무공이〃의니ᄅ러뵈오믈구ᄒ노라ᄒ라츳시위쥬티슈공덕최
졍히셩하의안ᄌ더니군시나와보ᄒ디셔무공이〃졔셩하의나와닐오디디인긔뵈오
믈쳥

8

ᄒ라ᄒᄂ이다ᄒ거눌공덕최듯기롤다ᄒ믹이의셩문을여러무공을마자부즁의드러
가의관을졍졔ᄒ고빈쥬롤난화셔로녜롤맛고좌졍후무공이몬져말을펴왈소뎨와형
이옛벗시라셔로교도롤믹자미졍의심히둣텁더니니별ᄒ연지발셔여러힉라그사이
오릭문후롤폐ᄒ엿노라공덕최답왈디인을쩌눈지여러츈츄라금일빗니임ᄒ니아지
못게라어니곳으로좃츳오시니잇고무공왈소뎨당조이뎐하진왕을좃츳당남을졍벌
ᄒ여뉴흑달을사로잡아버희고이졔이곳의니ᄅ러시니디인이만일디젹고ᄌ혼즉옥
셕이구분홀지라니형으로더부러향일동문슈학혼졍을싱각ᄒ여참아병을더오지못
ᄒ고특별이와뵈오믈쳥ᄒᄂ니밝히살피라덕최ᄉ왈디인이옛졍을잇지아니샤친히
와가ᄅ치시니하관이엇지감히봉승치아니리오드듸여분부ᄒ여거가롤마질시무공
으로더부러말머리롤가작이ᄒ여셩의나와진왕을마자니왕이슈부의드러와졍좌ᄒ

미공덕崔조현ᄒ고쳔츄만셰롤부ᄅ며호구

9

문셔롤드리니진왕이군민을안무ᄒ고왈과인이드ᄅ니졍방의가쇽이잇다ᄒ니쵸안
ᄒ라덕崔쥬왈져의가솔을잡아오기어렵지아니ᄒ더두리건더져의노뫼놀날가ᄒᄂ
이다진왕이문왈져의노뫼나히몃치나ᄒ뇨공덕崔쥬왈구십이남고크게어지러쇼졍
방을여러번권ᄒ여던하긔귀슌ᄒ라ᄒ더졍방이좃지아니ᄒ다ᄒ더이다진왕왈네녜
로뼈쳥ᄒ여오고놀나게말나덕崔바로소졍방의집의니ᄅ러가동을불너왈노부인긔
뵈오믈고ᄒ라하리드러가부인긔고왈공티쉬이의와부인긔뵈오믈쳥ᄒ나이다ᄒ거
놀부인이젼졍의나와티슈롤보고녜ᄒ거놀티쉬눈을드러보니낫치옥갓치윤틱ᄒ고
머리털은〃스롤드리온듯ᄒ고녀힝은삼종을삼가고자덕이온젼ᄒ여밍모와방불ᄒ
더라
식텬시현문훈ᄌ젼효도의사항당
화셜공덕崔공경ᄒ여왈당조이뎐하진왕이디병을거나려셩하의니ᄅ러노부인의어
진덕을드ᄅ시고하관을보닉여보시기롤쳥ᄒ시더이다부인왈아희졍방

10

이일작당의항치아냐시니쳡이조현ᄒ미조치아닐가ᄒ노라덕崔답왈뎐희이현후덕
ᄒ시니결단코경만치아니리이다부인이교자ᄐ고쳥젼의나아가진왕긔조현ᄒ니왕
이붓드러니루혀고좌롤쥬니쇼뫼쥬왈듯자오니돈아졍방이뎐하긔귀슌치아니ᄒ니
쳡의죄불용쥑라뎐하의ᄉᄒ시믈바라나이다진왕왈이졔노인을쳥ᄒ믄다른뜻이아
니라소졍방을쵸안ᄒ고간패롤쉬여셩민의히롤덜고자ᄒ노라쇼뫼왈노쳡이오리디
왕의셩명ᄒ시믈사모ᄒ여아희롤권ᄒ디한즁왕이군사로뼈디졉ᄒ믈인ᄒ여즐겨가
ᄅ치믈듯지아니터니아지못게라이지어더잇나니잇고답왈이지낙쥬셩의잇ᄂ니다
쇼뫼왈이졔낙쥬의사룸을보닉여흑달을버희고노쳡을잡아시믈니른즉아희반ᄃ시
스사로오리니쳡이니를말이잇나이다왕이올희너겨양건방을불너낙쥬의가군마롤

거두고졍방의게알게ᄒ라ᄒ니건방등이에운거술풀고쇼졍방을불너기유ᄒ여

11

왈뉴흑달이ᄉ로잡혀쥭고너의가속을잡으려ᄒ거늘항치아니코엇지려ᄒᄂᆫ다졍방
이ᄉᆡᆼ각ᄒ되노뢰놀나오믈바다만일블측지변이잇시면니불효룰엇지면ᄒ리오금슈
도졔어미룰알거든ᄉᆞ롭이엇지금슈만못ᄒ리오ᄒ고연망이갑을닙고말긔올나위쥬
로나아오다쇼졍방이당조인민위쥬셩의드러가믈보고심즁의ᄉᆡᆼ각ᄒ되위쥼임의당
의아이도다ᄒ고필마로셩하의니ᄅ러웨여왈너의만일나의가속을잡을진디너노모
룰도라보보니라군시이말을고훈디왕이무공다려문왈졍방이왓시니엇지쵸안ᄒ리
오무공왈노모룰칼메워셩의올니고졍방을불너닐오디네모친을이졔칼을메워시니
네귀슌ᄒ며네모자룰머물너즐길거시오불연즉네모친을버희리라ᄒ면항복ᄒ리이
다진왕이즉시젼령ᄒ여공덕쵸룰불너쇼모룰부ᄅ니쇼뢰즉시승명ᄒ거늘진왕왈노
인의아들이이졔셩하의왓시니노인을칼메워셩의올녀졍방을쵸안코자ᄒᄂᆫ니나의
마음이

12

불안ᄒ도다쇼뢰왈ᄉ셰여ᄎᆞᆼᄒ니어럽지아니ᄒ여이다진왕이즉시마삼보단지현은긔
산뉴흥긔가윤보뉴쥬신등을명ᄒ여쇼모룰미러셩의올나ᄯ지져왈네모친을칼을메여
〃긔잇시니즐겨투항치아니면네머리룰버희리라쇼뢰쇼리룰미이ᄒ여왈아희ᄂᆫ갓가
이나아오라졍방이디왈다만암젼이잇실가두리나이다쇼뢰왈당진왕은인덕지군이라
엇지가만훈살노희ᄒ리오아희ᄂᆫ의심치말나졍방이필마로셩하의니ᄅ니쇼뢰눈물을
흘니며왈너명이박ᄒ여네아비쥭고너롤길너한왕을도와텬하롤닷토더니이졔사직이
당의도라갓ᄂᆫ지라자고로역텬자ᄂᆫ망ᄒ고슌텬자ᄂᆫ창훈다ᄒ니네맛당이구로ᄒ던어
미룰염녀ᄒ며잔잉훈목슘을보젼케ᄒ여은혜룰갑흐라허믈며만일귀슌치아니면어미
쥭으리니불쵸의일홈이어디밋ᄎ리오졍방이〃말을듯고숀의병긔룰바리고ᄯᅡᄒ희업되
여닐오디신의어미룰살오시면신이원컨디당의항복ᄒ리이다즁장이

13

닐오디네임의항호려호면갑을버스라정방이투고와갑옷슬벗고셩하의나오니긔픠
관이진왕긔고호디왕이젼령호여부로니졍방이조비호고머리롤두다리니진왕이분
부호여쇼모롤호숑호여집으로도라가라호고왈니반스호여부황긔고호고관작을봉
호리라호고공덕조로위쥬롤직희오고긔픠관을하간의보니여연졔이왕을쳥호여한
가지로반스호여장안의드러와인마롤홋터영으로도라보니고삼위뎐희부즁의안위
호고차일됴회롤베퍼츌젼장스롤표비호기롤맛차미진왕이쥬왈부황의홍복을닙사
와즁산장남등쳐롤평졍호고즁산부셜가롤다쵸안호고장남소졍방이다투항호니이
다고죄즉시명쵸호사각〃관작을봉호시니진왕이쥬왈셜만쳘이합연이쥬어든공이
잇고신이일작어미츄영공쥬롤허호여부마롤삼으려호나이다고罪셜만쳘을보시고
디희호샤왈오아의니론말을좃차리라호시고쏘쇼졍방을금화치단을쥬시고나셩

14

이젼망호여시니그쳐자롤녹봉을쥬시고그아들이자라거든졔아비벼슐을슈습게호
시고뉴군을다호상호신후쇼졍방으로졍츙병을봉호시고쇼모로졍국부인을봉호시
니졍방이고두사은호더라디연을비셜호여하나흔공신을경하호고둘은셜만쳘노부
마롤삼으실시군신이즐겨만세롤부로며열낙호다가파조호여홋터지니라추후연졔
이왕이진왕을히코자호여셜계호더라
연졔연마곤진왕울지보가낭구쥬
차셜연졔이왕이진왕의위권을쩌려일〃은조회롤파호후한가지로부즁의니르러한
담호더니연왕왈진왕이즁산으로오므로부터져의휘하장관이방주무긔호여젼일의
비나더호니우리한계교로뼈져롤업시코자호노라원길왈진왕이쥰예마롤디가의게
보니여시니이졔이말을다른곳의두지말고뒤화원의셔먹이게호고쵸신을믿다라진
왕의모양갓치호여스모롤쓰이고담황포롤닙희고속의논향니나는풀을넛코말을두
어날여물

15

을쥬리게ᄒ고빅화뎐압히두어우리ᄂ두가으로셔〃사롬으로ᄒ여금쵸인을인도ᄒ
여말압흐로나아가면말이긔갈이심혼디풀너롤맛고한님의무러먹으리니이갓치ᄒ
여익휜후의진왕을쳥ᄒ여화원을구경ᄒᄌᄒ고후원으로드러이말을닛그러니면진
왕을보고쵸인만너겨무러죽이면죄우리게닛지아니ᄒ리라냥인이계교롤졍ᄒ고고
죄긔조회롤맛고연졔이왕이쥬왈진왕이반샤ᄒ므로붓터일작모다질기지못ᄒ엿ᄂ
지라비쥬롤버퍼진왕을쳥ᄒ여졍회롤펴고자ᄒ나이다고죄허ᄒ시니진왕이연졔이
왕을좃치조문의나미셔무공이경덕을불너닐오디쥬공이금일어려온일이잇실거시
니ᄲᆞ니가보호ᄒ라경덕이싱각ᄒ디이무리무삼슈단을너려ᄒᄂ고니쥬공을좃차가
보리라이젹의진왕이연졔이왕을ᄯᆞ라한가지로동부의니ᄅ러후원의드러가니졔왕
이문직휜관교롤분부ᄒ여잡인을드리지말고텬칙부장관은둘지문의셔쥬식을갓쵸
아디졉ᄒ라ᄒ엿더

16

라경덕이진왕을좃ᄎ안으로드러오거눌졔왕이닐오디밧긔셔너의장관을디졉ᄒ고
쥬식이〃시니드러오지말나경덕왈무덕사년의조졍이젼지ᄒ샤신으로ᄒ여금보가
관을봉ᄒ여집의한가이가지못ᄒ게ᄒ여시니신이감히상명을거역지못ᄒ리로쇼이
다ᄒ고드러가니연왕이홀일업셔후원의드러가좌롤졍ᄒ고술잔을날녀담화ᄒ더니
졔왕왈꼿츨보고슐을먹고달을좃차누의올나놀거시오어기본디화쵸롤조화ᄒ시ᄂ
지라화원의드러가놀미엇더ᄒ뇨삼왕이한가지로드러갈시경덕이ᄯᆞ라드러오니졔
왕왈원즁의드러가한가이놀녀ᄒ거눌엇지드러오ᄂ다경덕왈이원즁을구경키어려
온지라금일보가ᄒ여드러가구경코자ᄒ나이다ᄒ더라삼왕이졍히빅화졍의셔꼿츨
구경ᄒ더니츠시쥰예미비골푼지라사롬의쇼리롤듯고쇼리지ᄅ거눌진왕왈이곳의
어닌말쇼리나〃뇨졔왕왈젼일보닌바은하쥰예마롤사랑ᄒ여두엇더니쇼리지ᄅ나
이다

17

진왕이닛그러오라ᄒᆞ니건셩이분부ᄒᆞ여말을가져오라ᄒᆞ니그말이눈을부릅쓰고홍
포닙은니롤보고네굽을함게츄여들고진왕의담황포롤한닙으로쯔어빅화졍으로ᄂᆞ
리다르니진왕이크게놀나밋쳐피치못ᄒᆞ여졍히위급ᄒᆞ더니경덕이급히다라드러치
롤드러말을쳐쥭이고급히왕을붓드러닐우혀고왈쥬공이금일놀나믈바드시니거의
디스롤그릇홀번ᄒᆞ여이다건셩왈삼뎨이런쥴을아지못ᄒᆞ고이곳의오미라본디슐먹
고파ᄒᆞ려ᄒᆞ거눌화원을보자ᄒᆞ여이뎌로ᄒᆞ여금놀나게ᄒᆞ도다원길왈뎌가의힝시고
이ᄒᆞ도다본디말먹이눈곳이잇거눌엇지화원의두엇나뇨ᄒᆞ고이인이셔로밀위더라
울지공이진왕을보호ᄒᆞ여텬칙부로도라오다건셩이원길다려왈쇠롤닐우지못ᄒᆞ고
도로혀조흔말을쥭인쾌라원길왈너게쏘조흔말이〃시니한계교롤졍ᄒᆞ리라ᄒᆞ고본
부의도라와교공산을불너장침슈십을민다라말뒤다리ᄉᆞ이롤다여셧번식지ᄅᆞ니그

18

말이불과슈일이못ᄒᆞ여셩이불갓흐여사롬의쇼리롤드ᄅᆞ면공즁의뛰노니원길이건
셩과의논ᄒᆞ고잇튼날평명의고조긔조회ᄒᆞ고연졔이왕이쥬왈신이금일진왕으로더
부러한가지로교외의나아가산향코자ᄒᆞ나이다고죄왈너희이갓치화목ᄒᆞ미아롬다
온일이니경덕으로보가ᄒᆞ라삼왕이한가지로말ᄐᆞ고교외로힝ᄒᆞ더라젼면의두어군
교자류마롤닛글고셧거눌진왕왈져말이가장조흔말이로다졔왕왈이말이셩품이모
지러ᄐᆞ지못ᄒᆞ나이다건셩왈이뎨ᄂᆞᆫ강궁을달희고열마롤타젼장의츌닙ᄒᆞ여시니엇
지우리유의비ᄒᆞ리오진왕왈그말을가져오라졔왕왈ᄐᆞ미좃치안토다진왕왈엇지그
럴니잇시리오ᄂᆞ타고노아보리라ᄒᆞ고사미롤거두치고몸을날녀말긔오ᄅᆞ니교공산
이뒤희잇다가믄득말쏘리롤잡아들츄니그말이져롤은침을지ᄅᆞᄂᆞᆫ가ᄒᆞ여공즁을바
라고뛰노라다ᄅᆞ니번긔번득이며별이다롬갓ᄐᆞ여앏

19

홀바라고어지러이날차니진왕이휘오지못ᄒᆞ여졔임의로가게두ᄂᆞᆫ지라경덕이〃롤

보고ᄃᆡ경ᄒᆞ여급히말긔올나진왕을ᄯᅡ라닷더니그말이큰시ᄂᆡ가바회밋흐로다〃라ᄂᆞᆫ바회아ᄅᆡᄅᆞᆯᄲᅱ여나리려ᄒᆞ거ᄂᆞᆯ경덕이급히ᄯᅡ라와팔을늘희여진왕을안아말긔올니〃왕이혼비ᄇᆡᆨ산ᄒᆞ엿더라그말이몸을쇼〃쳐시ᄂᆡ가온ᄃᆡᄲᅱ여나려져죽으니제왕왈이말이셩이급ᄒᆞ니ᄐᆞ지못ᄒᆞ리라ᄒᆞ엿거ᄂᆞᆯᄃᆡ기닐오ᄃᆡ이갓흔말을ᄐᆞ고단녀시니관겨치아니ᄐᆞᄒᆞ고믄득이가로ᄒᆞ여금놀나게ᄒᆞ도다건셩왈이갓치모진말을무삼일노ᄂᆡ여왓나뇨제왕왈이말이비록열셩을가져시나그러튼아니터니경덕이ᄯᅡ로믈보고놀나셩을발ᄒᆞ여이지경의니ᄅᆞ럿ᄂᆞᆫ지라말은앗갑지아니ᄒᆞᄃᆡ이가ᄅᆞᆯᄡᅳ어다려군신의체면을닐허시니그죄ᄅᆞᆯᄉᆞ치못ᄒᆞ리라ᄒᆞ고무ᄉᆞᄅᆞᆯ명ᄒᆞ여경덕을ᄆᆡ여압세우고삼황지바로장조보젼의니ᄅᆞ러제왕이쥬왈경덕이군신체면을닐허범죄ᄒᆞ니이다

20

고죄경덕다려무로시ᄃᆡ이진짓말이냐경덕이쥬왈삼뎐하의말을쥬공이ᄐᆞ려ᄒᆞ시니삼뎐ᄒᆡ닐오ᄃᆡ이ᄆᆞᆯ이셩이모지니ᄐᆞ지못ᄒᆞ리라ᄒᆞ시니ᄃᆡ뎐ᄒᆡᄐᆞ라ᄒᆞ샤쥬공을쇽여말긔올으니이무삼연관지아지못ᄒᆞ오ᄃᆡ교공산이말ᄭᅩ리ᄅᆞᆯ한번잡아들츄니그말이ᄲᅱ놀며다ᄅᆞ니쥬공이휘오지못ᄒᆞ샤제임의로닷게ᄒᆞ시니신이놀나ᄃᆡ식그ᄅᆞᆯ가져허ᄯᅡ로더니젼면큰시ᄂᆡ바회ᄭᅳᆺᄒᆡ다〃라물속으로ᄲᅱ여나리려ᄒᆞ거ᄂᆞᆯ신이급히붓드러구ᄒᆞ엿사오니만일신의구ᄒᆞ미아니런들쥬공의셩명이위ᄐᆡᄒᆞ실너이〃다고죄왈연작경덕이공이잇고죄업ᄉᆞ니예갓치보가ᄒᆞ라ᄒᆞ시니진왕이경덕으로더부러ᄉᆞ은ᄒᆞ고물너텬ᄎᆡᆨ부로도라가니고죄파조ᄒᆞ시고연제이왕을겻ᄒᆡ머무ᄅᆞ시고조용이닐오ᄉᆞᄃᆡ슈죄본ᄃᆡ세민의게양위ᄒᆞ고일작ᄂᆡ게젼치아냐시ᄃᆡ세민이제위ᄅᆞᆯᄂᆡ게ᄉᆞ양ᄒᆞ고ᄯᅩ동궁위ᄅᆞᆯ네긔밀위여ᄐᆡ지되게ᄒᆞ고제허물며동토서정ᄒᆞ고남정북벌ᄒᆞ여날

21

노ᄒᆞ여금부귀ᄅᆞᆯ누리게ᄒᆞ거ᄂᆞᆯ엇지도로혀동포동긔지정을닛고여러번ᄒᆡᄒᆞ려ᄒᆞ니너희마음이엇지이러틋ᄒᆞ뇨연제이왕이고두쥬왈신등이엇지감히이런마음을품으리잇고고죄왈여등이만일다른ᄯᅳᆺ이업술진ᄃᆡ하날을ᄃᆡᄒᆞ여ᄆᆡᆼ세ᄒᆞ라건셩이두숀을

니마의언고하날을우러 〃 밍셰왈쳥 〃 호양부고텬과침 〃 호음ㅅ후토논니건셩이만일셰민을힉홀마음이 〃 시면후의반ㄷ시진슉보살아리죽으리라원길이싱각ᄒ더 〃 가논국가져군이오슉보논우리신힉라엇지살아리죽으리라ᄒᄂ고싱각건디우흘범치못ᄒ리니분명이져의살아리아니죽으리라니이롤법바다밍셰ᄒ리라ᄒ고손을꼿고닐오디황텬후토논분명이살피ᄂ니원길이만일이가롤힉홀진디타일울지공의살아리죽으리라ᄒ거놀고죄왈너희도라가마음을닷가범ᄉ롤힝ᄒ라이왕이물너나와셔로의논ᄒ디만일경덕의보가ᄒ미아니런들진왕힉ᄒ미여반장이니명일계교롤졍ᄒ

22

여몬져경덕을업시ᄒ고버거진왕을힉ᄒ리라이왕이셔로니별ᄒ고각 〃 부즁으로도라가다ᄎ시이왕이밀 〃 이상의ᄒ니인간ᄉ어라도하날이드ᄅ시미우례갓고암실의마음을속이미신목이여젼이라ᄒ미졍히이롤이ᄅ미러라
원길피마고경덕진왕졍계구경덕
각셜졔왕이동궁의니ᄅ러연왕다려왈너게음양옥파쳥이란보검이 〃 시니한사롬으로삭쥐사롬모양을ᄒ여이칼을가지고경덕의게가여ᄎ 〃 〃 ᄒ라연왕왈ᄎ계가장묘타ᄒ니졔왕이운문보롤불너각 〃 계교롤가ᄅ쳐니로니운문뷔보검을가지고삭쥬인의 〃 복을가착ᄒ고바로울지공의부즁의니ᄅ러뵈오믈쳥ᄒ니경덕이드러오라ᄒ거놀문뷔쳥젼의나아가네롤맛고향관을쳥ᄒ니울지공이닐오디무삼가ᄅ칠말이잇나뇨문뷔왈하관이상부의부리오믈인ᄒ여공사로왓더니노비홀거시업셔다만조션의ᄶ친칼하나희잇시디혜아리건디이칼을알니업술가ᄒ여특별이장군긔드

23

리고두어관돈을엇고자ᄒ나이다울지공이칼을구ᄒ여보니과연조흔칼이어놀갑슬무로니문뷔왈조션유물이니일쳔관을바들거시로디다만장군이쥬시논디로바드리라울지공왈삼빅관이맛당ᄒ디네긔지의셔팔녀ᄒ니오빅관을쥬노라문뷔사례ᄒ고

동부의니르러연졔이왕긔슈말을고ᄒ니졔왕이티희ᄒ여문보롤후상ᄒ다원길이연
왕긔고왈명일금픠사인을울지공의집의보니여닐오디동부던희네보검사믈드르시
고뎐하긔도쏘한조흔칼이〃시니네칼을가지고와비교ᄒ라ᄒ신다ᄒ면졔칼을가지
고올거시니이쩌의셜계ᄒ미조흐리라ᄒ다졔왕이츠일조신의부즁관교의게영ᄒ여
군사롤미복ᄒ고일변으로금픠사인의귀의다혀분부ᄒ니ᄉ인이쳥녕ᄒ고울지공부
즁의니르러네필후닐오디동부던희장군이조흔칼사믈드르시고뎐하긔도쏘한보검
이잇더니비교코자ᄒ여특별이부즁으로쳥ᄒ시더이다ᄒ거눌울지공은본디강직ᄒ
사ᄅᆷ이라츄ᄉ치아

24

니코안으로드러가칼을가지고금티관을ᄯ라동부의다〃라바로졍뎐의이르러ᄂᆞᆫ금
티사인이닐오디장군은머무러시라니드러가뎐하의보ᄒ리라ᄒ고안으로드러간후
다시나오지아니터니믄득보니연왕은좌편낭으로셔나오고졔왕은우편낭으로셔나
오며무로디울지공이〃의드러와무엇ᄒ려ᄒ나뇨경덕이밧비쑤러왈뎐희젼지ᄒ샤
칼을가지고와비교ᄒ라부르시기로오니이다연왕왈엇던칼인다가져오라울지공이
칼을밧드러드리니연왕이바다손의들고왈이ᄂᆞᆫ분명이속이ᄂᆞᆫ말이로다이졔모든관
교들을불너뵈리라ᄒ고부로니낭부장긔함게나오거눌졔왕왈네자시보라경덕왈이
사ᄅᆷ들은아니로쇼이다졔왕왈역젹이본디우리롤히ᄒ려ᄒ고드러와거즛공교ᄒ말
을쑤며속이나냐ᄒ고ᄲᆞᆯ니잡아미라ᄒ니즁장이일시의다라드러미여것구로치고큰
곤장으로무슈히치며실졍을니르라ᄒ니경덕왈본디젼하젼지로관교롤보니여칼을
가지고오라ᄒ시민ᄯᆞ라오미오실노살

25

히홀마음이업사미로소이다졔왕왈네실졍을복쵸치아니면즁치ᄒ리라ᄒ고이십곤
을즁타ᄒ고가도고츠일의고조긔쥬ᄒ디경덕이칼을씌고방자이왕부의드러와신등
을히ᄒ려ᄒ민쥬문ᄒ나이다고죄왈경덕은셩이편식ᄒ니혜아리건디다른뜻이업술

거시오여러번디공을셰워시니비록罪잇시나즁치ᄒᆞ지말나이왕이디희ᄒᆞ여부즁의
나와군관을분부ᄒᆞ여기롬한가마롤쓰리고말고기부레풀을기롬가마의녀허무로녹
게쓰리고군사로ᄒᆞ여금경덕을잡아오라ᄒᆞ여군교롤분부ᄒᆞ여기롬의든부레롤뭉키
여한덩이롤민다라경덕의등과두다리사이롤문지ᄅᆞ고월앙의니쳐한시긱이지난후
쏘쓰어드려쏘문지ᄅᆞ며바로복쵸ᄒᆞ니경덕이쥬왈신이쥭을지언정헛도이거즛
말을아니ᄒᆞ리로쇼이다연졔이왕이분부ᄒᆞ여쓰린부레쏘뭉키여경덕의몸의문지ᄅᆞ
니쳐음은덥게ᄒᆞ고두번지ᄂᆞᆫ츠게ᄒᆞ여가쥭과살이다무여지ᄂᆞᆫ지라경덕이만신이녹
아지ᄂᆞᆫ듯ᄒᆞ여뉴혈이넘니ᄒᆞ니ᄉ셩이슈유

26

의잇더라졔왕왈아직후원의가도왓다가ᄃᆞ시무ᄅᆞ리라ᄒᆞ고다만조반을먹이더라츠
시니젹이경덕이위티ᄒᆞᆷ믈듯고즉시진왕긔쥬ᄒᆞᆫ디진왕이디경ᄒᆞ거늘무공이쥬왈명
일보가롤보니여조졍의쥬ᄒᆞᆫ디연안왕양ᄉᆞ되긔병ᄒᆞ엿다ᄒᆞ고쥬공이졍벌ᄒᆞᆷ믈쳥ᄒᆞ
디다만션봉홀사롬이업다ᄒᆞ여급히울지공을차지시면거의무ᄉ ᄒᆞ리이다ᄒᆞ더라츠
일고죄조회롤바드시더니슈문관이쥬ᄒᆞᆫ디보민니ᄅᆞ러알현ᄒᆞᆷ믈쳥ᄒᆞᄂᆞ이다고죄금
난뎐으로불너무로시디네어디로셔온다보민쥬왈신등이동관셩언ᄉ의부린비라이
졔연안양사되긔병ᄒᆞ여병셰디진ᄒᆞ고변경을침노ᄒᆞ오민특별이쥬문ᄒᆞ나이다고죄
문왈뉘영병ᄒᆞ여연안을칠고진왕이츌반쥬왈신이치고즈ᄒᆞ오디젼부션봉이업사오
민엇지ᄒᆞ리잇고고죄왈엇던장쉬업나뇨진왕이쥬왈울지공이업나이다고죄왈경덕
이어디가뇨진왕이쥬왈동부의가쳣나이다고죄젼지ᄒᆞ샤근시로ᄒᆞ여금〃티관교롤
거나려동부의가경덕을불너오

27

라군무롤의논ᄒᆞ리라오리지아냐셔경덕이쏘라왓거늘고죄문왈경덕의형상이엇지
져리되엿나뇨경덕이부복쥬왈신이졔왕의곤ᄒᆞᆷ믈닙어피육이다녹아쩌러졋사오니
능히조비치못ᄒᆞ온지라죄롤샤ᄒᆞ쇼셔고죄왈져러틋낭퓌ᄒᆞ여시니엇지교봉ᄒᆞ리오

진왕이쥬왈무방ᄒᆞ오니신이의약으로곳치리이다고죄왈공셩약지ᄒᆞ미범사롤용심
ᄒᆞ고쳡음을보ᄒᆞ라진왕이경덕을다리고연무장의나와군마롤졈고ᄒᆞᆯ시경덕이〃왕
의함희ᄒᆞ던일을일〃이쥬ᄒᆞ니왕왈가련가한이로다ᄒᆞ고즉시슈문터화롤불너조리
ᄒᆞ라ᄒᆞ고비롤조발ᄒᆞ여경덕을실어ᄒᆡᆼ군ᄒᆞ여연안지계의니ᄅᆞ러월여롤조리ᄒᆞ미만
신창쳬평복ᄒᆞ니진왕이장의올나닐오디양ᄉᆞ되한모흘직희여침범ᄒᆞ미업ᄉᆞ나즁원
을평정ᄒᆞ여스니누은탑아리타인의코고ᄂᆞᆫ쇼리롤엇지용납ᄒᆞ리오경덕이쥬ᄒᆞ디신
이명일츌젼ᄒᆞ리이다ᄒᆞ고갑닙고병을거나려바로연안셩의니ᄅᆞ러

<h2 style="text-align:center">28</h2>

ᄊᆞ홈을도돈디양ᄉᆞ되디로왈니셰민이광망ᄒᆞ여텬하롤열의셔팔구나두고오희려뜻
이차지못ᄒᆞ여방자이군을거나려ᄂᆞ지계롤범ᄒᆞ나뇨좌감군셕계종과우감군조영이
왕의녕을바다츌젼ᄒᆞ여경덕과ᄊᆞ화슈합이못ᄒᆞ여경덕이한치로조영을쳐말아리나
리치니셕계종이디퓌ᄒᆞ여다라나거늘경덕이젼령ᄒᆞ여냥노군마로즛치고도라오니
왕이젼령ᄒᆞ여후영의가쉬라ᄒᆞ고긔공관으로ᄒᆞ여금공뇌롤긔록ᄒᆞ다셰계종이퓌ᄒᆞ
여도라오미양ᄉᆞ되디로ᄒᆞ여ᄎᆞ일의친히츌젼ᄒᆞᆯ시머리의감유금관을쓰고비룡슈포
의롤어린금갑의쎠닙고허리의사만디롤ᄯᅴ고발의동혜젼훼롤신고일월도롤들고황
총마롤ᄐᆞ고셕계종두공도황젼등일반무장과일만웅병을거나려셩의나바로당영의
니ᄅᆞ러명나뇌고ᄒᆞ니무공왈졔경국지병을닐우혀시니져의셩지롤취ᄒᆞ미쉽다ᄒᆞ고
졔장을분부ᄒᆞ여계교롤가ᄅᆞ치다경덕이은긔산등으로각〃병긔롤들고크게ᄊᆞ화

<h2 style="text-align:center">29</h2>

슈합이못ᄒᆞ여경덕이치롤드러황젼을쳐마하의나리치니연병이디란ᄒᆞᆫ지라은긔
산이말을노하도치로두공부롤쳐죽이고댱슌슌덕은셕계종을버희고일진을혼살ᄒᆞ
니죽엄이뫼갓치ᄊᆞ희고유혈이ᄂᆡ히되엿더라승〃ᄒᆞ여양ᄉᆞ도롤사로잡고병을거두
니고ᄉᆞ렴후군집졍교금등이셩하의니ᄅᆞ러운졔롤셰우고인마롤모라셩의드러가궁
뎐을불지ᄅᆞ고황셩을쇼탕ᄒᆞ더니진왕이젼령ᄒᆞ여지물을노략ᄒᆞᄂᆞᆫ군ᄉᆞ롤참ᄒᆞ리라

ᄒ고방붓쳐안민ᄒ고긔치ᄅ롤밧고와세운후비힝검으로ᄒ여금연안부ᄅ롤직희오고반
ᄉ ᄒ여장안으로도라와군사ᄅ롤훗터영으로도라보니고진왕이텬칙부로도라오다고
죄조회ᄅ롤바드실시진왕이쥬왈신이부황의홍복을닙사와연안부ᄅ롤파ᄒ고양ᄉ도ᄅ롤
사로잡아버희고지방이임의평정ᄒ엿나이다ᄒ고공뇌부ᄅ롤올니〃고죄디희ᄒ샤츌
젼디쇼장ᄉ롤상ᄉ ᄒ시며또진왕을위로왈오이안마풍상의슈고ᄒ여시니텬칙부로
도라가평히숴라진왕이믈너ᄂ니연졔이왕이쥬ᄒ디경

30

덕이칼을가지고드러온죄잇사오니엇지용셔ᄒ리잇고바라건디부황은치죄ᄒ샤후
일을경계ᄒ쇼셔고죄젼지ᄒ여경덕의병권을앗고황장의니쳐편히잇게ᄒ시니경덕
이조지ᄅ롤밧자와인슈ᄅ롤그릭고텬칙부의니ᄅ러진왕긔뵈고슈말을쥬ᄒ디조졍이신
을펌ᄒ여황장으로가라ᄒ시니하직ᄒᄂ이다진왕이눈물을뿌려왈네비록조지ᄅ롤바
다시나자로와날을보고범ᄉ롤조심ᄒ여삼가병을너지말나경덕이쥬왈신이쥬공의
디은을닙사와시니엇지참아이지며감히죄ᄅ롤범ᄒ리잇고언파의집으로도라와가권
을슈습ᄒ여장안을쪄나황셩으로가니라화셜번왕돌궐이조회ᄅ롤베풀고원슈쳘무아
와긔쳔디장아쳔파와쥬한쳘야와살계발화ᄅ롤불너갈오디디당이화친ᄒ믈허ᄒ엿더
니뉴문졍이간후소식이업ᄉ니여등이뢀니디군을거나려당을치라ᄒ고또글을닷가
왕안을쥬어훨니극한두나라의보니여한가지로긔병ᄒ믈쳥ᄒ니이국번왕이다허락
ᄒ고다경국지병을닐우혀더라츠쳥하회ᄒ라
셰임자삼월일향목동셔

권15

1

당진연의 권지십오

구포관돌궐창궐

화셜번왕돌궐이글을닷가힐니극한냥국의보니여한가지로긔병ᄒᆞᆯ쳥ᄒᆞ니이국번
왕이다허락ᄒᆞ고즉시경국지병을닐우혀돌궐과합ᄒᆞ니쳘목아원슈와긔쳔디장야경
티안슈환이병을모라남으로나릴시삼군이합병ᄒᆞ여병셰디진ᄒᆞ더라무덕칠년츄팔
월의삼국번병이구롬이집희고안기못ᄂᆞᆫ듯ᄒᆞ여바로즛쳐동관을향ᄒᆞ여나오고원쥐
긔쥐등지의변뵈눈날니듯ᄒᆞ여장안의고급ᄒᆞ니경시진동ᄒᆞ더라고죄급히조회롤베
푸시고진왕니졍으로ᄒᆞ여금급히막으라ᄒᆞ시니진왕이쥬ᄒᆞ디이번의츌ᄉᆞᄒᆞ오미실
노싱각건디젼부션봉을졍ᄒᆞᆯ사롬이업나이다고죄왈모든장관이다오아의휘하어눌
엇지션봉될사롬이업다ᄒᆞ나뇨진왕이우쥬왈북인의언어롤통ᄒᆞ고북인의힝ᄉᆞ롤잘
살피며지용이겸젼ᄒᆞ여야가이쓰리이다고죄왈엇던사롬을부ᄅᆞ고자ᄒᆞᄂᆞ뇨왕이복
지쥬왈

2

울지공이아니면가히파젹지못ᄒᆞ리이다고죄허락ᄒᆞ시니진왕이당검을보니여경덕
을부롤시경덕이영지ᄒᆞ여황장의니ᄅᆞ러슈문ᄒᆞᄂᆞᆫ사롬을불너닐오디이던하의영지
롤밧자와이ᄅᆞ러시니장군긔보ᄒᆞ라가동이드러가보ᄒᆞ디경덕왈니병이즁ᄒᆞ여맛지
못ᄒᆞ니침실노쳥ᄒᆞ라가동이젼어ᄒᆞ고당검을인도ᄒᆞ여침실의드러오니경덕이니러
마자녜필후경덕왈몸의병이잇셔셩지롤맛지못ᄒᆞ니디인은용셔ᄒᆞ라당검왈무삼병

이뇨경덕왈니츌젼ᄒ고도라오므로붓터ᄉ지의힘이나리고윈몸이여위여능히긔동치못ᄒ노라당검왈장군이도라온후쥬공이사렴ᄒ샤특별이날을보니여마자오라ᄒ시니왓거니와진실노장군을쇽이지아니리라이졔돌궐이쟉난ᄒ미셰큰지라이뎐희츌졍ᄒ실시장군을복직ᄒ시고도젹을치라가랴ᄒ시ᄂ니장군은ᄉ양치말나경덕왈니집의셔도오희려츌닙지못ᄒ거든엇지진상의나아가리오당검왈군자ᄂᆫ불염구악이라

3

ᄒᄂ니다만진왕의낫찰보라경덕왈엇지그럴니잇시리오진왕이친히오셔도무익ᄒ리라당검이도라와진왕긔회쥬ᄒ니왕이경아왈이엇지ᄒ면조흘고무공왈다시양건방을보니여부ᄅ쇼셔왕이좃ᄎ건방을보니니건방이슈명ᄒ고다시황장의니ᄅ러경덕을보고간졀이쳥ᄒ디구지ᄉ양ᄒ고나지아니ᄒ거늘도라와쥬달ᄒ니진왕이울〃불낙ᄒ거늘무공왈쥬공은물우ᄒ쇼셔신이황장의가경덕을부로리이다졔장왈경덕은츙의잇ᄂᆫ사롬이어늘인미이쥭을번ᄒ다가다시승쳡ᄒ고도라와셔다시니치믈닙어시니마음이불평ᄒ기쉬오나엇지셔군신친히가리오군신친히가도일향마음을도로혀지아니면뎐하의위엄만숀상ᄒᆯ ᄲ이니군ᄉᄂᆫ아직가지말고계교롤싱각ᄒ쇼셔무공이듯고이윽히싱각다가쥬왈뎐하ᄂᆫ다시양건방을보니여무로쇼셔건방이가더ᄯᅩ밀막고오지아니ᄒ거늘진왕이근심ᄒ믈마지아니〃무공왈쥬공은우려치마로쇼셔신이스사로황장의가다려오리이다ᄒ고부즁

4

의나와의자롤불너여ᄎ〃〃ᄒ라ᄒ고인ᄒ여다리고바로황장의니ᄅ러경덕의부군의다다라하마ᄒ여왓시믈통ᄒ니경덕이분부ᄒ여니병드러맛지못ᄒ니군시이리오시믈쳥ᄒ라시지무공을인도ᄒ여이로니경덕이마자왈병을인ᄒ여맛ᄂᆫ녜롤닐흐니군ᄉᄂᆫ죄롤ᄉᄒ라무공왈장군은일셰지밍장이니스사로위풍을숀치말나니길의오며ᄉ롬의말을드ᄅ니장군이돌궐이오믈듯고놀니칭병ᄒ고나지아니ᄒ다ᄒ니니싱

각건디장군의긔셰영걸노북인을두려ᄒᆞ미엇지한심치아니리오쥬공이밋지아니ᄉ
날노ᄒᆞ여금장군을보라ᄒᆞ시니아지못게라장군이무삼병을어덧ᄂᆞ뇨경덕왈왼몸이
져리고슈족이싀여능히것지못ᄒᆞᄂᆞ이다무공이우문왈일즉약으로다사리지아니ᄂᆞ
냐경덕왈약을먹어도효험이업나이다무공왈임의어의둘을다리고왓시니장군의병
을뵈리라경덕왈일작약을먹으디효험이업ᄉᆞ니뵈야무엇ᄒᆞ리오무공왈이엇진말이
뇨병의약을쓰지아니면엇지ᄒᆞ리오ᄒᆞ고어의룰불너진믹ᄒᆞ라ᄒᆞ

<h2 style="text-align:center">5</h2>

니의지보고왈장군의병이치마교젼으로상ᄒᆞ여시니맛당이침을마져야조흐리라경
덕왈엇던침을쥬려ᄒᆞᄂᆞ다어의왈쳘침이니이다경덕이보믈쳥ᄒᆞ디의지장침을니니
여러낫침이 〃삼쵼식ᄒᆞ고빗치황황〃ᄒᆞ고은빗갓ᄐᆞ니경덕이싱각ᄒᆞ디니본디병이
업거눌엇지조흔살을져런침으로상ᄒᆞ리오ᄒᆞ고급히쥭졀편을드러공즁을향ᄒᆞ여두
로니의지디경ᄒᆞ여뒤흐로무로닷ᄂᆞᆫ지라무공왈장군의병이하리믈하례ᄒᆞ노라경덕
왈황상이참쇼룰미드샤한마의공을쵸긔갓치넉기시니니본디가지아니려ᄒᆞ더니뎐
하의은총을싱각ᄒᆞ고군사의덕망을잇지못ᄒᆞ여가려ᄒᆞ거니와니경국지호보기룰아
히보듯ᄒᆞ노라ᄒᆞ고인ᄒᆞ여술을니여관디ᄒᆞ고가권을슈습ᄒᆞ여황장을쩌나장안의니
ᄅᆞ러바로텬칙부쥐ᄉᆞ정의나아가진왕긔비알ᄒᆞ니왕이디희ᄒᆞ더라잇튼날경덕을다
리고조현ᄒᆞ니고죄경덕을ᄉᆞ쥬ᄒᆞ고복직ᄒᆞ시니경덕이ᄉᆞ은ᄒᆞ더라진왕이믈너연무
졍의나와군사룰졈고홀시군사룰지츅ᄒᆞ여빈쥐

<h2 style="text-align:center">6</h2>

셩의나아가하치ᄒᆞ니운산이만쳡이오졀벽이쳔층이라니졍이쥬왈고사렴졍교금으
로츌병ᄒᆞ고울지공진슉보로독진ᄒᆞ여졉은ᄒᆞ게ᄒᆞᄉᆞ이다ᄒᆞ고하령ᄒᆞ니ᄉᆞ장이결속
을졍졔ᄒᆞ고일지병을거나려영의나가명나뇌고ᄒᆞ니돌궐극한이장이영젹ᄒᆞ여거즛
픽ᄒᆞ여당장을유인ᄒᆞ여영산길노오게ᄒᆞ라ᄒᆞ고긔쳘왕쳘야ᄂᆞᆫ일지궁노슈룰거ᄂᆞ려
영산좌편의미복ᄒᆞ고살계불화ᄂᆞᆫ일지궁노슈룰거나려영산우편의미복ᄒᆞ엿다가당

장이오거든일시의쏘라ᄒ니즁장이쳥녕ᄒ고각″영군ᄒ여가다쥬환야션이당영의
니ᄅ러쏘화십합이못ᄒ여픠ᄒ여다라나거눌고사렴졍교금이짜라영산의이ᄅ러ᄂ
믄득일셩포향의ᄉ쳐복병이니다라에워쏘ᄂ지라진슉보울지공이말을모라쏜디롤
헷치고이장을구ᄒ여도라와진왕긔뵈고픠ᄒᆫ연유롤쥬ᄒ니왕왈닉명일의친히감군
ᄒ여허실을보리라ᄒ고차일의진왕이의갑을졍졔ᄒ고진의나니진경울지공은긔산
이졍등즁장이보가ᄒ여빈쥐의니ᄅ러불의″치니힐니극

7

한이달병을거나려나마ᄌ니진왕이여셩왈셕일의극한으로더부러화친ᄒ엿더니뉴
문졍이죽거눌인ᄒ여셰월을쳔연ᄒ지라이졔졍히ᄉ롤보니여화친을ᄃ시밋고혼인
을ᄒ려ᄒ거눌하고로비약ᄒᄂ다나ᄂ진왕이니극한이쏘ᄒ호려ᄒ거든자웅을결ᄒ리
라ᄒ고군사롤호령ᄒ여군슈롤건너려ᄒ거눌힐니진왕이가비야이나아오믈보고진
왕이뫼잇ᄂ가ᄒ여쏘호지아니고믈너나다진왕이군을거두어영의도라오니니졍이
쥬왈신이텬문을보니괴셩필셩이티음을범ᄒ니반ᄃ시큰비오리니맛당이안병부동
ᄒ고신이단을모으고비롤비러호인의궁노롤상케한후츌병ᄒ미조흐리이다ᄒ고니
졍이양건방을다리고삼쳔군을발ᄒ여셔산의니ᄅ러삼궁후토롤취ᄒ여삼층단을모
으고더우히오방긔치롤쏫고쏘팔문둔갑을버리고니졍이도복을닙고단의올나머리
풀고발벗고숀의보검을잡고닙으로영문을외오고단의오ᄅ기롤삼일을ᄒ더니과연
텬지아득ᄒ고운뮈사싁ᄒ고뇌졍ᄒ며디위붓ᄃ시오ᄂ지라비연일

8

오니진왕이졔장다려왈호인의밋ᄂ빅궁시라이졔큰비연일오니활이다풀니여가히
쏘지못ᄒ리니비컨디나ᄂ싀날긔업삼갓흔지라이쩌롤타가히파ᄒ리라ᄒ니니졍이
젼령ᄒ되금야의츌병ᄒ여돌궐의영을겁칙ᄒ라ᄒ고은긔산등십원디장을불너츌거
불의ᄒ여겁칙ᄒ라ᄒ고진슉보등이″경의비롤무롭쓰고바로돌궐의영의니ᄅ러급
히방포ᄒ고ᄉ면으로살닙ᄒ니번병이ᄉ산ᄒ여돌궐이병을거나려본국으로다라나

눈지라날이밝으미휠니돌궐의퓌쥬ㅎ믈탐지ㅎ고발병ㅎ여진왕으로더부러쏜호고
자ㅎ더니돌니의말뉴ㅎ므로긋치고인ㅎ여돌니롤당영의보니여화친을쳥ㅎ니진왕
이가연이응낙ㅎ디돌니스사로밍셰ㅎ고진왕으로더부러결ㅎ여의롤미즈니왕이쏘
한은혜로뻐무휼ㅎ고셔로밍약을뇌졍ㅎ고각〃병을거두어본국으로도라갈시진왕
이빅셩을안무ㅎ고군사롤도로혀장안으로도라가니라

9

스빙비연졔합모희진왕장윤졍계
각셜진왕이장안의도라와젼량군긔롤다어고의넛코군을파ㅎ여각영의도라보니고
텬칙부로도라오니댱손왕휘마자궁의드러가경하ㅎ더라명일조죄셜조ㅎ시니즁관
이조비필의진왕이승쳡ㅎ믈쥬ㅎ니고죄디희왈오아의훈업이크게낫트나니텬히귀
심ㅎ는지라네맛당이텬지되리라ㅎ시고츌젼장사롤다상스ㅎ시고싱각ㅎ시디건셩
은쥬싁의침익ㅎ고원길은셩품이싀긔ㅎ니셰민을셰워텬하롤진졍ㅎ미올토다ㅎ더
라건셩이상의롤혜아리고심불자안ㅎ여원길노더부러진왕을희ㅎ믈꾀홀시졔왕왈
요사이진왕의휘히더옥방자ㅎ여길거리의힝ㅎ미말을노하황친황자롤공경치아니
ㅎ고젼혀군신의녜업스니이논진왕의셰롤의지ㅎ미라우리이지장윤이비긔쥬ㅎ고
진왕히홀계교롤쳥ㅎ면져의휘히다복종ㅎ리라ㅎ고즉시감보양금쥬췌지믈을쥰비
ㅎ여금뇽합의너허궁감을들니고이왕이쥰구롤타고혁을갈와

10

바로후궁의니르러보궁누의드러가니장윤이비졍히궁즁의셔잔치ㅎ다가밧비쳥ㅎ
여셔로한훤필의궁녜〃믈을드리니이비문왈엇진녜믈이즁ㅎ뇨이왕이디왈비박ㅎ
녜믈을엇지즁히니르리잇고이비인ㅎ여음연홀시술이두순의이왕왈이졔이왕이약
간졍벌의공이〃시므로망녕도이존디혼쳬ㅎ여휘하장사롤노하황친을업슈히너기
고국법을묘시ㅎ여긔탄ㅎ미업고안흐로탈격홀뜻을품어시니우리이인이양칙을니
비긔구ㅎ나이다이비왈셰민이황상의총이ㅎ시믈미더우리게무례ㅎ미심ㅎ더니이

제형데ᄉᆞ이의교긍ᄒᆞ여탈젹ᄒᆞ믈꾀ᄒᆞ니그히불측ᄒᆞᆯ지라우리계교ᄅᆞᆯ졍ᄒᆞ여셰민의
목숨을결ᄒᆞ리라연졔이왕왈낭〃의유렴ᄒᆞ시믈감ᄉᆞᄒᆞ나니맛당이진심ᄒᆞ여갑흐리
이다이비왈이위ᄂᆞᆫ방심ᄒᆞ라ᄒᆞ고쥬비ᄅᆞᆯ셔로권ᄒᆞ더라무덕칠년의연졔이왕이댱윤
이비ᄅᆞᆯ하직ᄒᆞ고후지문을나와말긔올나도라올시일노의교두졔미ᄒᆞ여환텬희지ᄒᆞ
여양〃

11

자득ᄒᆞ더라졔왕왈ᄃᆡ기이졔불구의셰민을졀졔ᄒᆞ리니우리고침무우ᄒᆞ리라ᄒᆞ더라
ᄎᆞ시니슌풍이텬칙부의니ᄅᆞ러진왕긔뵈니왕왈그ᄃᆡ이번오미무삼가ᄅᆞ칠말이잇나
뇨슌풍왈신이흠텬ᄃᆡ의셔망긔ᄒᆞ오니텬칙부의살긔등〃ᄒᆞ고비홍지긔잇사오니쥬
ᄒᆞ나이다진왕이ᄃᆡ경왈괴이지몸이평안ᄒᆞ거ᄂᆞᆯ엇지히잇시리오슌풍이쥬왈지홰골
육으로셔니러나응ᄒᆞ미궁위의잇시니만일화ᄅᆞᆯ업시코자ᄒᆞ시면모로미밧긔나가피
ᄒᆞ쇼셔진왕왈만일경의말갓ᄒᆞᆯ진ᄃᆡᄂᆡ명일부황긔쥬ᄒᆞ고하람으로가면능히피ᄒᆞ랴
슌풍이쥬왈뎐히만일하람으로가시면만무일실ᄒᆞ리이다ᄒᆞ더라명일진왕이고조긔
쥬왈하람유슈굴돌통이사ᄅᆞᆷ을부려고ᄒᆞᄃᆡ하ᄇᆡᆨ셩이도젹을모화작난ᄒᆞ니발병ᄒᆞ믈
쳥ᄒᆞ나이다고죄왈누ᄅᆞᆯ보ᄂᆡ면가ᄒᆞᆯ고진왕이가기ᄅᆞᆯ자원ᄒᆞᆫᄃᆡ고죄허ᄒᆞ시거ᄂᆞᆯ진왕
이장안을ᄯᅥ나바로동관으로나아가다각셜원길이연왕과의논ᄒᆞ고

12

말긔올나후지궁으로드러가장윤이비ᄅᆞᆯ보고닐오ᄃᆡ셰민이영병ᄒᆞ여하람으로가면
젼량을흣터공신을쥬랴ᄒᆞ미니이졔와낭〃긔고ᄒᆞ나이다이비왈우리임의계교ᄅᆞᆯ졍
ᄒᆞ여시니져의ᄉᆞ싱이우리슈즁의잇ᄂᆞᆫ지라이위ᄂᆞᆫ모로미기회치말나이인이하직고
가거ᄂᆞᆯ이비궁감을분부ᄒᆞ여ᄐᆡᄉᆞᄅᆞᆯ쳥ᄒᆞ니이ᄂᆞᆫ이비의부친이라이비마자좌졍후닐
오ᄃᆡ우리이졔셰민을졀제ᄒᆞ랴ᄒᆞᄂᆞ니별노ᄒᆞᆫ계괴잇시니ᄐᆡ식명일조회의여ᄎᆞ〃〃
ᄒᆞ쇼셔ᄐᆡ식허락ᄒᆞ고나가다ᄎᆞ일고죄셜조ᄒᆞ시니장윤이ᄐᆡ식부복쥬왈신이년노ᄒᆞ
미물너양노코자ᄒᆞ더니이졔듯자오니뎐히하람의가젼지ᄅᆞᆯ흣터군신을쥬신다ᄒᆞ

오니바라건디공허ᄒᆞᆫ퇴원과황폐ᄒᆞᆫ젼지두어이랑을쥬시면ᄶᅡ곰양노ᄒᆞ오리니원컨
디폐하논허ᄒᆞ쇼셔고죄허ᄒᆞ시고근시로문방사우룰가져오라ᄒᆞ샤친필노됴지룰ᄡᅥ
쥬시니티시ᄉᆞ은ᄒᆞ고물너가다고죄니궁의드러가ᄉᆞ이비다려왈현비논니티ᄉᆞ의쥬
언을아논다이비디왈신쳡등이

13

아지못ᄒᆞ나이다고죄니티ᄉᆞ의말을니ᄅᆞ시니이비연망이ᄉᆞ은ᄒᆞ고몸을니러부복ᄒᆞᆫ
디고죄문왈무삼말을ᄒᆞ고자ᄒᆞ나뇨이비쥬왈아비하람으로가오미쇠로ᄒᆞᆫ목슘이오
리보젼치못ᄒᆞᆯ거시오일자논신쳡이분향ᄒᆞᆯ원이잇사오니형산의향을퓌오고티ᄉᆞ룰
호숑코자ᄒᆞ나이다고죄왈비빙이엇지방자이궁을ᄶᅥ나리오이비도로좌의나아갓더
니술이슈슌의이비다시부복쥬왈신쳡이하람의가려ᄒᆞ되뉸허ᄒᆞ시믈엇지못ᄒᆞ엿사
오니몽미의직앙이날가두리ᄂᆞ니만일티ᄉᆞ와한가지로가면진실노낭편ᄒᆞᆯ가ᄒᆞ나이
다ᄒᆞ고누슈룰나리와업듸여니지아니ᄒᆞ니고죄이비의쥬언을ᄭᅢ닷지못ᄒᆞ여윤송ᄒᆞ
시고궁감셜기로더부러한가지로가고일노의인민을소요치말나ᄒᆞ시니이비ᄉᆞ은ᄒᆞ
더라궁즁의도라와단장을치례ᄒᆞ고ᄉᆞ조ᄒᆞᆫ디고죄군관셜기로ᄒᆞ여금보가ᄒᆞ라ᄒᆞ시
니셜기군교룰거나려보가ᄒᆞ여바로하람으로나아가다
이비구ᄉᆞ유공신경덕무쳥황국장

14

각셜이비티ᄉᆞ로힝ᄒᆞ여동관의니로니뉴슈셩언시연망이나가마자좌졍ᄒᆞ고연셕을
베퍼니외로관디ᄒᆞᆯ시금은긔명이일식의조요ᄒᆞ더라댱티시믄득욕심이니러나윤티
ᄉᆞ다려왈셩언시동관을직희겨런부귀룰두고우리룰이갓치ᄒᆞ니낭〃연셕의드러가
보리라ᄒᆞ고이티시몸을니러니졍의드러가니이비왈무삼일이잇나니잇고티시왈우
리이졔하람으로가미황친문무디신이왕니ᄒᆞᆯ졔디졉ᄒᆞᆫᄂᆞᆫ긔명이업ᄉᆞ니셩언ᄉᆞ의게
분ᄒᆞ여이긔명을비러다가쓰고도라올졔쥬미엇더ᄒᆞ뇨이비셜기룰명ᄒᆞ여셩언ᄉᆞ룰
불너왈이졔니티시공ᄉᆞ로하람의나려가더니길의셔황친국쳑이무러도디졉ᄒᆞᆯ긔명

이업스니경의긔명을빌니면맛당이회군홀졔도로쥬리라셩언시왈이긔명이신의긔
물이아니라낭 〃 이오시민쇼쥬군민의게비러왓시니티시만일쩌난후군민이만일와
차지면신이무삼젼량으로그갑슬쥬며조졍이아ᄅ시면죄롤도망치못ᄒ리니쳥컨디
낭 〃

15

은살피쇼셔이비디로즐왈네엇지감히역ᄒ나뇨ᄒ고관교롤호령ᄒ여잡아나리와이
십곤을즁타ᄒ고긔병을거두어가지고이비와티시동관을쩌나가니셩언시분노ᄒ여
연야ᄒ여각쳐인읍의급보ᄒ고쏘사롬을하람의보니여진왕긔보ᄒ다이티시길가큰
집과조흔젼지롤맛나면혹댱티ᄉ의거쳐라ᄒ고혹윤황장의양노지쥐라ᄒ여닙표ᄒ
고님자롤쏫치니치고쥬현관원이나마지면쳔금을징식ᄒ여듯지아닌즉거즛밀지롤
젼ᄒ고임의로삭직ᄒ더니힝ᄒ여셤쥐의니ᄅ러논티슈요군쇠나아마자드러가좌졍
ᄒ고요군쇠이비긔조비후셜연관디홀시셕상의긔명이다사긔어놀댱티시윤황장다
려왈요군쇠우리롤업슈히녀겨이러틋ᄒ거니와드러가낭 〃 긔고ᄒ여후인을징계ᄒ
리라ᄒ고이비다려즁치ᄒ믈니로니이비셜기로요군쇠롤부로니드러와계하의부복
ᄒ디이비즐왈네우리롤공경치아니ᄒ여쓰지못홀그릇으로우리롤관디ᄒ나뇨군쇠
왈신이텬은을닙사와이고롤을진슈ᄒ오미봉법슈

16

직ᄒ옵더니누년병화롤지니여지진민궁ᄒ여금은긔명을진시장만치못ᄒ엿사오니
복원낭 〃 은살피샤죄롤샤ᄒ쇼셔이비디로왈네공교호말노우리롤업슈히너기는다
ᄒ고관교롤쑤지져요군소롤잡아나리와디곤일빅을쳐장하의셔쥭이고드듸여셤쥬
롤쩌날시일노의위령을쳔자이ᄒ더라각쳐군민이장원도일코혹젼지도일허하람의
와진왕긔원굴ᄒ믈고ᄒ니진왕이각인의고장을거두고각 〃 본쳐의도라가쳐치롤
기다리라ᄒ다니티시하람의니ᄅ러길가큰졍자와장원을보고왈져집이가장조흐니
아지못게라뉘집장원인고이비왈드러가보아조흐면아스미올타ᄒ디이티시바로그

집의드러가니원닉이집은쵸원왕니효공의집이라이쎠세자원융이집의잇더니슈문
지즐왈엇던사롬이황장의방자이드러오느뇨이티사와이비디로ᄒ여관교롤쑤지져
잡아나리라ᄒ니셰지밧긔들네믈듯고밧비나오니관괴왕진쥴알고감히손을움작이
지못ᄒ니이티시스사로나아가세자로어우러져쎤

17

호니가인이왕지샹홀가두려푸러노ᄒ니이티신가거눌셰지필마로진왕궁의가자셔
이고훈디왕왈현뎨논노롤굿치라졔무삼공사로차쳐의나려온쥴아지못ᄒ니계셩의
든후쳐치ᄒ리라ᄒ니원융이하직고도라가다이비의거기하람의니ᄅ니뉴슈굴돌통
이관니롤거나려셩의나와마자니이비티스로더부러왕부의나아가민굴돌통이조비
후셜연관디홀시일작이일노쇼식을드럿논지라금칠훈구리긔명을쥰비ᄒ여연셕의
쓰고관속을머믈너일을살피라ᄒ고스사로피ᄒ여부즁으로도라가니라이비연셕긔
명을보고디로ᄒ여셜기롤명ᄒ여뉴슈롤잡아오라ᄒ더니믄득한관원이드러와답ᄒ
디뉴슈논진부의긴급훈공문으로아문의드러갓나이다이비급히관교롤보니여잡아
오라ᄒ니츠시탐지발셔굴돌통의게보ᄒ엿논지라통이좌우롤분부ᄒ여아문을단〃
이닷고가마니진왕가젼의니ᄅ러일〃이쥬훈디왕왈니임의다아노라ᄒ고근시관을
명ᄒ여일변호두금픽롤

18

니여우희텬칙부젼지롤쓰고관교등이방자이아문의나와요란이싱스치말나만일위
령자면군법을힝ᄒ리라ᄒ여긔픽관을쥬어하람부문의달나ᄒ라굴돌통을잡으라갓
던군괴진왕의녕지쓴금픽롤보고뉘감히드러가리오도로왕부의도라가이비긔보ᄒ
다진왕이즁총관다려문왈니댱윤이티스롤쳥ᄒ여보고무삼공스로이곳의왓논가뭇
고자ᄒ느니뉘감히쳥ᄒ여오리오마삼뵈쥬왈신이가히쳥ᄒ여오리이다왕이분부왈
부디조심ᄒ여쳥ᄒ여오라마삼뵈일긔마로왕부의니ᄅ러관교롤블너이티스롤쳥ᄒ
라왓시니고ᄒ라관괴드러가티스긔품ᄒ디텬칙부일원총관이와이위황친을쳥ᄒ느

이다티시후뎐의드러가이비다려무릇디이졔진왕이우리롤쳥ㅎ니엇지ㅎ여야조ㅎ
리오이비왈가지말고다만회답ㅎ디조졍셩지로부릇시는쥴만알고진왕영지로부로
믄모로노라ㅎ고졔만일여러말을ㅎ거든쾌히쳐너치미죳타ㅎ니티시젼뎐의안고텬
칙부총관을부릇라ㅎ디마삼뵈

19

젼뎐의니릇러티사긔녜ㅎ고왈하관이진왕뎐하녕지롤밧드러이위황친을쳥ㅎ라왓
나이다당티시왈나는다만조졍셩지만알고진왕녕지는아지못ㅎ니쾌히도라가이디
로회보ㅎ라마삼뵈왈진왕뎐희황친을오러니별ㅎ여계시미특별이와쳥ㅎ믄한번뵈
와졍회롤펴려ㅎ미니힝혀사양치마로쇼셔티시노왈너아니가노라ㅎ면네갈거시어
늘엇지여러말을ㅎ느뇨ㅎ고관교롤명ㅎ여잡아나리와이십디곤을즁타ㅎ여니치니
마삼뵈죄롤닙고슈부의도라와진왕긔고ㅎ니왕이노왈너보닌총관을엇지마음디로
치리오이필연언어간의촉범ㅎ여이의이릇럿도다니이졔다른관원을보니여쳥ㅎ리
라졍교금이니다라왈신이가쳥ㅎ여오리이다진왕왈네셩졍이슌치아니코쏘쳥ㅎ쥴
아지못ㅎ가ㅎ노라교금이쥬왈신이가조토록쳥ㅎ여오리니즁공은방심ㅎ쇼셔왕이
삼가믈당부ㅎ더라교금이바로왕부아문의니릇러말긔나려슈문관교다려왈네드러
가티스긔진왕뎐희치관을보니여쳥ㅎ는쥴을

20

보ㅎ라관원이드러가이디로보ㅎ디티시부릇라ㅎ니교금이젼〃의나아가몸을굽혀
녜ㅎ니장티시문왈네엇던관원인다교금왈이뎐하녕지로디인을쳥ㅎ라왓나이다우
리뎐희분향ㅎ시고긔다리시느니님ㅎ시믈바라나이다티시왈나는황장이니다만조
졍셩지만알고진왕녕지는모로느니날을쳥ㅎ여무엇ㅎ리오교금왈이뎐희이위황장
이니릇신쥴알고쳥ㅎ여회포롤펴려ㅎ시니힝혀츄스치마로쇼셔티시노왈네엇지여
러말ㅎ나뇨ㅎ고관교로잡아나리오라ㅎ니관괴졍히나가잡고자ㅎ거늘교금이몸을
쎄쳐밧그로나오니잡지못ㅎ더라교금이도라와일〃이쥬ㅎ니진왕왈너희져의셩을

더옥도〃도다울지공이쥬왈신이가쳥ᄒ리이다진왕왈그더셩이강직ᄒ니져의노롤
더을가ᄒ노라경덕왈신이가닐오디이위황친아던희친림ᄒ실거시로더문뮈번다ᄒ
기로날을보니여쳥ᄒ시니한번왕굴ᄒ시믈바라나이다ᄒ고신이다만문으로쳥ᄒ여
동치아니ᄒ거든두거리쳘삭을씌고가셔미여오리이다왕왈조셔너흔셕

21

갑을함게가져오라경덕이쳘삭두거리롤훼속의장ᄒ고쥭졀편을가지고가마이오빅
휘자슈롤거나리고가리라ᄒ고분부ᄒ디니만일티사와쏘호거든너희등이조졍의셔
온조셔너흔셕갑을아ᄉ몬져도라가라즁군이쳥녕ᄒ더라경덕이장속을졍졔ᄒ고오
룡마롤ᄐ고치롤쳐바로니ᄅ러관교로보ᄒ디티시부ᄅ거늘경덕이드러가녜ᄒ디티
시문왈무삼일노왓나냐경덕왈나는졍산하홍ᄉ직쇼무용창의금눙호디장군이니장
상을겸젼ᄒ여츌젼ᄒ미션봉닌을츠니복셩은울지오명은공이오즈는경덕이라이던
희스사로봉비홀거시로더문뮈번다ᄒ여친림치못ᄒ시고특별이쇼관을보니여쳥ᄒ
시니이위황장은한번굴ᄒ미엇더ᄒ뇨장티시왈조졍지의아니면가지아니려ᄒ거늘
무삼일이잇관디삼번오차로와쳥ᄒᄂ뇨경덕왈디인이황장이시므로별회롤펴려ᄒ
시거늘도로혀고히ᄒ노롤니ᄂ뇨댱윤이티시디로ᄒ여상을박츠고디즐왈네엇

22

지우리롤업슈히너겨말을갈히지아니ᄒᄂ뇨ᄒ고관교롤호령ᄒ여디곤으로즁타ᄒ
라ᄒ니관푀일시의다라드러햐슈코자ᄒ거늘경덕이몸속으로셔쥭졀편을니여쎌쳐
연ᄒ여울니며셰번을ᄂ리치니삼긔관푀마자쥭ᄂ지라기여관푀남담상혼ᄒ여다먼
니슙고나지못ᄒ거늘티시팔을쏨니여크게꾸지〃니경덕이치롤드러이젹을쑤지져
왈네부쥬유자현의잇실졔북치롤잡아장하소졸의소임을다ᄒ며지강으로밥을삼고
남의등뒤히셔누룽밥쩍기나어더먹던도다지갓흔놈이외람이황친이되엿노라ᄒ고
감히진왕뎐하녕지롤거역ᄒ며날을쑤짓ᄂ다이티시디로왈우리당황뎨국구어눌네
엇지단쳐롤하자ᄒ여귀쳑디신을능욕ᄒᄂ다ᄒ고급히몸을니러나려와쳘편으로치

려ᄒ거ᄂᆯ경덕이한손으로이인을잡아가지고휘자슈롤호령ᄒ여조셔담은셕갑을어
더가진후이젹을쳘삭으로결박ᄒ여도라갈시도라갈시관교드리

23

멀니셔바라보고눈을멀거게ᄯᅳ고슘을헐덕일ᄲᅵᆫ이오감히시비치못ᄒ더라경덕이말
길마우희하나식달고본영의니ᄅ러진왕긔쥬왈틱ᄉ롤문으로쳥ᄒ미듯지아니키로
무로쳥ᄒ여왓나이다왕이연망이좌우롤분부ᄒ여그민거슬그로고경덕을ᄭ우지져왈
니너다려녜ᄒ고쳥ᄒ라ᄒ엿거ᄂᆯ엇지한갓무예롤빗너여황장으로ᄒ여금겨모양이
되도록ᄒ고경덕을잡아나리와군즁의가도라ᄒ니졔장이칭찬왈비록쥬상긔罪롤당
ᄒᆯ지라도우리셔로논아당ᄒᆯ거시오일이극히상쾌ᄒ도다어시의진왕이틱ᄉ롤불너
장의올나녜필좌졍의조셔롤니여상의언진후분향ᄒ고묘셔롤닑으니왈이틱시년노
ᄒ여향니의나려가미작위롤사양ᄒ고호람으로가셔양노코자ᄒ기로짐이특별이조
셔롤나리ᄂ니두어간쵸옥과공한훈젼지두어이랑을쥬되빅셩을보치지말나ᄒ엿더
라진왕이견필의닐오디여등이무삼공뇌로니ᄅ러는가ᄒ엿더니원니이곳의셔살

24

ᄒ여계시거ᄂᆯ감히조졍명관을쳐죽이고니쳥ᄒ디거역ᄒ여오지안코힝악이자심ᄒ
니너갓흔악종버혀후인을징계ᄒ리라ᄒ고좌우롤호령ᄒ여군즁의가도라ᄒ니셜기
이소식을듯고이비긔고ᄒ니이비디경ᄒ여급히경사로올나가니왕이열읍의젼령ᄒ
여공괴치말나ᄒ니라이비경ᄉ의니ᄅ러고조긔조현후참쇼ᄒ디진왕이쳡등을겁칙
다가듯지아니〃니틱사롤가도다ᄒ며기외의무쥬가무슈ᄒ니고罪드ᄅ시고갈오ᄉ
디아직물너잇시라니다시싱각ᄒ리라ᄒ시니이비감히다시쥬치못ᄒ고침실의도라
와원한을니긔지못ᄒ더라익일의상긔ᄃ시쥬왈폐희신쳡의말을고지듯지아니시거
니와이지니틱시갓치이고ᄯᅩ쥬현의녕ᄒ여일용지물을다감ᄒ엿거ᄂᆯ신쳡이셰롤두
려ᄉ〃로이도라왓나이다고죄왈오이광명졍디ᄒ니엇지인류을상ᄒ리오싱각건디
너의하람의니ᄅ미졔군마의다ᄉᄒ여졉디ᄒ는네롤닐흐민가ᄒ노라이비왈진왕이

난륜홀쁜아니라밧

25

로도젹방비ᄒ기를의탁ᄒ고안으로병권을잡아시니디위를아사려ᄒ미니이다고죄쳐음은듯지아니ᄒ시더니슈일후이비교언영식으로여러번무쥬ᄒ니고죄가마니ᄉ각ᄒ디젼의슈양뎨의일이〃시니셰민이일시욕심의가리와금슈의소위를효칙ᄒᆯ쏘참아〃지못ᄒ리라ᄒ고ᄎ일조회를베풀고문왈이뎌셰민이무도지신잇시니더관으로조셔를하람의보너여문죄ᄒ게ᄒ라ᄒ고연ᄒ여두어번부르디답ᄒᆯ사람이업거늘고죄친히조셔를가지고하람으로가려ᄒ시니근시조셔를가지고어ᄉ아문의니로니져슈량이즁관을거나리고셩지를마자당의올나녁으니ᄒ엿시디짐은드로니쥬공이관치를죽이샤디화를졍ᄒ시고몬져하람왕을죽여한을평졍ᄒ고헌공이신셩을죽이고쵸평왕이미건을참ᄒ니디긔강상윤긔ᄂ풍화의걸닌비오국가젼형은안위의미인비라요사이댱윤이비한가지로황진을좃차하람의갓더니진왕셰민

26

이종욕황음ᄒ여윤상을멸시ᄒ고간계를닐우지못ᄒ미국노를구타ᄒ여하람의가도고쥬현의늠급을감ᄒ니짐을져바리미엇지이러틋ᄒ뇨요사이져슈량의게칙지ᄒ엿ᄂ니ᄲᆞᆯ니하람의나려가문죄ᄒ디만일어그릇치면죄를셰민과한가지로ᄒ리라ᄒ엿더라져슈량이견파의놀나왈진왕이동졍셔토ᄒ미ᄉ희진복ᄒ고흥긔창닙ᄒ미공긔텬하ᄒ여시니엇지이런뜻이〃시리오이ᄂ진왕형뎨즁의공노망즁ᄒᆯ보고심불자안ᄒ여후궁으로더부러모함ᄒ미니만일형벌이진왕긔밋차면인심이분격ᄒ여도병이니러ᄂ리니당죄오리지못ᄒᆯ지라이십건조셰다즁ᄒ니니이졔죽기로ᄡᅥ닷토리라ᄒ고즉시관디를버셔한손의들고한손의조셔를들고바로조당의나아가젼지를기다리지아니ᄒ고젼던의드러가조복을어젼의드리고묘셔를밧들고던계의머리를두다리니고죄문왈져슈량이엇지져러틋ᄒ나뇨슈량이쥬왈폐히부자지졍을끗치시니신이죽

27

기룰피치아니코간ᄒ려ᄒ나이다고죄왈죠셔룰가져오라그ᄅᄆ잇거듯곳치리라근시됴셔룰바다올니〃고죄보시고왈쥬공이관치룰버희니이는형이아오룰죽이미라니이졔아비로셔ᄌ식을죽이미불합ᄒ미잇ᄂ냐디왈쥬무왕이붕ᄒ시고셩왕이즉위ᄒ시니바야ᄒ로오셰라쥬공이도으실시관슉치슉이뉴언을지어훼방ᄒ고상쥬의아들무경으로더부러모반ᄒ거놀쥬공이동졍ᄒ샤무경과관치룰죽여사직을평안이ᄒ고이졔폐하논쥬공의셩왕도으시미아니오진왕이쏘한관치의모반ᄒ미아니오일이각〃다ᄅ니됴셔룰거두쇼셔고죄좃ᄎ샤일관을흐리시고왈졔이관은한문뎨한왕을죽이미니라져슈량왈엣하람왕이탐학무도ᄒ여찬역을쇠ᄒ거놀문뎨쥬아부룰보니여사로잡아도라올시문뎨슈족의졍을염ᄒ여노하보니니하람왕이젼과룰곳치지아니ᄒ고다시반역을쇠ᄒ미쏘잡아버횐지라이졔하람왕과진왕의일이다로니가히ᄉᄒ쇼셔고죄쏘

28

관ᄉ룰흐리시고왈이졔두가지일을다흐려거니와이팔건ᄉᄂ엇지ᄒ리오슈량이쥬왈고어의왈지ᄂ일도올치아닌가ᄒ거놀등뒤의말을엇지밋으리오ᄒ여시니이팔건ᄉ도쏘한허망훈일이오니ᄌ시살피시믈바라나이다진왕이텬셩이인ᄌᄒ시니엇지윤긔룰상ᄒ리오원컨디쥬상은간참을신쳥치마로샤텬륜을상ᄒ오지마로쇼셔고죄그말을좃ᄎ시니져슈량이다시관복을닙고ᄉ은ᄒ더라
비슈졍환ᄎ슈왕당진왕문악과디
각셜고죄후궁의드르시니이비마ᄌ왈오날엇던신하룰하람의보니시니잇고고죄왈짐이셔디어ᄉ져슈량으로문죄코자ᄒ더니져슈량이셰민의유공무죄ᄒ믈쥬ᄒ고됴셔룰곳치라ᄒ미샤훈패라이비하루왈져슈량이진왕을ᄯ라졍벌훈공으로텬칙부영화룰바다시미구ᄒ미라셰민이칼을가지고핍박ᄒ다가못ᄒ여신쳡의아비룰구타ᄒ여가도앗거눌져슈량이긔군망상ᄒ미심ᄒ니밝

29

히살피시믈바라니이다고죄왈츳시어렵지아니ᄒᆞ니명일치관을하람의보닉여셰민을됴지롤두어만일밧으면져의츙효롤알거시오만일역할진디죄롤졍ᄒᆞ리라이비디회ᄒᆞ여왈엇던법을힝ᄒᆞ려ᄒᆞ시나니잇고고죄왈활시위와약탄술과져근칼을보닉리라이비스은ᄒᆞ더라익일의고죄셜조ᄒᆞ시고젼지ᄒᆞ여관교롤하람의보닉여이티스롤환조ᄒᆞ라ᄒᆞ시고문무다려왈작일져슈량이진왕의공닉사업을닐카ᄅᆞ니그말이올커니와츙회ᄬ졘타ᄒᆞᄆᆞ자못무쥬ᄒᆞ미니이졔한사롬으로셰가지법을가져하람으로보닉리라ᄒᆞ더라

셰임자사월일향목동셔

권16

1

당진연의 권지십뉵

화셜고죄왈이졔한사롬으로셰가지법을가져하람의보니여셰민을쥬어만일위월ᄒ거든불효의罪롤뭇고자ᄒ노라즁관이차언을듯고면〃상고왈작일임의ᄉᄒ시고금일坐시로이번득ᄒ시니이ᄂ반ᄃ시참쇼롤드로시미라ᄒ고한사롬도더치아니ᄒ거놀고죄연ᄒ여무ᄅ시니비문졍이츌왈신이가리이다ᄒ고조지롤가지고동관의니로니셩언시마지녜필의이팀ᄉ의죄롤자시니로니비문졍왈부즁의조흔술이잇거든한병을빌니라셩언시좌우로ᄒ여금일쥰쥬롤쥬거놀문졍이언ᄉ롤니별ᄒ고동관을쩌나압관역의니ᄅ러가마니술을밧고와넛코익일의관역을쩌나슈십니ᄂ못가셔진왕이녕병ᄒ여오거놀문졍이〃일을통훈디진왕이즁장을거나려셩지롤마지관역히드러가분향조비ᄒᆞᆯ시왕이문왈조졍의무삼급훈일이잇셔왓나뇨문졍이〃비의젼후슈말과坐져슈량의힘뼈구ᄒ

2

던말이며이졔셰벌조젼을쥬샤던하의마음을보아만일녁ᄒ시면문罪ᄒ려ᄒ시나이다진왕이문왈셰가지법물이무어시뇨문졍왈활시위약술과단도로쇼이다진왕이심하의싱각ᄒ더니목을잘나죽이면지하의가나목민귀신을면치못홀거시오칼을밧고ᄌᄒ나坐한무두귀신이되리니찰하리약을먹고죽으리라ᄒ고술을마시려ᄒ거놀즁장이말녀왈셕일진시황이붕ᄒᆯ졔간신됴괴니ᄉ로더부러거즛조셔롤지어칼을보니니부쇠칼을밧고죽으려훈디장군몽염이쥬ᄒ더기간의반ᄃ시간ᄉ훈쐬잇시니가히

회군ᄒ여텬자긔명빅ᄒᄆ를안후죽으미맛당ᄒᆞ가ᄒᄂ나이다ᄒᄃ더부쇄몽염의간ᄒᄆ를좃
지아니ᄒᆞ고이의ᄌ문ᄒᄂ니과연간신의모희롤닙은지라쥬공이 〃 졔공긔텬하ᄒᆞ엿고
효의ᄂᄂᆞᆫ요슌을효칙ᄒᆞᆯ지라이졔조졍의나아가텬자긔뵈고명졍기죄ᄒᆞ신후쳐치ᄒᆞ시
미올커ᄂᆞᆯ엇지암미이죽어쳔쳔고의 〃 심을깃치려ᄒᆞ시나잇고왕왈엇지

3

이런일이 〃 시오님군이신하롤죽으랴ᄒᆞ샤신히죽지아니ᄒᆞ면이ᄂᆞᆫ불츙이오아비자
식을죽으랴ᄒᆞ여자식이죽지아니ᄒᆞ면이ᄂᆞᆫ불효라ᄒᆞ고말을맛치며다시술잔을거후
로디안연ᄒᆞ니즁장이하날을우러 〃 비러왈텬니쇼연ᄒᆞ시니희힝ᄒᆞ여이다진왕이다
시마시려ᄒᆞ니졔장드리잔을붓들고울거ᄂᆞᆯ비문졍이일언을아니코웃기롤마지아니
〃 왕이고희녀겨왈엇지웃ᄂᆞᆫ다문졍이비쥬왈신의罪만ᄉᆞ무셕이로쇼이다짐쥬롤밧
고어ᄉᆞ오니엇지긔군지罪롤면ᄒᆞ리잇고왕이더경왈엇지그런법이 〃 시리오이ᄂᆞᆫ罪
상쳡죄ᄒᆞ미라ᄒᆞ고젼령ᄒᆞ여장안으로올나갈ᄉᆡ이틱ᄉᆞ의게장원과젼토롤쎗긴빅셩
드리길을막고호원ᄒᆞ더라밧비장안의드러가조현ᄒᆞ고복지왈폐히비문졍으로약쥬
롤나리시미신이명을밧자와먹은죽완명이숀상치아니키로고이너겨비문졍다려연
고롤무론죽사 〃 로이밧고어왓다ᄒᆞ옵기로신이놀나고황공ᄒᆞ와우션문졍을군즁의
가도고

4

몸으로뼈황야긔뵈옵고명을기다리나이다고죄문졍을불너문왈네엇지ᄉᆞ 〃 로이술
을밧고왓ᄂᆞ뇨문졍이고두쳥罪왈신이싱각ᄒᆞ오니세가지법이다진짓거시라이던히
만일조젼을좃찬죽명이숀ᄒᆞᆯ지라그러ᄒᆞᆯ진디폐히디업을뉘게부탁ᄒᆞ시리잇고그러
ᄒᆞᄆ로술을밧고와폐하의효셩진위롤보려ᄒᆞ미오다른뜻이아니로쇼이다신이 〃 제
죽을곳을어더사오니형벌을닙사오나눈을감으리로쇼이다고罪문졍의말이올흔지
라이의그罪롤ᄉᆞᄒᆞ고셰민을일쳬로ᄉᆞᄒᆞ시니진왕이문졍으로더부러ᄉᆞ은ᄒᆞᆯ신왕이
쥬왈폐히이틱ᄉᆞ롤무삼공무로하람의보ᄂᆡ시니잇고고죄왈졔년노ᄒᆞᄆ로하람의공

한훈전장을어더양노케ᄒᆞ미라왕이쥬왈졔셩지를봉승치아니ᄒᆞ고동관의셔금은긔
명을앗고길의셔벼슬을팔고젼토를겁탈ᄒᆞ고무고히공신을쳐죽이니각도군민이다
됴문밧긔와원졍을고ᄒᆞ려ᄒᆞ나이다고죄원졍을다드려보시고근시를명ᄒᆞ여하람의
가안민ᄒᆞ고이틱ᄉ의아ᄉᆞᆫ바금은젼장을

5

다차ᄌᆞ님자를쥬고모든빅셩은본쥬의가명을기다리라ᄒᆞ고댱윤이틱ᄉᆞ는펌ᄒᆞ여장
안셰과뎌ᄉ를ᄒᆞ이시고요군쇼를츄봉ᄒᆞ시다고죄파조ᄒᆞ시고만화뎐의드로샤싱각
ᄒᆞ시딕셰민이병을닐우혀흥업을닐우미우리부자일문이다부귀를안향ᄒᆞ거늘여러
번참언의희를닙을번ᄒᆞ도다인ᄒᆞ여병을어드시니진왕이부황의병을염ᄒᆞ샤텬칙부
의가지아니코친히약을맛보아나오고좌우의슈유불니ᄒᆞ여뫼셧더니칠일이지난후
고죄잠간츠도를어드샤진왕을믈너가쉬라ᄒᆞ신딕왕이〃의나올ᄉᆡ다만드ᄅᆞ니가무
쇼리낭자ᄒᆞ거늘싱각ᄒᆞ딕부황환휘겨유나ᄋᆞ시거늘궁즁의엇지음악을ᄒᆞ리오ᄒᆞ고
거름을멈츄고드ᄅᆞ니건셩월길의웃는소리나는지라이ᄶᅵ이비연셕을베퍼이인으로
더부러질기는지라진왕이경희ᄒᆞᆷ믈니긔지못ᄒᆞ여혜아리딕이퍼륜지ᄉ를부황이아
ᄅᆞ시면일졍환휘더ᄒᆞ실지라너옥딕를궁문의거러졔보고허믈을곳치게ᄒᆞ리라ᄒᆞ고
즉시옥딕를글너치

6

봉문의걸고나오다이젹의연계이왕이〃비로더부러질기다가날을ᄉᆡ보니진왕이옥
딕를문의걸엇거늘이왕이놀나혜오딕일졍셰민이우리를보라ᄒᆞ미니엇지면조흘고
이비차경을듯고나와닐오딕방심ᄒᆞ라니자연도리잇시리라ᄒᆞ고옥딕를가지고만화
뎐의드러가니고죄금〃을덥고신음ᄒᆞ거늘이비나아가문안ᄒᆞᆫ후눈물을흘니며교티
를먹음고슬피셧는지라상이눈을드러이비를보시고왈인경이무삼심회잇셔져리슬
허ᄒᆞ는다이비나아와쥬왈신쳡등이폐하를뫼셔평싱을셤길가ᄒᆞ엿더니폐하의용쳬
흠화ᄒᆞ시믈보고업슈히너기믈당ᄒᆞ니엇지원분치아니리잇고고죄놀나왈뉘가너를

욕ᄒᆞ더냐이비쥬왈작일야심ᄒᆞᆫ후진왕이술을취ᄒᆞ고드러와첩을희롱ᄒᆞ며닐오ᄃᆡ부
황이츈취놉흐시고ᄯᅩ환휘계시니만셰후의과인이텬하님지될거시니이비와갓치어
슈지락을ᄒᆞᆯ거시니엇지날을보면ᄆᆡ양피ᄒᆞ여셔어이ᄒᆞᄂᆞᆫ고말ᄒᆞ며의ᄃᆡ롤그릇고자
리의누으니

7

뉘감히조당ᄒᆞ리오쳡이분ᄒᆞ믈니긔지못ᄒᆞ여다른궁녀의방의가자고날이밝기로와
셔보온작취후의옥ᄃᆡ롤버리고갓기로가져와폐하긔드리오니원폐하ᄂᆞᆫ쳡등을노아
쥬ᄉᆞ평ᄉᆡᆼ여년을심산뎌찰의셔맛쳐졍ᄒᆞᆫ귀신이되기롤허ᄒᆞ쇼셔말을맛치며방셩ᄃᆡ
곡ᄒᆞᄂᆞᆫ지라고죄보시니진왕의옥ᄃᆡ가분명ᄒᆞᆫ지라침음양구의이비롤물너가라ᄒᆞ시
고졔신을모하이일을이ᄅᆞ시고지필을가져오라ᄒᆞ샤가취두자롤뼈쇼우롤쥬시다차
시진왕이한ᄭᅮᆷ을ᄭᅮ고순풍을불너몽ᄉᆞ롤니ᄅᆞ시니슌풍이쥬왈이ᄂᆞᆫ쥬공이사방을졍
벌ᄒᆞ여ᄉᆡᆼ명을만히살육ᄒᆞ시니원혼이모희여의지ᄒᆞᆯᄃᆡ업셔몽즁의뵈미니삼가고혼
을위로ᄒᆞ여조혼일을ᄒᆞ시면자연길ᄒᆞ리이다왕이근시롤명ᄒᆞ여화원을쇼쇄ᄒᆞ고향
안을쥰비ᄒᆞ고왕이목욕지계ᄒᆞ고이날밤의원즁의드러가분향츅텬ᄒᆞᆯ시그츅문의왈
젼장의죽은원귀롤위ᄒᆞ여ᄇᆡᆨ일야롤분향ᄒᆞ리니침쉬평안ᄒᆞ고망혼이와놀니오믈면
케ᄒᆞ쇼셔ᄒᆞᆫ엿

8

더라츅원ᄒᆞ기롤맛ᄎᆞᆷ의셔헌의도라와쉬고ᄆᆡ일화원의가분향ᄒᆞ더라ᄎᆞᆺ시원길이동
부의니ᄅᆞ러건셩다려왈드ᄅᆞ니진왕이ᄆᆡ일화원의셔분향츅텬ᄒᆞᆫ다ᄒᆞ니나라흘압진
ᄒᆞᆫ민가우리롤압진ᄒᆞᆫ민가그일을아지못ᄒᆞᆯ지라명일이진왕의ᄉᆡᆼ일이니우리쥬식을
갓쵸아진부의가경하ᄒᆞ고ᄃᆡ가의부즁의녕니ᄒᆞᆫ가졍하나흘졍ᄒᆞ여가마니보검을장
ᄒᆞ고져의부즁의니ᄅᆞ러음쥬간ᄃᆡ긔져의화원보믈쳥ᄒᆞ고사ᄅᆞᆷ을만이다리고화원의
드러가구경ᄒᆞᆯᄯᅵ의가졍을가마니슘겻다가밤의진왕이분향ᄒᆞᆯᄯᅵ의질너죽이면우리
근심이업ᄉᆞ리이다건셩이더희왈츠계만일닐울진ᄃᆡ너위롤삼데긔젼ᄒᆞ리라너부즁

의가졍한亽롬이〃시니셩명은우문뵈라이사롬을불너가히쓰리라욕역이과인ᄒ니
라ᄒ고우문보롤불너다리고익일의건셩원길이텬칙부로갈시고죄쏘한부마셕조롤
보니여질기게ᄒ시더라삼인이텬칙부의니른러원길이진왕다려왈

9

뎌긔산슈롤질기니화원의드러가한가지로놀미엇더ᄒ뇨진왕이근시롤명ᄒ여화원
을슈칙ᄒ고사인이모든사롬을다리고드러가술을나와질길시초시우문뵈은신홀곳
을어더슴으니라亽인이회포롤여러담논ᄒ며쥬비롤날닐시연졔이왕은술을다취치
아니코셕부마ᄂᆞ디취ᄒ여좌롤졍치못ᄒ거눌진왕이좌우로ᄒ여금붓드러셔헌의가
쉬게ᄒ고날이느지미연졔이왕이하직고도라가거눌진왕이잔치롤파ᄒ고이날밤의
왕이옷슬가라닙고화원의드러가분향ᄒ고텬지긔부황의복녹과형뎨안령ᄒ여한가
지로질기고亽히티평ᄒ믈비더니초시우문뵈화원의슘어진왕의비ᄂᆞᆫ말을듯고싱각
ᄒ디진왕이〃런인의지심을두엇거눌이왕이엇지날노뼈햐슈ᄒ라ᄒ는고너스사로
고홀만갓지못ᄒ다ᄒ더니진왕이분향ᄒ고몸을도로혀나가려ᄒ거눌이의칼을쯔롤
고나오니진왕이눈을드러보니팔쳑장신의위풍이늠〃ᄒ지라놀나문왈네엇던사롬
인다우문뵈디왈신

10

은동궁가젼우문뵈러니연졔이왕의영지롤바다던하롤힝ᄒ려ᄒ옵더니이졔뎐하의
츅亽롤듯자오니다츙의의말삼이라신이참아햐슈치못ᄒ옵ᄂᆞ니쏘한도라가쥬인을
볼낫치업논지라신이자문ᄒ여츙심을표ᄒ리이다ᄒ고언파의칼을드러자문ᄒ거눌
진왕이나와슈직총관을불너우문보의쥭엄을업시ᄒ고차亽롤밧긔젼파치말나ᄒ다
진왕이셔헌의도라와자고잇튼날왕이닙조홀시즁인이머리롤맛쵸고왈작야의쥬공
이거의자긱의히롤닙을너니자긱이자문ᄒ다ᄒ고의논ᄒ더니초시셕부미술을취ᄒ
여셔헌의셔자다가오경쯤의씨여가마니즁인의말을듯고놀나나와즁인다려문왈너
희무삼말을ᄒ는다모다디왈우리호말이업나이다부미왈너드른니이뎐히거의자긱

의희롤맛날번ᄒ다ᄒ니이어인말고즁인이긔이지못ᄒ여왈쥬공이분부ᄒ샤이말을
밧긔니지말나ᄒ시니이러므로바로고치못ᄒ니이다부민더경ᄒ여싱각ᄒ더셩상이
날노

11

ᄒ여금잔치롤가음알나ᄒ시거눌만일진왕이희롤닙던들너엇지죄롤면ᄒ리오ᄒ더
라츠셜연졔이왕이조회의드러가진왕을보고의심ᄒ여됴문의나말머리롤다히고왈
우문뵈작야의햐슈치못ᄒ민가건셩왈졔작일슐을취ᄒ여분향을아니ᄒ민가금야롤
기다리〃라ᄒ고각〃부즁으로도라가니라이러구로여러날이되니건셩이상의왈문
보역젹이진왕의게투항ᄒ여우리뢰롤누셜ᄒ미오불연즉도로혀져의희롤밧도다ᄒ
고쏘다른계교롤베퍼진왕을희ᄒ려ᄒ더라화셜형양공쥐건셩원길이진왕을희홀마
음이날노심ᄒ믈보고부마롤쳥ᄒ여문왈건셩원길이진왕희ᄒ믈뢰ᄒ니요사이무삼
일이잇더니잇가부민연졔이왕이우문보롤보니여진왕을희ᄒ려ᄒ던일을자셔이니
론디공쥐문왈일작조졍의주문ᄒ니잇가부민왈진왕이츠스롤밧게너지말나ᄒ여시
미쥬문치못ᄒ니라공쥐변식왈부황이부마로그날연셕을가

12

음알나ᄒ여계시거눌만일자긱이희ᄒ던들가국이망ᄒ여시리니엇지반월젼일을아
니쥬ᄒ리오ᄒ고이의궁아롤다리고바로너뎐의드러가고조긔조현ᄒ온더고죄문왈
아희무삼말이잇ᄂ냐공쥐쥬왈불안훈일이잇나이다ᄒ고연졔이왕이진왕모희ᄒ던
일은즈시고ᄒ고젼일진왕의셩일의연뎨우문보롤보니여가마니화원의슘어진왕을
희ᄒ려ᄒ다가텬힝으로우문뵈즈문ᄒ온지라만일진왕의졍벌훈공이아니면부황과
일문이엇지이영화롤누리〃잇고연뎨족훈쥴을아지못ᄒ고이ᄂ국가디환이라원컨
디부황은그윽히살펴쇼셔고죄왈젼일의부마롤보니믄이런일을염녀ᄒ미니너ᄂ아
직궁의잇시라ᄒ시니공쥐슬허ᄒ여인ᄒ여병이드러신음ᄒ니상이드르시고장윤이
비로문병ᄒ라ᄒ시미이비니ᄅ니공쥐문을닷고보지아니〃이비노왈너엇지져롤보

리오ㅎ고도라가니라공쥬부마로더부러궁관을명ㅎ여진왕을

13

청ㅎ니진왕이공쥬의유병ㅎ믈듯고궁의니르러좌정후공쥬왈너게간교ㅎ계집버희
눈칼과젼진ㅎ눈보비잇시니그더눈가져가댱손비롤맛겨타일쓰게ㅎ라이졔건셩길
이후궁을끼고더위롤도모ㅎ려ㅎ니간뫼익으면졔어키어려온지라니병이나ㅎ면민
스롤의논ㅎ려니와두리건더텬명이비상ㅎ니범스롤삼가조심ㅎ라ㅎ고일변궁관으
로ㅎ여금쇼연을베퍼진왕으로더부러질기고날이느진후의진왕이부마롤니별ㅎ고
텬쵝부로도라갈시공쥬궁관을분부ㅎ여젼국보롤ᄎ즈진왕을좃차텬쵝부로가니라
각셜고죄조회롤바드시더니이쩌회안왕니신통이츌반쥬왈신이진왕을좃차열국을
졍토ㅎ여슈년을밧긔잇셔공을닐워도라오디민양한가치못ㅎ여한번도술을두어즐
기지못ㅎ눈지라명일신의집의져근잔치롤비셜ㅎ여셔부뎐하롤쳥ㅎ여회포롤펴고
자ㅎ나이다언미필의연졔이왕이나아

14

와쥬ㅎ디명일이황슉의셩신이라신과한가지로녜물을갓쵸와황슉의슈연을질기고
자ㅎ나이다고죄왈너의소원을가히풀니라ㅎ시고허락ㅎ시다니신통이쏘쥬ㅎ디연
졔이왕이우리슈연을위ㅎ미아니라다른일을위ㅎ민가ㅎ나이다고죄이말을드르시
고이윽히싱각ㅎ시다가왈어뎨의말이유리ㅎ니니일히아롤보녀여위로ㅎ리라ㅎ시
더라이젹의연졔이왕이한가지로동부의니르러의논홀시졔왕왈명일황슉의부즁의
잔치홀졔더기몬져황슉의일비쥬롤비러진진왕의공을경하ㅎ면진왕이먹지아니코
황슉긔사양ㅎ고졔이비눈진왕이먹으리니졔먹기롤기다려니술을부어권ㅎ리니졔
먹기롤기다려니술을부어권ㅎ리니졔일비눈황슉긔ᄉ양ㅎ고졔이비눈더가의게ᄉ
양ㅎ고졔삼비눈진왕이스사로먹으리니니가마니숀톱밋희독약을너헛다가술의타
먹으면셕상의반ᄃ시쥭으리니이뫼가장묘ㅎ다ㅎ고

15

셔로의논을졍ᄒᆞ고도라가다잇튼날고죄문무를모흐시고양쥬를갓쵸와연진졔삼왕
을명ᄒᆞ여회인왕부즁의가슈연을경하ᄒᆞ라ᄒᆞ시니삼왕이거가를갓쵸와회안왕부즁
의니르니왕이마자드러가녜를베풀고좌졍후삼왕이조졍의셔쥬신녜물을드리거늘
회인왕이관교를명ᄒᆞ여거두고잔치를베푸러질길시연왕이몸을니러좌의나와왈니
금일황슉의술을비러이뎨의공덕을하례ᄒᆞ고명일황슉과이뎨를니집으로쳥ᄒᆞ여즐
기리니모로미츄ᄉ치말나ᄒᆞ고일비를부어진왕긔보니니진왕이술을밧드러황슉긔
드리고졔이빈는진왕이스사로먹거늘원길이쏘니러나왈소뎨도황슉게일비쥬를어
더이가긔드리리라ᄒᆞ고황금병의경익을붓고빅옥비의자하를ᄯᅵ여밧드러진왕긔드
리니왕이바다몸을니러회안왕긔드리고둘지잔은연왕긔사양ᄒᆞ니연왕이바다마시
거늘졔왕이삼비를부어드릴시숀톱밋희장ᄒᆞ엿던독약을푸러드

16

리는지라진왕이먹기를맛차미셕상의것구러져피를토ᄒᆞ고혼〃ᄒᆞ니회안왕이혼블
부쳬ᄒᆞ여밧긔나다라울지공을분부ᄒᆞ여부문을직희여이왕을니여보니지말나ᄒᆞ고
밋쳐의관을졍치못ᄒᆞ고말을달녀동화문의니르러셩지를기다리지못ᄒᆞ고바로금난
보뎐의드러가쥬ᄒᆞ디디홰낫나이다삼왕이연셕을연ᄒᆞ여연졔이왕이간계를베퍼진
왕을여츠〃〃ᄒᆞ여시니ᄲᆞᆯ니히독약으로구ᄒᆞ쇼셔고죄쳥츠의혼비텬이ᄒᆞ고빅산구
쇼ᄒᆞ여문무를모흐고난가를갓쵸와바로회안왕부즁의니르러긔피관으로ᄒᆞ여금연
졔이왕을잡아형부로보니여가도고젼뎐의드러가진왕을보시니칠규의피를흘니고
두눈을ᄯᅥ사롬을보며입을버리디말을못ᄒᆞ거늘고죄진왕을안고크게우니즁문뮈쥬
왈폐하는잠간피ᄒᆞ쇼셔독긔의상ᄒᆞ실가ᄒᆞ나이다고죄관교를명ᄒᆞ여진왕의신쳬를
붓드러텬칙부로도라보니시고일변으로근시를불너누른조희의방을ᄲᅧ운양져자거
리와각셩문의붓치디만일진왕을구ᄒᆞᆯ지잇시면일품녹과

17

만금상을쥬리라ᄒ시고일병졔의롤모하치약홀시고죄진왕의것흘쎠나지안코통곡을굿치지아니ᄒ시더라각셜티빅산오디봉의한은신잇시니셩은숀이오명은사막이니경조부화원사름이라슈션뎨시의동남티빅산의슘어연단ᄒ더니일작동ᄒ농왕의이티ᄌ롤구ᄒ니농왕이긔특ᄒ보비로상쥬디밧지아니ᄒ고농방힝상션방을어더도라와긔ᄉ회싱ᄒᄂ법을비호고신변의한낫동지좃찻고좌하의어룡삶을기ᄅ니쵸납홀졔약즙치롤넛코단니더라일ㅆ은텬긔롤바라보고운유ᄒ여장안의니ᄅ러진왕의구병ᄒᄂ방목을쎠혀ᄉ미의넛코텬칙부의니ᄅ러슈문관교다려왈나는종남산신인숀사막이러니뎐하의병을구ᄒ라왓노라관긔즉시고조긔고ᄒ니고죄연망이쳥ᄒ신디션싱이가젼의나아가됴비ᄒ거늘고죄눈을드러보시니션싱이빵상토쓰고오건을쓰고학창의닙고붉근실씌롤씌고운니혜롤신고녹빈단슌의얼골은단ᄉ의빗치오셩

18

안은츄픠벽텬의잠겻ᄂ듯풍신이표ㅆᄒ여반졈속티업더라고죄답왈오이불힝ᄒ여독약을먹고죽어시니션싱의지죄능히건질지라맛당이신술을베퍼텬힝을닙을진디후히갑흐리라션싱왈뎐히쥬려실셰독을맛나니잇가비부른후맛나니잇가회안왈쥬후의즁독ᄒ여시니비부른후니라션싱왈쥬후즁독이면구ᄒ기어렵지아니ᄒ거니와신이다만ㅆ셰긔쥬ᄒᄂ니연졔이왕의죄롤샤ᄒ신후바야흐로진왕을구ᄒ려니와불연죽신이구치못ᄒ리로쇼이다고죄왈연졔이왕이셜계ᄒ여독살ᄒ니죄과극악혼지라엇지ᄉᄒ리오션싱왈신은슈도진인이니다만ᄉ롬을건지고만물을이케ᄒ며곤혼거술구ᄒ고위틱혼거술붓드ᄂ니이졔일위뎐하논구ᄒ나이위뎐하논힉ᄒ미니신이만일구ᄒ면다구ᄒ고구치못ᄒ면다구치아니려니와그러치아니면신의슈도ᄒ던마음을그릇ᄒ미니이다고죄젼지ᄒ샤연졔이왕을샤ᄒ시고왈아직ᄉᄒᄂ니허물을

19

곳치라ᄒ시다숀진인이낭즁으로셔반홍반빅혼금단을ᄂ여먹일시영약이능히통혈

믹ᄒ고묘방이과연회싱ᄒᄂ지라믈의화ᄒ여진왕의입의부으니한ᄶᅵ가못ᄒ여셔진왕이바야흐로ᄶᅵᄂᆫ듯ᄒ여진혼이반쳬ᄒ고졍빅이귀혼ᄒ더라ᄯᅩ한환을쓰니졍신이폐이고긔운이맑아믄득니러나고조긔비현ᄒ니고죄문왈오이무삼연고로그러ᄒ며짐이엇지예왓나뇨진왕이고왈셰민이다만황슉부즁의가술먹던일만알고다른일은아지못ᄒ나이다고죄문왈좌우사ᄅᆞᆷ을다아ᄂᆫ다왕왈져션싱을다만아지못ᄒ니로쇼이다고죄지난일을다니로신디진왕이연망이몸을니러션싱긔사례ᄒ더라고죄왕의회싱ᄒᄆᆯ보시고깃부믈니긔지못ᄒ샤거가롤갓쵸와환조ᄒ실시금난보젼의안자시고문무롤모ᄒ신후슌진인을불너큰벼술을봉ᄒ려ᄒ시니진인왈신은믈외지인이라벼술을어더무어시쓰리잇고고죄문왈션싱가즁의엇던사ᄅᆞᆷ이잇나뇨가히불너벼술을식이리라진인왈속연이짓

20

쳐시니엇던사ᄅᆞᆷ이잇시리잇고고죄왈활명호은혜롤장찻무어스로갑흐리오ᄒ시고당가관을분부ᄒ여금은단빅과옥디광의롤쥬시고왈이ᄂᆫ짐의마음을표ᄒ노라ᄒ시니진인왈신이도라가산님의슙으면송빅으로츙복ᄒ고시니믈노갈징을면ᄒ며베옷과풀신이한셔롤모로고오족화긔위츈이오엽낙위츄라갑자롤아지못ᄒ오니이쥬시ᄂᆫ거술무어시쓰리잇고고죄왈이러ᄒ면션싱의본호롤보은션싱이라ᄒ노라진인이고두사은ᄒ고도라갈시일변관녹시로셜연ᄒ여진인을디졉ᄒ실시빗ᄂᆫ거손옥셜쥰이오호박긔의슈륙진미아니가진거시업사디진인의연화의음식을먹지아니ᄒᄂᆫ지라헛도이밧들쓴이러라잔치롤파ᄒ미진인이하직고도라가려ᄒ니고죄오리머무르지못ᄒᄆᆯ한ᄒ샤문무디신으로셩의나와보니라ᄒ시니진인이계슈왈열위ᄂᆫ굿타여오지말고이곳의셔니별ᄒ리라ᄒ고말을맛치며화ᄒ여일포항운이되여간곳을아지못ᄒᆯ너라

21

정교금파산문학관울지공디료로셰과ᄉ

각셜손진인이도라간후빅관이각〃훗터지니라화셜졔왕원길이일〃은연왕을보고
왈요사이조졍의등양ᄒ여왕니ᄒᄂ지다텬칙부총관이오우리부즁의ᄂ한낫영용ᄒᆫ
장관이업ᄉ니명일부쳐긔쥬ᄒ디텬칙부즁총관이여러번디공을셰웟시디벼술이나
자니맛당이올녀즁이쓸거시로디율녜의합지아니ᄒ오니이졔텬칙부취ᄉ당을곳쳐
문학관이라ᄒ여한님원문학의고명ᄒᆫ사ᄅᆷ을ᄣᅢ스승을삼고즁총관을가ᄅ쳐삼년을
익혀경셔와율문을졍통ᄒ거든지조롤혜아려쓰쇼셔ᄒ면부황이드ᄅ시리니이리ᄒᆯ
지음의우리쵸현납ᄉᄒ면엇지도롤사ᄅᆷ이업ᄉ리오연왕왈삼뎨의말이유리ᄒ니맛
당이쥬ᄒ리라ᄒ고익일문뮈조회롤맛차미믄득연졔이왕이츌반쥬왈이졔진왕휘하
즁총관이오리변방의공을셰워시디벼술을더으지아니시니두리건디즁심이변ᄒᆯ가
ᄒ나이다고죄왈짐이쏘한져의벼술

22

을더ᄒ고자ᄒᆫ지오리더니라이왕이우쥬왈이사ᄅᆷ오리젼진의잇셔아ᄂ거시다만도
창검극병법이니친민지ᄉ의익지못ᄒ온지라만일도〃아쓰고자ᄒ실진디텬칙부취
ᄉ당을곳쳐문학관이라ᄒ고한님즁지죄고명ᄒᆫ즈롤갈희여스승을삼고즁총관을모
화경셔롤익여삼년을한ᄒ여즁인의문법이졍통ᄒᆫ후쓰시면가히목민지도의미진ᄒᆫ
미업ᄉ리이다고죄올희너긔사진왕을불너왈오아의즁총관의유공ᄒᆫ사ᄅᆷ을탁용코
자ᄒ디다만두리건디경율을아지못ᄒ니이졔취ᄉ관을곳쳐문학관이라ᄒ고한님원
관원을ᄣᅢ스승을삼고즁총관을관즁의모하삼년을익여문법을졍돈ᄒᆫ후쓰고자ᄒ노
라왕이조지롤바다텬칙부의도라와취ᄉ당의안고십팔학ᄉ롤나아오라ᄒ여조지롤
젼ᄒ니십팔학시다진왕의긔실이니방현령두여회우셰람과문학은져슈량고ᄉ렴과
쥬부니원도와즈긔젼쳡소유와참군쵀윤공안힝ᄉ셜문경과쥬자시쥬

23

쇼계강과텬칙부종ᄉ즁낭장우지령과긔실셜슈와쥬ᄌ도교뉵덕명과공현달과신도
합문달과창도니시슈와총관부호군허경동이라몬든학시다취ᄉ당의니ᄅ러진왕긔

참현ᄒᆞ디왕이조지롤젼ᄒᆞ고왈조정이즁총관을탁용코자ᄒᆞ시고혹외임을ᄒᆞ이고자
ᄒᆞ디즁장이문법을통치못ᄒᆞ니치민이어려온지라이졔취ᄉᆞ당을곳쳐문학관이라ᄒᆞ
시니이졔방현령우셰람고사렴공인달노스승을삼ᄂᆞ니즁총관문학의모다글을닑으
라ᄒᆞ니즁인이쳥녕ᄒᆞ고믈너나셔로닐오디자고로글자라ᄒᆞᄂᆞᆫ거슨어려셔비화야자
라셔힝ᄒᆞ거놀이졔글을비호라ᄒᆞ니엇지ᄒᆞ리오ᄒᆞ더라이러구로글을닑으미그즁의
글조하ᄒᆞᄂᆞ니도잇시디불과사십여인이라면강ᄒᆞ여날을보너나미일의다만병법을
토론ᄒᆞ며동편의셔권법ᄒᆞ고셔편의셔져기츠고조금도독셔ᄒᆞᄂᆞᆫ모양이업ᄉᆞ니그즁
도리롤알고법도롤직희ᄂᆞᆫ지닐오디이거시강문ᄒᆞᄂᆞᆫ곳이오연무졍이

<h2 style="text-align:center">24</h2>

아니어든규구롤엇지좃지아니ᄒᆞᄂᆞᆫ다울지공졍교금왈이논문학관이아니라텬나지
망의문이니우리롤잡아너허두고졀노늙게ᄒᆞ미로다ᄒᆞ더라각셜연졔이왕이진부졔
장을문학관의너허구속ᄒᆞᄀᆞᆷ고일々은고조긔쥬ᄒᆞ더신등의부하가장이젹사오니
장ᄉᆞ롤쵸안코자ᄒᆞ나이다고죄허락ᄒᆞ시니이왕이디희ᄒᆞ여본부의도라와쵸현긔롤
셰우고무예졍슉ᄒᆞ고효용다지ᄒᆞ션비롤ᄲᆞᆯ시반월사이의냥뷔이삼빅장사롤모핫더
라진부문학관즁장졍교금이울지공으로더부러의논ᄒᆞ디우리관즁의오릭잇셔울々
무류ᄒᆞ니잠간밧긔나가한번놀고오미엇더ᄒᆞ뇨경덕왈이일이가장좃타ᄒᆞ고이인이
몸을니러밧로나가니진슉뵈보고싱각ᄒᆞ더냥긔용뷔쏘무삼일을니려ᄒᆞᄂᆞᆫ고ᄒᆞ여문
왈너희이인이어디로가는다교금왈우리답々ᄒᆞ여관즁의오릭잇시니병이나게되여
시니잠간져자거리의가민울ᄒᆞᆫ거슬풀고자ᄒᆞᄂᆞ니장군은막지말나슉뵈왈조졍지

<h2 style="text-align:center">25</h2>

의삼년을한ᄒᆞ여쪄나지말나ᄒᆞ엿거놀이졔한달은ᄒᆞ여한가이나가려ᄒᆞ니조졍이아
ᄅᆞ시면쥬공의금녕이불엄ᄒᆞ믈니ᄅᆞ시리니모로미나가지말고이인이슉보의말을듯
지아니ᄒᆞ고부문을쪄나셰과사문을지나더니이ᄶᅵ당윤이틱시졍히셰과사의잇셔슈
셰ᄒᆞ더니믄득긔상의원언이긋치지아니ᄒᆞ거놀경덕경덕이거름을멈츄고문왈너희

무삼일원망ᄒᆞᄂᆞᆫ다허다긱상이더왈소인등은지나가ᄂᆞᆫ장시라물홰잇시면본관의납세ᄒᆞ거ᄂᆞᆯ본관이탐을ᄂᆡ여은양을징식ᄒᆞ여부족ᄒᆞ면관군을쥬지아니ᄒᆞ고진시보ᄂᆡ지아니ᄒᆞ니즁상이갈긔한이어권지라일노뼈즁심이참지못ᄒᆞ미로쇼이다경덕이셰과사의나아가손으로이티ᄉᆞ롤가ᄅ쳐꾸지ᄌᆞ더ᄂᆡ희두도젹이젼과롤곳치지아니ᄒᆞ고이의셔빅셩을보치여지물을박쥐ᄒᆞᄂᆞᆫ다이티시경덕이모든긱상압희셔시노ᄭᅮ짓ᄃᆞᆺᄒᆞᆯ믈보고긔운이가삼의막혀더로ᄒᆞ여상우희연갑을드러경덕의낫츨바라고치니
경

26

덕이몸을기우려피ᄒᆞ고손을늘희여이티ᄉᆞ롤잡아나리와뺨을두어번치고ᄶᅡ히업지ᄅᆞ니모든사롬이다놀나더라교금이나아가경덕으로더부러운양져자거리로단니며노다가교금왈우리쥬사의가한번놀미엇더ᄒᆞ뇨경덕이좃타ᄒᆞ고한가지로일좌쥬관의드러가니각좌누상의사롬이가득이안ᄌᆞ술먹으며방가광음ᄒᆞ거ᄂᆞᆯ경덕왈졍장군아져엇던사롬이완ᄃᆡ우리드러오ᄃᆡ안연부동ᄒᆞᄂᆞ뇨교금왈챠인등을우리슈단을뵈여야두리〃라경덕이나아가문왈너의엇던사롬인다즁인이답ᄒᆞ되우리ᄂᆞᆫ연졔이궁의시로쵸모ᄒᆞᆫ용시니라교금왈우리당조의셔진부뎐하롤좃차동졍셔토ᄒᆞ여누넌한마의공이〃시되오희려이갓거ᄂᆞᆯ너의신진용ᄉᆞ로보가호위ᄒᆞ여광열ᄒᆞ미이러틋ᄒᆞ리오ᄒᆞ고언파의교금이뎐견갓흔손을버려비류갓흔쥬머괴로어지러니치니ᄃᆡ붕이날긔롤버리고밍회뛰노ᄂᆞᆫ듯ᄒᆞ지라모든용시낫도부으며닙시울이터져다연졔이부로도라가고왈

27

진부휘하울지공졍교금이져자거리의작난ᄒᆞ고우리등이뎐하의시로쵸모ᄒᆞᆫᄉᆞ롬이믈알고진짓어지러이치니즁인이다상ᄒᆞᄂᆞᆫ지라이러므로고ᄒᆞ나이다이왕이ᄎᆞ언을듯고ᄃᆡ로ᄒᆞ여바로동화문의니ᄅᆞ러금난보뎐의드러가울지공졍교금의위법작난ᄒᆞ던일을쥬ᄒᆞ고믈너ᄂᆞ니댱윤이티시ᄶᅩ드러와뎐폐의부복ᄒᆞ여원굴ᄒᆞᆯ믈닐카라쥬ᄒᆞ

디울지공이셰과소롤지나다가신이졔게네ᄒ지아니타ᄒ여신등을어지러이구타ᄒ
고능욕ᄒ오니특별이고ᄒ나이다고죄즉시젼지ᄒ샤근시롤텬칙부의보니여진왕과
모든학소롤부르시니진왕이즁인을거나려가젼의뵈온디고죄왈짐이됴셔ᄒ여즁장
을관즁의모화삼년을독셔ᄒ게ᄒ엿거눌엇지겨유일삭의울지공졍교금을노하일을
니는다져러틋ᄒ면외임목민ᄒ기어려올가ᄒ노라공명걸왈즁총관이자유로무예병
법을젼습ᄒ여만인젹을학ᄒ고일작문학지리롤모로오니어린아

28

희의양심독셔의비치못ᄒᆯ거시오쏘궁마롤치빙ᄒ여야흉금이방탕ᄒ오니이는눙호
의긔습이라뉘능히져롤구속ᄒ리잇고관즁의모다〃만모략을강논ᄒ오니한갓심녁
만허비ᄒ올지라유희무익ᄒᆯ가ᄒ나이다고죄왈연작문학관을파ᄒ고울지공을셔디
어스져슈량의게보니여이티스친죄롤무르라ᄒ시니진왕이조지롤듯고텬칙부의도
라와문학관을파ᄒ니즁총관이희열왈이지야그물의버셔는쾌라ᄒ고밧그로나닷거
눌교금이ᄯ라가두어사룸을잡고왈너희엿지니게치하치아니ᄒ고허여지ᄂ냐즁인
이크게웃고용약왈졔일은장군의일이오졔이는공학소의공이라ᄒ더라져슈량이드
러가쥬왈울지공이이티스의탐남ᄒᆷᄆᆯ보고마음의격분ᄒ여셔로ᄊᆞ화소오니디신을
쥬먹괴로치미맛당치아니ᄒ오니셕달녹봉을거두어지이다고죄허락ᄒ시더라차시
연졔이왕이닙조ᄒ여고고긔쥬ᄒ디만셩인민이젼ᄒ여닐오디셔부즁총관이

29

조졍을원망ᄒ여왈우리등을집의도라가양친치못ᄒ게ᄒ고쏘외임도보니지아니ᄒ
니엇지원ᄒ지아니리오ᄒ다원컨디황상은져사룸을도〃아외임을ᄒ이시고삼년말
미롤쥬샤고향의도라가게ᄒ쇼셔고죄올히너기스즉시젼지ᄒ여텬칙부즁총관을부
르라ᄒ시니졔인이조현ᄒ거눌고죄왈너희여러번졍벌ᄒ여이졔티평을맛나시디오
리고향의가지못ᄒ다ᄒ니이졔삼년말미롤쥬ᄂ니각〃고향의가부모롤보고도라오
거든벼술을도〃와외임을ᄒ이리라즁총관이고두ᄉᆞ은ᄒ고믈너텬칙부의니르러진

왕긔셩지롤즈시알외니진왕왈셩지여츠ᄒ시니너희등은고향의가부모쳐자롤반기
고긔한이차거든즉시도라오라즁총관왈신등이쥬공디은을닙사와시니엇지감히니
자리잇고ᄒ고이의비스ᄒ고텬칙부롤쩌나황친부의니르러댱숀무긔롤보고각〃고
향으로도라가더라츠하롤셕남ᄒ라
셰임자사월일향목동셔

권17

1

당진연의 권지십칠죵

화셜즁춍관이텬칙부룰써나황친부즁의니르러댱손무긔룰보고각々고향으로가눈
뜻을고ㅎ니무긔왈열위엇지가려ㅎ눈다니셰젹왈황상이조지ㅎ샤우리등으로ㅎ여
금삼년긔한을쥬샤부모쳐자룰보고오라ㅎ시니이러므로하직을고ㅎ나이다무긔왈
열위한번가미쥬공의게만일불칙ㅎ일이々시면졔공이밋쳐아지못ㅎ리니그더등의
누년한마의공이그림의쎡이될거시니나의우의룰좃차먼니가지말고다만동관밧티
죵쳔사면의홋터잇다가만일긴급ㅎ일이잇거든니사룸으로알게ㅎ리니쇼식을누셜
치말나니열위룰부룰써의진부인신을치고문셔룰ㅎ여보니리니급히응ㅎ라무공왈
황친더인소견이밝으시니삼가명더로ㅎ리이다ㅎ고각々니별ㅎ고장안을써나가니
라어시의연졔이왕이셔부즁관을홋터보니고크게깃거댱윤이비로더부러합모ㅎ여
고조긔진왕을참쇼ㅎ더진왕이즁춍관을결납ㅎ여

2

가마니찬역지심을두엇다ㅎ니고죄반신반의ㅎ더라일々은원길이가마니쥬ㅎ더부
황이진왕을죽이지아니시면보위룰오리누리지못홀가ㅎ나이다고죄왈졔평텬하ㅎ
공이잇고아직죄상이낫투나지아니ㅎ여시니무삼말노죽이리오원길왈부황은쌜니
결ㅎ샤일죽이화근을업시ㅎ쇼셔만일신의말을듯지아니시면후회막급ㅎ리이다고
죄왈일을가히창졸의못ㅎ리니살펴결ㅎ리라ㅎ시고파조ㅎ시다명일고죄조회룰베
푸시니빅관이녜룰맛차민진왕셰민을불너어젼의나아오라ㅎ여왈더계룰운동ㅎ여

사방을평정ᄒᆞᆫ다너의공이라너를셰워티자를삼고자ᄒᆞ디네구지ᄉᆞ양ᄒᆞ여좃지아
니ᄒᆞ고쏘건셩이년장ᄒᆞ여티지되연지오릭미참아위롤앗지못ᄒᆞ고이졔너의형뎨각
〃다른ᄯᅳᆺ이잇셔용납지아니〃만일한가지로일셩즁의쳐ᄒᆞ면반ᄃᆞ시투징ᄒᆞᄂᆞᆫ환이
잇실지라짐이〃졔널노낙양의도읍ᄒᆞ여자셥이동은네가쥬ᄒᆞ고너롤텬자텬긔롤

3

쥬리니향호왕고ᄉᆞ갓치ᄒᆞ면엇지냥편치아니리오진왕이쳬읍쥬왈이ᄂᆞᆫ실노신의비
쇼원이라다만형뎨ᄯᅳᆺ가지미불슌ᄒᆞ오나신이엇지감히슬하롤먼니써나리잇고신혼
셩졍ᄒᆞ미신의본심이오니디위의거ᄒᆞᆯ신이엇지바라리잇고고죄왈오아의효의이
갓ᄒᆞ니무어슬근심ᄒᆞ리오ᄒᆞ시더라일〃은고죄조회롤베풀고군신이디희ᄒᆞ여치국
지ᄉᆞ롤의논ᄒᆞ시더니일즁은ᄒᆞ여한낫별이크긔말만ᄒᆞ고빗치찬란ᄒᆞ여셔다희의나
오리도록홋터지〃아니ᄒᆞ거늘고죄디경ᄒᆞ샤흠텬관부혁등을불너무로시더여등이
사텬을쥬장ᄒᆞ여깁히텬문을알지라이별의일홈이무어시며무삼길흉을쥬ᄒᆞᄂᆞ뇨부
혁과니슌풍이쥬ᄒᆞ디신등이텬문을보오니이ᄂᆞᆫ티빅금셩이라이별이혹나디동의빗
죄면동의홋터지고셔의빗죄면셔의셔슬허지거늘이졔일즁의뵐ᄲᅮᆫ아니라낫이지나
도록하날의빗죄니이경텬ᄒᆞᆫ족텬희역병ᄒᆞᆯ거시오허물며진후쥬분야

4

의뵈오니응ᄒᆞᆷ이진왕긔잇사온지라반다시진왕뎐희텬하롤두리이다고죄무로사더
어니써의응ᄒᆞ리오니슌풍이쥬왈금년팔월상슌의잇시리이다고죄왈이별사상을가
마니진왕다려니ᄅᆞ라슌풍이됴지롤듯고텬칙부로가니라
현무문티ᄌᆞ교병현덕뎐진왕즉위
각셜니슌풍이됴지롤밧자와바로텬칙부의니ᄅᆞ러취ᄉᆞ당의드러가진왕긔조현ᄒᆞ고
부복ᄒᆞ디진왕이문왈네이번오미무삼일이잇나냐슌풍이쥬ᄒᆞ디틱빅이진웅지변의
뵈여두번경텬ᄒᆞᆯ믈뵈니쥬공이맛당이보위의오를실징죄라금일텬지이말을보시고
신등을명ᄒᆞ여무ᄅᆞ시거눌신등이여ᄎᆞ〃〃쥬ᄒᆞ오니황상이〃말노뼈뎐하의고ᄒᆞ라

ᄒ시민신이쥬ᄒ오니쥬공은모로미쥰비ᄒ쇼셔진왕왈졔위논심상ᄒ여자연ᄒ텬슈
의되여가논거만볼거시니우리형뎨룰니간치말나슌풍이무류ᄒ여하직ᄒ고나오며
싱각ᄒ뎌댱손무긔로더부러의논ᄒ리라ᄒ고바로댱손무긔

5

룰보고티빅이경텬ᄒ미고조긔쥬ᄒ니고죄젼지ᄒ샤진왕을권유ᄒ시뎌왕이츄양ᄒ
던말을ᄌ시니로니무긔왈니계교룰힝ᄒ후션싱을알게ᄒ리라슌풍이하직고가거놀
무긔후당의드러가부인우시로더부러츠ᄉ룰니ᄅ고왈니텬칙즁춍관을부ᄅ고자ᄒ
뎌다만닌신이업ᄉ니부인이공지룰가지고텬칙부의드러가댱손낭〃을보고공지의
닌신을맛쳐오뎌가히뎐하룰아ᄅ시게ᄒ라부인이즉시댱속을갓쵸고텬칙부의니ᄅ
니댱손낭〃이마자궁뎐의드러가우부인이군신지녜로조하ᄒ뎌닝〃이사례로뼈부
인을마자좌졍ᄒ미부인이하례왈뎐희오리지아냐보위의오ᄅ시리니치하ᄒ나이다
낭〃왈이엇진말삼이니잇고부인왈팔월상슌의텬희뎐하긔도라오리니다ᄒ고낭〃
긔즁춍관을불녀관의드리려ᄒ뎌뎐하의인신이업ᄉ미쳡이특별이와낭〃을뵈와의
논을ᄒ려ᄒ나이다낭〃왈이논어렵지아니타ᄒ고셜연ᄒ여부인을관뎌ᄒ고잔치룰

6

파ᄒ미닌신을니여조회의쳐부인을쥬니부인이바다ᄉ미의넛코하직ᄒ고도라와닌
신친조회룰니여무긔룰쥬니무긔뎌희ᄒ여즉시심복인으로ᄒ여금퓌풍쳔의가즁춍
관의게통ᄒ여장안의니ᄅ게ᄒ니가인이공문을가지고밤낫힝ᄒ여셔무공을차자공
문을쥬니무공이써혀보고왈니다아ᄂ니몬져도라가황친긔보ᄒ라ᄒ고ᄉ룹을보니
여즁춍관을불녀한가지로언약ᄒ고각〃힝장을다사려가마니장안의드러가황친부
즁의니ᄅ니삼십뉴원즁춍관과ᄉ십이원상장이일쳐의모다의논ᄒ더라광음이여류
ᄒ여장찻팔월상슌이라니슌풍이쏘한텬칙부의니ᄅ러진왕을보고힘뼈권ᄒ여왈쥬
공은셕일쥬공의고ᄉ룰효칙ᄒ여국가룰평안이ᄒ쇼셔존망이졍히금일의잇나이다
진왕왈슈유구젹이나무가너하니라맛참방현령두여회밧그로셔드러오거놀진왕이

문왈즁인이날을권ᄒ여일작병을드러디위롤졍ᄒ라ᄒ니너

7

희졔인은가부롤졍ᄒ라이인이디왈츠는금셕지논이니뎐하는맛당이좃차쇼셔불연
즉두리건디후회잇시리이다왕이침음반향의묵연부답이어눌두여회쏘닐오디젼일
연졔이왕이황상긔쥬ᄒ고즁쟝을훗터보니믄모져우익을업시ᄒ여우리위셰롤외롭
게ᄒ미라원컨디뎐하는계교롤졍ᄒ쇼셔진왕왈즁논이맛당ᄒ나황상이우희계시니
실노뼈불효의일홈을어들가두리노라슌풍이쥬ᄒ디사불조결이면후회막급이라허
믈며원길이흉영ᄒ여즐겨그형을셤기지아니리니일작이져희의논ᄒ디다만진왕을
업시ᄒ면동궁취ᄒ믄여반쟝이라ᄒ니난심이무염ᄒ여어닌곳의니ᄅ지아니리오다
만이인으로ᄒ여금득지ᄒ면뎐희반다시당의쇽지못ᄒ거시어눌뎐희엇지필부의졀
을직희여ᄉ직지계롤니즈시니잇고왕이오희려침음ᄒ여왈여등은믈너가라니조용
이혜아리 〃 라즁관이하직고도라갓더니슈일후니슌풍이쏘셩

8

각ᄒ디길긔임의박ᄒ엿거눌왕의뜻이미졍ᄒ여시니두리건디 〃 스롤그릇ᄒ리로다
ᄒ고바로댱손무긔롤보아왈명일이계희일이니뎐희보위의오ᄅ실날이로디유예미
결ᄒ시니이롤엇지ᄒ리오만일황실지친곳아니면디공을닐우지못ᄒ리이다무공왈
젼일션싱의가ᄅ치믈닙어쥬공의휘하총관을다불너시니젼국홀보비롤가진지라엇
지디위롤졍치못홀가근심ᄒ리오ᄒ고니슌풍을다리고후당의드러가즁총관을볼시
슌풍왈쥬공이금일디위의오ᄅ시리니다만열위쟝군을밋노라언파의읍ᄒ고나오니
이날황혼의즁쟝이의갑을졍졔ᄒ고궁젼을츠며도창을잡고삼경시분의함게뎐칙부
의니ᄅ러문을두다리며웨여닐오디쥬공이즉위ᄒ시믈쳥ᄒ나이다슈문관괴진왕긔
보ᄒ니왕이명ᄒ여문을여지말나ᄒ니즁관이문을여지아니믈보고모다의논ᄒ여홍
금삭슈십조롤가져즁인이뎐칙부문누의올나ᄉ면기동을읅

9

어미고한쇼리납함의즁장이합녁ᄒᆞ여일시의다리니화악산이기우러지ᄂᆞᆫ듯ᄒᆞ며쳔칙부문지업더지니즁춍관이일시의취ᄉᆞ당의니ᄅᆞ러쥬왈쳥컨디쥬공은위의오ᄅᆞ쇼셔진왕이급히닐오디너희양친ᄒᆞ라고향으로가노라ᄒᆞ더니엇지이의다닛ᄂᆞᆫ다즁관이일시의디쥬왈쥬공이디위의오ᄅᆞ실쥴알고신등이감히먼니가지못ᄒᆞ여지방의셔ᄉᆞ후ᄒᆞ더니이다댱손무긔고사렴진슉보울지공은긔산등이일시의쥬ᄒᆞ디연졔이왕이잔학무도ᄒᆞ여여러번뫼ᄅᆞᆯ베퍼쥬공을히ᄒᆞ려ᄒᆞ더니오날〃몬져졔어치아니면그뫼의ᄲᅡ지리이다진왕이탄식왈골육상잔을앗겨참아못ᄒᆞ노라이졔쥬공이사회의임자되시믈도모코자ᄒᆞ여신등이쥭으믈도라보지아니ᄒᆞ거늘뎐희만일신의말을듯지아니시면다각〃고향으로도라가리니쥬공이눌노더부러일을의논코자ᄒᆞ시나잇고댱손무긔ᄯᅩ쥬ᄒᆞ디쥬공이경덕의말을좃지아니시면신이ᄯᅩ먼니가뎐하ᄅᆞᆯ뫼시지아니리로쇼이다ᄯᅩ순으로ᄡᅥ엇던사롬이

10

라ᄒᆞ시나잇고우물밋희궁글두지아니신죽우물의흙이되여실거시오늘을바라올나나리지아니신죽늠상의지되여시리니엇지능히덕튁이텬하의덥희며법영이후셰의젼ᄒᆞ리잇고왕왈법ᄉᆞᄅᆞᆯ셰번싱각ᄒᆞ여ᄒᆞ고뉘웃지말나ᄒᆞ니가히길흉을복ᄒᆞ리라ᄒᆞ더니맛참댱공근이드러오거늘왕이명ᄒᆞ여길흉을무로신디공근이거복을취ᄒᆞ여ᄯᆞ히더지고왈졈복ᄒᆞ믄의심되믈결ᄒᆞ미라이졔의심되미업거늘ᄯᅩ무어슬복ᄒᆞ리잇고만일불길ᄒᆞ면그만ᄒᆞ여츠ᄉᆞᄅᆞᆯ말니이다즁춍관이즉시취ᄉᆞ당의올나진왕을붓드러의갑을갓쵸고말을틱와텬칙부ᄅᆞᆯ ᄯᅥ나올시즁장이몬져현무문의미복ᄒᆞ고진왕이금난뎐의드러가뎐의올나가마니고조긔쥬ᄒᆞ디건셩원길이후궁을음난ᄒᆞ고신을여러번쥭이고자ᄒᆞ오니이ᄂᆞᆫ왕셰츙두건덕등을위ᄒᆞ여원슈ᄅᆞᆯ갑고자ᄒᆞ미니신이〃졔쥭ᄉᆞ오나지하의가졔젹보기ᄅᆞᆯ붓그려ᄒᆞᄂᆞ이다고죄놀나왈슈지과연츠시잇실진디딤이맛당이국문ᄒᆞ여법을졍ᄒᆞ리라댱

11

숀무긔진슉보울지공은긔산졍지쳘등이가젼의나아가쥬ᄒ디쳥컨디황상은잠간후
궁의드ᄅ시면신등이계칙이잇ᄉ오니디ᄉ롤졍ᄒ후쥬문ᄒ리이다고죄물너후뎐으
로드ᄅ시다ᄎ시댱윤이비왕의드러오믈듯고급히소식을건셩의게보ᄒ니건셩이ᄲᆯ
니원길을불너의논왈디가는맛당이유병부쥬ᄒ여형셰롤보라건셩왈진부병이임의
님ᄒ니우리엇지디젹ᄒ리오조참의드러가쇼식을뭇고스사로쥰비ᄒ리라ᄒ고말을
갈와한가지로조문의나아가바로임호뎐의니ᄅ러변이낫시믈보고급히말을도로혀
궁문을나오고자ᄒ더니진왕이바라보고디호왈반젹이어디로다라나고자ᄒᄂ다ᄒ
고창을드러건셩을지ᄅ려ᄒ니건셩이말을도로혀다라나거놀진왕이창을놋코궁젼
을다리여졍히쏘려ᄒ더니진슉뵈보고말을치쳐진왕의말뒤히와활다리ᄂᆫ숀을밀치
니시위소리급히나며살이ᄲᆯ나졍히건셩의등을맛치니말긔나려지거놀댱숀무긔엽
흐로니다라칼을드러버횐후울지공

12

이칠십긔롤거나리고후면을니어니ᄅ미원길이졍히압흐로다라나믈보고좌우로함
게쏘려ᄒ더니홀연월길의탄말이실족ᄒ여마하의쩌러지거놀진왕이창을들고원길
을지ᄅ려ᄒ여말을달녀급히드러가다가그말이빗다라슈풀가온디로다라드니진왕
의젼쾨니무가지의걸녀능히니러나지못ᄒ더니원길이말긔올나몰을치쳐ᄲᅱ여치롤
두로고진왕의쥔칼을아사진왕을버희려홀시경덕이크게쇼리질너왈너ᄂᆫ무례치말
나경덕이예잇노라원길이놀나진왕을바리고거러무덕뎐으로다라나더니후면이군
민이크게니ᄅ러납함ᄒ고활시위우ᄂᆫ곳의경덕이원길을쏘아맛치니원길이살을ᄯᅴ
고다라나거놀경덕이ᄯᅡ라머리롤버희다동부졔부장쉬삼쳔병을거나리고현무문을
치나임의문을다〃시니드러가지못ᄒ고인민일시의납함ᄒ니쇼리텬지진동ᄒᄂ지
라경덕이건셩원길의머리롤가져뵈니즁장이

13

디경ᄒᆞ여이의크게불너왈아등이쥬공을위ᄒᆞ여원슈롤갑흐리니이의즛쳐드러가지아니면어ᄂᆡᄭᅵ롤기다리〃오ᄒᆞ고경덕으로더부러ᄊᆞ화슈합이못ᄒᆞ여진부효긔쳔여인이즛쳐드러와너외로ᄶᅧ치니즁군이디란ᄒᆞ거눌진왕이급히금지왈너희숀을움작이지말나니형뎨롤쥭이미여등의간예치아니리라동부졔부쟝쫄이〃말을듯고스사로허여져가더라초시고죄졍히히지의비롤씌오고노더니울지공이갑쥬롤갓쵸고갑쥬롤갓쵸고창을ᄯᅴ롤고바로고조압히니로러쥬ᄒᆞ디연졔이왕이작난ᄒᆞ거눌진뎐히임의병을거나려버혀ᄉᆞ오니폐히놀나실가두려신을보니여연졔의머리롤드리라ᄒᆞ더이다고죄디경ᄒᆞ샤머리롤안고통곡왈금일의이일을볼쥴엇지ᄯᅳᆺᄒᆞ여시리오비젹이쥬왈이왕이스사로화롤ᄎᆔᄒᆞ미니황상은진즁ᄒᆞ쇼셔고죄읍왈부자ᄂᆞᆫ텬셩지친이라이이자ᄎᆔ기화ᄒᆞ나구쳔지하의슬푸믈픔으리라ᄂᆞ능

14

히치가롤못ᄒᆞ니엇지능히나라흘다스리리오언파의울고혼졀ᄒᆞ니즁관이붓드러긋치다소우진슉달이나아와쥬왈연졔이왕이흉병지쵸의군즁의간예ᄒᆞ미업고임의졍국ᄒᆞ후ᄶᅩ한공덕이업거눌한갓공고ᄒᆞ믈싀긔ᄒᆞ여간계롤동ᄒᆞ미진왕이여러번그히롤밧다가임의병을더ᄒᆞ여참ᄒᆞ여사오니만일원양으로군문을맛기시면다시근심이업사리이다고죄슈조롤나리와너외로ᄒᆞ여금다진왕의졀졔롤삼게ᄒᆞ고이왕을녜로ᄲᅧ장훈후진왕을불너오열왈건셩원길이무삼죄잇나뇨딤의게고치아니코쥭이니불의지명을면키어렵도다진왕이역읍왈셕자의원즁의셔사ᄐᆡ셰로신을지ᄅᆞ려ᄒᆞ고회안왕연셕의셔독쥬롤먹이니하날이도으믈닙사와이인이인륜을난ᄒᆞ고난역을씌ᄒᆞ다가그졍상이누차한노ᄒᆞ니만일몬져졔어치아니면신이필연이인의손의쥭사올지라금일지ᄉᆞᄂᆞᆫ진실노마지못ᄒᆞ미로소이다언필의부지셔로울고고죄군신의쳥을좃차진왕의게젼

15

위ᄒ시니왕이부득이슈명ᄒ여동궁현덕뎐의셔즉위ᄒ시니빅관이산호만셰ᄒ고슈
무족도ᄒ여조하ᄒ기를맛츠미무덕구년을곳쳐졍관원년이라ᄒ니이곳틱종황뎨시
라고조를존ᄒ여틱상황을삼고당윤이비로황틱비라ᄒ고당손왕후를존ᄒ여황후를
삼고문무빅관을다벼술을더으고사름을보너여위증을부르니증이드러와부복ᄒ디
틱종왈네일즉우리형뎨를니간ᄒ니무삼죄를당ᄒ고위증이불변안식고디왈폐희일
작징언을듯던들반드시금일지홰업슬나이다틱종이디로왈난신이도차지시ᄒ여오
희려굴치아니ᄒᄂ냐ᄒ고도부슈를쑤지져너여참ᄒ라ᄒ신디경덕이쑤러간왈이ᄂ
츙신이니샤ᄒ시믈바라나이다상이쇼왈짐이쏘한현신쥴아ᄂ고로일시희언ᄒ미라
ᄒ시고친히슐을쥬어마음을위로ᄒ시고비ᄒ여쳠사쥬부를ᄒ이시니증이사은ᄒ고
이의왕규이졍을쳔거ᄒ거놀다불너간의틱우를삼고

16

연졔이궁장사를쏘한상작을쥬시고고사룜으로시즁을삼고소우복덕으로복야를삼
고기여장사를다즁상ᄒ시고우마를잡아군사를디향ᄒ시고창고를여러빅셩을진괴
ᄒ니텬히디열ᄒ여심산궁곡이다환열희지ᄒ더라
틱종위교닙밍약산음산쥬기
각셜돌궐이틱종의건셩원길의죽이고디위의오르고고죄믈너후궁의거ᄒ믈듯고쩌
를툳침범코자ᄒᆞᆯ시휠니극한이부하의한효장이〃시니셩명은야률빅졔라휠니를자
로권ᄒ여왈드르니극한과결연ᄒ여한가지로긔병ᄒ여병진케ᄒ고만일쏘흘엇거든
반식난호자ᄒ면반다시니긔믈어드리이다휠니디희ᄒ여즉시사자를돌니의게보너
여야률빅졔로원슈를삼고부장영호역아등을거나려웅병십만을조발ᄒ여모다셩즁
의드러가도젹질ᄒ미일〃이못ᄒ여위슈북역의안영ᄒ고쳬탐을보너여장안의드러
가허실을탐지ᄒ라ᄒ니쳬탐인집실사력이즉시조문의드러가왓ᄂ쥴을고ᄒ

17

ᄒ라ᄒ니상이젼지ᄒ샤부ᄅ라ᄒ시니사력이드러와쥬ᄒ디이졔돌이빅만지즁을거
나려극한으로더부러위슈의니로니병셰심히졍예혼지라한번상국으로더부러자웅
을결ᄒ려ᄒ나이다상이디로왈짐이셕일의극한으로더부러화친혼고금은필단을무
슈히쥬어닌국의조흐믈미잣거눌이졔밍셰롤져바리고드러와도젹질ᄒ니엇지붓그
럽지아니ᄒ랴네비록융젹이나ᄶ한인심이잇시려든디은을닛고망녕도이와우로강
셩ᄒ믈자랑ᄒ나뇨ᄒ고도부슈롤ᄲ지져너여참ᄒ라ᄒ시니ᄉ력이경황실조ᄒ여아
모리홀쥴모로더니소유봉덕이진왈차인은외국사지라맛당이녜로뻐보니쇼셔상왈
이졔노하보닌즉겁혼다ᄒ리니쥭여뻐위엄을뵈리라소우등이힘뻐간혼디상이〃의
ᄉ력을무하의가도고스사로피갑상마ᄒ여창을빗기고바로현무문을나고사렴방현
령등으로위슈가의니ᄅ러마상의셔디호왈돌궐아일작짐을보앗눈다니일작널노더
부러약위형뎨ᄒ여셔로침범치아니려ᄒ엿거눌

18

엇지빅약닙구ᄒ여스사로쥭고자ᄒ눈다돌궐이〃말을듯고디경ᄒ여마음의자연겁
ᄒ더니ᄯ그위무풍신을보고졀노경겁ᄒ이눈지라말긔나려졀ᄒ고만셰롤부ᄅ거눌
그쇼리슈십니의들니더라즁군이상의뒤흘좃차니로니졍긔폐일ᄒ고디외졍졔혼지
라상이손을드러즁군을물니고홀노횔니로더부러위슈롤격ᄒ여말ᄒ려ᄒ거눌소위
가마니고왈폐히엇지만승지존으로뻐흉노로더부러말ᄒ시ᄂ잇고상왈짐이혜아려
시니경의알비아니라돌궐이병을닐우혀오믄짐이시로즉위ᄒ여시미막지못ᄒ리라
ᄒ미어눌짐이만일약ᄒ믈뵈여문을닷고직회면흉뇌반다시총병디략ᄒ리니짐이경
긔로돌츌ᄒ여친하ᄊ홀쥴을알면흉뇌깁히드러와반다시두려ᄒ리니여젼즉극ᄒ고
여화즉퇴ᄒ니이눈돌궐이지차일게니경은시험ᄒ여보라소위우쥬왈차등은인면슈
심이니맛당이삼가방비ᄒ쇼셔츠시횔니사력이도라오지아니ᄒ고ᄶ티죵이젹신돌
츌ᄒ여디외졍슉ᄒ고미복

19

이잇는가의심ㅎ여ᄯ다시스룰보닉여쳥화ㅎ거놀틱종이허락ㅎ시고이의빅마룰쥭여휠니로더부러삽혈ㅎ고현교우희셔밍셰ㅎ니돌궐이병을인ㅎ여물너가다소위뭇자와갈오디돌궐이화친을못ㅎ여실ᄶ의졔장이ᄊ홈을도〃 디폐히허치아니시더니흉뇌도로혀스사로물너가니아지못게라무삼연고니잇가틱종이닐오사디짐이보니돌궐이즁이만으디부졍ㅎ고군신의뜻이회뢰룰구홀ᄲᆫ아니라그쳥화홀ᄶ의극한이홀노슈셩의잇고달관의나아와닉게뵈니니만일져룰사로잡고인ㅎ여그즁을엄습ㅎ여치면셕은나무부러지듯홀거시오ᄯ당손무긔니졍등을보닉여기다리다가흉뇌만일도라가거든복병이그압흘막고디군이그뒤흘누르면멸ㅎ미손박닥뒤침갓흐디ᄊ호지아니는바는짐이즉위ㅎ지오리지아니ㅎ여국긔불안ㅎ고빅셩이이부리니고요히진무홀지라이러므로금빅으로달닉면물너가리니닉병위룰길너틈을타한번

20

들미가히멸ㅎ리니장찻췌코자홀진디여ᄎ홈만갓지못ㅎ다ㅎ니졍이〃룰니르미니라소위비스왈폐하의신긔묘산은신등이밋찰빅아니로쇼이다ㅎ더라이날즁장을거나려환조ㅎ실시군신이칭하ㅎ고디연을베퍼장스룰상뇌ㅎ시더니디도독당공근이가젼의나아와쥬왈휠니죵욕영포ㅎ여츙양을살히ㅎ고간녕을친신ㅎ니폐히그인심일흔ᄶ룰틋치시면가히췌ㅎ리이다상왈임의허화ㅎ엿거놀ᄯᄯ라치면차는불신이라공근이우쥬왈셕의한고죄항왕으로더부러홍구의셔밍셰ㅎ고고죄그뒤흘엄습ㅎ여히하일젼의셩공ㅎ엿는지라엇지신을위ㅎ여굿치리잇고이졔군미졍강ㅎ니병이니르면일〃가멸ㅎ리이다상이셕연돈오왈경언이금옥지논이라ㅎ시고즉시젼지ㅎ샤니졍을봉ㅎ여도총관을삼고당공근니셰젹으로부총관을삼고셕쇼울지공으로더부러길을난화나가라ㅎ시니졔장이졍병십오만을거나려장안을ᄶᅥ나마읍으로나

21

아갈시디군이졍히힝ㅎ더니쵸미보ㅎ디이는빅도지방이니졍양셩이머지아니타ㅎ

거놀니졍이젼령ᄒ여영치롤셰우고즉시니셰젹으로더부러일지군을거나려가마니
젹군의니르러휠니의영을불지르라ᄒ고쏘셜만쳘을보니여쏫홈을도〃라ᄒ고싀쇼
ᄂᆞ일지군을거나려이십니롤믈너미복ᄒ엿다가휠니롤맛나쏫호되니긔믈츄치말나
제장이각〃병을거ᄂᆞ려가거놀니졍이스사로일만군을거나려십여리롤믈너산곡험
ᄒᆞᆫ곳의둔병각셜돌궐휠니병을거두어도라가더니반노의셔믄득보ᄒᆞ디츄병이갓가
이왓다ᄒᆞ거놀휠니스룸을셩야로각번부락의보니여병을닐우혀구응ᄒ라ᄒ고스사
로군을거나리고장슈롤보니여당병을디후ᄒ라ᄒ더니쵸미보ᄒᆞ디당병이빅도지방
의니르럿다ᄒ거놀휠니츌병영젹홀시당션봉셜만쳘이크게ᄭ우지져왈이졔디병빅만
과졍장쳔여원이이십여디의분ᄒ여니르럿거놀네오희려항치아니코어니씨롤기다
리ᄂᆞ뇨휠니디로

22

ᄒ여창을빗기고쏫화삼십여합이못ᄒ여만쳘이퓌ᄒ여다라나니휠니병을모라엄살
ᄒ여이십여리롤ᄯ로더니홀연함셩이디진ᄒ며일지군이길을막으니이ᄂᆞᆫ부마도위
싀쇠라휠니ᄭ우지져왈무명쇼장이감히날을디젹홀다언파의냥미교봉ᄒ여싀쇠퓌ᄒ
여다라나거놀휠니병을지쵹ᄒ여십니ᄂᆞᆫᄯ로더니산곡즁으로셔고셩이디진ᄒ며일
군이길을막으니이ᄂᆞᆫ도춍관니졍이라휠니임의십여리롤ᄯ라인미곤핍ᄒᆞᆫ지라진력
ᄒ여쏫호더니홀연본진으로셔징북쇼리진동ᄒ거놀황망이즁군의믈너가무룬디돌
니왈쵸미보ᄒᆞ디후면의니셰젹이가마니젹구의니르러각영을불지르고뒤흘짓친다
ᄒ니가히오릭쏫호지못홀지라ᄒ거놀휠니디경ᄒ여부장영호역아로일만인마롤거
나려긔호롤셰우고영치롤굿게ᄒ야니졍을디젹ᄒ라고휠니스사로일만병을거나
려젹구의웅거홀시과연치즁의화렴이멸치아냣거놀휠니급히나아가불을구ᄒ려ᄒ
더니니셰젹

23

의군을맛나쏫홀마음이업셔슈합이못ᄒ여디퓌ᄒ여다라나더니길의셔부장역아롤

맛나니역이쏘니졍의게퓌ᄒ여도라오ᄂᆞᆫ지라일쳐의합병ᄒ고휠니돌니즁쟝으로더
부러샹의왈이지당병이운집ᄒ니그셰롤가히당치못ᄒ리니인마롤거나려잠간쳘산
으로피ᄒᆞᆯ만갓지못ᄒ다ᄒ고즉시힝군ᄒ여쳘산의니르러인마롤쉬오더니홀연쵸미
보왈당병이임의음산을쳐파ᄒ고각번즁쟝이다당의항ᄒ엿다ᄒ거놀휠니크게놀나
젼령ᄒ여각영치롤싸혀나아가더니슈리ᄂᆞᆫ못가셔젼군이보ᄒᄃᆡ 당부총관당공건
이도라갈길을막ᄂᆞᆫ다ᄒ거놀휠니돈족왈진퇴의길이업스니이ᄂᆞᆫ하날이망케ᄒ미로
다돌니왈당병이하인산을막아우리로ᄒ여금슈미롤구치못ᄒ게ᄒ니위망이조셕의
잇ᄂᆞᆫ지라이졔다만산북후면의일뇌잇시니이길노좃차북부쇼괴실의가슈쳔군을비
러다시회복ᄒ미조흘가ᄒ노라휠니좃차즉시병을거나려빅졔쳔후로좃차북부로가
니라각

24

셜니셰젹이 쇼식을듯고즁군의보ᄒᄃᆞ니졍이ᄃᆡ경왈만일북부로가면우리능히니
긔지못ᄒ리라ᄒ고울지공으로일지군을거나려북부소괴실의가금은치단을쥬고이
희로다리여투항ᄒ게ᄒ고휠니롤드리지말게ᄒ라경덕이녜물을갓쵸와가거놀니졍
이쏘왕도등으로삼쳔쳘긔롤거나려휠니롤쓰로라ᄒ다ᄎᆞ시휠니등이 십여이롤힝
ᄒ더니쵸미보ᄒᄃᆡ츄병이갓가이왓다ᄒ거놀휠니후ᄃᆡ로젼ᄃᆡ롤삼고하인산으로나
아가더니산하의과연당병이길을막거놀휠니군사로불을들나ᄒ여당병치칙을불지
ᄅᆞ고군을모라지나가ᄂᆞᆫ지라왕도등이쳘긔롤거나려휠니롤쓰라하인산으로갈시휠
니이ᄊᆡ츄병이급ᄒᄆᆞᆯ보고군을직쵹ᄒ여닷더니젼면의믄득고셩이ᄃᆡ진ᄒ며일표군
이ᄂᆞ다로니이ᄂᆞᆫ당쟝댱보쟝이라몰을노하창을빗기고ᄃᆡ호왈기갓흔놈아너ᄂᆞᆯ기
다린지오리더니라일작항ᄒ여쥭기롤면ᄒ라휠니ᄃᆡ로ᄒ여말을쮜여니ᄃᆞ라쓰호더
니홀

25

연북부슈쟝쇼괴실이울지공으로더부러압흘즛쳐오고셕쇼왕도등이뒤흘즛쳐와휠

니돌니룰에우고어지러이치니극한이크게쓴화츙돌ㅎ더버셔나지못ㅎ더라원너북
부소긔실이당조회뢰룰밧고항복ㅎ라오더니이곳의셔맛는지라소긔실이병을일쳐
의합ㅎ고횔니돌니룰사로잡아당영의도라와니졍의게뵐시츳시니셰젹등이다니
럿더라니졍이디희ㅎ여공뇌룰긔록ㅎ고셜만쳘울지공으로일만병을거ㄴ려횔니돌
니등모든항장을압녕ㅎ여장안으로보너고드듸여하령ㅎ여반스홀시삼군이금고룰
울니고기가룰불너도라오다각셜티종황뎨슌텬부의셔졍스룰의논ㅎ시더니니졍이
돌니룰파ㅎ고횔니등을싱금ㅎ여도라오믈드ㄹ시고디열ㅎ신디소위쥬왈맛당이위
의룰갓쵸와텬조위엄을뵈쇼셔샹이올타ㅎ시고이의위의룰엄슉히ㅎ여기다리시더
니이윽고졔장이횔니등을미여현알ㅎ거눌횔니젼폐의부복ㅎ여가마니살피

26

니과연위엄이엄슉ㅎ거눌송구ㅎ믈마지아니ㅎ더라샹이명ㅎ여민거술그ㄹ고횔니
다려문왈네미양강셩ㅎ믈자칭ㅎ더니엇지사로잡희미되엿나뇨횔니고두왈만셰텬
위엄슉ㅎ신지라신은불과졍져와갓ㅎ니엇지놉흔텬일을보아시리잇고문은박이우
쥬왈돌궐이궁진ㅎ여왓시니엇지바리〃잇고보텬지희막비왕토오솔토지민이막비
왕신이라이계즁국싱업을쥬어가ㄹ치면다우리빅셩이되리니졔반드시우리폐하셩
덕덕을습복ㅎ올지라엇지후환이잇실가염녀ㅎ리잇고샹왈경언이졍합짐심이라ㅎ
시고드듸여돌궐의짜흘항쥬의쳐ㅎ디동으로유쥐로붓터셔흐로영쥐의니ㄹ게ㅎ고
횔니의짜흘난화여셧고룰을삼고좌의논졍양을두고우의논융즁을두디두고룰의도
독부룰두어그즁을거나리게ㅎ고돌니로슌쥬도독을삼고소긔실노왕을봉ㅎ고그여
는다즁낭장을삼아조졍의조열ㅎ니오품이샹이빅여인이오장안의드러와사는지만

27

여명이라조지룰나려디연을단쇼던의베퍼티샹황을쳥ㅎ여헌슈ㅎ실시샹이돌궐을
치고횔니룰항복바든일을일〃이쥬ㅎ시니샹황이디희ㅎ여군신을도라보샤왈셕일
한고죄빅등의칠일을욕을바다시디능히원슈룰갑지못ㅎ엿더니이졔디당은이럿틋

ᄒ니두시무어슬근심ᄒ리오ᄒ시니빅관이다하례ᄒ고만셰롤부르니쇼리던각을움작이더라술이반감의상황이친히비파롤ᄐ시고질기시면이의휠니롤불너나아오라ᄒ샤문왈너논융젹이라ᄯ한이풍뉴롤아논다휠니쥬왈이논본ᄃ호인의지은바로즁국의유입ᄒ여시니자고로잇나이다상황이〃의휠니롤명ᄒ여츔츄라ᄒ시고남만츄장즁귀디로시롤읇희시고우어왈호월일가논고미유애라ᄒ시고옥비의술을먹이시고인ᄒ여잔을휠니등을쥬어각〃술을먹으라ᄒ시니휠니등즁인이고두사은ᄒ더라군신이셔로니어헌슈ᄒ고상이좌롤쩌나자하상을밧드러쥬왈이계ᄉ이다진복

<h2 style="text-align:center">28</h2>

ᄒ오니부황의위덕의닐위신비오신의자략이아니로쇼이다ᄒ시고이날부자군신이크게즐기고파ᄒ시다상이유ᄉ롤명ᄒ여모든공신의얼골을능연각의그리고츙열을표장ᄒ여자ᄉ흔을ᄯ흘난화공신과종실을봉ᄒ시니라차후로셩자신ᄉ흔이계〃승〃ᄒ여만방이일향ᄒ니후인이당조의역〃ᄒ사긔롤알고ᄌ ᄒ거든즁당과잔당연의롤니어츠〃셩남ᄒ여분희홀지어다